상소와 비답

신하가 묻고 왕이 답하다

상소와 비답

초판 1 쇄 인쇄일 | 2015년 11월 20일
초판 1 쇄 발행일 | 2015년 11월 27일

지은이 | 윤재환
펴낸이 | 하태복

펴낸곳   이가서
주소   경기도 고양시 일산서구 주엽동 81, 뉴서울프라자 2층 40호
전화 · 팩스   031-905-3593 · 031-905-3009
홈페이지   www.leegaseo.com
이메일   leegaseo1@naver.com
등록번호   제10-2539호

ISBN 978-89-5864-315-9 03810

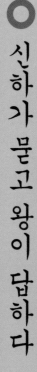

上疏 상소와 비답 批答

○ 윤재환 지음

○ 신하가 묻고 왕이 답하다

至不可玩者 上天之怒 尤不可忽者 斯人之疑 知所以解人心之疑 則可以自
二十二日 當殿下游幸之時 天大雷電雨雹 以至連日 乃知天心仁愛殿下 欲恐懼

신들이 가만히 생각해 보면 요 순 두 임금과 우 탕 문왕 세 임금의 시대 가 융성하였던 것은 행복지고 하늘이 내릴 때에 맞게 막지 하고 의리에 합하게 하였기 때문입니다 그러므로 저 나친 행동이 없이 모두는 하길 갈구나 왕의 마음이 대단하구나 왕의 말씀이여 라고 하였습니다

견디지 못할 것이 하늘의 노여움이고 더디욱 소홀히 할수 없는 것 이 백성들의 의심이니 백성들의 의심을 풀어줄 알면 하늘의 노여 움을 그치게 할수 있을 것입니다 이달 22일 전하께서 궁밖으로 나 가 노실때 연일 계속해서 하늘에서 큰 천둥과 번개가 치고 우박이 내렸으니 이것은 하늘이 전하를 아끼고 사랑하셔서 전하께서 두려워 위하여 속히 자신을 돌아보고 잘못된 행동을 고치게 하려는 것임을 알수 있었습니다

이가서
Leegaseo publishing

일러두기

1. 이 책은 『조선왕조실록』 소재 상소문을 기본 번역 대본으로 하였으나, 같은 상소문이 개인의 문집에도 수록되어 있는 경우 문집 소재 상소문을 번역 대본으로 하였다.

2. 번역의 대본으로 삼은 상소문의 선별은 역자의 판단에 따라 임의로 하였다.

3. 이 책은 모두 4부분으로 구성되어 있다. 첫 번째는 저자 소개, 두 번째는 평설, 세 번째는 상소와 비답·전교의 번역, 네 번째는 상소와 비답·전교의 원문이다.

4. 저자 소개는 『조선왕조실록』 속의 졸기卒記와 인물의 행장 및 기타 기록을 중심으로 하고 다양한 관련 자료를 참조하였다. 참조한 자료는 각 편의 저자 소개 아래에 밝혀 놓았다.

5. 평설은 상소의 내용에 대한 짤막한 소개와 역자의 단상斷想을 중심으로 구성하였다. 평설을 통해 각 편의 상소에 대한 이해를 돕고자 하였지만, 역자의 생각을 강요하기보다 상소 원문의 이해를 보조하고자 하는 원래의 기획 의도를 살리기 위해 가능한 한 간단하게 서술하였다.

6. 번역은 최대한 현대 국어로 옮겨 독자들의 가독성可讀性을 높이고자 하였다. 따라서 될 수 있는 한 별도의 주석을 첨부하지 않도록 하였으며, 주석의 내용을 번역문에 풀어 놓으려고 하였다. 다만, 상소문이라는 양식의 특수성

과 조선이라는 시기적 특성으로 인해 현대 국어로 옮길 수 없었던 부분이나 관직, 특수 용어 등 한자가 반드시 필요한 부분에는 한자를 병기하도록 하였다. 그러나 한자를 병기할 때에도 한자의 크기를 줄여서 독자의 가독성을 높이고자 하였다.

7. 상소와 함께 상소에 대한 왕의 비답과 전교, 사신의 평도 함께 실어서, 각 편의 상소에 대한 임금과 사신의 생각과 평가를 살필 수 있도록 하였다.

8. 원문은 『조선왕조실록』을 기본으로 하고, 개인 문집을 보조 자료로 하여 입력하고 구두점을 달아 첨부하였다.

상上疏소와 비批답答

서문

　상소上疏란 왕조시대王朝時代에 간관諫官 등의 신하가 임금에게 정사政事를 간諫하기 위해 올리던 글을 말한다. 상소 외에 의견서나 품의서는 상주上奏라고 하는데, 상소와 상주를 합해 상주문上奏文이라고 하며 종류에 따라 명칭을 달리 한다. 상소는 상주문 중에서도 특히 간언諫言이나 의견, 진정을 전달하는 글을 말하는데, 짧은 상소를 차자箚子라고 하며 상소와 차자를 합해 소차疏箚라고 한다. 이 외에도 관리들이 올리는 보고서로 계啓와 장계狀啓가 있는데, 이것들도 때에 따라서는 상소의 역할을 한다. 그밖에 진소陳疏 · 소장疏章 · 장소章疏 등의 여러 명칭이 있다.

　상소는 상소하는 방법에 따라서도 명칭을 달리 하는데, 봉사封事 · 봉장封章은 왕 이외에 다른 사람이 보지 못하도록 밀봉하여 올리는 상소이고, 상서上書는 조신朝臣이 동궁東宮에게 올리는 문서를 말한다. 만언소萬言疏는 만언이나 되는 상소란 뜻으로 장문의 상소를 말한다. 응지상소應旨上疏는 왕의 구언교지求言敎旨에 응하여 올리는 상소이다. 상언上言은 글을 올린다는 일반적인 의미로도 쓰이지만 문서를 지칭할 때는 관료가 아니라 사인私人이 왕에게 올리는 문서로 상소와 다른 서식의 글을 말한다. 집단적으로, 또는 연명으로 하는 상소 중 여러 관청이 합해서 하는 상소를 합사合辭, 유생들의 집단상소를 유소儒疏라고 한다. 복합伏閤은 상소자가 직접 합문閤門 밖에 엎드려 상소의 내용이 받아들여지기를 청하는 것이었다.

왕조시대 상소는 중요한 언로言路의 하나로 문무백관에서 평민에 이르기까지 폭넓게 운영되었다. 그러나 상소는 나름대로 엄격한 규칙과 절차가 있었다. 승정원을 경유하여 왕에게 전달되고, 왕의 비답批答도 승정원을 통해 하달되었다. 상소를 전해 받은 승정원에서는 규격, 문장의 법식, 오자, 성명오기 등을 심사했다. 서식과 규격, 전달방식, 처리방식도 상소자의 수준과 상소의 종류에 따라 차별적으로 규정되어 있었다. 격식에 어긋난 상소는 상소자를 추핵推覈하게 했다.

이런 규정을 만들어 상소를 규제한 것은 상소문이 신하가 임금에게 올리는 글이기 때문만은 아니다. 그것보다는 오히려 상소문이 고도의 정치적 담론 행위이기 때문이라고 보는 것이 옳을 것이다. 상소는 대부분 정치적인 사안을 소재로 삼아 정치적 언술행위를 하는 것이다. 특히 왕이라는 절대 권력자에 대한 비판과 충고라는 그 기능상의 특성 때문에 상소는 정치적으로 독특한 특징을 지닌다. 그렇기 때문에 상소가 아무리 공인된 행위였다고 하더라도 상소 행위자에게는 목숨을 걸만한 용기가 필요한 것이다.

이런 상소의 특성을 고려해 본다면 왕의 행위와 정책에 대해 비판하는 간쟁소諫爭疏나 신하의 잘못을 탄핵하는 탄핵소彈劾疏, 정책이나 사건에 대해 비판하는 논사소論事疏, 특정 사건에 대해 변론하는 변무소辨誣疏는 왕의 구언교지에 답하는 시무소時務疏나 자신의 직職을 버리고 사직을 청하는 사직소辭職疏와 비교하여 훨씬 더 큰 위험을 지닌 것이라고 할 수 있다. 그러나 자신의 직을 버리고자 하는 사직소가 간쟁소나 탄핵소, 논사소, 변무소와 결합된 형태로 나타날 때 그 상소의 위험성은 일반적인 간쟁소나 탄핵, 논사, 변무소 보다 훨씬 더 커지게 된다. 그것은 이럴 경우 대부분의 사직소가 단순히 자신의 직을 사직하거나 왕이 내린 직책을 사양할 목적으로 왕에게 올리는 것이 아니라 사직이라는 행위를 통해 왕을 압박하여 자신의 정치적 목적을 이루기 위한 것이기 때문이다.

일반적으로 상소는 상소가 왕에게 꼭 필요한 것임을 인정받기 위해 다양한 설득의 방법을 사용한다. 특히 구체적인 비판의 대상이 존재할 경우 비판의 대상이 지니는 논리가 허구이며 모순이라는 것을 밝히기 위해 자신의 견해를 완곡하지만 구체적이고 명확하게 밝히게 된다. 따라서 이런 경우 상소문 속에 자신의 정치적 견해를 분명하게 드러낼 수밖에 없다. 특히 상소가 사직소의 형태로 기술될 경우 이런 특징은 더욱 강화된다. 그것은 사직소가 왕에게 받아들여지지 않을 경우 상소 행위자는 모든 것을 잃을 수 있기 때문이다.

현재 개인의 문집에 남아 전하는 상소의 대부분이 사직소일 정도로 많은 양의 사직소가 전한다. 하지만 이런 사직소들은 대부분 앞에서 언급한 것과 같이 진정으로 상소 행위자가 사직을 원해서라기보다는 사직 상소를 통해 자신이 원하는 결과를 얻고자 한 정치적 행위로 해석될 여지를 많이 지니고 있다. 따라서 사직소의 경우 일정정도 이상의 정치적 무게를 지닌 신하가 선택하는 정치적 모험과 결단의 표출이라고 할 수 있다. 그렇기 때문에 정치적 혼란기에는 특히 많은 양의 사직소를 볼 수 있다.

이 책은 17세기 초반까지 『조선왕조실록』 속에 수록되어 있는 상소 중 한 번 되새겨 볼 필요가 있을 것 같은 상소들을 뽑아 추려서 원문을 입력하고 번역한 뒤 간단한 평설을 붙여서 만든 것이다. 상소의 내용을 이해하기 위해 작자 소개를 덧붙였고, 작자가 어떤 인물인지를 쉽게 확인할 수 있도록 하기 위해 『조선왕조실록』 속에 있는 작자의 졸기卒記를 번역하여 첨가하였다. 그리고 상소의 결과가 당대 어떤 의미를 지녔는지, 또 그 상소를 임금이 어떻게 받아들였는지 확인할 수 있도록 왕의 비답批答과 전교傳敎를 함께 번역하여 소개하였다. 이 책에서 번역 대상 상소를 『조선왕조실록』 속에 수록된 상소로 한정한 것은 보다 의미 있는 상소를 쉽게 찾아보고자 하는 의도에 의한 것이지 개인 문집 속에 수록되어 있는 상소가 『조선왕조실록』 속에 수록되어 있는 상소보다 부족하다고 여겨서 그런 것이 아니다.

지금 새삼스럽게 상소를 번역하여 책으로 내는 것은 요즈음 사람들에게 조선 시대의 언로言路가 어떤 의미와 가치를 가졌는지 살펴볼 수 있도록 하고 싶다는 생각에서이다. 조선의 임금이라고 해서 미운 말, 싫은 소리를 하는 신하가 고울 리 없었겠지만, 그들은 최소한 언로言路의 가치와 의미에 대해 깊이 자각하고 있었다. 듣기 싫은 말도 들을 줄 알았고, 들은 이야기에 대해서는 어떤 답이든 내렸다. 그들은 상소를 통해 자신을 돌아보고 과오를 개선했으며 새롭게 나아갈 방향을 찾았다. 그래서 나라가 어려울 때면 언제나 신하들에게 상소를 구했고, 상소를 접하면 늘 자신을 반성하고 신하들에게 감사의 뜻을 전했다. 신하들 역시 자신의 상소가 임금의 심기를 건드릴 것임을 알고 있었지만, 하고 싶은 말이나 해야 할 말을 피하지 않았다. 임금의 반응에 따라 할 말을 바꾼다면 신하가 될 수 없다고 생각했기 때문이다.

지금은 민주사회, 시민사회이고 미디어 사회, 정보통신 사회이다. 언로言路를 일정한 형식으로 규정할 수조차 없는 지금 사회가 조선이라는 통제된 왕권 사회보다 자유롭다는 것은 뛰어난 것이 아니라 당연한 것이다. 그런데, 규정할 형식조차 찾을 수 없는 언로言路 속을 달리는 말의 자유로움이 과연 조선이라는 통제된 왕권 사회보다 자유롭고 과감하며 직설적인지는 확언하기 어렵다. 어쩌면 형식적, 제도적, 표면적인 자유로움 속을 달리는 말의 자유는 이전보다 더 억제되고 있는 것이 아닌가 하는 생각이 들기도 한다. 표면적 자유가 내용의 자유를 보장하는 것이 아니기 때문이다.

내용의 자유를 보장하기 위해서는 언로의 두 주체가 모두 언로의 가치와 의미, 그리고 역할에 대해 충분히 이해하고 받아들일 수 있어야 한다. 싫어할 것을 익히 알면서도 싫은 소리를 계속하는 사람의 마음을 알아주고 그 말을 들어줄 수 있어야 하고, 싫어할 것을 알지만 해야 할 말을 하는 것이 자신의 책임이라는 것을 알고 할 수 있어야 하며, 들은 말을 바탕으로 자신을 돌아볼 수 있을 때 언로는 표면적으로 뿐만 아니라 내용적으로도 의미를 지니는 것이 될 수 있다. 목 놓아 소리 지르는 사람, 죽을 듯 악을 쓰는 사람의 이야기가 아니어도 들을 수 있어야 하는데, 만약 그런 사람이 있다면 자신을 한번쯤은 돌아볼 수 있어야 하지 않을까.

이 책이 얼마나 의미 있는 내용을 담고 있는지 자신 있게 말하기 어렵지만, 이 책은 참 오랜 시간에 걸쳐, 지난한 고통과 수정, 포기와 재기의 반복을 통해 만들어졌다. 특히 이가서 사장님의 한없는 끈기가 이 책의 출판을 이끈 가장 큰 동력이 되었다고 생각된다. 그런 만큼 이 책을 접한 사람들에게 최소한의 가치는 인정받을 수 있었으면 하는 마음을 감추기 어렵다. 이 책을 읽는 독자들에게 조금이라도 생각할 수 있는 어떤 것을 줄 수 있는 책이 되었으면 한다.

2015년 10월
죽전 연구실에서
저자

차례

이 책은 17세기 초반까지 『조선왕조실록』 속에 수록되어 있는 상소 중 한 번 되새겨 볼 필요가 있을 것 같은 상소들을 뽑아 추려서 원문을 입력하고 번역한 뒤 간단한 평설을 붙여서 만든 것이다.

01 >> 풍악風樂과 여색女色을 멀리하고
아첨阿諂하는 무리를 내치십시오

1395년(태조 4) 을해년乙亥年 4월 25일
대사헌大司憲 박경朴經

■ 저자 소개

　박경朴經 : 1350년(충정왕 2)~1414년(태종 14). 고려 말·조선전기의 문신으로, 본관은 영해寧海이다. 영해박씨 삼대시중三代侍中(박세통朴世通·박홍무朴洪茂·박감朴瑊)의 한 사람으로, 고려조에 문하시중평장사門下侍中平章事를 지낸 강양백江陽伯 역옹櫟翁 박감朴瑊의 후손이다. 시호는 양정良靖이다.

　고려시대에 조상의 공적으로 관직에 나가 밀직부사密直副使를 역임하였고, 조선 개국 이후 1395년(태조 4) 대사헌大司憲직에 있으면서 가선대부嘉善大夫 이하 4품 이상으로 녹봉 없는 관직을 받은 자는 모두 그 이전의 관직을 기록하도록 하여 벼슬이 쓸데 없이 늘어나는 것을 방지하게 하였다.

　이 해에 음악을 들을 때 법도를 지니고[聽樂有節] 임금의 거동은 일정하게 하며[遊幸有常], 토목공사를 줄이고[省土木之役] 아첨하는 무리들을 배척하며[斥諂諛之輩] 부처를 섬길 때 분수를 넘지 않게[事佛神不瀆] 하라는 등의 정치 방법을 건의하였다. 1398년에는 경기우도 도관찰사京畿右道都觀察使로 기선군역騎船軍役의 고통과 폐단을 임금에게 아뢰었다.

1402년(태종 2) 총제(摠制)로 있을 때 사신을 영접하지 않은 죄로 사헌부(司憲府)의 탄핵을 받아 통진(通津)으로 유배되었다가 1405년 개성유후사(開城留後司)의 부유후(副留後)로 다시 등용되었고, 1411년 대사헌으로 토목공사의 중지를 간청하였다. 1412년 완산부 윤(完山府尹)이 되었다가 다음해 물러났다.

『조선왕조실록』 태종 14년 4월 20일, 박경이 죽은 뒤 사관들이 기록한 박경에 대한 평가는 다음과 같다.

전 완산부 윤(完山府尹) 박경(朴經)이 죽었다. 박경은 영해(寧海) 사람으로 시중(侍中) 박함(朴諴)의 후손이다. 처음 조상의 공적으로 관직에 나와서 여러 벼슬을 거쳐서 대사헌(大司憲)에 이르렀다. 그때 태조가 응방(鷹房)을 두었고, 또 행차할 때에 여악(女樂)을 앞세우려고 하자, 상소하여 온 힘을 다해 고치도록 말하니, 태조(太祖)가 노하여 궁궐로 불러들여, "과인(寡人)이 경(卿)을 이와 같이 대우하였는데, 어찌하여 나를 극심하게 욕하는가?" 하니, 박경이 "신(臣)이 마음속을 다 드러내 보인 것은 만약 조금이라도 남기는 것이 있으면 어찌 전하의 끝없는 은혜를 갚는 것이 되겠는가라고 생각해서입니다."라고 대답하였는데, 말이 몹시 간절하고 지극하니, 태조가 마침내 노여움을 풀었다.

어느 날 자기 집의 노비(奴婢) 문서를 펼쳐 보다가 양민(良民)인지 천민(賤民)인지를 구분하기 어려운 노비 몇이 있자, 즉시 이들의 문서를 불태워버리고 그들을 고향으로 돌려보냈다.

영락(永樂) 신묘년에 다시 대사헌(大司憲)이 되어 토목(土木) 공사를 정지하도록 이야기하였고, 임진년에 완산 윤(完山尹)으로 나갔다가 계사년에 사직을 청하여 집에서 죽으니, 나이가 64세였다. 조정에서는 3일 동안 조회(朝會)를 정지하고 중관(中官)을 보내 조의하였다.

박경의 사람 됨됨이가 조심스럽고 중후하며 순수하고 정직하여, 거리낌 없이 남에게 물건을 주어서 윗사람의 풍모가 있었고, 항상 물건을 아끼는 일에 마음을 두지 않아서 상대방이 은혜를 받았다. 평상시 거처할 때도 이른 아침부터 밤늦게까지 의관衣冠을 갖추었고, 사위나 동생·조카를 귀한 손님과 같이 대했다. 시호는 양정良靖인데, 아들이 없었다.

(『고려사高麗史』·『조선왕조실록朝鮮王朝實錄』·『한국민족문화대백과사전』·『한국한자어사전韓國漢字語辭典』)

■ 평설評說

이 글은 1395년(태조 4) 4월 25일, 사헌부司憲府의 대사헌大司憲으로 있던 박경이 태조에게 올린 상소이다. 사헌부는 정치의 옳고 그름에 대한 언론 활동, 관리들에 대한 규찰糾察, 풍속 교정, 원통하고 억울한 일의 해소, 분수에 지나치고 거짓된 행위의 금지 등을 중심 업무로 하였는데, 사헌부의 역할 중 가장 중요한 것으로 꼽을 수 있는 것이 언론 활동이었다. 언론 활동의 궁극적인 목적은 이상정치理想政治의 구현에 있었는데, 사헌부에서 수행하는 언론 활동은 대체로 간쟁諫諍·탄핵彈劾·시정時政·인사人事 등으로 구분할 수 있다. 이 중 간쟁은 왕의 언행에 잘못이 있을 때 이를 바로잡기 위한 것이다.

이 글 역시 간쟁의 하나로 볼 수 있다. 이 글을 올린 시기가 1395년(태조 4) 4월 25일이니 1392년 7월 17일 태조가 왕위에 오른 이후 불과 2년여의 시간이 지난 뒤이다. 조선 건국 이후 태조는 조선의 기틀을 세우고 왕권을 굳건하게 하기 위해 많은 노력을 하였다. 새로운 수도를 세우고 제도를 정비하였으며, 풍습을 바로잡기 위한 다양한 정책을 시행하는 한편 조상을 높이고 스스로를 다잡아 신하들의 조회朝會(중앙 관직에 있는 모든 관리가 조정에 나가 임금을 뵙던 일)를 서서 받기까지 하였다.

하지만, 왕위에 오른 지 2년여가 지나, 나라의 기틀이 어느 정도 확립되자 태조의 행동에 변화가 나타나기 시작했었던 것 같다. 사헌부를 중심으로 신하들이 걱정했던 태조의 행동은 모두 여섯 가지였다. 첫째는 궁 안에서 풍악소리가 밤새 들리는 것이고, 둘째는 임금이 가볍게 대궐 밖으로 나다니는 것이고, 셋째는 과도한 토목공사를 벌이는 것이고, 넷째는 아첨하는 사람을 가까이 두는 것이고, 다섯째는 부처와 귀신에 빠져 있는 것이고, 여섯째는 임금의 행차에 여악女樂(궁중 연회 때 여인이 악기를 타고 노래 부르며 춤추던 일이나 그와 같은 행위를 하는 여인)을 앞세우는 것이었다.

박경은 태조의 이런 행동들은 성정性情을 기르는 방법이 아니고, 후세에 본을 보이는 도리가 아니며, 백성들을 아끼고 돌보는 뜻이 아니고, 몸을 바루어 아랫사람을 거느리는 도리가 아니며, 하늘을 두려워하고 몸을 닦는 마음에 도움이 되는 것이 아니고, 임금의 엄숙한 위엄과 권위에 흠이 되는 것이라고 비판하였다. 그는 이러한 행동이 계속 되면 결국 임금의 권한이 아첨하는 사람들에게 옮겨가게 되고, 임금은 아첨하는 말에 의해 천하가 무사태평하다고 잘못 알게 되어 연회宴會와 여색女色에만 마음을 써서 날마다 취해 있고, 사치만 부려 토목 공사를 자주 일으키게 되니 끝내 그 자신은 죽고 나라가 망하게 된다고 했다.

대사헌의 직책이 비록 임금의 행위에 대한 간쟁을 주된 직분職分으로 삼는 것이라고 하지만, 이러한 상소는 신하로서 임금에게 할 수 있는 극언이라고 할 수 있다. 이 상소는 『조선왕조실록』에 보이는 태조의 행위, 더 나아가 조선 임금의 행위에 대한 신하의 첫 번째 비판 상소인데, 그 내용과 표현이 이 정도라는 것은 조선 사회의 언로가 지금보다 오히려 더 개방적이었다고 생각하게 할 정도이다.

여기서 주목해 보아야 할 것은 박경의 상소에 대한 태조의 답변이다. 태조는 박경의 상소에 대해 여러 가지 말로 자신의 행동을 옹호하기보다 잘잘못을 분명히 밝혀 고칠 것과 바꿀 것을 명확히 하였다. 태조는 "밤에 풍악을 울리고, 수레를 경솔히 내고, 수레 앞에 음악을 담당하는 여인들을 데리고 가는 것은 내가 앞으로 고칠 것이다."라고 하여 자신이 고칠 것을 분명하게 밝혔고, 이어 "부처와 귀신은 이전 시대의 임금들이 지세地勢가 좋지 않은 곳을 누르기 위해 설치한 것이니, 예조禮曹와 서운관書雲觀(고려와 조선 시대에 천문 · 역일曆日 · 측후測候 등을 맡아보던 관청)에서 지신地神을 누르도록 청한 것이고, 궁궐은 정치를 하는 곳이므로 너무 좁게 할 수는 없는 것이지만, 만약 그 법도가 지나친 것이 있으면 다시 이야기해야 할 것이다. 좌우에 있는 아첨하는 사람은 그 성명을 적어서 보고하라."라고 하였다. 당장 고칠 것과 앞으로 점차 바꾸어 나갈 것을 구분하고, 자기 개인의 행동과 국가의 운영에 관한 일을 분별하여 선후와 완급에 따라 고쳐나갈 것이라고 답변한 것은 개혁의 의지를 분명히 한 것이라고 할 수 있다.

이런 상소를 받았을 때 태조가 달가워했을 리 없을 것은 분명하다. 이 상소를 접한 태조의 반응에 대해 『조선왕조실록』에서 "태조太祖가 노하여 궁궐로 불러들여, '과인寡人이 경卿을 이와 같이 대우하였는데, 어찌하여 나를 극심하게 욕하는가?' 하니, 박경이 '신臣이 마음속을 다 드러내 보인 것은 만약 조금이라도 남기는 것이 있으면 어찌 전하의 끝없는 은혜를 갚는 것이 되겠는가 라고 생각해서입니다.'라고 대답하였는데, 말이 몹시 간절하고 지극하니, 태조가 마침내 노여움을 풀었다."라고 한 것으로 보아, 이 상소를 접했을 당시 태조는 상당히 격앙되었었고, 자신의 행동에 대한 박경의 비판에 마음이 상했었다고 생각된다. 그러나 박경과의 대화 이후 그의 본심을 알게 되면서 자신의 행동을 바꾸고자 하였다. 박경의 상소에 대한 태조의 답을 보면 태조가 조선을 건국하고 왕이 될 수 있었던 이유를 짐작할 수 있다.

박경은 이후 1411년(태종 11)에 다시 대사헌이 되었는데, 이때에도 토목공사를 그만두도록 청하는 상소를 올렸다. 『조선왕조실록』에 나오는 박경에 대한 평가가 "사람 됨됨이가 조심스럽고 중후하며 순수하고 정직하여, 거리낌 없이 남에게 물건을 주어서 윗사람의 풍모가 있었고, 항상 물건을 아끼는 일에 마음을 두지 않아서 상대방이 은혜를 받았다. 평상시에도 이른 아침부터 밤늦게까지 의관衣冠을 갖추었고, 사위나 동생·조카를 귀한 손님과 같이 대했다."라고 한 것으로 보아 이 상소가 박경의 본심에서 우러나온 것으로, 그의 평소 행동과 일치되는 것임을 알 수 있다.

■ **역문**譯文

견디지 못할 것이 하늘의 노여움이고, 더더욱 소홀히 할 수 없는 것이 백성들의 의심이니, 백성들의 의심을 풀어줄 줄 알면 하늘의 노여움을 그치게 할 수 있을 것입니다. 이달 22일 전하께서 궁 밖으로 나가 노실 때, 연일 계속해서 하늘에서 큰 천둥과 번개가 치고 우박이 내렸으니, 이것은 하늘이 전하를 아끼고 사랑하서 전하께서 두려워하여 속히 자신을 돌아보고 잘못된 행동을 고치게 하려는 것임을 알 수 있습니다.

신들이 가만히 생각해 보면, 요堯·순舜 두 임금과 우禹·탕湯·문왕文王 세 임금의 시대가 융성했던 것은 행동거지 하나하나를 반드시 때에 맞게 하고 의리에 합하게 하였기 때문입니다. 그러므로 지나친 행동이 없어서, 모두들 "한결같구나, 왕의 마음이여! 대단하구나, 왕의 말씀이여!"라고 하였습니다. 이 때문에 말과 행동, 정치가 모두 후세의 모범이 되었으며, 혹시라도 홍수나 가뭄과 같은 재앙, 마른하늘에서 번개가 치는 갑작스러운 재앙이 일어나면 근심하고 두려워하여 몸을 닦고 반성하였으며, 여러 사람들에게 자신이 잘하고 잘못한 것을 물어서 행동을 고쳐 하늘의 재앙과 변고變故가 사라지게 하였습니다.

그러므로 재앙을 복으로 바꾸고, 약한 것을 강하게 만들어 그 기업基業을 끝없이 후세에 전할 수 있었습니다.

한漢나라와 위魏나라 이후로 임금들이 마음을 바루고 몸을 닦지 않아, 도道를 행하고 덕德을 펼치는 임금이라는 공적인 자리를 자신의 마음을 만족하게 하고 욕심을 채우는 사사로운 것으로 삼아, 궁 밖에서는 낮을 분간하지 못하고 궁 안에서는 밤을 구분하지 못하였습니다. 그러므로 정치에 관한 이야기를 듣는 회수는 제한하였으나 비빈妃嬪들과 만나 노는 것은 한정이 없었고, 연회를 베풀고 노는 것은 한도가 없었으나 공경公卿 대신들을 만나는 것은 지극히 적었습니다. 그러나 세상의 모든 일들은 원인이 있으면 결과가 없을 수 없는 것이니, 이렇게 되면 공경 대신들을 궁 안에서 부릴 수 없게 되고, 비빈들 또한 궁 바깥에서 부릴 수 없게 됩니다. 이렇게 된 이후에 겨우 형벌을 받지 않고 남아 있는 몇 사람을 사용하여 그와 같은 상황에서 명령을 받게 하고, 여기에 더하여 천성이 영리하고 말을 잘 하면서 남의 얼굴을 잘 살피고 비위나 살살 맞추는 이런 사람은 임금의 뜻을 잘 받들기 때문에 명령하고 부리는 일에 참으로 쓸 만하다고 여겨, 아침저녁으로 내고 들이는 임금의 명령을 맡기게 됩니다. 이 때문에 신하들을 임명하고 내쫓는 것과 상을 주고 벌을 내리는 권한이 가까이 있는 익숙한 이들에게 점점 옮겨 가지만 스스로 알지 못하니, 이것이 어찌 작은 일이겠습니까. 아첨하는 말이 날마다 귀에 들려와 참으로 천하의 일이 모두 걱정 없는 줄 알고, 연회와 여색에만 마음을 써서 뒤뜰에서 날마다 취해 있고, 사치만 점점 심해져서 토목 공사를 자주 일으켜 마침내 그 몸이 죽고 나라를 기울어지게 한 임금이 어느 시대에서나 있었습니다. 옛날 성인들께서 정鄭나라의 음란한 노래를 물리치고 간사한 사람을 멀리 한 것은 진실로 이런 까닭에서입니다.

가만히 생각해보면, 전하께서는 슬기롭고 총명하신 자질로 하늘과 사람들의 노움을 받아 왕업의 터전을 여시고 왕이라는 큰 자리에 올라, 정치의 법도를 모두 중국의 성인이 다스리시던 삼대三代를 본받으셨으니, 참으로 한漢·당唐나라 이후로는 없었던 것입니다. 그러나 신들의 소견으로 볼 때에 언어言語와 행동거지에 간혹 그 융성했던 삼대와 어긋나는 것이 있기 때문에 신들이 감히 말씀을 드립니다. 신들이 가만히 보면, 요즈음 궁중에서 풍악소리가 밤을 새울 때가 있으니 이것은 성정性情을 기르는 방법이 아니며, 임금의 수레가 가볍게 대궐 밖으로 나갈 때가 있으니 이것은 후세에 본을 보이는 도리가 아니며, 토목공사가 정해진 법도를 넘어서니 이것은 백성들을 아끼고 돌보는 뜻이 아니며, 아첨하는 사람이 좌우에 있으니 몸을 바루고 아랫사람을 거느리는 도리가 아니며, 부처와 귀신에게 빠져 있으니 이것은 하늘을 두려워하고 몸을 닦는 마음에 도움이 되는 것이 아니며, 임금의 수레 앞에 음악을 담당하는 여인을 두는 것은 격식을 갖춘 엄숙한 위엄과 의리에 흠이 되는 것입니다. 이러한 몇 가지 일은 모두 사람들이 의심하는 것이며, 하늘이 노여워하는 것입니다.

가만히 생각해보건대, 전하께서 이제二帝·삼왕三王이 다스리던 융성한 시대를 본받고 한漢나라·위魏나라 이후의 잘못된 일을 깊이 거울삼아, 풍악을 들으시되 절제하시고, 나가 노실 때를 일정하게 하시고, 토목 공사를 줄이시고, 아첨하는 무리들을 물리치시고, 부처와 귀신을 섬기되 번잡하게 하지 마시고, 음악을 담당하는 여인들을 금지하여 가까이 하지 않으신다면, 백성들은 마음속으로 즐거워하고 하늘의 노여움은 풀릴 것입니다. 전하께서는 깊이 살피셔서 이 상소를 받아들여 주십시오.

至不可玩者, 上天之怒, 尤不可忽者, 斯人之疑. 知所以解人心之疑, 則可以息天心之怒矣. 今月二十二日, 當殿下游幸之時, 天大雷電雨雹, 以至連日, 乃知天心仁愛殿下, 欲恐懼修省改行之速也.

臣等竊惟, 二帝三王之盛, 一行一止, 必於其時, 必於其義, 故動無過擧, 而皆曰 一哉王心, 大哉王言. 是以言行政事, 皆可法於後世. 其或有水旱之災雷電之變, 惕然修省, 延訪得失, 恐懼改行, 以消變異, 故能變禍爲福, 化弱爲强, 而垂基業於無窮. 漢魏以降, 爲人君者不能正心修身, 以行道布德之公位, 爲快情逞欲之私居, 外不分於晝, 內不分於夜. 故聽政有數, 而妃嬪御幸者無常, 宴游無度, 而公卿進接者至少. 然天下萬事, 來者不可不應, 公卿旣不可使之於內, 妃姬又不可使之於外. 於是用刑餘之人, 將命於其間者矣. 復有性識儇利, 言語辨給, 善伺候顏色, 承迎志趣, 故人君以爲眞可任使令之職, 委以朝夕出納之命. 於是黜陟賞罰之柄, 潛移於近習, 而不自知, 此豈細故哉. 卑侫之辭, 日聞於耳, 誠以爲天下之事, 擧無可虞, 極意聲色, 日醉後庭, 奢侈彌甚, 土木繁興, 以至喪身傾國者, 代不乏矣. 古之聖人放鄭聲遠佞人, 良以此也.

恭惟殿下以英明之資, 得天人之助, 開創丕基, 以登大位, 凡致治之道, 皆法於三代誠漢唐以下之所無也. 然以臣等所見揆之, 言語擧動, 或乖於三代之盛者有之, 是以臣等猶敢有言. 臣等竊觀, 近日宮中管絃之聲, 或至徹夜, 恐非頤養性情之術, 車駕或時輕出游幸, 恐非貽厥孫謀之道, 土木之役, 過於常制, 恐非愛養黎民之意, 諂諛之人, 或在左右, 恐非正身率下之理. 諂瀆佛神, 無益於恐懼之念, 駕前女樂, 有虧於儀衛之嚴. 凡此數事, 皆人心之所疑, 而天之所以怒也.

伏惟殿下, 取法二帝三王之盛, 深鑑漢魏以下之失, 聽樂有節, 遊幸有常, 省土木之役, 斥諂諛之輩, 事佛神而不瀆, 禁女樂而不通, 則人心悅而天意解矣, 惟殿下深加察納.

임금이 말했다.

"밤에 풍악을 울리고, 수레를 경솔히 내고, 수레 앞에 음악을 담당하는 여인들을 데리고 가는 것은 내가 앞으로 고칠 것이다. 부처와 귀신은 이전 시대의 임금들이 지세地勢가 좋지 않은 곳을 누르기 위해 설치한 것이니, 예조禮曹와 서운관書雲觀에서 지신을 누르도록 청한 것이고, 궁궐은 정치를 하는 곳이므로 너무 좁게 할 수는 없는 것이지만, 만약 그 법도가 지나친 것이 있으면 다시 이야기해야 할 것이다. 좌우에 있는 아첨하는 사람은 그 성명을 적어서 보고하라."

하였다.

上曰:

"夜作管絃, 車駕輕出, 駕前驅女樂, 予將改之. 佛神, 前代君王, 以地鉗設置, 禮曹書雲觀 請行禳禮. 宮闕, 聽政之所, 亦不可太狹 若有過制者, 當更以聞. 諂諛之人, 在左右者, 擧其姓名以聞."

26

02 » 전하께서 역사 기록을 보고자 하시는 것은 무엇을 하고자 하시는 것입니까

1398년(태조 7) 무인년戊寅年 6월 12일
감예문춘추관사監藝文春秋館事 신개申槩

■ 저자 소개

신개申槩 : 1374년(공민왕 23)~1446년(세종 28). 조선 전기의 문신으로, 본관은 평산平山이고, 자는 자격子格, 호는 인재寅齋 또는 양졸당養拙堂이다. 시호는 문희文僖이다. 할아버지는 보문각 대제학寶文閣大提學 신집申諿이고, 아버지는 종부시령宗簿寺令 신안申晏이며 어머니는 문하찬성사門下贊成事 임세정任世正의 딸이다.

1393년(태조 2) 식년 문과에 병과로 급제하여 검열檢閱이 되었는데, 이 때 태조가 실록을 보자고 하자 안 된다는 것을 강력히 주장하였다. 이후 간관諫官으로 있으면서 의정부 서사제도議政府署事制度의 폐지를 주장하였고, 1417년에는 천추사千秋使로 명나라에 다녀왔다. 1433년(세종 15)에는 야인野人이 자주 국경을 침입하여 큰 피해를 입히자 대신들의 반대에도 불구하고 정벌을 강력히 주장하여 야인들을 토벌하도록 하였다.

1439년에 우의정에 올랐으며, 1442년에는 감춘추관사監春秋館事로 권제權踶 등과 『고려사高麗史』를 편찬하였다. 1444년에 궤장几杖을 하사받고 기로소耆老所에 들어갔으며, 이듬해 좌의정左議政이 되었다. 재상으로 있으면서 공법貢法·축성築城 등에서 백성들에게 불편한 것을 건의하여 시정하도록 하였다. 세종의 묘정에 배향되었으며, 저서로『인재집寅齋集』이 있다.

『조선왕조실록』세종 28년 1월 5일, 신개가 죽은 뒤 사관들이 기록한 신개에 대한 평가는 다음과 같다.

의정부 좌의정 신개申槩가 죽었다. 신개의 자는 자격子格이고, 본관은 평산平山으로 고려의 태사太師인 신숭겸申崇謙의 후손이다. 어릴 때부터 총명하여 글을 잘 지었다. 계유년에 과거에 급제하여 사관史官에 임명되었고, 여러 번 관직을 옮겨 사간원 우헌납司諫院右獻納이 되었으며, 이조 정랑吏曹正郎으로 옮겨 의정부 검상議政府檢詳을 겸임하였고 사인舍人으로 승진하였다. 계사년 우사간右司諫에 임명되었으나, 이듬해에 언사言事 때문에 파면되었다가 얼마 지나지 않아 예조 우참의禮曹右參議에 임명되었고, 충청·황해·경상·전라도의 감사와 형조 참판을 지냈다. 신해년에 사헌부 대사헌에 임명되었고, 임자년에 지중추원사知中樞院事가 되었다가 다시 대사헌에 임명되었으며, 이듬해에 이조 판서에 임명되었다.

병진년에 의정부 참찬議政府參贊이 되어 왕명王命을 받아『고려사』를 찬수撰修하였고, 조금 뒤에 찬성贊成에 승진하여 의논할 일이 있으면 번번이 내전內殿에 불려가 일을 의논하였다. 정사년에 글을 올려 소금을 전매하는 법을 시행하도록 청하였다. 기미년 우의정에 임명되자 글을 올려 사퇴謝退를 청하였는데, 임금이 "이것은 내 뜻이 아니라, 바로 태종太宗의 유교遺教이다."라고 하며 사퇴를 허락하지 않았다. 갑자년에 안석[几]과 지팡이[杖]를 내려 주었고, 을축년 좌의정에 승진되었으나 이때에 죽으니 나이 73세였다. 임금이 매우 슬퍼하여 3일 동안 조회를 폐하고, 조문弔問과 부의賻儀를 예법에 맞춰 하고 나라에서 장사를 치러 주었다. 문희文僖라는 시호諡號를 내리니, 학문에 부지런하고 묻기를 좋아하는 것을 문文이라고 하고, 조심하고 두려워하는 것을 희僖라고 한다.

신개는 타고난 천성이 단정하고 엄숙하며, 일을 처리하는 것이 근면하고 근신하였다. 계축년에 야인野人이 국경 지역을 침범하여 사람과 가축을 죽이고 사로잡아 가니, 임금이 마음을 단단히 차려 이들을 토벌하려고 하였는데, 대신大臣들 중에는 옳지 않다고 하는 사람이 많았다. 신개는 임금의 뜻을 헤아려 알고 글을 올려 토벌하기를 청하였는데, 토벌하는 방법과 길을 나누어 가서 공격할 때 지나가는 길까지 자세히 다 말하였으며, 그 말이 상세하여 임금의 뜻에 그대로 합해서 임금이 크게 기뻐하였다. 이로부터 갑자기 발탁하여, 신개를 얻은 것이 늦었다고 하였다. 일찍이 좌우左右의 신하에게 "신개는 직위가 그 재주에 맞지 않다."라고 하더니, 몇 해가 되지 않아 수상首相이 되어 임금의 사랑이 비할 데가 없었다.

그러나 사람됨이 지나치게 살펴, 재상의 직위에 있은 뒤로는 일을 의논할 때 오로지 남의 마음에 맞기만을 힘썼으니, 소금을 전매하자는 주장이나 입거入居·공법貢法·행성行城 등 백성에게 불편한 것은 모두 신개가 앞장서 주장하여 건의建議한 것이기 때문에 당시 세상 사람들이 그를 비난하였다. 뒤에 세종世宗의 묘정廟庭에 배향配享되었다. 아들은 신자준申自準·신자승申自繩·신자형申自衡이다.

(『국조인물고國朝人物考』·『인재집寅齋集』·『조선왕조실록朝鮮王朝實錄』·『한국민족문화대백과사전』·『한국한자어사전韓國漢字語辭典』)

■ **평설**評說

이 글은 1398년(태조 7) 6월 12일 감예문 춘추관사監藝文春秋館事로 있던 신개申槪가 태조에게 올린 상소문이다. 신개의 문집인 『인재집』에 모두 16편의 상소문이 수록되어 있지만, 이 상소문은 수록되어 있지 않다. 이 상소를 올렸을 때

신개는 25세의 젊은 나이로, 왕명의 작성과 시정時政의 기록 및 역사의 편찬을 관장하던 예문 춘추관사藝文春秋館의 감관사監館事로 있었다.

사초史草 문제는 조선 시대 전 시기를 관류貫流하는 중요한 문제였다. 흔히들 사초 문제라면 김종직金宗直이 1457년(세조 3) 꿈에서 의제義帝(초楚나라 회왕懷王)를 만난 뒤에 쓴 「조의제문弔義帝文」을 그의 제자 김일손金馹孫이 사관史官으로 있으면서 사초史草에 기록했고, 그 사실을 1498년(연산군 4)『성종실록』을 편찬할 때 당상관堂上官으로 있던 이극돈李克墩이 유자광柳子光에게 고발하여 무오사화戊午士禍를 일으키게 된 사건 정도로만 알고 있지만, 사초 문제는 조선왕조가 문을 열면서부터 시작하여 대한제국이 막을 내릴 때까지 임금과 신하 사이의 첨예한 대립을 만드는 가장 중요한 것이었다. 그것은 그만큼 조선의 임금들이 자신에 대한 평가에 신경 썼고, 두려워했음을 의미하는 것이라고 생각할 수 있다. 그런데, 사초의 열람을 요구하는 임금의 목소리가 커지면 커질수록 반대하는 신하들의 목소리도 따라서 커졌다.

태조가 사초의 열람을 요구한 것은 1393년(태조 2) 1월 고려조에서 사관을 지냈던 이행李行이 사초에 우왕禑王 · 창왕昌王을 태조가 죽였다고 기록한 사실을 알게 되면서부터 시작되었다. 이 사건 이후로 태조는 사초에 기록된 자신의 모습과 평가에 대해 상당한 신경을 썼고, 지속적으로 신하들에게 사초의 열람을 요구하였지만, 태조의 요구가 있을 때마다 신하들은 임금이 자신에 대해 기록한 사초를 열람해서는 안 되는 이유를 소리 높여 이야기하였다. 이 상소는 바로 그 시기에 나온 것이다.

태조는 당 태종도 자신에 대해 기록한 사초를 보았으니 자신도 볼 수 있다고 하며 사초 기록의 열람을 요구하였다. 이에 대해 신개는 다음과 같은 논리로 태조가 사초를 열람해서는 안 된다고 주장하였다. 신개는 임금이 사초 내용의 진위眞僞와 누락을 걱정하는 마음은 알겠지만, 사초는 사신史臣들의 노력에 의해 진실로 확정된 것을 기록하는 것이며, 나라의 제도에 의해 선발된 수많은 신하들이 함께 기록하여 빠트리는 내용이 없으니 걱정하지 않아도 된다는 것이다.

또, 신개는 사초 기록의 목적으로 임금의 언행言行과 정치, 신하의 시비득실是非得失을 있는 그대로 기록하여 후대의 임금이 경계하고 잘못을 저지르지 못하게 하는 것이라고 하였다. 따라서 임금이 자신에 대해 기록된 사초를 보게 될 경우 첫째 사관史官들이 사실을 숨기고 피하여 바른 대로 쓰지 못할 뿐만 아니라 임금에게 아첨하는 내용을 쓰게 되며, 둘째 후대의 임금들에게 자신에 대해 기록한 사초를 열람하는 구실을 만들어 주게 되며, 셋째 사신史臣들이 사실대로 역사를 기록할 수 없게 하여 후대 임금을 권장하고 경계할 수 없게 되며, 넷째 태조가 후대 사람들의 조롱을 받게 될 뿐만 아니라 태조 시대의 훌륭했던 일조차 사관들이 아첨하여 쓴 것이라는 의심의 대상이 될 것이라고 하였다.

그러나 이와 같은 신개의 상소를 보고서도 태조는 자신의 뜻을 굽히지 않았다. 태조는 사초를 보고자 하는 것이 자신에 대한 기록이 좋은가 나쁜가에 목적이 있는 것이 아니라 사신史臣들이 사실을 알지 못하여 잘못 기록할까 걱정되기 때문이라고 하였다. "임신년 왕위에 오를 때, 임금과 신하의 사이에 몰래 이야기한 것은 대부분 사신史臣들이 알지 못한다."고 하였는데, 이와 같은 이야기로 보아 사초를 확인해 보고자 하는 태조의 의지는 확고했었던 것 같다. 이는 태조 스스로 지니고 있었던 조선 왕조의 건국에 대한 세간의 평가와 건국 당시 자신의 행동에 대한 두려움 때문이라 보인다. 어떤 일이든 시작할 때 당당하지 않으면 그 일을 해 나가는 동안 언제나 시작할 때 있었던 일의 부끄러움과 두려움에서 벗어날 수 없는 것은 그 일의 크기나 중요함과 관계없이 모두 똑같은 것이 아닐까 생각된다. 왕이 된 태조의 행동을 보면 목적의 정당성이 과정과 행위의 정당성을 보장하지 않는다는 격언이 다시 떠오른다. 이 상소를 보면 신개의 졸기卒記에서 신개에 대해 "문희文僖라는 시호諡號를 내리니, 학문에 부지런하고 묻기를 좋아하는 것을 문文이라고 하고, 조심하고 두려워하는 것을 희僖라고 한다. 신개는 타고난 천성이 단정하고 엄숙하며, 일을 처리함이 근면하고 근신하였다."라고 한 것이 분명 이유 있는 것이라고 하겠다.

■ **역문**譯文

　살펴보면, 옛날 여러 나라에서는 각각 사관史官을 두고 임금의 언행言行과 정치, 신하의 시비득실是非得失을 모두 바른 대로 쓰고 숨기지 않았습니다. 그렇기 때문에 기록할 당시의 임금과 신하에게는 그 당시의 역사 기록을 감추어서 다음 세상에 전하여, 다음 시대의 임금이 호령號令하거나 말하고 행동할 때에 이 기록으로 경계를 삼아 감히 잘못을 저지르지 못하게 하였으니, 사관史官을 설치한 뜻이 깊은 것입니다. 예전 당唐나라의 태종太宗이 방현령房玄齡에게 "이전 시기에 사관史官이 기록한 것을 임금이 보지 못하게 한 것은 무엇 때문인가?"라고 물으니, 방현령이 "사관은 헛되이 칭찬하지 않으며 나쁜 점을 숨기지 않으니, 임금이 이를 보면 반드시 노하게 될 것이기 때문에 감히 임금에게 드리지 않았습니다."라고 하였습니다. 태종이 이에 방현령에게 순서대로 편찬하여 올리게 명하자, 방현령이 『실록實錄』을 편찬하여 책을 만들어 올렸지만, 그 말이 대체로 은근하여 숨긴 것이 많았습니다.

　당 태종의 현명함으로 볼 때 당연히 바른 대로 쓰는 것을 싫어하지 않을 것 같은데, 방현령 같이 한 시대의 뛰어난 재상도 오히려 숨기고 피하여 감히 바른 대로 쓰지 못했으니, 하물며 당 태종에게도 미치지 못하는 후대의 임금들이 자신이 왕으로 있는 당대의 역사 기록을 보고자 한다면, 아첨하는 신하가 어찌 방현령이 사실을 숨기고 피한 정도에서만 머물 뿐이겠습니까?

전하께서는 하시는 모든 일을 하夏·은殷·주周 삼대三代를 본받으시는데, 요즈음에 특별히 교지敎旨를 내려서 지금 이 시대의 역사 기록을 보고자 하시니, 신들은 교지를 듣고 조심스럽고 두렵습니다. 가만히 보면 당나라 태종도 역사 기록을 본 일로 후대의 조롱을 면하지 못하였습니다. 이것이 바로 당 태종이 덕망을 잃은 일이니 어찌 전하께서 본받을 일이겠습니까?

을해년에도 전하께서 역사 기록을 보려고 하셨다가 마침내 그만두셨으니, 한 시대의 법을 세운 것이 엄격한 것이고 만 세대世代의 공론公論을 얻으신 것입니다. 그런데, 지금 또 이러한 명령을 하시니, 신들은 알지 못하겠습니다만 그 기록의 옳고 그른 것을 보아서 후세의 경계로 삼고자 하시는 것입니까? 아니면 헛된 기록과 바른 기록을 열람하여서 잘못된 기록을 바루고자 하시는 것입니까? 이것도 아니라면 또 다 기록되지 않은 것을 살펴서 그것을 다 기록하도록 하시려는 것입니까?

만약 훗날의 경계로 삼고자 하신다면, 옛날의 성현聖賢들이 남긴 글을 보아서 다스려짐과 어지러움, 흥하고 망한 자취를 살펴보면 될 것이니, 어찌 반드시 지금 당대의 역사를 본 뒤에야 경계할 줄을 알겠습니까? 잘못된 기록을 바루고자 하신다면, 사신史臣이 된 사람이 진실로 널리 묻고 찾아서 반드시 참으로 사실을 안 뒤에야 그 사실을 역사 기록에 쓰는 것이니, 어찌 풍문風聞과 억측, 불성실하고 경박하며 거짓된 일을 기록하여 후세 사람들을 속이겠습니까? 다 기록하도록 하려고 하신다면, 나라의 제도에 의해 선발하여 임명한 수찬修撰에서부터 직관直館에 이르기까지의 관리들이 각각 자신들이 보고 들은 것에 근거해서 기록하여 역사를 만들었으니, 그 수십 명이 보고 들은 것에 어찌 다 빠져서 기록되지 않는 일이 있겠습니까? 신들은 알 수 없습니다만, 전하께서 역사 기록을 보고자 하시는 것은 무엇을 하고자 하시는 것입니까?

가만히 생각해보면, 나라를 세운 임금은 후손들의 모범이 되는데, 전하께서 전하 시대의 역사 기록을 보시게 되면, 대를 이은 후대의 임금들이 이를 구실로 삼아 반드시 "내 아버지께서 하신 일이며 내 할아버지께서 하신 일이다."라고 하면서 다시 서로 이어서 역사 기록을 보는 것이 습관이 되어 일상적인 일로 여길 것입니다. 그렇게 된다면 사신史臣이 누가 감히 사실대로 기록하겠습니까? 사관史官이 사실대로 기록하지 않아서 좋은 일과 나쁜 일을 보여서 권장하고 경계하는 뜻이 어두워지면, 한 시대의 임금과 신하가 무엇을 꺼리고 두려워해서 자신을 돌아보고 반성하여 닦겠습니까? 그렇다면 지금 전하께서 현재의 역사를 보시고자 하는 일은 아마도 자손들에게 좋은 생각을 전해 주는 방법은 아닐 것입니다. 더구나 태평한 시대에 현명한 임금과 어진 신하가 만나서 정치와 교화敎化, 호령號令이 더할 나위 없이 좋고 아름다워서 모든 것이 후대의 스승으로 본받을 만하여 책 속에 빛나고 있는 이 때, 만약 이런 시대에 전하께서 지금 시대의 역사 기록을 한 번 보신다면 후세 사람들이 반드시, "그 때에 임금이 친히 보셨으니, 그 때의 사신史臣들이 어찌 사실대로 쓸 수 있었겠는가?"라고 할 것이니, 그렇게 된다면 전하의 크신 덕과 위대한 업적이 도리어 거짓된 글이 되어 신용을 얻을 수가 없게 될 것입니다. 어찌 태평한 시대의 성대한 법도에 잘못이 되지 않겠습니까? 엎드려 바라옵건대, 특별히 뛰어난 많은 생각을 하셔서 상소의 뜻을 허락한다는 교지敎旨를 내리셔서, 지금 시대의 역사 기록을 보겠다고 하신 명령을 그만두시면 공도公道를 위해 매우 다행이라고 생각합니다.

竊惟古者列國, 各有史官, 君上之言行政事, 臣僚之是非得失, 皆直書不諱. 故當代君臣, 秘其時史, 以遺後世, 而於號令言動之際, 因以爲戒, 而莫敢爲非, 其置史之意深矣. 昔唐太宗謂房玄齡曰, 前世史官所記, 不令人主見之, 何也. 玄齡對曰, 史官不虛美不隱惡, 人主見之必怒, 故不敢獻也. 太宗乃命玄齡, 撰次以進, 玄齡編爲實錄, 書成上之, 而語多微隱.

夫以太宗之賢, 宜無嫌於直書, 玄齡一代之明相, 猶且隱避, 不敢直書. 況後世之君, 或不及太宗, 而欲見時史, 則寧侫諛之臣, 豈當玄齡之隱避乎. 恭惟殿下, 凡所施爲, 動法三代, 而近日特下敎旨, 欲觀時史, 臣等聞敎祗懼. 竊謂唐太宗見之, 而不免後世之譏. 此乃太宗之失德, 豈殿下之所當法乎. 歲在乙亥, 殿下亦欲觀覽而遂止, 一代之立法嚴矣, 萬世之公論得矣. 今又有是命, 臣等未知欲觀其是非, 以爲後世之戒乎. 欲閱虛實, 以正其訛謬乎. 抑亦考其未盡記者, 而使之悉書乎. 若以爲後日之戒, 則宜觀古昔聖賢之遺書, 以鑑其治亂興亡之迹. 何必覽時史, 然後知戒乎. 欲正其訛謬, 則爲史臣者, 固當廣詢博訪, 必眞知其實, 然後書之. 豈錄其風聞臆見浮誕之事, 以欺後世哉. 以爲使之悉書, 則國制自充修撰, 以至直館, 各據見聞, 錄爲史草. 其數十人之見聞, 豈皆遺失而不錄哉. 臣等未知殿下之覽史, 欲何爲也.

竊伏惟念, 創業之君, 子孫之所儀刑也. 殿下旣覽時史, 則繼世之君藉口, 必曰, 我考之所爲也, 我祖之所爲也. 更相繼述, 習以爲常, 則史臣誰敢秉直筆乎. 史無直筆, 而示美惡垂勸戒之意晦矣, 則一時君臣, 何所忌憚而修省乎. 則今日覽史之擧, 殆非貽厥孫謀之道也. 且當聖代, 明良相遇, 政敎號令, 盡善盡美, 皆可師法, 輝映簡策. 苟殿下一覽之, 恐後世之人必將曰, 時君所親覽也, 其史臣豈肯直書乎. 則使殿下盛德大業, 反爲虛文, 而無以取信矣. 豈非有累於明時之盛典乎. 伏望特留神念, 下兪允之旨, 停覽史之命, 公道幸甚.

임금이 허락하지 않고서 즉시 명령하였다.

"지금 현재의 역사를 직접 보려고 하는 것은 좋고 나쁜 행실의 자취를 보고자 하는 것이 아니다. 임신년 왕위에 오를 때, 임금과 신하의 사이에 몰래 서로 이야기한 것은 대부분 사신史臣들이 알지 못한다. 이전에 이행李行이 지신사知申事가 되었을 때에, 그가 기록한 것들이 또한 바르지 못했으니, 그 나머지 사신들이 어찌 임금과 신하 사이에 이야기한 말들을 다 알 수 있겠는가? 고려 공민왕으로 이후로부터 이미 편찬한 역사 기록과 임신년 이후의 사초史草를 가려내어 바치도록 하라."

하였다.

上不允, 卽命曰:

"今所以親覽者, 非欲觀善惡之迹. 壬申卽位之時, 君臣之間, 潛相言語, 率多史臣之所不知也. 李行嘗爲知申事, 其記事亦不直, 其他史臣, 焉能盡知君臣之言語乎. 前朝恭愍王已來, 已修之史及壬申年以來史草, 擇出以進."

03 » 국방國防을 폐지할 수는 없으나, 백성 구제가 우선입니다

1426년(세종 8) 병오년丙午年 1월 16일
사간원 좌사간司諫院左司諫 허성許誠

■ 저자 소개

허성許誠 : 1382(우왕 8)~1441(세종 23). 조선 전기의 문신으로, 본관은 하양河陽이고 자는 맹명孟明이다. 허윤창許允昌의 증손으로, 할아버지는 허귀룡許貴龍이고, 아버지는 한성부 판윤漢城府判尹 허주許周이며, 어머니는 이원상李元裳의 딸이다. 시호는 공간恭簡이다.

1402년(태종 2) 식년문과에 동진사同進士로 급제하여 예문관 검열藝文館檢閱을 거쳐, 사간원 우정언司諫院右正言이 되었고, 이후 형조·예조·병조의 좌랑佐郎을 거쳐, 1411년 지평持平에 올랐다. 얼마 뒤 공조 정랑工曹正郎에 올랐고, 장령掌令이 되었다. 1421년(세종 3)에 지사간원사知司諫院事가 되었으며, 우사간右司諫과 동부대언同副代言을 거쳐, 지신사知申事가 되었다. 1431년에 대사헌大司憲에 올랐고, 곧이어 형조 참판刑曹參判과 예조 참판禮曹參判을 지낸 뒤 경기도 도관찰사京畿道都觀察使가 되었다.

1435년 예조 판서禮曹判書에 올랐으나 병으로 사임하였다. 이듬해 동지중추부사同知中樞府事가 되었고, 1438년에 중추원사中樞院使를 거쳐 이조 판서吏曹判書가 되었다. 1440년 예문관 대제학藝文館大提學에 이르러 병으로 사임하였다. 성격이 강직하여 불의를 못 참았으며, 총명하여 왕의 총애를 받았다.

『조선왕조실록』세종 24년 6월 14일, 허성이 죽은 뒤 사관들이 기록한 허성에 대한 평가는 다음과 같다.

전 예문 대제학藝文大提學 허성許誠이 죽었다. 허성의 자는 맹명孟明이니, 허주許周의 아들이다. 임오년(1402)에 과거에 올라 예문 검열藝文檢閱이 되었으며, 사간원 우정언司諫院右正言과 형조 · 예조 · 병조 삼조三曹의 좌랑佐郎을 역임하였다. 신묘년에 사헌 지평司憲持平으로 승진하여 나라의 정무政務를 맡은 사람들이 저지른 불법한 행동을 탄핵하였는데 말이 아주 적절하니, 태종太宗이 노하여 그냥 걸어서 집으로 돌아가게 하였다. 얼마 뒤에 공조 정랑에 임명되었다가 여러 번 관직을 옮겨 사헌 장령司憲掌令이 되었다. 신축년에 태종이 낙천정樂天亭에서 연회를 개최할 때, 대간臺諫에게 명하여 입시入侍하도록 하고, 태종이 허성에게 일어나서 춤을 추게 명한 뒤에 세종世宗을 돌아보면서 말하기를, "이 사람은 나의 어진 지평持平이다."라고 하였다.

사간司諫 · 우사간右司諫 · 동부대언同副代言을 역임하고 지신사知申事로 관직을 옮겼다. 신해년에 대사헌으로 발탁되었고, 형조 · 예조의 참판을 거쳐 외직으로 나가서 경기도 관찰사京畿都觀察使가 되었다가, 예조 판서로 승진하였고 이조 판서로 관직을 옮겼다. 경신년에 예문학 대제학으로 관직을 옮겼으나 얼마 뒤에 아버지 상喪을 당하였다. 이때에 와서 죽으니 나이 61세였다.

부고訃告가 들리자 2일 동안 조회를 폐하고 조문弔問과 부의賻儀를 하였으며, 공간恭簡이라는 시호를 내렸으니, 사무를 보는 것이 견고한 것을 공恭이라고 하고 순일純一한 덕으로 게을리 하지 않는 것을 간簡이라고 한다. 허성은 말이 없이 조용하였으며 엄격하고 신중하여서, 일에 대해 헤아려 생각하고 권세와 힘에 굴복하지 않았다. 처에게서 난 아들은 없고 첩의 아들이 있다.

(『조선왕조실록朝鮮王朝實錄』・『한국한자어사전韓國漢字語辭典』・『한국민족문화대백과사전』)

■ **평설評說**

이 글은 세종 초기의 국가 상황에 대한 신하의 고민을 담아 쓴 사간원 좌사간司諫院左司諫 허성許誠의 상소이다. 당시 세종과 신하들은 모두 백성들이 조금이라도 편안하게 살 수 있도록 해야 한다고 생각하고 있었다. 하지만, 직면한 상황에서 해야 할 일의 선후先後에 대한 판단에서 차이를 보인다. 임금과 신하라는 각자의 위치가 만든 선택의 차이가 아닐까 생각된다.

상소의 서두에서 허성이 밝혔듯이 강무講武라는 군사 훈련이 국방國防을 위해서 중요한 일이기 때문에 폐지할 수 없다는 것은 분명하다. 하지만, 허성이나 다른 신하들이 생각하기에는 미래의 국방보다 당장 백성들이 살 수 있도록 구제하는 것이 더욱 먼저 해야 할 일이라는 것이다. 이 상소를 올릴 당시 세종 즉위 초부터 계속되었던 가뭄으로 백성들이 고통 받고 있지 않았다면 아마 허성은 이런 상소를 올리지 않았을 것이다.

신하들의 상소가 어떤 뜻인지 세종 역시 잘 알고 있었던 것 같다. 그래서 세종도 허성의 상소에 대해 "실시 기간을 짧게 하라."고 한 뒤에 다시 "횡성橫城의 행차를 그만둔다."고 하여 강무를 실시하지 않겠다는 생각을 보였었던 것 같다. 하지만, 국방을 담당하는 병조에서 올린 글을 보고 세종은 생각을 바꾸었다. 국방이란 언제나 무엇보다 앞서는 중요한 일이라는 판단이 선 것이다.

세종의 고민이 어느 정도였는지는 알 수 없지만, 상소에 대한 세종의 답으로 보아 강무를 실시하겠다고 명하기까지 여러 가지 생각을 했었다고 보인다. 그래서 "매우 가상히 여긴다."라고 하여 자신에게 거듭 상소를 올려 강무를 그만둘 것을 건의하는 신하들의 마음을 이해하고 받아들인다고 밝혔다. 비록 자신과 선택을 달리했지만, 신하들의 생각 역시 백성들을 위한 것이었기 때문일 것이다. 상소에 대한 세종의 답으로 보아 강무를 실시하겠다는 세종의 판단은 크게 세 가지에 근거한 것이다. 첫째는 강무가 국가의 중요한 일이라는 것이고, 둘째는 강무라는 것이 백성들의 힘을 빌려 이루어지는 것이기 때문에 흉년은 물론이고 풍년이라도 백성들에게는 고통스러운 일이라는 것이고, 셋째는 선왕 때부터 만들어 놓은 법이고, 이 법을 흉년이라는 이유로 폐지한다면 앞으로 지속될 수 없을 것이라는 것이다.

백성들의 고통을 알기 때문에 그들을 조금이라도 편안하게 해 주자는 신하들의 뜻을 세종이 따라주지 않을 이유가 없었지만, 임금이었던 세종으로서는 신하들과 달리 당장의 편안함, 한 번의 소홀함으로 무너질 수 있는 많은 것들에 대해 고민하지 않을 수 없었을 것이다. 임금으로 지켜야 할 국가의 안위와 지금 당장 백성들이 겪는 고통 사이에서 세종은 현재의 고통보다 미래의 국가 안위를 선택했다. 세종의 선택이 얼마나 현명한 것이었는지는 보장할 수 없지만, 세종 15년과 19년 조선을 괴롭히던 여진족을 정벌하기 위해 실시한 파저강婆猪江 전투의 승리는 국방에 대한 세종의 확고한 의지와 준비가 만들어 낸 결과라고 할 수 있다.

현재와 미래의 사이에서 무엇을 선택할 것인가는 지도자의 의지에 달려있다. 다만, 그 사이에서 하나를 선택했다고 해서 나머지 하나를 완전히 버려서는 안 된다. 현재를 위해 미래를 버릴 수도 없지만, 현재가 없으면 미래도 없기 때문이다. 당시 세종이 비록 미래의 국가 안위를 선택했지만, 이 시기 세종은 10여일을 앓은 채로 밤을 지새울 만큼 백성들의 삶에 대해 고민하며 괴로워했었다고 한다.

　신臣들이 이전에 경기도에 흉년이 들었으므로 금년 봄의 강무講武를 그만둘 것을 건의하였는데, 전하께서 신들에게 "실시 기간을 짧게 하라."라고 하시고, 또 "횡성橫城의 행차를 그만둔다."라고 하셔서, 신들은 전하의 답변을 받고 기뻐서 어쩔 줄을 몰랐습니다. 그런데 뒤에 병조兵曹에서 올린 계啓를 보시고, 다시 지난날의 말씀을 취소하시고 봄철의 강무를 실시한다는 명령을 내리시니, 신들은 생각하건대 강무란 것은 국방國防을 위한 중대한 일이므로 이것을 폐지할 수는 없으나, 백성을 구제하는 것이 어진 정치에서 더욱 선행되어야 할 것입니다. 몇 년 전에 가뭄이 극심하여 농사가 제대로 되지 못하였는데 경기 지역은 유독 심하였습니다. 경기 감사京畿監司의 보고에 의하면, 농사에 실패한 백성을 봄철부터 구제하고 있으며, 사복시司僕寺에 바치는 마초馬草도 감당할 도리가 없어 다른 도에 옮겨 주기를 요청하였습니다. 또 강원도는 약간 풍년이 들었다고 하나, 기해년 이후로 농사에 실패하고 떠돌아다니는 백성이 아직도 완전히 모여들지 못하였으니, 이 시기야말로 그들을 위로하며 모아들여서 안정된 생활을 하도록 할 시기이며, 노동과 노역에 동원할 때가 아닙니다. 더군다나 강무는 1년에 두 차례가 있으니, 흉년일 경우에 한 차례를 정지한다고 해서 군사적 준비에 무슨 차질이 있겠습니까. 전하께서는 대신을 접견하거나 지방관을 보실 때마다 언제나 간곡하게 백성을 구호하고 폐해를 덜어 주라고 반복하여 말씀하셨는데, 백성을 구제해야만 할 이런 시기에 하필이면 그들을 괴롭히는 일을 꼭 실시하려고 하십니까. 바라옵건대 전하께서 금년 봄의 강무를 중지하셔서 백성들을 구제하신다면 이보다 더 다행한 일이 없지 않을까 합니다.

臣等前日, 以京畿失農, 請停今春講武之擧, 殿下敎臣等, 以減日數, 且停橫城行幸.
臣等謂蒙兪音, 不勝欣幸, 後以兵曹之啓, 復收前日之兪音, 又下春等講武之命. 臣等竊
謂講武, 軍國重事, 雖不可廢, 恤民, 仁政所先. 年前旱氣太甚, 農事不成, 而京畿尤甚,
至如京畿監司所啓, 失農之民, 自春賑救, 司僕納草, 尚不能支, 請移他道. 且江原雖曰
小稔, 自己亥以來, 失農流亡之民, 尚未完復, 此正勞來安集之日, 恐非動勞服役之時也.
況講武, 歲有二擧, 如遇歲歉, 雖停一擧, 何損於武備乎. 殿下每當接大臣見守令之際,
拳拳以恤民除瘼, 反覆論之, 乃何當此賑恤之日, 必擧服勞之事乎. 伏望殿下寢今春講武
之擧, 以恤民生, 不勝幸甚.

임금이 허락하지 않고 말하기를,

"지난번 그대들이 글을 올려 금년 봄의 강무를 중지하도록 청했는데, 그 말이 매우 간절하였다. 그런데 지금 또 글을 올리니 내가 매우 가상히 여기는 바이다. 그러나 강무는 국가의 중요한 행사이므로 폐지할 수 없는 것이다."

하였다.

上不允曰:

"向者爾等上書, 請停今春講武之擧, 辭甚切至, 今又上書, 予甚嘉之. 然講武, 國家重事, 不可廢也."

또 말하기를,

"강무를 실시하는 것에 대해 내가 그 폐해를 모르는 것은 아니다. 그러나 만일 폐해를 생각한다면 풍년이 들었을 때라고 한들 어찌 폐해가 없겠는가. 또 더구나 선왕 때부터 만들어 놓은 법이므로 더욱 폐지할 수 없다."

하였다.

上曰:

"講武之擧, 予非不知其有弊也. 若以爲有弊, 則雖當豐稔之歲, 豈無弊乎. 又況祖宗成憲, 尤不可廢."

살던 곳을 벗어나 도망치는 백성을 금지해야 합니다

1426년(세종 8) 병오년丙午年 8월 27일
우사간 대부右司諫大夫 박안신朴安臣

■ 저자 소개

박안신朴安臣 : 1369(공민왕 18)~1447(세종 29). 조선 초기의 문신으로, 본관은 상주이고 초명은 안신安信, 자는 백충伯忠이며, 시호는 정숙貞肅이다. 아버지는 판사재시사判司宰寺事 박문로朴文老이다.

1399년(정종 1) 식년문과에 급제하여 사관史官으로 등용되었고, 1408년(태종 8) 사간원 좌정언司諫院左正言으로 대사간大司諫 맹사성孟思誠과 함께 목인해睦仁海의 모반사건을 왕에게 알리지 않고 처리하다가 극형을 받게 되었으나, 황희·하륜·권근 등의 노력으로 유배되는 것에 그쳤다. 그 뒤 집의執義·판선공감사判繕工監事를 지냈고, 1424년(세종 6)에 회례사回禮使로 일본에 다녀왔다.

귀국 후 우사간右司諫에 임명되었고, 6조六曹의 참의參議와 참판參判을 두루 지냈다. 그 뒤 대사헌大司憲과 황해도·전라도·충청도·평안도의 관찰사觀察使 등을 역임했다. 1439년 이후 형조 판서刑曹判書·우참찬右參贊·공조 판서工曹判書·이조 판서吏曹判書겸 예문관 대제학藝文館大提學 등을 지냈다.

『조선왕조실록』 세종 29년 11월 9일, 박안신이 죽은 뒤 사관들이 기록한 박안신에 대한 평가는 다음과 같다.

예문관 대제학 박안신朴安臣이 죽었다. 안신安臣의 자字는 백충伯忠이고, 상주尙州 사람인데 판사재시사判司宰寺事 박문로朴文老의 아들이다. 과거에 올라 사관史官에 보직되었고, 무자년에 사간원 좌정언에 임명되었다. 대사헌 맹사성孟思誠과 목인해睦仁海 사건을 다스리다가 태종太宗의 뜻에 거슬려 극형을 받게 되었으나, 맹사성에게 "죽고 사는 것은 명命에 달려 있으니 무엇을 근심하고 무엇을 두려워하겠는가."하고, 시詩를 지어 벽 뒤에 썼다.

여러 번 옮겨 사헌 집의가 되고 판선공감사判繕工監事가 되었다. 갑진년에는 일본日本에서 사신을 보내 와서 대장경판大藏經板을 청하였으나 국가에서 허락하지 않고 박안신을 회례사回禮使로 삼아 예물과 불경佛經 두어 권을 보냈다. 이 때 일본왕이 우리나라에서 대장경판을 허락하지 않았다는 말을 듣고 사신을 거절하여 들이지 않고, 불경만 들이도록 하자 박안신이 글을 써서 교린交隣의 뜻으로 타이르니, 예禮로써 정중하게 맞아들였다. 돌아올 때에 일기도一岐島에 이르자, 우리와 원한이 있는 왜인이 사신의 배에 보복하려고 하였다. 박안신이 배에 올라 적에게 "예로부터 어찌 사신을 죽이는 사람이 있는가."라고 하니, 적이 끝내 침범하지 못했다.

돌아와 사간원 우사간 대부右司諫大夫가 되었고, 공조·예조·병조 참의와 병조·예조·형조·공조·이조 참판, 사헌부 대사헌과 황해·충청·전라·평안도 감사를 거쳐, 기미년에 형조 판서에 임명되었고, 그 다음해에 의정부 우참찬으로 옮겼다. 임술년 공조 판서의 자리에서 나이가 많아 물러가기를 청했으나 허락을 얻지 못하고 이조 판서에 발탁되었으며, 갑자년에 예문 대제학藝文大提學으로 옮겼다. 이때에 죽었으니 나이 79세였다. 조회를 2일 동안 정지하고 조의弔儀와 부의賻儀를 내렸다. 박안신은 성품이 강하고 과감하며 담론談論을 살하였고 검소하게 집안을 다스렸다. 시호諡號를 정숙貞肅이라고 하였으니, 곧은 도리로 흔들리지 않는 것을 정貞이라고 하고, 마음을 잡아서 결단하는 것을 숙肅이라고 한다. 아들은 박이창朴以昌·박이령朴以寧이다.

(『조선왕조실록朝鮮王朝實錄』·『한국민족문화대백과사전』·『한국한자어사전韓國漢字語辭典』·『해동명신록海東名臣錄』)

■ 평설評說

이 글은 살던 곳을 벗어나 도망치는 백성의 폐단에 대해 논한 우사간 대부右司諫大夫 박안신朴安臣의 상소이다. 우리나라뿐만 아니라 중국에서도 살던 곳을 벗어나 도망치는 백성은 중요한 사회 문제였다. 백성들이 거주지를 버리고 도망치는 행위는 대부분 관리들의 정치 실패로 인해 발생하는데, 백성들이 살아갈 방법을 찾지 못해 원래의 거주지를 떠나 살아갈 수 있는 곳으로 이주하거나 관리의 통제로부터 벗어난 곳으로 찾아갈 때 이와 같은 백성들을 망민亡民, 또는 유민流民이라고 한다. 봉건 전제주의 사회에서 망민이나 유민의 발생이나 증가는 중요한 사회·경제·국방의 문제였기 때문에, 망민이나 유민의 발생을 방지하고 억제하는 것은 지방 관리의 중요한 정치 행위 중 하나였다.

박안신의 이 상소는 망민이나 유민이 일어나게 된 원인에 대한 이야기보다 망민의 발생이 가지고 오는 문제점에 대한 이야기가 중심이 되고 있으며, 망민의 발생 원인을 백성들에게서 찾고 있다는 점에서 현재 우리들이 보기에는 상당한 문제점이 있어 보인다. 박안신이 이야기한 망민의 문제점은 크게 여섯 가지이다.

첫째는 일하지 않고 노는 것을 좋아하는 백성들이 해마다 여기저기를 전전하여 일정한 생업을 가지지 않는다는 것이고, 둘째는 악한 일을 저지르는 백성들이 도망하면 죄를 면할 수 있다는 생각을 가져 거리낌 없이 악행을 저지르고 이로 인해 좋지 않은 풍속이 조성된다는 것이며, 셋째는 군역을 꺼려 도피하기 때문에 군대의 일이 해이해지거나 폐지된다는 것이고, 넷째는 국가에서 비축한 곡식을 소모하게 된다는 것이며, 다섯째는 천민들이 도망쳐 양반과 천민의 구분이 없어지고 사역使役이 줄어들어 선비들의 기운이 막혀 없어진다는 것이고, 여섯째는 도적이 되어 국법을 어기고 이에 따라 형벌이 늘어난다는 것이다.

이 여섯 가지는 망민으로 인해 일어날 수 있는 문제점이고, 이와 같은 판단은 당대의 상황으로 유추해 볼 때 그리 잘못된 것이라고 할 수 없다. 그러나 문제는 이와 같은 문제점을 방지할 수 있는 방안, 즉 조선 사회에서 망민이나 유민의 발생을 막을 수 있는 방안에 대한 것이다. 박안신은 망민의 발생이 백성들이 지닌 일하지 않고 놀기를 좋아하는 본성에 의한 것이라고 생각했다. 따라서 그는 감사와 수령이라는 지방관이 백성을 착실하게 살피지 못했기 때문에 망민이 발생한다고 보았고, 또 거처를 옮겨 도망하는 일을 금지하는 법령이 미진하기 때문에 망민이 증가한다고 보았다.

이런 생각을 가지고 있었기 때문에 박안신은 거처를 옮겨 도망한 자에 대해서는 무거운 법을 적용해야 한다고 했는데, 이렇게 주장하는 이유는 소인小人들이 악한 짓을 하는 것이 거처를 옮겨 도망하는 것으로 계략을 삼아, 다스림의 도道에 대단히 큰 해가 되기 때문이라는 것이다. 박안신은 거처를 옮겨 도망하는 자가 끊어지면, 백성들은 일정한 거주지가 있어 일정한 생업이 넉넉해질 것이고, 일정한 마음을 가져 풍속이 아름다워질 것이며, 군사의 수도 늘어나 군사적 대비가 충실해질 것이고, 국고가 고갈되지 않을 것이며, 양민과 천민이 뒤섞이지 않고 사역이 줄지 않아 선비들의 기운이 설 것이고, 도적이 자취를 감추어 형벌이 간단하게 될 것이라고 보았다.

물론 박안신의 생각과 같이 백성들이 죽을 때까지 거처를 옮기지 않고, 그 자리에서 일하며 통제를 따라 산다면 이와 같은 효과를 가지고 올 수 있겠지만, 과연 강력한 법으로 통제하고 억제한다고만 해서 백성들이 거처를 떠나지 않을 수 있을지는 다시 생각해 볼 문제이다. 인간에게는 법보다 생존 의지가 더 강하기 때문이다. 그렇기 때문에 박안신의 이 상소가 살던 곳을 떠나 살만한 다른 곳으로 옮겨가려는 백성들을 금지하고 억제하는 이야기가 아니라, 백성들이 살던 곳을 떠나지 않을 수 있게 하는 이야기였었다면 더 좋았을 것이라는 아쉬움을 가지게 된다.

이 상소에 대해 임금이 허락하고 병조에 상소를 내려 보냈다는 기록으로 보아 임금이나 조정 관료들의 생각도 박안신과 거의 유사한 것이었다고 보인다. 특히 병조에 내려 보냈다는 점에서 거처를 떠나는 망민의 처지나 상황에 대한 고려보다 망민의 발생이라는 현상과 망민이 현실적으로 국방과 조세에 미치는 영향에 대한 고려가 우선되었다고 할 수 있다. 조선이라는 사회에서 어쩔 수 없는 조선 사회의 본질적인 한계라고 보이기도 하지만, 이 상소는 현재를 살아가는 우리들에게 조선을 바라보면서 많은 안타까움을 가지게 한다.

■ 역문譯文

삼가 생각하건대 옛날에 맹자가 왕도 정치를 논할 때, 백성들에게 일정한 생업을 갖게 하고, 일정한 마음을 갖게 하는 길에 대해서, 반드시 "옮겨 살거나 죽어 장사지내는 데도 그 고장을 나가는 법이 없다."라고 하였으니, 그렇다면 백성이 살던 곳을 벗어나 도망치는 것을 금지하여 일정한 거처가 있게 하는 것은 진실로 백성을 다스리는 큰 계책입니다. 대체로 백성들이 도망치는 것이 치도治道에 해를 끼치는 것을 이루 다 말할 수 없으나 우선 큰 것만을 들더라도 여섯 가지가 있습니다. 일하지 않고 노는 것을 좋아하는 백성들이 해마다 여기저기를 전전하며 거처를 옮기는데, 심한 자는 짓던 집도 완성하지 않고 심은 곡식이 싹도 나기 전에, 한 사람이 귀띔하고 발동하면 모두 버리고 다른 곳으로 가기 일쑤이니, 어떻게 집을 짓고 가축을 기르며, 밭을 갈고 곡식을 가꾸어 오래 살아갈 계책으로 삼기를 바라겠습니까. 이사를 자주 할수록 일정한 생업은 더욱 줄어드는 법이니, 그 폐해의 첫 번째 입니다.

처첩妻妾이 남편을 죽이고 노비가 주인을 죽이며, 강도가 사람을 살해하고 절도窃盗가 남의 재물을 좀먹는 것처럼 나라의 법을 따르지 않는 무리들은, 악한 짓을 행하는 자들이 그 죄 지은 것을 용서받지 못할 것을 알지 못하는 것이 아니지만, 마음속으로, "비록 일이 발각되더라도 도망하면 죄를 면할 수 있다."라고 생각하여, 이를 기탄없이 감행해 바르지 못한 인심과 아름답지 못한 풍속을 조성하게 되니, 그 폐해의 두 번째입니다.

우리나라는 동쪽으로 바다의 도적이 있고, 북쪽으로 야인野人이 있으니, 진실로 군정軍政만은 허술하게 할 수 없고, 또 몸이 있으면 그에 따라 군역軍役이 있는 것은 예부터 지금까지 늘 있어온 법인데, 저들이 군역을 꺼려 도피하기 때문에 군사의 수가 날로 줄어들고, 억지로 군역에 종사하는 자도 날마다 도망하려고만 마음먹어, 그 직무를 부지런히 하지 않아 군대의 일이 해이해지거나 폐지되니, 그 폐해의 세 번째입니다.

무뢰배無賴輩들이 금년에 자리를 옮겨 다른 곳에 가서 관청에 조곡糶穀을 신청하면, 그 소재지의 수령은 그들을 기근飢饉에 빠뜨리게 한 죄가 자기에게 미칠 것을 두려워하여, 무상으로 구제하기도 하고 대여하기도 하니, 한 호구가 받은 것이 많게는 수십 석에 이르지만, 이것을 끝내 환상還上하여 되갚지 않고 또 도망하여 다른 곳으로 가서는, 또 그 지역의 관청에 조곡糶穀을 신청하여 역시 이전에 했던 것과 같이 하여 국가에서 창고에 비축한 곡식을 소모하고 있으니, 그 폐해의 네 번째입니다.

예로부터 우리나라를 예의禮義의 나라로 일컬어 온 것은, 양민과 천민의 변별辨別이 있고, 선비들이 그들의 아랫사람들을 염치廉恥로 닦고 길러 나라의 일에 진력하게 했기 때문입니다. 이제 공사천인公私賤人들이 날로 심하게 도망하여, 양반과 천민이 뒤섞일 뿐만 아니라 명분도 바름을 잃었으며 사역使役이 날로 줄어들어 선비들의 기운이 막혀 없어지고 있으니, 그 폐해의 다섯 번째입니다.

위에서 말한 범법을 일삼는 무리들이 산업에 종사하지 않고 이리저리 떠돌아다니다가, 마침내 기댈 곳이 없으면 도적이 되어, 법률로 정한 금지 사항들을 더욱 번다하게 어겨서 형벌이 날로 늘어나니, 그 폐해의 여섯 번째입니다.

우리나라에서는 본래 이것을 우려하여 거처를 옮겨 도망하는 일을 금지하는 법령을 『육전六典』에 실어 놓았으니, 그 조문에 이르기를, "도망하여 있는 집의 가장家長과 이의 인접引接을 허용한 호수戶首는 각각 장杖 1백에 처하고, 이를 신고하지 않은 이정里正도 장 70에 처하며, 수령으로 살펴보지 못한 자는 법률에 따라 죄를 부과한다."라고 하였습니다. 그 금지하는 방비책에 결함이 없는 것 같지만 도망하는 자가 끊어지지 않는 것은, 비록 감사와 수령이 착실히 살피고 수행하지 못했기 때문이기는 하지만, 또한 거처를 옮겨 도망하는 일을 금지하는 법령에 미진한 것이 있기 때문입니다.

중국과 같이 월越나라에도 갈 수 있고, 진秦나라에도 갈 수 있는 무한히 넓은 지역에서도, 중국 사람들이 도망하여 숨을 곳이 없어 오직 법령대로 따르는 것은 기강紀綱이 엄하여 백성들이 두려워하는 것이 있기 때문입니다. 하물며 우리나라는 3면이 바다에 닿아있고, 북쪽은 험준한 관문이 있어, 사방이 막힌 땅이기 때문에 떠도는 자를 금지하는 것이 쉬울 것 같지만, 저 거처를 옮겨 도망을 일삼는 자는 이미 나라를 배반한 백성이므로, 법으로 강하게 징계하고 용서하지 못할 자이며, 또 예리한 칼로써 얽힌 마디를 풀지 않거나 무거운 벌을 쓰지 않으면, 큰 혼란이 그치지 않을 것입니다.

이제부터 거처를 옮겨 도망한 자에 대한 법령은 무거운 법을 써서, 도망해 있는 집의 가장家長과 10일이 지나도록 인접을 허용한 호수戶首와 한 달이 지나도록 신고하지 않은 이정里正은 각각 장 1백에 처하고, 그 수령으로서 자세히 살피지 못한 자는 무거운 법률에 따라 죄를 주며, 또 위에서 말한 거처를 옮겨 도망한 자와 정장正長으로서 신고하지 않은 자의 가산家産은 모두 신고한 자에게 주어 그 상賞을 충당하게 해야 합니다. 거처를 옮겨 도망한 사람을 그 호내戶內에 머물도록 허용하지 않았다고 하더라도, 거처를 옮겨 도망한 사람이 머물러 있던 곳에서 가장 가까운 곳에 사는 자로 호수戶首를 삼아 이를 논단하고, 그 가운데 친척이나 혼인으로 인해 주호主戶에 입역入役되기 때문에 마지못해 이사하는 자는 반드시 그 사연을 갖추어 소재지 관청에 신고하고, 이 내용을 문서로 만들어 옮겨가는 고을로 보내서 거주하는 고을에서 이전의 문서를 이어 시행하게 하되, 이전의 문서에 회답하고 알려서 옮겨간 곳을 기록한 뒤 서류를 발급하여 내보내야 합니다.

혹시 흉년이 들어 거주하던 고을에 머물러 있을 수 없어 타향으로 나가는 자도 반드시 소재지의 관청에 신고하면 서류를 발급하여 내보내게 하고, 머물러 있을 고을에서는 그 행적을 고찰하여 머무르는 것을 허용하여, 이에 힘입어 살아 갈 수 있게 해야 하니, 양민일 경우에는 본적지로 돌아가거나, 혹은 그대로 노역勞役에 종사하는 것을 모두 그의 희망에 따라서 하도록 하고 이를 전 거주지의 관청에 문서로 보내서, 피차 오고가는 것을 기록하여 위의 예에 따르도록 하고, 천민일 경우에는 본래 주인이 살고 있는 중외의 관청에 문서를 보내, 그 본래의 주인이 처리하는 대로 따라야 할 것입니다.

이와 같이 하면 무뢰배無賴輩들이 거처를 옮겨 도망하려고 한다고 하더라도 용납될 곳이 없다는 것을 깨달아, 거처를 옮겨 도망하는 자가 자연히 끊어질 것이니, 거처를 옮겨 도망하는 자가 끊어지면, 백성들은 일정한 거주지가 있게 되어 일정한 생업이 넉넉하게 될 것이고, 사람들은 일정한 마음을 가져 풍속이 아름다워질 것이며, 군사의 수도 날로 늘어 군사적 대비도 충실할 것이고, 거두어들이는 것과 방출하는 것에 법도가 있어 국고가 고갈되지 않을 것이며, 양민과 천민이 뒤섞이지 않고 사역이 줄지 않아 선비들의 기운이 설 것이고, 도적이 스스로 자취를 감추게 되어 형벌도 간단하게 될 것입니다.

신 등이 어질고 성스러운 때를 만나 굳이 법을 준엄하게 해야 한다는 것으로 상소하여 말씀드리는 것은 진실로 소인小人들이 악한 짓을 하는 것이 한 결같이 거처를 옮겨 도망하는 것으로 계략의 하나를 삼는 까닭에 다스림의 도道에 대단히 큰 해가 되기 때문입니다. 『서경』에 이르기를, "정치는 풍속을 혁신하는 것에서 시작한다."라고 하였고, 또 이르기를, "형벌은 때에 따라 가볍게도 하고 무겁게도 한다."라고 하였으니, 이 법을 이용하여 이와 같은 폐단을 구제한다면, 옛날에 정전법井田法으로 땅을 구획하여 백성을 살게 하고, 죽어 장사하거나 옮겨 살더라도 그 고장을 나가지 않게 한 것과 거의 같을 것이니, 이들이 부끄러움을 알고 스스로 살아가게 하면, 백성들이 친목하고 지극한 다스림의 융성도 점차 이룩할 수 있을 것입니다. 바라옵건대 전하께서 굽어 살피셔서 이를 시행하시면 다스림의 도道에 다행이 아닐까 합니다.

竊謂昔孟軻論王政, 使民有恒產有恒心之道, 必曰死徙無出鄕. 然則禁民流亡, 使有定
居, 固爲治之大防也. 夫流亡之有害於治道者, 不可勝言, 姑擧其大者, 其凡有六. 遊惰
之民, 隨歲轉徙, 甚者所造之屋未完, 所樹之粟未苗, 一有提撕發動, 則棄之而之他, 尙
何望樹畜耕耨, 以爲長久之計乎. 遷徙愈煩, 而恒產愈蹙, 其弊一也. 不軌之徒, 若妾婦
之殺夫, 臧獲之殺主, 强盜之殺人命, 竊盜之蠹人財, 凡所爲惡者, 非不知所犯之不赦也.
其設心以爲事雖發覺, 我以逃亡以可免. 敢行無忌, 以致人心之不正, 風俗之不美, 其弊
二也. 我國家, 東有海寇, 北有野人, 軍政誠不可緩. 且有身有役, 古今常典也. 彼憚於軍
役者, 自相逃避, 軍額日減, 其强存立軍者, 日以逋逃爲心, 而不謹其職, 以致軍事廢弛,
其弊三也. 無賴之徒, 今年轉而之他, 告糴于官, 所在守令, 畏其飢饉, 罪將及己, 或賑或
貸, 一戶所受, 多至數十石, 終不還納, 又逃而之他, 告糴于官, 亦復如前, 致費國廩, 其
弊四也. 我國家古稱禮義之邦者, 以其良賤有辨, 而爲士者資其使喚, 以養廉恥, 服勤王
事故耳. 今也公私賤口, 逋亡日甚, 非獨良賤混淆, 名分失正, 使喚日損, 而士氣淪喪, 其
弊五也. 上項不逞之徒, 不事産業, 轉徙流離, 終無所賴, 作爲盜賊, 觸禁愈煩, 刑僻辟日
滋, 其弊六也.

　惟我國家固已慮此, 禁逋之令, 載在六典. 其曰在逃家長, 許接戶首, 各杖一百. 里正
不告者, 亦杖七十. 守令不能考察者, 按律科罪. 則其爲禁防, 若無缺焉. 然而流亡不絶
者, 是雖監司守令考察奉行之不謹, 亦惟禁逋之令, 有所未盡之致然也. 夫以中國通越
之秦, 茫無限隔之地, 海內之人, 無所逃匿, 惟令是從者, 以其紀綱嚴, 而民有所畏也. 況
我國家, 三面據海, 北有關險, 所謂四塞之地, 其禁流亡, 宜若易然. 彼逋亡者, 已爲逆
民, 於法痛懲而不赦者也. 且非遇利刀, 錯節不解, 不用重典, 大亂不息. 自今逋亡之令,
當用重典, 在逃家長與經旬許接戶首, 經月不告里正, 各杖一百, 其守令不能考察者, 從
重科斷. 又將上項逋亡者, 正長不告者家産, 竝給告者充賞. 其逋亡之人, 雖不於戶內許
接, 以逋亡之人所止處最近居者, 爲戶首論, 其中以親戚婚姻主戶入役之故, 不得已而移

徙者, 必具辭緣, 告于所在官司, 移文所去州郡, 而所居州郡, 續籍施行, 待其回報, 於其舊籍, 錄其去處, 然後給狀出送. 其或年饑, 所居州郡, 不得存留, 而就食他鄉, 亦須告於所在官司, 給狀出送, 所止州郡, 考其行狀, 許接存留. 及其聊生, 良人則或還本處, 或仍差役, 竝從其願, 移文舊居本官, 錄其彼此來去, 竝依上例, 賤口則移文本主所居中外官, 聽其本主區處. 若是則無賴之徒, 雖欲流亡, 知其無地自容, 而流亡自絕矣. 流亡絕, 則民有定居, 而恒産足矣, 人有恒心, 而風俗美矣, 軍額日張, 而武備實矣, 斂散有制, 而國庫不竭矣, 良賤不混, 使喚不減, 而士氣立矣, 盜賊自戢, 而刑辟簡矣.

臣等當我仁聖之朝, 敢以峻法之事陳之者, 誠以小人之爲惡, 一以逋亡爲計, 甚有害於治道也. 經曰政由俗革. 又曰刑罰世輕世重. 以若是法, 救若是弊, 則庶乎古者井地居民, 死徙無出于鄉, 知恥自養, 百姓親睦, 而致治之隆, 亦可馴致矣. 伏望殿下, 俯察施行, 治道幸甚.

■ 비답批答과 전교傳敎

임금이 허락하고 병조에 상소를 내려 보내서 의정부 및 여러 관청에서 함께 논의하여 아뢰게 하였다.

啓下兵曹, 與政府諸曹, 同議啓聞.

05 》 술로 인한 폐해가 크니 통촉하소서

1429년(세종 11) 기유년己酉年 2월 25일
대사헌大司憲 조치曹治

■ **저자 소개**

조치曹治 : 생몰년 미상. 세종대 사헌부司憲府의 장관으로 종2품從二品직인 대사
헌大司憲을 지냈다.

(『사마방목司馬榜目』·『조선왕조실록朝鮮王朝實錄』)

■ **평설評說**

이 글은 술로 인한 폐단을 막기 위해 금주를 건의한 대사헌大司憲 조치曹治의
상소문이다. 예로부터 술은 긴장감과 스트레스를 풀어주고 사회생활에 활력
을 주는 도구로 이용되었으며, 현재까지도 많은 사랑을 받고 있는 기호품이
다. 또 인류의 등장과 술의 기원이 비근할 정도로 술은 오랜 시간 동안 인간들
이 애용해 왔던 삶의 부속물이기도 하다. 그렇지만, 그만큼 술은 많은 문제를
일으키기도 한다. 주사酒肆·주폭酒暴·주취酒臭 등 술로 인한 문제들을 지칭하

는 다양한 단어들을 보면, 술로 인한 문제는 술을 접한 사람 누구나 한 번쯤은 겪어보았으리라고 생각하게 할 정도이다.

이런 상황은 조선이라고 크게 다르지 않았던 모양이다. 조치는 남녀·귀천을 가리지 않고 술과 안주의 준비로 재물을 탕진하는 것과 취한 뒤에는 서로 다투고 때리며 욕하여 사람이 상하기까지 하는 상황을 방지하기 위해 제사나 공상供上, 사신使臣의 접대를 위한 연회를 제외하고는 일체의 술을 금지하도록 해야 한다고 건의하였다. 표면적인 이유는 소비 절약과 풍속의 안정을 위해서였다. 그렇지만 실질적으로 볼 때 조치의 건의는 곡식의 낭비를 막기 위한 것이 아니었던가 생각된다.

사실 세종의 즉위 이후 10여 년 간 조선은 심각한 기근에 빠져 있어서 백성들의 생존이 위태로웠다. 따라서 이런 시기에 술을 빚기 위해 곡식을 소비하는 것은 가난한 백성들의 삶을 황폐하게 만드는 중요한 원인이 되어, 사회적으로 심각한 문제를 야기할 수 있었다. 그래서인지 조선에서는 세종 때 뿐 만 아니라, 개국 초부터 마지막 임금이었던 순종 때까지 5백여 년간 지속적으로 금주령을 실시하였다. 이와 같이 생각하게 되는 또 다른 이유는 조치의 상소문 뒷부분이 모두 농사지을 때를 놓치지 않도록 해야 한다는 건의를 담고 있기 때문이다. 그렇게 본다면 조치의 상소문은 술의 폐해를 막기 위한 것이라기보다 불요불급不要不急한 곡식의 소비를 막아 식량을 확보하기 위한 절실한 방법이었다고 보아야 한다.

조치의 상소에 대해 세종은 "금하지 않는 것이 옳겠다."라고 답했다. 세종이 이와 같이 답한 이유는 "빈궁한 자는 우연히 탁주를 마시다가 붙잡히는 수가 있고, 부유한 자는 날마다 마셔도 감히 누가 무어라고 말하지 못하는" 현실적인 불공평함 때문이었다. 『조선왕조실록』을 살펴보면, 금주령이 내려졌다고 하더라도 늙고 병든 사람이 술을 약으로 먹는 경우나 가난하여 술파는 것을 직업으로 삼는 경우, 부모·형제의 환영이나 환송, 혼인·제사 및 활쏘기 연습의 경우 술을 마신다고 하더라도 처벌 받지 않았고, 금주령에 의해 처벌 받은 사람들도 탁주濁酒를 먹은 가난하고 힘없는 백성들이 대부분이어서, 고급술인 청주清酒를 마신 권세가와 부자들, 양반관료나 관청의 관리들은 대체로 처벌에서 제외되었다고 한다.

이런 세종의 답을 가지고 세종이 음주를 묵인했다고 보아서는 곤란하다. 세종의 답은 음주의 단속을 공정하게 할 수 없기 때문에 처벌하지 않는 것이 좋겠다는 것일 뿐, 음주를 묵인하거나 조장하겠다는 의도가 아니었다. 세종은 『계주윤음戒酒綸音』, 즉 '음주를 경계하는 왕의 가르침'이라고 하는 술의 나쁜 점을 적은 책을 보급하여 백성들이 가급적 술을 먹지 않도록 계몽하였다. 이 책에는 술이 "곡식을 썩히고 재물을 허비한다.", "안으로 마음과 의지를 손상시키고 겉으로는 위엄과 예의를 잃게 한다.", "부모의 봉양을 잊게 한다.", "남녀 간의 부도덕한 관계를 조장한다.", "해독이 클 경우 나라를 잃고 집을 패망하게 만들며, 해독이 작으면 성품을 파괴시키고 생명을 상실하게 한다."는 등 술에 대한 여러 가지 부정적인 영향이 기록되어 있어 자발적으로 음주를 경계하도록 했던 것이다. 세종은 법으로 무조건 음주를 금지하기보다 우선 교육을 통해 자발적으로 의식을 개선할 수 있도록 추구한 것이다.

세종은 술의 유혹은 법으로 금지할 수 있는 것이 아니라 교육을 통한 의식의 개혁을 통해 끊을 수 있는 것이고, 법을 통해 금주禁酒를 강제하게 되면 결국 피해는 힘없는 백성들이 지게 된다고 보았다. 그래서 세종이 법으로 막아서 처벌하기 보다는 백성들 스스로 음주의 문제점들을 인식하게 한 것이었겠지만, 어떻게 보면 음주의 욕구는 법으로도 막을 수 없다고 판단한 것이 아닐까하는 느낌이 들기도 한다. 이유가 어떤 것이었든 세종의 결정이 현명해 보인다.

술을 마시는 방법은 하나이니 법도에 따라 마시면 복을 받고, 법도에 따르지 않고 마시면 화禍를 받습니다. 이 때문에 예전 제왕이 『주고酒誥』를 지어 제후諸侯에게 가르치고 훈계하였으며, 정사를 다스리는 신하도 술을 삼가고 경계하여, "오직 대사大祀에만 쓸 뿐이니 취하고 주정하게 하려는 것이 아니다."라고 하였습니다. 전하께서는 가난한 백성들이 조금만 마셔도 곧 죄를 지은 책임을 받는 것을 가엾게 여기셔서, 영접하거나 전송할 때 모여 마시는 것만 금지하도록 하신 것인데도, 무식한 무리들이 전하께서 가엾게 여기시는 뜻을 그들의 몸으로 이해하지 못하여, 족친族親끼리 모이거나 귀신에게 제사를 지낼 때 가난한 여러 남녀 백성들이 비밀리에 모여 마시니, 그 술과 안주 등의 준비가 잔치로 마실 때보다 갑절이나 더합니다. 취한 뒤에는 서로 다투고 때리며 힐난詰難하여 사람이 상하기까지 합니다. 저 가난한 백성들만 그럴 뿐 아니라 사대부 또는 정무政務를 다스리는 신하들까지도 많이들 마시니, 청컨대 3월 10일부터 시작하여 크고 작은 제사나 각 전各殿의 공상供上과 명나라의 사신使臣·이웃 나라의 객인客人을 위로하는 연회를 제외하고는 서울이나 지방의 공사公私 간에 술 쓰는 것을 일체 금단하여 헛된 소비를 덜고, 예의에 맞는 풍속을 이루게 하소서.

신 등은 또 생각하기를, 농사의 근본은 때를 잃지 않는 데 있고, 때를 잃지 않는 것은 수령守令에게 달려 있는 것입니다. 이제 막 봄 일이 한창인데, 수령된 자가 긴급하지도 않은 일로 농사에 방해를 주기도 하고, 또 간사하고 교활한 무리들이 송사訟事를 계속하려고 하여 서울과 지방의 관리들에게 송사를 처리하여 결정한 뒤에, 즉시 관리들이 송사를 잘못 판단했다고 본부本府에 정정을 요구하는 소장을 내면 한정된 날짜에 오라는 명령에 얽매여, 송사에 매인 자가 가산家産을 돌보지 않고 관청의 문 앞에 서서 기다리며 농사를 폐하게 되니, 그 앞날이 우려됩니다.

　바라건대, 오는 3월 초1일부터 시작하여 8월 말일까지로 한정하여 중외의 모든 소송사건 중에서 간통·도적 및 인명人命에 관계되는 것, 도주한 노비奴婢의 체포 등을 제외하고는 일체를 정지하여 오로지 농사에 힘을 쓰도록 하고, 각 도의 감사에게 조곡무곡은 3월 초1일부터 시작하여 15일까지, 중곡中穀은 3월 16일부터 시작하여 말일까지, 만곡晩穀은 4월 초1일부터 시작하여 15일까지로 기한을 정하여 파종을 마치도록 독려하게 하고, 김매는 방법과 수확하는 시기까지도 역시 감사에게 곡식의 성장과 성숙의 이르고 늦음을 물어 알맞게 기한을 정하여, 시기를 어기지 않도록 하여 백성의 생계를 넉넉하게 하도록 하소서.

酒之用, 一也. 飲之有度, 則受福, 飲之無度, 則受禍, 故先王作酒誥, 告敎諸侯, 至于治事之臣, 謹戒于酒, 惟用之大祀而已, 非資其沈酗也. 殿下欽恤小民飮小而輒受罪責, 止令禁其會飮迎餞, 無識之徒, 不體聖上欽恤之意, 或會族親, 或因神祀, 群小男女, 秘密相飮, 其酒饌之備, 倍於宴飮. 旣醉之後, 爭相鬪詰, 或至傷人. 非特群小, 至于士大夫治事之臣, 亦皆崇飮. 請自三月十日爲始, 大小祭享各殿供上, 朝廷使臣隣國客人慰宴外, 中外公私用酒, 一皆禁斷, 以除忘費, 以成禮俗. 臣等又慮農事之本, 在於不失其時, 不失其時, 在於守令. 今東作方興, 爲守令者, 或因不緊之務, 以防農事, 姦猾之徒, 亦欲連訟, 京外官吏處決後, 隨卽呈誤決于本府, 拘於限日見身之令, 不顧家産, 立待官門, 以廢農業, 其將可慮. 乞自三月初一日爲始, 八月晦日爲限, 中外訴訟內, 奸盜及人命所係, 見捕逃奴婢外, 一皆停罷, 專務農事. 令其諸道監司, 早穀則自三月初一日爲始, 至十五日, 中穀則自三月十六日爲始, 至晦日, 晩穀則自四月初一日爲始, 至十五日, 定爲期限, 督令畢種. 其耘田之法, 刈穫之期, 亦令監司, 問其穀之早晩, 隨宜定限, 毋致愆期, 以厚民生.

임금이 말하기를,

"술을 금지하는 일은 규찰糾察이 자세하지 못하여 왕왕 빈궁한 자가 우연히 탁주를 마시다가 붙잡히는 수가 있고, 부유한 자는 날마다 마셔도 감히 누가 무어라고 말하지 못하니, 매우 고르지 못하기 때문에 금하지 않는 것이 옳겠다. 곡식의 파종에 관해서는 절기節氣로 이르고 늦음을 삼기 때문에 기한을 정할 수 없는 것이나, 다만 각도에 공문을 발송하여 권장하고 독려하는 것이 옳을 것이며, 송사의 정지는 요즈음 각 도의 감사가 이미 아뢰고 정지하였으니, 외방에서야 누가 다투어 소송을 할 자가 있겠느냐. 다만 서울에 사는 자는 본래 경작하는 일이 없는 것이다."

하였다.

上曰:

"酒禁則糾察不詳, 往往貧窮者, 偶飮濁醪見執, 豪富者日飮, 無敢誰何, 不均甚矣, 勿禁可也. 播種則以節氣爲之早晚, 未可定限也. 但移文各道, 使之勸課可也. 務停則近日各道監司, 已啓停之, 外方誰有告爭者. 若居京者, 則固無耕作之事也."

06 》 이 날만은 모두가
즐기게 하여 주십시오

1429년(세종 11) 기유년己酉年 8월 24일
전우의정前右議政 유관柳寬

■ 저자 소개

유관柳寬 : 1346(충목왕 2)~1433(세종 15). 고려 말 조선 초의 문신으로, 본관
은 문화文化이고, 초명은 관觀, 자는 몽사夢思 · 경보敬甫이며, 호는 하정夏亭이다.
고려 명종 때 정당문학政堂文學 유공권柳公權의 7대손이며, 아버지는 삼사판관三司
判官 유안택柳安澤이다. 시호는 문정文貞이다.

1371년(공민왕 20) 문과에 급제하여 전리정랑典理正郎 · 전교부령典校副令을 거쳐
고려 말기에 봉산군수鳳山郡守 · 성균사예成均司藝 · 사헌중승司憲中丞 등을 역임하였
다. 1392년 조선이 건국되자 개국 원종공신이 되었고, 이어 내사사인內史舍人으
로 왕명에 의해 『대학연의大學衍義』를 진강進講하였다.

1397년(태조 6) 좌산기상시左散騎常侍 · 대사성大司成을 거쳐 다음 해 형조전서刑曹
典書를 지냈다. 1401년(태종 1) 대사헌大司憲으로서 상소를 올려 불교를 적극 배척
했고, 이어 간관을 탄핵했다는 이유로 파직되었다가 다시 서용되어 계림부 윤
鷄林府尹이 되었다. 그러나 다시 무고를 받아서 문화에 유배되었다.

그 뒤 풀려나와 1405년 전라도 도관찰사를 지냈고, 이듬해 예문관 대제학藝文館大提學을 거쳐 판공안부사判恭安府事로 정조사正朝使가 되어 명나라에 다녀왔다. 이어 세자좌빈객世子左賓客을 거쳐 형조 판서刑曹判書로 병서습독제조兵書習讀提調를 겸했고, 1409년 예문관 대제학藝文館大提學으로 지춘추관사知春秋館事를 겸했으며, 이듬해『태조실록』의 편찬을 주관하였다. 문화의 정계서원程溪書院에 제향되었으며, 저서로는『하정집夏亭集』이 있다.

『조선왕조실록』세종 15년 5월 7일, 유관이 죽은 뒤 사관들이 기록한 유관에 대한 평가는 다음과 같다.

우의정으로 벼슬을 그만 둔 유관柳寬이 죽었다. 임금이 부음을 듣고 곧 머리를 풀고 슬피 울고자 하니, 지신사 안숭선이 아뢰기를 "오늘은 잔치를 베푼 뒤이고, 또 예조에서 아직 조회를 멈추고자 하는 글을 올리지 않았으며, 날이 저물고 비가 내리니, 내일 거행하도록 하소서."라고 하였으나, 임금이 따르지 않고, 흰 옷을 입고 흰 산선繖扇(임금이 거둥할 때 앞에 세우는, 우산 모양으로 생긴 의장)을 거느리고 홍례문 밖에 나가 백관을 거느리고 의식과 같이 거행하였다.

관의 처음 이름은 관觀이고, 자는 몽사夢思인데, 뒤에 이름을 관寬, 자를 경부敬夫로 고쳤다. 황해도 문화현 사람으로 고려 정당 문학政堂文學 공권公權의 7대손이다. 신해년 과거에 급제하여 여러 번 옮겨서 전리 정랑典理正郎, 전교 부령典校副令이 되었고, 봉산 군수로 나갔다가 들어와서 성균 사예成均司藝가 되었고, 내사 사인內史舍人과 사헌 중승司憲中丞을 거쳤다. 태조가 원종 공신권原從功臣券을 하사하였고, 대사성大司成 · 좌산기左散騎와 이조 · 형조의 전서典書를 거쳐, 강원 · 전라 두 도의 관찰사와 계림부 윤으로 나갔다가 들어와서 예문관 대제학, 형조 판서를 거쳐, 두 번 대사헌이 되었고, 의정부 참찬과 찬성으로 옮겨 갑진년에 우의정에 올랐다.

관은 공손 검소하고 정직하며, 경사經史를 널리 보고 가르치기를 게을리하지 않았으며, 『무경武經』까지도 모두 섭렵涉獵하였다. 집에 있을 때 살림을 돌보지 않고 오직 서사書史로 스스로 즐겼고, 비록 가난하여 먹을 것이 없어도 조금도 개의치 않았다. 이단異端을 배척하여 여러 아들에게 이르기를, "내가 죽은 뒤에 불공을 하지 말고 일체를 『주문공가례朱文公家禮』에 따르되, 포脯와 젓갈만은 없애라. 세상에서 놀라고 해괴하게 여길까 두렵다. 비록 기일忌日이 되더라도 불공을 드리거나 중을 먹이지 말라."라고 하였다. 이때에 죽으니, 수壽가 88세이다.

3일 동안 조회와 시장의 장을 정지하고, 조문하며 관에서 장례를 관장하였다. 시호를 문간文簡이라고 하였는데, 학문을 부지런히 하고 묻기를 좋아하는 것을 문文이라고 하고, 덕을 한 결 같이 닦고 게을리 하지 않는 것을 간簡이라고 한다. 아들 셋이 있으니, 유맹문柳孟聞·유중문柳仲聞·유계문柳季聞이다.

(『국조방목國朝榜目』·『조선왕조실록朝鮮王朝實錄』·『한국민족문화대백과사전』·『한국역대인물종합정보시스템』·『한국한자어사전韓國漢字語辭典』)

■ 평설評說

이 글은 여민동락與民同樂의 시간을 가지도록 청하는 전 우의정前右議政 유관柳寬의 상소이다. '여민동락'이라는 말은 『맹자孟子』의 「양혜왕 하梁惠王下」편에 나오는 것으로, 백성과 즐거움을 함께하는 통치자의 자세를 비유하는 말이다. 유관이 이와 같은 청을 한 것은 조선이 나라의 기틀을 완전히 갖추어 태평시대太平時代를 열고 있다는 생각에서였다.

유관은 섬 오랑캐가 바다를 건너 와서 보물을 바치고, 산의 오랑캐는 가죽옷을 입은 채 조정에 와서 복종하며, 변방에서는 전쟁하는 소리가 끊어지고, 오곡五穀이 모두 풍년이어서 온 백성이 다 즐거워하기 때문에 선비는 학교에서 노래하고 농부는 들에서 노래하도록 하여 모두가 같이 태평을 즐길 수 있도록 해 주어야 한다는 것이다. 자칫하면 이와 같은 청원은 진한 아첨으로 들릴 수 있다. 그것은 여민동락의 시기가 쉽게 올 수 있는 것도 아니고 아무나 행할 수 있는 것도 아니기 때문이다. 그래서인지 세종은 현재의 상황이나 정치의 득실에 대해서는 어떤 언급도 하지 않은 채 유관의 청을 허락하기만 했다.

유관은 당나라 덕종德宗과 송나라 태종太宗, 그리고 고려의 예를 들어 3월 3일과 9월 9일만은 백성들이 마음껏 즐길 수 있도록 해 달라고 했다. 3월 3일은 답청절踏靑節로 교외를 산책하며 화초를 즐기는 중국의 풍속에서 온 것인데, 봄 나들이의 일종이다. 답백초踏百草라고도 하며, 당·송 시대에 시작되었다고 보인다. 장안 사람들은 봄이 오면 들에 나가 자리를 마련하고 악기를 가지고 놀았는데, 대체로 청명절淸明節에 묘제墓祭를 마친 남녀가 함께 교외로 나가 술을 마시고 즐기며 투백초鬪百草라는 놀이를 한 것에서 비롯된 것이라고 보인다. 또 9월 9일은 중양절重陽節로 높은 곳에 올라서 하루를 즐기던 등고登高라는 풍속이 있었다. 답청과 같이 중국에서 시작되었고, 언제 어떤 이유로 이와 같은 풍속이 생겼는지는 알 수 없지만, 한漢나라 이후 오랜 풍속으로 우리나라에 전해졌다고 보인다.

답청과 등고는 현재의 봄·가을 소풍과 비슷한 것으로 양반·관료들이 주로 향유하던 것이었지만, 유관은 신분을 벗어나 온 백성이 같이 즐기는 시간을 가지고 싶다고 했다. 그것은 답청과 등고가 태평성시太平盛時를 즐기게 하기 위한 것이었고, 지금이 바로 온 백성이 다 같이 즐거워하는 시기로 태평성세太平盛世의 모습이 당나라나 송나라보다 뛰어나다고 생각했기 때문이다. 유관의 생각과 같다면 그 날이 반드시 3월 3일이고 9월 9일이어야 하는 것은 아니다. 그저 나라 안의 온 백성들이 함께 즐거워할 수 있는 날이 있기만 하면 되는 것이다.

상소를 접한 세종은 3월 3일과 9월 9일을 좋은 날, 즉 영절^{令節}로 삼아 온 백성들이 경치 좋은 곳을 선택하여 즐겁게 놀면서 태평한 기상^{氣象}을 형용^{形容}할 수 있도록 허락하였다. 스스로 자신의 정치에 대해 안도하며 여민동락의 뜻을 되새겨 이와 같은 청을 허락하였는지, 아니면 마지못해 어쩔 수 없이 허락하였는지는 알 수 없지만, 이런 상소는 임금에게 기분 좋은 것이고 이런 청을 받는다면 어떤 임금도 싫지 않을 것이라는 생각이 든다.

■ **역문**^{譯文}

삼가 살펴보니, 당나라 덕종^{德宗}이 정원^{貞元} 연간^{年間}에 조서^{詔書}를 내려, "2월 1일, 3월 3일, 9월 9일에는 문무 관료들을 경치 좋은 곳으로 골라 데리고 가서 완상^{玩賞}하고 즐기게 하여야 하겠다."라고 하였습니다. 그 때에 사문 박사^{四門博士} 한유^{韓愈}가 『태학생탄금시^{大學生彈琴詩}』의 서문^{序文}을 지어, "여러 사람들과 함께 즐기는 것을 즐거움이라고 하는데, 즐기면서도 바름을 잃지 않는 것이 또 즐거움 중에서 으뜸이 되는 것이다. 사방^{四方}에는 전쟁하는 병장기^{兵仗器} 소리가 없고, 서울에는 사람들이 많으면서도 풍족하다. 천자께서 다스리는 일이 힘들고 어렵다고 생각하셔서 편안하게 있을 때의 한가함을 즐기게 하여, 일찍이 삼영절^{三令節}을 두고 공경^{公卿}과 여러 유사^{有司}에게 조서를 내려 그날에는 각각 그의 관리들을 거느리고 술을 마시며 즐기게 하시니, 여가를 같이 하여 화기^{和氣}를 선양^{宣揚}하고, 그들의 마음을 감복시켜 그 아름다움을 이루게 하기 위한 것이다. 3월의 첫 길일^{吉日}이 바로 그 때이다. 사업^{司業} 무공^{武公}이 이때 태학^{大學}의 유관^{儒官} 36인을 거느리고 좨주^{祭酒}의 대청에 벌여 앉아 연회를 열었다. 준^罇과 조^俎가 베풀어지니 술안주는 오직 철에 따른 물품들이다. 술잔이 차례로 돌아가는데, 잔을 드리고 돌려주는 것이 절도가 있다. 풍아^{風雅}의 옛 가사^{歌詞}를 노래하고 오랑캐의 풍속에서 온 새로운 노래를 배척한다. 넓은 옷과 높은 갓으로 천천히 움직여 위엄과 법도가 있다. 풍채가 훤칠한 한 유생儒生이 거문고를 안고 와서 섬돌을 지나 마루에 올라 준罇과 조俎의 남쪽에 앉더니, 순舜임금의 「남풍南風」을 연주하고 문왕文王과 공자의 노래를 이어간다. 그 가락은 편안하고 한가로우며, 즐겁고 너그러우며 높고 밝았다. 삼대三代의 남긴 음악을 좇아 생각하고 무우舞雩의 영탄詠歎을 아름답게 감상하다가 날이 저물어 물러가니, 모두 마음에 만족하여 얻는 것이 있는 것 같았다."라고 하였습니다. 무공武公이 이때에 노래와 시를 지어 찬미하고 관리들에게 모두 시를 짓도록 명하였으며, 사문 박사 한유에게 서문을 쓰도록 명하였던 것입니다.

신臣은 또 송나라 태종太宗이 옹희雍熙 원년 12월에 서울에서 사흘 동안 큰 술잔치를 열고 조서詔書를 내려, "임금 된 자가 술잔치를 내리고 은혜를 미루어 여러 사람들과 함께 즐기는 것은, 나라가 태평한 성대한 일을 표시하여 억조億兆 인민의 즐거워하는 마음을 합하게 하려고 하기 때문이다. 여러 대 이래로 이 일을 오랫동안 폐지한 것은 대체로 많은 변고를 만났기 때문에 옛 법을 거행하지 못한 것이다. 이제 사해四海가 하나가 되고 만백성이 편안하고 태평하다. 엄숙한 제사가 비로소 끝나 경사스러운 은택이 고루 시행되니 선비와 서인들에게 함께 아름답고 밝은 세상을 경축하게 하기 위해 3일 동안 술잔치를 내리겠다."라고 하였습니다. 예정된 날이 되어 황제가 단봉루丹鳳樓에 나와서 술잔치를 살피고 시신侍臣에게 조서를 내려 마시게 하니, 단봉루 앞에서부터 주작문朱雀門에 이르기까지 풍악風樂을 펼쳐놓고 산거山車(화려하게 장식한 수레)와 한선旱船(뱃놀이 극에 사용하기 위해 만든 도구)을 만들어 어도御道를 왕래하게 하였으며, 또 개봉開封의 여러 고을과 여러 군대軍隊의 악대樂隊를 모아 큰길에 벌여 있게 하니, 음악이 여기저기서 울려 퍼져 구경꾼이 길거리에 넘쳤습니다. 시장의 온갖 물건들을 길 좌우편으로 옮기게 하고, 경기京畿 안의 노인들을 불러 누대 아래에 벌여

앉게 한 뒤에 술과 음식을 하사하였습니다. 이튿날에 신하들을 위하여 상서성尚書省에서 연회宴會를 여니 노래와 시, 송頌과 부賦를 올리는 자가 수십 명이나 되었습니다.

고려高麗에서는 당唐나라의 법을 본받아 3월 3일, 9월 9일을 영절令節로 정하고 문무文武 대소 관원들에서부터 일반 서민庶民에 이르기까지 모두 마음대로 즐기게 하였습니다. 3월 3일은 들판에서 노는데 이를 답청踏靑이라고 하고, 9월 9일은 산봉우리에 올랐는데 이를 등고登高라고 하였습니다. 이것은 태평성시太平盛時를 즐기게 하기 위한 것이었습니다. 우리나라의 어진 정치가 미치는 곳의 섬 오랑캐는 바다를 건너 와서 보물을 바치고, 산의 오랑캐는 가죽옷을 입은 채 조정에 와서 복종합니다. 변방에서는 전쟁하는 소리가 끊어지고 백성들은 피난 다닐 수고가 없어졌습니다. 더군다나 이제 오곡五穀이 모두 풍년이어서 온 백성이 다 즐거워하니 태평성세太平盛世의 모습이 당나라나 송나라보다 뛰어납니다. 노신老臣이 한가하게 살면서 옛 일을 살펴보고 지금 일을 증명하여 가만히 말합니다. 오늘이야 말로 선비는 학교에서 노래하고 농부는 들에서 노래하여 태평을 즐기기에 알맞은 때입니다. 엎드려 바라건대, 성상께서 밝게 살피소서.

謹按唐德宗貞元年間, 詔以二月一日三月三日九月九日, 宜使文武官寮, 選勝地, 追賞
爲樂, 其時四門博士韓愈, 作太學生彈琴詩序曰, 與衆樂之之謂樂, 樂而不失其正, 又樂
之尤也. 四方無鬪爭金革之聲, 京師之人, 旣庶且豊. 天子念致理之艱難, 樂居安之閑暇
肇置三令節, 詔公卿群有司, 至于其日, 率厥官屬, 飮酒以樂, 所以同其休, 宣其和, 感其
心, 成其文者也. 三月初吉, 實維其時. 司業武公, 於是總太學儒官三十有六人, 列燕于
祭酒之堂, 罇俎旣陳, 肴羞惟時, 醆斝序行, 獻酬有容, 歌風雅之古辭, 斥夷狄之新聲. 褒
衣危冠, 與與如也. 有儒一生, 魁然其形, 抱琴而來, 歷階而升, 坐于罇俎之南, 鼓有虞之
南風, 廣之以文王宣父之操, 優游夷愉, 廣厚高明, 追三代之遺音, 賞舞雩之詠歎. 及暮
而退, 皆充然若有得也. 武公於是作歌詩以美之, 命屬官咸作之, 命四門博士韓愈序之.

臣又按宋太宗雍熙元年十二月, 賜京師大酺三日, 詔曰王者賜酺推恩, 與衆共樂, 所
以表昇平之盛事, 契億兆之歡心. 累朝以來, 此事久廢, 蓋逢多故, 莫擧舊章. 今四海混
同, 萬民康泰, 嚴禋始畢, 慶澤均行, 宜合士庶共慶休明, 可賜酺三日. 至期, 帝御丹鳳樓觀
酺 詔侍臣賜飮. 自樓前至朱雀門張樂, 作山車旱船, 往來御道. 又集開封諸縣及諸軍樂
人, 列于通衢, 音樂雜發, 觀者溢道. 遷市肆百貨於道之左右, 召畿甸耆老, 列坐樓下, 賜
以酒食. 明日宴群臣于尙書省, 獻歌詩頌賦者, 數十人.

高麗取法於唐, 以三月三日九月九日爲令節, 文武大小臣僚, 至於庶人, 皆隨意爲樂.
三月三日, 遊於原野, 謂之踏靑, 九月九日, 陟於峯巒, 謂之登高, 所以樂太平之盛也. 我
國家仁政所被, 島夷航海而獻琛, 山戎皮服而來庭, 邊塞絶戈甲之聲, 黎庶無遷徙之勞,
況今五穀咸登, 萬民共樂, 太平盛際, 超軼唐宋, 老臣閑居, 考古證今, 竊謂今日正合士
歌于庠, 農歌于野, 以樂太平之辰也. 伏望聖鑑.

69

3월 3일과 9월 9일을 영절令節로 하고, 그날에는 여러 대소 관원들과 중외中外의 선비, 백성들에게 각각 경치 좋은 곳을 선택하여 즐겁게 놀게 하여 태평한 기상氣象을 형용形容하도록 허락하였다.

允許, 以三月三日九月九日爲令節, 俾諸大小臣僚, 中外士民, 各當其日, 選勝地遊樂, 以形容太平之氣象.

07 ≫ 공신功臣의 서자庶子들을 충의위忠義衛에서 배제하여 분별을 밝히십시오

1430년(세종 12) 경술년庚戌年 2월 17일
대사헌大司憲 이승직李繩直

■ 저자 소개

이승직李繩直 : 생몰년 미상. 조선 전기의 문신으로, 본관은 경주慶州이고, 이원림李元林의 손자이며 이만실李蔓實의 아들로, 이량李亮의 딸과 혼인하였다.

1410년(태종 10) 태종이 광탄廣灘에 행차했을 때 호군護軍으로 수행하였다. 이듬해 장령掌令이 되었으며, 1412년 박저생朴抵生과 그의 계모 곽씨郭氏가 가산家産 때문에 쟁송爭訟했던 사건을 공정하게 처리하지 못하여 지의주사知宜州事로 좌천되었다. 1425년(세종 7) 양주부사楊洲府使를 지냈고, 1427년 공조工曹·형조 참의刑曹參議를 거쳐 1429년 대사헌大司憲에 임명되었다. 대사헌을 역임하던 1430년에는 명나라에 가는 사신에게 감찰監察을 파견하여 소지하고 있는 금물禁物을 수검搜檢해야 한다는 상소를 올렸다. 또 공신 천첩功臣賤妾의 소생을 충의위忠義衛에 소속시키는 조치를 반대하는 소를 올려 족속族屬의 분별을 밝혀 명분의 엄격함을 제시하기를 바랐다.

조말생趙末生이 노비를 함부로 점유하고 토지를 약탈하며, 뇌물을 받고 관직을 임명한다고 비판하고 그 장오죄贓汚罪를 논하였다. 이 해 10월 숙선옹주淑善翁主가 영평군鈴平君 윤계동尹季童과 집터 문제로 분쟁이 있었는데, 사헌부에서 이 일을 일반 민가 부녀의 일로 소송을 단순히 마무리하여 한성부漢城府에 넘겨버렸다. 이 일이 문제가 되어 의금부義禁府에 갇히기도 하였다.

1444년(세종 26) 아들 이물민李勿敏이 갑자 식년문과甲子式年文科에 정과丁科 14등으로 급제하여 한림翰林을 지냈다.

『조선왕조실록朝鮮王朝實錄』·『국조방목國朝榜目』·『한국역대인물종합정보시스템』)

■ 평설評說

이 글은 공신功臣의 천첩賤妾 소생 아들을 충의위忠義衛에 배속시키도록 한 세종의 결정에 대해 반발하는 대사헌大司憲 이승직李繩直의 상소이다. 이승직의 상소는 두 가지 점에 근거하여 나온 것이라고 보인다. 첫째는 조선의 신분계급이 지니는 완고함이고 둘째는 충의위라는 직종의 특수성이다.

잘 알고 있는 것처럼 조선은 철저하고 완고한 신분제 사회였다. 당시 지배계층이었던 양반·관료들은 존비尊卑와 상하上下의 구분이 하늘과 땅 같아서 절대 고칠 수 없는 것이고, 만약 상하의 지위가 바뀌고 존비의 위치가 흔들리면 사회 전체가 무너져 백성들의 의식이 안정되지 못할 것이라고 보았다. 조선왕조의 역성혁명을 경험했던 이 시기의 양반들이 사회 체제의 동요가 가지고 올 자신들의 위상과 위치 변화에 대한 불안감을 느끼지 못했을 리 없다.

이와 함께 충의위는 1418년(세종 즉위년) 개국開國·정사定社·좌명佐命의 3공신 자손들을 중심으로 만든 부대로 특수층에 대한 우대 기관의 하나였다. 충의위는 공신의 자손들이 18세가 되면 아무 시험도 없이 소속되는 부대로, 군사적 실력과는 아무런 관련이 없기 때문에 충의위에 소속된 군인들은 군대에 복무

한다기보다는 관료 체제 안에서 관리로 진출하기 위한 이전 단계에 머물러 있다고 생각했으며, 그들이 지닌 공신 자손이라는 특권 때문에 충의위의 복무는 사실상 관료로의 진출을 의미하는 것이었다.

신분 사회의 속성에 더해진 충의위의 특수성은 공신功臣의 천첩賤妾 소생 아들을 충의위忠義衛에 배속시키도록 한 세종의 결정에 대해, 이승직 뿐 만 아니라 당대 사회의 양반 지배계층이 상당한 정도의 위기감 속에서 반발하도록 한 원인이 되었다고 생각된다. 공신功臣의 천첩賤妾 소생이 충의위에 배속되어 있으면, 그 자리에 익숙해져서 분수에 넘치는 지위에 오르는 일이 일어날 수 있고, 적장자嫡長子들과 불화가 생겨 다툴 수도 있으며, 양반 사대부들과 혼인하게 될 수도 있으니, 만약 이렇게 된다면 이들이 지니고 있는 신분상의 특권이 사라지게 되는 것은 물론, 적서嫡庶라는 이분화된 사회 구조가 해체될 수도 있다고 생각했을 것이기 때문이다.

여기에 대해 세종은 허락하지 않는다는 답을 내렸다. 세종이 출생 신분으로 인간을 구분하는 신분제도의 문제점을 완벽하게 인식하여 이와 같은 결정을 내렸다고 할 수는 없겠지만, 이후 충의위에는 공신 자손의 적자嫡子나 적손嫡孫만이 아니라 중자衆子나 중손衆孫도 들 수 있게 되었고, 점차 시간이 경과하면서 포함 범위가 더욱 넓어져 공신에게 적자손嫡子孫이 없을 경우에는 첩妾의 자손子孫도 포함될 수 있게 되었다. 대상이 공신의 자손으로 한정된다는 한계가 있기는 하지만, 세종의 이 비답은 조선조에서 신분의 벽을 넘어서고자 하는 첫 번째 시도가 아니었나 생각된다.

요사이 공신功臣의 천첩賤妾 소생 아들을 충의위忠義衛에 배속시킬 것을 허락하셨기에, 신들이 어명을 듣고 놀라서 상소를 갖추어 아뢰었으나 허락을 얻지 못하여 친히 사유를 아뢰었더니, 전하殿下께서 이르시기를, "태종太宗께서 명하신 것이고 대신大臣들이 이미 정한 것이라 말한 대로 따르기 어렵다."라고 하시니, 신들은 어명을 받은 뒤 두렵고 떨려 어쩔 줄을 모르겠습니다.

『속전續典』을 자세히 살펴보면, 영락永樂 12년 정월 모일에 의정부에서 명을 받은 것에는 "2품 이상 관원의 천첩의 아들은 영구히 양민良民이 되는 것을 허락하고 5품까지로 제한하여 관직을 내리며, 비록 큰 공이 있어 재물과 비단, 토지를 상으로 주더라도 제한한 품계를 넘지 못한다."라고 하였고, 영락永樂 13년 6월 모일에 육조六曹에서 동의同議하여 명을 받은 내용에는 "각 품各品의 서얼庶孼 자손을 높은 관직에 임명하지 못하게 하여, 적처嫡妻와 첩의 차등을 분별한다."라고 하였으며, 영락永樂 13년 4월 모일에 의정부와 육조六曹에서 동의同議하여 명을 받은 내용에는 "1품 이하 각 품의 천첩 소생 자녀는 혼인할 때에 각기 그 동류同類끼리 혼인하고 양반의 가문과는 혼인하지 못한다."라고 하였으니, 일이 일어나려고 할 때와 점점 퍼지려고 하는 초기에 방비하는 뜻이 지극히 깊고 절실하다 하겠습니다.

신들이 생각하기로는 천첩賤妾의 자식들을 충의위忠義衛에 배속하는 것은 비록 태종의 어명이 계셨다고 하지만 결국 시행되지 못하였으니, 이는 태종께서 완성하지 못한 법이라고 하겠습니다. 또 이르시기를, "공신功臣으로서 후사後嗣가 없는 사람에게 그 후사가 끊어지는 것을 이어주고자 한다."라고 하셨으나, 신들은 생각하기를 국가에서 이미 2품 이상 관원의 천첩賤妾이 낳은 아들에게는 품계를 한정하여 관직을 내리게 허락하였으니, 꼭 충의위忠義衛에 배속해야만 끊어질 후사를 이어주는 것도 아닙니다. 또 이르시기를, "충의위는 대간과 육조에 비교할 것이 아니다."라고 하셨으나, 신들은 생각하기를, 충의위忠義衛에 배속한 자제들은 공훈이 있고 어진 덕이 있는 신하들의 후손後孫으로 나라와 기쁨과 슬픔을 같이하여 의정부와 육조, 대간에 드나들기 때문에 그들에게 기대고 바라는 것이 가볍지 않으니, 내금위 군사들과 같이 오로지 재주와 기예만 숭상하고 세계世系를 분별하지 않는 부류와는 다릅니다.

신들이 아무리 생각해 보아도 존비尊卑의 구분과 상하上下의 등급은 하늘이 서고 땅이 생긴 것과 같아서 고칠 수 없는 것이라고 생각됩니다. 만일 낮은 사람을 높은 지위地位에 있게 하고 천한 사람을 귀한 자리에 있도록 한다면, 위와 아래의 지위가 바뀌어져 백성의 뜻이 안정되지 못할 것입니다. 생각건대, 우리 국가에서 족속族屬을 엄하게 가리고 귀천貴賤을 분별하는 것은 그 유래由來가 오래되었습니다. 지금 이 무리들을 모두 충의위에 배속시켜 함께 지위와 명망이 높은 관직에서 어울려 구별이 없게 한다면 반드시 분수에 넘치는 지위에 참람하게 추천되는 일이 발생하여, 앞으로는 본래의 윗사람과 화근禍根의 실마리를 만들어 모함하려는 자도 있을 것이며, 또 본래의 윗사람과 혼인하는 자도 있게 될 것이니, 명분名分을 바로 잡아 줄기를 튼튼히 하고 가지를 약하게 하는 뜻에 크게 어긋나게 될 것입니다. 말씀이 여기까지 이르게 된 것이 참으로 한심寒心한 일이니, 엎드려 바라건대 전하께서는 지난번 상소에서 아뢴 대로 이미 내리신 어명을 도로 거두어 족속族屬의 분별을 밝히시고 명분名分의 엄정함을 보이시기를 간절히 바랍니다.

近以功臣賤妾之産, 許屬忠義衛, 臣等聞命驚駭, 其疏以聞, 未獲蒙允, 親啓情由, 殿下諭之曰太宗有命, 大臣已定, 所言難從. 臣等承命戰慄, 益切愚衷. 謹稽續典, 永樂十二年正月日, 議政府受敎, 二品以上自己婢妾之子, 永許爲良, 限五品受職. 雖有大功, 賞以錢帛田民, 毋過其品. 永樂十三年六月日, 六曹同議受敎, 各品庶孼子孫, 不任顯官, 以別嫡妾之分. 永樂十三年四月日, 議政府六曹同議受敎, 一品以下各品賤妾所生婚姻, 各於其類, 毋得犯婚於兩班家門. 其防微杜漸之意, 至深切矣. 臣等以爲賤妾子之屬忠義衛, 雖太宗有命, 竟未施行, 則是太宗未成之典也. 又諭之曰欲令功臣之無後者, 繼其絶嗣. 臣等以爲國家旣許二品以上賤妾所産, 限品受職, 則不待屬忠義, 然後繼絶嗣也. 又諭之曰忠義衛, 非臺諫六曹之比也. 臣等以爲忠義衛子弟, 以勳賢之裔, 與同休戚, 出入政府六曹臺諫, 倚望匪輕, 非若內禁衛軍士, 專尙才藝, 不分世系之類也. 臣等反復思之, 尊卑之分上下之等, 猶天建地設, 不可易也. 苟以卑居尊, 以賤居貴, 則上下易位, 而民志不定矣. 惟我國家, 嚴族屬辨貴賤, 其來尙矣. 今者悉令此輩得參忠義衛, 竝列通顯, 使無區別, 則僭擬必生, 將與本主構成禍釁, 謀欲陷之者, 有之矣, 且與本主相爲婚姻者, 亦有之矣, 甚非正名定分, 强幹弱枝之義也. 言之至此, 實爲寒心. 伏望殿下一依前章所伸, 追還成命, 以明族屬之辨, 以示名分之嚴.

왕이 허락하지 않았다.

不允.

08 » 이 몇 가지가 요즈음 정치의 폐단이 아니겠습니까

1430년(세종 12) 경술년庚戌年 5월 15일
좌사간左司諫 신포시申包翅

■ 저자 소개

신포시申包翅 : 생몰년 미상. 고려 말 조선 초의 문신으로, 본관은 고령高靈이고, 호는 호촌壺村이다. 고령신씨高靈申氏의 시조로 알려진 검교군기감사檢校軍器監事 신성용申成用의 현손玄孫으로, 할아버지는 신사경申思敬이고, 아버지는 예의판서禮儀判書 보문각 제학寶文閣提學을 지낸 전서典書 신덕린申德隣이다. 김충한金冲漢의 딸과 혼인하였으며, 세조대에 삼정승三政丞을 모두 지낸 신숙주申叔舟가 손자이다.

1383년(우왕 9)에 생원으로 태종 이방원과 함께 식년문과에 급제하였으며, 1427년(세종 9) 전내자 윤前內資尹이 되었고, 뒤이어 통정通政에 임명되었다가 판전농判典農을 제수 받고 곧 봉상奉常에 임명되었다. 1428년(세종 10) 사간司諫으로 언관의 직책을 수행하면서 불교배척, 양천良賤의 분별, 공법 제정, 신분제, 행정 제도의 문제와 관리들의 비리 척결에 대한 주장을 펼치는 등 개국 초창기 문물제도의 설치와 시행에서 유교이념적인 언론활동을 하였다. 1430년(세종 12) 벼슬이 공조참의工曹參議에 이르렀고, 죽은 뒤에는 찬성贊成에 증직贈職되었다.

글씨를 잘 써서 필적이 『해동필첩海東筆帖』에 남아 있으며, 묘소가 전라남도 곡성군 오산면에 있는데, 전라북도 남원시 송동면의 두곡서원杜谷書院에 장인 김충한과 함께 배향되었다. 신포시는 고려에 대한 절의를 지켰으면서 조선 왕조의 정통성도 같이 인정하여 세종대 벼슬에 나왔기 때문에 조선 후기에 와서 '고려 두문동 72현'에 선정되었다.

(『국조방목國朝榜目』·『신증동국여지승람新增東國輿地勝覽』·『조선왕조실록朝鮮王朝實錄』·『한국민족문화대백과사전』·『한국향토문화전자대전』)

■ 평설評說

이 글은 세종 12년 당대 정치의 부조리한 점에 대해 지적하여 올린 좌사간左司諫 신포시申包翅의 상소이다. 신포시가 부조리하다고 여겼던 당대의 상황은 모두 11가지로, 간략하게 정리하면 다음과 같다.

첫째는 언관言官들의 상소가 끝내 허락을 받지 못하는 경우가 있는 것이고, 둘째는 수령이 적절한 사람이 아니어서 백성들이 피해를 입는 경우가 있는 것이고, 셋째는 옥사獄事가 신속하고 공정하게 해결되지 못하는 경우가 있는 것이고, 넷째는 관리의 승진이 적절하게 이루어지지 않고 있는 것이고, 다섯째는 때에 맞지 않는 부역으로 백성들이 힘들어하는 경우가 있는 것이고, 여섯째는 진대법賑貸法이 백성에게 인색하여 백성들이 어려워하는 경우가 있는 것이고, 일곱째는 흉년으로 백성들의 사정이 어려워지고 있는 것이고, 여덟째는 토지의 경계가 바르지 않은 경우가 있어 백성들이 불평한다는 것이고, 아홉째는 양민良民과 천인賤人의 구분이 무너져 높고 낮은 차례가 잘못되는 경우가 있는 것이고 열째는 법률이 엄격하게 지켜지지 않아 죄 지은 사람이 큰 소리 치는 경우가 있는 것이고, 마지막 열한 번째는 돈의 가치가 낮아지고 물건 값이 올라서 부유한 사람들은 앉아서 이익을 보지만 가난하고 약한 사람들은 곤궁에 빠진다는 것이다.

신포시의 상소에 나온 내용들은 당대의 정치와 경제 전반에 관한 것으로, 현재 우리 사회에서도 흔히 볼 수 있는 문제들까지 모두 포괄하는 시무^{時務} 전반에 관한 것이다. 이와 같은 상소의 내용만을 보면 이 시기의 정치·경제 상황이 극도의 혼란 속에 들어있었다고도 생각할 수 있을 정도이다.

신포시는 전재한 11가지의 문제를 해결할 수 있는 방법으로 우선 바른 말을 구하기를 목마른 것과 같이 하고, 간언하는 말을 따르기를 물이 흐르는 것과 같이 하며, 다음으로 3년을 기한으로 관리를 임용하고, 법정에는 지체되는 소송이 없고 감옥에는 원통한 백성이 없게 하며, 근무기간을 기준으로 관리를 임용하여 쓰고, 토목공사는 한 해에 사흘을 넘기지 않도록 하며, 창고를 열어 풍년과 흉년에 따라서 곡식을 내고 거두어들이며, 급하지 않은 일을 멈추어 농사지을 사람들이 모두 농토로 돌아가게 하고, 농지를 측량하여 딱 들어맞게 해서 경계와 등급을 명백하고 정확하게 하며, 양민과 천인의 구별을 밝히고 분수를 정해서 서로 넘나들지 못하게 하며, 고의로 죄를 지은 사람은 가볍게 사면하지 말고, 사치하고 화려한 것을 금지하여 검소한 생활을 장려해야 한다고 했다.

이와 같이 한다면 천지가 자리 잡히고 만물이 길러지며, 음양이 조화하고 비와 바람이 때에 맞으며, 풍속이 아름답게 변하여 백성들이 근심하고 탄식하는 소리를 내지 않을 것이라고 했다. 이와 함께 세종은 이미 의복과 반찬이 검소하여 큰 조회^{朝會}가 아니면 음악 소리가 들리지 않는다고 하여 세종의 평소 생활이 성군^{聖君}의 행동에 닮아 있지만, 아직 아랫사람들과 마음이 통하지 않아 실질적인 효과가 부족한 것이라고 했다. 그렇기 때문에 신포시는 임금과 함께 신하들이 스스로의 직분을 지켜 임금의 뜻을 이어 받든다면 지금의 문제는 저절로 해결될 것이라고 하였다. 이러한 표현은 세종의 부족한 점을 낱낱이 지적하면서도 세종이 도달할 수 있는 궁극의 경지가 성인과 같다는 것으로, 세종의 무한한 가능성을 드러내는 것이다.

이 상소에 대해 세종은 자기 스스로가 부족하다고 하며 상소의 내용을 받아들였지만, 그 상소의 내용에 대한 자신의 견해를 뚜렷이 밝혔다. "임기를 6년으로 하는 법을 그대로 두는 것이 더 낫지 않겠는가."하는 것이나 "재상을 중하게 대우하는 것이 아니다."라는 언급이나 "나도 어쩔 수 없이 따르는 것" 또는 "의문점이 있는 죄에 대해 사형을 내리는 것에 옳지 못한 점은 없겠는가."하는 것은 자신의 생각을 밝혀 신하들의 답을 구하는 행위라고 할 수 있다. 특히 "간원諫院에서 정확하게 측량할 수 있는 방법을 의논하여 이야기 하여라."라고 한 것은 적극적으로 신하들의 조언을 구하는 행위라고 할 수 있다. 이와 같은 비답은 임금으로서 전제專制하기보다 신하들과 함께 정치를 해 나가고자 하는 세종의 태도를 보여준 것이라고 할 수 있다.

■ 역문譯文

전하께서 밤낮으로 공경하고 두려워하셔서 감히 편안히 계실 겨를이 없으시며, 가득 융성한 국운을 유지하시고 이루신 위업을 지키려고 하셔서, 정신을 가다듬고 정치를 계획하여 가혹하고 까다로운 정치와 급하지 않은 사무 일체를 제거하시니, 안팎이 잘 다스려지고 편안하여 기쁘게도 이미 태평한 시대의 다스림이 드러났지만, 지금 양기陽氣가 한창 왕성한 달인데도 서리와 눈이 내리고 또 지진이 일어났습니다. 이것은 비록 하늘이 전하를 사랑하시지만 꾸짖어 경계하시는 것이니, 그 이유를 살펴보면 반드시 지금 정치의 득실得失과 사람들의 행위로부터 감응感應된 것이 아니라고 하지는 못할 것입니다. 당연히 바른 말을 구하여야 할 것인데, 근래에 언관言官들이 여러 번 상소를 올렸으나 끝내 허락을 받지 못하였으니, 이것이 요즈음 정치의 폐단이 아니겠습니까.

수령은 백성을 가까이하는 직책이니, 진실로 어질고 유능한 사람을 얻는다면 비록 그 직책에 오래 있어도 괜찮지만, 만일 어질지 못한 사람이라면 백성들이 그 피해를 받을 것이니, 어찌 하루라도 구차하게 그 자리에 있기를 용납할 수 있겠습니까. 비록 관리의 공적과 고과考課의 우열을 매기는 전殿과 최最(고려·조선시대 경외관원京外官員의 근무 상태를 여러 면에서 조사해 성적을 매기는 고과考課 또는 그렇게 하던 기준으로, 전殿은 근무평정 고과에서 최하등의 등급을 말하고 최最는 최상등을 말하는데, 주로 합칭해서 고과평정의 뜻으로 사용한다.)가 정밀하다고는 하지만, 신보안辛保安과 같은 무리를 정치에 뛰어나다고 하여 직급을 올려준 일이 있으니, 요즈음 정치의 폐단이 아니겠습니까.

옥사獄事를 다투는 일은 머물러 두고 지체할 수 없는 것인데, 송사를 듣고 판단하는 자들이 대부분 쉬운 일을 따르고 어려운 것은 피하며, 가벼운 일은 하고 무겁고 중한 일은 버려두어서 시간만 끄니, 요즈음 일어난 일의 잘못이 아니겠습니까.

관리를 승진시키는 일은 근무기간을 기준으로 올려주는 것이 옳은데, 지금은 안팎의 관리로서 통훈通訓(통훈대부通訓大夫를 말하는 것으로, 정3품 하계의 당하관을 말한다.) 이하는 근무기간에 따라 직급을 올려주지만 통정通政(통정대부通政大夫를 말하는 것으로, 정3품 상계의 당상관을 말한다.) 이상은 비록 공적과 고과가 가장 뛰어난 등급에 있어도 끝내 직급을 올려주지 않으니, 요즈음 정치의 폐단이 아니겠습니까.

"소비를 절약하고 백성을 사랑하며, 때에 맞춰 백성을 부린다."라고 한 것은 공자의 가르침입니다. 근자에 때에 맞지 않는 부역이 없었던 해가 없으니, 요즈음 정치의 폐단이 아니겠습니까.

재물을 쌓아두는 것은 본래 곤궁한 백성을 구제하기 위한 것인데, 국가에서 백성들에게 곡식을 꾸어주었다가 수확기에 갚게 할 때 담당 관리가 재물을 아끼는 데에만 구애되어 꾸어주는 것이 두어 말에 지나지 않아서, 먼 지역에 사는 백성들은 그 두어 말의 곡식을 얻으려고 오고 가는 수고만 하고, 이 때문에 농사를 그만두게 되니, 요즈음 일의 잘못이 아니겠습니까.

굶주리고 헐벗는 절박한 사정은 염려하지 않을 수 없으니, 요즈음 들어서 풍년이 들지 않았습니다. 올해 여름에는 모가 벌써 자랐는데, 서리가 치고 눈이 내려서 혹은 모가 상하고 혹은 모가 말랐으며, 보리가 다 익지 않아 미래의 곤경이 진실로 염려되니, 요즈음 일의 잘못이 아니겠습니까.

어진 정치는 반드시 토지의 경계를 바르게 하는 데에서 시작하는데, 근래에 토지를 계산할 때 몇 사람의 토지를 모두 합해 계산하기도 하고, 비옥하고 척박한 토지의 품질을 구분하지 않아서 딱 들어맞지 않는 경우가 제법 있어 농민들의 불평하는 소리가 시끄러우니, 요즈음 정치의 잘못이 아니겠습니까.

『역경易經』에 "높고 낮음이 펼쳐져 있으니, 귀하고 천함이 자리를 정한다."라고 하였는데, 이제 양민良民과 천인賤人의 구분이 보충군 제도에서 이미 무너졌고, 또 이어서 문과文科를 거치지 않고 관직에 나가는 음사蔭仕에서 무너져서, 자제子弟가 마구 섞이고 높고 낮은 차례가 잘못되었으니 요즈음 정치의 잘못이 아니겠습니까.

법률은 당연히 엄격해야 할 것인데, 절도는 비록 세 번 법을 범했다고 해도 한 번 사면을 받으면 법에 걸리지 않는 까닭에 서울 안에 남의 물건을 도둑질하고 사람을 협박하는 자들이 오히려 있으니, 요즈음 정치의 폐단이 아니겠습니까.

물건 값은 당연히 공평해야 하는데, 근래에 돈의 가치는 날로 낮아지고 물건 값은 날로 뛰어올라서, 예전 1전짜리 물건이 지금에 와서는 몇 전짜리가 되니, 부유한 사람들은 앉아서 그 이익을 챙기지만, 가난하고 약한 사람들은 한 섬의 곡식도 저축할 수 없으니, 요즈음 정치의 폐단이 아니겠습니까.

신들은 생각하기에, 바른 말을 구하기를 목마른 것과 같이 하시고, 간언하는 말을 따르기를 물이 흐르는 것과 같이 하시면, 아랫사람들의 마음이 위에 알려져서 조정에서 빠뜨리는 일이 없게 될 것입니다. 3년을 기한으로 하여 정치에 어두운 사람들을 내치고 밝은 사람들을 올려 쓰면, 관리들이 그 직책에 걸맞게 되어 백성들이 그 혜택을 받을 것이며, 법정에 지체되는 소송이 없고 감옥에 원통한 백성이 없다면, 억울한 일이 날마다 밝혀져서 백성의 마음이 편안할 것입니다. 근무기간을 기준으로 관리를 임용하여 쓰고 벼슬로 공을 세우기를 권하면 관리 임용이 공정하여 사람들의 불평불만이 없을 것입니다.

토목공사는 마땅히 『왕제王制』에서 백성의 힘을 쓴 것처럼 하여 한 해에 사흘을 넘기지 않도록 하는 것이 옳습니다. 창고를 열어 풍년과 흉년에 따라서 곡식을 내고, 거두어들이고 나누어 주는 것을 법도로 정해 수령에게 위임하는 것이 옳습니다. 백성들이 굶주리지 않도록 해야 하니 급하지 않은 일은 멈추어 힘써 농사지을 사람들이 모두 농토로 돌아가서 밭에서 농사에 힘쓰도록 하는 것이 옳습니다. 농지를 측량하여 딱 들어맞게 하지 못한 자는 엄하게 벌을 주고, 다시 정직한 사람을 골라서 일을 시키되 빨리 이루도록 하는 것에 구애받지 말고 경계와 등급을 명백하고 정확하게 하여 백성들의 삶을 편안하게 하는 것이 옳습니다. 양민과 천민의 구별이 없으니, 명분을 밝히고 분수를 정해서 서로 넘나들지 못하게 하여 혼잡한 지경에 이르지 않도록 하는 것이 옳습니다. 형법에 고의로 죄를 지은 것은 아무리 작은 것이라도 가볍게 사면하지 말아야 한다고 하였으니 그런 뒤에야 형벌에 관한 정치가 바르게 될 것입니다. 사치하고 화려한 것을 금지하고 검소한 생활을 하여 재물이 넉넉해진 뒤에는 물가가 저절로 공평해져서 백성들의 풍속이 두터워질 것입니다.

이와 같으면 천지가 자리 잡히고 만물이 길러지며, 음양이 조화하고 비와 바람이 때에 맞으며, 풍속이 아름답게 변하여 백성들이 근심하고 탄식하는 소리를 내지 않을 것입니다. 어떤 사람은 "임금이 재앙과 변고를 만나서 두려워한다면 마땅히 반찬을 줄이고 음악을 걷어치워야 한다."라고 하지만, 전하께서는 의복과 반찬에 대해 힘써 검소하게 하셔서, 비록 우^禹임금이 해진 의복과 거친 음식을 사용했다고 하더라도 이 정도를 넘지 않았을 것입니다. 비록 음악을 관장하는 관리들이 갖추어져 있으나 큰 조회^{朝會}가 아니면 음률 소리가 귀에 들려오지 않으니, 신들은 반드시 반찬을 덜 것이 아니고 반드시 음악을 걷어치울 것이 아니라, 다만 아랫사람들과 마음이 통하게 하여 실질적인 효과를 구하고, 안으로 나의 덕을 닦고 위로 하늘의 마음을 잘 받들면, 천지의 기운이 조화하여 기분 나쁜 재앙이 그칠 것이라고 생각합니다.

보통 사람들은 말하기를 "땅의 변고는 가운데 자리에 해당하는 것이니 대신들은 그 자리를 피하고 녹봉을 사양하여야 한다."라고 하지만, 지금은 재상들이 신중하고 조심스럽게 맡은 일에 힘을 써서, 공경하고 성실하게 정치에 힘을 합하여 몸을 다하고 목숨을 바칠 바로 그 때이니, 땅의 도와 같은 신하의 직분을 지켜서 하늘의 도와 같은 임금의 뜻을 이어 받들고 흉한 재앙을 바꾸어 길한 복으로 이루기를 생각해야 할 것입니다. 신들은 재상의 자리를 피할 필요도 없고, 녹봉을 사양할 필요도 없다고 생각합니다. 단지 모든 일이 다 잘되게 하여 어진 여러 사람들을 다 모아서 모든 관리들이 자신의 직책을 다하게 하고, 모든 백성들이 온전히 살아가게 하여, 신하의 도리에서 당연히 해야 할 일을 다 하여 하지 않은 것이 없게 된다면, 요사스런 재앙이 저절로 사라지고 아름다운 조짐이 자연히 내릴 것이며, 덕이 끝이 없어 마침내 큰 경사가 있을 것입니다. 『시경^{詩經}』에서 "하늘의 위엄을 두려워하여 이에 보전한다."라고 하였으니, 엎드려 생각하건대 전하께서는 깊이 생각하셔야 합니다.

殿下夙夜祗懼, 不敢遑寧, 持盈守成, 勵精圖治, 凡苛察之政不急之務, 一切除之, 中外乂安, 熙熙然已見太平之治. 今當正陽之月, 飛霜雨雪, 又有地震. 是雖皇天仁愛殿下, 而譴告之也, 揆厥所由, 未必不自時政之得失人爲之所感也. 直言所當求也. 近者言官屢進封章, 而竟不蒙允, 非時政之弊乎. 守令, 近民之職, 苟得賢能, 則雖久其任可也. 如其不賢, 民受其害, 豈容一日苟居乎. 若曰殿最惟精, 有如辛保安之輩, 政最遷秩, 非時政之弊乎. 獄訟不可留滯也. 聽斷者率多從易而避難, 就輕而捨重, 淹延歲月, 非近事之失乎. 銓選貴乎循資, 今中外官吏通訓以下, 則循資加級, 通政以上, 則雖居最列, 終不加資, 非時政之弊乎. 節用而愛人, 使民以時, 夫子之訓也. 近者不時之役, 無歲無之, 非時政之弊乎. 積蓄, 本以賑窮民也. 其賑貸之際, 有司拘於撙節, 給之不過數斗, 其遠村之民欲得數斗之穀, 徒費往還, 因以廢農, 非近事之失乎. 飢寒迫切, 不可不慮也. 近年以來, 年未大稔, 今歲之夏, 禾已成苗, 飛霜雨雪, 或傷或枯, 來麰不成, 將來之患, 誠可慮焉, 非近事之失乎. 仁政必自經界始, 近者量田之際, 或都量數人之田, 或不分膏瘠之品, 頗有失中, 田雯敓敓, 非時政之失乎. 易曰卑高以陳, 貴賤位矣. 今也良賤之分, 旣壞於補充軍, 又壞於承蔭, 而混於子弟尊卑失序, 非時政之失乎. 法律所當嚴也. 凡竊盜者, 雖云三犯, 一遇赦宥, 則不置於法, 故都城之下, 盜物刦人者, 尚且有之, 非時政之弊乎. 物價所當平也. 近者錢價日賤, 物價日踊, 昔之直一錢, 今直數錢. 豪富者坐享其利, 貧弱者無擔石之儲, 非時政之弊乎.

臣等以謂求言如渴, 從諫如流, 則下情得以上達, 而朝無闕事矣. 三載爲期, 而黜陟幽明, 則吏稱其職, 而民受其賜矣. 庭無留訟, 獄無冤民, 則寃抑日伸, 而民心安矣. 循資敍還, 爵以勸功, 則銓選公, 而人無快快矣. 土木之役, 則當如王制用民之力, 歲不過三日可也. 發倉廩則隨歲豐歉, 斂散有度, 而委之守令可也. 使民無飢, 則停不急之務, 使力農之徒盡歸南畝, 服田力穡可也. 量田而不中者, 則嚴加罪責, 更擇循良, 勿拘速成, 明正經畫, 以便民生可也. 良賤之無別, 則正名定分, 無相踰越, 使不至於混殽可也. 刑故無小, 毋輕赦宥, 然後刑政得矣. 禁其奢華, 儉以足用, 然後物價自平, 而民俗歸厚矣.

如此則天地位, 萬物育, 陰陽和, 風雨時, 俗有於變之美, 民無愁嘆之聲矣. 或曰人君 遇災而懼, 則宜當減膳徹樂. 惟我殿下, 服御供膳, 務從儉朴, 雖大禹之惡衣菲食, 不是 過也. 樂官雖具, 非大朝會, 則音律不入於耳, 臣等以爲膳不必減也, 樂不必徹也. 但使 通下情責實効, 内修己德, 上應天心, 則天地之氣交, 而陰沴息矣.

常人之言曰, 地變應乎中位, 大臣宜避位辭祿. 今都堂穆穆, 隆眷委任, 正是寅亮協贊, 鞠躬致命之時, 當思體坤以承乾, 變凶而致吉. 臣等以爲位不必避也, 祿不必辭也. 但使 庶事畢張, 群賢咸集, 百司盡職, 萬姓全生, 凡可以竭臣道之當爲者, 無所不至, 則妖沴 自消, 休祥自降, 德合無疆, 而終有大慶矣. 詩云畏天之威, 于時保之. 伏惟殿下宜潛 心焉.

■ 비답批答과 전교傳敎

임금이 말하기를,

"상소한 말이 거의 모두 임금의 덕을 돕는 것이다. 옛 사람이 이르기를, '간하는 말을 따르되 물 흐르는 것처럼 하라.'라고 하였는데, 나는 소견이 밝지 못해 이와 같이 하지는 못하였다. 임기를 6년으로 하는 법을 비록 30삭朔(900일)으로 고쳤지만, 신보안辛保安과 같이 벼슬이 갈려 돌아온 지 얼마 되지 않아서 다시 외직으로 나간 경우도 있으니, 오히려 임기를 6년으로 하는 법을 그대로 두는 것이 더 낫지 않겠는가? 통정通政 이하는 근무기간을 기준으로 임용하는 법을 따르는 것이 괜찮지만, 가선嘉善(가선대부嘉善大夫를 말하는 것으로, 종2품인 문·무관의 품계를 말한다.) 이상도 이런 예에 따라 관직을 올려주게 되면 재상을 중하게 대우하는 것이 아니다. 때에 맞지 않는 부역은 나도 편치 않다고 생각하지만, 그러나 각 관청에서 긴급한 사연을 이야기하면 나도 어쩔 수 없이 따르는 것이니, 어찌 나의 본마음이겠는가. 세 번 법을 위반한 절도범을 가볍게 용서한 일을 내가 알지 못하는 것은 아니지만, 다만 형법에는 사형死刑에 이르게 한다는 조문이 없다. 하물며 범죄를 저지른 사실에 의문점이 있으면 가벼운 형벌을 따른다고 하였는데, 의문점이 있는 죄에 대해 사형을 내리는 것에 옳지 못한 점은 없겠는가. 토지를 측량하는 일은, 내가 처음 명령할 때에 시험 삼아 경차관敬差官 세 사람에게 하나의 토지를 같이 측량하게 하였더니, 그 헤아린 토지의 경지 면적이 모두 서로 같지 않았는데, 하물며 몇 만 결이나 되는 토지를 어떻게 다 정확하게 측량할 수 있겠는가. 나도 깊이 생각해 보았지만 적당한 방법을 찾지 못하였으니, 간원諫院에서 정확하게 측량할 수 있는 방법을 의논하여 이야기하여라. 간원의 직책이 언로言路에 있으므로, 이제 그가 들은 사실을 자세히 진술하였으니, 내가 깊이 아름답게 여겨 받아들이노라."

라고 하였다.

上曰:

"所進疏語, 率皆調元之事. 古人云從諫如流. 予則所見不明, 未能如此. 六期之事, 雖改三十朔, 有如辛保安者, 遞還未久, 卽復出外, 則不猶愈於六期仍在者乎. 通政以下, 循資可也. 嘉善以上, 亦例得陞資, 則非所以重宰相也. 不時之役, 予亦以爲未便, 然各司陳緊急之故, 予亦不得已而從之, 豈予本心乎. 三犯竊盜輕赦之事, 予非不知, 但律無至死之文耳. 況罪疑惟輕, 以疑罪至死, 無乃不可乎. 量田之事, 予初命之時, 試令敬差官三人共量一田, 其結卜之數, 皆不相類, 況萬萬之田, 何可盡得其中乎. 予亦深思, 未得其術. 諫院其議得中之策以聞. 諫院職在言路, 以其所聞之事悉陳之, 予深嘉納."

09 〉 살기 힘든 아들의
벼슬길을 열어주십시오

1453년(단종 1) 계유년癸酉年 1월 21일
전 경창부 소윤前慶昌府少尹 민대생閔大生

■ 저자 소개

민대생閔大生 : 1368년(공민왕 17)~1463년(세조 9). 조선 전기의 문신으로, 본관
本貫은 여흥驪興이며, 아버지는 민중립閔中立이고 어머니는 양천허씨陽川許氏로 찬성
贊成을 지낸 허선許僐의 딸이다. 사위가 영의정 한명회韓明澮이며, 예종睿宗의 비妃
장순왕후章順王后와 성종成宗의 비 공혜왕후恭惠王后의 외조부이다.

1395년(태조 4) 조상의 음덕으로 군자녹사軍資錄事에 제수된 후 공정고사供正庫
司, 전농소윤典農少尹 등을 역임하였다. 1428년(세종 10) 선천부사宣川府使로 재임 중
흉년이 들자 구휼에 힘써 백성들로부터 칭송을 받았다. 1434년 호군護軍에 임
명되었다가 1440년 사직하고 남양에 은거하였다. 1453년(단종 1) 아들 민효열
閔孝悅이 공물을 대납한 일로 종신토록 관직에 나가지 못하는 벌을 받자 81세의
고령으로 아들 대신하여 상소해 사면되었다.

1455년(세조 1) 세조를 옹립한 사위 한명회의 공으로 당상관에 올라 첨지중
추원사僉知中樞院事가 되었다. 1459년 한성부 윤漢城府尹에 올랐으며 이듬해 한명회

의 딸인 외손녀가 세자빈이 되었다. 1463년(세조 9) 중추원 부사를 거쳐 종1품인 숭정대부에 올라 96세의 나이로 세상을 떠나자 세조가 조관弔官을 보내고 장례물품을 하사하였다.

성품이 겸손하고 어질었다는 평가를 받았으며, 1472년(성종 3) 우의정에 추증되었다. 1482년(성종 13) 세운 신도비의 비문은 서거정徐居正이 찬하고, 성임成任이 썼으며, 남제南悌가 전액篆額하였다.

(『조선왕조실록朝鮮王朝實錄』 · 『향토문화대전』)

■ **평설**評說

이 글은 금고에 처해져 관직 진출이 막힌 아들의 벼슬길을 열어달라는 81세 노부老父 민대생의 애처로운 상소이다. 민대생은 사위인 한명회 때문에 83세 이후부터 첨지중추원사 · 한성부 윤 · 중추원 부사 등의 관직을 맡을 수 있었지만, 이 상소를 올릴 때는 남양에 은거하고 있던 별로 가진 것 없는 퇴직 관리에 불과했다.

이 상소를 올릴 때 아들 민효열을 바라보는 아버지 민대생의 모습에는 안타까움이 가득했었던 것 같다. 민효환 · 민효흔 · 민효열 세 아들이 있었지만, 큰아들 민효환은 일찍 죽었고, 둘째 민효흔은 과거에 오르지도 못했으니 기대할 자식은 막내 민효열 뿐인데, 그 아들이 금고형에 처해 관직에 나가지 못하니, 바라보는 아버지의 마음이야 당연히 가슴 아프지만, 막상 관직에 나갈 수 없는 자식의 마음은 어떨 것인가. 민대생이 정말 안타깝게 생각했던 것은 바로 이것이 아니었던가 생각된다.

민효열의 잘못은 크게 두 가지였다. 하나는 예조 좌랑으로 있으면서 살마주 태수의 진상 물건에 대한 회답 물건의 점검을 잘못한 것이다. 이로 인해 3천여 필匹을 더 지급하여 그 처벌로 민효열은 5백 필을 배상해야 했지만, 집안이 가난하여 이를 배상할 수 없어 두 번째 잘못을 저지르게 되었다. 종에게 배상할 비용을 마련하게 하자 종이 장흥고長興庫(고려·조선 시대에 궁중에서 쓰는 물품을 조달, 관리하던 관청)의 종과 함께 종이를 대신 바치고, 그 값을 거두어 변상할 자금을 마련하려고 했던 것이다. 공물의 대납은 엄연한 불법이었기 때문에 민효열의 잘못은 명백한 것이었다.

그렇기 때문에 민대생은 아버지로서 느낀 절실한 심정을 상소로 올려 자식을 구제하고자 했다. 지독지애舐犢之愛라고 어미 소가 송아지를 핥는 것 같은, 자식에 대한 아버지의 지극한 사랑은 그 행위가 정당할 수 없다는 것을 알면서도 민대생에게 이 상소를 올리지 않을 수 없게 만들었다. 간곡한 정을 불쌍하게 여겨달라는 표현의 반복은 상소 속의 변명이 오로지 아들을 바라보는 아버지 민대생의 안타까움에 의한 것임을 보여주는 것이다.

이 상소에 대한 대신들의 의논이 임금에게 자애로움을 베풀도록 권하는 것이었고, 임금 역시 자리가 나는 대로 민효열을 임용하라고 한 것은 민효열에게 잘못이 없었다거나 그가 억울하기 때문이 아니었을 것이다. 그보다는 자식을 바라보는 아버지의 정이 이들을 움직인 것이라 보는 것이 옳을 것이다.

■ **역문**譯文

신의 아들 전 병조 정랑兵曹正郎 민효열閔孝悅은 신유년에 외읍外邑의 공물貢物을 대신해서 바친 일이 발각되어, 형조刑曹에 의해 심문을 받게 되었는데, 마침 용서를 받아 죄를 면하게 되었습니다. 그 후 형조에서 법에 의거하여 다시 죄 주기를 청해 금고형에 처해져 다시 임용되지 못한 지가 지금 10여년 입니다. 민효열이 정조 낭청政曹郎廳으로 법에 어긋나는 행동을 하여 벌을 받았으니 진실로 불초不肖한 일이지만, 다행히 성상의 용서를 받아 금고형에 처해져 임용되지 못하는 데에 그쳤으니, 매우 다행한 일입니다. 그러나 신 민대생閔大生의 나이가 금년에 81세가 되어, 몹시 숨이 차고 목숨이 아침저녁에 달려 있으니, 성스러운 세상에서 오래 살지 못할 것이 틀림없습니다. 민효열의 죄가 비록 크다고는 하나, 그 정情은 오히려 용서할 만한 점이 있으니 소가 송아지를 핥아 주는 것과 같은 부모의 마음으로 차마 입을 다물고 가만히 있을 수 없어 성상의 위엄에 저촉됨을 무릅쓰고 감히 늙은이의 간곡한 정을 말씀드리니, 엎드려 바라건대 자애로운 성상께서는 불쌍히 여기어 주십시오.

가만히 생각건대 민효열은 갑인년에 예조禮曹의 좌랑佐郎으로 있었는데, 그때 살마주 태수薩摩州太守 등원위구藤源爲久 등의 진상 물건進上物件에 대한 회답 물건을 점검할 때에 점검을 잘못하여 착오를 일으켜 이로 인하여 더 지급한 수가 거의 3천여 필匹에 이르렀습니다. 정사년 봄에 일이 그제야 드러나, 호조戶曹·예조禮曹 두 관청의 당상관堂上官과 해당 관청의 낭청郎廳들에게 그 필수匹數를 계산하여 나누어 물게 하였습니다. 얼마 지나지 않아 집현전集賢殿의 상소上疏 때문에 당상관은 면제하고, 한성부漢城府에 이를 독촉하여 징수하게 하였는데, 낭청 민효열도 징수 대상의 예例에 들어있었으니 그 수가 5백여 필에 이르러, 독촉하는 관리가 문門에 잇달아 날마다 독촉을 하였습니다.

신의 집안은 대대로 청빈하여 가난하고, 민효열도 경외京外에 조금의 저축도 없어, 항상 녹봉祿俸으로 수십 명 가족의 생계를 이어왔기 때문에 변상할 비용을 마련할 길이 없고 그 고통을 견딜 수가 없어, 종 하나를 보내어 형편에 따라 이를 마련하여 변상하게 하였습니다. 그런데 그 종이 "강원도 평강平康 등지에는 닥나무가 나지 않아 백성들이 장흥고長興庫에 바칠 종이를 마련할 수 없으니, 아전들이 백성들에게 그 값을 거두어 가지고 서울에 와서 사서 무역貿易하여 바치는 것이 연례年例이다."라는 말을 듣고, 이에 장흥고의 종과 힘을 합하여 종이를 대신 바치고, 그 값을 거두어 변상할 자금으로 충낭하려고 하었던 것입니다. 대신 바친 것은 진실로 죄가 되지만 그 뜻은 본래 이익을 꾀하여 재산을 늘리고자 한 것이 아니며, 진실로 관官에서 징수를 독촉하여 사정이 매우 급했기 때문이었습니다.

민효열은 일찍이 5품의 녹봉을 받았으나 오히려 처자식들이 굶주림과 추위의 고통을 면하지 못하여, 아침에 저녁의 끼니를 걱정하니 무슨 여력餘力이 있어 관포官布 5백여 필을 마련해 갚을 수 있겠습니까? 일의 형세가 이처럼 곤궁하고 절박하니 천하의 어떤 고통이 이보다 더 할 수 있겠습니까? 그 정情이 용서할 만하고 법으로 보아도 불쌍히 여길 만합니다. 민효열이 금고형에 처해진 이후로 무려 수십 번이나 사면赦免의 은혜가 내려, 죽음에 해당하는 죄를 지은 자도 살게 되고 유배流配를 당한 자도 다시 돌아오고 뇌물을 수수한 관리도 죄를 면하게 되어 모두 새로운 삶의 은택을 입었는데, 유독 민효열만은 비방을 받아 다시 임용되지 못하고 평생 동안 금고형에 처해졌으니, 비록 스스로 새로워지려고 해도 길이 없습니다. 이것이 신이 밤낮으로 피눈물을 흘리는 까닭입니다.

사람의 정리情理에 어찌 자식을 낳아 기르고 보살펴 그가 장성하여 말단 벼슬에 몸담아 일종一鍾의 녹봉을 받아 그것으로 해 주는 영화로운 봉양을 받고 싶지 않은 자가 있겠습니까? 신은 아들이 셋 있는데, 큰아들이 민효환閔孝懽이고 막내가 민효열閔孝悅이니, 모두 과거에 급제하여 성은聖恩을 입고 높은 벼슬에 올랐으나, 불행히도 노신이 복이 없어 민효환은 먼저 죽고, 민효흔閔孝忻은 과거에 급제하여 관직에 나아가지 못하고 백수 청삼白首靑衫(청삼은 벼슬하지 못한 사람의 옷을 말하는데, 민머리에 푸른 옷을 입고 지낸다는 것은 벼슬 없이 살아간다는 말이다.)으로 하류下流에 머물러 있어 진실로 영화로운 봉양을 바랄 수 없으니, 오로지 기대하는 것은 민효열 뿐입니다. 그런데 죄를 짓고 폐기廢棄되어 다시 가망이 없게 되었으니,

이것이 비록 노신老臣의 박복薄福한 소치이나, 실로 이 일은 인간사 중에서 가련한 것이며, 더욱 노신에게 고통스럽고 근심스런 일입니다.

공경히 생각하건대 주상 전하께서 성스럽게 왕위를 계승하시고 밝게 이으시며 너그러운 법전을 널리 펴셔서 대소 고하大小高下가 각기 살 곳을 얻었으니, 어찌 새와 짐승, 물고기와 자라만 이와 같을 뿐이겠습니까? 그런데 오직 노신老臣 부자父子만 어둡고 막힌데 떨어져서 하늘의 태양이 다가와 비춰주는 은혜를 입지 못하였습니다. 신이 혹시 조석朝夕으로 어찌 될지 모르는데, 큰소리로 "성대聖代 천추 만세千秋萬歲하소서."라고 하며, 지하地下에서 눈을 감을 수 있겠습니까? 엎드려 생각건대 자애로운 성상께서 굽어 살피셔서 곧 죽을 노신의 몸으로 조그마한 간청을 올리는 것을 불쌍히 여기시고, 민효열의 막혀 있는 벼슬길을 허락하여 주시면, 어찌 신의 부자가 몸을 버리고 뼈를 깎아 은혜의 만분의 일이라도 보답하지 않겠으며, 죽어서 저승에서라도 그 은혜를 갚으려 하지 않겠습니까? 마음속의 격한 감정을 이기지 못하여 죽음을 무릅쓰고 아뢰는 바입니다.

子前兵曹正郎孝悅, 於辛酉年間, 以外邑貢物代納事發, 下刑曹推問, 會赦免罪, 後刑曹據法追請, 廢錮不敍, 今十餘年. 孝悅以政曹郎廳, 敢行非法, 以罹罪辜, 誠爲不肖. 幸蒙赦宥, 祗廢不敍, 極爲幸矣. 然臣大生年今八十有一, 氣息奄奄, 命在朝夕, 其不久於聖世, 無疑. 孝悅之罪, 雖曰大矣, 其情猶有可恕, 以舐犢之情, 不忍含默, 觸冒天威, 敢陳耄荒之懇, 伏惟, 聖慈垂憐焉.

竊惟, 孝悅, 甲寅年間, 於禮曹爲佐郎, 于時薩摩州太守藤源爲久等進上物件, 回奉磨勘, 次失於點檢, 以致錯誤, 因而加給之數, 動至三千餘匹. 丁巳春, 事始發, 戶禮兩曹堂上及當該郎廳, 計四分徵, 未幾, 因集賢殿上疏, 堂上免徵, 令漢城府督徵郎廳, 孝悅亦在徵例, 數至五百餘匹. 差使蹕門日督, 臣家世淸寒, 孝悅亦於京外, 無擔石之儲, 常資祿捧, 以濟數十口之命, 計無所出, 不勝其苦, 乃差一奴, 隨宜營辦以償之. 右奴聞, 江原道平康等處楮木不産, 長興庫納紙民未得備, 色吏斂價於民, 齎以來京, 貿易充納, 年例也, 故於是與長興庫奴幷力代納, 欲收其價, 以充徵資, 其所代納, 誠爲有罪. 然其情, 固非謀利營産也, 實迫於官徵之急也. 孝悅嘗受五品之祿, 猶未免妻飢兒寒之苦, 朝不謀夕, 安有餘力, 以充官布五百餘匹之償乎. 事窮勢迫, 天下之苦, 莫甚於此, 其情可恕, 於法可矜. 自孝悅廢錮以來, 恩宥之頒, 無慮數十, 罪或抵死者得生, 流竄者得還, 贓汚者得免, 共沐惟新之澤, 獨孝悅負謗不敍, 以錮一生, 雖欲自新, 其路無由, 此臣所以日夜泣血者也.

夫人情, 孰不欲生子提携抱養, 望其成立, 添一命之官, 捧一鍾之祿, 以爲榮孝哉. 臣有子三人, 長曰孝懽, 季曰孝悅, 俱中科第, 獲蒙上恩, 皆至顯達, 不幸老臣薄祐, 孝懽先逝, 孝忻無所成立, 白首靑衫, 沈於下流, 固已無望於榮孝, 所期者, 唯孝悅耳. 負罪廢棄, 無復可望, 此雖老臣薄祐之所致, 實是人事所可憐者也, 此尤老臣所痛悶者也. 恭惟, 主上殿下, 聖繼明承, 誕布寬條, 洪纖高下, 各得其所, 豈但鳥獸魚鼈之咸若而已哉. 獨有老臣父子自隔幽阻, 未蒙天日之照臨, 臣儻或朝夕奄辭聖代, 千秋萬歲, 其能瞑目於地下哉. 伏惟, 聖慈垂察, 憐老臣將死之微懇, 許孝悅已錮之仕路, 則豈惟臣之父子捐軀粉骨, 思效於萬一. 庶欲結草圖報於冥冥之中矣. 不勝肝膽之激, 昧死以聞.

육조六曹에 내려 의논하게 하였다.

이때에 이르러 의논하여 아뢰기를,

"민효열이 공물을 대신 납부한 것은 대개 가난한 생활을 하는 중에 징수의 독촉에 시달려 그렇게 한 것이지 재물을 늘려 이익을 꾀한 것이 아니며, 또 부정하게 재물을 얻은 관리의 예例도 아닙니다. 게다가 큰 사면도 거쳤으니, 성상께서는 자애로움을 베푸십시오."

하였다.

이조에 명하기를,

"벼슬자리가 나는 대로 민효열을 임용하라."

하였다.

下議于六曹. 至是議啓曰:

"孝悅代納貢物, 蓋緣計活, 貧寒迫於督徵而爲之, 非殖貨謀利之比, 又非贓吏之例, 且經大赦, 上慈施行."

傳于吏曹曰:

"隨闕敍用."

10

가뭄이 극심한데 음주가무에 취한 무리가 부지기수입니다

1458년(세조 4) 무인년 5월 4일
사간원 우사간司諫院右司諫 서거정徐居正

■ 저자 소개

서거정徐居正 : 1420(세종 2)~1488(성종 19). 조선 전기의 문신으로, 본관은 달성達成이고 자는 강중剛中·자원子元이며, 호는 사가정四佳亭 혹은 정정정亭亭亭이다. 서익진徐益進의 증손으로, 할아버지는 호조전서戶曹典書 서의徐義이고, 아버지는 목사牧使 서미성徐彌性이며, 어머니는 권근權近의 딸인데, 최항崔恒이 그의 자형姊兄이다. 조수趙須·유방선柳方善 등에게 배웠으며, 학문이 매우 넓어 천문天文·지리地理·의약醫藥·복서卜筮·성명性命·풍수風水에까지 관통하였으며, 문장에 뛰어났고, 특히 시詩에 능했다. 시호는 문충文忠이다.

1438년(세종 20) 생원·진사 양시에 합격하였고, 1444년 식년문과에 을과로 급제하여, 사재감직장司宰監直長에 제수되었으며, 집현전 박사集賢殿博士·경연사경經筵司經·홍문관 부수찬弘文館副修撰·지제교知製敎 겸 세자우정자知製敎兼世子右正字·부교리副校理를 지냈다. 1453년 수양대군首陽大君을 따라 명나라에 종사관從事官으로 다녀왔으며, 1455년(세조 1) 세자우필선世子右弼善이 되었고, 1456년 집현전이 혁파되자 성균사예成均司藝로 옮겼다. 세조의 명으로『오행총괄五行摠括』을 저술하였고, 사은사謝恩使로서 중국에 갔을 때 통주관通州館에서 안남사신安南使臣과 시재詩才를 겨루어 탄복을 받았으며, 요동 사람 구제丘霽는 그의 초고를 보고 감탄했다고 한다.

예문관 제학藝文館提學·중추부동지사中樞府同知事를 거쳐 1466년 발영시拔英試에 을과로 급제하여 예조참판이 되었고, 이어 등준시登俊試에 3등으로 급제하여 행동지중추부사行同知中樞府事로『경국대전』의 찬수에 참가하였다. 1467년 형조판서로서 예문관 대제학·성균관 지사를 겸해 문형文衡을 관장했으며, 1471년 순성명량 좌리공신純誠明亮佐理功臣 3등에 녹훈되어 달성군達城君에 봉해졌다. 1474년 다시 군君에 봉해졌고 좌참찬에 임명되었다. 1476년 원접사遠接使가 되어 중국 사신을 맞이했는데, 수창을 잘해 기재奇才라는 칭송을 받았다. 이 해 우찬성에 올랐고,『삼국사절요』를 편찬했으며, 1477년 달성군에 다시 봉해진 뒤 도총관都摠管을 겸했다. 다음해 대제학을 겸직했으며, 한성부 판윤에 제수되었고,『동문선』130권을 편찬하였다.

1480년『오자吳子』를 주석하였고,『역대연표歷代年表』를 찬진하였으며, 1481년『신찬동국여지승람』50권을 찬진하고 병조판서가 되었다. 1483년 좌찬성, 1485년 세자이사世子貳師를 겸했으며, 이 해『동국통감』57권을 완성해 바쳤다. 1486년에는『필원잡기筆苑雜記』를 저술하여 사관史官의 결락을 보충했다.

1488년 운명하였는데, 여섯 왕을 섬기며 45년 간 조정에 봉사하여, 23년 간 문형을 관장하였고, 23차에 걸쳐 과거 시험을 관장해 많은 인재를 뽑았다. 저술로 시문집『사가집四佳集』이 전하고, 공동 찬집으로『동국통감』·『동국여지승람』·『동문선』·『경국대전』·『연주시격언해聯珠詩格言解』가 있으며, 개인 저술로『역대연표』·『동인시화東人詩話』·『태평한화골계전太平閑話滑稽傳』·『필원잡기』·『동인시문東人詩文』등이 있다.

『조선왕조실록』성종 19년 12월 24일, 서거정이 죽은 뒤 사관들이 기록한 서거정에 대한 평가는 다음과 같다.

달성군達城君 서거정徐居正이 죽었다. 조회를 멈추고 조문하며 장례지내는 것을 모두 관례에 따라 하였다. 서거정의 자字는 강중剛中이며, 경상도 대구大丘 사람인데, 문충공文忠公 권근權近의 외손이다. 어려서부터 총명하여 나이 여섯 살에 처음으로 글을 읽고 지었는데, 사람들이 신동神童이라고 하였다.

정통正統 무오년에 생원시生員試 · 진사시進士試 두 시험에 합격하고, 갑자년에 문과文科 3등으로 급제하여 사재 직장司宰直長에 제수되었다가 얼마 안 되어 집현전 박사集賢殿博士에 임명되었고 부수찬副修撰과 지제교知製敎 겸 세자 우정자世子右正字에 올랐으며, 여러 번 관직을 옮겨서 부교리副校理에 이르렀다. 을해년에 집현전 응교集賢殿應敎와 지제교知製敎 겸 예문관 응교藝文館應敎와 세자 우필선世子右弼善에 임명되었다가, 병자년에 성균관 사예成均館司藝로 옮겼다. 덕종德宗이 동궁東宮에 있을 때 세조世祖가 좌우에게 이르기를, "보필輔弼하는 사람은 학문이 순정醇正하고 재주와 행실이 모두 넉넉한 자를 골라서 삼아야 할 것이다."하고는, 드디어 서거정을 좌필선左弼善으로 삼았다. 서거정이 일찍이 조맹부趙孟頫의 「적벽부赤壁賦」에 나오는 글자를 모아서 칠언 절구七言絶句 16수首를 지었는데, 매우 맑고 고와서 세조가 보고는 감탄하기를, "보통 사람이 아니다."라고 하였다.

정축년에 중시重試에 장원을 하여 특별히 통정 대부通政大夫 사간원 우사간司諫院右司諫 지제교知製敎에 임명되었다. 이때에 세조가 사방을 순수巡狩하고자 하여 서거정이 격렬하게 간하니, 여러 사람들의 논의가 이를 아름답게 여겼다. 세조가 여러 신하와 후원에서 활쏘기를 하자, 서거정이 간하기를, "신하와 짝지어 활을 쏘면 체신을 잃을까 두렵습니다. 또 정전正殿이 있어 신하들을 접견할 수 있는데, 하필이면 활 쏘는 것으로 착한 말을 듣고 아랫사람들의 마음을 통하도록 해야 하겠습니까?"하였다. 세조가 예조 판서禮曹判書 이승손李承孫을 돌아보면서 말하기를, "서거정의 말이 매우 사리에 멀어 일을 알지 못하니, 내치는 것이 어떻겠는가?"라고 하니, 이승손이 말하기를, "서거정의 말이 지나치기는 하나, 옛말에 '임금이 밝으면 신하가 곧다.'라고 하였으니, 이제 전하께서 성명聖明하시기 때문에 서거정이 그 말을 한 것입니다. 신은 그윽이 하례 드립니다."하였으므로, 세조世祖가 기꺼이 받아들였다.

무인년에 정시廷試에서 우등하여 통정 대부通政大夫 공조 참의工曹參議로 옮겼다. 하루는 세조가 조용히 서거정에게 이르기를, "『녹명서祿命書』도 유자儒者가 궁리窮理하는 일이니, 경이 어떤 일을 가정한 명령을 지어서 올려라."라고 하여, 이때에 『오행총괄五行總括』을 지었다. 경진년에 이조 참의吏曹參議로 옮기고 사은사師恩使로 중국에 가서 통주관通州館에서 안남국安南國 사신 양곡梁鵠을 만났는데, 그는 제과 장원制科壯元 출신이었다. 서거정이 근체시近體詩 한 율律을 먼저 지어 주자 양곡이 화답하였는데, 서거정이 곧 연달아 10편篇을 지어 답하였으므로, 양곡이 탄복하기를, "참으로 천하의 기재奇才다."라고 하였고, 요동遼東 사람 구제丘霽가 서거정의 초고草稿를 보고 말하기를, "이 사람의 문장은 중원中原에서 구하더라도 많이 얻을 수 없다."라고 하였다.

신사년에 가선 대부可善大夫 형조 참판刑曹參判에 올랐고, 계미년에는 사헌부 대사헌司憲府大司憲이 되었으며, 을유년에는 예문관 제학藝文館提學을 겸임하였다. 병술년에 발영시拔英試에 합격하여 예조 참판禮曹參判에 제수되었고 곧 등준시登俊試에 3등으로 합격하여 특별히 자헌 대부資憲大夫 행 동지중추부사行同知中樞府事에 가자加資되었고, 『경국대전經國大典』의 찬수撰修에 참여하였다. 정해년에 형조 판서刑曹判書와 예문관 제학藝文館提學을 지냈고 이어 예문관 대제학藝文館大提學과 지성균관사知成均館事를 겸임하였는데, 문형文衡을 맡아 국가의 전책典冊과 사명詞命이 모두 그 손에서 나왔다. 겨울에 공조 판서工曹判書로 옮기고, 무자년에 세조가 영릉英陵을 옮길 뜻을 두었는데 조정 신하 중에 옮겨야 한다고 말하는 이가 많았으나 세조가 어렵게 여겨서 서거정을 불러 물으니, 대답하기를, "근래에 산수 화복山水禍福을 논하는 말이 방위方位와 산수의 미악美惡으로써 자손의 화복을 삼고 있습니다. 신의 생각으로는, 『홍범洪範』한 책은 성인聖人이 도道를 전한 글인데, 우雨·양陽·욱燠·한寒·풍風을 숙肅·예乂·철哲·모謀·성聖의 반응反應으로 삼았으니, 이는 단지 그 이치가 이와 같다는 것을 논한 것일 뿐입니다. 하나하나 배합配合하는 것에 대해서는 신은 그 옳음을 알지 못하겠습니다. 하물며 산수설山水說은 후한後漢의 유자儒者들에게서 시작하였는데, 신은 믿을 수 없다고 여깁니다. 또 세상에서 천장遷葬하는 것은 복을 얻기를 희망하는 것인데 왕자王者로서 다시 무엇을 바라겠습니까? 그러나 이는 큰일이므로 성상 마음의 영단英斷에 있을 뿐이며, 신이 감히 억측으로 의논할 바가 아닙니다."라고 하자, 세조가 말하기를, "경의 말이 옳다. 내가 다시 능陵을 옮길 뜻을 두지 않겠다."라고 하였다.

가을에 세자 좌부빈객世子左副賓客을 맡았고 겨울에는 한성부 윤漢城府尹으로 옮겼다가 호조 판서戶曹判書로 옮겼다. 경인년에 의정부 우참찬議政府右參贊에 임명되었다. 지금 임금이 즉위한 3년 신묘년에는 순성명량 좌리공신純誠明亮佐里功臣의 호號가 내려지고 달성군達城君에 봉해졌다. 겨울에 평안도 관찰사平安道觀察使에 임명되자 신숙주申叔舟 등이 '문형文衡을 맡은 자는 외방에 내보낼 수 없다.'고 아뢰니 그대로 따랐다. 임진년에 사헌부 대사헌司憲府大司憲으로 옮겼다.

고사故事에 대간臺諫에서 일을 아뢰는 자는 승지承旨를 통하여 중관中官에게 말을 전해서 임금에게 전달되었으므로, 그 사이에 말이 혹 누설되고 잘못되는 근심이 있었는데, 서거정이 차자箚子 쓰기를 청하여, 말하는 것을 모두 글로 아뢸 수 있게 되어서 아랫사람의 마음이 모두 임금에게 전달되었으므로 모두들 편리하다고 하였다. 을미년에 의정부 좌참찬議政府左參贊이 되었고, 병신년에 낭중郎中 기순祈順과 행인行人 장근張瑾이 사신으로 오자, 서거정이 원접사遠接使가 되었는데, 기순은 사림詞林의 대수大手로서 압록강에서 서울까지 도로와 산천의 경치를 시로 표현해 읊으니, 서거정이 즉석에서 그 운韻에 따라 화답하되 붓 휘두르기를 물 흐르는 듯 하며, 어려운 운을 만나서도 10여 편篇을 화답하는데 갈수록 더 기묘해지니, 두 사신이 자신도 모르게 무릎을 꿇었다. 기순이 「태평관부太平館賦」를 짓자 서거정이 차운次韻하여 화답하니 기순이 감탄하기를, "부賦는 예전에도 차운하는 이가 없었으니, 이것도 사람이 하기 어려운 것이다. 공과 같은 재주는 중국 조정에서 찾아도 두세 사람에 불과할 뿐이다."라고 하였다.

우찬성右贊成에 올랐는데 정유년에 어떤 일로써 체직遞職되었다가 곧 달성군達城君에 봉해졌다. 무술년에 홍문관 대제학弘文館大提學을 겸대兼帶하였다. 임금이 성균관에 거둥하여 유생들이 공부하는 상황을 돌아보고 여러 선비가 풀기 어려운 문제에 대하여 논의하는데 서거정이 아뢰기를, "옛 제왕帝王의 정치는 모두 마음에 근본을 두었습니다. 요堯·순舜·우禹임금의 정일 집중精一執中(사욕私欲을 버리고 마음을 전일專一하게 가져 중도中道를 지킴)과 상商나라 탕湯왕·주周나라 무왕武王의 건중 건극建中建極(중정中定의 도道를 정定하여 만민萬民의 모범적인 법칙을 세움)이 모두 이 마음입니다. 그렇기 때문에 채침蔡沈의 『서경』 서序에 이르기를, '이제二帝(요堯·순舜)와 삼왕三王(우禹·탕湯·문文·무武)은 이 마음을 잃지 않고 나라를 보전하였고, 하夏나라 걸왕桀王과 상商나라 주왕紂王은 이 마음을 잃고서 나라가 망하였다.'라고 하였으니, 원하건대 전하께서는 처음부터 끝까지 이 마음을 한 결 같이 하소서."라고 하니, 임금이 기꺼이 받아들이고 얼마 안 되어 한성부 판윤漢城府判尹으로 임명하였다.

기해년에 이조 판서吏曹判書로 옮겨서, 송조宋朝의 거자 탈마擧子脫麻 고사故事에 의하여 문과文科의 관시館試·한성시漢城試·향시鄕試에 일곱 번 합격한 자는 서용敍用하는 법을 세우기를 건의하고, 또 명경과明經科를 설치하기를 헌의獻議하였다. 신축년에 병조 판서로 옮겼고, 계묘년癸卯年에는 의정부 좌찬성議政府左贊成에 임명되었다. 무신년에 한림 시강翰林侍講 동월董越과 공과 우급사중工科右給事中 왕창王敞이 사신으로 와서 서거정을 보고 존경하는 예禮로 대우하고, 이야기할 때는 늘 반드시 손을 모아 잡고 일어섰으며, 망원정望遠亭에서 유관遊觀할 때에 두 사신이 서거정에게 이르기를, "공은 사문斯文의 노선생老先生이신데 오늘 공을 수고롭게 하였습니다."라고 하였다. 황제가 명하여 최부를 돌려보내게 하였는데, 중국의 문인들로 최부를 본 자는 반드시 서거정의 안부를 물었다.

이때에 죽으니, 나이가 69세이다. 시호諡號는 문충文忠인데, 널리 듣고 많이 본 것을 문文이라고 하고, 임금을 섬기는 데에 절의를 다한 것을 충忠이라고 한다. 적처嫡妻에게는 아들이 없고 서자庶子 서복경徐福慶이 있다. 서거정은 온화하고 무던하며 간소하고 밝았고 모든 글을 널리 보았으며 겸하여 풍수風水와 성명星命의 학설에도 통하였으며, 석씨釋氏의 글을 좋아하지 않았다. 문장文章을 할 때는 고인古人의 규범에 빠지지 않고 스스로 일가一家를 이루어서, 『사가집四佳集』 30권이 세상에 전한다. 『동국통감東國通鑑』·『여지승람輿地勝覽』·『역대연표歷代年表』·『동인시화東人詩話』·『태평한화太平閑話』·『필원잡기筆苑雜記』·『동인시문東人詩文』은 모두 그가 찬집撰集한 것이다.

정자를 뜰 가운데 짓고는 못을 파고 연蓮을 심어서 '정정정亭亭亭'이라고 하고, 좌우에 도서圖書를 쌓아 놓고 담박淡泊한 생활을 하였다. 서거정은 한때 사문斯文의 종장宗匠이 되었고, 문장을 함에 있어 시詩를 더욱 잘하여 저술에 뜻을 독실히 하여 늙을 때까지 게으르지 않았다. 혹시 이를 비난하는 자가 있으면, 서거정이 말하기를, "나의 고칠 수 없는 병인지라 바꿀 수 없다."라고 하였다. 조정에서는 가장 선진先進인데, 명망이 자기보다 뒤에 있는 자가 종종 정승의 자리에 뛰어 오르면, 서거정은 치우친 마음이 없지 않았다. 서거정에게 명하여 후생後生들과 같이 시문詩文을 지어 올리게 한 것이 한두 번이 아닌데, 서거정이 불평해 말하기를, "내가 비록 자격이 없을지라도 사문斯文의 맹주盟主로 있은 지 30여 년인데, 입에 젖내 나는 소생小生과 재주 겨루기를 마음으로 달게 여기겠는가? 조정이 여기에 체통을 잃었다."라고 하였다. 서거정은 그릇이 좁아서 사람을 용납하는 양量이 없고, 또 일찍이 후생을 장려해 기른 것이 없으니, 세상에서는 이것 때문에 그를 작게 여겼다.

(『국조인물고國朝人物考』·『사가집四佳集』·『조선왕조실록朝鮮王朝實錄』·『한국민족문화대백과사전』·『한국한자어사전韓國漢字語辭典』)

■ 평설評說

이 글은 극심한 가뭄으로 나라가 위태로운데도 음주·가무에 빠져있는 백성들을 바로잡기 위해 사간원 우사간司諫院右司諫 서거정徐居正이 올린 상소이다. 이 글에서 서거정은 작년에 이어 올해도 가뭄이 극심해서, 5월인데도 논에 모가 없고, 붉게 타버린 땅이 천 리나 이어지며, 보리와 밀도 태반이 부실하여 지방으로 향을 보내 제사를 지내고 임금이 직접 기우제를 지내야 할 정도인데, 백성들은 위아래를 가릴 것 없이 영전迎餞이나 음사淫祀, 유상遊賞, 활쏘기에서 태연히 술에 취해 노래하고 춤추며 즐겨서 재앙을 만나 두려워하는 뜻이 전혀 없다고 했다.

『조선왕조실록』 세조 연간의 기록을 보면 세조 3년과 4년에 가뭄이 심했음을 알 수 있는데, 서거정이 금년의 가뭄이 지난해보다 더 심하다고 했지만, 기록을 보면 이 상소를 올린 세조 4년보다는 그 전해인 3년의 가뭄이 더 심했던 것 같다. 세조 3년에는 기우제를 연이어 지냈고 금주령을 반포하였으며, 태형 이하의 잡범들을 면죄하였고 저자를 옮겼으며, 순수巡狩를 정지하고 요역徭役과 공부貢賦를 면제해 주었으며, 제방을 쌓고 도랑을 정비하였다. 세조 3년의 가뭄은 5월부터 7월까지 계속되었는데, 이 시기를 지나면서 비가 내려 백성들은 가뭄의 걱정을 들 수 있었다. 그런데 그 이듬해인 세조 4년에 다시 가뭄이 들자 백성들은 지난해의 가뭄을 무사히 넘겼던 경험 때문인지 그다지 가뭄을 걱정하지 않는 듯 했다.

서거정이 생각하기에 가뭄은 하늘의 변고이고 임금에게 경계하는 것이니, 가뭄의 재앙을 벗어나기 위해서는 임금이 정성을 다해 하늘에 빌어 하늘을 감동시켜야 하고, 신하와 백성들도 예전처럼 말에게 먹이를 먹이지 않고 군사를 늦추며, 말 달리는 길을 제초하지 않고 제사에 음악을 연주하지 않으며, 대부大夫는 먹지 않고 양사兩士는 술을 마시되 즐기지 않아, 임금에서부터 서민에 이르기까지 모두 하늘의 노여움을 두려워하여 스스로 편안하지 않아야 된다고 여겼다.

서거정은 하늘의 변고를 막는 방법은 사람들의 간절한 정성이 하늘에 닿게 하는 것인데, 그 정성이 하늘에 닿지 않고, 변고를 내리는 하늘의 뜻에 소홀하여 태만하면 반드시 재앙이 내린다고 생각했다. 그렇기 때문에 술과 음사淫祀를 엄격하게 금지하고, 불경과 『육전』의 편찬을 막아 경비經費를 낭비하는 폐단을 막아야 한다고 했다. 이에 대해 세조는 하늘이 내리는 경계를 삼가고 더욱 더 스스로를 닦고 성찰하여 신하들의 근심을 번거롭게 하지 않겠다고 하여 상소를 기쁘게 받아들인다는 뜻을 밝혔다.

■ **역문**譯文

신 등은 듣건대, "하늘의 마음은 인군人君을 어질게 대하고 아끼기 때문에 홍수와 재이災異는 임금을 꾸짖는 것이니, 임금이 진실로 삼가고 두려워하며 조심조심 공경하면 화禍가 사라지고 복福이 내리며, 소홀하고 태만하여 간략하고 쉽게 여기면 반드시 재앙이 내린다."라고 합니다. 몇 년 전부터 우리나라는 비와 맑은 날씨가 때를 어겨 곡식이 익지 않아 흉년이 들어서 기근饑饉이 잇달으니, 어떤 사람은 하늘이 우리 전하殿下를 깨우쳐 보이는 것이라고도 합니다. 전하께서는 지극한 정성으로 공경하고 두려워하시는데, 재앙을 만나서는 더욱 두려워하여 전전긍긍하시고 고심하며 노심초사하여, 반찬을 더시고 궁 밖의 출입을 줄이며 비용費用을 절약하시니, 하늘을 공경하고 백성에게 부지런히 하는 것이 극진하지 않는 것이 없었습니다.

그러나 하늘의 운행이 고르지 못하여 금년의 가뭄은 또 지난해보다 심하니, 봄부터 여름까지 비의 은택이 흡족하지 못하여 이제 5월이 되었는데도 논에는 모가 없으며, 붉게 타버린 땅이 천리千里나 되고, 보리와 밀이 여물어가는 것도 태반이 부실하니, 만약 열흘에서 스무날 안에 지금처럼 비가 오지 않는다면 다시 농사일에 무슨 희망이 있겠습니까? 지난해에는 경기 지방과 하삼도下三道의 벼가 익지 않아 조세가 들어오지 않았고, 해마다 진대賑貸하느라 창고가 다 비었으니, 흉년을 구제하는 국가의 정사로도 어찌할 수가 없습니다. 한갓 구구한 바람을 가지고 하늘을 우러러보며 한 번 비가 오기를 기다리는데, 천기天氣를 보면 밤에는 맑고 시원하다가 낮에는 녹여버릴 듯 뜨거워 구름이 모였다가도 다시 흩어져서 끝내 비가 올 징조가 없습니다. 말이 여기에 이르니 저도 모르게 눈물이 흘러내립니다. 얼마 전에 향香을 여러 도에 내려 보내 급하게 백성들의 기원을 따르게 했으나 예관禮官이 상투적으로 옛 일을 따라 행하여 하늘을 감동시키지 못하니, 만약 농사철이 지나고 벼가 다 말라 죽는다면 비록 비가 내리더라도 때가 늦어 미치지 못할 것입니다.

신 등이 삼가 살펴보건대, 옛날 성탕成湯 때에 7년 동안 큰 가뭄이 계속되자 탕 임금이 친히 뽕나무 밭에서 빌었으며, 여섯 가지 일로 스스로를 책망하여 말을 그치지 않으니 하늘이 큰 비를 내렸으며, 송宋나라 인종仁宗 때에는 서울이 크게 가물어서 간관諫官인 왕공소王公素가 인종에게 성심으로 친히 기우제를 행하도록 청하여 말하기를, "폐하陛下가 정성으로 빌지 않는데, 정성스럽지 않으면 하늘을 움직일 수 없습니다."라고 하여, 다음날 인종이 친히 태을궁太乙宮에서 비니, 하늘 위에서 향 연기 같은 구름 기운이 일더니 번개와 비가 크게 내렸다고 합니다. 신 등은 생각하건대, 인군人君은 하늘을 대신하여 만물을 다스리고 하늘의 아들이 되어 감응感應하는 것이 가깝다고 하니, 또 원컨대 전하께서 예관禮官에게 명하여 제사를 준비하게 하시고, 이전 시대의 옛 일과 같이 친히 비를 비는 기우제를 행하시면 몹시 다행이겠습니다.

신 등은 또 살펴보건대, 옛날에 흉년이 들어 곡식이 익지 않으면 말은 먹이를 먹이지 않고, 사씨師氏는 군사를 늦추며, 말이 달리는 길을 제초하지 않고, 제사에는 음악을 연주하지 않으며, 대부大夫는 먹지 않고, 양사梁士는 술을 마시되 즐기지 않았다고 합니다. 그렇다면 예전에는 가뭄을 만나면 위로는 군상君上으로부터 아래로는 사서士庶에 이르기까지 안절부절 하늘의 노여움을 두려워하여 감히 스스로 편안하지 못했었는데, 요즈음 무식無識한 무리들은 성상의 뜻을 몸소 받들지 않고, 영전迎餞이나 음사淫祀, 유상遊賞을 이유로 술에 취해서 노래하고 춤추며 태연하게 스스로 즐기고, 유식有識한 집이라고 하더라도 거침없이 모두 이와 같으니 재앙을 만나 함께 두려워하는 뜻이 전혀 없습니다. 얼마 전에 술을 금하는 법령을 내리셨으나 활쏘기에는 금하지 않았으니 저들이 반드시 이것을 이유로 모여서 놀이의 바탕을 삼으니, 폐단이 다시 여전합니다.

엎드려 바라건대, 유사攸司에 명하여 거듭 엄격하게 술을 금지하는 영令을 내리시고, 또 다시 음사淫祀를 금지하여서 하늘이 내리는 경계를 삼가고 낭비하는 폐단을 막으십시오. 또 흉년을 구제하는 정치에서 먼저 할 것은 경비經費가 중요하니, 이제 불경佛經의 역사와 『육전六典』을 수찬修撰하는 일은 아침저녁으로 해결해야 할 급한 일이 아니니, 아울러 모두 정지하고 그만하시면 몹시 다행이겠습니다. 신 등은 마침 성상聖上께서 재앙을 만나 스스로를 닦고 살피시는 날에 구차한 마음속의 생각이 있어 감추지 못하고 이에 어리석은 말을 드려 전하의 들으심을 더럽히고 어지럽힙니다.

臣等聞天心仁愛人君, 水患災異, 所以譴告之也, 人主誠戒懼敬謹, 則禍消福降, 忽息簡易則災咎必降. 我國家近年以來, 雨暘不時, 年穀不登, 饑饉相仍, 或者天之以啓我殿下也. 殿下至誠敬畏, 遇災而懼, 兢兢業業, 宵旰焦勞, 減御膳, 省遊衍, 節費用, 凡所以敬天勤民者, 無所不用其極. 然天運不齊, 今年之旱, 又甚於前年, 自春徂夏, 雨澤不浹至今五月, 水田不苗, 赤地千里, 兩麥之向熟者, 亦太半不實, 設若一二旬之內不雨如是, 復有何望在於南畝乎. 前年京畿下三道, 禾穀不稔, 租稅不入, 連年賑貸, 倉廩虛竭, 國家之於荒政, 無如之何. 徒以區區之望瞻仰昊天, 以待一雨, 而觀其天氣, 夜則清爽, 晝則焦鑠, 雲聚復散, 迄無雨徵. 言之至此, 不覺流涕. 近者降香諸道, 遍走群望, 然禮官例行古事, 不能格天, 若農月已過, 禾穀盡枯, 雖得一雨, 後時無及.

臣等謹按昔成湯之時, 大旱七年, 親禱桑林, 六事自責, 言未已而天大雨, 宋仁宗時, 京師大旱, 諫官王公素乞親行禱雨曰, 陛下禱不以誠, 不誠, 不可動天. 明日仁宗親禱太乙宮, 上有雲氣如香烟, 雷雨大至. 臣等以爲人君代天理物, 爲天之子, 感應伊通, 亦願殿下命禮官講求祀典, 親行禱雨如前代古事, 不勝幸甚. 臣等又按古者歲凶年穀不登, 趣馬不秣, 師氏弛兵, 馳道不除, 祭祀不懸, 大夫不食, 梁士飲酒不樂. 然則古之遇旱災者, 上自君上下至士庶, 遑遑恤恤, 畏天之怒, 不敢自安, 而今者無識之徒, 不體聖意, 或因迎餞或因淫祀或因遊賞, 酣歌醉舞, 晏然自樂, 雖有識之家, 滔滔皆是, 殊無遇災同懼之意. 近日許令禁酒, 而射侯者不禁, 彼必因緣聚會, 爲遊宴之資, 弊復如前. 伏望命攸司, 申嚴禁酒之令, 又復淫祀之禁, 以謹天戒, 以杜糜費之弊. 且荒政所先, 經費爲重, 今佛經之役, 六典修撰, 非朝夕急務, 竝皆停罷, 不勝幸甚. 臣等適當聖上遇災修省之日, 苟有臆見, 不容緘默, 玆陳瞽說, 瀆亂天聰.

어서御書로 이르기를,

"항상 나의 부덕不德으로도 간언하는 상소를 보지 못하는 것이 괴이하였는데, 이제 보니 몹시 기쁘다. 경卿 등을 선택하여 간원諫員으로 임용한 것이 바로 이것을 위한 것이었다. 내가 다시 하늘이 내리는 경계를 삼가고 더욱더 스스로를 닦고 성찰하여 경 등의 근심을 번거롭게 하지 않겠다."

하였다.

御書曰:

"予之不德, 常怪不見諫疏. 今見甚嘉. 選擇卿等, 任之諫員, 正爲此也. 予當更謹天戒, 益修省察, 不煩卿等之憂."

11

누가 첩이고 누가 서자인지
왕법으로 가려주십시오

1465년(세조 11) 을유년乙酉年 1월 29일
사헌부 대사헌司憲府大司憲 김종순金從舜

■ 저자 소개

　김종순金從舜 : 1405년(태종 5)~1483년(성종 14). 조선 초기의 문신으로, 본관은 경주慶州이고 아버지는 김계성金季誠이다. 시호는 공호恭胡다.

　1427년(세종 9) 생원시에 합격하였고, 1437년 음보蔭補로 충훈부사승忠勳府司丞에 임명되었으며, 이후 전농시 직장典農寺直長 · 한성부 중부령漢城府中部令 · 감찰監察 등을 지냈다. 병조 좌랑兵曹佐郎 재직 중 부사직副司直 이보흠李甫欽을 사직司直으로 잘못 승진시킨 사건에 연루되었으나 공신의 자손이어서 파직에 그쳤다. 그 뒤 복직되어 봉상시 판관奉常判官 · 병조 정랑兵曹正郎 · 장령掌令 · 개성부 단사관開城府斷事官 등을 지냈다. 1455년(세조 1) 좌익 원종공신佐翼原從功臣 2등에 책록되었고, 이어 우사간 대부右司諫大夫를 거쳐 형조참의刑曹參議 · 동부승지同副承旨 · 도승지都承旨 · 이조참판 · 경기관찰사 · 한성부 윤 등을 지냈다.

　1462년(세조 8) 8월 중추원 부사中樞院副使 겸 경기도 관찰사京畿道觀察使에 임명되었는데, 다음해 봄 임금이 경기 고을을 순행하다가 내신內臣에게 명하여 행장行

鞖을 넣는 자루를 짐김해 보니, 씰과 콩 두어 밀이 있을 뿐이있다. 임금이 불러서 술잔을 내리고, 이어 장난하기를, "청렴하고 간소함이 너무 지나쳐서 관찰사가 거의 굶어 죽게 되었다."라고 하였다. 1464년 대사헌을 거쳐, 1469년(예종 1) 경상도 관찰사로 나갔다가 병으로 사직하였다. 이후 복직하여 개성부 유수 · 판한성부사 · 평안도 관찰사를 거쳐 1476년(성종 7) 지중추부사로 벼슬에서 물러나기를 청하였으나 허락을 얻지 못했다. 재직 중 뚜렷한 업적은 없으나 시사詩詞에 능통하여 명성이 높았고 세조 때 청백리에 선발되었다.

『조선왕조실록』 성종 14년 11월 2일, 김종순이 죽은 뒤 사관들이 기록한 김종순에 대한 평가는 다음과 같다.

지중추부사知中樞府事 김종순金從舜이 죽으니, 조회朝會를 정지하고, 부의賻儀를 내려주고, 조문하여 제사 지내기를 예例와 같이 하였다. 김종순은 본관이 경주인데, 증贈 병조 판서兵曹判書 김계성金季誠의 아들이다. 스물 셋에 생원시生員試에 합격하여 정통正統 정사년에 문음門蔭으로 충훈사 승忠勳司丞에 임명되었고 기미년에 전농시 직장典農寺直長에 임명되었다. 이 해에 문과文科에 합격하여 중부령中部令에 임명되었다가 승문원 부교리承文院副校理로 옮겼다.

신유년에 사헌부 감찰司憲府監察이 되었다가 병조 좌랑兵曹佐郎으로 옮겼고, 봉상시奉常寺 · 종부시宗簿寺 판관判官, 병조 정랑兵曹正郎, 성균관 사예成均館司藝, 사헌부 장령司憲府掌令, 전농시 소윤典農寺少尹, 개성부 단사관開城府斷事官을 지냈다. 병자년에 사간원 지사간司諫院知司諫에 임명되었다가 천순天順 정축년에 좌사간 대부左司諫大夫에 올랐다. 기묘년에 형조 참의刑曹參議에 임명되었다가 곧 이조吏曹로 옮겼고, 특별히 동부승지同副承旨에 임명되어 여러 번 관직이 올라 도승지都承旨가 되었다. 임오년에 가정대부嘉靖大夫 이조 참판吏曹參判에 올라서 호조 참판과 경기 관찰사京畿觀察使를 지냈다.

계미년 봄에 임금이 경기 고을을 순행하다가 내신內臣에게 명하여 행장行裝을 넣는 자루를 점검해 보니, 쌀과 콩 두어 말이 있을 뿐이었다. 임금이 불러서 술잔을 내리고, 이어 장난하기를, "청렴하고 간소함이 너무 지나쳐서 관찰사가 거의 굶어 죽게 되었다."라고 하였다. 이 해에 한성부 윤漢城府尹에 임명되었고, 갑신년에는 대사헌大司憲에 임명되었으며, 성화成化 을유년에는 동지중추부사同知中樞府事에 임명되었다. 기축년에 예종睿宗이 특별히 자헌대부資憲大夫를 더해서 경상도 관찰사에 임명하였는데, 10월에 병으로 사직하고 중추부 동지사中樞府同知事에 임명되었다.

12월에 임금이 즉위卽位하자 개성부 유수開城府留守에 임명하였고, 신묘년에는 판한성부 윤判漢城府尹, 임진년에는 지중추부사에 임명하였다. 병신년에 나이가 70세이므로 벼슬을 그만두려고 하였으나 허락하지 않았는데, 이때에 죽었으니 나이가 77세이다. 시호諡號를 공호恭胡라고 하였으니, 일을 공경히 하고 윗사람을 받들어 모신 것을 공恭이라고 하고, 나이가 오래도록 장수長壽한 것을 호胡라고 한다.

사신史臣이 논평하기를, "김종순金從舜은 여러 조정을 두루 섬겨서 당시의 일에 숙달되었고, 드러난 자취는 없지만 또 지나친 일도 없었다. 그러나 사랑하는 첩에게 혹하여 첩이 적처嫡妻를 업신여기게 하였으니, 이것이 그 단점短點이었다."라고 하였다.

(『연려실기술燃藜室記述』·『조선왕조실록朝鮮王朝實錄』·『한국민족문화대백과사전』·『한국한자어사전韓國漢字語辭典』)

■ **평설**評說

이 글은 김형의 아들 김견이 스스로 적자嫡子라고 하여 올린 소장에 대해 김견의 신분을 논한 사헌부 대사헌司憲府大司憲 김종순金從舜의 상소이다. 김견은 김형의 아들로 어머니가 도이공의 딸이었다. 도이공이 누구인지는 분명하지 않지만, 이 상소 속에서 도이공의 딸과 김견이 주장하는 깃을 인정한다면 그는 사족士族이고 그의 딸은 양인良人이므로, 김형과 혼인하여 그 사이에서 태어난 김견은 스스로를 적자라고 주장할 수도 있다.

하지만, 조선시대의 처첩妻妾 구분과 적서嫡庶 분별은 상당히 엄격했다. 성리학을 건국이념으로 삼은 조선은 서얼庶孼에 대한 사회적 차별을 강화했고, 적서의 분별을 위한 전제로 처첩의 구분이 필요로 했는데, 이것은 당대 사회를 유지하는 신분제도의 문제였다. 고려시대까지는 다처제多妻制가 사회적 문제로 대두되지 않았지만, 다처제를 인정하지 않는 조선에 와서는 처첩 구분의 문제가 전면적으로 제기되었다.

조선시대에 본처를 구별하는 기준은 중매와 폐백을 갖추어 혼례를 치루었는가 하는 것이었는데, 조선 전기만 하더라도 고려시대까지 성행하던 다처제의 풍속이 쉽게 사라지지 않아 처첩 구분이 매우 어려운 문제였다. 1413년(태종 13) 이후 처를 두고 또 처를 얻는 자는 이혼시키고, 만약 얻었으나 드러나지 않고 본인이 죽은 경우에는 먼저 얻은 처를 적처嫡妻로 판단하며, 그 이전의 여러 처는 모두 처에 준하도록 규정했으나, 다처제의 풍속이 남아 있던 중종 때까지 처첩의 구분 문제는 적지 않은 사회적 논란거리가 되었던 것으로 보인다.

김견의 경우 김형의 아들인 것은 분명하지만, 김형이 먼저 민여익閔汝翼의 딸을 아내로 맞았고, 그에게서 후손이 없어 두 번째로 맞은 부인이 도이공都以恭의 딸이었으며, 김형이 도이공의 딸을 아내로 맞아들인 뒤에도 민여익의 딸과 함께 살았다는 점에서 도이공의 딸은 김형의 두 번째 부인이 된다. 물론 김형이 아들이 없어 도이공의 딸과 혼인할 때 성례成禮를 하였다는 점에서 도이공의 딸을 첩이라고 규정하기도 애매하여, 처라고 할 수도 있을지는 모르지만 최소한 적처라고 하기는 어려워 보인다.

당시 이와 같은 문제가 적지 않아서였는지 1412년(태종 12) 대명률大明律에 의거해 본처를 첩으로 삼은 자는 장형杖刑 100대, 처가 있는데도 첩을 처로 삼아 처가 2명인 경우는 90대, 또 처가 있으면서도 다시 처를 데려오는 자는 90대를 때리고 이혼시킨다고 규정했다는 점에서 만약 이 송사가 진행되고 있을 때 김형이 살아있었다면 그는 장 90대를 맞고 도이공의 딸과 이혼했어야만 했을 것이다. 이와 함께 다처제가 허용되지 않는 조선에서는 본처, 즉 적처를 제외한 모든 부인을 원칙적으로 첩이라고 규정했으니 김형이 도이공의 딸과 이혼하지 않고 같이 살았다면 도이공의 딸은 원칙적으로 첩이 되고 그 아들 김견은 서자庶子가 된다.

이와 같은 규정에 따라 김종순은 아내를 두고 처를 취하는 것을 엄금하는 법을 세웠고, 그 금법禁法을 범하고 처를 취하는 자가 있으면, 비록 성례成禮를 하였더라도 한 결 같이 첩으로 논하여 적처와 첩의 분별을 명백히 하였다고 했는데, 당시 상황에서 도이공의 딸이나 김견은 김종순의 주장을 반박할 만한 특별한 다른 방법이 없었다고 생각된다. 이 상소에 대해 세조가 "상소를 고쳐 가지고 오라."고 했는데, 그 의미가 무엇이었는지는 분명하지 않다. 세조의 명에 따라 김종순은 이 상소를 올린 지 약 한 달 뒤인 1465년(세조 11) 2월 30일(음력) 김형의 두 아내의 적첩嫡妾 논란에 대한 자신의 논리를 보강하고 문장을 다듬은 두 번째 상소문을 올리는데, 두 번째 상소에 대해 세조는 다른 어떤 언급도 하지 않았다.

■ **역문**譯文

삼가 『시경詩經』과 『춘추春秋』를 살펴보니, 잉첩勝妾이 자신의 분수를 편안히 여겨 말하기를, "참으로 팔자는 같지 않으니, 성인聖人은 규구葵丘의 회맹會盟에서

첩妾을 처妻로 삼지 말라는 금약禁約을 아름답게 여겼다."라고 하였으니, 대개 첩은 적처嫡妻와 나란히 있을 수 없고, 비천한 자는 존귀한 자와 겨룰 수 없으며, 적처와 첩嫡妾의 분수는 천지의 경위經緯와 같으니 문란하게 할 수 없는 것입니다. 국가의 의논을 헤아려 보니, 전 왕조의 말엽에는 사대부士大夫가 두 아내를 아울러 두어 크게 명분名分에 어긋났기 때문에 계사년까지 제한하여, 아내를 두고 처를 취하는 것을 엄금하는 법을 세우고, 그 금법禁法을 범하고 처를 취하는 자가 있으면, 비록 성례成禮를 하였더라도 한 결 같이 첩으로 논하여 적처와 첩의 분별이 한층 명백히 하였으니, 적처와 상대해서 바른 것을 탈취하는 근심이 생기지 않은지가 오래입니다.

근래에 김형金泂이 어려서 민여익閔汝翼의 딸을 아내로 삼았는데, 그에게서 후손이 없는 것을 민망하게 여겨 또 도이공都以恭의 딸에게 장가들어 아들 둘을 낳았으나, 민씨와 동거同居하면서 종신토록 다른 마음이 없었습니다. 그렇다면 도이공의 딸은 첩妾이요, 그 아들은 서자庶子인데, 어찌 김형의 적자嫡子라고 하겠습니까? 김형이 죽자, 그 아들 김견金堅이 적자가 되려고 『춘추春秋』의 법으로 논하지만 결코 들을 만한 것이 못됩니다. 혹 말하기를, "김형의 어미가 그 아들에게 후손이 없는 것을 민망하게 여겨 도씨都氏와 성례成禮하였으니, 적처가 아니겠는가?"라고 하는데, 그렇다면 민씨閔氏와 김형이 종신토록 동거한 것은 무엇입니까?

김하金何 · 김유金攸 · 김수金修는 김형의 사촌 형제이며, 허균許稛 · 권유순權有順은 김형의 매부妹夫인데, 그들에게 김형의 적처와 첩에 대해 물으니 대답하기를, 김하는 "정처正妻는 민씨閔氏이니 일생동안 동거하였고, 도씨都氏는 양첩良妾이다."라고 하였고, 김유는 "처妻인 민씨와는 함께 동거하였고, 도씨는 하씨河氏의 집에서 더부살이를 하였으며, 둘을 적처로 비교하여 보기는 어려우니, 도씨는 곧 첩입니다."라고 하였으며, 김수金修는 "처妻인 민씨가 살아 있을 때에 도씨에게 장가들었습니다."라고 하였고, 허균은 "장모인 하씨河氏가 일찍이 도씨를 가리켜 첩妾이라고 하였고, 김형도 민씨와 동거하면서 도씨를 아울러 둔 것이니 첩이 아니고 무엇이냐?"라고 하였으며, 권유순은 "그의 아내에게 후손이 없는 것을 민망하게 여겨 도씨에게 장가들어 첩으로 삼고, 민씨와 함께 동거한 것이다. 김원金原은 김형金洞의 첩의 자식으로서 도씨를 대신하여 송사한 자이다."라고 하고, 또 말하기를, "정처正妻인 민씨는 잠시도 버리거나 떠난 적이 없으나, 도씨는 하씨의 집에서 더부살이 하였으며, 민씨는 아비와 같은 집에서 살다가 같은 해에 죽었다."라고 하였습니다.

사람들 모두 입으로 한 결 같이 말하기를, "도씨는 첩이다."라고 하니, 그렇다면, 장가 든 자가 처를 두고 장가들어 첩을 둔 것이지, 적처로 삼은 것이 아니라는 것은 너무나 명백합니다. 비록 혼서婚書가 있다고 하더라도 어찌 김형의 적처嫡妻가 되겠습니까? 또 더구나 그 혼서의 말을 살펴보면, "먼저 아내를 버리고 떠났다."고 하였을 뿐인데, 모두가 말하는 것과 같이, "처음부터 끝까지 민씨와 동거하고 버리거나 떠난 적이 없다."라고 한다면 이름만 혼서婚書이지 먼저의 아내를 버리거나 떠났다는 말은 허망한 것으로 혼서라고 말할 수가 없습니다. 만약 혹시라도 도씨와의 관계와 민씨와의 관계가 서로 같다 하여도 당연히 "아내를 두고서 처를 취한 법률"에서 말한 먼저의 아내를 적처로 삼는다는 법에 해당되니, 민씨는 적처가 되는 것이고 도씨는 첩이 되는 것이니, 도씨를 올려서 민씨와 짝하는 것은 법으로 보더라도 할 수가 없는 것입니다. 하물며 도씨는 미천하고도 미천한 자입니다. 그 아비를 물어보니, 의영고 직장義盈庫直長이라고 하고, 그 할아버지를 물어보니 낭장郞將이라고 하고, 그 증조曾祖를 물어보니 판도 판서版圖判書라고 하기에, 그 직임의 허실虛實을 따져보려고 고신告身(관원에게 품계와 관직을 임명할 때 주는 임명장)을 독촉하여 들이라고 하니, 곧 말하기를, "하나같이 모두 있지 않다."라고 하며 끝내 들이지 못했습니다. 그렇다면, 도씨는 지극히 미천한데도 정실부인이 되려고 거짓으로 사족士族인체 한 것이니, 없는 직함을 함부로 꾸며 조정朝廷을 기망한 것이 이보다 심할 수가 없는데, 이와 같은 사람을 김형의 적처로 삼는다는 것은 신들은 어렵다고 생각합니다.

또 신들은 생각하건대, 가령 사람의 자식이 된 자가 반드시 적자가 된 뒤라야 제사를 받든다고 한다면, 그 후손이 없는 것을 슬피 여겨 적자가 되는 것을 허락하여서 그 제사를 잇게 하는 것이 오히려 옳겠지만, 비록 서자庶子라고 하더라도 제사를 받들 수 있는 것이니 김견이 비록 적자가 되지 않는다고 하더라도 김형에게는 제사가 끊어지지 않을 것이고, 나라는 분수가 문란해지지 않을 것이니, 둘 다 진실로 유감이 없을 것인데, 어찌 반드시 도씨를 올려서 민씨와 짝하고 김견을 적자로 삼아야만 하겠습니까? 김형의 적첩嫡妾은 한 집안의 사사로운 일이고, 나라의 대법大法은 만세萬世의 떳떳한 법인데, 나라의 법이 김형의 적첩에게 한 번 흔들리면 앞으로는 이전에도 흔들렸다하여, 오랜 세월이 흐른 뒤에도 명분名分에 따라 문란해질 것이니 두려워하지 않을 수 없습니다. 또한 유사有司에서 법法을 지키는 데에도 의리상 법法으로 삼지 않을 수 없으니 애석합니다. 신들이 고치려고 하여도 불가능한 까닭에 반복反覆하여 번거롭게 하여도 끝내 의혹을 풀어주지 못하는 것이 어찌 한 개인인 김형을 위한 것이겠습니까? 단지 그 법을 사랑할 뿐입니다. 엎드려 생각하건대, 전하께서 어진 마음을 드리워 받아들이시어 명분을 엄히 하시면 아주 다행이겠습니다.

謹按詩春秋, 媵妾安其分曰, 寔命不同, 聖人美葵丘無以妾爲妻之禁. 蓋妾不可以竝嫡, 卑
不可以抗尊, 嫡妾之分, 猶天經地緯, 不可紊也, 國家擬議, 前朝之季, 士大夫竝畜二妻, 大違
名分, 限年癸巳而嚴立有妻娶妻之禁, 其有犯禁而娶者, 雖曰成禮, 一以妾論, 嫡妾之分一明,
而配嫡奪正之患, 無自而生也久矣.

頃者金洞幼娶閔汝翼之女以爲妻, 憫其無後, 又娶都以恭之女, 生二子而與閔氏同居, 終其
身而無異心焉. 然則以恭之女妾也, 其子則庶也, 安得謂之洞之嫡子耶. 洞之身縱艶, 而其子堅
也, 欲爲嫡, 論以春秋之法, 斷不可聽者也, 儻曰, 洞之母, 憫其子之無後, 成禮於都氏, 得非嫡
乎. 則於閔氏與洞同居而終何哉. 金何金攸金脩, 洞之從昆弟也, 許稛權有順, 洞之妹夫, 而其
荅洞嫡妾之問也. 金何則曰, 正妻閔氏, 則一生同居, 都氏則良妾也, 金攸則曰, 與妻閔氏同居,
而都氏陪居河氏之家, 則兩嫡見計爲難, 都氏乃妾也, 金脩則曰, 妻閔氏生時, 娶都氏也, 許稛
則曰, 妻母河氏, 嘗稱都氏爲妾, 而洞亦與閔氏同居, 而竝畜都氏, 非妾而何. 權有順則曰, 憫
其妻無後, 娶都氏爲妾, 而與閔氏同居也, 況乎金原, 洞之妾子, 而代都氏訟者也, 亦曰, 於正
妻閔氏暫無棄別, 而都氏則, 陪居河氏之家, 閔氏則與父同家而居, 同年而歿也.

蓋衆口一辭僉曰, 都氏妾也, 然則其娶妾也, 有妻而娶其畜也, 以妾而不以嫡者彰彰明矣. 雖有
婚書, 安得爲洞之嫡妻也. 又況考其婚書之辭, 則先妻棄別云耳, 而如其僉曰, 則自始至終, 與
閔氏同居無棄別焉, 名曰婚書而先妻棄別之言虛妄, 不可謂之婚書也. 儻或都氏之係與閔氏之
係相若也. 猶當律以有妻娶妾, 以先爲嫡之法, 則閔當爲嫡, 都當爲妾也, 陞都配閔, 法不得而爲
之也, 矧都氏微乎微者. 問其父則義盈庫直長也, 問其祖, 則郞將也, 問其曾祖, 則曰版圖判書也,
於欲覈其職之虛實, 而督納告身, 則乃曰, 一皆無有, 而終不得納焉. 然則都氏本是至微, 而欲爲
正嫡, 陽若士族, 冒結虛銜, 其爲欺妄朝廷, 莫此爲甚, 以如是之人, 爲洞之嫡, 臣等竊以爲難也.

且臣等以爲, 假若爲人子者, 必爲嫡而後奉其祀焉, 則哀其無後, 而許爲其嫡, 以繼其祀
猶之可也. 雖云庶子, 猶得奉祀, 則堅雖不得爲嫡, 而於洞不絶其祀, 於國不紊其分, 兩固無
憾也. 何必陞都配閔, 使堅爲嫡哉. 洞之嫡妾, 一家之私也, 國之大法, 萬世之經也, 國之法一
搖於洞之嫡妾, 則將搖於已往, 將來千萬世而名分從而紊矣, 不可不懼也. 且有司紀法之守,
義不可不爲法而惜也. 臣等所以欲改不能, 反覆冒瀆, 而卒未解惑者, 豈爲一洞哉. 只愛其法
而已. 伏惟殿下, 垂仁採納, 以嚴名分幸甚.

장령掌令 박안성朴安性을 불러 말하기를,

"소疏를 고쳐 가지고 오라."

하였다.

上召掌令朴安性曰:

"改疏以來."

세조 11년(1465) 2월 30일 김형의 두 아내의 적첩 논란에 대한 김종순의 두 번째 상소문.

신 등이 일찍이 진덕수眞德秀의 말을 살펴보니, "노魯나라 애공哀公이 공자公子 형荊의 어미를 부인夫人으로 삼으려고 종인宗人에게 혼인의 예禮를 올리게 하니, 종인이 대답하기를, '첩妾을 부인夫人으로 삼으니 진실로 무례無禮하다.'라고 하였다."라고 하였습니다. 제후諸侯에게도 오히려 그런데, 하물며 경卿·대부大夫·사士·서인庶人이겠습니까? 그렇다면 첩妾은 적처嫡妻가 될 수 없고, 비천한 자는 존귀한 자에게 항거할 수 없으니, 적처嫡妻와 첩嫡妾의 구분은 영원히 변하지 않는 하늘과 땅의 법칙과 같은 것이어서 어지럽힐 수 없는 것입니다.

옛날 고려조의 말엽에는 사대부士大夫가 아내를 두고 또 아내를 얻어 마음대로 방자放恣하게 굴었고, 여기에다 더하여 두 아내를 두고서 '경외처京外妻'라고 하였으니, 그 명분名分이 등급等級이 없는 정도에 이르렀습니다. 우리 태종 공정대왕太宗恭定大王께서 고려조의 폐단을 모두 없애버리시고, 또 그 일로 인해 강상綱常이 어지럽혀지는 것을 염려하여, 아내를 두고 또 처를 취하는 것을 금禁하는 법을 엄격하게 세웠습니다. 그 금지하는 법을 범했으면서도 즉시 발각發覺

되지 않고 죽은 자가 있어, 비록 '성례成禮하였다.'라고 하더라도 뒤의 사람을 첩妾으로 삼는 것이 『영갑令甲』에 실려 있으니, 그 만세토록 강상을 바로 세우려는 계획이 지극히 깊고도 절실하였습니다.

근자에 김형金泂이 민여익閔汝翼의 딸에게 장가 들어 아내로 삼고, 또 도이공都以恭의 딸에게 장가들어 민씨閔氏와 함께 처로 두었으니, 김형에게 어찌 두 명의 적처가 있을 수 있겠습니까? 나중에 도씨都氏에게 장가들었으니 도씨가 첩妾이 되는 것은 명백합니다. 또 김하金何·김유金攸·김수金脩는 김형의 종형제이며, 허규許稑·권이순權以順은 김형의 매부妹夫인데, 모두가 "민씨가 후손이 없어서 도씨都氏의 딸을 취하여 첩으로 삼았고, 민씨와는 함께 살았다."라고 하니, 그렇다면 김형의 적처와 첩의 관계는 일가 종족一家宗族이 다 같이 본 것이며, 조정 대신朝廷大臣이 다 같이 아는 것이며, 마을의 벗들이 다 같이 들은 것입니다. 비록 혼서婚書가 있다고 하나 그 혼서를 살펴보면, 먼저의 아내를 떠나보내려 한다는 말이 있는데, 혼인 예장婚姻禮狀에는 진실로 이런 예例가 없으며, 사족士族의 집에서 어찌 이런 혼서婚書를 보고서도 딸을 혼인하게 하겠습니까? 도씨都氏는 천미한 중에서도 천미한 자입니다. 뜻이 정실正室 적처嫡妻에 없었기 때문에 그 혼서가 바른가 바르지 못한가를 따져 살피지 않고, 딸과 혼인하게 하였으니, 그것은 첩을 뜻하는 것이 뚜렷하고 명백합니다.

이로써 살펴보건대, 김형의 생각은 단지 혼서를 거짓으로 꾸며 도씨의 딸을 속이고 유혹하여서 장가들려고 하였던 것뿐이지, 처음부터 도씨를 적처로 삼아서 혼인한 것은 아닙니다. 본래부터 지극히 천미한 사람이 올라서 정실 적처가 되려고 거짓으로 사족인 것처럼 하여, 헛된 직함을 함부로 꾸몄다고 생각했기 때문에, 그 허실을 따져보기 위해 고신告身을 들이도록 독촉하였더니, 곧 "한 결 같이 모두 없다."라고 하니, 조정朝廷을 속이는 일이 이보다 심할 수가 없으므로, 이 같은 사람을 정실 적처로 삼는 것은 어렵습니다. 신 등이 이 여자가 첩이 되는 것을 분명하게 알면서도 이 여자를 김형의 적처로 논한다면, 신 등도 임금의 들으심을 속이는 것이니, 어찌 감히 거짓말을 할 수 있겠습니까?

신 등은 생각하건대, 사람에게 적자嫡子가 없으면 그 후손이 끊어지지만, 그래도 첩을 처로 삼는 것은 예법禮法에서 불가합니다. 하물며 서자庶子도 제사를 받들게 할 수 있는 것이 나라의 법전에 있으니, 도씨가 비록 적처가 될 수 없다고 하더라도 김형에게는 그 후손이 끊어지지 않고, 법을 따른 것이어서 분수를 어지럽히지 않으니, 두 가지에 진실로 유감이 없는데, 어찌 꼭 도씨都氏를 적처嫡妻로 삼아야 하겠습니까? 김형이 도씨를 적처를 삼는 것은 한 집안의 일이니, 진실로 해로울 것이 없으나, 처를 두 명 두는 금법을 한 번 폐지廢止하여 조종祖宗이 만들어 놓은 법을 가볍게 고친다면, 밝은 시대의 훌륭한 법이 어그러질 뿐이겠습니까? 나라의 신하가 김형 하나일 뿐만이 아닌데, 이러한 근원을 한 번 열어 주면, 그 흐름은 관冠과 신[屨]을 거꾸로 두기에 이르는 자가 그 몇이나 될지 알지 못할 것입니다. 유사有司가 기법紀法을 지킬 때 의리義理가 법法이 되지 않을 수 없을 것이니 애석합니다.

신 등은 이를 두려워하여 재차 조목을 고치라는 명命을 받고도 오히려 또 차마 고치지 못하고 반복하여 외람되게 번거롭게 하였으나, 끝내 의혹을 풀어주지 못하는 것이 어찌 김형을 위한 것이겠습니까? 단지 그 예禮와 법法을 사랑해서일 뿐입니다. 신 등이 감히 전하의 위엄을 번거롭게 하였으나 절실한 마음의 지극함을 이기지 못하니, 엎드려 생각하건대, 어지심을 드리워 받아 들이셔서 적처와 첩의 분별을 엄히 하시면 참으로 다행이겠습니다.

臣等嘗觀眞德秀之言曰, 魯哀公將以公子荊之母爲夫人, 使宗人獻其禮, 對曰, 以妾爲夫人, 固無禮也. 在諸侯而尙爾, 況於卿大夫士庶人乎. 然則妾不可以爲嫡, 卑不可以抗尊, 嫡妾之分, 猶天經地緯, 不可紊也. 在昔前朝之季, 士大夫有妻娶妻, 任意自恣, 竝畜兩妻, 名曰京外妻, 名分至爲無等. 我太宗恭定大王, 盡革前朝之弊, 而慮其瀆亂綱常, 嚴立有妻娶妻之禁. 其有犯禁, 不卽發覺而身歿者, 雖曰成禮, 以後爲妾, 載在令甲, 其爲萬世扶植綱常之計, 至深切矣.

頃者金洞, 娶閔汝翼女爲妻, 而又娶都以恭女, 與閔氏竝畜, 則洞也安有二嫡哉. 後娶都而爲妾明矣. 且金何金攸金脩, 洞之從昆弟也, 許稛權以順, 洞之妹夫也, 皆曰, 閔氏無後, 娶都女爲妾, 而與閔氏同居, 然則洞之嫡妾之間, 一家宗族之所共見, 朝廷大臣之所共知, 鄕黨朋友之所共聞. 雖有婚書, 考其婚書, 則有先妻將棄別之辭, 婚姻禮狀, 固無此例也, 士族之家, 安有見此婚書, 而與女爲婚耶. 都氏微乎微者也. 意不在正嫡, 故不計其婚書之正不正, 而與女爲婚, 其意妾也章章明矣. 以此觀之, 洞之情, 只欲假婚書, 誆誘都女以娶爾, 初非以都爲嫡而娶也. 本是至微, 而欲陞爲正嫡, 陽若士族, 冒結虛銜, 褻其虛實, 而督納告身, 則乃曰一皆無有, 其爲欺罔朝廷, 莫此爲甚, 以如是之人, 爲人之正嫡難矣. 臣等灼知斯女之爲妾, 而以斯女論洞之嫡, 則臣等亦欺天聰爾, 安敢誣哉.

臣等以爲, 人無嫡子, 則絶其嗣焉, 以妾爲妻, 在禮法猶之不可. 況庶子猶得奉祀, 國有常典, 則都也雖不得爲嫡, 於洞不絶其嗣, 於法不亂, 其分兩固無憾也, 何必以都爲嫡哉. 洞之以都爲嫡, 一家之事, 固無害矣, 竝畜之禁一廢, 而輕改祖宗成憲, 則獨不有虧於明時之盛典耶. 國之臣, 非獨一洞, 而此源一開, 其流將至於冠屨倒置者, 不知其幾何矣. 蓋有司紀法之守, 義不可不爲法而惜也. 臣等爲此懼, 再蒙改目之命, 猶且不忍改之, 反覆冒瀆, 卒不能解惑者, 豈爲洞哉. 只愛其禮與法而已. 臣等敢瀆天威, 不勝隕越之至, 伏惟殿下, 垂仁採納, 以嚴嫡妾之分幸甚.

12 » 어미의 행실이 저와 같은데, 자식을 임용할 수 있습니까

1467년(세조 13) 정해년丁亥年 8월 5일
대사헌大司憲 양성지梁誠之

■ 저자 소개

양성지梁誠之 : 1415(태종 15)~1482(성종 13). 조선 전기의 학자이자 문신으로, 본관은 남원南原이고, 자는 순부純夫, 호는 눌재訥齋 · 송파松坡이다. 양우梁祐의 증손으로, 할아버지는 판위위시사判衛尉寺事 양석융梁碩隆이고, 아버지는 증 좌찬성贈左贊成 양구주梁九疇이며, 어머니는 전주부 윤 권담權湛의 딸이다. 시호는 문양文襄이다.

6세에 독서를 시작해 9세에 글을 지었고, 1441년(세종 23) 진사 · 생원 두 시험에 이어 식년 문과에 을과로 급제해 경창부 승慶昌府丞과 성균 주부를 역임하였다. 이듬해 집현전에 들어가 부수찬副修撰 · 교리校理 등을 지내며 세종의 총애를 받았고, 춘추관 기주관으로 고려사 수사관을 겸직해 『고려사』의 개찬改撰에 참여하였다. 이어 집현전 직제학으로 승진하였으며, 이듬해 집현전이 폐지되자 좌보덕左輔德으로 옮겨, 동지중추부사를 지내고 제학으로 취임하였다. 그 이듬해 구현시求賢試에 급제하여, 이조판서에 올랐고, 대사헌으로 재직하던 중에

「오륜론五倫論」을 지어 바쳤다. 1466년(세조 12) 발영시拔英試에 2등으로 급제했으며, 1469년(예종 1) 지중추부사·홍문관 제학·춘추관사를 겸직해『세종실록』과『예종실록』의 편찬에 참여하였다. 그리고 공조판서를 거쳐 1471년(성종 2) 좌리공신佐理功臣 3등으로 남원군南原君에 봉해졌다. 1477년 대사헌에 재임하다가 지춘추관사가 되었고, 1481년 홍문관 대제학으로 승진했으며 이 해 문신 정시文臣庭試에 장원하였다.

세종조부터 성종조까지 6조에 걸쳐 역임하는 동안에 문교文教에 끼친 공로를 제외하고도, 정치 의견과 언론이 모두 당시를 일깨우고 후세의 거울이 되지 않은 것이 없었다. 그래서 세조는 그를 '해동의 제갈량諸葛亮'이라고까지 했다. 항상 역사의 현실에 착안해 나라를 위하는 긴요한 도리를 꿋꿋이 주장했고, 당시에 사리를 가장 똑바로 이해한 경륜가였다. 단군을 국조로 모셔 받들기를 주장했으며, 우리의 동국사東國史도 배울 것을 역설하기도 하였고, 나라의 고유한 풍속을 존중해야 한다고 주장했으며, 군비에 대한 큰 관심을 가졌고, 우리나라에 문묘는 있으나 무묘武廟가 없으니 무묘를 세워 역대의 명장을 모시자고 주장하였으며, 고구려의 풍속을 본받아 3월 3일, 9월 9일에 교외에서 사격 대회를 열어 사기를 드높이고 무풍武風을 장려하자고도 했다.

군정 10책軍政十策 중에서도 특히 군호軍戸의 중요성을 강조했으며, 병역의 토대가 되는 호적에 정확성을 기할 것, 독자의 군복무 면제 등을 징병의 원칙으로 삼았다. 또 비변 10책備邊十策은 국방에 관한 근본 방침을 상술한 것이며, 세종의 명으로 편찬한『팔도지리지』와『연변방수도沿邊防戍圖』는 실제로 측량한 지도가 없던 당시에 매우 큰 업적이다. 농정에도 힘을 써서 개간 사업을 주장하였고, 각 도·군·현에 의료 기관을 설치할 것을 주장하였으며, 풍속에 대해서도 개혁적인 태도를 보였고, 예술에도 깊은 이해를 가져 아악의 보호를 주장하였으며, 도서의 보존과 간행에 실효를 꾀하자고 하였다.

저서로 『눌재집訥齋集』 외에 주의奏議에 관한 10전과 어명으로 엮은 『해동성씨록海東姓氏錄』·『동국도경東國圖經』·『농잠서農蠶書』·『목축서牧蓄書』·『유선서諭善書』·『황극치평도黃極治平圖』·『팔도지도八道地圖』·『양계방수도兩界防戍圖』 등이 있다.

『조선왕조실록』 성종 13년 6월 11일, 양성지가 죽은 뒤 사관들이 기록한 양성지에 대한 평가는 다음과 같다.

행 지중추부사行知中樞府事 양성지梁誠之가 죽었다. 조회를 멈추고 조문하며 장례 지내기를 예와 같이 하였다. 양성지의 자字는 순부純夫이고, 남원南原 사람이며, 증 의정부 우찬성贈議政府右贊成 양구주梁九疇의 아들이다. 정통正統 신유년 진사進士·생원生員 시험에 합격하고, 또 문과文科에 제 2인으로 합격하여 처음에 경창부 승慶昌府丞에 임명되었다가, 성균 주부成均主簿로 옮겼다. 임술년에 집현전 부수찬集賢殿副修撰에 임명任命되었다가 여러 번 승진하여 직제학直提學에 이르렀다.

어느 날 세조世祖가 상참常參에서 술자리를 베푸니, 양성지가 아뢰기를, "성체聖體를 상하게 할까 두렵습니다. 청컨대 절주節酒하도록 하소서."라고 하니 세조가 이르기를, "오직 그대가 나를 아낀다."라고 하고 통정대부通政大夫를 더하도록 명하였다. 이 해에 집현전이 없어지자, 임금이 세자 좌보덕世子左輔德으로 옮기게 하였다. 박팽년朴彭年 등이 주살誅殺되자, 사람들이 "양성지가 근심하고 두려워하니, 반드시 그들과 공모했을 것입니다."라고 하니, 세조가 "이때에 사람으로서 누가 두려워하지 않겠느냐? 양성지는 이러한 일이 없었을 것을 보증한다."라고 하였다.

경진년에 가선대부嘉善大夫 동지중추원사同知中樞院使로 승진하였다가, 신사년 가정대부嘉靖大夫 동지중추부사同知中樞府事에 올랐다. 계미년에 양성지가 홍문관弘文館을 설치하여 서적書籍을 간직할 것을 청하니 임금이 그대로 따르고, 양성지를 제학提學으로 삼아 자헌대부資憲大夫를 더하였다. 갑신년에 구현시求賢試에 합격하니, 세조가 말하기를, "사람들은 모두 경卿을 실정과 멀다고 하나, 나와 경은 서로 아낀다."라고 하고 이조 판서吏曹判書에 임명했다가 얼마 후에 사헌부 대사헌司憲府大司憲에 임명하였다. 병술년에 발영시拔英試에 합격하였고, 무자년에 『세조실록世祖實錄』 찬수撰修에 참여하였다. 성화成化 기축년에 공조 판서工曹判書로 옮겨 임용되었고, 신묘년에 순성명량 좌리공신純誠明亮佐理功臣의 호號를 하사받고, 남원군南原君으로 봉해졌다.

정유년에 다시 대사헌大司憲에 임용되었다가, 대관臺官의 비판을 받고서 공조 판서工曹判書로 바꾸었고, 신축년에 지중추부사知中樞府事에 임명되었다. 임금이 2품 이하의 당상堂上 문신文臣을 전정殿庭에 모아서 시詩와 논論 각 1편씩을 시험하였는데, 양성지가 장원을 차지하였으므로 숭정대부崇政大夫로 올려 임용되었다가 이에 이르러 죽으니, 나이 68세였다.

시호諡號를 문양文襄이라고 하였는데, 학문을 부지런히 하고 묻기를 좋아하는 것을 문文이라고 하고, 일을 하여 공이 있는 것을 양襄이라고 한다. 양성지는 젊어서 학문을 좋아하여 널리 보고 힘써 외웠으며 문장을 얽어서 짓는 일을 잘하였으나, 식견이 부족하여 부끄러움이 없고 겁이 많고 나약하여 절조가 없었다. 일찍이 집현전에 있을 때에 동료들이 그를 더럽게 여겨 배척하여 함께 말을 하지 않았으며, 오랫동안 춘추관春秋館에 있었는데, 부탁이 있으면 아래 관리들에게 간략하게 글로 적게 하였다. 뒤에 대사헌大司憲으로 전교서典校署의 제조提調가 되었는데 대중臺中에서 말할 일이 있어도 그대로 전교서에 앉아서 관여하지 않았다. 세조가 혹 자기 뜻을 거역한다 하여 대관臺官을 국문할 때에도 반드시, "내가 양성지는 이런 일을 하지 않았을 것을 안다."라고 하여 특별히 국문을 면하게 하였다. 그가 이조吏曹·공조工曹의 판서判書로 있을 때에 돈으로 벼슬을 산 사람이라는 말이 파다하였으며, 말[馬]을 뇌물로 주는 자는 말편자를 박아 준다고 핑계대고서 바치고 채단綵段을 뇌물로 바치는 자는 돗자리로 싸서 주었으므로, 그때 사람들이 이를 비꼬아서 말하기를, "말발굽에 돈이

들어 있고 돗자리 속에 비단이 들어 있다."라고 하고, 또 오마五馬라는 조롱도 있었다. 어떤 사람은 "말발굽에 돈이 들었고 돗자리에 채단이 들었다는 말은 곧 다른 재상을 가리킨 것이고 양성지를 가리킨 것이 아니다."라고 하였는데, 사람들이 미워하여 하류下流에 둔 것은 이러한 것 때문이었다.

지금 임금이 즉위하자 양성지는 김수온金守溫 · 오백창吳伯昌과 상소上疏하여 논공 행봉論功行封을 청하여 드디어 좌리공신에 참여하였다. 일찍이 당唐나라 · 송宋나라의 율시律詩 수십 수首를 초抄하여 『정명시선精明詩選』이라고 이름을 붙여 올리고 후한 상賞을 받았다. 그리고 상서上書하여 주장하기를 좋아하였으나, 모두 실정과 먼 것이어서 쓸 만한 것이 못되었다. 어느 날 봉장封章 십여 통通을 가지고 춘추관春秋館의 관원들에게 보이면서 이르기를, "이것은 내가 평소에 아뢴 것인데 『사기史記』와 아울러 기록할 만하다."라고 하였으나, 여러 관원들이 증명할 것이 없다고 비난하자 양성지가 오히려 비밀리에 청탁하였는데, 마침내 자기 뜻대로 되지 않자 크게 화를 내면서 자책自責하기를, "노부老夫는 쓸모가 없도다."라고 하고, 뒤에 곧 전후前後의 소장疏章들을 모아 집에서 간행하고, 이름을 『남원군주의南原君奏議』라고 하였다. 일찍이 스스로 말하기를, "세조世祖께서 나를 제왕을 도울만한 재상이 될 만하고, 제갈량諸葛亮에게 견주기까지 하였다."라고 하니, 듣는 자들이 광릉光陵의 하교下教가 농담에서 나온 것임을 알았다.

(『국조인물고國朝人物考』·『눌재집訥齋集』·『조선왕조실록朝鮮王朝實錄』·『한국민족문화대백과사전』·『한국한자어사전韓國漢字語辭典』·『해동명신록海東名臣錄』)

■ **평설**評說

이 글은 1467년(세조 13) 7월 28일 세조가 김개金漑를 의정부 좌참찬議政府左參贊으로 임명하자, 이와 같은 처우가 부당하니 직책을 거두어달라고 청한 대사헌

^{大司憲} 양성지^{梁誠之}의 상소이다. 김개는 1419년(세종 1) 7월 15일 운명한 연성군^連 ^{城君} 김정경^{金定卿}의 큰아들로, 1422년(세종 4) 음직^{蔭職}으로 남부녹사^{南部錄事}에 제수되면서 관직 생활을 시작했지만, 관직 생활을 이어가는 동안 늘 어머니 문제가 그의 발목을 잡았다.

그의 어머니는 왕씨^{王氏}로 당시에는 정말 찾아보기 어려운 세 번 개가^{改嫁}한 여인이었고, 그 행실이 조선조 당시 양반집 여자로 품행이 부정하거나 세 번 이상 개가한 여인의 행적을 기록한 자녀안^{恣女案}에 기록되어 있었다. 김개의 어머니는 처음에 조기생^{趙杞生}에게 시집갔다가, 장철^{張哲}에게 재가^{再嫁}한 다음 마지막으로 김정경^{金定卿}에게 시집갔는데, 김정경과의 사이에서 두 아들 김개와 김한^{金澣}을 낳았다.

김개의 아버지 김정경은 고려왕조에서 벼슬을 하였으나, 새 왕조의 창업에 찬성하여 이성계^{李成桂}를 지지하였고, 1400년(정종 2) 방간^{芳幹}의 난이 일어나자 한성부 윤으로서 이방원^{李芳遠}에 협력하여 좌명공신 4등에 책록되고, 연성군^{蓮城} ^君에 봉해진 인물이다. 용맹하고 매사에 적극적이었으나, 재물을 좋아하여 사람들로부터 비난을 받았다고 하는데, 1419년(세종 1) 『조선왕조실록』에 기록된 졸기^{卒記}에 따르면 항상 재산을 늘리는 데 열중하였다고 한다. 이 졸기에는 그의 부인 왕씨에 대한 내용도 나오는데, "세 남편에게 시집갔으며, 김정경이 죽은 후에 한 해가 못되어 금륜사^{金輪寺}의 북산에 올라가 종에게 노래하고 춤을 추게 하여 스스로 즐기니, 사람들이 다 더럽게 여겼다."라고 기록되어 있다.

세 번 결혼했다는 김개 어머니의 경력은 김개의 관직 생활을 어렵게 만드는 중요한 문제로, 그가 요직에 진출할 때마다 파면 논의가 계속되었다. 세자 우사직^{世子右司直}에 임명되었던 1429년(세종 11)에도 대사헌 김효손^{金孝孫} 등이 파면을 건의했는데, 그 이유가 "어머니 왕씨가 세 번째 지아비를 얻어 시집갔으니 이는 실로 방자한 여자이고, 그의 자손은 진신^{縉紳}의 반열에 부적당하다."는 것

상^上소^疏와 비^批답^答

이었다. 이 상소에 대해 세종은 허락하지 않았지만, 김개의 일생동안 이와 같은 상소가 끊이지 않았다.

김개가 어느 정도 능력을 지니고 있었는지는 정확하게 확인할 수 없지만, 그에 대한 기록을 보면 그가 원각사 제조^{圓覺寺提調}로서 원각사의 조성을 지휘하였고, 의묘 조성 제조^{懿廟造成提調}를 지냈으며, 공혜왕후^{恭惠王后}의 산릉도감^{山陵都監}과 선공감^{繕工監}의 제조를 겸하였다는 것으로 보아 건축물을 짓거나 수리하는 영선^{營繕}에 공이 있었던 것으로 보인다. 또 성품이 민첩하고 해서^{楷書}에 능하였다고 한 것으로 보아 적지 않은 행정과 사무의 능력을 지녔었다고 생각된다.

이런 능력의 여부와 관계없이 김개의 관직 생활은 어머니의 이력으로 인해 아주 어려웠다. 김개의 파면을 요구했던 사람들은 당대 사회의 전통적인 도덕관과 가치관을 지키기 위해 노력한 인물들이다. 이들은 김개를 참찬^{參贊}에 임명하게 되면 당시 백성들이 "절의^{節義}는 숭상할 것이 없고, 염치는 장려할 것이 없다."라고 하여 정부^{政府}를 가벼이 여기고 조정^{朝廷}을 가볍게 여겨 나라에 재앙이 될 것이라고 했다. 또 이와 같은 상황이 한 번 일어나면 앞으로는 막을 수 있는 방법이 없을 것이라고도 했다.

김개의 참찬 임명을 거두어 달라는 상소는 이 해 7월 30일 사헌부 관리들로 시작하여 8월 2일 헌납^{獻納} 조간^{曹幹}과 대간^{臺諫}의 상소를 거쳐 8월 5일 양성지에 이르기까지 모두 4차례나 임금에게 올라갔다. 세조는 사헌부 관리들의 상소에는 허락하지 않는다고 답했고, 헌납 조간의 상소에는 "진실로 재주와 덕이 있다면 집안의 허물이 무슨 방해가 되겠는가."라고 답하며 허락하지 않았고, 대간과 양성지의 상소는 읽어보지도 않고 승정원^{承政院}으로 내려 보냈다. 스스로 도덕적 결함을 지니고 있었던 세조였기 때문에, 세조가 도덕성과 능력 중 능력을 우선했다고 확언하기는 쉽지 않지만, 최소한 어머니의 개가^{改嫁}가 그 자식의 임용을 막는 장애가 된다고는 생각하지 않았던 것 같다.

어느 사회에서나 도덕성의 가치는 중요하고, 또 중요하게 여겨야 한다. 인간이 그 스스로를 인간으로 만들기 위해서는 도덕성이 필수적인 요소이기 때문이다. 하지만, 그 도덕성의 문제가 자신에게 있는 것이 아니라면 어디까지 책임을 져야 하고, 질 수 있는가? 세 번 혼인했다는 것이 도덕성에 어떤 문제가 있는 것인가, 또는 도덕적인 문제로 볼 수 있는가 하는 것은 우선 접어두고, 어머니의 문제에 대해 자식이 어디까지 책임져야 하는가, 또 어머니에게 문제가 있다고 해서 그 자식을 버리는 것이 타당한가 하는 것은 깊이 생각해 볼 문제이다.

■ **역문**譯文

신들이 김개金漑가 정부政府의 참찬參贊에 마땅하지 않다는 뜻을 가지고 혹은 말로, 혹은 상소上疏로 여러 번 성상의 귀를 번거롭게 하였는데, 가르침을 내리시기를, "너희들은 물러가 깊이 생각을 하라."라고 하셨습니다. 신들이 반복하여 생각해 보니, 삼공三公과 삼고三孤는 인주人主의 천위天位를 함께 하여 천직天職을 다스리며, 삼강三綱과 오상五常은 인주의 세상 교화敎化를 돕고 인극人極을 세우는 지위 입니다. 공公과 고孤가 알맞은 사람이 아니면 천직天職이 폐廢해질 것이고, 강綱과 상常이 서지 않으면 사람의 기강이 무너질 것입니다. 옛 사람이 이 이치를 알았기 때문에 재상을 둘 때는 반드시 재주와 덕을 겸비하고 본래 집안의 예법이 바르며 남들의 이간질하는 말이 없어서 사람의 마음을 감복시킬 수 있는 사람이라야 천거하여 썼던 것입니다. 그러므로 말을 하면 사람들의 법도가 되고, 행동을 하면 사람들이 본받아, 마침내 나라가 다스려지고 천하天下가 태평太平하게 되었습니다. 이것은 재상으로 적당한 사람을 얻어 몸을 닦고 집안을 바로잡은 효과입니다. 진실로 상제牀第를 삼가지 않고 규문閨門에 법도가 없으면 비록 백집사百執事의 책임을 맡더라도 오히려 안 되는 것인데, 하물며 공公·고孤의 직책은 백성들이 우러러보는 명망과 관계된 것이 아닙니까? 국가의 경륜經綸을 세우고 기강을 베풀어 강상綱常을 유지하는데, 사족士族의 부녀婦女로 세 지아비에게 번갈아 시집가는 자는 문서에 기록하여 사헌부司憲府에 보관하도록 하였습니다. 『대전大典』을 새로 반포할 때에도 그 법法을 실었으니, 이는 조종祖宗의 법전이며, 전하殿下께서 크게 계승하는 것입니다. 이것은 정숙하고 사특한 것을 분별하고 가르침을 일으켜 모든 사람에게 자기 한 몸을 위한 계책으로 삼게 할 뿐만 아니라, 자손을 위한 계책으로 삼게 할 것이며, 한때를 위한 법으로 삼게 할 뿐만 아니라, 만세萬世를 위한 법으로 삼게 할 것입니다.

　신들이 삼가 자녀안恣女案(조선 시대 양반집 여자로 품행이 부정하거나 세 번 이상 개가한 사람의 소행을 적어 두던 대장)을 살펴보니, 김개金漑의 어미 왕씨王氏가 처음에는 조기생趙杞生에게 시집갔다가, 장철張哲에게 재가再嫁한 다음에 또 김정경金定卿에게 시집갔습니다. 김개는 김정경의 아들이니, 김개 집안의 추악함을 나라 사람들이 천하게 여깁니다. 또 뛰어난 재주나 덕도 없는데 특별히 성상의 은혜를 입어서 지위가 1품品에 올랐으니, 김개의 분수에 지나친 것이요 사람들의 기대에도 지나친 것입니다. 어찌 또 이와 같은 사람에게 참찬參贊에 임명한다는 명命이 내려질 것이라고 생각이나 했겠습니까? 이제 사람들이 모두 생각하기를, "정부政府는 원기元氣를 조화롭게 하고, 교화敎化를 돕고 백관百官들을 거느리는 곳이니, 반드시 모두 제1등의 사람인 다음이라야 자리할 수 있다."라고 하는데, 만약 김개가 이 자리에 오르는 것을 본다면 반드시 "어미의 더러운 행실이 저와 같고 아들의 재주와 덕이 저와 같은데, 오히려 이처럼 참찬參贊에 임명되니, 절의節義는 숭상할 것이 없고, 염치는 장려할 것이 없다."라고 할 것이니 그렇다면 어찌 정부政府를 가벼이 여기지 않겠습니까? 정부政府를 가볍게 여기면, 조정朝廷을 가볍게 여길 것이며, 조정을 가볍게 여기면 나라의 복福이 아닙니다. 전하께서 절의節義를 숭상하고, 재상宰相을 중히 여기셨으나 김개가 이 지위에 올랐으니, 어찌 김개 한 사람을 용납하려고 절의節義의 풍속을 무너뜨리고 여러 신하들이 흩어지도록 한단 말입니까?

이전에는 자녀恣女의 자손子孫으로 대성臺省과 정조政曹와 정부政府의 관직을 얻은 자가 없었습니다. 어미가 자녀恣女의 문서에 들어 있는데, 아들이 참찬參贊의 자리에 있는, 이러한 문이 한 번 열리면 나중에는 막기가 어려울 것입니다. 전하께서는 목마른 사람이 물을 찾듯이 말씀을 구하시고, 물 흐르듯이 간언을 따르시는데, 유독 이 한 가지 일에는 오래도록 결단을 늦추시니, 신들은 실망을 이기지 못하겠습니다. 엎드려 바라건대, 김개의 관직을 거두도록 명하시고 다른 벼슬자리로 옮겨서 신민臣民들의 소망을 위로하시면 다스림에 아주 다행이겠습니다.

臣等將金漑, 不宜參贊政府事意, 或言或疏, 累瀆天聰, 敎曰汝等退而深思之. 臣等反覆思之, 三公三孤, 人主所以共天位, 治天職者也. 三綱五常, 人主所以扶世敎, 立人極者也. 公孤匪人, 則天職廢矣, 綱常不立, 則人紀滅矣. 古之人知其然, 故當置相之際, 必才德兼備, 家法素正, 人無間言, 有以鎭服人心者, 然後擧而用之. 故言而人法之, 行而人則之, 終至國治而天下平. 此則相得其人, 修身正家之效也. 苟牀第不謹, 閨門無法, 則雖在百執事之任, 尙且不可, 況公孤之職, 係物之望者哉. 國家立經陳紀, 扶植綱常, 凡士族婦女, 三夫更適者, 許令錄案, 藏諸憲府. 新降大典, 亦載其法, 此祖宗令典, 而殿下所丕承者也. 此旌別淑慝, 振起風敎, 使人人非但爲一身之計, 乃爲子孫計, 非但爲一時之法, 乃爲萬世法也.

臣等謹稽忞女案, 漑母王氏, 初嫁趙杞生, 再嫁張哲, 然後又嫁金定卿. 漑乃定卿之子也. 漑門戶之醜, 國人所鄙. 且別無才德, 特蒙上恩, 位升一品, 於漑分過矣, 於人望過矣. 豈料參贊之命, 又加如是之人哉. 今之人皆以爲, 政府調元贊化, 摠率百官之地, 必皆第一等人, 而後可居也. 若見漑居此, 必曰母之穢行如彼, 子之才德如彼, 而尙得參贊如此, 節義不足崇, 廉恥不足礪. 則豈不輕政府也哉. 政府輕, 則朝廷輕矣. 朝廷之輕, 非國之福也. 殿下崇節義重宰相也, 而漑得爲之, 豈可容一漑, 而使節義風頹, 群下解體乎. 前此忞女子孫, 未有得臺省政曹政府者矣. 母在忞女之案, 而子在參贊之位, 此門一開, 後將難防. 殿下求言如渴, 從諫如流, 獨此一事, 久稽兪斷, 臣等不勝缺望. 伏望命收漑職, 置之他官, 以慰臣民之望, 風敎幸甚.

임금이 또 읽지 않고 승정원承政院에 내려 주었다.

上又不覽, 下承政院.

1470년(성종 1) 경인년庚寅年 1월 18일
사헌부 대사헌司憲府 大司憲 이극돈李克墩

■ **저자 소개**

　이극돈李克墩 : 1435(세종 17)~1503(연산군 9). 조선 전기의 문신으로, 본관은
광주廣州이고, 자는 사고士高이다. 아버지는 우의정 이인손李仁孫이다.

　1457년(세조 3) 친시문과에 급제하여 전농시 주부典農寺主簿 · 직강直講 · 응교應
敎 · 필선弼善 · 집의執義 등을 지냈다. 1468년 문과 중시에 급제한 뒤 대사헌 · 형
조참판을 거쳐 1471년(성종 2) 좌리공신佐理功臣 4등으로 광원군廣原君에 봉해졌다.
1473년 성절사聖節使, 1476년 주청사奏請使, 1484년에는 정조사正朝使로 각각 명나
라에 다녀왔다. 그 뒤 평안도 · 강원도 · 전라도 · 경상도 · 영안도 5도의 관찰
사와 이조 · 병조 · 호조의 판서를 거쳐 의정부 좌찬성과 우찬성을 지냈다. 전
라도 관찰사로 있을 때 세조비 정희왕후貞熹王后의 국상 중임에도 불구하고 장
흥長興 기생과 어울린 사실을 김일손金馹孫이 사초史草에 기록한 일로 그와 서로
사이가 좋지 않았다.

　1498년(연산군 4) 실록청 당상관으로『성종실록』을 편찬할 때 사초를 정리하

다가 김일손이 스승인 김종직金宗直의 「조의제문弔意帝文」과 훈구파의 비위 사실을 기록한 것을 발견하고는 총재관總裁官 어세겸魚世謙에게 고했으나 효과가 없자, 김종직에게 사감私感이 있는 유자광柳子光에게 고했다. 이 사실을 들은 유자광이 노사신盧思愼과 함께 연산군에게 이야기함으로써 김일손을 비롯한 영남 출신 신진사림파의 많은 학자들이 제거되는 무오사화戊午士禍가 일어났다. 사화가 있은 뒤 이 사화의 주동자인 그도 김일손의 사초를 보고 즉시 보고하지 않은 죄로 잠시 파직되었다가 다시 광원군에 봉해졌다. 익평翼平이라는 시호가 내려졌으나 뒤에 관직과 함께 추탈되었다.

『조선왕조실록』 연산군 9년 2월 27일, 이극돈이 죽은 뒤 사관들이 기록한 이극돈에 대한 평가는 다음과 같다.

광원군廣原君 이극돈李克墩이 죽었다. 이극돈의 자字는 사고士高요 광릉廣陵 사람이니, 둔촌遁村 이집李集의 증손이며, 우의정 이인손李仁孫의 아들이다. 경태景泰 정축년 과거에 급제하여 전농시典農寺의 주부主簿로 임명되었고, 여러 차례 옮겨서 성균관 직강直講 · 예문관 응교應敎 · 세자필선世子弼善 · 사헌부 집의執義를 지냈다. 성화成化 무자년 중시重試에 합격하여 예조 참의로 승진되었고, 얼마 안 가서 한성부 우윤右尹으로 임명되었으며, 사헌부 대사헌으로 옮겼다가 형조 참판이 되었다. 신묘년에 좌리공신佐理功臣으로 책훈策勳되어 광원군廣原君에 봉해졌고, 정미년에 한성부 판윤判尹으로 승진하여, 이조 · 호조 · 병조 3조曹의 판서와 평안도 · 강원도 · 전라도 · 경상도 · 영안도永安道 5도道의 관찰사와 의정부 좌찬성을 지냈다. 무오년의 사화史禍 때 파직되었다가, 뒤에 다시 광원군廣原君에 봉해졌다가 죽으니, 나이가 69세였다. 시호謐號는 익평翼平이니 생각함이 심원한 것을 익翼이라고 하고, 일을 하는 데 법도가 있는 것을 평平이라고 한다.

사물을 처리하는 재간이 있었고 관리의 행정을 환하게 습득했으며, 옛일을 익숙하게 알고 모든 일을 자세히 생각하여, 이르는 곳마다 업적이 있어서 한 때 추앙받는 사람이 되었지만, 도량이 협소하고 성격도 너무 까다로워 털끝만한 일도 파고들었다. 일찍이 『성종실록成宗實錄』을 수찬修撰하면서 김일손金馹孫이 자기의 악행惡行을 쓴 것을 보고 깊이 원망을 품고 있다가 선왕先王의 일에 결부해서 유자광柳子光을 사주使嗾하여 이를 고발하게 했다. 이로 인하여 사류士類를 죽이고 귀양 보내기를 매우 혹독하게 했다. 그리하여 그때 사람들이 무오사화戊午士禍에는 이극돈李克墩이 수악首惡이라고 말했다.

■ **평설**評說

이 글은 당대 종친宗親이었던 이준李浚을 탄핵한 사헌부 대사헌司憲府大司憲 이극돈李克墩의 상소이다. 이준은 어릴 때부터 문무를 겸했기 때문에 세조의 총애를 받았는데, 1467년(세조 13) 5월, 27세의 나이로 사도병마 도총사四道兵馬都摠使가 되어 이시애李施愛의 난을 토벌하여 적개공신敵愾功臣 1등에 훈봉 되었고, 1469년(예종 1) 5월, 남이南怡의 옥사를 다스린 공으로 익대공신翊戴功臣 2등에 훈봉 된 인물이었다.

이준에게 본격적으로 문제가 일어난 것은 성종조에 들어와서이다. 이 상소에서는 이준이 세 번이나 부도不道한 죄를 범했다고 했는데, 그 내용을 이 상소만으로 확인하기는 어렵지만, 『조선왕조실록』을 살펴보면 세조 11년 1월 내수소內需所의 종 귀민貴敏이 함길도 채방 별감咸吉道探訪別監 김속시金束時에게 "임영 대군臨瀛大君이 난亂을 일으키는 데 아들인 귀성군龜城君 이준李浚이 따르려고 하니, 귀성군龜城君 이준李浚은 천하의 대장군大將軍이다. 나는 이를 섬기기 원한다."라고 모함한 일이 있었고, 세조 11년 9월 궁녀 덕중德中과 사통私通하여 문제가 된 일이 있었으며, 예종 1년 이준을 따르던 전중생全仲生이 이예경李禮敬에게 "너는 앞으로 신하가 될 것이다."라고 하고, 또 "우연한 가문家門이 아니다."라고 하여 문제가 되어 역적에 준하는 죄를 받은 일이 있었다. 첫 번째 문제는 모함으로 밝혀져 문제가 되지 않았고, 두 번째 문제는 일이 드러나기 전에 이준이 아버지 임영대군과 함께 세조를 찾아가 사실이 아니라고 말하여 궁녀 덕중만 사형에 처하는 것으로 마무리되었고, 세 번째 문제는 이준과 전중생의 관계를 확인하지 못해 전중생만 역적에 해당하는 죄를 주는 것으로 마무리되었다.

성종조에 들어서기 전까지도 이준은 다양한 곤경에 처했었지만, 성종조에 들어서면서 이준이 만난 어려움은 이전과 격이 달랐다. 성종 1년 직장直長 최세호崔世豪가 직산稷山의 생원生員 김윤생金允生에게 "우리 가문家門은 멸시蔑視할 수가 없다. 우리 귀성군龜城君은 왕손王孫이 아닌가? 숙부叔父 길창군吉昌君이 나에게 말하기를, '귀성군은 건장健壯하고 지혜가 있으니 왕위를 주관할 만한 사람이다.'라고 했다."라는 말이 문제가 되었는데, 이와 비슷한 말을 팽배彭排 김치운金致云과 양인良人 박말동朴末同이 했다는 경기京畿 부평富平의 노비 석년石年의 고발과 경기도 관찰사인 권맹희權孟禧도 이런 말을 했다는 좌찬성 한계미韓繼美의 고발이 잇달았다. 태어난 지 두 달이 되기 전에 아버지를 여의어 할아버지인 세조의 보살핌을 받았고, 13살의 어린 나이로 왕위에 올라 할머니인 정희대비貞熹大妃의 수렴청정垂簾聽政을 받아야 했던 성종으로서는 이와 같은 이야기를 무시할 수 없었다.

어린 나이에 왕위에 올라 모든 것이 위태롭고 불안했던 성종으로서는 이시애의 난을 평정하고, 남이의 옥사를 처리한 이후 병조판서와 영의정을 역임하여 명성이 내외에 자자한 구성군 이준을 그냥 두고 보기에는 불안했을 것이다. 성종 1년 이준을 둘러싼 다양한 이야기들은 그 내용의 사실 여부와 관계없이 그 당대 백성들의 신망이 이준에게 가 있었다는 것을 의미하는데, 이와 같은 상황은 세조의 왕위 찬탈과 같은 일의 재현을 두려워했던 성종에게 무엇보다 걱정스러운 일이었다. 그러나 사실 관계를 명확하게 확인할 수 없는 상황에서 혐의만 있다고 이준에게 죄를 줄 수는 없었다.

성종과 정희대비의 고민이 깊어져 갈 때, 신숙주申叔舟 · 한명회韓明澮 · 구치관具致寬 · 홍윤성洪允成 · 윤자운尹子雲 · 한계미韓繼美 · 한계희韓繼禧 · 이극증李克增 등의 신하들이 목소리를 높였다. 이들은 이준은 물론 그의 아버지 임영대군 이구李璆까지 싸잡아 비난하고 불법不法을 저질렀다고 성토했다. 이준의 죄는 혐의가 아니라 분명한 것이기 때문에 그를 처벌해야 한다는 것이다. 이 시기에 사헌부 대사헌이었던 이극돈은 상소를 통해 이준의 죄는 당연히 극형極刑에 처해야 할 것인데, 임금이 주저하는 것은 이준에게 작은 공로가 있다고 여겨서이거나 종친宗親이기 때문이 아닌가 하고 되물었다. 그는 이준의 죄는 공로가 있어도 속죄할 수 없는 것이며, 법으로 친족親族을 용서할 수 없다고 주장했다.

당시 신하들의 행동은 임금에 대한 충성 때문이었을 것이다. 어린 왕의 권위를 지키고 왕권을 굳건히 하기 위해서는 왕위를 넘볼 수 있는 종친을 견제해야만 했을 것이니, 이때 백성들에게 가장 큰 신망을 받고 있던 이준은 이들이 누구보다 주시해야 하는 사람이었다. 그런데 그에게 이런 많은 허물이 있다면 당연히 그를 처벌하여 왕위 근처에 올 수 없게 하여야 했을 것이다.

신하들의 상소를 정희대비는 들어줄 수 없었다. 신하들의 상소가 지닌 의미는 알고 있었지만, 이준의 죄는 혐의에 불과하다는 것을 알고 있었고, 그렇기 때문에 친족간 · 혈육간의 분쟁을 만들고 싶지 않았을 것이다. 하지만, 계속되는 신하들의 상소를 끝내 무시할 수 없었던 정희대비는 이준을 경상도 영해寧海로 귀양 보낼 수밖에 없었다. 그러나 공신功臣의 명부에서 이름을 삭제削除하고 직첩職牒을 회수하며, 가산家産을 몰수沒收하라는 신하들의 요청은 거부하였다. 정희대비는 이준이 "안심安心하고 떠나도록 할 것이고, 가산까지 몰수할 수는 없다."고 하고, 이어 "음식물을 갖추어 주고, 지켜주도록 하라."고 했다. 귀양간 지 10년 만에 이준이 유배지에서 죽자, 성종은 미두米豆 10석, 종이 40권을 하사하고 장례를 영해 현지에서 정중히 치르도록 하였다. 이어 1687년(숙종 13) 6월 김수항金壽恒이 구성군 이준이 죄를 받은 것은 권맹희權孟禧 등의 거짓말에 의한 것이라고 주장하여 신원伸寃이 되고 복관復官되었다. 이준의 시호는 충무忠武이다.

■ **역문**譯文

신들이 듣건대, 천지天地는 바꿀 수가 없는 것이고, 명분名分은 문란하게 할 수가 없는 것이라고 합니다. 성인聖人이 예禮를 만들어 이것을 구별하고, 법法을 만들어 이것을 엄하게 하였으니, 그런 까닭으로 예가 이루어져서 사람이 범하지 못하고, 법이 제정되어서 백성이 두려워할 줄을 압니다. 이것이 이제二帝와 삼왕三王이 믿고서 천하를 다스렸던 것이며, 우리 조종祖宗의 창업創業과 수성守成도 일찍이 이렇게 하지 않은 적이 없었습니다. 이준李浚이 세조조世祖朝에 양육養育해 준 은혜는 생각하지도 않고, 몰래 임금을 무시하는 마음을 품고서 강상綱常을 어지럽혔는데, 세조께서는 임영대군臨瀛大君의 마음을 상하게 하는 것을 중하게 여겨 차라리 법을 굽혀서라도 이준을 보전시키기로 하고 그를 처음과 같이 대우했으니, 이른바 죽을 목숨을 다시 살려준 하늘같은 은혜입니다. 그런데 준은 오히려 스스로 조심하고 두려워하지 않고서, 무리를 놓아 방자하게 횡행橫行하여 주·군州郡을 위협하면서 불경不敬한 말까지 있었습니다.

신들이 준의 죄상을 가지고 두 번 세 번 진청陳請하니, 대행 대왕大行大王께서 헤이러 보겠다고 윤처하셨는데, 불행하게도 세상을 떠나시는 바람에 큰 형벌을 바로잡지 못하였습니다. 전하殿下께서 왕위王位를 계승하시자 사악한 무리들은 이준이 스스로 편안하지 못한 뜻이 있다는 것을 알고는, 연줄을 타고 서로 통하여 스스로 결탁하는 터전을 몰래 만들어 대명大名으로 서로 견주기까지 하였습니다. 이러한 이준 한 사람이 세 번이나 부도不道한 죄를 범했는데도 전하殿下께서는 오히려 그 죄를 용서해 주시니, 신들은 몹시 분개하여 견딜 수가 없습니다. 하물며 이준은 이제 초토草土 중에 있으면서 장사葬事는 돌보지 않고, 간사한 소인을 몰래 통하여 서로 사람을 시켜서 도리에 어긋난 일로 재상宰相에게 간청干請하여 그 세력을 이루려고 했으니, 이는 그 마음이 정직하지 못하고 욕심에 만족이 없기 때문입니다.

신들은 가만히 생각하건대, 법이란 것은 천하의 공기公器이니 낮추었다 높였다 할 수 없으며, 조종祖宗의 죄인은 조금이라도 용서해서는 안 됩니다. 옛날에 이맹종李孟宗이 왕실王室의 지친至親으로 불충不忠의 죄를 범했는데, 태종太宗께서 지성至誠으로 불쌍히 여겨 반드시 보전保全시키려고 하였으므로 태종의 세대世代가 끝나기까지는 그 목숨을 보전할 수가 있었으나, 세종世宗께서 즉위卽位하셔서 먼저 이를 목 베라고 명하시니, 세종이 태종께서 반드시 그를 보전시키려고 한 것을 생각하지 않은 것은 아니나, 다만 천하의 공기公器는 낮추었다 높였다 할 수 없으며, 조종祖宗의 죄인은 조금이라도 용서할 수가 없기 때문입니다. 그를 용서하고 처벌하는 것이 모두 지극히 공평한 데서 나왔으므로, 조금도 비평할 만한 것이 있지 않습니다.

지금 이준의 죄는 이맹종李孟宗에게 비교하면 그 일의 자취가 비록 다르지만 그가 임금을 무시하는 마음과 도리에 어긋난 죄악을 품고 있는 점은 똑같습니다. 전하殿下께서는 위로는 대왕대비大王大妃의 명령을 받들고, 아래로는 온 나라 신민臣民의 희망을 따라, 들어와 대통大統을 계승하였으니, 처음 정사政事를 하실 시기가 되어 진실로 그 상벌賞罰을 바르게 시행하여 큰 법을 명백하게 보여야 할 것입니다. 이준의 죄와 같은 것은 당연히 극형極刑에 처해야 할 것인데, 전하께서는 무엇을 아껴서 이를 용서하십니까? 이준이 작은 공로가 있다고 여기시기 때문입니까? 아니면 종친宗親이기 때문이십니까? 공로가 있어도 진실로 속죄할 수 없는데, 법으로 어찌 친족親族을 용서할 수가 있겠습니까?

신들의 구구한 마음은 이준과 함께 한 하늘 아래서 같이 살고 싶지 않습니다. 『맹자孟子』에 말하기를, "좌우의 신하들이 모두 '죽일 만합니다.'라고 말하고, 여러 대부大夫들이 모두 '죽일 만합니다.'라고 말하고, 나라 사람들이 모두 '죽일 만합니다.'라고 말한 후에는 이를 죽인다."라고 하였는데, 지금 종친宗親·공신功臣·의정부議政府·육조六曹·대간臺諫과 온 나라 신민臣民까지도 이준을 법에 따라 처벌하여 그 분개함을 씻으려고 하지 않는 사람이 없는데, 전하께서 어찌 홀로 사은私恩으로 공의公義를 저버리십니까? 삼가 바라건대, 이준의 죄를 빨리 밝혀 형벌을 내려 신명神明과 사람의 분개를 상쾌하게 씻어주소서.

臣等聞, 天地不可易也, 名分不可紊也. 聖人爲之禮以別之, 爲之法以嚴之. 故禮成而人不犯, 法立而民知畏. 二帝三王所恃而治天下, 而我祖宗之創守, 亦未嘗不以此也. 浚在世祖朝, 不念卵翼之恩, 陰懷無上之心, 以瀆亂綱常, 世祖重傷臨瀛之志, 寧屈法以全浚, 而待之如初, 所謂再造之天也. 浚猶不自謹畏, 縱徒恣橫, 以威脅於州郡, 至有不敬之語. 臣等將浚罪狀, 再三陳請, 大行大王許以商量, 不幸八音遽遏, 而大刑未正. 及殿下嗣位, 不逞之徒, 知浚有不自安之意, 因緣交通, 陰爲自托之地, 至以大名相擬. 是浚之一身, 三犯不道, 而殿下尚寬其罪, 臣等不勝痛憤. 況浚方在草土之中, 不恤襄事, 潛通憸小, 互相使人, 至以非理之事, 干請宰相, 以濟其勢, 是則其心不正, 而其欲無厭也.

臣等竊謂, 法者天下之公器, 不可以低昂, 祖宗之罪人, 亦不可以少寬也. 昔孟宗, 以王室至親, 犯不忠之罪, 太宗至誠懇惻, 必欲保全, 終太宗之世, 得保首領, 及世宗卽位, 首命誅之. 世宗非不念太宗必欲保全之, 而特以天下之公器, 不可以低昂, 祖宗之罪人, 不可以少寬. 其寬之罪之, 皆出於至公, 無有一毫之可議也. 今浚之罪, 視孟宗, 其事迹雖異, 而其懷無上之心, 不道之惡, 則一也. 殿下上承大王大妃之命, 下順一國臣民之望, 入承大統, 正當初政之時, 固宜必其賞罰, 以明示大法. 如浚之罪, 當置極刑, 殿下何惜而寬之也. 以浚爲有微功手, 爲是宗親手. 功固不足以贖罪, 法亦安可以貸親. 臣等區區之心, 不欲與浚共戴一天. 傳曰左右皆曰可殺, 諸大夫皆曰可殺, 國人皆曰可殺, 然後殺之. 今宗親功臣政府六曹臺諫, 以至一國臣民, 莫不欲置浚於法, 以快其憤, 殿下何獨以私恩廢公義也. 伏望亟明浚罪, 以正典刑, 以快神人之憤.

전교傳敎하기를,

"준浚의 일은 이맹종李孟宗과는 같지 않으며, 또 궁인宮人과 몰래 간통했다는 일은 세조世祖께서 결단하신 것이 지극히 당연한 것임을 내가 자세히 알고 있다. 지금 주상主上께서 혼자 결단하신다면 혹시 들어줄 수도 있겠지만, 나는 그렇지 않으리란 것을 잘 알고 있으니, 단연코 따를 수가 없다. 앞으로는 다시 말하지 말라."

하였다.

傳曰:

"浚事與孟宗不同. 且潛通宮人之事, 世祖斷之至當, 予詳知之矣. 今主上獨斷, 則或可聽也, 予則備知其不然, 斷不可從也. 其勿更言."

14 » 법의 집행이 억울한 백성으로 만들어서야 되겠습니까?

1470년(성종 1) 경인년庚寅年 5월 3일
형조 좌랑刑曹佐郞 최숙정崔淑精

■ 저자 소개

최숙정崔淑精 : 1433(세종 15)~1480(성종 11). 조선 전기의 문신으로, 본관은 양천陽川이고, 자는 국화國華, 호는 소요재逍遙齋 · 사숙재私淑齋이다. 최우보崔雨甫의 증손으로, 할아버지는 최승흡崔承洽이고, 아버지는 오위사정五衛司正 최중생崔仲生이며, 어머니는 안선복安善福의 딸이다.

1461년(세조 7) 진사시에 합격하였고, 1462년 식년문과에 정과로 급제한 뒤 사관史官으로 발탁되었다. 1464년 문풍 진흥을 위한 본관本官으로 예문관직을 겸비하고 유학을 습업習業하게 한 겸예문직의 운영과 함께 겸예문직에 제수되었고 사학문史學門에 배속되었다. 1466년 문과중시에 3등을 하고, 이어 발영시拔英試에 2등으로 급제한 뒤 사가독서賜暇讀書의 혜택을 입었다.

1470년(성종 1) 형조좌랑 · 경연 시독관에 개수改授되면서 춘추관 기주관이 되어 『세조실록』과 『예종실록』의 편수에 참여하여, 실록 편수가 끝난 뒤 1계階가 가자加資되었다. 1472년 사헌부 지평 · 예문관 교리 · 경연 시독관 · 경연 시강관 등을 역임하였고, 1476년 12월에 찬진撰進된『삼국사절요』의 편찬에 예문관 부응교로서 참여하였다. 1477년 예문관 직제학·춘추관 편수관이 되어, 이듬해 찬진된『동문선』의 편집에 참여하였고, 같은 해 통정대부에 오르면서 여주목사驪州牧使로 파견되었다. 1479년 "두량斗量을 부정하게 사용하였다."는 사헌부의 탄핵을 받고 파직되었다가 그 이듬해 홍문관 부제학으로 복직되었다.

일세의 명현이었다는 평판과 높은 시격詩格이 있다는 평을 들었다. 저서로는 1813년(순조 13)에 간행된『소요재집逍遙齋集』2권이 있다.

『조선왕조실록』성종 11년 9월 2일, 최숙정이 죽은 뒤 사관들이 기록한 최숙정에 대한 평가는 다음과 같다.

홍문관 부제학弘文館副提學 최숙정崔淑精이 죽었다. 임금이 부의賻儀를 내린 옛 예例를 물으니, 승정원承政院에서 고故 시강관侍講官 장계이張繼池에게 부의를 내린 예例를 써서 아뢰었다. 명하기를, "장계이는 집안이 가난하여 후하게 부의한 것인데, 어찌 이것으로써 상례常例를 삼을 수 있겠느냐? 최숙정의 생활은 어떠하였느냐?"라고 하니, 도승지都承旨 김계창金季昌 등이 대답하기를, "최숙정은 초야에서 출생했고, 집안 또한 빈한貧寒하였습니다."라고 하였다. 명하여 장계이의 예例에 따라 유둔油芚 2장張과 종이 60권卷, 미두米豆 10석碩과 관곽棺槨을 내려 주었다.

사신史臣이 논평하기를, "최숙정은 글재주가 조금 있었으나, 재주 있는 사람을 투기妬忌하여 무리들에 끼지 못하였다. 일찍이 여주 목사驪州牧使에서 파직罷職되어 뜻을 얻지 못하다가, 이때에 홍문관에 다시 들어와서 매우 기뻐하였는데, 마침 술과 안주를 하사下賜하여, 최숙정이 실컷 마시고 이것으로 인해 병을 얻어서 죽은 것이다."라고 하였다.

(『소요재집逍遙齋集』·『조선왕조실록朝鮮王朝實錄』·『한국민족문화대백과사전』·『한국한자어사전韓國漢字語辭典』)

이 글은 가뭄을 계기로 당시의 폐단을 진술하여 백성들의 억울함과 원통함을 풀어주라는 형조 좌랑刑曹佐郞 최숙정崔淑精의 상소이다. 가뭄은 『조선왕조실록』 속에 기록되어 있는 전체 재이災異 현상의 절반을 넘는다. 대략 살펴보더라도 태조부터 순종(1392~1910)까지 가뭄에 대한 기록이 가뭄 3천173건, 한발旱魃 93건, 한해旱害 63건, 기아飢餓 118건, 흉년凶年 5천948건, 한재旱災 1천766건, 기근饑饉 1천657건 등 총 1만2천800여 건 정도의 기록이 나오는데, 상대적으로 재위 기간이 길었기 때문인지는 모르지만, 세종·성종·중종·효종·현종·영조·정조 시기의 기록이 많다. 이 상소의 배경이 되는 성종 시기에는 5년·6년·12년·13년·16년·17년·18년·21년·22년·24년·25년 이 11년간 한 해에 가뭄 관련 기록이 모두 10회 이상 나온다. 이렇게 가뭄 관련 기록이 많은 것은 가뭄이 흉년으로 이어져 조선 사회의 근간을 흔드는 현실적인 재앙으로 변할 가능성이 크기 때문이다. 농사를 위주로 하는 생활양식이 가뭄에 대한 절박한 기록으로 나타났다고 할 수 있다.

가뭄이 지니는 의미가 큰 만큼 조선 사회에서는 가뭄을 바라보는 시각과 대처하는 방법이 다양하게 나타났다. 가뭄을 극복하기 위해 수리사업을 일으켰고 평상시에도 수리의 중요성을 강조하며 지방의 수령들을 감찰했으며, 전국적으로 농서農書와 농정農政에 대한 신기술 및 정책을 수렴하고자 했고 중국과 일본에서 농사에 이용하고 있는 수차水車를 도입하려고 했다. 이와 같은 현실적인 대처 방법과 함께 관념적이고 도덕적인 대처도 병행하였는데, 그 방법은 조선 시대 가뭄을 바라보는 시각에서 확인이 가능하다. 조선 시대에 가뭄을 바라보는 시각은 "사람이 사람의 도리를 다 못했을 때나 음양이 조화를 잃었을 때에 일어난다."는 유교적 관념에 기반을 두고 있다. 조선 시대에 가뭄이 일어나면 임금은 임금대로, 관리들은 관리대로 자기의 역할을 다 했는지, 또 사치나 방탕하지는 않았는지 반성하고, 원한이 맺힌 백성들이 있나 살펴봤으며, 기우제를 지내 하늘의 노여움을 풀고자 했다.

이 글은 이와 같은 가뭄에 대한 시각과 관념을 바탕으로 백성들의 원한을 풀어서 하늘의 노여움을 가라앉히고, 비를 부르고자 하는 의도에서 쓴 상소문이다. 최숙정은 임금에게 하늘을 두려워하는 공경恭敬과 백성을 불쌍히 여기는 어진 마음이 있는데도 홍수와 가뭄을 만나는 것은, 하늘이 임금을 어질게 여기고 사랑하여 두렵게 여겨 깨우치도록 하는 것이니, 지금의 가뭄은 하늘이 성종을 사랑하여 성종의 뜻을 굳게 하려고 하는 것이기 때문에 화기和氣를 손상할 수 있을 만 한 것을 뽑아서 말씀을 구한다는 교시에 부응副應한다고 했다.

최숙정이 생각하는 당시의 폐단은 크게 두 가지이다. 첫째는 폭로하여 말하는 풍속의 유행으로 인한 폐단이다. 이 풍속은 상을 바라거나 사사로운 감정을 풀기 위해서인데, 이에 따라 무고한 백성이 죄에 걸려 고초를 당하기도 하고 생명을 상하기도 하니 백성들이 억울해하고 태화太和의 기운이 상한다는 것이다. 둘째는 강도强盜의 처자식을 변방의 고을에서 종으로 살게 하고, 살인한 자는 그 아들까지 죽이는 법의 시행에 따른 폐단이다. 이 법이 비록 간악한 자를 징계하고 시대의 폐단을 구제하는 권도權道이지만, 자신의 생명조차 아끼지 않는 악한 자가 그 아들의 죽음이나 아내의 고통을 불쌍히 여길 까닭이 없기 때문에 그 사람은 죽이더라도 처자식은 용서해야 한다는 것이다.

그 외에도 변경으로 옮긴 백성을 용서하여, 그들이 고향이 그리워 잠시 고향을 찾아오더라도 용서하여 원통하지 않게 해 주어야 하고, 형벌을 내릴 때 반드시 가을을 기다려 시행하여 천시天時에 순응하여야 한다고 했다. 이와 같은 이야기는 작은 물건 하나도 슬플 만한 것이 있는데, 백성을 원통하게 한다면 하늘의 마음을 상하게 하여 재앙이 일어나게 되지만, 백성을 소중히 여기는 정성이 있으면 하늘이 도와 화禍가 복이 될 수 있다는 것이다.

이 상소에 대해 신하들이 "폭로하여 고발하는 것을 금지한다는 법은 시행 중이며, 변경으로 옮긴 백성에 대해서는 때에 맞춰 그 정상情狀의 경중輕重에 따라 형량을 감해서 죄를 부과하도록 하고, 살인하고 강도질한 자의 아들을 사형에서 감해주고 그 아내와 함께 먼 변경에서 종으로 살게 하는 것과 가을에 형벌을 가하는 것은 그 상소를 따르는 것이 좋겠다."고 하자 성종은 아무런 말 없이 그대로 따랐다. 성종 역시 백성들이 원통해하는 것을 원하지 않았기 때문이다.

■ 역문譯文

신이 엎드려 보건대, 이제 비가 때맞춰 내리지 않아 성상께서 깊이 두려워하여 자기의 허물이라고 스스로 꾸짖고, 전교를 내려 말씀을 구하시니, 과실을 듣고 그 재앙을 막으려고 하신 것입니다. 신이 누차 생각하건대, 홍수와 가뭄은 역대歷代에서 면하지 못한 것이고, 감응感應하는 이치는 옛사람도 밝히기 어려운 것이었습니다. 대체로 임금에게 하늘을 두려워하는 공경恭敬과 백성을 불쌍히 여기는 어진 마음이 있는데도 혹 홍수와 가뭄을 만나는 것은 하늘이 임금을 어질게 여기고 사랑하여 두렵게 여겨 깨우치도록 하는 것에 불과합니다. 임금에게 하늘을 두려워하는 공경이 없고 백성을 불쌍히 여기는 어진 마음이 없어서 홍수와 가뭄이 일어나면 이것은 하늘이 깊이 꾸짖어 알리는 것입니다. 상商나라에는 성탕成湯이 있었고 주周나라에는 선왕宣王이 있었는데, 한 사람은 여섯 가지 일로 스스로를 꾸짖었고, 한 사람은 몸을 조심하고 행실을 닦았으니, 이들이 모두 자기의 과실을 스스로 꾸짖었기 때문에 가뭄이 상나라와 주나라를 병들게 하지 못한 것이며, 하夏나라의 정치를 바꾸어 중흥中興한 아름다움을 지금까지 칭송하게 하는 것입니다. 이제 우리 성상께서 새로 보위寶位

에 오르셔서 먼저 언로言路를 열어서 나무하고 꼴 베는 사람의 말이라도 반드시 채택하고 비근卑近한 말이라도 반드시 살펴서 묵은 폐단을 개혁하여 여러 정치를 일신一新하니, 억만 백성이 목을 늘이고 눈을 닦아 태평한 다스림을 바라고 있는데, 3월부터 지금까지 비가 내리지 않아 보리는 이삭이 패지 않고 벼는 땅에 뿌리를 내리지 못하여 성상의 마음을 괴롭게 하니, 그 까닭이 무엇이겠습니까? 신은 진실로 하늘의 마음이 전하를 사랑하여 전하의 뜻을 굳게 하려고 하는 것인 줄 압니다. 신이 감히 화기和氣를 손상하리라고 의심할 만한 것을 뽑아서 목마른 것처럼 말씀을 구하시는 교시에 부응副應하지 않을 수 있겠습니까?

신의 어리석은 생각으로 가만히 보건대, 몇 년 전부터 폭로하여 말하는 풍속이 유행하니, 상 주는 것을 바라서이기도 하고, 혹은 사사로운 감정을 가지고서 "어떤 사람이 어떤 일을 말하였는데, 이것은 말해서는 안 되는[諱] 일에 저촉된다."라고 하거나 "어떤 사람이 어떤 물건을 가졌으니, 이는 도둑이다."라고 하여, 바로 승정원에 나아가서 거짓으로 꾸며 위에 아뢰니, 이러면 선전관宣傳官과 부장部將이 바로 민간에 달려가서 남녀男女를 불문하고 모두 다 엮어 잡아서 그 사람들의 이름을 연이어 기록하여 아룁니다. 집에는 집을 지킬 사람이 남지 않아 재물은 벌써 빈 것을 엿보는 도둑의 손에 들어가고, 그 일이 유사有司에 넘어가면 삼목三木으로 채워서 옥獄에 가두니, 저려도 움직일 수 없고 가려워도 긁을 수 없습니다. 비록 조사하여 죄가 없는 자일지라도 유사有司에서 다투어 깊이 추궁하여 말하기를, "재가를 받은 일은 경솔하게 쉬 할 수 없다."라고 하고, 억지로라도 작은 허물을 찾아내어 백방으로 캐물어서 죄를 만들려고 하는데, 그 사이 이치에 곧은 자가 있으면 보고하여 석방하지만 열흘이 지나야 하고, 불행히 조금이라도 어긋난 단서가 있으면 고문하도록 청하여 실행하니, 비록 끝내는 석방된다고 하더라도 이미 살점이 완전하지 않고 가산家産도 탕진하게 됩니다. 이런 이유로 생명을 상하는 자가 어찌 없겠습니까? 이와 같으면 단지 사사로운 감정을 가진 자에게 원수를 갚는 것일 뿐이니, 그 억울함이 어찌 적다고 하겠습니까? 이러고서도 태화太和가 상하지 않는다는 것을 신은 믿지 못하겠습니다.

몇 년 전부터 강도强盜의 처자식을 변방의 고을에서 종으로 살게 하였는데, 그 중에서 살인한 자는 그 아들까지 죽이니, 이는 진실로 간악한 자를 징계하고 시대의 폐단을 구제하는 권도權道의 방법입니다. 대체로 사람들 중에서 생명을 아낄 줄 모르는 사람이 없고, 강도짓을 하면 죽이고 용서하지 않는다는 것을 오 척 동자라도 모두 아는데, 반드시 죽을 것을 알면서도 죄를 범하는 것을 그치지 않으니, 이는 "모든 백성이 이것을 원망하지 않는 자가 없다."라는 것입니다. 비록 가족을 다 죽이는 형벌을 집행하더라도 불쌍할 것이 없으나, 그러나 자신의 생명조차 아끼지 않는 자가 어찌 다시 그 아들의 죽음을 아끼고, 그 아내의 고통을 불쌍히 여겨 그 악을 행할 마음을 바꾸겠습니까? 또 어찌 아내가 금지하고 아들이 간諫한다고 해서 그 어질지 못한 마음이 사라지겠습니까?

신은 결단코 그렇게 되지 못한다는 것을 압니다. 그렇다면 비록 그 사람은 죽어도 남을 죄가 있지만, 그 처자식은 용서해야 할 것입니다. 이 뿐 만 아니라, 변경으로 옮긴 백성은 또 죽어도 용서하지 않습니다. 고향을 그리워하는 것은 인지상정이니 친척에 대한 그리움과 고향에 대한 생각은 세상을 달관達觀한 자라도 벗어날 수 없는 것인데, 하물며 무지한 백성이겠습니까? 잠시 배치된 곳을 떠나서 잠깐 고향에 돌아오면 문득 멀리 쫓겨난 백성이라고 하면서 따라서 벌을 주니, 죄를 범한 자가 만일 도둑질한 무리라면 비록 이처럼 해도 괜찮겠지만, 그 나머지 평민들은 어찌 원통하지 않겠습니까?

옛날에 사람에게 형벌을 내릴 때 반드시 가을을 기다렸던 것은 천시天時에 순응하기 위해서입니다. 요즈음에는 가을을 기다리는 법이 이미 폐지되었고 초여름에 다시 사람에게 형벌을 집행하니, 신은 천도天道에 어긋날까 두렵습니다. 옛사람이 말하기를, "한 여인이 억울함을 품으면 6월에도 서리가 내리고, 한 남자가 분함을 맺으면 3년이 가문다."라고 하였으니, 작은 물건 하나도 슬플 만한 것이 있는데, 신이 본 것과 같은 것이 어찌 마음을 상하게 하지 않겠습니까? 그렇다면 오늘의 가뭄이 비록 하늘이 전하를 사랑하는 마음에서 나왔다고 할지라도, 전하께서 재앙이 일어나는 이유를 생각하지 않을 수 있겠습니까? 예전에 경공景公이 임금다운 말을 하니 형혹성熒惑星이 3사舍를 물러가고, 당唐나라 태종太宗에게 백성을 중히 여기는 정성이 있으니 메뚜기 떼와 가뭄도 재앙이 되지 않았는데, 하물며 전하의 어질고 성스러우심으로도 오늘과 같은 재앙이 있으니, 하늘이 상商나라 성탕成湯과 주周나라 선왕宣王을 도왔던 것처럼 오늘날을 돕지 않으리라고 어찌 알겠습니까?"

臣伏覩, 今兹雨澤愆期, 而聖上深自畏懼, 引咎自責, 下敎求言, 冀聞過失, 以弭其災. 臣反覆思之, 水旱之災, 歷代所不免, 而感召之理, 古人所難明. 大抵人君有畏天之敬, 有恤民之仁, 而或遇水旱之災者, 不過天之仁愛人君, 以警懼之也. 人君無畏天之敬, 無恤民之仁, 而乃有水旱之災, 則是天之譴告者深矣. 商有成湯, 周有宣王, 而一則六事自責, 一則側身修行, 是皆責其在己之失. 故旱乾之災, 不能爲商周之病, 革夏之治, 中興之美, 至今稱頌焉. 今我聖上, 新登寶位, 首開言路, 芻蕘必擇, 邇言必察, 頓革宿弊, 一新庶政. 億兆之民, 延頸拭目, 想望太平之治, 而自三月至于今不雨, 麥不成穗, 種不入土, 以軫聖慮, 其故何歟. 臣固知天心之仁愛殿下, 而將以堅殿下之志也. 臣敢不攄其傷和之疑似者, 以副求言如渴之敎手.

臣愚竊見近年以來, 告訐成風. 或希賞賜, 或挾私嫌, 某人言某事, 是觸諱也. 某人有某物, 是盜賊也. 徑詣政院, 誣飾上聞. 於是宣傳官部將直搗閭閻, 無問男女, 悉皆編拿, 聯錄啓達. 家無餘人之可守, 而財貨已付於覘虛攘取者之手矣. 及其事下有司, 則貫三木, 加連鎖, 幽閉牢獄, 使之痺不得搖, 痒不得搔. 雖按之無實者, 有司競爲深刻曰啓下之事, 不可容易爲也. 吹毛覓疵, 窮詰百端, 間有理直者, 事聞後放, 動踰旬日, 不幸而稍有違端, 則請行拷訊, 終雖獲免者, 已無完肌, 而家產又蕩盡矣. 緣此傷生者, 亦豈無人. 如是則直爲挾私者報怨耳. 其爲寃也, 豈曰淺哉. 如是而太和之不傷, 臣不信也.

近年以來, 强盜之妻子, 定屬邊郡, 而其中殺人者, 誅及其子, 是固懲奸慝, 救時弊之權術也. 夫人莫不知愛其生, 而爲强盜則殺無赦, 雖五尺童子, 亦皆知也. 知其必死, 而爲之不已, 是所謂凡民罔不懲者也. 雖行赤族之誅, 亦無可惜. 然彼不愛其生者, 豈復有愛其子之死, 愛其妻之苦, 而變其爲惡之心乎. 又豈以妻之禁, 子之諫, 而銷其不仁之念乎. 臣斷知其不能也. 然則其人雖死有餘辜, 妻子在所當宥也. 不特此也, 徒民逃來者, 又殺之無赦.

夫懷土者, 人物之常情, 親戚之戀, 鄕曲之念, 達者所不免, 而況無知之小民乎. 暫離分配之所, 纔還舊土, 遽稱逃民, 從而刑之. 犯之者, 若爲盜之類, 雖如此可也, 自餘平民, 豈非可痛之甚也. 古者刑人, 必俟秋者, 所以順天時也. 近歲待秋之法旣廢, 而於孟夏之月,

■ **비답**批答**과 전교**傳敎

상소가 올라오자 원상院相에게 명하여 의논하게 하니, 신숙주申叔舟 · 한명회韓明澮 · 구치관具致寬 · 최항崔恒 · 조석문曺錫文 · 김질金礩 · 윤자운尹子雲 · 김국광金國光 등이 의논하기를,

"폭로하여 아뢰는 것을 금지한다는 것은 이미 중외에 하유下諭하였고, 변경으로 옮긴 백성이 도망하는 것은 법法이 엄하지 않으면 반드시 모두 도망해 흩어질 것이기 때문에 그 법을 가볍게 할 수 없습니다. 다만 때에 맞춰 그 정상情狀의 경중輕重에 따라 형량을 감해서 죄를 부과할 것입니다. 살인하고 강도질한 자의 아들을 사형에서 내려주고 그 아내와 함께 먼 변경에서 종으로 살게 하는 것과 사람에게 형벌을 가하는 것을 가을을 기다려서 행하는 것은 그 상소에 따라 법에 의거하도록 하는 것이 편하겠습니다."

하니, 그대로 따랐다.

疏入, 命院相議之. 申叔舟韓明澮具致寬崔恒曺錫文金礩尹子雲金國光議:

"告訐之禁, 已下諭中外, 徙民逃亡者, 法不嚴則必皆逃散, 不可輕其法也. 但臨時隨其情狀輕重, 量減科罪. 殺人强盜之子減死, 幷其妻邊遠定屬, 刑人待秋事, 從其疏, 依律爲便."

從之.

15 ≫ 머리 깎은 비구니는 부녀자가 아닙니까?

1473년(성종 4) 계사년 7월 18일
사헌부 대사헌司憲府大司憲 서거정徐居正

■ **저자 소개**

이 책의 제10편 가뭄이 극심한데 음주가무에 취한 무리가 부지기수입니다
(1458년(세조 4) 무인년 5월 4일 사간원 우사간司諫院右司諫 서거정徐居正) 참고.

■ **평설**評說

이 글은 비구니도 여인이므로 남자 승려와 구분하여서 이들이 함께 지내지
못하도록 해야 한다는 사헌부 대사헌司憲府大司憲 서거정徐居正의 상소이다. 조선
시대의 승려는 여러 가지 측면에서 이전 왕조였던 고려와 다른 상황에 놓이게
된다. 특히 신분 문제에서 조선의 승려는 팔천八賤의 하나에 들게 되는데, 조선
시대 여덟 종류의 천민賤民이 사노비私奴婢, 중, 백장, 무당, 광대, 상여꾼, 기녀妓
女, 공장工匠이었다는 점에서 당대 승려의 위상을 짐작할 수 있다. 승려의 신분
이 이 정도였다고 한다면, 승려 중에서도 비구니의 위상은 충분히 짐작할 수

있다.

그렇다면 비구니의 수는 점점 줄어들어야 하는데, 실상은 그렇지 않았던 것 같다. 이유가 무엇이었을까? 고려의 뒤를 이어 들어선 조선은 자기 정체성을 유교적 도덕성에 두고 있었다. 효자, 충신을 강조하면서 여성들에게 절개節概를 요구하였는데, 이와 같은 관념은 신하는 두 임금을 섬기지 않고, 여인은 두 남편을 섬기지 않는다는 표어로 정리되어 교육되었다. 이 중에서도 여성들의 절개를 강조하기 위해 조선에서는 1477년(성종 8) 재가녀자손 금고법在家女子孫禁錮法을 시행하는데, 재가한 부녀자의 자손을 대소 과거에 응시하지 못하게 한 이 법은 이후 조선 부녀자들의 재가를 억제하고 수절守節을 미덕으로 정착시키는 데 적지 않은 기여를 하였다.

하지만, 사회적 분위기나 제도적 강제에도 불구하고 모든 부녀자들이 이와 같이 변하지는 않았다. 서거정은 "근래 비구니의 무리들이 점차 많아지니, 궁벽한 민간과 비밀스러운 지역 곳곳에 모두 사당社堂이 있어서 행실이 없는 처녀들과 지아비를 저버린 사납고 모진 처妻들이 모이며, 이곳에서 천도薦導 하느니 명복冥福을 비느니 하면서 머리를 깎고 절에 들어갑니다. 그 곳에서 이들은 성심껏 불도佛道를 닦기보다 예법禮法의 구속에서 뛰쳐나가 자기 마음대로 음행淫行을 저지르고자 합니다."라고 했다. 서거정의 이야기로 보아 여성에게 절개를 요구하는 사회적 분위기가 이 시기까지 만족할 만한 성과를 얻지 못했다고 할 수 있다.

이와 같은 상황이 발생하게 된 원인을 서거정은 승려와 비구니기 함께하는 사찰의 현실에서 찾았다. 서거정은 "부인婦人들이 거처하는 집은 여염閭閻이 좌우에 있고, 노비奴婢가 앞뒤에 있으며, 승속僧俗이 복장을 달리 하고 출입이 금지되어 있으므로, 정욕情慾을 마음대로 풀어보고 싶어도 사람들의 이목耳目이 널리 있어서 행동에 옮기기 어렵지만, 집을 나가면 중과 비구니가 일체一體이고 복색服色이 서로 뒤섞여서 노복奴僕을 물리치고 친척과 인연을 끊고, 출입에 방해되는 것이 없으므로, 그 형세가 만 배萬倍나 더 쉽다."고 했다. 그렇기 때문에 "부녀자 중에 보잘 것 없이 추하게 행동하는 자는 그 심복心腹들과 결탁하여 혹은 점등點燈 한다고 하고, 혹은 천도薦導한다고 하며, 혹은 번경幡經 한다고 하여, 사찰寺刹을 두루 돌아다니며 열흘씩이나 유숙留宿하고 방탕하면서 돌아갈 것을 잊어버리니, 음행을 저질러 추악하고 더러운 소문이 자자하다."고 했다.

서거정의 이야기를 정리하자면 승려와 비구니가 함께 생활하는 사찰의 분위기가 부인들의 음행淫行을 조장한다는 것이다. 그렇기 때문에 서거정은 "지금 비록 부녀자가 절에 올라가는 것을 거듭 엄하게 금지한다고 하더라도, 날로 그 죄를 범하는 자가 오히려 그치지 않을 것이 두려운데, 더군다나 비구니들이 절에 올라가는 것을 금지하는 예例에 두지 않아서 그들이 마음대로 행동하는데도 다스리지 않는다면, 폐단이 앞으로 어떻게 되겠습니까?"하고 물었다. 그런데, 여기서 되짚어 보아야 할 것이 있다. 서거정 스스로 "부녀자가 절에 올라가는 것을 엄하게 금지 하더라도 그 죄를 범하는 자가 많아질 것"이라고 했다는 것이다. 이어서 "그런데도 비구니들이 절에 올라가는 것을 금지하지 않으면 어떻게 되겠는가."라고 했지만, 서거정의 이야기대로라면 그의 주장은 금지해도 절에 올라가는 부녀자가 많아질 것인데, 비구니가 절에 올라가는 것을 막지 않는다면 더 심해질 것이라는 뜻이고, 이 말은 결국 비구니가 절에 올라가지 못하도록 막는 것은 현상을 늦추고자 하는 것일 뿐이지 본질적인 해결 방법은 아니라는 것이다.

부녀자가 절에 오르고, 비구니가 되는 이유가 오로지 정욕 때문이라고 생각했던 서거정으로서는 비구니의 사찰 출입을 막아 비구니가 승려와 함께하지 못하게 하지 않는다면, 앞으로도 정욕에 휩싸인 부녀자들의 사찰 출입이 줄어들지 않을 것이고, 그 폐단이 심해지면 모든 부녀자들이 비구니가 되려고 할 것이라고 생각했을 수 있다. 그렇기 때문에 서거정은 비구니의 사찰 출입 금지를 주장한 것이다. 그런데, 서거정의 주장과 같이 한다면 조선의 부녀자들이 모두 당대 사회에서 요구하는 절개를 지키는 여인이 될 수 있을까? 부녀자들이 절에 오르는 것이 반드시 음행 때문인가? 서거정이 정말 원했던 것은 부녀자들의 절개인가 불교의 폐지인가? 조선 시대에 부녀자들의 사찰 출입은 법으로 금지되어 있었고, 부녀자들의 사찰 출입을 막지 못한 관리와 부녀자들의 사찰 유숙留宿을 허용한 승려들은 처벌을 받았지만, 부녀자들의 사찰 방문과 예불은 줄어들지 않았다.

　서거정의 상소에 대해 대신들은 상소의 뜻을 따라주는 것이 좋겠다고 건의하였다. 당시 조정 대신들 역시 서거정과 같은 마음이었던 것이다. 그러나 이 상소에 대해 1473년(성종 4) 당시 수렴청정垂簾聽政을 하고 있던 성종의 할머니 정희대비貞熹大妃는 "법을 세우지도 않고 죄를 주는 것은 온당하지 못하니 비구니가 절에 올라가는 것을 금지하는 것을 아울러 『대전大典』에 기록하는 것이 좋겠다."라고 했다. 비록 정희대비가 대비의 신분으로 왕을 대신해 수렴청정을 하고 있었다고는 하지만, 아마 이 당시 조정에 있던 어떤 누구보다 절에 오르는 부녀자들의 마음을 잘 알고 있었기 때문에 이렇게 말한 것이 아닐까 생각된다.

　신들이 이전에 비구니들이 죄를 범하는 것을 가지고 죄상을 심문하여 처단하도록 청하였는데, 엎드려 성상의 교지敎旨를 받들어 보니, 부녀자가 절에 올라가는 것을 금지하는 것은 『대전大典』에 실려 있으나, 비구니들은 기록되어 있지 않다고 하였습니다. 신들의 생각으로는, 이미 부녀자라고 하였으면 반드시 일일이 들출 것도 없이 비구니도 그 가운데에 포함되어 있으니, 부녀자를 금지할 수 있다고 말하지 않는다면 비구니들도 금지할 수가 없습니다. 하물며 절에 올라가는 것을 금지하는 것은 그 뜻이 남녀를 멀리하여 구분하려는 데 있으니, 비구니를 일반적인 중에서 구분하여 말하지 않는다면, 그들이 행하는 도가 같고 복장이 같아서 뒤섞여 있어도 구분할 수가 없으며, 흉허물이 없이 너무 지나치게 친하게 지내더라도 서로 멀리하게 할 수가 없는 것입니다. 이보다 앞서 비구니가 부녀자들과 같이 『대전大典』에서 금지하는 것을 범할 수가 없다는 사실을 알고서도, 오히려 요즈음에 윤씨尹氏·이씨李氏·황씨黃氏의 무리와 같은 자가 있어서 사찰寺刹을 두루 돌아다니며, 이틀 밤을 머물러 묵으면서 방탕하여 예법禮法이 없어 사람들을 놀라게 하고 보고서 비웃게 하였습니다. 지금 만약에 『대전大典』에 의거하여 이들을 무죄無罪라고 논한다면, 이들을 금지할 수 없을 뿐만 아니라, 곧 그들에게 권유하는 것과 같이 됩니다.

　신들이 생각하건대, 지금의 폐단은 모두 다 혁파革罷되었는데, 머리를 깎고 장삼을 입은 무리들이 몰래 부정不正한 행동을 하여, 풍교風敎를 손상시키고 교화敎化에 흠이 되게 하는 것이 옛날과 비교하여 오히려 갑절이나 됩니다. 태조太祖와 태종太宗께서 고려高麗 말의 중과 비구니의 폐단을 거울삼아 감減하여 줄이고 혁파하여 없애거나 억눌러서 적당한 방도를 얻었습니다. 고위 관리들과 사족士族의 집에서 중이 되거나 비구니가 되는 것을 수치스럽게 여기고, 간혹 늙은 부인으로서 과부가 되어 집을 나가 비구니가 되는 자도, 일가친척이 비웃고 나무라는 것과 조정朝廷의 물의物議를 두려워하여, 스스로 정절貞節과 신의信義를 지키고 육식을 끊어 계율戒律을 지킬 뿐입니다.

근년 이래로 기습氣習이 날로 변하여서 비구니의 무리들이 점차 많아지고, 궁벽한 민간과 비밀스러운 지역 곳곳에 모두 사당社堂이 있어서 무리들을 불러 모아 널리 권유하니 행실이 없는 처녀들과 지아비를 저버린 사납고 모진 처妻들이 모두 모이는 곳이 되었습니다. 천도薦導 하느니 명복冥福을 비느니 하면서 핑계대어 머리를 깎고 몰래 절에 들어가는 자가 얼마인지를 알 수 없습니다. 그 행동을 공정하게 살펴보건대, 성심껏 불도佛道에 향하는 자는 대개 백 사람에 한두 사람도 안 되며, 예법禮法의 구속에서 뛰쳐나가 절실하게 자기 마음대로 음행淫行을 저지르고자 하는 것뿐입니다. 왜냐하면, 부인婦人들이 거처하는 집은 여염閭閻이 좌우에 있고, 노비奴婢가 앞뒤에 있으며, 승속僧俗이 복장을 달리 하고 출입이 금지되어 있으므로, 비록 정욕情慾을 마음대로 풀어보고자 하더라도 사람들의 이목耳目이 이미 널리 있어서 형세 상 행동에 옮기는 것이 어렵지만, 집을 나가면 중과 비구니가 일체一體이고 복색服色이 서로 뒤섞여서 노복奴僕을 물리치고 친척과 인연을 끊고, 출입에 방해되는 것이 없으므로, 그 형세가 전일에 비하여 어찌 만 배萬倍나 더 쉽지 않겠습니까? 부녀자 중에 보잘 것 없이 추하게 행동하는 자는 그 심복心腹들과 결탁하여 혹은 점등點燈 한다고 하고, 혹은 천도薦導한다고 하며, 혹은 번경翻經 한다고 하여, 사찰寺刹을 두루 돌아다니며 열흘씩이나 유숙留宿하고 방탕하면서 돌아갈 것을 잊어버리니, 음행을 저질러 추악하고 더러운 소문이 자자하여 높은 곳까지 들립니다.

지금 거리의 이야기나 마을에서 논하는 것을 들어보면, 아무 비구니는 모씨某氏인데 아무 중과 함께 상종相從하면서도, 이름 부르기는 '정니淨尼'라고 하나 실제로는 탕녀蕩女이며, 이름 부르기는 '고승高僧'이라고 하지만 실제로는 음부淫夫이며, 여자가 중의 절에 가고 중이 여자의 집에 가면서도 그 종적은 괴이하고 비밀스럽다고 하니 듣는 자가 누구인들 이를 갈지 않겠습니까? 그러나 간통하는 장소에서 붙잡은 것도 아니고 또 자기 집의 일도 아니니, 누가 기꺼이 찾아내어 고소하겠으며, 그들과 함께 대변對辨하여 원망을 부르고 화禍를 사겠습니까? 이것이 중과 비구니들이 사람들의 말을 귀담아 듣지 않고 음란한 행동을 하여 거리낌이 없는 까닭이니, 어찌 세상의 도리가 한심하다고 하지 않겠습니까?

지금 비록 절에 올라가는 것을 거듭 엄하게 금지한다고 하더라도, 날로 그 죄를 범하는 자가 오히려 그치지 않을 것이 두려운데, 더군다나 비구니들을 금지하는 예例에 두지 않아 그들이 마음대로 행동하는데도 다스리지 않는다면, 말류末流의 폐단이 앞으로 어떻게 되겠습니까? 신들이 두려운 것은 지난번에 도징道澄·설연雪然의 무리가 이미 정인사正因寺·성불사成佛寺 가운데에 숨어 엎드려 있던 일입니다. 전하께서 밝은 예단睿斷으로 현재의 폐단을 통찰洞察하여 한시 바삐 이에 대해 조치를 취하지 않을 수 있겠습니까? 청컨대 위의 항목의 중과 비구니들의 죄상을 심문하여 죄를 정해서 일국一國 신민臣民들의 울분을 풀어 주소서.

臣等前日, 將尼僧等罪犯, 請推斷, 伏承聖敎曰, 婦女上寺之禁, 載在大典, 而尼則不錄
臣等竊謂, 旣曰婦女, 則不必枚擧, 而尼在其中, 非謂婦女可禁, 而尼不可禁也. 況上寺之
禁, 意在於遠男女之別, 非謂尼之於僧, 其道同其服同, 可混而不可別, 可狎而不可遠也.
前此尼與婦女, 知大典之禁, 不可犯也. 而猶有如近日尹氏李氏黃氏之徒, 歷遍寺刹, 信
宿留連, 蕩無禮法, 駭人觀眼听. 今若據大典, 論以無罪, 則非徒不禁, 乃所以勸之也.

臣等以爲, 今之弊事, 庶幾盡革, 而髡緇之徒, 陰邪不正之行, 傷敎玷化者, 視舊猶倍.
太祖太宗鑑麗季僧尼之弊, 減損汰革裁抑得宜. 縉紳士族之家, 恥爲僧爲尼, 間或有老婦
寡女, 出家爲尼者, 而畏宗族譏誚, 朝廷物議, 貞信自守, 斷肉持戒而已.

近年以來, 氣習日變, 尼徒漸多, 窮閭密地, 處處皆有社堂, 聚集徒侶, 廣行招誘, 爲失
行處女背夫悍妻之淵藪. 無行寡婦, 夫屍未冷, 托薦冥福, 而剃髮暗投者, 不知其幾. 夷
考其行, 誠心向道者, 百無一二, 跳出禮防, 切切焉肆意於宣淫耳. 何者, 婦人之處家, 閨
閤在左右, 奴婢居前後, 僧俗異服, 出入有禁, 雖欲縱情恣欲, 耳目旣廣, 勢亦難行, 出家
則僧尼一體, 服色相混, 攘斥婢僕, 頓絕親戚, 出入無防, 其勢視前日, 豈不萬萬易哉. 婦
女之無狀醜行者, 結爲腹心, 或稱點燈, 或稱薦導, 或稱飜經, 遊遍寺刹, 旬日留宿, 蕩而
忘返, 縱淫醜穢之聲, 騰聞浴浴.

今之街談巷論者, 曰某尼某氏與某僧相從, 名曰淨尼, 而實則蕩女, 名曰高僧, 而實則
淫夫, 女往僧寺, 僧往女第, 蹤迹詭秘, 聞者孰不切齒乎. 然旣非奸所捕獲, 又非自家之
事, 孰肯發揚告訴, 與之對辨, 招怨賈禍哉. 此僧尼所以不恤人言, 恣行無忌者也, 豈不
爲世道寒心哉.

今雖申嚴上寺之禁, 日罪其犯者, 猶懼不止, 況以尼僧不在禁例, 縱之不治, 則末流之
弊, 將如之何. 臣等竊恐, 往者道澄雪然之流, 已隱伏於正因成佛之中矣. 以殿下之明睿,
洞察時弊, 可不早爲之所乎. 請將上項僧尼等, 推鞫定罪, 以快一國臣民之憤.

원상院相에게 의논하게 하였다.

정인지鄭麟趾 · 신숙주申叔舟 · 한명회韓明澮 · 최항崔恒 · 조석문曹錫文 · 김질金□ · 윤자운尹子雲이 의논하기를,

"비구니는 곧 부녀자婦女子이니, 반드시 다시 절에 올라가는 것을 금지하는 법령을 세울 필요가 없으며, 『대전大典』의 본의本意도 또한 이와 같은데 불과합니다. 지금 만약 죄를 지은 정상이 드러나면 유사攸司에게 죄를 심문하게 하고, 그 정상이나 자취의 진위眞僞와 경중輕重을 보아 논단論斷하게 한다면, 뒤에는 반드시 죄를 범하는 자가 없을 것입니다. 사헌부司憲府에서 아뢴 것대로 하는 것이 어떻겠습니까?"

하였다.

홍윤성洪允成 · 성봉조成奉祖는 의논하기를,

"헌부憲府에서 아뢴 것은 말의 뜻이 간절하고 지극하며, 풍교風敎에 크게 관계되니, 아뢴 것대로 하는 것이 어떻겠습니까?"

하였다.

정창손鄭昌孫은 의논하기를,

"부녀자가 절에 올라가는 것을 금지하는 것은 『대전大典』에 실려 있으며, 비구니도 또한 부녀자입니다. 정인사正因寺는 곧 선왕先王의 능침陵寢으로 청재淸齋하는 곳인데, 주지住持 설준雪俊이 사족士族의 부녀자들을 불러 모아서 음란한 행동을 하여 거리낌이 없었으니, 그 죄가 매우 무겁습니다. 지금 죄를 심문하지도 않고 다만 법에 따라 살펴보게만 하도록 하시니, 온당하지 못한 듯합니다. 비록 재상宰相과 종척宗戚일지라도 진실로 죄를 범한 것이 있다면, 무거운 죄라면 하옥下獄하고 가벼운 죄라면 엄하게 형벌을 가해 심문하여, 공초供招를 취하여 죄를 주는 것이 예例이니, 지금 법에 따라 살펴보고 죄를 정하지 않는 것은 온

당하지 않습니다. 또 지금 절에 올라가는 비구니를 만약 사승師僧을 천도薦導하기 위한 것이라고 하여 죄를 주지 않는다면, 지금 이후로는 사족士族의 부녀들도, 혹 죽은 부모와 지아비를 추천追薦한다고 하고 절에 올라가는 경우에는 금지하기가 어려울 것이니, 청컨대 헌부憲府에서 아뢴 대로 엄하게 징치懲治하여 뒷사람들에게 귀감龜鑑이 되게 하고, 아울러 설준雪俊을 탄핵하여 논죄論罪하는 것이 옳을 듯합니다."

하였다.

命議于院相, 鄭麟趾申叔舟韓明澮崔恒曹錫文金礩尹子雲議, 尼僧卽婦女, 不必更立上寺之禁, 大典本意, 亦不過如是. 今若顯有所犯, 則令攸司推鞫, 觀其情跡眞僞, 輕重論斷, 則後必無犯者. 依司憲府所啓, 何如. 洪允成成奉祖議, 憲府所啓, 辭意切至, 大關風敎, 依所啓, 何如. 鄭昌孫議, 婦女上寺之禁, 載在大典, 尼僧亦婦女也. 正因寺乃先王陵寢, 淸齋之所, 住持雪俊, 招集士族婦女, 恣行無忌, 其罪甚重. 今不推鞫, 只令照律, 似爲未安. 雖宰相宗戚, 苟有所犯, 重則下獄, 輕則劾問, 取服抵罪例也, 今不照律定罪未便. 且今上寺尼僧, 若以爲, 爲師僧薦導, 而不之罪, 則自今以後, 士族婦女, 或稱亡父母及夫追薦, 上寺者, 難以禁斷. 請從憲府之啓, 痛懲鑑後, 幷推劾雪俊, 論罪爲便.

교지敎旨로 전하기를

"법을 세우지도 않고 죄를 주는 것은 온당하지 못하다. 비구니가 절에 올라가는 것을 금지하는 것을 아울러 『대전大典』에 기록하는 것이 좋겠다."

하였다.

傳曰:

"不立法而罪之未便. 尼僧上寺之禁, 幷載大典可也."

1474년(성종 5) 갑오년 10월 28일
사헌부 대사헌司憲府大司憲 이서장李恕長

■ **저자 소개**

이서장李恕長 : 1423(세종 5)~1484(성종 15). 조선 전기朝鮮前期의 문신文臣으로, 본관本貫은 전의全義이고, 자는 자충子忠이다. 이정간李貞幹의 손자이고 한성부 윤漢城府尹 이사관李士寬의 아들이다. 시호는 양간襄簡이다.

1457년(세조3) 녹사錄事로 친시문과親試文科에 응시하여 정과丁科로 급제한 뒤 종부시 주부宗簿寺主簿 · 사헌부 감찰司憲府監察 · 형조 좌랑刑曹佐郎 · 병조 좌랑兵曹佐郎 · 병조 정랑兵曹正郎을 거쳐 성균관 사예成均館司藝 · 직강直講 · 사섬시 소윤司贍寺少尹 · 의정부 검상議政府檢詳을 두루 역임歷任하였다. 1466년 의정부 사인議政府舍人에 올랐고, 이듬해 도통사都統使 이준李浚의 종사관從事官으로 이시애李施愛의 난 토벌討伐에 참여하여 적개공신敵愾功臣 2등에 책록冊錄되었으며, 절충장군 대호군折衝將軍大護軍에 특별 임명되었다.

얼마 후 가선대부嘉善大夫의 품계品階에 올랐고 형조 참판刑曹參判이 되었으며 전성군全城君에 봉해졌다. 이어 함흥부 윤咸興府尹으로 나갔다가 1468년 함길북도 관찰사咸吉北道觀察使가 되었다. 이듬해 정월 함길도 관찰사咸吉道觀察使·함경도 관찰사咸鏡道觀察使를 지냈고, 다시 전성군에 봉해진 뒤 1470년 경상도 관찰사慶尙道觀察使가 되었다. 1471년 한성부 좌윤漢城府左尹에 임명되었으며 이어 동지중추부사同知中樞府事가 되었다가 얼마 후 개성부 유수開城府留守로 나갔다.

1474년 대사헌大司憲이 되어 대신大臣과 내수사內需司의 장리長利 문제를 제기하여 내수사의 장리는 의창義倉에 소속시키고, 2품 이상은 장리를 할 수 없게 하자고 하였다. 이해 7월 왕명으로 호조·한성부와 함께 시사市肆를 살펴 결과를 보고하였다. 1475년 성절사聖節使 김양경金良璥과 함께 명나라에 사은사謝恩使로 다녀와 호조 참판戶曹參判이 되었으며, 1477년 전라도 관찰사全羅道觀察使로 나갔다가 이듬해 첨지중추부사僉知中樞府事가 되었다.

1479년과 1481년 전성군에 봉해졌다. 1483년에 다시 전성군이 되었고, 이해 9월 한성부 좌윤漢城府左尹이 되었으며, 그 뒤 동지중추부사同知中樞府事를 지냈다. 아들 5형제가 모두 과거에 급제하였다.

『조선왕조실록』 성종 15년 10월 11일, 이서장이 죽은 뒤 사관들이 기록한 이서장에 대한 평가는 다음과 같다.

동지중추부사同知中樞府事 이서장李恕長이 죽었다. 조회를 정지하고, 조문하며 장례지내는 것을 예例와 같이 하였다. 이서장의 자字는 자충子忠이며, 본관은 전의全義인데, 한성부 윤漢城府尹 이사관李士寬의 아들이다. 천순天順 정축년에 문과文科에 합격하여 종부시 주부宗簿寺主簿에 임명되어 사헌부 감찰司憲府監察, 형조 좌랑刑曹佐郎, 병조兵曹의 좌랑佐郎·정랑正郎을 거쳐 성균관 사예成均館司藝, 사섬시 소윤司贍寺少尹, 의정부 검상議政府檢詳에 옮겼다가, 성화成化 병술년에 사인舍人에 올랐다. 정해년에 도통사都統使의 종사관從事官으로 이시애李施愛를 정벌征伐하는 데 공功이 있어서 정충출기 적개공신精忠出氣敵愾功臣의 호號를 하사받고, 특별히 절충장군折衝將軍 대호군大護軍에 임명되었다가, 곧 가선대부嘉善大夫 형조 참판刑曹參判에 올랐고, 전성군全城君에 봉封해졌다. 이 해에 함흥부 윤咸興府尹으로 나갔는데, 이때에 함길도咸吉道를 남·북 두 도道로 나누어서 이서장이 북도 관찰사北道觀察使가 되었다. 기축년에 다시 전성군全城君에 봉해졌다.

경인년에 경상도 관찰사, 신묘년에 한성부 좌윤漢城府左尹이 되었다가 동지중추부사同知中樞府事로 옮겼고, 또 개성부 유수開城府留守로 옮겼다. 갑오년에 사헌부 대사헌司憲府大司憲이 되었고, 을미년에 전성군全城君에 봉해졌다가 곧 호조 참판戶曹參判에 임명되었다. 정유년에는 전라도 관찰사가 되었고, 무술년에는 전성군全城君에 봉해졌으며, 계묘년에는 또다시 한성부 좌윤에 임명되었다가 동지중추부사로 옮겼다. 이때에 이르러 죽으니, 나이가 62세이다.

양간襄簡이라고 시호諡號를 내렸으니, 일로 공功이 있는 것을 양襄이라고 하고, 평이平易하고 게으르지 않는 것을 간簡이라고 한다. 이서장은 평이 간정平易簡靜하여 관에 있으면서 공손하고 삼가니, 이르는 곳에 명성名聲과 업적이 있었다. 그러나 강剛함과 과단성이 부족하여 첩妾을 대우하는 것이 분수에 지나쳐서 죽은 뒤에 자녀가 그 첩에게 위협받아 가풍家風을 떨어뜨렸으니, 이것이 그 단점이다.

(『조선왕조실록朝鮮王朝實錄』·『한국민족문화대백과사전』·『한국한자어사전韓國漢字語辭典』)

■ **평설**評說

이 글은 나라와 백성을 지킬 방법에 대해 진술한 사헌부 대사헌司憲府大司憲 이서장李恕長의 상소이다. 전체 19개의 조목을 임금에게 이야기하여, 이를 통해 나라를 굳게 하고 백성들을 편안히 하라고 한 시무책時務策인데, 이서장은 이 이야기들이 평범하고 보잘 것 없는 것이지만, 시행한다면 근본을 굳게 하고 백성을 구휼하며, 적敵을 제어하고 변방을 방비하는 데 도움이 될 것이라고 했다.

태평한 때를 맞이하여 다시 어지러워질 수 있다는 경계를 하지 않을 수 없으니, 무력 대비에 마음을 두어 군적軍籍을 정리하고 군대를 훈련하며 군기軍器를 정비해야 한다고 하면서 시작한 상소는 멀리 생각하지 않고, 눈앞의 일만 구차하게 편안하려고 해서는 안 된다는 내용을 중심으로 하여 구성되어 있다. 그 내용을 간단하게 정리해 보면 다음과 같다.

1. 영안도永安道는 조선의 근본根本이 되는 땅으로 조종祖宗의 무덤이 있는 곳인데, 그곳의 백성들은 강하고 사나우며 우직愚直하여, 이익에 따라 쉽게 움직이니 주의해야 한다.

2. 이시애李施愛의 난에 영안도의 백성들이 그를 따랐기 때문에, 나라에서 가혹한 처벌을 내렸으니 이제 그 지역 백성들의 마음을 헤아리고 남은 백성들을 어루만져, 다정하게 품어주는 뜻을 보여서 조세를 줄여주거나 공물貢物을 제해주어 풍속을 안정시키고 나라의 근본을 튼튼하게 하게 해야 한다.

3. 영안도永安道가 난亂을 겪은 이후, 죄가 있거나 행색이 도적과 같은 자나 소와 말을 도살한 자를 모두 이곳으로 보내서, 지금 이 지역은 억세고 사나운 풍속에다 교활한 도둑질까지 겸하여 뒷날 조정의 걱정거리가 될 것이니, 지금부터 죄를 지었거나 흉악하고 사나운 무뢰無賴한 무리들을 옮기지 말아 그 풍속을 바꾸어야 한다.

4. 평안도平安道와 중국과의 경계가 허술하여, 수자리에 지치고 사신使臣 맞이에 피로한 백성들이 파산할 지경에 이르러 중국 지역으로 도망가는 경우가 많으니, 수령守令을 엄하게 타일러 백성을 다스리기에 힘쓰도록 하고 호적을 정비하며 백성을 진휼賑恤해야 한다.

5. 함경도와 평안도의 아전衙前을 대부분 절도사節度使가 차지하니, 절도사가

정해진 수數 이외의 아전을 더 차지하지 못하게 하고, 아전들은 성 밖으로 마음대로 나가지 못하게 하여, 어기는 자는 군법軍法으로 처벌해야 한다.

6. 정해년 이시애李施愛의 난 이후 나누어진 남·북도南北道 절도사節度使 중 일이 없는 남도 절도사를 속히 없애서 군정軍政을 하나로 다스리게 하고, 머물러 지키는 병사를 여러 진鎭의 긴급하고 절실한 곳으로 옮겨서 변방의 통제를 더욱 굳게 해야 한다.

7. 길성吉城과 명천明川으로 나누어진 길주吉州의 백성 중 서북과 사하북을 담당하는 길성에 군졸軍卒을 더 주고 제방을 엄격하게 하며, 길성 현감吉城縣監은 반드시 무재武才가 있는 자를 차출해서 보내야 한다.

8. 함경도와 평안도, 제주濟州 이 세 고을에서만 공물과 서리書吏를 징용한다는 법을 바꾸어 공물을 바치고 일을 담당하는 폐단을 제거하여서, 변방을 중히 여기며 먼 곳의 사람을 살피고 챙겨주는 본보기를 보여여 한다.

9. 변방의 장수들에게 야인野人에게는 기구器具를 내려주지 않는 법의 뜻을 알아듣게 타이르고 법을 범하는 자를 징계하여 용서하지 말며, 군민軍民으로 법을 범하는 자가 있으면 좌주坐主도 함께 처벌하여 변방의 방비를 굳게 하여야 한다.

10. 국경에서 장사하는 야인野人에게는 암소와 암말을 팔지 말아야 하니, 병기와 철물을 주는 것과 동일한 법으로 금지하여야 한다.

11. 5진五鎭인 회령會寧·종성鍾城·온성穩城·경원慶源·경흥慶興에는 숲이 없어 담비나 스라소니 같은 것들이 없으니 5진五鎭에서 생산되지 않는 털로 만든 공물은 특별히 명하여 없애주고 금지하여야 한다.

12. 야인에게 녹봉을 주면 적들의 자금資金이 될 수 있으니, 녹봉을 주지 말아야 한다.

13. 우리나라는 삼면三面이 바다로 막혀 있어 나라의 방어防禦를 배에 의지해야 하니, 집을 짓는 제도를 엄격하게 하여 사치하는 습관을 막고 산림의 금지를 주의하여 재목이 없어지지 않도록 해서 배를 만드는 재목을 저축하여야 한다.

13. 평안도平安道와 청천강清川江 서쪽 고을의 성城들이 엉성하니 관찰사觀察使들에게 살피고 헤아리게 해서 해마다 성 하나를 쌓아나가면, 백성을 부리는 일을 번거롭고 무겁게 하지 않더라도 성으로 지키는 것이 길이 굳게 될 것이다.

14. 항상 왜노倭奴의 도둑질이 일어날 것처럼 여겨서, 병선兵船을 사용하지 못할 곳에 두지 말며, 수군을 고생하고 괴롭지 않아도 될 곳에서 일하지 않게 하여야 한다.

15. 만호萬戶가 방어防禦하는 장소에 숙소를 설치하도록 하여, 비록 늘 배에 있지 않더라도 군사軍士를 빠뜨리지 않게 하고 호령을 잃지 않게 하여 배를 운행하고 전투를 익히며 방비에 소양素養이 있는 자는 상賞을 주어야 한다.

16. 고기 잡는 백성들이 함부로 외딴 무인도에 들어가서 물고기를 잡지 못하게 하고, 그런 행동을 한 자는 수령이나 만호까지도 그와 함께 경외境外로 탈출한 자를 벌하는 법으로 죄를 주어야 한다.

17. 삼포三浦에 거주하는 왜인倭人과 조약條約을 엄하게 세우고, 주현州縣에서 이들을 금지하고 막는 방법을 엄격히 하도록 해야 한다.

18. 경상도慶尙道 조세租稅 수입의 대부분이 왜인의 응대에 소모되어 창고가 비게 되었으니, 바닷가의 여러 고을과 물길로 통행하여 실어 나를 만한 여러 고을에 부과한 토지세를 주현의 창고에 실어 놓고 군수軍需에 충당하게 하고 왜인에게 지급하는 것도 보충하게 하여, 관가의 곡식이 모자

라지 않게 해야 한다.

19. 국경의 일을 맡을 만한 재주와 전략이 있는 자를 장수將帥로 삼아서 미더
    움과 신의로 대우하고 넉넉한 녹봉으로 길러야 한다.

이서장의 상소문 속에 나오는 시무책의 대부분은 국방에 관한 것이다. 성
종은 태종·세종·세조·광해군·효종 등과 함께 조선조 임금 중에서 국방
의 문제에 대해 특히 적극적으로 대처한 임금이다. 대체로 세조가 이루어놓은
체제를 그대로 유지하는 선에 머물렀지만, 전국의 군적軍籍을 파악하고 국방의
강화를 도모하였으며, 북방의 야인들에 대한 적극적인 군사정책을 취하여 성
종 10년 건주위 정벌建州衛征伐로 이야기 되는 북정을 단행하기도 하였다. 세종
조의 대마도정벌 이후 왜구의 침입이 안정을 찾았고, 변방과 연안에 방어용
성을 계속적으로 축조하여 군사적 대비를 늦추지 않았기 때문에 성종조의 국
방 문제는 대부분 북쪽 여진족과의 갈등에서 비롯되었다.

성종은 북쪽 여진족들의 움직임이 대규모의 침략 형태로 전환되려고 하
자 성종 5년 9월 여진족의 상경 횟수를 제한하는 한편 그들의 움직임을 철저
히 감시하도록 하였다. 이 시기 여진족의 중심지는 압록강 건너편의 건주위建
州衛였는데, 흩어져 있던 여진족이 모이면서 세력을 확대하여 문제가 되자 성
종 10년 건주위 정벌을 단행하였다. 이후 성종 22년 1월 올적합兀狄哈의 여진족
1,000여 명이 영안도의 경흥慶興에 침입하자 허종許琮을 도원수로 삼아 두만강
건너의 여진족을 토벌하였다. 이와 같은 성과는 이서장과 같은 신하들의 국
방에 대한 인식과 대비의 건의를 바탕으로 이루어진 것이라고 보아야 할 것이
다. 이서장의 상소에 대해 성종은 다른 이야기 없이 모든 것을 다 받아 들였
다. 성종 역시 국방의 가치를 분명히 인식하고 있었다고 생각된다.

예로부터 천하의 형세는 한 번 잘 다스려지면 한 번 어지러워지는 것이니, 비否가 끝까지 다하면 태泰가 오고, 태泰가 끝까지 다하면 다시 비否가 되는 것은 이치상 반드시 그런 것입니다. 우선 우리나라의 일을 가지고 말한다면, 삼국三國 이전에는 산산이 붕괴되기도 하고 떨어져 나가 분열하기도 하여 저마다 서로 으뜸이 되려고 날로 전쟁을 계속하였으므로 그 어지러움이 지극하였는데, 고려高麗 태조太祖가 동쪽으로 정벌하고 서쪽으로 토벌하여 18년 만에 신라新羅가 항복하고, 또 1년 만에 후백제後百濟가 깎이고 평정되어 삼국의 땅이 하나로 합해져 나라 안이 편안하게 다스려졌습니다. 74년을 지나면서 거란契丹의 병란이 있어 현종顯宗이 남쪽으로 자리를 옮겼고, 경성京城이 마침내 함락되었다가 근근이 다시 일으킬 수 있었습니다. 또 94년에 동번東蕃이 변경邊境을 어지럽히므로 숙종肅宗 · 예종睿宗이 계속해서 토벌하여 비록 9성九城을 설치하였으나 뒤에 다시 지키지 못하고 전쟁의 괴로움은 수년이 지나서야 종식되었습니다. 또 1백 7년 만에 금산金山 · 금시金始의 병란이 있어서 고종高宗이 조충趙沖과 김취려金就礪를 보내 몽고蒙古와 군사를 합하여 공격하여 멸망시켰습니다. 이로부터 몽고의 군사가 우리 영토를 침범하여 남南으로는 상주尙州까지 또 남쪽으로는 나주羅州까지 이르러 동쪽의 백성들이 피폐해졌으나 감히 누구도 어떻게 할 수가 없어서 마치 사람 없는 땅을 다니는 것과 같았습니다. 40여 년 동안 나라가 나라 같지 않다가, 원종元宗이 직접 조회하게 되어 세자世子를 천자의 부마로 삼게 된 뒤에야 차차 안정이 되었습니다. 또 91년이 지나 왜적이 침범하여 노략질하기 시작하였고, 9년 뒤에 홍건적紅巾賊이 크게 쳐들어오자 공민왕恭愍王이 또 남쪽으로 피난했다가 해가 지나서야 겨우 돌아왔습니다. 그 뒤로 전쟁이 해마다 일어나고, 도적이 날로 심해 백성들이 텅텅 비어 남은 것이 없게 된 지가 모두 33년입니다.

그런데 우리 태조太祖께서 하늘의 움직임에 화답하여 나라를 여시니, 지난날 꽉 막혀 있었던 보잘 것 없는 무리들이 바람을 따라 기뻐 모여 들고 여러 성왕께서 이어 받아 태평성대가 계속되어 80여 년 동안 나라가 편안하고 조용하였기 때문에 백성들이 늙어 죽을 때까지 전쟁을 알지 못하게 되었으니, 태평太平이 지극하다고 할 만합니다. 그러나 태평한 때를 맞이하여 다시 어지러워질 수 있다는 경계를 삼가지 않을 수 없으니, 세조 대왕世祖大王께서는 지나간 옛일을 깊이 생각하시고, 우뚝한 독자적인 견지見地에서 무력 대비를 마음에 두셔서 한편으로는 군적軍籍을 정비하고 또 한편으로는 군대를 훈련시키셨습니다. 14년 동안을 확장하고 완비하여 잘 정리하였기에 빠트린 것이 없었던 것인데, 전하殿下께서 몸소 임금의 자리를 이어받아 손에 나라의 형세를 그려놓은 지도를 쥐셨으니, 어찌 오랫동안 편안한 풍속을 가지고서 당장에나 탈 없고 쉴만한 정치를 행하여 오랫동안 내리는 궂은비를 대비할 생각을 잊고 앞으로 점점 커질 근심을 소홀히 하겠습니까? 군적軍籍과 군기軍器 등의 일은 모두가 세조께서 세우신 법인데, 백성들은 멀리 생각하지 않고, 눈앞의 일만 구차하게 편안하려고 하니 법이 처음 시행될 때 어찌 시끄러운 일이 없겠습니까? 세월이 오래 되면 형세는 반드시 침착하고 편안해질 것이니, 따라서 그것을 지키면 영원히 편안해질 것이지만, 만약 백성들의 말을 따라서 손쉽게 변경하고서 뒤에 다시 그 법을 쓰려고 한다면, 또 어떻게 하겠습니까? 이는 전하께서 짐작하시어 굳게 지키셔야 할 뿐입니다. 그 밖의 근본을 굳게 하고 백성을 구휼하는 도리와 적敵을 제어하고 변방을 방비하는 계책은 좁은 소견으로 조목條目에 따라 뒤에 진술하겠습니다.

1. 영안도永安道는 우리나라의 근본根本이 되는 땅입니다. 조종祖宗의 무덤이 있는 곳으로, 태조太祖께서 여기에서 왕업의 기틀을 시작하셨습니다. 그곳의

백성들은 강하고 사나우며 우직愚直하여, 일이 있으면 이익에 따라 쉽게 움직이니, 정해년의 일이 이것입니다.

1. 이시애李施愛의 꼬임에 빠져 온 도道가 그를 따랐는데, 그때 군사들이 지나는 곳마다 추악한 무리들을 마구 죽였으므로 백성들이 모두 놀라서 미처 안정되지 못하고, 늘 국가에서 관원을 파견해 보내지만 오랫동안 시끄럽게 떠들기나 하여 위엄만을 겁낼 뿐 은혜로운 덕택을 입지 못하여 민심이 메마르고 초조하게 되었으니, 진실로 오랫동안 편안하게 하는 도리가 아닙니다. 엎드려 바라건대 전하께서 백성들의 마음을 헤아리셔서 남은 백성들을 어루만져 따르게 하고 다정하게 품어주는 뜻을 보이셔서, 논밭의 조세를 줄여주시거나 공물貢物을 제해 주어서, 그들의 마음을 기쁘게 하는 데 힘써, 영원히 풍속을 안정시켜 나라의 근본을 튼튼하게 하십시오.

1. 영안도永安道의 풍속이 옛날에는 도둑이 없다고 하여 바깥문을 닫지 않고 가축을 들판에서 길렀는데, 요새는 도적이 성행하고 인심이 날로 각박해져 가니, 그 발단을 찾아보면 대체로 또한 차츰차츰 더해진 원인이 있습니다. 본도本道가 난亂을 겪은 이래로 거기에 사람들을 데려다 채울 것을 계획하여 곧 죄과가 있거나 행색이 도적과 같은 자나 소와 말을 도살한 자를 모두 이곳에 돌려보냈으니, 이는 마치 호랑이를 몰아서 양떼에게 들여보낸 것과 같았습니다. 도둑이 어찌 도둑질을 하지 않을 수 있겠으며, 도살한 자가 어찌 도살하기에 쉽지 않겠습니까? 어리석은 백성이 서로 선동하여 점점 번지고 날로 익혀서 억세고 사나운 풍속에다 교활한 도둑질을 겸하였으니, 어찌 뒷날 조정의 걱정거리가 되지 않겠습니까? 옛날 고려 시대에 거란병契丹兵이 침범해 왔을 때에 떠돌아다니면서 천한 일에 종사하던 무리들이 모두 앞잡이가 되어 그 해害가 몹시 심했으니, 뒷날에 만약 변방에 어지러운 일이 있으면, 이와 같은 무리가 어찌 염려되지

않겠습니까? 말하기 좋아하는 자들은 이러한 것을 살피지 못하고, 죄를 주어 옮길 자가 있으면 반드시 함경도와 평안도로 옮기지만, 이것이 바로 신이 한심하게 여기는 것입니다. 엎드려 바라건대 전하께서 백성들의 마음을 헤아리셔서 지금부터 죄를 지었거나 흉악하고 사나운 무뢰無賴한 무리들을 옮겨 들여 그 형세를 더하게 하지 못하도록 하여서 그 풍속을 변하게 하십시오.

1. 평안도平安道는 압록강鴨綠江을 경계로 삼아 야인野人의 지역에는 진鎭을 두고 수자리를 펼쳐 제방堤防의 방비防備가 있지만, 중국 조정과의 경계는 허술하여 막은 것이 없으므로, 강에 얼음이 얼어붙게 되면 평지와 같이 평탄해지니, 이것은 국방을 튼튼하게 하고 영토를 막는 뜻이 아닙니다. 지금 중국 조정에서 새로 역참驛站을 설치하여 요동遼東과 중국 사이에 인가人家가 점점 번성하며, 애양포靉陽鋪에서 삭주朔州까지의 거리가 하룻길인데, 자유채刺楡寨의 사람들은 모두 우리나라의 옛 백성이어서 언어言語에 분별이 없어 서로 통할 수 있습니다.

더구나 또 중국 백성들은 신역身役이 매우 한가한데, 우리나라의 백성들은 특히 본도本道가 매우 괴롭습니다. 첫째는 수자리를 지키는 왕래에 지치고, 둘째는 사신使臣을 맞이하고 보내는 일에 피로하여 백성들이 파산할 지경이니 감히 안심하고 살아갈 수가 없습니다. 전해 들으니 중국으로 가는 길목에 옛날에는 놋그릇이 없어서 세수하고 씻을 때 모두 나무로 만든 그릇을 사용하였는데, 요즘에는 지나가는 역참驛站에 놋그릇이 많이 있다고 합니다. 이를 관인館人에게 물어보니 대답하기를, "놋그릇을 만드는 장인이 현재 이 근처에 살면서 이 놋그릇을 만든다."라고 합니다.

신 등이 가만히 생각해 보건대 우리나라에서 세금을 피해 도망간 백성이 몰래 이사 가서 이러한 일이 있는 것이니, 변방의 통제가 견고하지 못하고 호적戶籍이 밝지 않은 것은 백성에게 도망하도록 하는 이유가 됩니다. 생각이 이에 이르니 삼가 절로 한심합니다.

엎드려 바라건대 전하께서 백성들의 사정을 근심하고 염려하셔서 수령守令을 엄하게 타이르고 조심하게 하여 더욱 부지런히 다스려 그 마음들을 거둬들이기에 힘쓰며 그 힘을 조금 너그럽게 하도록 하여 주십시오. 그리고 호적의 법을 밝게 하여, 봄·가을로 살펴서 바로잡고 늙은이와 어린이들을 모두 다 호적에 등록하게 하며, 굶주린 자를 진휼賑恤하여 은혜를 보이시면, 거의 백성 된 마음을 잃지 않고, 다시는 유랑하여 옮겨 다니는 걱정이 없을 것입니다.

1. 함경도와 평안도 양계兩界 주진主鎭의 아전衙前을 대부분 절도사節度使가 차지하여 일을 시키려고 대비하고 있는데, 감사監司가 그 일을 참견하지 못하고, 수령守令도 그 영令을 어기지 못하니, 진실로 이미 『대전大典』에서 정한 수數에 합당하지 않고, 또 그 백성과 군졸들도 늘 겹쳐서 들어가는 것 때문에 괴로워합니다. 한 번 아전衙前이 되면, 반드시 농사를 지으려고 하여 성城 밖으로 흩어져 나가서 물과 풀을 편하게 쓰는데, 이렇게 되면 첫째는 성 안의 인가人家가 날로 줄어 군졸軍卒이 지키고 막는 일이 허술해지고, 둘째는 성을 나가서 흩어져 살면 보오保伍가 없어 도적떼가 갑자기 이르면 반드시 사로잡히고도 남을 것이니, 그 폐단이 어찌 많지 않겠습니까? 엎드려 바라건대 전하께서 백성들의 사정을 근심하고 염려하셔서 주의하고 깨우치는 말씀을 엄하게 내리시되, 첫째는 정해진 수數 이외에 더 차지하지 못하게 하고, 둘째는 성 밖으로 마음대로 나가지 못하게 하여, 어기는 자는 군법軍法으로 처리하게 하십시오.

1. 정해년의 난亂에 강효문康孝文이 절도사節度使로서 유명무실해지자 이시애李施愛가 그의 이름을 빌어서 명령 하니, 함흥咸興 이북이 온통 쏠리어 역도逆徒

를 따랐는데, 조정에서 이를 징계하고, 마침내 남·북도南北道로 나누어 두 절도사節度使를 배치하여 그 권한을 나누어 서로 견제하게 하였습니다. 일이 평정된 뒤 벌써 8년이 지났지만 크게 간악한 도적이 없어서, 남도 절도사南道節度使는 병마兵馬를 끼고 일없이 녹봉만 허비하면서 처자식을 거느리고 내지內地에 편히 앉아 있으니, 그 직이 헛되게 설치되었음을 말하지 않아도 알 수 있을 것입니다. 쉽게 말하기를, "남도의 방비와 수자리는 갑산甲山과 삼수三水이다."라고 하지마는, 그러나 이 둘 사이의 거리가 사흘 길인데 완급緩急이 있을 때에 어떻게 기다리겠습니까?

한 명의 절도사를 더 두는 것이 일에는 해로움이 없는 것 같으나, 그러나 군관軍官이 있어야 하고, 아전衙前이 있어야 하며, 머물러 지키는 병사가 있어야 하는 것이니, 물색物色을 내지內地로 모으면 변방邊防이 텅 비게 되고, 군현郡縣에서 두루 공급供給하면 비용이 많아질 것입니다. 방어하는 군사를 줄이고 군수 물자의 저축을 덜어서 이를 쓸모없는 땅에다 기르는 것이 어찌 큰 손해가 아닙니까? 엎드려 바라건대 전하께서 백성들의 사정을 근심하고 염려하셔서 남도 절도사를 속히 없애서 군정軍政을 겸해 다스리게 하고, 그 머물러 지키는 병사를 여러 진鎭의 긴급하고 절실한 곳에 옮겨 붙여서 변방의 통제를 더욱 굳게 하십시오.

1. 길주吉州가 전성기였을 때는 사람과 물자가 번성繁盛하고 기력氣力이 남아 있어서, 소속所屬된 3구자口子, 곧 서북西北·사하북斜下北·사마동斜麻洞이 비록 도적들이 다니는 길의 요충지要衝地와 마주하고 있으나, 명성과 위세가 서로 의지하여 막고 지키는 것이 꽤 충실하였는데, 지금은 길주吉州를 나누어 길성吉城과 명천明川이라고 하니 토지와 백성이 각각 그 반인데, 방어하는 곳으로 길성은 서북·사하북 2구자이고, 명천은 사마동 1구자입니다. 길성은 한 현縣의 힘으로 두 곳을 나누어 지키기 때문에 물자와 힘이

적고 약하여, 방어하는 형세가 매우 고단孤單하게 되었으니, 만일 도적떼가 있으면 실로 깊이 걱정스럽고 위태롭습니다. 엎드려 바라건대 전하께서는 백성들의 사정을 근심하고 염려하셔서 서북·사하북 2구자에 군졸軍卒을 헤아려 더하여 주고, 제방의 설비를 더욱 엄하게 하며, 길성 현감吉城縣監은 반드시 무재武才가 있는 자를 차출해서 보내어 서로 돕고 보태게 해서 아직 일어나지 않은 환란을 그치게 하십시오.

1. 『대전大典』 내에, "각 사各司의 서리書吏는 여러 고을 향교의 유생 중에서 나이가 지긋하고 재주가 소략疎略한 자로서 보충補充한다."라고 하였습니다. 향교鄕校를 설치하여 인재人材를 양성하는 것은 경전을 밝히고 행실을 닦아서 나라를 경륜하는데 쓰려고 대비하는 것인데, 반드시 서리를 여기에서 취取한다고 하면, 진실로 선비의 기개를 기르고 유교를 중重하게 여기는 도리가 아닐 것입니다. 또 영안도永安道와 제주濟州에는 모두 자제子弟들이 벼슬에 나아갈 길을 두어서 각각 그곳에서 과목科目에 따라 관직을 받고 녹봉을 받게 하였으니 먼 곳의 사람을 살피고 챙기도록 한 것입니다. 그런데 이제 그냥 하나의 법으로 함경도와 평안도, 제주濟州 이 세 고을에서 공물과 서리書吏를 징용한다고 하면 어찌 원망하는 생각을 가지지 않겠습니까? 근래에 5진五鎭과 제주의 세공리歲貢吏들이 글을 올려 상소한 것이 또 그것의 증거인 것입니다. 첫째는 인심을 시끄럽게 한다는 것이고, 둘째는 변방 백성을 잃어버리게 된다는 것이니, 그 사태를 헤아리면 몹시 적절하지 않은 것이 있습니다. 엎드려 바라건대 전하께서는 백성들의 사정을 근심하고 염려하셔서 특별히 함경도와 평안도 변방의 읍과 제주 이 세 고을에 명령하셔서 세공 생도歲貢生徒를 허락하지 않아 공물을 바치고 일을 담당하는 폐단을 제거하여서, 변방을 중히 여기며 먼 곳의 사람을 살피고 챙겨주는 본보기를 보여 주십시오.

1. 옛 예에 야인野人에게는 기구器具를 내려주지 않고, 안장의 장식도 두석豆錫을 사용한 것은 대개 병기兵器 자료를 적敵에게 주지 않으려는 것이니, 조종祖宗께서 후환을 염려하는 뜻이 깊었던 것입니다. 『대전大典』 안에, "몰래 팔기를 금하는 물건, 곧 철물鐵物·우마牛馬·군기軍器와 같은 종류를 범한 자는 사형死刑으로 죄를 준다."라고 하였으니 법이 엄하지 않은 것이 아닌데, 근래에 변방 고을의 수령守令들이 태만하여 법을 집행하지 않아, 중국 사람들과 물건을 매매할 때 털로 만든 물건을 사면서 반드시 저 사람들에게는 철물鐵物만을 팝니다. 의복衣服이나 긴요하지 않은 도구를 군국軍國에 유용有用한 기물과 바꾸는 것은 진실로 안 되는 것인데, 하물며 병기를 적의 손에 넘겨주는 일이겠습니까? 전해 들으니 야인이 옛날에는 쇠 화살촉이 없어서 모두 뼈로 만든 화살촉을 사용했다고 하는데, 지금은 쇠로 갑옷을 만드는 자까지 있다고 하니, 그 해害가 어찌 분명하고 깊지 않겠습니까? 엎드려 바라건대 전하께서는 백성들의 사정을 근심하고 염려하셔서 변방의 장수들에게 엄하게 명령하여 법의 뜻을 거듭 알아듣게 타이르고 범하는 자를 매섭게 징계하여 용서하지 말며, 군민軍民으로 법을 범하는 자가 있으면 좌주坐主도 함께 처벌한다는 변방의 금령을 거듭 밝혀서 범에게 날개를 붙여 주는 격이 되지 않도록 하십시오.

1. 야인野人으로 우리 국경에 와서 장사하는 자는 반드시 암소와 암말을 찾는데, 변방의 백성들과 수령守令이 많이 이용하는 것은 교환이 편하기 때문이지만, 얻는 것은 모피毛皮와 수말에 불과할 뿐입니다. 인심人心이 안일安逸에 익숙해져서, 눈앞에만 구차苟且하여 새끼를 낳는 가축을 적敵에게 주니, 어찌 그들에게 팔린 것이 되지 않겠습니까? 모피는 탈 수가 없는 것이고 수말은 새끼 낳고 젖 먹이지를 못하니, 그것이 군국軍國의 정치에서 어찌 결손缺損만 있어 오래고 먼 걱정을 끼치는 것이 아니겠습니까? 엎드려 바

라건대 전하께서는 백성들의 사정을 근심하고 염려하셔서 금지하는 법을 거듭 엄중히 하셔서 병기와 철물을 주는 것과 동일한 사례로 시행하게 하십시오.

1. 5진五鎭인 회령會寧 · 종성鍾城 · 온성穩城 · 경원慶源 · 경흥慶興에는 인물人物은 풍성하나 토지가 협소하여 경작지가 산의 정상에까지 이르기 때문에 수풀이 없는데, 어떻게 담비나 스라소니 같은 종류가 있겠습니까? 그런데 공물貢物은 해마다 정한 수량이 있으니, 이것을 오로지 야인에게서 바꾸고 사들여서 바칩니다. 정해진 공물을 빠트릴 수 없는데, 야인들이 이때를 틈타서 비싼 값으로 바꿉니다. 이것이 쇠 병장기와 가축 암컷이 국경 밖으로 유출되는 까닭이므로, 그 유출을 방지하려면 먼저 그 근원을 막아야 할 것입니다. 엎드려 바라건대 전하께서는 백성들의 사정을 근심하고 염려하셔서 5진五鎭에서 생산되지 않는 털로 만든 물건은 특별히 명하셔서 없애주고 금지하는 명령을 엄하게 하십시오.

1. 야인에게 녹봉을 주는 것은 옛 예가 아닙니다. 시초는 한때의 임시변통에서 나온 것인데, 버릇에 젖어서 일상적인 예가 된 것입니다. 당상관堂上官으로 직분을 받은 자가 간혹 원청援請하는 것이 있어서 일정하게 내려주는 이외에 또 녹봉을 받는데, 형편상 곡식을 싣고 돌아갈 수가 없기 때문에 반드시 일가붙이로 귀화해 와서 사는 자를 매개로 하여 사사로이 매매를 하여 안 가져가는 물건이 없으며, 실어갈 때에 역로驛路의 폐단도 이루 말할 수가 없는데, 더구나 세월이 이미 오래되어 습관이 익숙해져서 일상적인 일이 되었으므로, 상하上下가 서로 편하게 여겨서 막아 금지하지 않게 되었습니다. 신 등이 삼가 두려워하는 것은 잠시 신하가 되어서 녹봉을 받는 자가 더욱 많아지고, 녹봉으로 인하여 농간을 부리는 자가 점점 생겨나면 나라의 편리하고 중요한 도구가 앞으로 적들의 자금資金이 될까 하

는 것입니다. 엎드려 바라건대 전하께서는 백성들의 사정을 근심하고 염려하셔서 깊이 생각하고 멀리까지 계획하여 녹봉을 주지 말게 하여서 그 폐단을 막으십시오.

1. 국가國家의 삼면三面이 바다로 막혀 있어서 방어防禦의 준비는 반드시 배에 의지해야 하는데, 지금 각 포구浦口의 병선兵船은 참으로 몹시 허술합니다. 이는 오랫동안 편안하였기 때문에 일어난 현상이니, 일으켜 정비하지 않으면, 끝내 게을러지고 쇠약해져서 걱정거리를 남길 것이라는 것은 더 말할 것이 없습니다. 더구나 또 배를 만드는 나무는 반드시 소나무를 써야 하는데, 그 재목을 기르려면 반드시 백년 뒤라야 쓸 만한 것입니다. 이제 들으니 배 만드는 재목인 변산邊山의 소나무는 이미 다 없어져서 완도莞島로 옮겼다고 하는데, 만약 완도에서도 다 없어지게 되면 또 앞으로 어디로 갈 것입니까? 예로부터 강원도江原道 한 도를 재목材木이 모여 있는 숲이라고 하였는데, 이제는 이곳에서도 다 없어져 간다고 하니, 만약 금지하고 억제하지 않으면 몇 년 뒤에는 틀림없이 배를 만들기에 적당한 재목이 없어질 것입니다. 삼가 당唐나라 말기를 상고해 보니, 내신內臣 융수戎帥가 정관亭館과 저택의 정비에 힘을 써서 당시에 목요木妖라고 불렀다고 합니다. 송宋나라 초기에는 관청에서 진롱秦隴의 큰 나무에 대하여 사사로이 매매를 금지하였으니, 이러한 사실에 견주어 보건대 어찌 산림山林의 재목이 당나라 말기 집을 꾸미는 사치奢侈에서 다 없어졌기 때문에 송나라 초기에 크게 금지하고 제재하지 않을 수 없었던 것이 아니겠습니까? 엎드려 바라건대 전하께서는 백성들의 사정을 근심하고 염려하셔서 집을 짓는 제도를 엄격하게 하여 사치하는 습관을 막고 산림의 금지 제도를 거듭 주의하여서 재목이 없어지지 않게 하여 배 만드는 데 사용할 재목을 저축하도록 하십시오.

1. 바닷가 여러 고을의 성城들 중에 보수하여 쌓지 않은 것이 많고, 내지內地의 산성山城도 모두 허물어졌으며, 평안도平安道 전체와 청천강淸川江 서쪽의 여러 고을은 엉성하여 지킬만한 울타리가 없습니다. 삼가 『춘추전春秋傳』을 살펴보니, "거莒나라는 성城이 허술하여 초楚나라 사람들이 그들을 공격하고 정벌하여 열흘 동안 3성城을 이겼다."라고 하였는데, 이것은 사실을 전하는 자가 그들의 준비 없음을 비꼰 것입니다. 태평할 때에 오래된 습관을 따라 구차하고 태만하며 소홀하게 여겨 아무 것도 하지 않으면, 일이 생긴 뒤에 분주하고 피로하게 일하더라도 기울어지고 망가져서 손쓰지 못하니, 이는 어느 나라에나 있는 일상적인 근심입니다. 『시경詩經』에 이르기를, "하늘이 아직 흐리기만 하고 비오기 전에, 뽕나무 뿌리를 벗겨다가 창과 문을 얽어 막으면, 이제 이 백성들이 누가 감히 나를 업신여길 것이냐?"라고 하였습니다. 엎드려 바라건대 전하께서는 백성들의 사정을 근심하고 염려하셔서, 여러 도道의 관찰사觀察使들에게 살피고 헤아리게 하여 올 해 한 성을 쌓고 내년에 한 성을 쌓아서 점차 건설하게 하면, 백성을 부리는 일을 번거롭고 무겁게 하지 않더라도 성으로 지키는 것이 길이 굳게 될 것입니다.

1. 전라도全羅道 여러 포구浦口에서 봄과 여름에 화물을 운송할 때에는 화물선이 부족하여 병선兵船으로 보충하는데, 왕래하는 기간이 자칫하면 열흘 정도를 넘으니, 이는 포구에 머물러 있으면서 적을 방비하는 날은 적고 포구를 떠나 옮겨 다니면서 일하는 시간은 많은 것입니다. 아무런 일도 없으면 그만이지마는, 일이 생기면 어떻게 할 것입니까? 한 군데가 기울어져 무너지면 왜구倭寇가 물밀듯 밀려올 것인데, 남쪽 백성들은 오래도록 편안하기만 했으니, 누가 저항할 수 있겠습니까? 백성들은 뿔뿔이 도망가서 곧 구덩이에 굴러 떨어질 것이니, 이럴 때에는 비록 지혜 있는 자라

고 하더라도 계책을 내지 못할 것입니다. 말하기 좋아하는 사람들은 이런 것을 살피지 못하고 구차하게 눈앞의 무사한 것만을 보고 병선兵船을 옮겨다 쓰자고 할 뿐 아니라, 국가의 큰일에는 반드시 "수군으로 이끌어야 한다."라고 하니, 신 등은 항상 간절하게 마음 아파합니다. 『병법兵法』에 이르기를, "적이 오지 않을 것을 믿지 말고, 내가 대비對備한 것을 믿으라."라고 하였습니다. 엎드려 바라건대 전하께서는 백성들의 사정을 근심하고 염려하셔서 남방南方은 항상 평안할 것이라고 생각하지 마시고, 항상 왜노倭奴의 도둑질이 일어날 것처럼 여기셔서, 병선을 사용하지 못할 곳에 두지 말며, 수군을 고생하고 괴롭지 않아도 될 곳에서 일하지 않게 하시고 더욱 변방의 방비에 부지런하게 하여 길이 치안治安을 도모하십시오.

1. 만호萬戶라는 것은 장수將帥의 관직으로서 그 맡은 책임이 지극히 무거운 것인데, 재주와 그릇이 쓸 만 한 자는 모두 그 직에 나아가기를 좋아하지 않는 것은 어찌해서이겠습니까? 대체로 그 직에서 하는 일이 사람으로 견딜 만한 것이 아니기 때문입니다. 사람은 집에서 나고 자라서, 배는 본래 천성에 맞는 것이 아닌데, 반드시 만호萬戶에게 늘 배 안에만 있게 하니, 호걸豪傑같은 선비가 그 선발選拔에 나오지 않는 것이 당연합니다. 법法을 만들었으나 아래에서 받들어 행하지 않으면 그 법을 만든 것이 모두 구차해질 뿐입니다. 지금의 만호들은 예사로 배에서 거처하지 않고 사사로이 별채를 지어 자고 쉬기를 편히 하고 있으면서도 스스로 법에 어긋난 줄을 알아 두려워하며 군졸軍卒의 고발이나 감사監司의 적발을 겁내 날로 아랫것들과 한마음으로 잘못을 가리어 덮고 있으니, 어느 여가에 군령軍令을 엄하게 하여 그 직분을 다하겠습니까? 이는 다름이 아니라, 법을 제정制定할 때 마땅하지 않았기 때문에 바른 대로 지키며 받들어 실행하는 것이 어려워서입니다. 엎드려 바라건대 전하께서는 백성들의 사정을 근심

히고 염려하셔서 만호가 방이防禦하는 징소에 숙소를 설치하도록 허락하여, 비록 늘 배에 있지 않더라도 군사軍士를 빠뜨리지 않게 하고 호령을 잃지 않게 하여, 배를 운행하고 전투를 익히며 방비에 소양素養이 있는 자는 상賞을 주고 이와 반대되는 자는 벌罰을 주며, 이것을 바탕으로 재주와 그릇, 인망人望이 있는 자를 선발하여 포상하고 등용한다면 사람들이 등용되기를 좋아할 것이며, 장수를 임용하는 방법도 터득될 것입니다.

1. 바닷가의 백성들은 고기잡이를 업으로 삼아 먼 곳의 섬과 외딴 포구에 깊이 들어가서 고기를 잡는데, 갑자기 왜인倭人을 만나면 사사로이 서로 다투어 강약強弱으로 승부를 내어 살해殺害하기까지 하니 그 유래가 오래입니다. 비록 지나가는 상선商船을 진鎭의 장수가 점검點檢하는 법이 있기는 하지만, 이는 장사하는 배에만 행하는 것이고, 수령守令이나 만호萬戶가 경내境內의 백성에게 일상적으로 대하는 데 익숙해져서 금지하지 않고 있다가 잘못되어서는 또 잘못을 숨기는 일이 많으니, 조정에서 어디를 통해서 그러한 사실을 알겠습니까? 예로부터 변방의 방비에 틈이 생기는 것은 커다란 일에 있는 것이 아닙니다. 모든 일은 환란이 닥친 다음에 이를 해결하기 위해 계획하는 것보다 환란이 일어나지 않은 때에 막는 것이 좋습니다. 얼마 전 흥양興陽의 왜침倭侵이 바로 그 사단事端의 하나입니다. 엎드려 바라건대 전하께서는 백성들의 사정을 근심하고 염려하셔서 변방의 방비를 엄하게 거듭 주의하셔서 외딴 무인도에 함부로 들어가서 물고기를 잡는 자는 수령이나 만호까지도 그와 함께 경외境外로 탈출한 자를 벌하는 법으로 죄를 주게 하십시오.

1. 삼포三浦에 늘 살고 있는 왜인倭人은 변방의 백성들과 알고지낸 세월이 이미 오래되어서 친하게 지내는 것이 습관화되어 꺼리는 것이 없습니다. 전해 들으니 왜인들이 포구浦口 가까운 주현州縣의 땅에 재빨리 들어와서 거

주민들과 멋대로 음란한 짓을 벌인다고 하니, 국민을 분별하고 남녀의 구별을 엄격히 하는 것이 심히 아닙니다. 또 교활한 자는 곡식을 저축하여 이자를 붙여 장리長利라고 하는데, 우리 백성들이 가난하므로 이를 따라 빌려 썼다가 오래 쌓여 갚지 못하면 토지를 전당잡히게 됩니다. 여기에서 왜인은 그 이익을 먹고, 우리 백성은 그 세稅를 대납하게 되니, 왜인은 날로 부유해지고, 우리 백성은 날로 가난해져서 그 폐단을 이루 말할 수가 없다고 합니다. 군현郡縣의 정치가 왜인에게 미치지 못하여 비록 수령守令이 안다고 하더라도 요량하여 처리하지를 못하니, 그 일이 이어지고 구차해져 일찍이 제약하지 않다가 날로 넓게 물들어 형세가 금하기 어려울 때에 이르러 하루아침에 갑자기 고치려 하면 반드시 불화不和가 생길 것이니, 진실로 영구히 서로 편안한 방법이 아닐 것입니다. 엎드려 바라건대 전하께서는 백성들의 사정을 근심하고 염려하셔서 조약條約을 엄하게 세우고 주현州縣에서 금지하고 막는 방법을 엄격히 하도록 하여 점차 번져가는 것을 막고 미세微細할 때 없애서 변방의 우환을 그치게 하십시오.

1. 경상도慶尚道 조세租稅 수입의 태반太半은 왜인을 응대하는 비용에 소모되기 때문에 바닷가 여러 고을의 창고가 일제히 비게 되어서 지금은 상도上道 주현州縣의 쌀을 옮겨서 모자라는 것을 보충합니다. 왜인에게 지급하는 식량이라면 그냥 그래도 충분하지만 군자미軍資米 같은 것은 어떻게 하겠습니까? 나라를 다스리는 도리는 먼저 자기 나라부터 다스려야 합니다. 주현의 저축을 비워가면서 왜인의 욕구欲求를 채워주고 편안하게 여겨 태평 백년의 평안을 보존하려고 하니 어찌 소홀하지 않겠습니까? 근래에는 조정에서도 그 폐단을 염려하여 조세의 수량을 반으로 나누어 주州에다 머물러 두게 해 주었으나, 창고가 비어 있는 것은 예전과 같습니다. 엎드려 바라건대 전하께서는 백성들의 사정을 근심하고 염려하셔서 바닷가의 여

러 고을과 물길로 통행하여 실어 나를 만 한 여러 고을의 토지세로 부과한 곡식을 몇 년 만 한정하여 상납하지 말고 모두 주현의 창고에 실어다 놓고 군수軍需에 충당하게 하고 왜인에게 지급하는 것도 보충하게 하여, 주현에서 스스로 충분히 보전하게 하여, 관가의 곡식이 모자라게 되는 데 이르지 않게 하십시오.

1. 모든 위衛에서 장수將帥의 직분은 반드시 위엄이 있어야 사졸士卒을 복종시키고 지략智略이 있어야 사변事變에 적응 할 수 있으니, 평소에는 궁내宮內에서 머물며 지키고, 일이 있으면 궁 밖에서 적을 상대합니다. 임명할 때는 반드시 그 재주에 맞게 하고, 양성할 때는 반드시 그 소질대로 한 그런 뒤에야 위기 때에 목숨을 바치는 의리와 제 몸을 잊고 나라에 순직殉職하는 정성을 요구할 수 있는 것입니다. 지금 장수의 책임을 맡은 자가 과연 모두 장수의 재질에 합당하겠습니까? 전쟁 시에 명령을 받아 적지敵地에서 용감하게 싸울 이가 몇 사람이 있습니까? 충성스럽고 미더운 신하에게 녹봉을 무겁게 하는 것은 선비를 권장하는 까닭인데, 조정에서 미리 그 사람을 가려서 직위職位를 맡기고 녹봉祿俸으로 기르지 않고, 일이 일어나서야 한미하고 보잘 것 없는 직책의 낮은 부류에서 이와 같은 장수를 구하려고 하면, 그것으로 죽을 힘을 다할 사람을 얻을 수 있으며, 그것으로 원망하고 비방하는 말을 그치게 할 수 있겠습니까? 엎드려 바라건대 전하께서는 백성들의 사정을 근심하고 염려하셔서, 참으로 국경 밖의 일을 맡을 만한 재주와 전략이 있는 자를 얻어서 군사를 거느리는 장수將帥로 삼아서 미더움과 신의로 대우하고 넉넉한 녹봉으로 기르시면, 장사將士의 마음을 잃지 않고 완급緩急의 효용效用에 대비하게 될 것입니다.

위에 나누어 놓은 조목의 일들은 모두 국론國論의 실마리에서 나온 것으로, 길 위에서 전해들은 것이지만 간혹 개인의 견해를 말한 것도 있습니다. 비록 감히 반드시 모두 다 옳다고 할 수는 없더라도 감히 스스로 쓸데없는 것이라고 생각하지는 않습니다. 원컨대 전하께서 평범한 것이라고 하여 소홀하게 보지 마시고, 자잘한 것이라고 하여 그저 버리지 않으신다면, 근본을 굳게 하고 백성을 구휼하는 도리와 적敵을 제어하고 변방을 방비하는 계책에 분명히 조금의 보탬이 없지 않을 것입니다. 또 지금 남과 북의 형세形勢는 모두 강한 적들입니다. 그러나 이쪽저쪽을 비교하여 헤아려 보면 남쪽이 더 중요합니다. 북쪽은 산천이 험하여 적군이 침략하는 길에 일정한 수가 있지만 남쪽은 바다로 이어진 포구浦口가 흩어져 있어 적군이 침략할 길이 무수합니다. 북쪽은 변방의 진鎭이 부유富裕하고 충실充實하며 병력兵力도 제법 정예精銳인데, 남쪽은 믿을 만한 군졸이 하나도 없습니다. 북쪽은 거주민들이 강하고 사나우며 군사에 익숙하여 설령 일이 일어난다고 하더라도 심하게 놀라거나 요란스럽지 않을 것이지만 남쪽 사람들은 성질이 유약柔弱한데다가 군사 훈련을 익히지 않아 쉽게 꺾이고 패할 것입니다. 북쪽은 변방 고을들이 으레 모두 겹쳐 들어가 있으므로, 적이 쳐들어오더라도 처음에는 뜻을 얻지 못할 것이지만, 남쪽은 인가가 이어져 있고 사람과 물자가 들판에 벌여져 있어서, 적이 온다면 그 형세는 반드시 이익을 얻을 것이고, 한번 승세를 타게 되면 뒤에는 막기 어려울 것입니다. 이는 진실로 다스림과 어지러움, 편안함과 위태로움의 기틀이니, 헤아리지 않을 수 없을 것입니다. 엎드려 바라건대 전하께서 정신을 유의하여 주십시오.”

自古天下之勢, 一治一亂 否極則泰來, 泰極則復爲否, 理之必然. 姑以我國之事言之三國以前, 分崩離析, 自相雄長, 日尋干戈, 其亂極矣. 高麗太祖東征西討, 十有八年而新羅投降, 又一年而百濟削平, 三國之地, 合而爲一, 境内乂安. 歷七十四年, 而有契丹之兵, 顯宗南遷, 京城遂陷, 僅得興復. 又九十四年, 而東蕃擾邊, 肅宗睿宗相繼致討, 雖置九城後復不守, 戰爭之苦, 數年乃息. 又百有七年, 而有金山金始之兵, 高宗遣趙冲金就礪, 與蒙古合兵攻滅. 自是蒙古之兵侵軼我疆, 南至于尙州, 又南至于羅州, 東民糜爛, 莫敢誰何, 如行無人之地. 四十餘年國非其國, 及元宗親朝, 以世子尙主然後稍定. 又九十一年, 而倭人始寇, 九年而紅賊大至, 恭愍王又南遷, 經年乃還. 厥後軍旅歲興, 寇賊日滋, 生民之類, 蕩無孑遺, 凡三十三年. 而我太祖應運開國, 向之梗化之醜, 望風款附, 列聖相承 重熙累洽, 八十餘年方宇寧謐, 生民老死不識兵革, 可謂太平之極矣. 當泰之時, 復隍之戒, 不可不謹, 世祖大王深惟往古, 超然獨見, 留心武備, 一則曰整軍籍, 一則曰治軍旅. 十四年間張皇克詰, 罔有遺漏, 殿下躬承大統 手握瑤圖, 豈可以久安之俗, 行姑息之政, 忘陰雨之備, 忽桃蟲之患乎. 軍籍軍器等事, 皆世祖建立之法, 民無遠慮, 苟安目前, 法之初行, 豈無譁然. 歲月旣久, 勢必帖然, 因而守之, 可以永安, 若從民言, 隨手變更, 後將復用, 其又奈何. 此在殿下斟酌而固執之耳. 其他固本恤民之道, 制敵備邊之策, 僅將管見條陳于後.

一, 永安道我國根本之地. 祖宗陵寢所在, 太祖龍興肇基於此. 其民强悍愚直, 有事則易動以利, 丁亥之事是已.

一, 爲施愛詿誤, 擧道響應, 當其時, 兵威所過, 醜類克殲, 殘民驚駭, 尙未寧定, 每遇公差, 自相繹騷, 徒悃威靈, 未沾恩澤, 民心燥燥, 誠非久安之道. 伏望殿下軫念, 撫循遺民, 示以懷綏. 或減田租, 或蠲貢物, 務悅其心, 以安遠俗, 以固邦本.

一, 永安之俗, 舊稱無盜, 外戶不閉, 牛畜布野, 今則盜賊盛行, 人心日澆 究求其端, 蓋亦有漸. 本道經亂以來, 謀其所以實之, 則凡有罪應, 流若盜賊者, 宰殺牛馬者, 皆歸之, 是猶驅虎狼而入羊群也. 盜安得不爲盜. 宰殺者豈不便於宰殺乎. 愚民相扇, 漸漬日習, 以强悍之俗, 兼狡獪之盜, 豈不爲朝廷他日之慮乎. 昔高麗時, 丹兵來侵, 楊水尺皆爲鄕導, 其害頗甚, 異日倘有邊警, 如此之徒, 寧不爲虞. 議者不此之察, 每有罪徙者, 必擬兩界, 此臣之所寒心也. 伏望殿下軫念, 自今犯罪凶悍無賴之徒, 勿令徙入以益其勢, 以變其俗.

一, 平安道以鴨綠江爲界, 野人之境, 置鎭列戍, 隄防有備, 中朝之界, 漫無障塞, 江氷若合, 坦若平地, 甚非固國封疆之義. 目今中朝新置站鋪, 遼東之間, 人家漸盛, 靉陽鋪距朔州一日程, 而刺楡寨之人, 皆是本國舊民, 言語無辨, 可以相通. 加又中朝之民, 身役甚閒, 而我國之民, 本道甚苦. 一則困於防戍之往來, 二則疲於使臣之迎送, 齊民破産, 莫敢聊生. 傳聞中朝一路, 舊無鍮器, 盥洗率用木造, 今則所過站驛, 多有鍮器. 問之館人, 答云, 鍮工見居近地, 爲此器. 臣等竊恐, 本國逃賦之民, 潛徙而有此事也. 邊圉不固, 戶籍不明, 所以敎民逃也. 思之至此, 竊自寒心. 伏望殿下軫念, 嚴勅守令, 益勤懷撫, 務收其心, 少寬其力. 仍明戶籍之法, 春秋考校, 老者弱者皆得籍錄, 飢者賑以示恩, 則庶幾不失赤子之心, 更無流徙之患矣.

一, 兩界主鎭衙前, 節度使率多自占, 以備使令, 而監司不能檢其事, 守令不能違其令, 固已不合於大典之數, 又其民卒常苦於疊入. 一爲衙前, 必求營農, 散出城外, 以便水草, 一則城中人戶日就凋耗, 軍卒戍禦虛疏, 二則出城而散居無保伍, 寇虜猝至, 必遺之擒, 其爲弊豈不多哉. 伏望殿下軫念, 嚴加戒諭, 一則不得數外加占, 二則不得城外放出, 違者以軍法從事.

一, 丁亥之亂, 康孝文以一節度使覆沒, 施愛假其名以令, 咸興迤北靡然從逆, 朝廷懲之, 遂分南北道, 置二節度, 所以分其權, 使相制也. 事定之後, 已經八年, 無大奸寇, 而南道節度使徒擁兵馬, 徒費廩祿, 率其妻孥, 安坐內地, 其爲虛設, 不言可知. 借曰南道防戍甲山三水, 然相距三日程, 緩急胡可待也. 一節度之置, 似若無害於事, 然有軍官焉, 有衙前焉, 有留兵焉, 物色萃於內地而邊防虛矣, 供給周於郡縣而費耗廣矣. 減戍禦之兵, 損軍資之儲, 養之於無用之地, 豈非大害也. 伏望殿下軫念, 亟罷南道節度使, 兼治軍政, 以其留兵移屬諸鎭緊切處, 益固邊圉

一, 吉州全盛之時, 人物繁盛, 氣力有餘, 所屬三口子, 若西北斜下北斜麻洞, 雖當賊路要衝, 聲勢相倚, 防戍稍實, 今分吉州爲吉城明川, 土地人民各有其半, 而防禦之所, 則吉城得西北斜下北兩口子, 明川得斜麻洞一口子. 吉城以一縣之力, 分戍二處, 物力寡弱, 防禦之勢, 甚爲孤單, 倘有寇賊, 實深憂危. 伏望殿下軫念, 西北斜下北二口子, 量加軍卒, 益

嚴隄備, 吉城縣監必擇有武才者差遣, 使相救助, 以弭未然之患.

一, 大典內, 各司書吏, 以諸邑校生年壯才疏者充補. 設鄉校儲養人材, 欲其明經修行以備經邦之用, 而必取書吏於此, 固非養士氣重儒術之道. 且永安道與濟州皆有子弟入仕之路, 受職受祿各自有科, 所以綏遠人也. 今乃一槪徵歲貢書吏於兩界及濟州三邑, 豈不開怨懟之懷也. 近有五鎭與濟州歲貢吏投狀申訴, 亦其驗也. 一則擾人心, 二則損邊民, 量其事體, 有甚不可. 伏望殿下軫念, 特令兩界邊邑及濟州三邑, 不許歲貢生徒, 以除羸糧受役之弊, 以示重邊綏遠之體.

一, 舊例野人賜給, 不以器具, 如鞍子粧飾, 亦用豆錫, 蓋不欲以兵器資敵. 祖宗慮患之意深矣. 大典內, 潛賣禁物, 如鐵物牛馬軍器之類, 犯者罪死, 法非不嚴也. 近者邊郡守令慢不奉法, 換易毛物, 必於彼人而惟鐵物是售. 以衣服不緊之具, 換軍國有用之器, 固爲不可, 況以兵刃輸敵手乎. 傳聞野人舊無鐵箭, 率用骨鏃, 今則至有以鐵爲甲者, 其爲害豈不明甚. 伏望殿下軫念, 嚴勅邊將, 申諭法意, 犯者痛懲不饒. 軍民有犯, 竝坐主者, 以申邊禁, 毋爲虎傅翼.

一, 野人之來境上和市者, 必求牝牛牝馬, 邊民與守令多用之, 以便換易, 所得不過毛皮與牡馬耳. 人心狃安, 苟且目前, 以摯息之畜與敵, 豈不爲其所賣也. 毛皮不可騎, 牡馬絕字乳. 其於軍國之政, 豈不有虧而貽久遠之患乎. 伏望殿下軫念, 申嚴禁制, 與兵鐵一例施行.

一, 五鎭會寧鍾城穩城慶源慶興人物阜盛, 田地窄狹, 耕墾所及至於山頂, 未有蒙羢羭之地, 安有如貂鼠土豹之類哉. 然於貢物, 歲有常數, 此則專用貿得於野人也. 常貢不可闕而野人乘時以邀善價, 此兵鐵與牝畜之所以流出塞外也, 欲止其流, 先塞其源. 伏望殿下軫念, 五鎭不產之毛物, 特命盡除, 以嚴禁令.

一, 野人給祿非舊例也. 其初出於一時之權宜, 浸成格例. 堂上官受職者間有援請, 常賜之外, 又受祿俸, 勢不可載穀而還, 必緣族類之向化來居者, 私通買賣, 無物不取, 駄運之際, 驛路之弊, 不可勝言, 況歲月旣久, 習熟尋常, 上下相安, 莫爲防禁. 臣等竊恐, 乍臣而受祿者益多, 因祿而爲奸者漸生, 國之利器, 將爲敵人所資. 伏望殿下軫念, 深惟遠圖, 勿給祿俸以防其弊.

一, 國家三面距海, 防禦之備, 必伏舟楫. 今各浦兵船實甚虛疏, 此久安之常態也. 不振起更張, 終至於怠惰, 委靡而遺患, 不可言矣. 加又造船之板, 必用松木, 而其養成材, 必百年而後可用. 今聞漕船之材, 邊山之松已盡, 而移於莞島, 莞島若盡, 又將何歸? 舊稱江原一道材木淵藪, 今亦將盡, 若不禁制, 數年之後, 必無中船之材矣. 謹按唐末, 內臣戎帥競治亭館第宅, 時號木妖. 宋初官禁私販秦隴大木, 比事以觀, 豈非山林之材盡耗於唐末第舍之奢侈, 故不得不爲宋初之大禁也. 伏望殿下軫念, 嚴家舍之制, 杜奢侈之習, 以申山林之禁, 毋使材木殫焉, 以儲舟船之用.

一, 沿海邑城多不修築, 內地山城亦皆廢墜, 平安一路淸川江以西諸邑, 蕩無堡障. 謹按春秋傳, 莒城惡, 楚人伐之, 浹旬之間, 克其三城. 傳者譏其無備. 昇平之時, 因循苟且慢易而不爲, 有事之後, 奔走疲勞, 傾殞而不及, 此有國之常患也. 詩云, 迨天之未陰雨, 撤彼桑土, 綢繆牖戶, 今此下民或敢侮予. 伏望殿下軫念, 令諸道觀察使審量, 今年築一城, 明年築一城, 漸次營建, 庶幾役不煩重而城守永固.

一, 全羅諸浦當春夏轉運之時, 漕船不足, 補以兵船, 往還之間, 動經旬月, 是在浦留防之日少, 出浦移使之時多也. 無事則已, 有事則奈何. 一處傾潰, 倭寇迸溢, 南民久安, 孰能枝梧. 士民奔波, 立顚溝壑, 當此之時, 雖有智者, 不能爲之謀矣. 議者不此之察, 苟玩目前之無事, 不徒兵船之移用, 國家大役則必曰, 當領船軍, 臣等常切疚心. 兵法曰, 毋恃其不來, 恃吾有以待之. 伏望殿下軫念, 勿以南方爲恒安, 常若倭奴之竊發, 毋置兵船於不可用之處, 毋役船軍於不當勞之地, 益勤邊防, 永圖治安.

一, 萬戶者, 將帥之職, 其任至重, 而材器可用者, 皆不屑就何歟. 蓋其居止非人所堪也. 凡人生長室屋, 舟楫本非己性, 必使萬戶長在船中, 宜乎豪傑之士不出其選也. 立法而下不奉行, 則其爲法也皆苟而已矣. 今之萬戶, 例不舟居, 私營邸舍, 以便寢息, 自知非法, 惴惴焉, 惟恐軍卒之告訐, 監司之發擿, 日與群下同心掩覆, 何暇嚴軍令盡其職乎. 此無他制法不得其宜, 奉公難於守正也. 伏望殿下軫念, 萬戶防禦之所, 許置廬舍, 常時雖不在船, 軍士無闕, 號令不失, 行船習戰備禦有素者有賞, 反此者有罰, 因選有材器人望者, 褒而用之, 庶幾人樂爲用, 而任將之道得矣.

一, 沿海之民, 以漁釣爲業, 遠島絶浦深入採捕, 猝遇倭人, 私相鬭鬩, 强弱勝負以至殺害, 其來久矣. 雖有商船所過, 鎭將點檢之法, 此則行於商賈之船也. 守令萬戶於境內之民, 狃於尋常, 不加禁戢, 及其違誤, 又多匿過, 朝廷何由知之. 自古邊釁之生, 不在於大. 凡事患至而圖之, 不若防患於未然, 近日興陽之倭, 卽其事端之一也. 伏望殿下軫念, 嚴勅邊鄙,其擅入無人絕島漁獵者, 升守令萬戶, 以出境外之律罪之.

一, 三浦恒居倭人與邊民交通, 歲月旣久, 狎習不忌. 傳聞, 倭人駸駸至於近浦州縣之地, 與居民過從私淫者, 甚非所以辨族類嚴內外也. 又有榤黠者, 貯穀出息以爲長利, 吾民貧乏, 從而假貸, 積久不償, 典以田土. 於是倭人食其利, 我民代其稅. 倭人日富, 我民日貧, 其弊有不可勝言者. 郡縣之政, 不及倭人, 守令雖知, 莫爲料理, 因循苟且, 不早制約, 浸漸日廣, 勢將難禁, 一朝頓革, 釁隙必生, 誠非永久相安之道. 伏望殿下軫念, 嚴立條約, 令州縣深加禁防, 杜漸塞微, 以弭邊患.

一, 慶尙道租稅之入太半, 耗於應接倭人之費, 沿海諸邑倉廩一空, 今則移上道州縣之米, 以補其闕. 倭料則苟完矣, 其如軍資何. 爲國之道, 當先自治. 空州縣之儲, 以奉倭人之欲, 晏然欲保太平百年之安, 豈不疎哉. 近者朝廷亦慮其弊, 租稅之數, 分半留州, 倉廩之空猶古也. 伏望殿下軫念, 沿海諸邑及水路通行, 可以漕運諸邑田稅米穀, 限數年勿令上納, 悉輸州倉, 以充軍需, 以補倭料, 使州縣足以自保, 而館穀不至於匱乏.

一, 諸衛將帥之職, 必得威靈, 足以服士卒, 智略足以應事變. 平居則宿衛宮內, 有事則折衝閫外, 任之必當其才, 養之必有其素, 然後可以責見危授命之義, 忘身殉國之誠矣. 今之任將帥之責者, 果皆稱將帥之才歟. 受命於兵戈之際, 決勝於夷虜之場, 有幾人哉. 忠信重祿, 所以勸士也, 朝廷不預擇其人, 任之以位, 養之以祿, 而臨事求之於閑散下流, 其能得其死力乎. 其能弭怨謗乎. 伏望殿下軫念, 誠得有才略可以任境外之事者, 爲將兵之官, 忠信以待之, 優祿以養之, 無失將士之心, 以備緩急之用.

右件事條, 率是出於國論之緒餘, 得於道路之傳聞, 而間有臆見之說. 雖未敢盡謂之必然, 亦不敢自以爲無用也. 願殿下勿以泛常而見忽, 勿以猥瑣而是遺, 則其於固本恤民之道, 制敵備邊之策, 未必無少補也. 且今南北之勢, 皆是勍敵. 然校量彼此, 南方爲重. 北方山川險阻, 賊路有數, 南方海浦散漫, 賊路無數. 北方邊鎭富實, 兵力稍精, 南方軍卒, 無一可恃. 北方居民强悍習兵, 縱令有事, 不甚驚擾, 南方人性柔弱, 不習軍旅, 易爲摧敗. 北方邊郡例皆疊入, 賊來初不得志, 南方烟火相接, 人物布野, 賊來勢必獲利, 一爲所乘, 後將難禁. 此誠治亂安危之機, 不可不爲之圖也. 伏惟殿下留神焉.

■ **비답**批答**과 전교**傳敎

임금이 다 좋게 여겨 받아들였다.

上皆嘉納.

17 》 용렬하고 못난 저의 벼슬을 갈아주소서

1478년(성종 9) 무술년 3월 18일
이조 판서 강희맹姜希孟

■ 저자 소개

강희맹姜希孟 : 1424(세종 6)～1483(성종 14). 조선 전기의 문신으로, 본관은 진주晉州이고, 자는 경순景醇, 호는 사숙재私淑齋·운송거사雲松居士·국오菊塢·만송강萬松岡이다. 강시姜蓍의 증손으로, 할아버지는 동북면 순무사東北面巡撫使 강회백姜淮伯이며, 아버지는 지돈녕부사 강석덕姜碩德이고, 어머니는 영의정 심온沈溫의 딸이다. 형이 인순부 윤仁順府尹이자 화가인 강희안姜希顔이며, 이모부가 세종이다.

1447년(세종 29) 24세로 친시문과에 장원급제한 뒤 종부시 주부宗簿寺主簿가 되었다가 1450년 예조 좌랑禮曹佐郎과 돈녕 판관敦寧判官을 역임하였고, 1453년(단종 1) 예조 정랑禮曹正郎이 되었다. 1455년(세조 1)에 원종공신 2등에 책봉되었고, 그 뒤에 예조 참의禮曹參議·이조 참의吏曹參議를 거쳐, 1463년 중추원 부사中樞院副使로서 진헌부사進獻副使가 되어 명나라에 다녀왔다. 이듬해 부윤으로서 어제구현재시御製求賢才試에 2등으로 합격하였고, 1466년 발영시拔英試에 3등, 등준시登俊試에 2등으로 급제했다. 세조의 총애를 받아 세자빈객世子賓客이 되었으며, 예조판서

禮曹判書를 거쳐 1467년에는 형조판서刑曹判書로 특진하였다.

1468년(예종 즉위년)에 남이南怡의 옥사獄事를 다스린 공으로 익대공신翊戴功臣 3등에 책봉되어 진산군晉山君에 봉해졌고, 1471년(성종 2)에는 좌리공신佐理功臣 3등에 책봉되었으며, 그 해에 지춘추관사知春秋館事로서 신숙주申叔舟 등과 함께『세조실록』·『예종실록』의 편찬에 참여했다. 1473년에는 병조판서가 되었고, 이어서 판중추부사判中樞府事 · 이조판서吏曹判書 · 판돈녕부사判敦寧府事 · 우찬성右贊成을 역임한 뒤, 1482년에 좌찬성左贊成에 이르렀다.

인품이 겸손하고 치밀해 맡은 일을 잘 처리했으며, 또 경사經史와 전고典故에 통달했던 당대의 뛰어난 문장가였다. 사대부로서 관인적 취향과 섬세한 감각을 가진 문인이면서도 농촌 사회에 전승되고 있는 민요와 설화에 깊은 관심을 가져 관인문학官人文學의 고답적인 자세를 스스로 파괴했다.

할아버지와 아버지, 형의 시집인『진산세고晉山世稿』를 편찬했으며, 세조 때『신찬국조보감新撰國朝寶鑑』·『경국대전』의 편찬과 사서삼경의 언해, 성종 때는『동문선』·『동국여지승람』·『국조오례의』·『국조오례의서례』등의 편찬에 참여했다.

『조선왕조실록』성종 14년 2월 18일, 강희맹이 죽은 뒤 사관들이 기록한 강희맹에 대한 평가는 다음과 같다.

의정부 좌찬성議政府左贊成 강희맹姜希孟이 죽었다. 조회를 정지하고 시장을 파하였으며, 부의賻儀를 내리고 조문하였으며, 장례지내기를 예例와 같이 하였다. 강희맹의 자字는 경순景醇이며 진주晉州 사람이고 지돈녕부사知敦寧府事 강석덕姜碩德의 아들이다. 성품이 총명하고 슬기로우며, 독서를 좋아하여 한 번 보면 곧 기억하곤 하였다. 나이 18세에 생원시生員試에 합격하였으며, 정통正統 정묘년 가을에 문과文科의 제 1등으로 뽑히어 종부 주부宗簿主簿에 임명되었다. 경태景泰 경오년에 예조 좌랑禮曹佐郎으로 옮겼고, 돈녕 판관敦寧判官을 거쳐, 계유년에 예조 정랑禮曹正郎으로 옮겼다가 을해년에 직집현전直集賢殿에 임명되었으며, 이내 병조

상소上疏와 비답批答

정랑兵曹正郎으로 옮겼다가 병자년에 동첨지돈녕부사同僉知敦寧府事로 승진하였다.

천순天順 정축년에 판전농시사判典農寺事로 옮겼다가 무인년에 판통례문사判通禮門事로 옮겼다. 얼마 후에 예조 참의禮曹參議에 올랐다가 이조 참의吏曹參議를 거쳐 중추원 부사中樞院副使에 올랐다. 예조 참판禮曹參判·세자 빈객世子賓客을 거쳐 예조 판서禮曹判書에 발탁되었다. 세조世祖가 발영 등준과拔英登俊科를 설치하여 문신을 시험보아 선발하였는데, 강희맹이 발영시 제3등, 등준시 제2등에 합격하였다. 세조가 일찍이 여러 신하들을 품제品題하여 이르기를, "내게 제일의 신하 셋이 있는데, 한계희韓繼禧는 미묘微妙함이 제일이고 노사신盧思愼은 활달豁達함이 제일이고 강희맹은 강명剛明함이 제일이다."라고 하였다.

세조가 병환에 걸리자, 강희맹이 입시入侍하여 밤낮을 떠나지 않았는데, 임금의 병이 낫고는 총애하여 여러 번 물품을 내려, 내탕 서대內帑犀帶를 주었었다. 이어 숭정대부崇政大夫를 더해주고 얼마 안 되어 특별히 형조 판서刑曹判書에 임명하였다. 성화成化 무자년에 남이南怡가 죽음을 당하고 예종睿宗이 공功을 논하며 유자광柳子光 등에게 익대공신翊戴功臣의 호를 내렸는데, 강희맹은 처음에는 참여하지 못하였으나 글을 올려 스스로 그 공을 열거하므로 3등에 올리고 진산군晉山君에 봉하였다.

지금 임금이 즉위하고는 순성명량 좌리공신純誠明亮佐理功臣의 호를 내렸다. 얼마 안 되어 병조 판서兵曹判書에 임명되었고 판중추부사判中樞府事·이조 판서吏曹判書를 역임하였다. 임금의 신임이 매우 중하였으므로 그를 꺼리는 자가 있어 익명서匿名書를 지어 대내大內에 투입하여 오만가지로 그를 훼방하였으나, 임금이 어서御書로 돈독히 유시諭示하기를, "나는 경을 의심하지 않고 경은 나의 말을 의심하지 않는다."라고 하니, 강희맹이 받들어 읽고 감읍感泣하였다. 훼방을 받고부터 재삼 글을 올려 사직을 청하였으나 임금이 허락하지 않았고, 신임이 더욱 더하여 누차 판돈녕判敦寧을 거쳐 좌찬성左贊成에 올랐다.

사람됨이 공손 근엄하고 신중 치밀하여 벼슬을 맡고 직책에 임함에 행동이 사의事宜에 합치하였다. 경사經史를 널리 읽고 전고典故를 많이 알았다. 예제禮制에 참여하여 정할 때에 문장이 정밀하고 깊이가 있으며 속되지 않았는데, 종이를 잡기가 무섭게 곧 문장이 이루어졌다. 이때에 이르러 병사病死하니, 향년享年이 62세였다. 아들은 강귀손姜龜孫·강학손姜鶴孫인데, 강귀손은 기해년 과거에 합격했다. 임금이 강희맹의 문장을 소중히 여겨 그 시문을 차례로 엮어서 책을 만들도록 하니, 『사숙재집私淑齋集』 약간 권이 세상에 전한다. 시호를 문량文良이라고 하였으니, 학문을 부지런히 하고 묻기를 좋아하는 것을 문文이라고 하고, 온순하고 늘 즐거워하는 것을 양良이라고 한다.

사신史臣이 논평하기를, "강희맹姜希孟은 책을 많이 보고 기억을 잘하며 문장이 우아하고 정밀하여 한때의 동년배들 중에 그보다 앞서는 자가 없었다. 다만 평생 임금의 뜻에 영합하여 은총을 희구希求하였다. 세조世祖가 금강산金剛山에 거둥하였을 때, 이상한 새가 있어 하늘가를 빙빙 돌며 춤추었다. 세조가 부처의 힘이 신묘하게 응한 것이라고 하였는데, 강희맹이 서울에서 그 말을 듣고 드디어 「청학송靑鶴頌」을 지어 바치었다. 세조가 일찍이 술이 거나하여 좌우에게 희롱하여 말하기를, '나는 중토中土를 횡행橫行하고 싶다.'라고 하였는데, 강희맹은 이를 사실로 여기고 이에 한 권의 책을 지어 바쳤다. 이름하여 『국세편國勢篇』이라 하였는데, 아첨하는 말이 많이 있었다. 세조가 보고 이르기를, '이것은 사람들에게 들려주어서는 안 되겠다.'라고 하고, 곧 돌려보냈다. 또 그 공功을 스스로 열거하여 공신功臣에 참여하게 되었으며, 이조 판서가 되어서는 비방을 받은 것도 많았다. 비록 글의 아름다움이 있기는 하나, 무엇을 취하랴?"라고 하였다.

(『근역서화징槿域書畵徵』·『사숙재집私淑齋集』·『신증동국여지승람新增東國輿地勝覽』·『조선왕조실록朝鮮王朝實錄』·『한국민족문화대백과사전』·『한국한자어사전韓國漢字語辭典』)

　이 글은 이조판서를 사직하고자 청하면서 인재의 등용에 대해 이야기한 맹사성의 상소이다. 『조선왕조실록』 뿐만 아니라 그의 문집인 『사숙재집私淑齋集』 권 6에도 수록되어 있어, 이 책에서는 문집의 글을 번역의 저본으로 삼았다. 강희맹의 나이 55세 때 올린 상소로, 이 상소를 올릴 무렵 맹사성은 임금으로부터 몹시 두터운 신임을 받고 있었고, 그를 시기하고 꺼리는 사람들의 투서로 상당한 곤혹을 치루고 있었지만, 임금의 신망은 줄어들지 않았다. 하지만, 이 무렵부터 맹사성은 누차 글을 올려 사직을 청하여 물러나려고 했다.

　맹사성의 사직 상소문은 전체 3단락으로 구성되어 있다. 첫 단락은 서론에 해당하는 것으로 상소를 쓰게 된 이유와 인재의 등용이 어려운 이유에 대한 설명이고, 두 번째 단락은 본론으로 자신의 부족함에 대한 고백이자 자신이 사직 상소문을 올리는 이유와 인재를 등용하는 방법에 대한 서술이고, 마지막 단락은 결론으로 자신의 상소를 받아들여 주기를 바라는 마음의 표현이다. 각 단락을 조금 더 살펴보면 다음과 같다.

　첫 단락에서 강희맹은 옛날부터 제왕帝王이 스스로 사람을 가려 뽑지 않고 반드시 담당 관리에게 맡겼던 것은 사람을 두루 알기 어렵기 때문이라고 했다. 또 사람을 쓰는 법이 시대마다 제도가 다르지만, 그 요체는 결국은 어진 사람을 추천하여 나오게 하고 불초不肖한 자를 물리치는 것이라고 했다. 그런데, 평범하고 보잘 것 없는 관리들은 일을 처리하는 행태가 각기 다르고, 정치를 담당하는 자는 자기가 하는 일에 어두워서 인재의 재능을 다 쓰지 못하고, 쓴다고 하더라도 재능을 가진 사람들을 다 쓰지 못하여, 어질고 능력 있는 인재들이 밖에서 뜻을 펴지 못하고 나라의 일은 날로 잘못된다고 했다. 현재의 상황과 인재 등용의 어려움에 대한 표현이다.

　두 번째 단락에서 강희맹은 자신의 무능력에 대해 구체적으로 설명하면서 사직을 청하고, 인재를 등용하는 방법을 서술했다. 강희맹은 무능력한 자신이 세조世祖의 은총恩寵을 입어 분에 넘치는 자리에 있게 되었지만, 때마침 양부養父의 상喪을 당해 벼슬을 그만둘 수 있었는데, 상복을 벗자마자 다시 임금의 은총을 입어 이조 판서의 직을 담당하게 되었다고 했다. 그러나 자신이 이 자리에 있으면 끝내 반드시 후회하는 일이 있을 것이기 때문에 이 글을 올린다고 했다.

자신의 무능력과 불성실에 대해 강희맹은 처음 사람을 등용擢用할 때에는 언제나 반드시 적당한지 않은지를 세 번 생각한 뒤에 추천했지만, 몇 달이 지난 뒤로는 관례慣例에 익숙해져서 명부名簿를 흘겨보면서 이름을 불러 인재의 추천에 마음을 쓰지 않는 것 같다고 했다. 이런 행동은 유능한 것이 아니라 직분에 오래 있었기 때문에 익숙해진 탓이라는 것이다. 또 지혜가 맡은 직책에 적당하지 못하고, 재주가 무거운 책임을 감당하지 못하는데도 권력을 탐내서 즉시 사임하지 못하고, 날마다 비방誹謗하는 말을 들으면서도 근심하지 않으며, 조정朝政을 혼란하게 하면서도 부끄러워하지 않는 것은 신하의 절개라고 할 수 없으니 사직해야 한다고 했다. 특히 그는 옛날 말에 "어진 이를 추천하면 상등의 상賞을 받고, 어진 이를 막으면 형벌에 따라 죽임을 당한다."라고 했는데, 정사故事를 맡은 지 30여 개월 동안 한 사람이라도 어진 이를 추천하지 못하고 예例에 따라 임용하여, 관례적으로만 처리하고 융통성이 없었으니, 자신은 좋은 인재를 뽑기보다 비방을 피하려고만 한 것으로 재주와 지혜가 용렬하여 직임에 걸맞지 못한 사람이라는 것이다.

이와 같은 사직의 이유는 다른 한 편으로 첫째 사람의 마음은 늘 마지막에 가서 잘못을 저지르기 마련이니, 정치를 담당하는 모든 사람에게 1년을 임기로 하도록 해서 처음에 잘하는 자가 끝까지 잘할 수 있도록 해야 하고, 둘째 예로부터 임금의 총애를 받으면서 죄를 지었다는 책망을 받지 않은 자는 드무니, 임금이 내려준 큰 권력을 받아 잘 대처할 수 있는 사람을 선발해야 하는데, 지혜와 재주가 직분과 책임을 감당할 수 있는 사람으로 뽑아야 한다는 것이다.

마지막 단락에서 강희맹은 자신에 대해 요행으로 스스로를 아끼거나 은총과 권세를 물리친다는 명성을 좋아하는 사람이 아니고, 또 세상의 기대를 받는 사람이거나 인재를 골라 뽑을 묘수를 지닌 사람이 아니라고 했다. 따라서 만일 후세에 누군가가 "아무개는 실로 용렬한 인물인데, 어떻게 이렇게 오래도록 중요한 직책에 있었는가? 당시의 논의가 하나로 합쳐지지 않아 그 자신도 스스로 피하지 못하였고 당시의 형세도 그를 배척해서 버리지 못하였던가?"라고 한다면, 성종과 성종이 다스린 태평시대에 허물이 될 것이기 때문에 사직하여야 한다고 했다.

이 상소에 대해 성종은 천하天下가 아무리 크다고 하더라도 인재人才를 선발하기는 어렵고, 임용하는 사람이 다 유능有能하거나 어질고 착한 사람일 수는 없으니 이것은 인재를 선발하는 사람의 잘못이 아니기 때문에 사직을 허락할 수 없다고 했다. 강희맹과 성종의 사이의 개인적인 관계가 두터웠기 때문이기도 하겠지만, 성종 역시 인재 선발의 어려움을 알고 있었기 때문이라고 생각된다.

■ **역문**譯文

신臣 희맹希孟은 황공하고 두려워 거듭 머리를 조아려 말씀드립니다. 가만히 생각해 보건대, 사람의 됨됨이나 재능을 가려서 뽑는 일은 옛날부터 어려운 일입니다. 어리석은 자가 지혜 있는 것처럼 보이고 간사한 자가 정직한 것처럼 보이며, 속은 돌 같은데 겉은 옥玉같이 보이고, 양羊의 자질에 범의 가죽을 쓴 자 등 온갖 사람들이 각기 같지 않습니다. 옛날부터 제왕帝王이 스스로 사람의 됨됨이나 재능을 가려서 뽑는 일을 맡지 않고 반드시 담당 관리에게 맡겼던 것이 어찌 임금의 지혜가 부족해서 이겠습니까? 진실로 사람을 두루 알기 어렵기 때문입니다.

　가만히 살펴보건대, 요堯임금의 당唐나라와 순舜임금의 우虞나라에는 아름답게 여겨 칭찬하는 말로 사람을 추천하는 법이 있었고, 한漢나라와 당唐나라에는 자격을 시험해서 알맞은 사람을 골라 뽑아 제대로 기용하는 절차가 있어서, 사람을 쓰는 법은 시대마다 각각 제도가 다릅니다. 그러나 그 요체는 결국은 어진 사람을 추천하여 나오게 하고 불초不肖한 자를 물리치는 것일 뿐입니다. 옛날부터 지금에 이르기까지 어느 누구인들 낮고 천賤한 위치에 있는 자를 밝게 드러내어서 인재로 선발하기를 기대하지 않았겠습니까? 다만 문인文人은 현실과 동떨어진 것에 결점이 있고, 무사武士는 허황되고 거친데 모자란 점이 있으며, 나라에 공을 세운 신하나 지위가 높은 관리의 자손으로 과거를 거치지 않고 관리에 임용된 자들이나 평범하고 보잘 것 없는 관리들은 온갖 방법으로 일을 처리하는 행태가 달라서, 각기 자기 능력에 현혹眩惑되어 있습니다. 그렇기 때문에 정치를 담당하는 자가 자기가 하는 일에 어두워 어떻게 해야 할지를 몰라 인재의 재능을 다 쓰지 못하고, 쓴다 하더라도 재능을 가진 사람들을 다 쓰지 못하니, 어질고 능력 있는 인재들은 밖에서 뜻을 펴지 못하고 나라의 일은 날로 잘못되어, 그들 스스로 비록 무거운 꾸지람을 받고 죽을지라도 오히려 죄가 남으니, 무엇이 국가에 보탬이 되겠습니까?

　신은 젊어서 글 짓는 일에 종사하여 세종世宗 때 말석末席으로 과거에 급제하였으나, 학식學識이 어둡고 재주나 지혜가 천박淺薄하여 하급 관료下級官僚직을 이리저리 옮겨 다닌 지 여러 해였는데, 요행히 세조世祖의 분에 넘치는 은총恩寵을 입어 하루아침에 갑자기 품계가 올랐습니다. 그래서 항상 소인이면서 군자의 지위에 있는 잘못 때문에 맡은 책임을 다하지 못하는 실수를 저지를까 두려워하였는데, 계사년 2월에 특별히 신臣에게 병조 판서를 명하셨습니다. 병사兵事는 유자儒者가 해낼 수 있는 일이 아니라는 것을 누차 아뢰어 직임을 거두어 주실 것을 청했으나 허락을 받지 못하였고, 다시 20여 개월이 지났으나 전쟁과 방어에 관한 일을 다 잘할 방법이 없었습니다. 때마침 양부養父의 상喪을 당해 벼슬을 그만두고 한가롭게 있을 수 있어서, 진실로 분수에 맞는 일이라고 달게 여겼는데, 상복을 벗은 지 얼마 안 되어 또 성상聖上의 그릇된 은총을 입어 사람을 골라 뽑는 일을 담당하게 되었습니다.

신은 진실로 못나고 용렬하여 감히 명령을 받들 수 있는 능력이 없음을 알고, 직책을 받은 처음에 여러 번 비천한 저의 뜻을 아뢰어 무거운 책임을 풀어 주시기를 빌었으나, 또한 허락을 얻지 못하였습니다. 임금의 귀를 번거롭게 한 죄를 면할 수 없다는 것을 알고 있으나, 그러나 분수를 헤아리고 자신을 살펴볼 때 이 자리에 계속 있게 된다면 끝내 후회하는 일이 반드시 있을 것입니다. 만약 임금의 위엄이 두려워 감히 호소呼訴하지 않고, 중요한 자리에 잘못 있으면서도 세월만 끌어서, 쌓이는 비방誹謗이 그치지 않아 마침내 큰 죄가 되면, 그렇게 된다면 비록 하늘을 우러러 호소한들 어떻게 할 수 있는 방법이 있겠습니까? 삼가 죽음을 무릅쓰고 어리석은 생각을 아래와 같이 조목별로 열거하니, 엄하게 봐 주시기 바랍니다.

대체로 사람의 마음은 처음에는 부지런하고 나중에는 게을러지는 것이 본래 일반적인 예例입니다. 큰 권력을 잡으면 누구인들 정치의 근본을 맑고 밝게 하여 처음부터 끝까지 한 결 같이 하려고 하지 않겠습니까? 그러나 처음에는 조심조심하지만, 중간에는 익숙해지며, 익숙해지면 습관習慣이 생기고, 습관이 생기면 하는 모든 일이 점점 처음과 같지 않게 되니, 실로 작은 문제가 아닙니다. 신臣은 병조 판서가 된 이래로 오늘에 이르기까지 권력을 잡은 지가 이미 30여 개월이 지났습니다. 하는 일들이 법도에 맞지 않고, 덕행德行의 명망德望이 사람들의 마음에 딱 들어맞지 않다는 것을, 신도 스스로 압니다. 그런데 하물며 조정에서 그에 대한 논의가 있는 경우야 말해 무엇 하겠습니까?

신이 일찍이 공자孔子의 말씀을 보니, "안회顔回는 그 마음이 석 달 동안 인仁에서 어긋나지 않고, 그 나머지 사람들은 혹 하루에 한 번, 한 달에 한 번 어진 마음이 일어날 뿐이다."라고 하였는데, 이를 풀이하는 사람이 말하기를, "석 달은 하늘의 도道가 조금 변하는 때이니, 오랜 것을 말한 것이다."라고 하였습니다. 안자顔子는 공자의 문인門人 중에서도 성인에 버금가는 사람이라고 이야기되는데, 오히려 석 달 이상을 인仁에 머무를 수 없었으니, 대개 사람이 마음을 잡아가는 기틀의 어려움이 이와 같음을 말한 것입니다. 하물며 신과 같은 자가 중요한 자리에 잘못 있은 지가 1년을 넘은 경우야 말해 무엇 하겠습니까? 1백 가지 방법으로 공격하는 사람들의 말이 귀에 어지러워 옳으니 그르니 하는 평가가 분분합니다. 날마다 마음속으로 싸우고 있으니, 어찌 형세의 이로움에 따라 움직이지 않아 엎어지는 것을 모면할 수 있겠습니까?

신이 직책을 맡은 처음에는 한 사람을 등용登用할 때에도 언제나 반드시 적당한지 않은지를 세 번 생각한 뒤에 추천하여, 오히려 털끝만큼이라도 잘못 추천했다는 비난이 있을까 두려워하였습니다. 그랬기 때문에 비록 남들이 어리석고 미련하다고 민망하게 여길지언정, 끝내 비난하지는 않았습니다. 그러나 몇 달이 지난 뒤에는 점차 관례慣例에 익숙해져서, 지금은 추천할 때에 관료들의 이름을 기록한 명부名簿를 비스듬히 흘겨보면서 이름을 불러 추천하니 마음을 쓰지 않는 것 같습니다. 얼른 보면 유능한 것 같으나, 결국에는 비난하는 이야기들의 비판을 면하지 못합니다. 신이 감히 큰 권련을 잡고 태만하거나 소홀한 생각을 품을 수 있었겠습니까? 다만 직분에 오래 있었기 때문에 익숙해진 탓일 뿐입니다. 신이 생각하건대, 큰 권력은 적당하지 않은 사람에게 오래 주어서는 안 될 듯합니다. 사람의 마음은 늘 마지막에 가서 잘못을 저지르기 마련입니다. 유독 신만 그런 것이 아니니, 정치를 담당하는 모든 사람에게 단지 1년을 임기로 하도록 하여, "처음에 잘하지 않는 자는 없다."라는 것을 취하고, "끝에 가서도 잘하는 자는 드물다."라는 경우에 이르지 않도록 하신다면 몹시 다행일 것입니다.

옛날부터 정치를 맡은 신하 중에 오래도록 총애를 받으면서 죄를 지었다는 책망을 받지 않은 자는 천백千百 사람 가운데에서 한 두 사람이 있을 뿐입니다. 정치의 책임을 받은 자가 어찌 다 잘못된 사람이겠습니까? 진실로 임금이 내려주신 큰 권력을 잡아 의심받기 쉬운 지위에 있어서, 잘 대처할 수 없었기 때문에 그런 것입니다. 사사로움을 따르면 국정國政을 그르치고, 이치를 따르면 인정人情을 뿌리쳐야 합니다. 인정과 이치를 동시에 행하면서 어긋나지 않는 사람을 구한다면, 옛날부터 지금까지 그런 사람은 드물 것입니다. 만약 혹 재주가 임용할만 하다고 할지라도, 몰래 스스로를 아끼는 생각을 품어 위임받은 무거운 책임을 교묘하게 피한다면, 이는 진실로 신하된 자로서 용서받을 수 없는 죄입니다. 그러나 간혹 지혜가 맡은 직책에 적당하지 못하고, 재주가 무거운 책임을 감당하지 못하는데도 오히려 큰 권력을 못내 탐내어 즉시 사임하지 못하고, 날마다 비방誹謗하는 말을 들으면서도 근심하지 않으며, 조정朝政을 혼란하게 하면서도 부끄러워하지 않는다면, 이것이 또 어찌 신하 된 자의 큰 절개라고 할 수 있겠습니까? 신은 스스로를 아끼는 것이 아니고, 다만 재주도 없으면서 무리하게 잘못자리에 있는 것이 두려울 뿐입니다. 엎드려 성상의 자애를 바랍니다.

옛날 말에 이르기를, "어진 이를 추천하면 상등의 상賞을 받고, 어진 이를 막으면 형벌에 따라 죽임을 당한다."라고 하였으니, 인재를 심사하여 적당한 관직에 배정해 인물을 쓰고 버리는 일의 엄격함이 이와 같습니다. 신이 정사政事를 맡은 지 30여 개월 사이에, 일찍이 한 사람이라도 어진 이를 추천하여 성상의 다스림에 만분의 일도 도움을 드리지 못하고, 다만 장부만을 뒤져 성적을 살펴보고, 재직 연수의 오래고 가까운 것으로 차례를 지을 뿐이어서, 마음속으로 비록 어진 이를 알고 있을지라도 임기任期가 차지 않았으면 손을 흔들다가 다시 중지하고, 비록 용렬함을 알고 있더라도 마침 임기가 만료 되었으면 예例에 따라 올려 임용하기를, 물고기를 꼬챙이에 꿰듯이 하고 비늘처럼 줄을 세워, 어진 이와 어리석은 자가 함께 지체되는 근심이 없지 않았던 것이 진실로 요즈음에 내리신 명에서 가르치신 것과 같습니다. 어찌 됨됨이나 재능을 시험하여 사람을 뽑는 좋은 법이라 하겠습니까? 다만 법례法例가 이와 같아서 융통성 있게 처리하지 못해서일 뿐입니다. 혹 융통성 있게 처리하는 일이 있으면 행적이 사사로움을 따른 것이 되어서 비방하는 이야기들을 피할 수 없으니, 신은 나아갈 수도 물러날 수도 없어, 말할 바를 알지 못하겠습니다. 옛날에 사추史鰌는 거백옥蘧伯玉을 등용登用하지 못하자 오히려 죽어서도 충심으로 말씀을 드렸는데, 하물며 신은 일을 할 수 있는 세상을 만나 일을 할 수 있는 지위에 있으면서도, 다만 재주와 지혜가 용렬하여 직임에 걸맞게 하지 못하고, 무안한 모습으로 구차하게 자리만 지키고 있으니, 신은 실로 낯이 두꺼운 사람입니다. 엎드려 성상의 자애를 바랍니다.

  신은 감히 요행으로 스스로를 아끼거나 은총과 권세를 물리친다는 명성을 좋아하는 것이 아닙니다. 신은 세상의 기대를 받는 사람도 아니고 또 인재를 골라 뽑을 묘수를 지닌 사람도 아닙니다. 다만 세조 대왕의 외척外戚 신하로서 여러 번 인물의 됨됨이나 재능을 시험하여 뽑는 직책을 맡았을 뿐, 한 치의 장점長點도 없습니다. 진실로 두려운 것은 만세萬世 뒤에 역사책을 근거根據로 하여 어떤 사람이 비교해 보며 말하기를, "아무개는 실로 용렬한 인물인데, 어떻게 이렇게 오래도록 중요한 직책에 있었는가? 당시의 논의가 하나로 합쳐지지 않아 그 자신도 스스로 피하지 못하였고 당시의 형세도 그를 배척해서 버리지 못하였던가?"라고 한다면, 이 또한 성스럽고 밝은 잘 다스려진 태평시대에 허물이 될 것이니, 이 점을 신은 진심으로 근심하여 그 마음을 스스로 그만둘 수가 없습니다. 엎드려 성상의 자애를 바랍니다.

臣希孟, 誠惶誠懼, 頓首頓首上言. 伏以竊惟銓衡之任, 自古爲難. 愚者似智, 詐者似直, 珉中玉表, 羊質虎鞹, 類萬不同. 自昔帝王不能自任, 而必付諸有司者, 豈聖智不足歟. 誠以知人難遍故也. 竊觀唐虞有都俞之擧, 漢唐有銓選之目, 用人之法, 代各異制, 要不過進退賢不肖而已. 自古及今, 孰不欲明勅側陋, 甄拔人才爲期哉. 但文人失於迂遠, 武士傷於誕率, 門蔭俗吏, 百途異勢, 各眩所能. 於是執政者, 昧於施爲, 罔知攸措, 才不盡用, 用不盡人, 賢能抛屈於外, 國事日以汚下, 則身雖重譴, 死有餘責, 何補於國家哉.

臣少從文墨, 釋褐於世宗末科, 學識愚蒙, 才智淺薄, 遊歷下僚, 積有年紀, 幸蒙世祖枉顧之恩, 一朝驟至崇品, 身心股栗, 常恐負乘之咎, 以貽覆餗之禍, 於癸巳二月, 特命臣判兵曹. 兵非儒者之能事, 屢陳情素, 乞解見任, 未蒙允兪, 更歷二十餘月, 兵戎隄備, 悉乏勝算, 適緣養父之喪, 解職居閑, 誠所甘分, 釋服未幾, 又蒙聖上戾知, 俾主銓選. 臣誠知下劣, 不敢承當, 自受職之初, 屢陳卑誠, 乞解重任, 亦未蒙允. 自知煩瀆天聰, 無所逃罪, 然惴分量己, 終必有悔. 苟畏天威, 不敢籲呼, 冒處要地, 延引歲月, 積謗不已, 終成大罪, 然後雖欲仰天伸訴, 其道末由. 謹昧死條列愚抱如左, 乞賜電覽.

大抵人心, 始勤終怠, 固其常也, 而操大權柄, 孰不欲清明政本, 以全終始哉. 然初而謹, 中而翫, 翫而慣, 慣而凡有所爲, 漸不如初, 實非細故. 臣自判兵以來, 至于今日, 秉柄已有三十餘朔矣. 凡事之不中規矩, 德望之未厭人心, 臣亦自知, 況朝議之所存乎. 臣嘗觀夫子之言曰, 回也其心三月不違仁, 其餘日月至焉而已. 釋者曰, 三月, 天道小變之節, 言其久也, 顔子稱亞於聖門, 猶不能不違於三月之外, 盖言人心操舍之機, 其難是也. 況如臣者, 冒處機要, 已逾一載, 群言聒耳, 百度攻鑽, 是非紛紜, 日與心鬪, 安能不爲勢利所動, 獲免顚隮哉. 臣奉職之初, 每用一人, 必三思當否, 然後注擬, 猶恐一毫有誤注之譏. 人雖閔然以爲鈍, 而卒無譏議, 數月之間, 漸以習慣, 今則注擬之際, 睨視班薄, 呼名注乙, 若不經意, 乍看則似能, 而終不免謗議所駁, 臣敢操大柄, 懷怠忽哉, 祗以狃於久處耳. 臣以謂大權不可久授非人, 人情每失於終, 非獨臣身. 凡諸執政者, 只限一年, 以取靡不之初, 毋及於鮮克之終, 幸甚. 自古秉政之臣, 久居寵利, 得免罪責者, 千百中之一二矣. 膺是任者, 豈盡非其人歟. 誠以執人主之權, 居可疑之地, 未能善處耳. 徇私則誤國政, 循理則咈人情, 求其人情天理竝行不悖者, 則自古及今, 罕有其人, 苟或才堪任用, 潛懷自愛之計, 巧避委任之重, 則此誠人臣不赦之罪, 然或智未效一官, 才不負重任, 猶戀大權, 未能卽釋, 日聞謗言而不恤, 濁亂朝廷而無愧, 亦豈人臣之大節哉. 臣非自愛, 但以非才冒處爲懼耳. 伏惟聖慈, 古語曰, 薦賢受上賞, 蔽賢蒙顯戮, 銓注用舍之嚴如此. 臣秉政三十餘月之間, 曾未能薦一賢能, 以補聖治之萬一, 但按薄考績, 第其停年久近, 心雖知賢, 月期未盡, 搖手而復止, 稍知闒茸, 簡月通滿, 則隨例而陞授, 魚貫鱗次, 不無賢愚同滯之患, 誠如近日下旨所敎, 豈銓衡用人之美法哉. 但法例如此, 未能變通耳. 容有變通, 迹涉行私, 難免譏議, 臣進退維谷, 不知所云. 昔史鰌, 不能用蘧伯玉, 猶以屍諫, 況臣遭可爲之世, 居可爲之地, 但以才智下劣, 未能稱職, 靦然苟處, 臣實厚顔, 伏惟聖慈.

臣非敢僥倖自好, 以辭寵利爲名, 臣非時望之所歸, 亦非銓掄之妙手, 但以世祖大王外戚之臣, 累典銓衡, 無一寸長, 誠恐萬世之後, 據史策者比屬而觀曰, 某實庸下, 何以久居要地, 時論不協, 而渠不能自避, 時亦不能迸棄也歟, 則亦爲聖明昭代之一累也. 此臣拳拳不能自已之意也. 伏惟聖慈.

「辭吏曹判書疏」, 疏 『私淑齋集』卷 六

전교하기를,

"비록 천하天下가 크다고 하더라도 인재人才를 선발하기는 어렵다. 하물며 한 나라 안에서 임용하는 사람이 어찌 다 유능有能한 자이고 어질고 착한 자라야 등용할 수 있겠는가? 이것은 인재를 가려 선발하는 자의 잘못이 아니다."

하고, 들어주지 않았다.

傳曰:

"雖以天下之大, 人才爲難. 況一國之內, 所用豈皆能者賢者而後用之哉. 是非銓選者之過咎也."

不聽.

18

난신의 딸로 아내를 삼으면 첩으로 강등시키는 것입니까?

1480년(성종 11) 경자년更子年 6월 12일
상산군商山君 황효원黃孝源

■ **저자 소개**

황효원黃孝源 : 1414(태종 14)~1481(성종 12). 조선 전기의 문신으로, 본관은 상주尙州이고, 자는 자영子永, 호는 소원少原으로 아버지는 증 좌찬성贈左贊成 황사간黃士幹이다. 시호는 양평襄平이다.

1444년(세종 26) 식년 문과式年文科에 장원하여 예빈시 주부禮賓侍主簿가 되었고, 예조 좌랑禮曹佐郎 · 좌헌납左獻納 · 이조 정랑吏曹正郎을 역임하였다. 1453년(단종 1) 검상檢詳을 거쳐 사인舍人에 승진하였고, 1454년 사복시 윤司僕寺尹으로 승진하였다. 1455년(세조 1) 수양대군首陽大君의 즉위에 협력한 공으로 좌익공신佐翼功臣 3등에 책록 되었고, 이듬해 이조 참의吏曹參議에 승진하였다. 1457년 호조 참판戶曹參判에 승진하였고 상산군商山君에 봉해졌다.

1458년 대사헌大司憲이 되었고 이어 형조 참판刑曹參判을 거쳐 충청도 관찰사로 나갔으며, 이듬해 예조 참판禮曹參判이 되었다가 경기도 관찰사로 나갔다. 1460년 한성부 윤漢城府尹, 1467년 강원도 관찰사가 되었다. 1470년(성종 1) 우참찬右參贊

이 되었고, 1471년 성종의 즉위를 보좌한 공으로 좌리공신佐理功臣 4등이 되었다.

성질이 가혹하고 각박하여 수령을 종처럼 대하고 가정을 다스림에 법도기 없어 처첩을 자주 갈아서 종신토록 소송이 그치지 않았으며, 또 재화를 탐하여 당시에 화가옹貨家翁이라고 불렸다.

『조선왕조실록』 성종 12년 9월 19일, 황효원이 죽은 뒤 사관들이 기록한 황효원에 대한 평가는 다음과 같다.

상산군商山君 황효원黃孝源이 죽었다. 조회를 멈추고 조문하였으며 장례 지내기를 예例와 같이 하였다. 황효원의 자字는 자영子永으로 상주尙州 사람인데, 증 좌찬성贈左贊成 황사간黃士幹의 아들이다. 정통正統 갑자년 문과文科에 장원으로 급제하여 예빈 주부禮賓主簿를 임명받았고, 여러 번 승진하여 예조 좌랑禮曹佐郎·사간원 좌헌납司諫院左獻納·예조 정랑禮曹正郎·이조 정랑吏曹正郎을 지냈다. 경태景泰 계유년에 겸 의정부 검상兼議政府檢詳이 되었는데, 곧 사인舍人으로 승진하였다. 을해년에 사복시 윤司僕寺尹으로 승진하였는데, 곧 세조世祖가 즉위하여 이조 참의吏曹參議로 임명하였고 추충 좌익공신推忠佐翼功臣의 호號를 내렸다.

천순天順 정축년에 가선대부嘉善大夫에 임명되었고 상산군商山君에 봉해졌다. 무인년에 사헌부 대사헌司憲府大司憲을 임명받았는데, 곧 형조 참판刑曹參判으로 옮겼다가, 외직으로 나가서 충청도 관찰사忠淸道觀察使가 되었다. 기묘년에 예조 참판禮曹參判으로 옮겼다가, 또 외직으로 나가서 경기 관찰사京畿觀察使가 되었다. 경진년에 관직을 옮겨 한성부 윤漢城府尹이 되었고, 성화成化 정해년에 정헌대부正憲大夫 상산군商山君에 임명되었다. 기축년에는 의정부 우참찬議政府右參贊에 임명되었다. 신묘년에 지금 임금이 순성 좌리공신純誠佐理功臣의 호號를 내리고, 숭정대부崇政大夫 상산군商山君으로 임명하였다. 신축년에 숭록대부崇祿大夫에 임명되었는데, 이때에 와서 죽었으니, 나이 68세였다. 시호를 양평襄平이라고 하였는데, 일에 공功이 있는 것을 양襄이라고 하고, 은혜롭기는 하나 안으로 덕德이 없는 것을 평平이라고 한다.

사신史臣이 논평하기를, "황효원은 민첩한데다가 지방 관리로 백성을 다스릴 만한 재주가 있어서 두 번 관찰사觀察使가 되었는데, 사람들이 그의 유능함을 칭찬하였다. 그러나 성질이 매우 혹독해서 수령을 종과 같이 여겼으며, 집안일을 결정하고 처리하는 데 법도法度가 없어서 처첩妻妾이 뒤바뀌는 등 죽을 때까지 소송訴訟이 그치지 않았다. 또 종에게 직접 집을 사서 고쳐 가지고 팔게 하여 이득 취하기를 좋아하니, 그때의 사람들이 '화가옹貨家翁'이라고 불렀다."라고 하였다.

(『조선왕조실록朝鮮王朝實錄』·『한국민족문화대백과사전』·『한국한자어사전韓國漢字語辭典』)

■ 평설評說

이 글은 단종 복위 운동으로 목숨을 잃은 이유기李裕基의 딸과 혼인한 상산군商山君 황효원黃孝源이 자기 부인의 지위를 위해 올린 상소문이다. 황효원은 세조의 왕위 찬탈에 협조하여 좌익공신佐翼功臣으로 책록되고 상산군에 봉해졌으며, 성종의 즉위를 보좌하여 좌리공신佐理功臣에 오른 인물이다. 그가 이유기의 딸과 혼인해서 문제가 되었다. 『세조실록』 2년 9월 7일의 기록에 따르면 이유기는 성삼문 등이 단종의 복위를 위해 세조를 제거하려고 모의했을 때, 그들을 도왔다는 이유로 역적으로 몰려 죽임을 당했고 가족들은 노비가 되어 공신들에게 지급되었다. 이유기의 누이 효전孝全은 익현군翼峴君 이관李璭에게 주고, 아내 설비雪非·딸 가구지加仇之·말비末非·막금莫今은 우찬성右贊成 정창손鄭昌孫에게, 또 다른 딸 소근소사小斤召史는 당시 형조 참의刑曹參議였던 황효원黃孝源에게 주었는데, 황효원은 왕에게서 받은 이유기의 딸과 혼인하여 자식까지 낳았다.

그런데 성종 7년 무렵부터 정승 홍윤성洪允成의 처 김씨의 지위 문제가 논란이 되었고, 이를 계기로 홍윤성의 자손이 적서嫡庶를 가리는 소송을 일으켰는데, 홍윤성이 사망하여 적서를 가릴 수 없게 되자 성종은 처와 첩이 있는 관리들에게 자손의 적서 관계를 분명히 하라고 지시했다. 이 때 황효원이 종으로 내려받은 역적의 딸과 혼인한 것이 문제가 되자 황효원이 이 상소를 올렸다.

황효원은 혼인할 무렵 홀아비로 배우자를 찾았지만, 모두 늙었다고 하며 응하는 사람이 없어서 그의 어머니가 매파媒婆를 통해 이유기 딸의 외조모와 논의하여 혼례를 올렸고, 이유기가 천은天恩을 입어 풀려나서 혐의가 완전히 없어졌으며, 자신이 이 사연을 글로 올렸는데, 임금이 헤아려 적처로 논하라고 명하였으니 혼인은 문제가 없는 것이라고 강변했다.

황효원이 이 상소를 올린 것은 대간臺諫에서 황효원은 공신功臣이니, 난신亂臣의 딸로 아내를 삼을 수 없으므로 첩으로 논하여야 한다고 했기 때문이다. 여기에 대해 황효원은 천한 여자로 공신에게 시집가서 천인賤人을 면한 자가 하나 둘이 아닌데, 그의 아내만 자신이 공신이기 때문에 적처嫡妻에서 강등되어 첩이 되니 불쌍하다고 했다. 그의 상소는 자신의 아내가 불쌍해서이기도 하겠지만, 자신의 아내가 첩이 되면 자신의 자녀는 첩의 자식으로 서자庶子가 되어 사족士族이 되지 못하기 때문일 것이다.

이 상소에 대해 성종은 대신들에게 논의하게 하였고, 대신들의 논의는 크게 두 가지로 나누어졌다. 하나는 성례成禮를 해서 성혼成婚을 했다면 처로 보아야 한다는 것이고, 다른 하나는 황효원의 혼인이 이유기의 딸을 종으로 내려 받았을 때 있었으니, 종과 주인 사이에 성례해서 혼인을 하지 않았을 것이고, 혼서婚書도 추후에 만들었을 것이라는 의심이 있었지만, 확인할 수 없었다. 이 두 논의가 팽팽하게 맞서 결론을 내리지 못하자 대신들은 결국 결론을 성종에게 미루어 성상의 뜻으로 처리하라고 했다.

이 문제에 대해 성종은 당시 명확한 어떤 결론도 내리지 않았지만, 이후『조선왕조실록』 성종조의 기록을 보면 성종은 황효원의 부인을 처로 규정해 주었다고 보인다. 성종 12년 7월 17일 성종이 사헌부 장령司憲府掌令 이평李枰에게 내린 전교傳敎에서 "황효원은 이씨의 가계家系가 척리戚里에 관련되므로 방면되었으리라고 생각하고 장가들었을 것이다. 전에 대간臺諫의 말에 따라 첩妾으로 논정論定하였으나, 이제 큰 가뭄을 당하여 억울할 염려가 있으므로, 정승에게 의논하여 처妻로 삼는 것을 허가하였다."라고 했다. 하지만, 계속되는 상소와 대간들의 청에 따라 그해 9월 6일 성종은 결국 "황효원의 일은 마땅히 공론을 따라야 할 것이다."라고 하여 자신의 고집을 꺾고 사헌부司憲府에 전교하여 "이유기의 딸을 다시 황효원의 첩妾으로 논단論斷하라."고 지시하였다.

■ **역문**譯文

이유기李裕基가 죄를 지었으므로 그 딸자식을 신에게 내려주셨는데, 그대로 외조모外祖母의 집에 있었습니다. 그때에 신이 홀아비로 있어 배우자를 구하였지만, 모두 늙었다고 하며 응하는 사람이 없었습니다. 신의 어미가 한스럽게 여겨 이유기 딸자식의 외조모와 함께 매작媒妁을 통하여 혼례를 올렸고, 또 천은天恩을 입어 이유기가 풀려나서 혐의가 완전히 없어진 지 오래되었습니다. 병신년 봄에 이르러 홍윤성洪允成의 집안 식구들이 정실 소생의 장남 여부를 다투었으므로 헌부憲府에서 심리를 하였지만, 홍윤성이 이미 죽었으니 질문할 근거가 없으므로 공경히 임금의 뜻을 받들었는데, 전·후실前後室이 있는 자는 모두 생시生時에 대해 일일이 따져 가며 하나하나 물어보라고 하셨습니다. 그래서 신臣에게까지 미치게 된 것이며, 일일이 따져 가며 하나하나 물어서, 끝까지 캐어묻고 따져 밝혀서 흠을 찾았으나 혼례는 정당합니다. 그래서 다만 임금께서 이유기의 딸자식을 저에게 내려주신 사연을 적어 잘못된 점을 지적하여 비판하는 글을 올렸는데, 성상께서 성심聖心으로 헤아리셔서 적처로 논하라고 명하셨습니다.

그런데 대간臺諫이 논박하기를, "황효원은 공신功臣이니, 난신亂臣의 딸로 아내를 삼을 수 없다. 그러므로 첩으로 논하여야 한다."라고 합니다. 천한 여자가 공신에게 시집가서 천인賤人을 면한 자가 하나 둘이 아닌데, 신의 아내만은 신이 공신이라는 까닭에 적처에서 강등되어 첩이 되니, 신이 불쌍하게 생각합니다. 예전 사람이 말하기를, "착한 것을 착하게 여기는 것은 오래 가고 악한 것을 미워하는 것은 짧다."라고 하였습니다. 또 공신이나 당상관의 자손으로 과거를 보지 않고 관리로 임명되는 특혜는 직계 후손直系後孫에게만 미치는 것이지 외손外孫에게는 관계되지 않습니다. 황보인皇甫仁·박팽년朴彭年의 외손外孫은 좋은 벼슬을 지내기도 하고, 양시兩試에 합격하여 현달하기도 하였는데, 신의 자녀는 출생하기도 전의 외조부外祖父가 죄를 지은 것 때문에 사족士族의 집안과 혼인을 맺지 못하게 되니, 일이 궁하고 형세가 절박합니다. 천은을 바라건대, 신의 자녀들이 인류人類에 복귀하여 사족士族의 집안과 혼인할 수 있도록 허락하소서. 지극한 바람을 이기지 못하겠습니다.

李裕基作罪, 其女子給付於臣, 而仍在外祖母家. 時臣鰥居求耦, 皆以老不應. 臣母恨之, 與彼外祖母, 通媒妁, 遂成婚禮, 且荷天恩, 而免放, 截然無嫌久矣. 逮丙申春, 洪允成家屬爭嫡, 憲府聽理, 允成旣沒, 質問無據, 敬奉上旨, 凡有前後室者, 竝於生時推之. 推及臣身, 窮覈求疵, 然婚禮正矣. 故只以給付爲辭, 駁議啓達, 上裁自聖心, 命論以嫡. 而臺諫駁之謂孝源乃功臣, 不可以亂臣之女爲妻. 當以妾論之. 賤女嫁功臣免賤者非一, 獨臣妻, 以臣功臣之故, 降嫡爲妾, 臣竊憫焉. 古人云善善長惡惡短. 且承蔭之法, 只及直孫, 於外孫則不干. 皇甫仁朴彭年之外孫, 或歷敭華秩, 或卓登兩試, 而榮顯. 臣之子女, 乃以其未生前, 外祖之所犯, 不得與衣冠之家締婚, 事窮勢迫. 邑踞望天恩, 俾臣子女, 復人類許婚士族之家. 不勝至願.

명하여 대신大臣에게 보였다.

정창손鄭昌孫·한명회韓明澮·심회沈澮·윤사흔尹士昕·한계희韓繼禧·강희맹姜希孟·권감權瑊·어세공魚世恭은 의논하기를,

"이유기李裕基와 처가妻家가 모두 사족士族이고 또 왕실王室의 친척이었으나, 이미 난신亂臣의 딸이 되었고, 비록 은혜를 입어 이유기가 풀려났으나 처음 장가들 때에 성례成禮를 해서 성혼成婚을 하였는지도 알 수 없으니, 적실嫡室로 논하는 것은 온당하지 못합니다. 청컨대 처음 장가들 때에 성례하였는지 여부를 상고하여 다시 의논하게 하소서."

하였다.

김국광金國光·윤필상尹弼商·홍응洪應은 의논하기를,

"예전에 이르기를, '예를 갖추어 장가들면 아내가 되고, 예를 갖추지 않고 혼인하면 첩이 된다.'라고 하였으니, 비록 죄인의 딸이라도 성례하여 장가들었으면 첩으로 논할 수 없습니다. 더구나 풀려났으면 본래 사족의 딸이니, 아내가 되는 데에 무슨 혐의가 있겠습니까? 다만 처음에 장가들 때 성례의 여부를 자세히 살펴보고 결정하소서."

하였다.

승정원承政院에 명하여 성례의 여부를 자세히 살펴보게 하니, 승정원에서 황효원의 혼서婚書를 가져다가 아뢰었다.

또 명하여 정승政丞에게 보여 의논하게 하였다.

정창손·한명회·윤사흔·윤필상은 의논하기를,

"지금 혼서婚書를 보건대 혼인이 이유기의 딸자식을 종으로 내려주실 때에 있었으니, 사실로 인정하기 어렵습니다."

하였다.

심회·김국광은 의논하기를,

"황효원이 이씨李氏에게 장가든 것과 혼서를 이룬 것이 모두 이유기의 딸자식을 종으로 내려주실 때에 있었으니, 후처後妻로 논할 수 없습니다. 그러나 이씨의 파계派系가 왕실王室과 연관이 있고, 이제 이미 천인賤人의 신분을 벗어나게 되었으니, 성상의 뜻으로 처리하소서."

하였다.

홍응은 의논하기를,

"혼서가 비록 이유기의 딸자식을 종으로 내려주시던 때에 있었으나, 본래 사족의 딸이고 혼서가 있으니, 처로 결정하는 것이 온당합니다."

하였다.

승정원承政院·대간臺諫·홍문관弘文館에 명하여 의논하게 하였다.

김승경金升卿·김계창金季昌·채수蔡壽·변수邊脩·이세좌李世佐·성형成俔은 의논하기를,

"황효원이 이유기의 딸에게 장가든 것이 비록 이유기가 풀려난 뒤에 있었으나, 훈구勳舊 대신으로서 난신의 딸에게 장가들어 적처嫡妻를 삼았으니 이미 안 되는 것인데, 더구나 이유기의 딸자식을 종으로 내려주실 때에 어찌 주인으로서 종과 혼인할 리가 있겠습니까? 도리를 거스르고 윤상倫常을 어지럽힌 것이 이보다 심한 것이 없으니, 청컨대 첩으로 결정하소서."

하였다.

정괄鄭佸·이덕숭李德崇·구치곤丘致崐·이인손李仁孫·최한후崔漢侯·정지鄭摯는 의논하기를,

"황효원이 이유기의 딸에게 장가든 것이 이유기의 딸자식을 내려 받아 종으로 삼았을 때에 있었으니, 종과 주인 사이에 성례해서 혼인을 하지 않은 것은 명백합니다. 혼서를 추후에 기술했다는 것 역시 의심할 것이 없습니다. 또 공신으로

서 난신의 딸에게 장가들어 적처를 삼고자 하여 성상의 총명을 번거롭게까지 하였으니, 매우 안 되는 일입니다. 청컨대 전과 같이 첩으로 결정하소서."

하였다.

이세필李世弼·김성경金成慶·윤석보尹碩輔는 의논하기를,

"황효원이 난신의 딸에게 장가든 것이 이유기의 딸자식을 종으로 내려 주실 때에 있었으니, 어찌 성례해서 혼인을 하였다고 하겠습니까? 청컨대 첩으로 결정하소서."

하였다.

최숙정崔淑精·권건權健·이세광李世匡·조숙기曹淑沂·정성근鄭成謹은 의논하기를,

"이유기 자신이 난신적자亂臣賊子의 죄를 짓고 그 처자를 공신의 집에 주어서 노예를 삼았으니, 이유기의 딸은 곧 황효원 집의 종입니다. 그 종에게 장가들 때에 어찌 혼례가 있었겠습니까? 사대부士大夫로서 조금이라도 생각이 있는 자라면 모두 난신적자의 자손과 혼인하기를 부끄러워할 것인데, 더구나 천賤한 신분을 벗어나지 못한 자이겠습니까? 황효원은 공신이고 또 재상입니다. 만일 재혼하기를 구한다면 아내를 얻지 못할 리가 없으니, 난식적자의 죄를 짓고 몸이 천인의 신분을 면하지 못한 자를 반드시 적체嫡體의 배우자로 삼지 않으려고 할 것입니다. 더구나 자기 집에 종으로 내려준 자이겠습니까? 그렇다면 처음 장가들 때에 첩으로 하고 아내로 삼지 않은 것이 분명합니다. 또 어찌 후일에 은혜를 입어 풀려나게 될 것을 예측하여 성례해서 혼인을 했겠습니까? 만약 성례하여 자기 집 종에게 장가든 자가, 그 종이 후일에 양인良人이 되었다면 처妻로 논하여 벼슬길을 통할 수 있겠습니까? 또 혼서는 사가私家에서 보관하고 있는 것이기에 다 믿을 수 없습니다. 두 아내가 정실 여부를 다툴 때에는 이것으로 꾸짖어 바로잡는 것이 옳지만, 첩으로 처를 삼으려고 하는 자야 어찌 혼서의 존재 여부를 묻겠습니까? 제齊나라 환공桓公이 규구葵丘에서 한

216

맹세에 "첩으로 처를 삼지 말라."라고 하였으니, 첩으로 처를 삼는 것은 옛사람이 미워하는 것인데, 어찌 처음에 첩이었던 자를 나중에 처로 논할 수 있겠습니까? 첩으로 결정하는 것이 온당합니다."

하였다.

성숙成俶·안침安琛·김흔金訢·민사건閔師騫·김응기金應箕·안윤손安潤孫은 의논하기를,

"이유기의 딸이 사족이지만, 이미 난신의 딸로 황효원의 집에 내려주어 종이 되었으니, 종과 주인의 분수가 이미 정해진 것입니다. 주인으로서 종에게 장가든 것에는 혼례의 존재 여부를 논할 것이 못됩니다. 뒤에 비록 풀려났더라도 장가든 것이 종으로 내려주실 때에 있었으니, 첩으로 결정하는 것이 온당합니다."

하였다.

성세명成世明·정광세鄭光世·조위曺偉는 의논하기를,

"이유기가 비록 본래 사족이지만 사형에 처해졌고, 그 딸을 황효원에게 내려주어 종으로 삼았으니, 나중에 풀려나게 될 것을 보장할 수 없는 것입니다. 황효원의 어미가 자식을 위하여 혼인을 구하는데 어찌 사족士族 벌열閥閱 신분을 버리고 꼭 난신의 자식으로 천인이 된 종을 구했겠습니까? 다른 사람의 종이라도 오히려 혼인하려고 하지 않았을 터인데, 더구나 자기 집 종이겠습니까? 이것은 인정에 가깝지 않으니, 비록 혼서가 갖추어 있다고 하더라도 사실로 인정할 수 없는 것이 분명합니다. 혼인의 예는 인륜의 큰 기강인데, 만일한 사람의 사정을 따라 조금이라도 그 분수를 문란하게 한다면 사람들이 앞으로 이것을 빙자하여 본받을 것이니, 큰 기강이 무너져 다시 바로잡지 못할 것입니다. 『춘추전春秋傳』에 이르기를, "첩으로 처를 삼지 말라."라고 하였으니, 지금 이유기의 딸을 처로 논하는 것은 온당하지 못합니다."

하였다.

命示大臣, 鄭昌孫韓明澮沈澮尹士昕韓繼禧姜希孟權瑊魚世恭議, 李裕基及妻
家皆士族, 且連王室, 然旣爲亂臣之女, 雖蒙恩免放, 初娶之時, 成禮成婚, 亦未
可知, 論以嫡室未安. 請考其初娶時成禮與否, 而更議之. 金國光尹弼商洪應議,
古云聘則爲妻, 奔則爲妾. 雖罪人之子, 成禮而娶, 則不可以妾論. 況免放, 則本
是士族之女, 何嫌爲妻. 但細覈初娶時成禮與否後論定.

命承政院考其成禮與否, 承政院取孝源婚書以啓.

又命示政丞議之, 昌孫明澮士昕弼商議, 今觀婚書, 乃在給付之時, 難以取實.
沈澮國光議, 黃孝源娶李氏與成婚書, 皆在給付之時, 不可論以後妻. 然李氏派
連王室, 今旣免賤, 裁自上意耳. 洪應議, 婚書雖在給付之時, 然本士族女, 而有
婚書, 以妻論定爲便.

又命承政院臺諫弘文館議之, 金升卿金季昌蔡壽邊脩李世佐成俔議, 孝源娶裕
基女, 雖在免放之後, 以勳舊大臣, 娶亂臣女爲抗嫡, 已爲不可, 況當給付時, 安
有以主, 而婚其婢乎. 逆理亂常, 莫此爲甚, 請以妾論定. 鄭佸李德崇丘致崐李仁
錫崔漢候鄭摯議, 黃孝源娶李裕基女, 在給付爲婢之時, 婢主之間, 其不成禮成
婚明矣. 婚書追述亦無疑. 且以功臣, 娶亂臣女, 欲以爲嫡, 至煩上聰, 甚不可.
請依前以妾論定. 李世弼金成慶尹碩輔議, 黃孝源娶亂臣女, 在給付之時, 何以
云成禮成婚也. 請以妾論定. 崔淑精權健李世匡曹淑沂鄭誠謹議, 李裕基身犯亂
賊, 其妻子給付功臣家爲孥, 則裕基之女, 乃孝源家婢也. 娶其婢之時, 安有婚禮
乎. 大凡士大夫少有志者, 皆羞與亂賊子孫爲婚, 況未免賤者乎. 孝源功臣, 又宰
相也. 苟求婚媾, 無不可得之理, 如其干犯亂賊, 而身不免賤者, 必不肯爲敵體之
配矣. 況自家給付者乎. 然則初娶之時, 以妾不以妻明矣. 又安能預料後日之蒙
恩免放, 而成禮成婚乎. 假令成禮, 而娶自家婢者, 其婢後乃得良, 則可論以妻,
而通其仕路乎. 且婚書, 則乃私家所藏, 固不可盡信. 兩妻爭嫡之時, 以是質焉可

也, 欲以妾爲妻者, 安問其有無乎. 齊桓公葵丘之誓曰, 毋以妾爲妻. 夫以妾爲妻者, 古人所惡, 豈可始以爲妾者, 終以妻論乎. 以妾論定爲便. 成淑安琛金俶閔師騫金應箕安潤孫議, 裕基之女, 固士族, 旣以亂臣之女, 給付孝源家爲婢, 則婢主之分已定. 以主娶婢, 婚禮有無, 非所當論. 後雖免放, 娶在給付之時, 以妾論定爲便. 成世明鄭光世曺偉議, 裕基雖本士族, 而誅死, 其女給付孝源爲婢, 則其終免放, 未可必也. 孝源之母, 爲子求婚, 豈宜舍衣冠閥閱, 而必求亂臣之子屬賤之婢乎. 在他人婢, 尙不肯焉, 況自家婢乎. 此不近人情, 雖曰婚書具在, 其不足取實也審矣. 婚姻之禮, 人倫大綱, 若徇一人之私, 小紊其分, 則人將藉此效之, 大綱陵夷, 不可復整. 春秋傳曰, 毋以妾爲妻. 今裕基之女, 以妻論未便.

의논한 것이 들어오자, 임금이 명하여 승정원에 남겨 두라고 하였다.

議入, 上命留承政院.

19

어미가 있는 고향으로 옮겨주셔서
남은 봉양奉養을 받들게 해 주소서

1480년(성종 11) 경자년庚子年 10월 28일
유자광柳子光

■ 저자 소개

유자광柳子光 : 1439(세종 21)~1512(중종 7). 조선 중기의 문신이다. 갑사甲士로 건춘문建春門을 지키다가, 1467년(세조 13) 이시애李施愛의 난이 일어나자 자원하여 종군했으며, 임금의 총애를 받아 특별히 선략부호군宣略副護軍이 되었고, 서자로서 벼슬길을 허락 받게 되었다. 돌아와서 종군하는 데 작은 공로가 있었다고 하여 병조 정랑兵曹正郎이 되었다.

1468년에 세조가 세자와 온양으로 행차할 때 총통장總筒將으로 호위하였고, 온양 별시문과溫陽別試文科에 장원하여 병조 참지兵曹參知가 되었다. 이어 호송관護送官으로 유구국琉球國의 사자를 호송하였다. 이 해에 예종이 즉위하자 남이南怡 등이 모반한다고 무고하여 수충보사 병기정난 익대공신輸忠保社炳幾定難翊戴功臣 1등 무령군武靈君에 봉해졌다. 1470년(성종 1)에는 응양장군鷹揚將軍에 봉해졌고, 중상대장中廂大將이 되었다. 예종은 각閣을 세워 형상을 그려두고, 비碑를 세워 공을 기록하게 하였으며, 그의 부모와 처자에게 벼슬을 주되, 3계급을 뛰어 올리게 하고, 적자嫡子와 장자長子는 세습하여 녹祿을 잃지 않게 했으며, 자손들은 정안政案에 기록하게 하는 등 친히 교서를 내려 그를 위로하고 대우하였다.

이 해에 그를 수행하며 돕던 사람이 그의 난언亂言을 고하여 서소西所에 구금될 처지에 놓였으나 대왕대비의 비호로 풀려났다. 그 뒤 숭정대부崇政大夫 무령군武靈君에 봉해졌다. 1476년(성종 7)에는 한명회韓明澮를 모함한 것이 드러났으나 임금이 죄를 묻지 않았고, 1477년에는 서얼인 그를 도총관都摠管에 임명할 수 없다는 대신들의 비판에도 불구하고 성종이 그를 도총관으로 삼을 정도로 왕의 총애를 받았다. 1478년(성종 9)에는 임사홍任士洪·박효원朴孝元 등과 함께 현석규玄錫圭를 배제하려다 실패하여 동래로 유배되었으나, 얼마 뒤에 "유자광柳子光은 사직에 공이 있으니, 공신녹권을 특별히 돌려주라."는 명에 의해 공신의 봉작만은 회복 받았다. 1485년에는 행지중추부사行知中樞府事, 이듬해에는 정조사正朝使로 명나라에 다녀왔고, 1487년에는 한성부 판윤漢城府判尹이 되었으며, 또 등극사登極使의 부사로 다시 명나라에 다녀왔다.

이극돈李克墩이 실록청 당상實錄廳上이 되어 『성종실록』을 편찬할 때 김일손金馹孫이 쓴 사초에 자신의 나쁜 일과, 세조 때의 일을 쓴 것을 보고 유자광에게 의논하자 곧바로 연산군에게 고하였다. 연산군이 이 말을 듣고 "이 나라에 충성한다."는 말로써 특별히 칭찬한 뒤에 남쪽 빈청에서 죄인을 국문하도록 명하여 옥사를 직접 맡았다. 또 그는 「조의제문弔義帝文」에 직접 주석을 달아 글귀마다 해석하여 연산군이 알기 쉽게 했고, 김종직金宗直의 문집을 걷어다가 빈청 앞뜰에서 불사르게 하였다. 나아가 1498년에는 김종직과 그 제자들을 사초사건과 관련지어 제거하는 무오사화戊午史禍를 일으켰다. 이후부터 유자광의 권세가 조정과 민간에 군림하게 되었다. 1504년(연산군 10)에는 이극균과 사귀었다는 것으로 임사홍과 함께 직첩을 몰수당하고 경기도 군대에 편입되었으나, 곧바로 취소되었다.

1506년(중종 1) 중종반정 때는 성희안成希顏과 인연이 있어 나시 훈열勳列에 참여하게 되어 정국공신靖國功臣 1등, 무령부원군武靈府院君에 봉해졌고, 겸영경연사兼領經筵事로 임명되었다. 이듬해에는 대광大匡으로 임명되어 충훈부 당상忠勳府堂上이 되었으나 계속되는 대간과 홍문관 · 예문관의 잇따른 탄핵으로 중법에 처해져 마침내 훈작勳爵을 삭탈당하고 광양으로 유배되었다. 이어 평해로 옮겨졌고, 정국공신靖國功臣의 호號마저 삭제 당했으며, 그 자손도 먼 지방으로 유배되었다. 1512년(중종 7)에 눈이 먼 뒤 유배지에서 죽었으나, 이듬해에 "익대공신은 그 자신이 애쓴 공로이니, 정국공신은 되돌려 주지 않더라도 익대공신만은 되돌려 주라."는 조치가 있었다.

(『조선왕조실록朝鮮王朝實錄』 · 『한국민족문화대백과사전』 · 『한국한자어사전韓國漢字語辭典』)

■ 평설評說

이 글은 1478년(성종 9) 임사홍任士洪 · 박효원朴孝元 등과 함께 현석규玄錫圭를 배제하려다 실패하여 동래東萊로 유배간 유자광柳子光이 71세의 어머니를 봉양하기 위해 유배지를 옮겨달라고 청한 상소이다. 이 무렵 유자광은 한명회韓明澮를 모함했지만 임금이 죄를 묻지 않았고, 서얼이어서 도총관都摠管에 임명할 수 없다는 대신들의 비판에도 불구하고 도총관에 임명될 정도로 성종의 총애를 받았지만, 평소 사치가 심해 단속과 처벌을 청하는 사헌부의 상소가 연이었고, 도승지都承旨 현석규玄碩圭가 성종의 총애를 받자 그를 무고하다가 유배가게 되었다.

이 상소에서 유자광은 71세된 어머니를 홀로 모시던 동생 유자정柳子晶이 병들어 죽자 그 어머니의 슬픔이 너무 커 병病이 되어 거의 죽을 지경에 이르렀고, 추운 날씨에 기침이 심해져 돌아가실 날이 얼마 남지 않았으니 어머니의 병을 애처롭게 여겨 자신을 어머니가 있는 고향으로 옮겨주셔서 봉양奉養을 받들면서 남은 생을 마치게 해 주신다면, 죽든 살던 유감遺憾이 없을 것이라고 했다.

짧고 간결한 내용이지만, 조선조 사회에서 추구하는 최고의 덕목인 효孝를 지향하는 마음이 그대로 드러나 있다. 아무리 나쁜 죄를 저질렀다고 하더라도 부모에게 효도하겠다는 인간을 막을 수 있는 방법은 없다. 더욱이 그 사회가 도덕적 규범가치를 최상으로 여기는 조선이라면 더 말할 것도 없다.

상소가 올라오자 성종은 대신大臣에게 논의하게 했는데, 대신들의 논의는 크게 두 가지로 나누어졌다. 하나는 죄가 아무리 중하다고 하더라도 어머니를 위하는 정성이 간절하고 독실篤實하니, 어머니가 있는 고향으로 옮겨주어야 한다는 것이고, 다른 하나는 무거운 죄를 짓고 멀리 유배流配되었으니, 죄를 뉘우치기에도 정신이 없어야 하는데, 이런 상소를 올려 유배지 옮겨달라고 했으니 가볍게 용서해서는 안 된다는 것이다. 그러나 대신들의 논의는 대부분 유자광의 청을 들어주는 것이 옳다는 것이었고, 이에 따라 성종도 "사직社稷에 공功이 있고 어머니를 생각하는 정情이 절박하니, 특별히 너그러운 은혜를 보여 어머니의 곁으로 옮겨주어 천수天壽를 마치게 하라."고 명하였다. 조선 사회의 절대 덕목이었던 효가 빛을 발한 상소이다.

■ 역문譯文

신은 올해 나이가 42세이고, 어미의 나이는 71세입니다. 신의 어미가 세 아들을 낳았으나, 지난 계사년에 유자형柳子炯이 병들어 죽어, 신이 동래東萊에 유배된 뒤에는 오직 유자정柳子晶만이 어미의 곁에 있었는데, 집안의 재앙이 다하지 않아 지난해에 유자정도 병들어 죽었습니다. 그러므로 어미가 너무나 슬프고 가슴 아파 병病이 되어서 거의 죽을 지경에 이르렀습니다. 지금 또다시 날씨가 춥고 바람이 차서 기침이 심해지셨으니, 신음呻吟하며 홀로 고생하다가 돌아가실 날이 얼마 남지 않았을 것이라 생각되어, 신의 마음을 무어라 말할 수 없습니다. 엎드려 생각하건대 전하께서는 효孝로써 다스림을 삼으시니, 신의 죄가 비록 무겁다고 하더라도 신의 어미의 병을 애처롭게 여겨 자식의 죄를 생각하지 않으시고 틀림없이 자애慈愛의 정情을 절실하게 느끼실 것입니다. 엎드려 바라건대 전하께서는 특별히 넓고 큰 은혜를 내리시어, 신을 어미가 있는 고향으로 옮겨주셔서 남은 봉양奉養을 받들면서 남은 생을 마치게 해 주신다면, 모자母子의 정情이 죽든 살던 유감遺憾이 없을 것입니다. 아득히 먼 곳에서 엎드려 대궐을 바라보니, 혼신魂神이 전하께 날아가고픈 간절한 마음이 지극해 견디지 못하겠습니다.

■ 원문原文

臣今年四十二, 母年七十一. 母生三子, 而去癸巳年, 子焵病死, 自臣配罪東萊, 獨子
晶在母側, 家禍未殄, 去年子晶, 又病死. 母過哀成病, 幾至死域. 今又天寒風冷, 咳嗽轉
劇, 呻吟孤苦, 日迫西山, 無以爲懷. 伏惟殿下, 以孝爲治, 臣罪雖重, 臣母之病可哀, 不
知其子之惡, 而必切慈愛之情. 伏望殿下, 特下鴻恩, 量移臣母鄕, 得奉餘日之養, 以終
其年, 母子之情, 生死無憾矣. 俯伏天涯, 瞻望宸極, 魂神飛去, 不勝懇迫之至.

■ 비답批答과 전교傳敎

명하여 대신大臣에게 보이게 하였다.

정창손鄭昌孫이 의논하기를,

"유자광의 죄가 진실로 중하나, 이제 유배된 지 이미 3년이 지났으니, 어찌
개과천선하지 않았겠습니까? 하물며 유자광의 공功이 크고, 지은 죄는 종묘사
직宗廟社稷에 관계된 것이 아니라 스스로 지나치게 행동한 것일 뿐입니다. 지금
어미를 위하여 올린 말에 드러난 마음이 간절하고 독실篤實하니, 청컨대 어미
가 있는 고향으로 옮겨주고, 어미가 완전히 낫기를 기다려 다시 유배지로 돌
려보내소서."

하였다.

심회沈澮 · 윤사흔尹士昕 · 윤필상尹弼商 · 홍응洪應 · 윤호尹壕는 의논하기를,

"유자광은 무거운 죄를 짓고 멀리 유배流配되었으니, 진실로 문門을 닫고 가
만히 들어앉아 죄를 뉘우치기에 겨를이 없어야만 합니다. 그런데 말을 올리기
까지 하여 임금의 귀를 번거롭게 하고, 지금 다시 또 글을 올려 유배지 옮겨주

기를 스스로 원하였으니, 지나치고 어그러진 마음이 지금까지도 고쳐지지 않았습니다. 공功이 비록 크지만, 가볍게 용서해서는 안 됩니다."

하였다.

김국광金國光이 의논하기를,

"유자광의 죄가 커서 가볍게 의논할 수 없으나, 70세의 노모老母가 병을 얻었고 두 아우까지 모두 죽었으니, 유자광은 바로 독자獨子입니다. 비록 사형死刑에 처해야 할 자라도 독자라면 오히려 살아남아서 부모를 봉양하도록 허락하는데, 하물며 사형에 해당하지 않는 자이겠습니까? 병든 어미의 곁으로 옮겨주는 것이 정리情理에 합당할 것입니다."

하였다.

노사신盧思愼은 의논하기를,

"남이南怡 등의 역모逆謀가 이루어졌으나 종묘사직宗廟社稷의 신령神靈에 힘입어 그 역모가 유자광에게 누설되었고, 유자광이 변고變故를 고발한 덕분에 즉시 체포하여 죽일 수 있었으니, 유자광은 사직社稷에 공이 있습니다. 비록 큰 죄가 있더라도 용서해야 될 것인데, 하물며 그가 지은 죄가 종묘사직에 관계되지 않은 경우이겠습니까? 노모가 병들어 누워 있고 아들이 없으니 봉양의 절박한 정情을 또 불쌍하게 여길 만하고, 게다가 멀리 유배되어 있은 지 지금 3년이 지나서 세월이 이미 오래 되었으니, 비록 옮겨준다고 하더라도 법法에 어긋나는 것은 아닙니다."

하였다.

이극배李克培가 의논하기를,

"유자광의 죄가 종묘사직에 관계된 것이 아닌데, 공신功臣의 서류에서 삭제하여 먼 지방으로 내쫓았고, 지금은 두 아우까지 모두 죽고 71세의 어미가 홀로 병이 깊고도 중重하니, 정리情理가 불쌍합니다. 청컨대 어미가 있는 고향 근처의 고을로 옮겨주소서."

하였다.

命示大臣. 鄭昌孫議, 柳子光之罪, 固重, 然今流配已經三年, 豈無悔過自新哉. 況子光之功, 重矣, 所犯非係關宗社, 自己狂妄而已. 今爲母上言, 情志懇篤, 請量移母鄉, 俟母永愈, 發還配所. 沈澮尹士昕尹弼商洪應尹壕議, 柳子光作重罪遠配, 固當杜門暇迹, 悔罪不暇. 乃至上言, 煩瀆天聰, 今又上書, 自願量移, 狂悖之心, 今猶未悛. 功雖重矣, 不可輕賚. 金國光議, 柳子光罪犯甚重, 不宜輕論, 然其七十老母得病, 且二弟俱亡, 子光, 乃獨子也. 雖應死者, 獨子則尙許存留養親, 況不至死者乎. 病母近處量移, 庶合情理. 盧思愼議, 南怡等, 逆謀已成, 賴宗社之靈, 洩謀於子光, 子光上變, 旋卽捕誅, 子光功在社稷. 雖有大罪, 猶當宥之, 況此坐罪, 非關宗社乎. 老母病臥, 無子存養, 迫切之情, 亦爲可哀, 且其遠配, 今經三年, 歲月已久, 雖合量移, 未爲失法. 李克培議, 子光之罪, 非干係宗社, 而功臣削籍, 遠逐遐方, 今二弟俱亡, 七十一歲之母, 病且深重, 情理可矜. 請量移母鄉近邑.

교지로 이르기를,

"사직社稷에 공功이 있고 어미를 생각하는 정情이 절박하니, 죄가 비록 붕당朋黨에 관계되지만, 마음이 효도하고 봉양하는 곳에 있어 가상嘉尙하니, 특별히 원願하는 것에 따라서 너그러운 은혜를 보여, 어미의 곁으로 옮겨주어 천수天壽를 마치게 하라."

하였다.

御書曰:

"功在於社稷, 情迫於至親, 罪雖關乎朋黨, 心則嘉于孝養, 特從情願, 以示寬恩, 量移母側, 使終天年."

20 » 억울하고 원통함을 명백하게 분별해 주소서

1494년(성종 25) 갑인년甲寅年 8월 17일
행 부호군行副護軍 황형黃衡

■ 저자 소개

황형黃衡 : 1459(세조 5)~1520(중종 15). 조선 중기의 무신으로, 본관은 창원昌原이고, 자는 언평彦平이다. 아버지는 선공감정繕工監正 황예헌黃禮軒이며, 어머니는 사헌부 감찰司憲府監察 남인보南仁甫의 딸이다. 시호는 장무莊武이다.

1480년(성종 11) 무과에 급제하고 상서원 판관尙瑞院判官이 되어 내승內乘을 겸직하였으며, 1486년 무과 중시武科重試에 장원으로 급제하여, 평안도 우후平安道虞候 유원柔遠과 혜산진惠山鎭의 첨절제사僉節制使로 나갔다. 그 뒤 훈련원 도정訓鍊院都正·의주목사·회령부사·함경도 병마절도사兵馬節度使·평안도 병마절도사를 역임하였다. 이어서 첨지중추부사僉知中樞府事가 되었다가, 1510년(중종 5) 삼포왜란三浦倭亂이 일어나자 방어사防禦使가 되어 제포薺浦에서 왜적을 크게 무찌르고 경상도 병마절도사가 되었다. 그 뒤 도총관都摠管·지훈련원사知訓鍊院事를 거쳐, 1512년 평안도 변방에서 야인野人이 반란을 일으키자 순변사巡邊使로 나가 이를 진압하였다. 이어서 평안도·함경북도의 병마절도사를 거쳐, 공조판서工曹判書

에 이르렀다.

『조선왕조실록』중종 15년 12월 13일, 황형이 죽은 뒤 사관들이 기록한 황형에 대한 평가는 다음과 같다.

공조 판서 황형黃衡이 죽었다.

사신은 논한다. 황형은 무예武藝에 능하고 책략策略이 많아 장수將帥의 재목이었다. 성종조成宗祖에 무과武科를 거쳐 나왔는데, 풍채風采가 헌칠하고 기우氣宇가 비범하였다. 오래도록 서북 지방을 진무鎭撫하였었는데 오랑캐들이 두려워하여 자기 아들의 이름을 황형이라고 지은 자도 있었다. 경오년 제포薺浦의 왜란倭亂 때에는 힘써 싸워 유담년柳聃年과 함께 가장 으뜸가는 공로로 기록되었다. 그러나 본래 행실이 없었으므로 재물을 탐하고 색色을 좋아했으며, 남의 말을 귀담아 듣지 않았다.

(『국조인물고國朝人物考』·『기재잡기奇齋雜記』·『조선왕조실록朝鮮王朝實錄』·『한국민족문화대백과사전』·『한국한자어사전韓國漢字語辭典』)

■ 평설評說

이 글은 대간의 논의로 벼슬이 바뀌어 억울함을 느낀 행 부호군行副護軍 황형黃衡이 자신의 억울함을 풀어달라고 올린 상소문이다. 이 상소문을 쓰게 된 계기를 『조선왕조실록』에서 찾아보면 성종 25년 7월 17일 사간원 정언司諫院正言 김삼준金三俊이 올린 글에서 우선 확인이 가능하다. 김삼준은 "황형을 경상우도 수군 절도사慶尙右道水軍節度使로 삼았는데, 황형은 지난번에 병든 어머니 때문에 귀성歸省하는 것으로 휴가休暇를 얻고는 가지 않고 기첩妓妾의 집에서 묵었으며, 부모의 상사를 당해서도 그 기첩의 집을 왕래하다가 발각되어 국문鞫問을 받았으니, 그 사람됨을 알 수 있습니다. 수사水使의 직임은 지극히 중한 것이니, 황형에게는 합당하지 못합니다. 벼슬을 바꾸십시오."라고 했다.

여기에 대해 성종은 "내가 황형의 마음을 알지는 못하지만, 지난번에 공사公事를 이야기하도록 시켰고, 또 이전에 북정北征의 노고가 있었으며, 지난해에는 조방장助防將으로 삼았으니, 내 뜻으로는 쓸 만하다고 생각한다. 사람이 한 번 잘못한 것을 가지고 어찌 추론追論하여서 버릴 수 있겠는가."라고 했는데, 다시 김삼준이 "실수한 것이 작을 것 같으면 가르치신 것과 같이 추론追論할 수 없습니다마는, 황형의 잘못은 작지 않습니다. 그 어버이가 병들었는데도 황형의 음란하고 방자함이 이와 같았다면 이것은 불효不孝이고, 어버이가 병이 없었는데도 병을 빙자하여 휴가休暇를 얻었다면 이것은 불충不忠입니다. 사람이 불충不忠하고 불효不孝하면 큰 법을 이미 잃은 것이니 어찌 쓸 수 있겠습니까."라고 하여 성종이 다시 "내가 심문한 결과를 살펴서 처리하겠다."고 했는데, 김삼준의 상소가 올라온 3일 뒤에 성종은 황형의 심문 결과를 받고 벼슬을 경상우도 수군 절도사에서 절충 장군折衝將軍 훈련원 도정訓練院都正으로 바꾸었다.

이 일이 있자 황형은 그 다음 달인 8월 17일 자신의 억울함을 하소연하는 글을 올렸다. 황형은 효가 바로 임금을 섬기는 이유이니, 부모를 잊는 마음이 있다면 임금에게도 충성할 수 없으며, 자신을 장수로 합당하지 않다고 한다면 받아들일 수 있지만 부모를 섬기는 것이 도리에 어긋났다고 한다면 받아들일 수 없다고 했다. 그가 밝힌 사건의 전말은 지난 정미년 봄, 강화江華의 농막에 있던 어머니가 병이 들었다는 소식을 듣고 임금께 아뢰어 특명特命으로 말미를 받았으니 휴가를 청하는 문서를 올리지 않는 것이 관례이고, 법法으로 하직 인사를 올려야 하지만 그날 하례賀禮가 있어 이튿날 하직을 고했는데, 하례를 마친 어떤 승지承旨가 조정朝廷에서 물러나와 자신이 거느리고 있던 기녀妓女를 불렀지만 가지 않아 분개하여 화를 내고 사실을 꾸며 함정에 빠뜨린 것이라 것이다.

황형은 늙은 어머니의 병이 위중하면 휴가를 청하는 문서를 올리는 것이 당연하니, 말미를 받고 하직 인사를 올릴 필요가 없고, 승지가 부른 기녀는 자신의 첩妾으로 늙은 어머니를 모시며 봉양을 하였으니, 말미를 받고 교묘하게 피한 뒤에 만날 이유가 없으며, 서울에 있는 날은 많고 고향에 가는 날은 적으니 하루를 머물면서 기생과 즐겨서 어머니의 병을 돌보지 않을 이유가 없다고 했다. 또 자신이 어머니의 상을 당하여 무덤을 지킬 때에 송사松事가 있어서 서울에 들어갔다가 돌아왔는데, 그때 자신을 헐뜯는 자가 자신이 기녀를 서울 집으로 불러들여 들어갔다고 했지만, 그 기녀는 자신의 집에 있은 지 이미 오래되었고, 그 당시에 이 일로 죄를 받지 않았다고 했다.

따라서 지금 자신을 논하는 이야기들은 모두 지난날 대간臺諫에서 논했던 일을 바탕으로 한 것이고, 지난날 대간에서 논했던 것은 당시 승지承旨가 지녔던 혐의嫌疑를 바탕으로 한 것이며, 당시 심문에서도 이 일을 분명히 밝혔으니 지금 이 일이 분명하게 해명되지 않는다면 뒷날에도 자신을 논하는 자가 그치지 않을 것이고, 자신의 한탄恨歎이 그치지 않을 것이라고 했다.

황형의 상소에 대해 성종은 "황형은 내가 아는 자이며, 또 무재武才가 있다. 그 때에 혐의하는 이야기로 죄를 받았으나, 그 후 다시 벼슬에 임용任用되었는데, 사헌부司憲府에서 다시 탄핵彈劾하니, 대신大臣에게 의논하도록 하라."고 하였고, 대신들은 대부분 쓸 만한 인물이니, 버려서는 안 되며, 지난날의 과실過失을 가지고 일률적으로 다스린다면 옳지 않다고 했다. 이에 따라 성종은 황형을 고발한 사람이 죽어 사실을 밝히기 어렵고, 황형이 지나친 행동을 일삼는 사람이 아니며 무재武才가 있으니 재능에 따라 쓰도록 하라고 명해서, 확인할 수 없는 내용 때문에 능력 있는 사람을 버리지 않겠다는 뜻을 밝혔다.

효는 임금을 섬기는 이유이니, 만일 조금이라도 부모를 잊는 마음이 있다면 어찌 임금에게 충성하여 조정에 설 수 있겠습니까? 전에 신臣에게 경상도 수군절도사慶尙道水軍節度使를 제수除授하자, 대간臺諫이 이를 지적하여 비판하였습니다. 신은 외람되게 천은天恩을 입어 다시 조정의 반열班列에 서게 되었으니, 신의 감격은 넓은 하늘처럼 끝이 없습니다. 대간이 만약 신을 변방의 장수로 합당하지 않다고 한다면, 신은 실로 분수를 달갑게 받아들이겠지만, 부모를 섬기는 것이 도리에 어긋난다고 지적하여 비판하니, 신은 너무도 마음이 아픕니다. 대간의 지적과 비판이 이미 이와 같으니, 진실로 머리를 숙여야 마땅하겠지만, 스스로 드러내어 밝히지 않는다면, 예컨대 이 마음을 하늘의 태양 아래 환하게 드러내어 밝히지 않는다면, 신의 한 몸은 한갓 성명聖明의 죄인이 될 뿐만 아니라, 또한 만세萬世의 죄인이 될 것입니다. 사람으로서 진실로 모든 행실의 근원인 효에 흠이 있다면 비록 재주나 지혜가 있다고 하더라도 나머지는 볼 만한 것이 없으니, 어떻게 감히 종족宗族과 나란히 설 수 있겠습니까? 이미 종족과 나란히 설 수가 없다면 어떻게 감히 조정에 나란히 설 수 있겠습니까? 하늘과 땅 사이에서 용납할 곳이 없을 것입니다.

신은 무인武人으로서 비록 학식이 없으나, 의리義理를 조금 알아서 평소 충성忠誠과 효행孝行으로 자부하였으며, 말을 달리고 칼을 시험하는 여가餘暇에 옛사람의 글을 배웠으니, 어찌 모자母子의 애정愛情을 모르겠습니까? 지난 정미년 봄에 신은 내승內乘으로서 전하를 가까이 모시며 날마다 거마車馬를 관리하였고, 신의 어미는 강화江華의 농막에 있었으므로, 오래도록 가까이서 봉양하지 못하여 부모를 그리워하는 마음을 버릴 수 없었는데, 또 어미가 병이 들었다는 소식을 듣고는 곧 성상께 아뢰자, 특명特命으로 말미를 주셨습니다. 말미를 받았으면 휴가를 청하는 문서를 올리지 않는 것이 관례입니다. 법法에 하직 인사를 올려야 하나, 마침 그날 하례賀禮가 있었던 까닭에 이튿날에야 하직을 고하였습니다. 그런데 어떤 승지承旨가 하례를 한 뒤에 조정朝廷에서 물러나와 기녀妓女를 불렀는데, 신이 거느리고 있던 기녀도 불러들인 무리 속에 있었으나 가지 않았습니다. 이 일을 가지고 분개하여 화를 내고 없는 사실을 꾸며 함정에 빠뜨려 얽어 죄를 만들었습니다.

신이 진실로 마음 아픈 것은 늙은 어미의 병이 위중하면 곧바로 휴가를 청하는 문서를 올리는 것이 당연한데, 무엇 때문에 말미를 받고 하직 인사를 올릴 필요가 있겠습니까? 하물며 이 기녀는 신의 첩妾이 되면서부터 늙은 어미를 모시며 맛있는 음식으로 봉양을 하였으니, 하루 저녁 술자리에서 희롱하는 사람과 같지 않은데, 어찌 반드시 말미를 받고, 교묘하게 피한 뒤에야 서로 볼 수 있겠습니까? 하물며 서울에 있는 날은 많고 고향에 돌아가는 날은 적은데, 어찌 감히 하루를 머물면서 기생과 즐기고, 곧 달려가서 어미의 병을 돌보지 않는다는 말입니까? 결코 이런 이치는 없습니다.

신이 모자라서 남에게 신임을 얻지 못하여 신을 두고 배우지 못하여 아는 것이 없어 이와 같이 어긋난 행실을 할 수 있다고 하여, 말하는 자는 쉽게 말을 하고, 듣는 자는 쉽게 믿었으니, 이 때문에 신의 마음이 아픕니다. 사람으로서 부모의 상喪을 당하여 어떻게 줄곧 무덤만 지킨다는 말입니까? 가족이 서울에 있으면 상복喪服을 입고 왕래하는 자가 얼마든지 있습니다. 신이 어미의 상을 당하여 무덤을 지킬 때에 마침 송사訟事가 있어서 서울에 들어갔다가 돌아왔는데, 신을 헐뜯는 자가 신이 사랑하는 기녀를 서울 집으로 불러들여 들어갔다고 하였습니다. 그러나 이 기녀는 신의 집에 있은 지 이미 오래 되었고, 상喪을 당한 뒤에 불러들인 것이 아닙니다. 그래서 당시에 끝내 이 일로 신에게 죄를 주지 않으셨으니, 이는 진실로 성상聖上의 예단睿斷에서 나온 것으로, 신이 다시 살아나는 은혜를 입은 것입니다. 그렇지 않았으면 신이 다시 어떻

상소와 비단

게 낯을 들고 스스로 천지 사이에 용납될 수 있었겠습니까? 신이 만약 진실로 불충不忠·불효不孝의 죄가 있다면, 만 번 죽임을 당한다고 하더라도 무엇이 애석하겠습니까.

오늘 신을 논하는 것은 지난날 대간臺諫에서 논했던 일을 바탕으로 한 것이고, 지난날 대간에서 논했던 것은 당시 승지承旨가 지녔던 혐의嫌疑를 바탕으로 한 것입니다. 그 때에 신에게 이르기를, "어미의 병을 듣고 곧장 가지 않았으니 효孝가 아니고, 병이 없는 어미를 병이 있다고 사칭詐稱하였으니 충忠이 아니다."라고 하면서 이 두 가지를 가지고 없는 사실을 거짓으로 꾸며 함정에 빠뜨려 죄를 얽어 신을 무거운 죄에 빠뜨리고자 하였으나, 비록 하루에 열 번 물었을지언정 신이 끝내 따르지 않았으니, 묻는 일이 모두 실정實情이 아니기 때문이었습니다. 만약 억울하게 원통함을 품고도 성상께 하소연하여 명백하게 분별하지 못한다면, 뒷날 신臣을 논하는 자가 그치지 않을 것이니, 신의 한탄恨歎이 어떻게 그치겠습니까? 이것이 신이 구구區區하게 우러러 성상의 귀를 번거롭게 하는 까닭입니다.

옛날에 광장匡章이 맹자孟子를 만나지 못하였다면 끝내 불효不孝라는 이름을 면하지 못하였을 것이고, 등보滕甫가 소식蘇軾을 만나지 못하였다면 끝내 불충不忠이라는 비방을 면하기 어려웠을 것입니다. 만약 신의 심문 기록을 살펴보시고 신의 허위虛僞를 분별하여 주신다면, 신은 죽어도 남는 한이 없을 것입니다.

孝者, 所以事君也, 如有一毫遺其親之心, 則安能忠於君, 而立於朝乎. 日者除臣爲慶
尙道水軍節度使, 臺諫駁之, 濫蒙天恩, 復齒朝列, 臣之感激, 昊天罔極, 臺諫若以臣不
合邊將, 則臣實甘分, 駁以事親有乖, 則臣竊痛心. 臺諫之駁, 旣如此, 固當垂首, 不復自
辨, 如不暴白此心於天日之下, 則臣之一身, 非徒聖明之罪人, 抑亦萬世之罪人也. 人苟
虧百行之源, 則雖有才知, 餘無足觀. 安敢齒於宗族乎. 旣不敢齒於宗族, 安敢齒於朝廷
乎. 宜無所容於覆載之間矣. 臣武人也, 雖無學術, 稍知義理, 常以忠孝自許, 馳馬試劍
之暇, 學古人之書, 豈不知母子之愛乎. 去丁未春, 臣以內乘, 密侍日馭, 臣母在江華野
墅, 定省已曠, 思親之念, 不能自已, 而又聞微恙, 卽達于天聰, 特命給暇, 蓋受暇, 非呈
辭, 例也. 法當陛辭, 適其日有賀禮, 故翌日乃辭, 有一承旨賀禮之後, 退朝邀妓, 臣所率
妓, 亦在招致之列, 而不赴, 以是積憤, 羅織成罪痛心.

若母病重, 則直當呈辭, 何必受暇爲陛辭計乎. 況此妓, 自爲臣妾, 侍老母, 調甘旨, 非
如一夕盃酒間調戱者, 何必受暇巧避, 然後得相見也. 況在京之日多, 歸鄕之日少, 安敢
留一日與妓歡娛, 而不卽奔救母病乎. 萬萬無是理也. 臣無狀, 不取信於人, 必以臣不學
無知, 如此無行之事, 亦可爲也. 言之者易, 而聽之者信, 此臣所以痛心者也. 凡人居父
母之喪, 豈盡守墳乎. 有家室於京, 則服喪往來者, 滔滔有之, 臣丁母憂, 守墳之時, 適有
訟事, 入京而還, 有壞臣者, 以臣愛妓, 招致京家, 因以入來, 然此妓, 臣之家畜已久, 非
喪後招致也, 故其時終不以此罪臣, 此實出於聖上之睿斷, 而臣得蒙再造之恩也. 不然,
臣復擧何顔, 自容於天地間乎. 臣若實有不忠不孝之罪, 則萬被誅斬, 何惜之有.

今之論臣, 以昔日臺諫之論, 昔日臺諫之論, 以其時承旨之構嫌也. 其時謂臣, 聞母病
不卽往, 非孝也, 無病之母, 詐稱有病, 非忠也, 以此二者, 媒孽醞釀, 欲陷臣重辜, 雖一
日十問, 而臣終不服, 以其所問, 皆非其情也. 若鬱抑舍寃, 不伸於宸聰而明辨之, 則後
之論臣者不止, 而臣之茹歎曷已, 此臣所以區區仰煩天聰也. 昔匡章不遇孟子, 終未免不
孝之名, 滕甫不遇蘇軾, 卒難逃不忠之譏. 若考臣推案, 辨臣虛僞, 則臣死無遺恨.

■ 비답批答과 전교傳敎

전교傳敎하기를,

"황형黃衡은 내가 아는 자이며, 또 무재武才가 있다. 그 때에 혐의하는 사람의 발언發言이 있었기 때문에 죄를 받았으나, 그 후 첨사僉使 등의 벼슬에 임용任用되었는데, 사헌부司憲府에서 이제 또 탄핵彈劾하니, 그 뜻이 어떠한가? 대신大臣에게 의논하도록 하라."

하였다.

傳曰:

"衡, 予所知者也, 且有武才, 其時因有嫌人發言而被罪, 其後見用於僉使等職, 而憲府今又彈劾, 其意何如. 其議于大臣."

윤필상尹弼商은 의논하기를,

"황형黃衡은 무재武才가 쓸 만한 인물이니, 끝내 버려서는 안 됩니다. 만일 지난날의 과실過失을 가지고 이를 일률적으로 다스린다면 옳지 않을 듯합니다."

하였다.

노사신盧思愼은 의논하기를,

"신이 들으니 황형黃衡은 무재가 있다고 합니다. 옛날의 제왕帝王은 사람을 임용할 때 평소의 행실을 고찰考察하지 않았으니, 어찌 끝내 버려두고 쓰지 않아서야 되겠습니까? 하물며 무사武士는 예법禮法이 있는 선비와는 다르니, 지난 일로 죄를 물어 쓸 만한 인재를 버려서는 안 됩니다."

하였다.

윤호尹壕는 의논하기를,

"황형黃衡이 죄를 받아 실직失職한 지 오래 되었는데, 오늘에서야 말을 올려 드러내어 밝힌 것은 늦은 것입니다. 그러나 무인武人의 재질才質이 있으니, 끝내 버려서는 안 됩니다."

하였다.

한치형韓致亨은 의논하기를,

"황형黃衡은 무재가 있어 쓸모 있는 사람입니다. 죄를 받은 지 이미 오래 되었으니, 영구히 버리는 것은 마땅하지 않습니다."

하였다.

정문형鄭文炯은 의논하기를,

"황형黃衡이 지은 죄가 비록 무겁다고는 하나, 죄를 받은 지 이미 오래 되었고, 또 무재가 탁월卓越하니 끝내 버려서는 안 됩니다. 하물며 죄를 받은 후 오늘 처음으로 서용敍用된 것이 아니라, 일찍이 첨사僉使에 임용任用된 적이 있는 경우이겠습니까?"

하고,

윤효손尹孝孫은 의논하기를,

"황형黃衡이 이미 그 과실過失로 죄를 받은 지 오래 되었는데, 그 당시에 말하지 않고, 이제야 혐의 있는 인물을 끌어대어 스스로 밝히고자 하나, 무슨 이득이 있겠습니까? 다만 신이 들으니, 남의 달걀 두 개를 먹었다는 것으로 성을 지킬 만한 장수를 버려서는 안 된다고 하였습니다. 황형黃衡의 과실이 비록 남의 달걀 두 개를 먹는 정도에 비교할 것은 아니지만, 만약 적의 창끝을 꺾어 외침을 막을 지략智略이 있다면, 또한 재능에 따라 적당하게 써야 하며, 버려서는 안 됩니다."

하였다.

尹弼商議, 衡爲人, 武才可用, 終不可棄, 若以已往之失, 一槪治之, 恐亦不可. 盧思愼議, 臣聞, 衡有武才, 古之帝王用人, 不考其素, 豈可終棄不用哉. 況武士與禮法之士不同, 不可追咎旣往之事, 以失可用之才. 尹壕議, 衡受罪失職, 久矣. 今日上言發明, 緩也, 然有敵愾之才, 終不可棄. 韓致亨議, 衡有武才可人, 被罪已久, 不宜永棄. 鄭文烱議, 衡所犯雖重, 被罪已久, 且武才卓越, 終不可棄. 況被罪後, 非今日始敍, 曾已見用於僉使乎. 尹孝孫議, 衡旣以其失被罪久矣. 當其時不言, 今乃欲引有嫌人以自明, 何益. 但臣聞, 不可以二卵, 棄干城之將. 衡所失, 雖非二卵之比, 若有禦侮折衝之略, 則亦可隨才適用, 不宜棄之.

전교하기를,

"황형黃衡이 비록 드러내어 밝히고자 하나, 말을 한 사람이 이미 죽었으니 실로 다시 다스리기 어렵다. 그러나 황형이 지나친 행동을 일삼는 사람이 아니고 또 무재武才가 있으니, 이조吏曹와 병조兵曹에 지시하여 재능에 따라 서용敍用하도록 하라."

하였다.

傳曰:

"衡雖欲辨明, 發言之人已死, 實難更理. 然衡非狂妄, 且有武才, 其論于吏兵曹, 隨才敍之."

21

간언하는 신하마다 옥에 가두니
누가 바른 말을 하겠습니까?

1495년(연산 1) 을묘년乙卯年 6월 30일
판중추부사判中樞府事 손순효孫舜孝

■ 저자 소개

손순효孫舜孝 : 1427(세종 9)~1497(연산군 3). 조선 전기의 문신으로, 본관은 평해平海이고, 자는 경보敬甫, 호는 물재勿齋 · 칠휴거사七休居士이다. 손영孫永의 증손으로, 할아버지는 손유례孫有禮이며, 아버지는 군수 손밀孫密이다. 어머니는 정선군사旌善郡事 조온보趙溫寶의 딸이다. 시호는 문정文貞이다.

1451년(문종 1) 사마시에 합격하여 진사가 되었고, 1453년(단종 1) 증광 문과增廣文科에 을과로 급제하였으며, 1457년(세조 3)에는 감찰監察로 문과 중시文科重試에 정과로 급제하였다. 경창부 승慶昌府丞에 발탁되었고, 병조 좌랑兵曹佐郎 · 형조 정랑刑曹正郎 · 집의執義 · 전한典翰 등을 역임하였다. 1471년(성종 2) 17조의 시무책을 올려 형조 참의刑曹參議에 특진되었으나 직무상 과오로 인해 상호군上護軍으로 전임되었다. 이후 장례원 판결사掌隷院判決事가 되었고, 1475년 부제학副提學을 거쳐 동부승지同副承旨 · 우부승지右副承旨 · 좌승지左承旨를 지냈으며, 1478년 도승지都承旨가 되었다.

강원도 관찰사로 나가 선정을 베풀었고, 호조 참판戶曹參判 · 형조 참판刑曹參判

을 지내면서 왕비 윤씨의 폐위를 반대하였다. 1480년 지중추부사知中樞府事로 정조사正朝使가 되어 명나라에 다녀온 뒤 공조 판서工曹判書 · 경기도 관찰사 · 대사헌大司憲 · 한성부 판윤漢城府判尹 · 병조 판서兵曹判書등을 역임하였다.

성리학에 조예가 깊었고, 특히『중용』·『대학』·『역경』등에 정통하였으며, 문장이 뛰어나고 대나무 그림에 능하였다. 『세조실록』편찬에도 참여하였으며, 찬서撰書로『식료찬요食療撰要』가 있다.

『조선왕조실록』연산군 3년 3월 21일, 손순효가 죽은 뒤 사관들이 기록한 손순효에 대한 평가는 다음과 같다.

판중추부사判中樞府事 손순효孫舜孝가 죽었다. 순효의 자는 경보敬甫이고, 호는 칠휴거사七休居士이며, 본관은 평해平海이다. 경태景泰 계유년에 급제하여, 경창부 승慶昌府丞에 임명되었고 병조 좌랑兵曹佐郎 · 형조 정랑刑曹正郎 · 사헌부 장령司憲府掌令 · 예문관 전한藝文館典翰 · 사헌부 집의司憲府執義를 역임하였다. 신묘년에 승진하여 형조 참의刑曹參議에 임명되었고 병신년에 승정원 동부승지承政院同副承旨에 임명되었다가 도승지都承旨로 승진되었으며, 강원도 관찰사 · 호조 참판戶曹參判 · 형조 판서刑曹判書 · 사헌부 대사헌司憲府大司憲 · 공조工曹 · 병조兵曹의 판서判書를 지나 의정부 좌참찬議政府左參贊에 임명되었고 경상도 관찰사에 임명되었다가 돌아와서 우찬성右贊成에 임명된 뒤, 얼마 후 판중추判中樞로 옮겼다가 죽으니 나이 71세였다. 시호를 문정文貞이라고 하니 학문에 부지런하고 묻기를 좋아하는 것을 문文이라고 하고, 청백하고 절도를 지킨 것을 정貞이라고 한다.

가슴속에 묻어둔 포부가 넓고 맑으며 마음가짐이 어질고 너그러웠으며, 항상『중용中庸』·『대학大學』으로 후진들을 권장하며, 충성과 너그러움으로 임금을 인도하고, 충신 · 효자 · 절의를 표창하는 문을 지날 때에는 반드시 말에서 내려 절하였다. 일찍이『대학』의 뜻을 따서 노래 4장을 지어「물재가勿齋歌」라고 하여 동자들에게 노래 부르도록 하고 스스로 즐겼다. 때로는 한밤중에 북쪽 하늘을 향하여 이마를 조아리며 말하기를, "맹세코 임금을 속이지 않겠습니다."라고 하였다. 술 마시기를 좋아하되 취중의 말이라도 반드시 임금을 그리워한다고 하였으며 울기까지 하였다. 도에 관찰사로 나가 있을 때에는 항상 서울을 향하여 절하니 사람들이 혹 정상이 아니라고 의심하기도 하였다. 위인은 충직하기 이를 데 없는데, 일을 하는 데는 모자라서 가는 곳마다 실적이 없었으나, 그것이 인물을 평가하는 경중이 될 수는 없다.

(『국조인물고國朝人物考』·『물재집勿齋集』·『사가집四佳集』·『조선왕조실록朝鮮王朝實錄』·『한국민족문화대백과사전』·『한국한자어사전韓國漢字語辭典』·『해동잡록海東雜錄』)

■ **평설**評說

이 글은 대간臺諫이 간언諫言을 한다고 해서 대간을 잡아 가두고 바꾸었다는 이야기를 듣고 쓴 판중추부사判中樞府事 손순효孫舜孝의 상소로, 『조선왕조실록』과 그의 문집 『물재집勿齋集』에 모두 수록되어 있어 이 책에서는 문집에 수록되어 있는 「간수대간소諫囚臺諫疏」를 번역의 저본으로 하였다.

신하나 백성이 임금에게 의견을 올릴 수 있는 언로言路는 조선 사회에서 민의를 알리는 중요한 기능을 담당하고 있었다. 그렇기 때문에 조선에서는 임금이 잘못된 방향으로 갈 때 이를 간諫하여 바로 잡는 일을 전담하던 관청을 두었다. 좁게는 사간원 또는 사간원의 대사간·사간·헌납·정언 등의 관원을 간관諫官이라고 하였지만, 넓게는 관료의 기강을 감찰하는 사헌부와 사간원을 합하여 대간臺諫·언관言官·양사兩司 또는 간관諫官이라고 하였다. 이 두 기관은 언론을 관장하는 관서로서 강력한 발언권을 가지고 정책과 인사에 관여하였으며, 장수나 대신, 종신이나 임금의 측근이라도 잘못이 있으면 이들을 규탄하였을 뿐만 아니라 국왕에 대해서도 항상 바른 말을 하는 것을 임무로 하였다. 또 국왕은 간관의 바른 말에 귀를 기울이는 것을 중요한 덕목으로 삼고 있었다. 대간 혹은 간관의 경우 임금으로부터 간쟁권을 보장받았기 때문에 간쟁이 잘못되었다는 이유로 좌천시킬 수 없었으니, 조선이라는 나라가 5백년을 이어갈 수 있었던 이유가 열려있는 언로에 있었던 것이 분명해 보인다.

이 상소를 올린 손순효는 충직하기로 유명하여 언제나 바른 말을 숨기지 않았다. 유몽인柳夢寅의 『어우야담於于野談』에 손순효에 관한 일화가 나오는데, 그 내용을 보면 일찍부터 손순효는 연산에게 이런 상소를 올리게 될 것이라는 생각을 했을지도 모른다는 느낌을 받게 된다. 간단하게 살펴보면 대략 다음과 같다. "연산군燕山君이 세자世子가 되었을 때 도리道理에 맞지 않는 좋지 못한 행동이 많아, 손순효가 술에 취한 체하고 성종의 용상龍床에 올라가 용상을 어루만지며 성종의 귀에 입을 대고 간절하게, '이 자리가 아깝습니다. 원하건대 일찍 계책을 내십시오'라고 하니 신하들이 깜짝 놀라 모두 '말한 것을 공공연하게 밝히시오. 그대가 어찌 감히 용상에 올라가 귀속 말을 하는가.'하고 죄를 청하니 성종이 웃으며 '노신이 내가 주색을 가까이 한다고 하여 은밀히 말했을 뿐이오.'라고 했으나 끝내 손순효의 말을 따르지 않았다."

이 상소에서 손순효는 풍병風病이 심해 누워있다가 임금이 대간이 간언諫言을 한다고 해서 모두 갈아치우고 또 옥에 가두었다는 말을 듣고 상소를 올리게 되었다고 했다. 그는 임금이 새로 왕위에 올라 널리 언로言路를 열어 바른 말을 들으려고 해도 오히려 할 말을 다하는 자가 드물 것인데, 위엄으로 억누르면 누가 감히 말할 것이냐고 하며, 이와 같다면 결코 성군聖君이 될 수 없으며, 삼대三代 이하의 임금이 될 수 있을 뿐이라고 했다. 이어서 그는 '임금이 자신의 말을 하고 스스로 옳다고 하면, 신하들 중에서 감히 그 잘못된 점을 바룰 자가 없을 것이니 선善이 어디에서 나오겠는가'라고 하였다.

손순효는 순舜임금과 우禹임금, 성탕成湯, 문왕文王, 무왕武王의 고사를 들어 성인도 스스로 성인이라 자처하지 않고 오히려 좋은 말을 구하기를 목마른 자가 물을 찾듯이 하였지 말하는 자를 쫓아내고 말하는 자를 죄주었다는 이야기는 듣지 못했다고 하고, 이어 당 태종唐太宗과 위징魏徵, 당 현종唐玄宗과 한휴韓休, 위 무공衛武公, 송 태조宋太祖와 조보趙普, 송 인종宋仁宗과 두연杜衍의 고사를 예로 들어 이들이 후세의 임금보다 뛰어난 것은 모두 신하들의 말을 들어주었기 때문이라고 했다.

　마지막으로 손순효는 과감하게 간하는 자는 추호라도 제 집, 제 몸을 위하는 사심이 없지만, 자리만 차지하고 침묵을 지키는 자는 진실로 비열한 자들이니, 비록 한 때 임금의 분부를 순종한다고 해도 국가에는 이익이 없다고 했다. 그는 연산의 등극에 백성들의 기대가 컸는데, 놀랍게도 첫 정사에서 대간을 옥에 가두셨다는 말을 듣고서 병을 참고 상소하였다고 하며 글을 마쳤다.

　이 상소에 대해 연산이 어떤 답을 했는지는 알 수 없지만, 사신史臣이 평評하기를 "온 조정의 재상들이 모두 입을 다물고 말을 못하는데, 손순효가 상소하여 말하니, 당시의 공론이 매우 시원하게 여겼다."라고 한 것으로 보아 이 상소를 신하들 모두 가슴 시원하게 여겼다는 것을 알 수 있다. 첫 정치를 보면 연산의 마지막을 유추할 수 있으니 연산조의 어지러움은 시작부터 분명했던 것이라 생각된다.

■ **역문**譯文

　신이 본래 풍병風病이 있었는데, 올 정월에 병이 발작하여 노상 누워서 지내다가 지금은 조금 나은 편입니다. 그러나 허리가 약하고 다리가 저려 다니기에 곤란하므로 다른 사람을 분주히 따르지 못하고 집안에 엎드려 있었습니다. 들으니 "전하께서 대간이 간언諫言을 한다고 해서 모두 갈아치우고 또 옥에 가두었다."라고 하는데, 그 시말始末은 상세히 알 수 없으나, 다만 전하께서 새로 보위寶位에 오르셨으니, 널리 언로言路를 열어 즐겁게 바른 말을 들으시려고 해도 제 몸을 아껴 오히려 할 말을 다하는 자가 드물 것인데, 하물며 우레와 천둥 같은 위엄으로써 억누르시면 누가 감히 제 몸을 아끼지 않고 그 위엄을 범하려 하겠습니까. 그 형세는 침묵을 지키게 되어 "주머니 주둥이를 잡아매듯 입을 다무는 것이 어려운 때에 처신하는 길이다."라고 할 것이니, 전하께서는 요堯·순舜·우禹·탕湯·문文·무武 같은 성군聖君이 되시렵니까? 아니면, 삼대三代 이하의 임금이 되려고 하십니까? 새로 나라를 다스리면서 먼저 언로言路를 막는 것은 신으로서는 감히 모를 일입니다. 대간이란 대의를 고집하여 임금의 들으심을 돌리는 것이 그 의무이니, 명령이 있을지라도 진실로 의리에 합당하지 않으면 차라리 목숨을 버릴지언정 끝내 조서詔書를 받들지 않는 것은 옛 도인데, 이제 무엇을 의심하겠습니까.

자사자子思子가 위후衛侯를 대하고 말하기를 "임금의 나랏일이 날로 잘못될 것입니다. 임금이 말을 하고 스스로 옳다고 하니, 경卿·대부大夫 중에서 감히 그 잘못된 점을 바룰 자 없고, 경·대부가 말을 하고 스스로 옳다고 하니 사士·서인庶人 중에서 감히 그 잘못된 점을 바룰 자 없으며, 신하들이 입을 모아 좋다고 하는데, 좋다고 하면 따르는 것이어서 복이 있고, 바루려고 들면 거스르는 것이어서 화가 있으니, 이와 같은 데 선善이 어디에서 나오겠습니까."라고 하였는데 이는 실로 천만 세대世代의 격언格言입니다.

순舜임금은 묻기를 좋아하고 비속鄙俗한 말을 살피기 좋아하며, 악한 것은 숨기고 선한 것을 드날리며, 양쪽 끝을 쥐고서 그 중간을 백성에게 사용하였기 때문에 큰 지혜라는 말을 들었고, 우禹임금은 순임금의 뒤를 이어받아 즉위하여, 종鍾·고鼓·경磬·탁鐸·조鼗를 달아놓고 사방의 백성을 기다리며 말하기를 "과인寡人에게 도道로써 가르치는 자는 고를 치고, 의義로써 깨우치는 자는 종을 치고, 일로써 말하는 자는 목탁을 치고, 근심을 말하는 자는 경을 치고, 옥사獄事나 송사가 있는 자는 조를 흔들라."라고 하였으며, 밥 한 번 먹을 때에 열 번 일어나고, 머리 한 번 감을 때에 세 번 머리카락을 쥔 채 나와서 좋은 말에 절을 하여 천하의 백성을 위로하였습니다. 성탕成湯은 성경聖敬으로 날마다 나아가 간언諫言을 부인하지 않았으며, 허물을 고치되 인색하지 않고 선민先民을 잘 대우하며, 성색聲色을 가까이하지 않고 재물의 이익을 불리지 않았으며, 사람을 쓰되 다 구비할 것을 바라지 않고 자신은 검속하되 미치지 못하는 것처럼 하였으니, 이는 날마다 새롭고 또 날마다 새로운 실제입니다. 문왕文王은 밝음을 이어받아 더욱 공경하여 도道의 극極에 올라서 간하지 않아도 그 말이 들어가고, 게을리 하지 않아서 언제나 지키며, 백성 보기를 자기 몸이 상한 것처럼 여기고, 인정仁政을 베풀되 반드시 홀아비·홀어미·고아·자식 없는 늙은이를 먼저 돌보아, 백리百里의 땅을 가지고 일어나서 천하의 3분의 2를 차지하였으니, 이 역시 순수한 덕이 쉬지 않은 성인입니다. 무왕武王은 즉위한 처음에 스승 상보尙父의 "공경이 게으름을 이기는 자는 길吉하고 게으름이 공경을 이기는 자는 멸滅하며, 의리가 욕심을 이기는 자는 종從하고 욕심이 의리를 이기는 자는 흉凶하다."라는 단서丹書의 경계를 받고 물러나서 궤석几席·상두觴豆·도검刀劍·호유楹 어디고 이 말을 새겨두지 않은 데가 없었으니, 대체로 탕湯임금의 기풍을 듣고 흥기興起한 분입니다. 이 이제二帝와 삼왕三王은 다 옛날의 성인이었지만, 성인도 스스로 성인이라 자처하지 않고 오히려 좋은 말 구하기를 목마른 자가 물을 찾듯이 하였지 말하는 자를 쫓아내고 말하는 자를 죄주었다는 풍습은 듣지 못했습니다.

당 태종唐太宗은 영렬英烈한 임금이었지만, 위징魏徵이 십점소十漸疏를 올렸는데, 그 여덟째 조문에 이르기를 "정관貞觀 초기에는 아랫사람을 예우하여 여러 사정들이 막힘없이 상달되었는데, 지금은 외관外官이 사건을 아뢰어도 얼굴을 대해주지 않으시고 간간히 단점만 꼬집으며, 작은 과실만 질책하므로 비록 충성이 있어도 펼 수 없으니, 이는 처음과 끝이 한결같지 못한 탓입니다. 천년의 아름다운 기회를 두 번 얻기는 어려운 것인데, 밝은 임금으로서 할 수 있으면서도 하지 않으니 신은 가슴속이 답답하고 맺혀서 노상 탄식만 하는 바입니다."라고 하였습니다. 이 상소가 들어가자, 태종은 보고서 "짐朕이 허물을 들었으니, 이로부터 고쳐서 유종의 미를 거두겠다."라고 하시고, 곧 상소上疏로 병풍과 장자障子를 만들어 아침저녁으로 보았습니다. 당 현종唐玄宗은 처음에는 밝고 뒤에는 어두운 임금이었지만, 혹시 연회가 조금이라도 지나치면 문득 좌우左右에게 이르기를 "한휴韓休가 아니냐?"라고 하였는데, 이 말이 끝나자 평장사平章事 한휴의 간소諫疏가 벌써 와 있었습니다. 좌우가 말하기를 "한휴가 정승이 되자 폐하께서는 전보다 사뭇 여위셨습니다."라고 하니, 현종이 탄식하며 말하기를 "나는 비록 여위었지만 천하 백성은 살쪘다."라고 하였으니, 이 말은 참으로 본받을 만합니다.

위 무공衛武公은 나이 95세였어도 오히려 나라에 잠계箴戒를 내리기를 "경卿이 하로부터 사장師長·사士에 이르기까지 조정에 있는 자는 나를 늙었다 하여 버리지 말고, 반드시 아침저녁으로 정성을 다하여 나를 경계하여 달라."라고 하고, 누웠을 때나 편히 앉았을 때나 궤几에 기대 있을 때나 일에 임할 때나 다 도리와 이치로 옳지 못한 일을 고칠 수 있도록 말하게 하여 순시하였으니, 이것이 예성 무공睿聖武公이 된 까닭입니다. 후세의 임금이 참으로 천하 국가를 다스리기에 뜻을 둔다면, 간하는 것을 싫어하고 자기가 좋아하고 싫어하는 것을 따라서야 되겠습니까. 옛날에 간언을 올린 이는 충성을 다하고 의를 지켜 목숨을 돌보지 않아, 목을 벨 도끼가 앞에 있고 몸이 삶길 가마솥이 뒤에 있어도 꿋꿋하게 꺾이지 않고, 죽임을 당하는 것을 자기 집에 돌아가는 것처럼 여기면서 오직 사직社稷만 알 뿐이었습니다.

송 태조宋太祖 때 조보趙普가 정승이 되어, 한 번은 사람을 천거했는데, 태조가 허락하지 않자 그 이튿날 다시 아뢰었는데 역시 허락하지 않아, 또 그 이튿날 아뢰니 태조가 크게 노하여 조보의 상소를 찢어 땅에 던졌지만 조보는 안색을 변하지 않으며 무릎을 꿇고서 그것을 주워 가지고 돌아갔다가, 다른 날 옛 상소를 그대로 붙여서 처음처럼 다시 아뢰니, 태조가 그제야 깨닫고 마침내 그 사람을 등용하였습니다. 송 인종宋仁宗 때에 두연杜衍이 평장사平章事로 있을 때에 요행을 바라는 자를 억제하여 조지詔늘를 내릴 때마다 그만두고 시행하지 않아서 조지詔늘 10여 건이 쌓이자 이를 곧 임금 앞에 드리니, 인종이 간관諫官에게 말하기를 "바깥 사람들은 두연杜衍이 궐내闕內에서 내린 조지를 도로 봉환한 것만 알더냐? 짐朕이 궁중에 있으면서, 두연이 안 된다고 해서 중지한 것이 도로 봉환한 것보다 많았다."라고 하며 일찍이 노하지 않았으니, 이것이 후세의 임금이 따라가지 못하는 점입니다.

　진실로 그 도가 아니면 이는 역신逆臣이라고 이야기해도 마땅한데, 어찌 잡아 가두고 매질하고 몽둥이질 만 할 뿐이겠습니까? 저 과감히 간하는 자는 추호라도 제 집, 제 몸을 위하는 사심이 없습니다. 자리만 차지하고 침묵을 지키는 자는 진실로 비열한 자들이니, 비록 일시에 임금의 분부를 순종한들 국가에 무슨 이익이 있겠습니까. 곧 나아갔다가 곧 물러가며, 명령을 들으면 "지당하옵니다."라고만 하는 자는 또 맹자의 죄인입니다. 전하께서 큰 자리를 이어받으셔서 늘 염려를 버리지 않으시고 임금이 해야 할 모든 일에 대응하시되 천리天理에 합당하게 하시니, 신민들이 서로 경하慶賀하며 모두 지극한 정치를 우러르고 있고, 더욱이 신은 오랫동안 경연經筵을 모셨으니, 일반 사람의 정보다 만 갑절이나 더합니다. 몸이 늙고 병들어 앞길이 얼마 남았겠습니까마는 한 치의 마음속에는 조금만 더 목숨을 연장하여 시서예악詩書禮樂의 정치를 보려고 생각하였는데, 놀랍게도 첫 정사에서 대간을 옥에 가두셨다는 말을 듣고서 병을 참고 상소하며 황공히 죄를 기다립니다.

臣素有風疾, 今年正月, 發作長臥, 如今少差. 然腰脚寒弱, 行步艱難, 未能隨他奔走, 跧伏在家. 聞殿下臺諫言事, 皆遭且因, 其本末不可詳也. 但恐殿下新登寶位, 廣開言路, 樂聞直言, 猶且愛身, 盡言者鮮, 况壓之雷霆, 誰敢不愛其身而犯其威乎. 勢將含默曰, 括囊無咎, 是否之道也. 未知殿下欲爲堯舜禹湯文武之聖乎, 抑爲三代以下之主乎. 新服厥命, 先塞言路, 臣不敢知也. 臺諫固執大義, 務回天聽, 雖有他旨, 苟不合義, 寧殺其身, 而終不奉旨, 古之道也. 今何疑乎. 子思子對衛侯曰, 君之國事, 將日非矣. 君出言, 自以爲是, 而卿大夫莫敢矯其非, 卿大夫出言, 自以爲是, 而士庶人莫敢矯其非, 群下同聲賢之, 賢之則順而有福, 矯之則逆而有禍, 如此則善安從生. 此千萬世之格言也.

大舜好問而好察邇言, 隱惡而揚善, 執其兩端, 用其中於民, 是爲大知也. 大禹受舜禪卽位, 懸鐘鼗磬鐸鞀, 以待四方之士曰, 教寡人以道者擊鼓, 諭以義者擊鐘, 告而事者振鐸, 語以憂者繫磬, 有獄訟者搖鞀, 饋而十起, 一沐三握髮, 以拜昌言, 而勞天下之民. 成湯聖敬日隮, 從諫弗咈, 改過弗吝, 先民時若, 不邇聲色, 不殖貨利, 與人不求備, 檢身若不及, 此日新又日新之實也. 文王緝熙敬止, 誕先登于岸, 不諫亦入, 無擇亦復, 視民如傷, 發政施仁, 必先於鰥寡孤獨, 由百里而起, 三分天下有其二, 此純亦不已之聖也. 武王踐祚之初, 受師尚父丹書之戒曰, 敬勝怠者吉, 怠勝敬者滅, 義勝欲者從, 欲勝義者凶, 退而几席觴豆刀劍戶牖, 莫不有銘焉, 蓋聞湯之風而興起者也. 二帝三王, 皆古之聖人也, 聖不自聖, 而尚且求言如渴, 未聞黜言者罪言者之風也.

唐太宗, 英烈之主也, 魏徵進十漸疏, 其八曰, 在貞觀初, 遇下有禮, 聲情尚達, 今外官奏事, 顏色不接, 間因所短, 詰其細過, 雖有忠款而不得伸, 此不克終也. 千載休期, 時難再得, 明主可爲而不爲, 臣所以鬱結長歎者也. 疏奏, 帝曰朕聞過矣, 願改之以終善道. 迺以疏列爲屏障, 朝夕見之. 玄宗, 先明後暗之主也, 或遊宴小過, 輒謂左右曰, 韓休知否. 言訖, 平章事韓休諫疏已至. 左右曰, 休爲相, 陛下殊瘦於舊. 上歎曰, 吾雖瘠, 天下肥矣. 此言眞可法也. 衛武侯行年九十五, 猶箴儆於國曰, 自卿以下, 至于師長士, 苟在朝者, 無謂我老耄而舍我, 必恪恭於朝夕, 以交戒我. 居寢宴居, 倚几臨事, 皆有規諫以訓御之, 此所以爲睿聖武公也. 後世人主, 苟有志於治天下國家, 其可任己厭諫, 而由心好惡乎. 古之諫者, 盡忠秉義, 奮不顧身, 鈇鉞在前, 鼎鑊在後, 礭然不拔, 視死如歸, 唯知社稷而已. 宋太祖朝, 趙普爲相, 嘗薦人, 太祖不許, 明日復奏, 亦不許. 又明日奏, 太祖大怒, 裂破奏牘擲地, 普顏色不變, 跪而拾之以歸, 他日補綴舊牘, 復奏如初. 大祖乃悟, 卒用其人. 宋仁宗朝, 杜衍同平章事, 務裁抑僥倖, 每內降, 率寢格不行, 積詔旨十數, 輒納上前, 上嘗語諫官曰, 外人, 知衍封還內降邪. 朕在宮中, 每以衍不可告而止者, 多於所封還也. 未嘗怒焉, 此皆後世之所不及也.

苟非其道, 是爲逆臣, 豈但囚繫之笞杖之而已哉. 彼敢諫者, 無一毫爲家爲身之私, 備員含默者, 誠鄙夫也. 雖一時順旨, 何益於國家哉. 旅進旅退, 聞命曰當者, 亦孟軻之罪人也. 殿下嗣大曆服, 無疆惟恤, 酬酢萬機, 動合天理, 臣民相慶, 咸仰至治, 臣久倚經幄, 倍萬恒情. 老病兼身, 前路幾何, 然一箇寸心, 願須臾無死, 及見詩書禮樂之治, 驚聞初政, 忽因臺官, 勉疾疏奏, 兢惶待罪之至.

「諫囚臺諫疏」, 疏, 『勿齋集』 卷 二

■ 비답批答과 전교傳敎

사신史臣의 평評

온 조정의 재상들이 모두 입을 다물고 말을 못하는데, 손순효가 상소하여 아뢰니, 당시의 공론이 매우 시원하게 여겼다.

擧朝宰相, 拑口不言, 而孫舜孝奏疏 時論快之

22

왕과 신하의 소통은 정치의 체모를 바로 서게 하는 것입니다

1515년(중종 10) 을해년乙亥年 5월 11일
이조 정랑吏曹正郎 김정국金正國

■ **저자 소개**

김정국金正國 : 1485(성종 16)~1541(중종 36). 조선 중기의 학자이자 문신으로, 본관은 의성이고 자는 국필國弼, 호는 사재思齋 · 팔여거사八餘居士이다. 아버지는 예빈시 참봉禮賓寺參奉 김연金璉이고, 어머니는 양천허씨陽川許氏이며 김안국金安國의 동생이다. 시호는 문목文穆이다.

김굉필金宏弼의 문하에서 공부했고, 1509년(중종 4) 별시문과에 장원으로 급제했다. 사간司諫 · 승지承旨를 거쳐 황해도 관찰사가 되었으나, 1519년 기묘사화己卯士禍로 삭탈관직 되어 고향인 고양高陽에 칩거하며 팔여거사라고 자칭하고 학문을 닦아 저술과 후학 교육에 힘썼다. 1537년 복직되었고 이듬해 전라도 관찰사가 되어 「편민거폐便民祛弊」라는 시정책을 건의하여 국정에 반영하게 했다. 그 뒤 경상도 관찰사 · 형조 참의刑曹參議 · 예조 참의禮曹參議 · 병조 참의兵曹參議 · 공조 참의工曹參議 · 형조 참판刑曹參判 등을 지냈다.

형인 김안국과 함께 교화敎化에 뜻을 두어, 왕에게 올린 책문에서 "정치의 도는 경천敬天과 근민勤民에 있다."라고 강조했다. 당대에 시문詩文이 뛰어났고 의서醫書에도 조예가 깊었다. 저서로 시문집인 『사재집』과 『성리대전절요性理大全節要』·『역대수수승통입도歷代授受承統立圖』·『촌가구급방村家救急方』·『기묘당적己卯黨籍』·『사재척언思齋摭言』·『경민편警民篇』 등이 있다. 좌찬성左贊成에 추증되었으며, 장단의 임강서원臨江書院·용강의 오산서원鰲山書院·고양의 문봉서원文峰書院 등에 제향되었다.

『조선왕조실록』 중종 36년 5월 20일, 김정국이 죽은 뒤 사관들이 기록한 김정국에 대한 평가는 다음과 같다.

동지돈령부사同知敦寧府事 김정국金正國이 죽었다.

사신은 논한다. 김정국은 김안국金安國의 아우이다. 굳세고 바르며 곧고 정직方直하여 나라를 자기 집처럼 근심하였다. 선을 좋아하되 지나치지 않았고 악을 미워하되 심하지 않았으므로, 기묘년에 패할 때도 패한 것이 심하지 않았고, 조정에 돌아와서도 사람들이 의심하거나 꺼리지 않았다. 이 때문에 그의 죽음을 들었을 때에 원근遠近이나 대소를 구분하지 않고 모두가 애석하여 슬퍼하였다.

사신은 논한다. 김정국은 마음을 쓰는 것이 순수하고 발랐으며 일을 처리하는 것이 공평하여, 곤궁해도 의리를 잃지 않고 높은 자리에 올라도 도리를 벗어나지 않았다.

사신은 논한다. 김정국은 성품과 도량이 온순溫醇하고 일생 동안 일처리를 모두 순리대로 하였으니 군자다운 사람이다. 그의 명망이 형에게 미치지 못하는 듯하지만, 실상은 더하기도 하다. 이전에 사림士林의 화禍를 만나 물러가 살던 20여 년 동안 벼슬도 없는 사람처럼 가난하였으나, 끝내 생업을 일삼지 않고 오직 사람들 가르치는 것으로 즐거움을 삼았기 때문에 문생門生과 제자가 늘 자리에 차서 글 읽는 소리가 끊이지 않았다. 그가 목숨을 마쳤을 때에는 서로 앞 다투어 와서 빈소濱所 곁에서 곡하고 아침저녁으로 제전祭奠을 모셔 상여가 나가고 나서야 흩어졌으며, 가난한 가운데에서 힘을 다하여 밑천을 만들어 무덤 앞에 비석을 세우고 심상心喪을 하는 사람까지도 있었으니, 옛사람의 풍도가 있었다.

(『사재집思齋集』·『조선왕조실록朝鮮王朝實錄』·『한국민족문화대백과사전』·『한국한자어사전韓國漢字語辭典』·『해동명신록海東名臣錄』)

■ **평설**評說

이 글은 이조 정랑吏曹正郎 김정국金正國이 진실한 마음으로 아랫사람에게 일을 맡기고 신하들을 친히 접견하기를 바라며 중종에게 올린 상소이다. 이 상소에서 김정국은 임금과 신하의 직분에 대해 설명하고, 이어 이 직분이 제대로 자리 잡히지 않으면 변고가 일어나니, 직분을 잘 수행하기 위해서는 임금이 진실한 마음으로 아랫사람을 대해야 한다고 하였다.

이 상소의 첫 부분에서 김정국은 겨울에 꽃이 피고 열매가 열며, 여름에 우박이 내리고, 발이 세 개 달린 소가 태어나며 암탉이 수탉으로 변하는 변고에 대해 언급한 뒤 이와 같은 변고의 원인에 대해 "임금은 하늘이요 신하는 땅이며, 천도는 아래로 내려오고 지도地道는 위로 올라가, 상하가 서로 교합交合한 뒤에야 음양이 화창和暢하여 만물을 생성하고 한 해의 공이 이루어지는 것이니, 임금이 정성스러운 마음으로 신하에게 일을 맡기고 신하는 정성을 다하여 위로 임금을 섬겨, 상하가 서로 믿어서 의심하고 막히는 것이 없으면 임금과 신하는 저절로 화합하고 다스림의 교화가 행해져서 아름다운 상서가 감응하지만, 고고高高하게 위에 있고 아득히 멀리 아래에 있어서 두 기운이 교합하지 않으면 음양이 서로 해치게 된다."라고 했다. 즉, 임금이 깊은 곳에 거처하면

252

서 위에 있고, 신하는 아득히 멀리 아래에 있어서 정과 뜻이 통하지 않으면 천하가 잘 다스려지지 않는 다는 것이다.

중종이 즉위한지 10년 동안 근심하고 부지런하며 공손하고 검소하여 부지런히 다스리는 길을 찾았지만, 정치의 효과가 드러나지 않은 것은 여러 신하들을 접대하는 데 스스로 한계를 두고 있었기 때문이라는 것이다. 경연이나 조계朝啓가 아니면 한해가 지나도록 만날 수 없고, 군국의 기밀에 속하는 일도 모두 환관에게 부쳐서 출납하기 때문에 임금과 신하의 관계가 막혀 다스림의 교화가 효과를 거둘 수 없었다는 것이다.

이런 태도는 옛날의 현명한 군주君主가 대신을 임명하면 서로 화합하여 조금도 의심하는 일이 없었던 것과 다르다는 것이다. 옛날의 군주와 대신은 신하의 사저私邸에 거둥하여 안에 누워 있는 신하를 인견引見하고 일을 논의하기도 하였고, 궁궐의 문을 밀치고 들어가 임금의 옷자락을 잡고 과감하게 간하며 전殿 앞에서 조서를 불사르는 일을 하기도 하였으니, 임금과 신하의 교제가 이와 같았기 때문에 잘하나 잘못하나 그 마음을 의심하지 않았고, 참소나 무고가 이들의 교합을 이간시키지 못했다고 했다.

그런데 지금은 대신을 친親하게 대우하지 않고, 대신에게 일을 맡기되 전임하지 않아 위와 아래의 사이가 막히고 끊어져서, 여러 신하들이 의심하고 두려워하는 심정이 되어 모두 임금의 뜻에 어긋나고 거슬리는 일을 하지 않으려고 할 뿐이라는 것이다. 이런 문제를 해결하기 위해서는 중종이 직접 임하여 일을 보고, 날마다 여러 신하들을 접견하여 어진 신하를 선발하고 유능한 인재를 등용하여, 요긴한 부분에만 힘을 쓰고 진실한 마음으로 일을 맡겨 각자 그 성과를 이루게 해야 한다는 것이다. 그렇게 하면 임금과 신하의 정이 통하고, 정치의 체모가 서게 되며, 인도人道가 화순해지고 정치의 교화가 행해질 것이며, 천도가 화순해지고 재변이 복과 상서로 바뀔 것이라고 했다. 정치의 득실이 모두 임금의 행동에 달려 있다는 것이다.

이와 같은 상소에 대해 중종이 "너의 말이 지극히 마땅하다. 내가 매우 아름답게 여겨 받아들인다."라고 한 것은 중종 스스로 그간의 자기 행동이 잘못되었음을 시인한 것이다. 그러나 중종이 이 비답 이후 그 자신의 행동을 얼마나 바꾸었는지는 확인하기 어렵다.

앞에서 살펴본 『조선왕조실록』 속 김정국의 졸기卒記나 사신의 평가로 볼 때, 김정국의 평소 언행이 이 상소의 글과 같았고, 이 상소 속에서 김정국은 그 자신의 본심을 있는 그대로 담아 중종이 행동을 바꾸기를 바랐던 것이라고 할 수 있다.

■ **역문**譯文

삼가 신이 살펴보건대, 5월 3일 서울에 우박이 내렸습니다. 우박은 사계절 어느 때나 모두 재변災變이 되는 것이지만, 여름 우박은 더욱 큰 재변입니다. 근년에는 재변이 일어나지 않은 해가 없어서, 역驛을 통한 보고가 잇달아 들어와서 앞뒤가 끊이지 않습니다. 겨울에 꽃이 피고 열매가 열며, 여름에 우박이 내리고, 세 개의 발을 가진 소가 나는가 하면, 암탉이 수탉으로 변하는 것은 더욱 들어보지 못한 일입니다. 천도天道가 어찌 이처럼 한 결 같이 정상을 거스르는 것입니까?

신은 가만히 생각하건대 임금은 하늘이요, 신하는 땅과 같은 것입니다. 천도는 아래로 내려오고 지도地道는 위로 올라가서, 상하가 서로 교합交合한 뒤에야 음양이 화창和暢하여 만물을 생성하고 한 해의 공을 이루는 것입니다. 임금은 정성스러운 마음으로 신하에게 일을 맡기고, 신하는 정성을 다하여 위로 임금을 섬겨 상하가 서로 믿어서, 의심하고 막히는 것이 없어야 합니다. 그러면 임금과 신하는 저절로 화합하고 다스림의 교화가 행해져서, 아름다운 상서祥瑞가 감응할 것입니다. 고고高高하게 위에 있고, 아득히 멀리 아래에 있어서 두 기운이 교합하지 않으면 음양이 서로 해치게 되는 것입니다. 임금은 깊은 곳에 거처하면서 위에 있고, 신하는 아득히 멀리 아래에 있어서 정과 뜻이 통하지 않으면 천하가 잘 다스려지지 않게 되는 것입니다. 전하께서 즉위하신 이래 10년 동안 근심하고 부지런하며 공손하고 검소하시어 부지런히 다스리는 길을 찾는 것이 지극하였는데도 정치의 효과가 드러나지 않으니 신은 그 까닭을 모르겠습니다.

삼가 신이 살펴보니, 전하께서 여러 신하들을 접대하는 데 스스로 한계를 두고 있습니다. 경연이나 조계朝啓가 아니면 한해가 지나도록 나아가 뵐 수 있는 때가 없으며, 비록 군국의 기밀에 속하는 일이라도 모두 환관에게 부쳐서 출납하니, 옛날부터 군신과 상하가 이와 같이 막히고서 다스림의 교화를 세워 효과를 거둔 경우는 보지 못하였습니다. 옛날의 현명한 군주君主는 친히 대신을 임명하면 기꺼운 마음으로 서로 화합하고 조금도 의심하는 일이 없었습니다. 혹은 신하의 개인 집에 거둥하여 안에 누워 있는 신하를 불러 보고 일을 논의하기에 이르러도 흉허물 없이 너무 지나치게 친하다고 생각하지 않았습니다. 대신 된 자도 궁궐의 문을 밀치고 들어가서 임금의 옷자락을 잡고 과감하게 간하며 전殿 앞에서 조서를 불사르는 일이 있어도 오만하다고 하지 않았습니다. 임금과 신하의 교제가 이와 같기 때문에 잘하나 잘못하나 그 마음을 의심하지 않았고, 참소나 무고가 그들의 교합을 이간시키지 못하였습니다. 그러나 지금은 그러하지 않아서 대신을 친親하게 대우하지 않으며, 대신에게 일을 맡기되 전적으로 맡기지 않습니다. 대신이 아뢸 일이 있으면, 전하의 거처로 이끌어 마주하여 옳고 그른 것을 명백하게 헤아려야 하는데, 멀리 외정外庭에 있으므로 중관中官을 통하지 않으면 아뢰는 말을 진달進達하지 못합니다.

육조六曹의 일은 비록 대체大體와 관계없는 것이라도 모두 번거롭게 말씀을 드려야 하니, 번거롭고 자질구레한 병폐가 있습니다. 만약 조금이라도 규칙과 관례를 어기면 곧 말씀을 드리지 않는다고 꾸짖어, 이내 준엄峻嚴한 말씀이 내리게 됩니다. 그런 까닭에 유사有司가 일을 당하면 의심하고 두려워하여 기꺼이 힘을 다하지 않고 반드시 참고할 문서와 장부를 잡고 명을 전하며, 규칙과 관례만 따라 일을 처리합니다. 규칙과 관례 밖의 일은 비록 옳고 그른 것이 명백하더라도 모두 위에다 미루면서, 말씀을 드리고 답을 얻어야 한다고 핑계합니다. 만약 말씀을 드려서 결재決裁를 얻으면, 비록 일이 잘못되었더라도 명령에 순종하고 물러나옵니다. 이것이 어찌 임금은 성심으로 대신을 대우하고, 대신은 몸을 바쳐 임금에게 보답하는 도리라고 하겠습니까? 이로써 위와 아랫사람의 사이가 막히고 끊어져서, 여러 신하들은 의심하고 두려워하는 심정이 되어 모두 임금의 뜻에 어긋나고 거슬리는 일을 않으려 합니다. 이러한 습관이 쌓여 풍속을 이루어서 그것을 당연한 것으로 볼 뿐, 재앙과 변란의 조짐이 보이지 않는 속에 잠재해 있는 것을 모르니 어찌 한심하지 않습니까?

삼가 바라옵건대 전하께서는 친히 납시어 일을 보시고, 날마다 여러 신하들을 접견하시어 어진 이를 선발하고 유능한 인재를 등용하여 그 요긴한 부분에만 힘쓰시고 진실한 마음으로 일을 맡겨 각자 그 성과를 이루게 하소서. 또 조종조祖宗朝의 대언 고사代言古事에 따라 정원政院에서 아뢰는 말은 반드시 승지가 친히 아뢰게 하고, 대신이 아뢰는 말은 반드시 전하의 거처에서 접대하시되, 접대의 예禮를 모두 간략하게 하여 날마다의 상례常例로 정하시고, 문서와 장부·명을 전하는 일만 중관中官에게 맡기소서. 그러면 임금과 신하의 정이 통하고, 정치의 체모가 서게 될 것입니다. 그런 뒤에야 인도人道가 화순해지고 정치의 교화가 행해질 것이며, 그런 뒤에야 천도가 화순해지고 재변이 복과 상서로 바뀌게 될 것입니다.

삼가 바라옵건대, 성상께서는 유념하시길 바랍니다. 거칠고 미천한 신이 직책은 간언諫言의 직이 아니며 말도 격언格言이 아니면서, 제 직분을 넘어서 망령되게 논설論說하였으니, 죄가 만 번 죽어도 마땅하오나 구구한 충성을 바치고자 하는 천한 마음에 하지 아니할 수 없었습니다. 삼가 무지함을 무릅쓰고 아룁니다.

伏見今月三日, 京都雨雹. 夫雹在四時俱爲災, 而夏雹爲尤災也. 比年以來, 變異之作,
無歲無之, 驛聞相望, 前後不絶. 冬月花果, 夏月雨雹, 牛有三足, 雌鷄化雄, 如此等異,
尤所罕聞. 天道一何反常至是耶. 臣竊惟君猶天也, 臣猶地也. 天道下降, 地道上行, 上
下相交, 而後陰陽和暢, 萬物生遂而歲功成焉. 君推誠以任下, 臣竭誠而事上, 上下相孚,
無有疑阻, 而後情志交合, 治化流行而休祥應焉. 高高在上, 茫茫在下, 二氣不交, 故陰
陽所以爲沴也. 深居在上, 邈然在下, 君臣不交, 故天下所以無治也. 殿下卽位十年以來,
憂勤恭儉, 孜孜求治者無所不至, 而治效未見, 臣未喩其故.

竊見殿下接見群臣, 自有程限. 非經筵朝啓, 則卒歲未有進見之時, 雖軍國幾事之有關
於治忽者, 皆付之宦豎而出納焉, 自古君臣上下阻隔如是, 而能收效立治者未之有也. 古
之明君, 親任大臣, 歡然交合, 無少疑貳. 或臨幸私第, 或引入臥內, 而不以爲押. 爲大臣
者亦排闥直入, 牽裾焚詔, 而不以爲慢. 君臣相與之際如是, 故得失不能疑其心, 讒構不
能離其交. 今也不然, 待之而不親, 任之而不專, 大臣有啓事, 當引對便殿, 商確可否, 而
邈在外庭, 非中官則不通. 六部之事, 雖不係大體, 悉煩申稟, 頗傷煩碎. 若稍違規例, 則
責以不稟, 輒有峻辭. 故有司者臨事疑懼, 未肯盡力, 必執簿傳令, 引規處事. 規外之事
則雖是非判然, 皆委之於上, 曰取稟.如得稟旨, 則事雖不可, 承順而退. 此豈人君推赤必
以待大臣, 大臣展四體以報君上之道也. 由是上下隔絶, 群情疑阻, 皆不欲忤上. 積習成
俗, 視以爲常, 不知禍亂之萌, 伏於冥冥之中, 豈不爲之寒心哉.

伏願殿下, 親臨視事, 日接群下, 選賢用能, 務執樞要, 推誠委任, 責成其效. 依祖宗朝
代言故事, 政院啓事, 必使承旨親啓, 大臣啓事, 必於便殿接對, 待之之禮, 悉從簡省, 日
以爲常. 唯文簿傳令之事, 委之中官, 則上下之情通, 而爲政之體得矣. 然後人道順而政
化行, 然後天道順而災變可變爲福祥矣. 伏惟殿下留神焉. 臣疏賤之臣, 職非諫職, 言非
格言, 越己職分, 妄有論說, 罪當萬死, 區區犬馬之誠, 不能自已. 謹冒昧以聞.

「推誠任下. 親接群臣疏」, 『思齋集』 卷 三.

김정국金正國에게 비답하기를,

"너의 말이 지극히 마땅하다. 내가 매우 아름답게 여겨 받아들인다."

하였다.

答正國曰:

"爾言至當, 予甚嘉納."

23

천하의 보는 것으로 눈을 삼고, 천하의 듣는 것으로 귀로 삼으소서

1515년(중종 10) 을해년乙亥年 6월 1일
홍문관 부제학弘文館 副提學 조원기趙元紀

■ 저자 소개

조원기趙元紀 : 1457년(세조 3)~1533년(중종 28). 조선 중기의 문신으로 본관은 한양漢陽이고, 자는 이지理之, 호는 돈후재敦厚齋이다. 개국공신 조온趙溫의 증손으로, 할아버지는 증 참판贈參判 조육趙育이고, 아버지는 정랑正郎 조충손趙衷孫이며, 어머니는 남상명南尚明의 딸이다. 조광조趙光祖의 숙부이다. 시호는 문절文節이다.

9세 때에 장기를 두고 놀이에만 치중하자 그의 어머니가 한탄하는 말을 듣고 반성한 뒤 학문에 정진하여 1483년(성종 14) 사마시를 거쳐, 1496년(연산군 2) 식년문과에 병과로 급제하여 전적典籍 · 정언正言 · 수찬修撰 등을 역임하였다. 사관史官으로 재직 중 임금이 생존 시에는 아무도 열람할 수 없게 되어 있는 사초史草를 연산군이 보고자 제출을 명하였으나 이에 불응하여 파직되었다가 얼마 뒤에 복직되었다. 1500년 변민邊民이 해랑도海浪島로 도망가자 부장副將으로 그들을 잡아 왔으며, 봉상시 첨정奉常寺僉正이 되었으나 1504년에 전자의 사초관계로 다시 횡성으로 유배되었고, 1506년 중종반정中宗反正으로 풀려나와 사성司

^成이 되었다.

조원기는 자상하게 백성을 기르고 무관의 일도 잘 아는 까닭에 경원부사^{慶源}^{府使}로 나갔는데, 그 곳에서 민심을 안정시키고 국방을 튼튼히 하였다. 그 공으로 대사간^{大司諫}에 승진되었고, 이어 좌부승지^{左副承旨}로 재직 중 청백리에 녹선되었으며, 이어 지중추부사^{知中樞府事}에 임명되었다. 1515년(중종 10)에 명나라에 다녀왔으며, 그 이듬해 대사헌^{大司憲}·이조 참판^{吏曹參判}을 역임하고, 형조 판서^刑^{曹判書}를 거쳐 좌참찬^{左參贊}을 지냈다. 1523년 명나라 황태후가 상을 당하자 진위사^{陳慰使}로 명나라에 다녀와 1526년 사직하려 하였으나 허락하지 않았다. 그의 조카 조광조의 명성이 지나치게 높아 그는 심히 근심하며 편지를 보내어 경계하였다. 저서로는 『조문절공유고^{趙文節公遺稿}』가 있다.

『조선왕조실록』 중종 28년 8월 7일, 조원기가 죽은 뒤 사관들이 기록한 조원기에 대한 평가는 다음과 같다.

의정부 좌참찬 조원기가 죽으니, 문절^{文節}이라는 시호를 내렸다. [원기^{元紀}의 부고^{訃告}가 왔으나, 상은 당시 사직제^{社稷祭}를 위하여 재계 중이었으므로 말씀드리지 않았다.]

사신은 논한다. 조원기는 평생 동안 사소한 물건 하나도 남에게서 받지 않았다. 그렇기 때문에 벼슬이 종1품에까지 이르렀으나, 집안이 가난하여 이부자리 하나 변변한 것이 없었고 방이라고는 겨우 비바람을 막을 뿐이었는데도 조금도 근심하는 빛이 없었으니, 이는 천성이 고결해서이다. 흥조^{興祖}와 헌조^憲^祖라고 하는 서자 둘을 두었는데, 우애가 지극히 독실하여 원기가 죽은 뒤에는 한집에 살면서 내 것 네 것을 따지지 않고 의식^{衣食}을 함께 하니, 당시의 논의가 훌륭하게 여겼다.

(『조문절공유고^{趙文節公遺稿}』·『조선왕조실록^{朝鮮王朝實錄}』·『한국민족문화대백과사전』·『한국한자어사전^{韓國漢字語辭典}』·『해동명신록^{海東名臣錄}』)

■ 평설評說

　이 글은 홍문관 부제학으로 있던 조원기가 임금은 그 자신의 눈과 귀로 듣고 보는 것에 의존하여 판단하지 말고 신하들이 보는 것과 신하들이 듣는 것, 천하가 보는 것과 천하가 듣는 것에 따라 보고 들어서 판단해야 한다고 한 상소이다. 이 상소는 임금이 그 자신의 생각에 따라 판단하고 결정하면 치우치고 편벽된 일이 생긴다고 경계한 것으로, 임금의 사고와 행동은 반드시 공적 영역 안에서 이루어져야 한다는 것을 강조한 것이다.

　이 상소에서 조원기는 옛날부터 언제나 간략하지 않고 번거롭게 하며, 어렵게 하고 쉽게 하지 않는 것에 병통이 있었다고 했다. 그렇기 때문에 부지런히 힘쓸 수록 도道를 잃는 일이 많아진다는 것이다. 특히 조원기는 임금은 권력의 자루를 쥐고 천하의 사람들에게 공평히 부귀를 베풀어야 하기 때문에 참으로 어려운 자리라고 했다. 더욱이 선과 악이 뒤섞여 있고 옳고 그른 것이 현혹眩惑되니, 공평한 선택이 천하를 따르게 하는 가장 중요한 문제가 되며, 이 때문에 신의信義로 맺어 공평하고 밝고 미더움을 찾아야 하고 스스로 간략한 요점을 헤아려 번거로운 것을 제어하고 어려운 것을 다스려야 한다는 것이다.

　또, 임금은 하늘의 뜻을 받아 법을 세우는 자이니, 가깝다는 것으로 먼 것을 막지 않고, 친하다는 것으로 소원한 자를 멀리하지 않으며, 여러 사람들이 어질다고 하는 자를 등용하여 벼슬을 주고, 여러 사람들이 버리는 자를 벌주며, 천하가 옳다고 하는 것을 따라서 옳다고 하고, 천하가 그르다고 하는 것을 따라서 그르다고 하며, 공평한 것을 따라야 하고, 자기라는 것을 개입시키지 않아야 한다고 했다. 임금은 그 스스로의 주관적인 판단을 철저하게 배제해야 한다는 것이다.

　중종의 경우 마음가짐이 평탄하고 일을 올바르게 처리하기를 힘쓰지만, 신하를 쓰고 버리는 일이 다 공평하지 못하여, 추천된 사람의 이름에 낙점을 찍는 것이 척속戚屬에 치우치고, 유의하여 특별히 발탁하는 것에 사심私心이 드러나니 이것은 주변 사람들에게 은총을 넘겨다보는 기대를 가져오게 하고, 연줄을 타서 청탁하는 길을 열기에 넉넉하다고 비판하였다. 또 그렇기 때문에 중종이 스스로 사심을 두지 않았더라도 아랫사람들이 의심하게 되어 다음에 이루 다 말할 수 없는 해가 생길 수 있고, 자신보다 훌륭한 사람을 꺼려하고, 그에게 이기고자 하는 조짐이 열리게 된다고 했다. 그 단서가 미약하다고 해서 해害가 적지 않고, 그 자취가 은밀하다고 해서 모르는 것이 아니라는 것이다.

이런 문제를 해결하기 위해서는 천하의 보는 것을 모아서 눈을 삼고, 천하의 듣는 것을 합하여 귀를 삼아야 하니, 그렇게 한 뒤라야 임금의 귀와 눈을 가리는 일이 생기지 않고, 여러 백성의 실정實情에 반드시 통달하게 된다는 것이다. 그런데 지금 중종의 지혜는 온갖 사물事物에 뛰어나고 생각은 만기萬機에 두루 미쳐, 예지睿智로 살피는 것이 지나치게 정밀하고, 신성한 결단은 용서가 적은 곳으로 흐르고 있다는 것이다.

이와 함께 사방의 인심을 모으기 위해서는 믿음이 필요하니 믿음이란 임금에게 큰 것이라고 했다. 사람을 임용할 때에는 반드시 선택해야 하고 선택하여 임명하면 의심하지 말아야 하며, 발언發言할 때에는 반드시 신중히 해야 하고, 신중히 발언한 뒤에는 번복飜覆하지 말아야 한다고 했다. 말이 믿음성이 있으면 남이 명령을 들을 것이고, 임용한 뒤 믿으면 사람이 공을 이룰 수 있다는 것이다. 그런데 지금은 중종이 직접 각종 정사의 사무를 다 살펴 손수 처리하며, 정밀하게 찾아 죄다 알아내려고 하니 폐해가 생긴다는 것이다. 신하에게 맡기되 전적으로 맡기지 않고 아래로 그들의 직무를 뒤흔들어 놓으며, 한 가지 일이라도 상례常例에 어긋나면 꾸짖고 힐책하니 대신을 대우하는 은총과 예禮가 점점 박해져서 대신들이 물러나게 된다는 것이다. 위아래가 서로 막혀 성의誠意가 믿어지지 않아 혐의를 막고 피하며 직책을 다하려고 하지 않는 다는 것이다.

이와 같은 문제를 해결하기 위해 조원기는 천지天地가 사사로움 없이 자리하고, 일월日月이 밝게 걸려 있고, 사시四時가 미덥게 운행된 뒤에라야 모든 만물이 다 형통하여 더없이 큰 공을 성취하는 것과 같이 중종이 이것을 본받아 밝음으로써 공평함을 이룩하고 공평함으로써 믿음이 오게 하는 이 세 가지 덕德을 갖추어야 여러 일이 다스려져서 지치至治의 성세盛世에 이르게 될 것이라고 했다. 그런데 지금 중종은 병을 숨기고 의사를 피하며, 허물을 꾸며서 충언忠言을 싫어하니 이와 같은 상황이 계속된다면 수재·한재와 흉년, 천재와 사물邪物의 이변이 계속될 것이라고 했다. 그렇기 때문에 조원기는 병이 들어도 약을 쓸 줄 알면 장수長壽할 수 있고, 허물이 있어도 고칠 수 있다면 성인聖人이 될 수 있는 것처럼 중종도 두려워하여 반성하는 뜻과 수성修省하고 회개悔改하는 정성을 보여주어야 한다고 했다.

이 상소에 대해 중종이 스스로 "나의 병통에 적중하였다. 만약 경 등이 아니면 나를 경각시키는 말을 듣지 못했을 것이다."라고 했는데, 이와 같은 비답으로 보아 중종도 이 문제에 대해 적지 않은 고민을 하고 있었던 것이라고 할 수 있다.

■ 역문譯文

천하의 광대廣大함과 여러 가지 일의 크고 번잡함은 마치 큰 바다의 물이 질펀하게 출렁거리며 아득하여 한계가 없는 것과 같아서 지극히 다스리기가 어렵습니다. 그러나 그것을 다스리는 도道는 지극히 간략하고 쉬운 것이니, 그 간략한 것을 헤아려 정치에 임한다면 아무리 크고 번잡한 것이라도 조금도 어렵지 않을 것입니다. 옛날부터 병통은 항상 간략하지 않고 번거로운 것에 있었고, 어렵게 하고 쉽게 하지 않는 것에 있었습니다. 그런 까닭에 더욱 부지런히 힘쓸수록 더욱더 심하게 도道를 잃는 것입니다.

세상 사람들은 모두 제 몸을 아끼기 때문에 편안한 곳으로 따라가지 않는 사람이 없습니다. 그래서 봉록奉祿은 풍부하게 얻으려 하고 벼슬은 귀하게 되려고 합니다. 임금 된 사람은 그 권력의 자루를 잡고 천하의 사람들에게 공평하게 부귀를 베풀어야 하니 참으로 어려운 일입니다. 만약 혹시라도 좋아하는 사람에게는 벼슬을 주고 화나게 하는 사람에게는 벌을 준다면, 세상에서 나에게 성내는 사람이 헤아릴 수 없을 것이니 임금 된 자 또한 어렵지 않겠습니까?

성인은 그러한 것을 알고 선한 사람에게는 벼슬을, 악한 사람에게는 벌을 주되 오직 공평하게 하였습니다. 그렇게 한 뒤에야 천하의 사심私心을 감복시켜 감히 성내지 못하게 할 수 있는 것입니다. 그러나 선과 악이 뒤섞여 있고 옳고 그른 것이 어지러워 홀리게 되니, 어떻게 하면 공평하게 선택할 수 있을 것인가를 밝게 분별하여, 주는 것과 빼앗는 것을 하나하나 공평하게 한다면 천하가 감히 따르지 않을 수 없을 것입니다. 여기에다가 신의信義를 맺는다면 공평하고 밝고 미덥게 될 것입니다. 그러므로 스스로 간략한 요점을 헤아려 번거로운 것을 제어하고 어려운 것을 다스리는 것입니다.

어떤 것을 공평하다고 하겠습니까? 하늘의 직책은 덮는 것이고, 땅의 직분은 싣는 것입니다. 만물이 그 사이에서 생성하고 쇠퇴하는데 천지가 무위無爲로 일임하지만 감히 어기지 못하는 것은 사사로움이 없기 때문입니다. 천지가 한 물건이라도 사사롭게 대한다면 천도天道 또한 막힐 것입니다. 임금은 하늘의 뜻을 받아 법을 세우는 자이니, 가까운 것으로 먼 것을 막지 않고, 친한 사람으로 소원한 자를 멀리하지 않으며, 여러 사람들이 어질다고 하는 자를 등용하여 벼슬을 주고, 여러 사람들이 버리는 자를 벌주며, 천하가 옳다고 하는 것을 따라서 옳다고 하고, 천하가 그르다고 하는 것을 따라서 그르다고 하며, 공평한 것을 따라야 하고, 자기를 개입시키지 않아야 합니다.

그러나 어두운 임금은 그렇지 않아, 자신에게 얽매여 남을 막으며, 편협한 것에 국한되어 큰 것을 빠뜨립니다. 자신에게는 부녀들이 흉허물 없이 지나치게 가까이하는 것이 있으며, 자기 집에는 아끼는 첩과 내외 친척에 대한 은총이 있으므로, 조정을 보는 것도 오히려 멀리하는데 하물며 천하이겠습니까? 이로 말미암아 옳고 그른 것과 상벌이 한 결 같이 사사로움에 귀착됩니다. 아, 천하로 도량度量을 삼고 만물로 마음을 삼아야 할 자가 도리어 좀스러운 필부匹夫가 제 집만을 위하는 것을 본받으니 얼마나 얕고 비루한 일입니까? 천하 사람이 누가 머리를 숙여 한 사람의 사사로운 욕심을 따르겠습니까? 그 또한 사사로운 마음을 내어 자신의 사사로운 이익을 도모할 것이니, 천하가 어찌 어지럽지 않기를 바랄 수 있겠습니까?

삼가 신 등이 살펴보니, 전하께서는 마음가짐이 평탄하고 일을 올바르게 처리하기를 힘쓰십니다. 그러나 쓰고 버리는 일을 다 공평하게 하지는 못합니다. 후보자로 추천된 이름에 답을 내리는 것이 친인척에게 치우침이 많고, 유의하여 특별히 발탁하는 것에 자못 사사로운 마음이 드러납니다. 이것은 친인척에게 은총을 넘겨다보는 기대를 가져오게 하고, 연줄을 타서 청탁하고 이야기하는 길을 열기에 넉넉합니다. 어찌 깊이 애석한 일이 아니겠습니까? 아마 일을 감당할 수 없는 자가 아니면 써서 해로울 것이 없다고 생각하거나, 혹은 후보로 추천된 것에 따라 답하였으니 심한 잘못이 되지 않는다고 생각하는 것은 아닙니까? 그러나 제목除目이 나올 때마다 지명指名하는 일이 자주 있어서 여러 사람들의 다양한 비판이 떠들썩하니 시원스러운 일이라고 할 수 없습니다. 비록 전하께서는 스스로 사사로움을 두지 않았더라도 아랫사람들의 의심은 본래부터 금할 수 없으므로, 다른 날의 해害가 되는 것이 이루 다 말할 수 없을 것입니다. 또 벼슬과 상賞이 자기에게서 나가는 것을 큰 권세라고 생각하며, 착한 이를 들어 쓰는 일이 자기에게서 나오도록 하되 오히려 은총이 옮겨

질까 두려워하니, 이로부터 그 자신보다 훌륭한 사람을 꺼려하고, 그를 이기고자 하는 조짐이 열리게 되는 것입니다. 단서가 미약하다고 해서 해害가 적다고 하지 말고, 자취가 은밀하다고 하여 알지 못한다고 말하지 마소서.

송 태조宋太祖가 말하기를 "중문中門을 환히 열어 놓으니 진정 나의 마음과 같구나! 작은 사사로움과 부정이 있어도 사람들이 다 본다."라고 하였습니다. 진실로 간사하고 거짓된 것이 한번 싹트는 것이 마치 사람에게 병이 있으면 먼저 맥脈에 드러나는 것과 같고, 사람이 술을 마시면 먼저 얼굴빛에 드러나는 것과 같으니, 음성과 얼굴빛이 기미機微의 사이에 움직이면 의심이 천리 밖에 일어나게 됩니다. 그러므로 치우치지 않고 무리 짓지 않는 것을 성인이 귀하게 여겼습니다.

어떤 것을 밝다고 하겠습니까? 해와 달이 만물을 두루 비치면 어떤 물건도 그 형체를 숨기지 못하니 지극히 밝은 것입니다. 그러나 엎어 놓은 동이 속에는 비치지 못합니다. 그렇다고 하여 해와 달로 하여금 빛을 나누고 밝음을 부려서 그 한 물건에 나아가 그 그윽한 곳을 비춰서 어둠을 깨뜨리고 없애버리게 만든다면, 해와 달이 어떻게 그 밝음을 크게 가질 수 있겠습니까? 임금이 반드시 사특함을 보지 않고 참언을 듣지 않아 총명聰明을 감추는 것은 곧 총명을 넓히기 위한 것입니다. 즉 천하의 보는 것을 모아서 눈으로 삼고, 천하의 듣는 것을 합하여 귀로 삼는 것입니다. 그렇게 한 뒤라야 임금의 귀와 눈을 가리는 일이 생기지 않고, 여러 백성의 실정實情에 반드시 통달하게 되는 것입니다. 용렬한 임금은 이와 다르니, 한 사람이 듣고 보는 것으로 우주의 변하는 형태를 다 알려고 하고, 한 사람이 방어하는 생각으로 억조 인민의 간사한 속임수를 이기고자 합니다. 지혜를 부려서 깊은 것을 찾아내고 밝음을 다하여 미세한 것을 살피고자 하니, 귀로 듣고 눈으로 볼 수 있는 것은 책상머리에 지나지 않아, 집을 가로막은 담 밖이 이미 속이는 곳이 된다는 것을 모릅니다. 그러니 밝음을

상소上疏와 비답批答

써서 실패하는 것과 밝지 않은 것 중 어느 것이 더 낫겠습니까?

삼가 신 등이 살펴보니 전하의 지혜는 온갖 사물事物에 뛰어나고 생각은 모든 일에 두루 미치십니다. 요즈음 온갖 법도가 피폐하고 해이하여 속임과 간사함이 횡행橫行하니, 숨어 있는 간사함을 밝게 비추어 찾아내고 합리적으로 결단해야 하는데, 예지睿智로 살피는 것이 지나치게 정밀하여 좋지 못하고, 신성한 결단은 용서하는 것이 적은 곳으로 흐르고 있습니다. 세밀하게 서류들을 지적하여 드러나지 않은 정상을 적발하여 모욕을 주어 용서하지 않고, 좁은 도량으로 자잘한 가운데에 정력을 쏟으나 사람을 알아보는 밝음에는 도리어 부끄러움이 있습니다. 사람의 말과 얼굴을 살펴서 갑자기 허락하고 인정할 수 없으며, 재주와 행실을 자세히 생각하고 조사하여도 꼭 들어맞지 않는 수가 있습니다.

자기의 의견만 믿고 뭇 사람들의 이야기를 고려하지 않는다면, 평범하고 보잘 것 없는 관리들은 모난 것 없이 시키는 대로만 바삐 돌아다닐 것입니다. 이러한 자는 임금이 기뻐하는 자로서 반드시 현명하고 덕이 있다고 할 것이며, 맞서 버티며 이야기하여 임금의 결점을 보필할 뜻이 있는 곧은 선비는 임금이 미워하는 자로서 반드시 불초不肖하다고 할 것이니, 재능이 있는 자와 없는 자를 구분하지 못하며 사특한 자와 바른 자가 거꾸로 될 것이니, 국가가 어찌 어지럽지 않을 수 있겠습니까? 그러므로 『시경』에 "사람을 아는 것이 지혜이니 제요帝堯도 어렵게 여겼다."고 하였고, 옛사람도 "지나치게 밝게 살피면 따르는 사람이 없다."고 하였습니다.

어떤 것을 믿음이라고 하겠습니까? 사계절이 번갈아 운행하여 한 해의 공을 이루는 것은 어긋나지 않기 때문에 믿음이라고 합니다. 임금이 일을 세워서 그 사업을 성취하는 것은 믿음이 있기 때문입니다. 추위와 더위가 순조롭지 않으면 온갖 조화가 어그러지고, 진실과 믿음이 서지 않으면 사방의 인심이 떠날 것입니다. 『역경易經』에서 말하기를 "하늘이 도우니 길吉하고 이利롭지 않음이 없다."라고 하였습니다. 하늘이 돕는 것은 순한 것이고 사람이 돕는 것은 믿음입니다. 믿음이란 임금에게 있어서 큰 것입니다. 사람을 임용할 때에는 반드시 선택해야 하고 선택하여 임명하면 의심하지 말아야 합니다. 발언發言할 때는 반드시 신중히 해야 하고, 신중히 발언한 뒤에는 번복하지 말아야 합니다. 말에 믿음이 있으면 남이 명령을 들을 것이고, 임용한 뒤에 믿으면 사람이 공을 이룰 수 있습니다. 진실과 믿음이 한번 허물어지면 모든 일이 잘못되고, 의심하는 마음이 한번 일어나면 아랫사람들이 근심하고 의심하게 됩니다. 임금이 힘입어 스스로 굳게 하는 것은, 남이 나를 믿지 않으면 안 되는 것이니, 내가 먼저 그를 믿지 않을 수 있겠습니까?

삼가 신 등이 살펴보니, 전하께서는 몸소 각종 정사의 사무를 다 살피시어 손수 쇠퇴하고 문란해진 것이나 사치한 것을 바로잡으며, 정밀하게 찾아 죄다 알아내려고 하시니 폐해가 없을 수 없습니다. 신하에게 맡기되 전적으로 맡기지 않고 아래로 그들의 직무를 뒤흔들어 놓으며, 한 가지 일이라도 상례常例에 어긋나면 꾸짖음과 힐책이 뒤따릅니다. 대신을 대우하는 은총과 예禮가 점점 박하여 대신들이 말을 하면 곧 거부하시니 대신들이 부끄러움을 품고 물러납니다. 미세한 일도 그러니 하물며 큰일이겠습니까? 이로 말미암아 위아래가 서로 막혀 성의誠意가 믿어지지 않으니, 혐의를 막고 피하며 즐겨 직책을 다하려고 하지 않습니다. 임금을 존중히 여기고 신하를 믿는 도리는 없어지고 점점 구차한 풍습이 일어납니다. 이러한 것으로 잘 다스려지기를 바라는 것은 마치 물의 근원을 휘저어 놓고 아랫물이 맑기를 바라는 것과 같으니 어그러지지 않을 수 있겠습니까?

신 등이 들으니, 임금의 말은 곧 명령이 되니, 명이 한번 나오면 천하가 바람에 풀잎이 쓸리듯 하고 그림자처럼 따른다고 합니다. 옛날의 임금이 말할 때에는 사리事理에 비추어 헤아려 보고 여러 사람에게 묻되 반드시 노성老成한 대신에게 결정하게 한 뒤에 시행하였습니다. 그런 까닭에 의심이 땀처럼 흩어지고 굳센 것이 금석金石과 같았던 것입니다. 지금은 번잡한 과목科目과 넓고 큰 조문條文이 서로 제지하고 모순이 되어, 갑이 설치한 것을 을이 폐지하며, 아침에 세상에 알린 것을 저녁에 고치고는 합니다. 이같이 하고서 백성들이 믿기를 바라고 있으니 될 수 없을 것입니다.

옛사람이 말하기를 "먹는 것을 버릴 수는 있어도 믿음은 버릴 수 없다."라고 한 것이 이것입니다. 아, 천지天地가 사사로움 없이 자리하고, 해와 달이 밝게 걸려 있고, 네 계절이 미덥게 운행한 뒤에라야 만물이 다 형통하여 더없이 큰 공을 성취하는 것입니다. 임금이 이것을 본받아 세 가지의 덕德을 갖춘 뒤라야 여러 가지 일이 다스려져서 지극한 다스림의 융성한 세상에 이르게 되어 행하는 것은 적어도 교화教化는 클 것이니, 어찌 간략하고 쉬운 것이 아니겠습니까? 공평하고자 하면서 밝지 않으면 천지는 있으나 해와 달이 없는 것과 같고, 밝고자 하면서 믿음이 없으면 해와 달은 있으나 네 계절이 없는 것과 같으니, 반드시 밝음으로써 공평함을 이룩하고 공평함으로써 믿음이 오는 것이라, 세 가지는 어느 한 쪽도 버릴 수 없습니다.

전하께서는 이 세 가지에 있어서, 하늘이 준 아름다움은 있으나 몸소 얻은 공이 없으니, 이것은 지혜 있는 자의 과실로서 폐단이 거의 고치지 못하는 데에 이르렀습니다. 병에 비유한다면 건강하고 혈기가 왕성한 자는 조심하고 삼가지 않기 때문에 병이 일어나는 일이 많은 것과 같아서, 의사가 위태롭다고 하면 도리어 망령스럽다고 합니다. 그러다가 아픔을 깨닫게 되어서는 병의 시초라고 생각합니다. 지금의 병이 피부에 있는 것입니까, 혈맥에 있는 것입니까? 탕약과 고약과 침술針術은 아직 쓸 만합니다. 이때를 놓치고 치료하지 않으면 끝내 구제하기 어렵게 될 것입니다.

병을 숨기고 의사를 기피하는 것을 양생養生의 도리에서는 위태롭게 여기는 것이며, 허물을 아름답게 꾸미고 충언忠言을 싫어하는 것은 성인이 부끄럽게 여기는 것입니다. 병이 들어서 약을 쓸 줄 알면 장수長壽하는 것에 방해되지 않으며, 허물이 있을 때에 고칠 수 있다면 성인聖人이 되는 것에 방해되지 않습니다. 삼가 원하건대 전하께서는 깊이 살피소서. 홍수·가뭄과 흉년, 하늘의 재앙과 사물의 이변이 해마다 그치지 않아서 괴이한 소가 태어나고, 여름에 우박이 내리는 일이 겹쳐 일어나는데도 두려워하여 반성하는 뜻을 번번이 빈말로 나타낼 뿐이고, 자신을 닦고 살피며 뉘우치고 고치는 정성이 있다는 말을 듣지 못하였습니다. 하늘이 혹 더욱 큰 재앙으로 징계하는 뜻을 보여서 임금의 마음을 크게 열어 주려는 것이 또 여기에 있는 것이 아닐까요? 삼가 바라건대, 전하께서는 그 사람이 작고 보잘 것 없다고 하여 말을 가볍게 여기지 마시고, 그 글이 졸렬하다고 하여 그 뜻까지 버리지 마소서. 마음을 터놓고 정성된 마음을 열어서 반복하여 굽어 살피신다면, 반드시 종묘사직에 복이 되지 않는다고 할 수 없을 것입니다.

상上소疎와 비批답答

■ 원문原文

天下之大衆事之繁，茫洋漫渙，莫得以畔岸，至難理也．而理之之道，至約而易，絜其約而臨之，則其繁者，未始難也．然歷古所病，常在於不于約而于繁，于難而不于易．所以用力彌勤，失道滋遠也．天下之人，莫不私其身以趨安．於是，欲祿而富，欲爵而貴．人主操其柄，乃欲均天下之人，而富貴之勢，固有難．若或喜人而爵之，怒人而罰之，天下之怒我者，將亦不勝，爲人主者，不亦難乎．聖人知其然，爵善罰惡，惟其公然後，有以服天下之私心，而莫敢怒．然善惡混，是非眩，擇之何以公．於是乎，辨之以明，一與一奪，令以齊之，天下莫敢我聽．於是乎，結之以信，然則公也明也信也，乃吾絜約之要，而制煩治難者也．

何謂公．天職乎覆，地職乎載．萬物盈於其間，生息栽傾，一任無爲，而莫之敢違者，以其能無私也．天地而私一物，術亦窮矣．人主繼極其道，猶是不以近蔽遠，不以親間疎，衆所賢擧以爵焉，衆所棄加之罰焉．天下所是，從而是，天下所非，從而非，聽公所在，己則無預．暗主不然，梏我而隔物，局偏而遺大．自身而有床笫之昵，自家而有嬖戚之寵，視朝廷猶以爲外，況乎天下耶．由是而是非賞罰，一歸於私．嗟夫．以天下爲量，萬民爲心者，反效瑣瑣匹夫之私其家，一何淺鄙耶．天下之人，孰肯俯首以聽一人之私乎．亦奮私而圖身，天下幾何其不亂．

臣等伏見，殿下存心平坦，出事務正．然於用舍之間，未盡出公．擬名批下，多偏戚屬，注意別擢，私心頗形．此，足以來戚畹覬寵之望，啓夤緣請謁之途，詎不深惜哉．豈不以人非不堪，不害於用，或因主凝，非甚累也耶．然除目之出，指名數之，物論翕然，未以爲快．雖殿下之不自私，下人之疑，固不可禁，而他日之害，有不可勝言者矣．且爵賞出己，以爲大權，進善由己，猶恐恩移．此，忌克之漸所由開．勿謂緖微而害小，跡隱而莫知．宋祖有言曰，洞開中門，正如我心．小有邪曲，人皆見之．誠以私僞一萌，如人有病，先見於脈，如人飮酒，先見於色，聲色動於幾微之間，猜阻行於千里之外．是以無偏無黨，聖人貴之．

何謂明．日月普照乎物，而物莫能逃其形，明之至也，而覆盆之裏，有所不及．使日月分光役明，就一物而燭其幽，破碎分裂，豈能大其明乎．人主必垂旒紸纊，黜其聰察者，乃所以廣其聰明也．萃天下之視以爲目，合天下之聽以爲耳然後，壅蔽不生，衆情必達．庸主異是，以一人之聽覽，欲窮宇宙之變態，以一人之防慮，欲勝億兆之姦欺．役智以鈞深，任明而察微，殊不知耳逮目及，不過几案之內，而門屛所阻，已爲欺蔽之地．用明之失，孰若不明之爲愈也．

臣等伏見, 殿下智出庶物, 思周萬機. 近以百度廢弛, 欺詐橫生, 明以照隱, 斷以成理, 睿察傷於太精, 神斷流於寡恕. 細摘簿案, 發不露之情, 垢過不貳, 狹含容之度, 屬志細瑣之中, 而反愧知人之明. 夫審言察貌, 不可遽與, 考才較行, 或未必然. 信己之見, 不揆衆論, 則凡吏沒稜, 效能奔走者, 人主之所喜, 必以爲賢德, 直士抗言, 有意補闕者, 人主之所惡, 必以爲不肖, 才否不分, 邪正倒置, 國家安得以不亂. 是以知人則哲, 惟帝其難, 至察無徒, 古人亦言.

何謂信. 四時迭運, 能成歲功者, 以其不忒也. 王者建事, 能就其緒者, 以其信也. 寒暑不順, 則萬化乖, 誠信不立, 則四方離. 易曰自天佑之, 吉無不利. 天之所助者, 順, 人之所助者, 信, 信之於人主, 大矣哉. 任人必擇, 擇任而不疑. 出言必愼, 愼出而不反. 言而信, 可以求人之聽命, 任而信, 可以責人之成功. 誠信一虧, 百事紕繆, 猜貳一起, 群下憂疑. 人主所賴以自固者, 非人之信於我不可, 而我乃先之以不信乎.

臣等伏見, 殿下躬總庶務, 手振頹靡, 求精致悉, 不能無斁. 委任不專, 下撓其職. 一事外例, 讓責隨之. 接遇大臣, 恩禮漸薄, 有言輒拒, 懷怨而退. 細事尚爾, 況其大者乎. 由是, 上下相阻, 誠意不孚, 防嫌避疑, 莫肯盡職. 尊信之道闕如, 苟且之風漸扇. 以是而求治, 猶撓源而求清, 不其戾乎. 臣等聞之, 王言惟作命, 命一出, 則天下風行而影從. 古之人君, 將有言也, 揆之理, 咨之衆, 猶必決於老成大臣, 然後行之. 是故, 渙然如汗, 確然如金. 今也, 繁科浩條, 掣肘矛盾, 甲置乙廢, 朝出夕更, 如是而欲民之信, 不可得已. 古人以爲, 食可去, 而信不可去者, 此也. 嗚呼. 無私而天地位焉, 明而日月揭焉, 信而四時行焉, 然後品彙咸亨, 成莫大之功. 人主體此, 備三者之德, 然後衆事得理, 臻至治之盛, 所行者寡, 而所被者大, 豈非約且易乎. 欲公而不明, 是有天地而無日月, 欲明而不信, 是有日月而無四時也. 必也明以致乎公, 公以致乎信, 三者相須, 不可偏廢也.

殿下於斯三者, 有天與之美, 而無躬得之功, 智者之過, 而其弊也, 無幾於不及者之失. 譬之病焉, 强者不戒, 致疾反甚, 醫者言殆, 尤以爲妄. 及其覺痛之日, 以爲受病之始. 方今之病, 其在腠理乎. 其在血脈乎. 湯熨針石, 猶可及也, 失今不治, 終至難救. 諱疾忌醫, 養生之所危, 飾過惡聞, 聖人之所羞. 疾而能藥, 不害爲長生, 過而能改, 不害爲聖人. 伏願殿下深察之. 水旱凶荒, 天災物異, 歷歲靡弭. 牛怪夏雹, 眚見重至, 側省之意, 每施空言, 而修改之誠, 未聞有效. 天其或者, 益示災警, 大啓睿心, 其亦在斯乎. 伏願殿下不以人微忽言, 不以辭拙廢義, 虛懷開悟顧省三復, 則未必非宗社之福也.

■ 비답批答과 전교傳教

전교하기를,

"지금 상소의 뜻을 보니 나의 병통에 매우 적중하였다. 만약 경 등이 아니었다면 나를 경각시키는 말을 듣지 못했을 것이다."

하였다.

傳曰:

"今觀疏意, 深中予病. 若非卿等警予之言, 予罔聞之矣."

274

24 ≫ 과감하게 결단을 내려 통솔의 체통을 세우소서

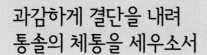

1522년(중종 17) 임오년壬午年 7월 20일
영의정領議政 김전金詮

■ 저자 소개

김전金詮 : 1458년(세조 4)~1523년(중종 18). 조선중기의 문신으로 본관은 연안延安이고, 호는 나헌懶軒이다. 지중추부사知中樞府事 김우신金友臣의 아들로, 선조의 비妃인 인목대비仁穆大妃의 아버지 연흥부원군延興府院君 김제남金悌男이 증손자이다. 조부는 김해, 증조부는 김자지金自知이고, 외조부外祖父는 이계충李繼忠이며, 처부妻父는 노윤, 송환주宋環周이다. 시호는 충정忠貞이다.

1498년(성종 20) 과거에 급제하고, 예안현감禮安縣監으로 선정善政을 베풀어 생사당生祠堂이 세워졌으며, 1495년(연산군 1) 수찬修撰을 지내고 이듬해 김일손金馹孫 등과 함께 사가독서賜暇讀書한 뒤 1498년 전한典翰이 되었으나 무오사화戊午士禍로 파직되었다. 1501년 다시 부호군副護軍에 등용되었고, 1504년 대사성大司成에 이르렀지만 갑자사화甲子士禍로 인해 좌천되었다.

중종반정中宗反正 이후 다시 등용되어 1514년(중종 9) 대사헌大司憲 · 좌찬성左贊成을 거쳐 1518년 찬집청 당상撰集廳上으로 신용개申用漑 · 남곤南袞 등과 함께 『속

『동문선續東文選』을 찬진撰進하였다. 이 시기 현량과賢良科의 설치 등 조광조가 중심이 된 사림파의 개혁 정치에 반대론을 전개하였다. 이듬해 판중추부사判中樞府事로서 남곤南袞·심정沈貞 등과 함께 기묘사화己卯士禍를 일으켜 사림파를 축출하고 전권을 장악하였으며, 그 공으로 원종공신原從功臣이 되었고 이어 우의정右議政을 거쳐 1520년 영의정領議政 겸 세자사世子師가 되었다.

그는 사화가 심하던 시기 훈구파勳舊派에 속하는 대신으로서 기묘사화를 일으켰으나, 후에 사림파士林派에 의해 제거되지 않았다. 청렴결백하고 문장에 능했다는 평가를 받았지만 기묘사화의 배후 인물로 지목되어 후세인들로부터 많은 비난을 받았다.

『조선왕조실록』 중종 18년 2월 13일, 김전이 죽은 뒤 사관들이 기록한 김전에 대한 평가는 다음과 같다.

도승지都承旨 박호朴壕가 영의정 김전金詮의 집을 다녀와서 아뢰기를, "신이 그 집에 당도하니 김전金詮은 이미 죽어 시간이 지난 뒤였습니다."하니 말씀하시기를, "단지 대신일 뿐만 아니라 덕망이 높은 사람인데, 지금 이미 죽었다는 말을 들으니 지극히 놀랍다. 유사有司는 비록 언급이 없지만 승지가 친히 듣고 왔으니, 별도로 부의賻儀하는 일을 전례에 따라 속히 살펴서 아뢰라."라고 하였다. 상은 영상이 죽었다는 말을 듣고 고기나 생선이 없는 반찬을 들이게 하는 등 비통해하다가, 밤중이 되어서야 내전으로 들어갔다.

사신은 논한다. 김전金詮은 청렴하고 근신하여 한때의 추중推重을 받아 재상에 이르렀다. 조광조趙光祖가 일을 할 때 김전金詮은 정치를 밝힐 재주가 없어서 크게 등용할 인물이 못된다고 해서 언제나 한산직閑散職에 있었다. 조광조 등이 죄를 받던 날 상이 무사武士를 시켜 궁궐에서 때려죽이려고 하자 김전이 "이것은 큰일이니 영상 정광필鄭光弼을 불러 의논해서 처리하소서."라고 하였다. 상이 즉시 그를 부르자, 정광필이 울면서 말하기를 "유사有司에게 맡기소서."라고 하였으므로, 사류士類 중에서 화를 면한 자가 많았다. 이것은 참으로 김전이 영상을 부르라고 청한 계책 때문이었다.

그 뒤 정광필이 영상에서 파직되자 김전이 수상이 되었다. 비록 중요한 지위에 있었으나, 번잡하고 화려한 것을 좋아하지 않아 집안이 매우 가난했다. 성품이 술을 좋아하여 날마다 가난한 종족들과 술을 마시면서 집안일에는 마음을 두지 않았으며, 집은 허술하고 나지막하여 네 귀퉁이를 버팅기고 살면서도 태연하였다. 상은 큰 정사政事가 있으면 언제나 반드시 사관史官을 보내 자문咨問했는데, 사관이 그 집에 이르러 보면 거처하는 곳에 먼지가 쌓여 있었다. 일찍이 병중에 있으면서 열 가지 일을 이야기했는데, 지난 일을 증거로 하여 당시의 폐단에 꼭 들어맞는 것들이었다. 이어 병으로 사직을 청하니 상이 그가 이야기한 열 가지 일을 아침저녁으로 두고 보기 위해 베껴 들이라 명하고 사직을 허락하지 않는다는 답을 내렸다.

(『국조방목國朝榜目』·『국조인물고國朝人物考』·『대동야승大東野乘』·『연려실기술燃藜室記述』·『조선왕조실록朝鮮王朝實錄』·『한국민족문화대백과사전』·『한국한자어사전韓國漢字語辭典』)

■ **평설**評說

이 글은 중종에게 통솔의 체통을 세우라고 건의한 영의정領議政 김전金銓의 시무時務 상소문이다. 전체 3단락으로 구성되어 있는데, 첫 단락은 서론으로 상소를 올리는 이유에 대한 설명이고, 두 번째 단락은 중종에게 건의한 상소의 내용이며, 마지막 단락은 결론으로 상소 내용의 정리와 상소의 내용을 받아주기 바라는 자신의 마음을 담고 있다.

첫 단락부터 살펴보면 김전은 연산군 때의 포학한 정치가 병인년 중종반정 이후 사라져 만물이 모두 은택을 받게 되었고, 그 사이에 파당이 생겨 어지러워졌지만, 중종의 명확한 판단에 의해 순식간에 바루어졌는데도 올바른 안목을 가진 선비가 없고 사람들이 불안한 마음을 품고 있는 것은 풍속과 습관에 젖어 어둡고 어지러운 상태가 거듭되어 깨어나지 못했기 때문이라고 했다. 그는 서리와 우박이 제철이 아닌 때에 내리고, 가뭄과 메뚜기 떼의 재앙이 서로 잇달아 일어나며, 연은전延恩殿에서는 사람에게 벼락이 치는 재변災變이 생겼으니, 중종에게 가서 직책을 다해야 하지만, 병을 앓고 있어 자신의 자리에 나갈 수 없어 이 글을 올려 책임을 조금이나마 메우고 죄를 기다린다고 했다.

두 번째 단락은 김전이 올린 시무책으로 모두 다섯 가지 조목이다. 첫째는 기미幾微를 살펴야 한다는 것이다. 모든 일은 반드시 일어날 조짐이 있으니, 기미를 살펴서 미연에 방지한다면 힘을 적게 들이고도 쉽게 성과를 거둘 수 있지만, 기미를 소홀히 여기고 염려하지 않으면 힘을 많이 들여도 성과를 거두기는 어렵다는 것이다. 성종의 인자한 마음에서 베푼 은혜가 뼈에 새겨졌을 것이지만, 원망을 품고 무뢰배들을 결속하여 변란을 획책하는 무리들이 끊이지 않고, 사리에 어두운 후생들이 변란을 획책하는 일을 흠모하여 따르는 자가 점점 많아져서, 인심이 둘로 나뉘어 서로 외면하고, 온 조정이 의심투성이여서 서로 관망하고 경계하니, 이런 일이 일어나게 된 근원을 캐내어 단호하게 분별해서 이미 저지른 잘못에 따라 성현의 법으로 벌을 주어 옳고 그른 것을 밝게 드러내고 좋아하고 싫어하는 것을 엄격하게 보여주어야 한다는 것이다. 그는 이미 나쁜 습성이 굳어져 다른 사람을 미혹하려는 자는 매우 간교하고 완악하니, 비록 법을 너그럽게 베풀어 용서해 주려고 하지만 그렇게 할 수 있겠는가 하고 반문하였다.

둘째는 호오好惡를 분명히 해야 한다는 것이다. 임금이 선하고 올바른 것을 골라서 좋아하고 그르고 간사한 것을 골라서 미워하여, 사람들에게 옳고 바른 것은 항상 조정에 활개 칠 수 있고 그르고 간사한 것은 그 사이에 낄 수 없다는 것을 알게 하면, 간사한 것도 변화하여 올바르게 되어 감히 그른 것을 가지고 올바른 것을 침범하지 못할 것이라고 했다. 또 그와 같은 올바른 마음이 흔들리지 않게 굳건해야 한다고 했다. 그렇기 때문에 임금은 신하를 성심으로 대하고 예로 대우해야 하며, 또 그 작은 잘못은 이해해 주고 하찮은 허물은 숨겨 주어야지, 마구 드러내어 너무 살펴서 부작용이 생기게 해서는 안 되지만, 우물쭈물 넘겨 인심을 위로하는 것만을 위주로 한다면 그 해害를 이루 말할 수 없다고 했다. 그래서 김전은 어떤 일이 닥쳐 올 때에는 반드시 살펴 골라 굳게 지켜서 흔들리고 그릇되는 폐단이 없어야 하며, 사람을 쓰고 버릴 때도 반드시 밝게 분별하여 뒤섞이고 엎어지는 잘못이 없어야 한다고 했다.

셋째는 등급을 엄격히 해야 한다는 것이다. 국가가 유지될 수 있는 이유는 존귀한 자와 비천한 자의 차례와 상하上下의 구분이 있기 때문이니, 작명爵名의 등급과 의장儀章에 차이를 두어 누구든 그것을 보고 자연스럽게 공경하고 두려워하는 마음을 가질 수 있게 해야 한다고 했다. 후진이 선배에게 거만을 떨고 낭관郎官이 당상관堂上官을 업신여기며 자제가 부형의 옳고 그른 것을 따지고, 하찮은 선비가 경상卿相의 옳고 그름을 논하여 존귀하고 비천한 지위가 바뀌게 되었으며, 서인庶人·노복奴僕 같은 천인이 사대부를 헐뜯어 사람의 도리가 망쳐지고 예의를 지키는 태도가 무너졌다고 했다. 따라서 임금은 등급을 엄하게 하고 명분을 바로잡아 사람의 도리로 인도하는 방법을 다하고, 풍교風敎와 규범으로 규찰하는 정치를 강화하여 존귀하고 비천한 자의 차례가 분명하고 상하의 예의가 엄격하여 간격이 있도록 하며, 명분을 참람하게 범하는 일을 막고 예의를 지키는 아름다운 풍속을 이루게 해야 한다는 것이다.

넷째는 인재를 아껴야 한다는 것이다. 인재를 얻기 어렵지만, 쓰는 일은 더 어려우니 간절하게 구하고 독실하게 좋아하지 않는다면 진실로 얻기가 어렵고, 보호하고 아껴서 안전하게 하는 방법이 없다면 쓰기도 어렵다고 했다. 큰 줄기가 바른 사람은 미세한 흠이 있다고 하더라도 군자가 되기에 문제될 것이 없고, 큰 줄기가 간사한 자는 조그마한 선善이 있다고 하더라도 소인을 면하지 못하니, 윗사람은 큰 줄기가 어떤지를 분별하여 단점은 버리고 장점을 쓰며 미세한 것은 생략하고 큰 것을 취해야 한다는 것이다. 떠도는 이야기를 잘못 듣고 그대로 믿는다면 이것은 인물을 손상하고 어진 이를 잃는 커다란 해독이니, 임금은 포용하는 도량을 넓히고 훌륭한 식견을 환히 밝혀서, 어느 한 사람이 헐뜯거나 칭찬한다고 해서 갑자기 등용하거나 내쫓지 말고 그 일의 허실虛實을 살펴서 근거 없는 말로써 사람에게 허물을 덮어씌우지 말며, 그 사람이 참으로 어질면 비록 허물이 있더라도 용서하고, 쓸 만한 재주가 있으면 그의 부족한 점을 따지지 말고 관직 맡기는 일을 마땅하게만 하면 버릴 인재가 없다고 했다.

다섯째는 기강紀綱을 진작시켜야 한다는 것이다. 백성을 다스리고 정사를 베풀 때 반드시 기강으로 거행하고 체통으로 바로잡아 다스려야 상하가 차례를 따르고 모든 일이 이치대로 된다고 했다. 지금은 인물의 평가와 정치의 잘잘못에 미관말직들이 간섭하여 인사에 관한 권한과 정사에 관한 중대한 계획이 아랫사람의 손에서 많이 나와, 이루어지기를 바라는 미풍은 없고 뒤흔들어 망쳐버리는 잘못된 습관만 있으며, 법조문도 아침에 공포했다 저녁에 거두어버리는 일이 있고, 관리들이 현혹되어 간사한 일이 자라나며, 명령이 여러 곳에서 나오는 폐단이 있다는 것이다. 따라서 명령의 시행이 백성들에게 믿음을 주지 못하고, 국가의 체통이 무너지니 애석함을 이루 말할 수 없다고 했다. 이렇게 기강이 무너지고 법률이 폐지되었으니 악한 무리들을 처벌하여 통솔의 체통을 세우지 않는다면 나라가 바로 설 수 없다는 것이다.

마지막 단락에서 김전은 중종에게 과감하게 결단을 내려 무너지고 쓰러진 풍습을 바로잡고 대소의 구분을 밝히며 통솔하는 체통을 바로잡아 다스리고 고과考課를 엄격하게 하며 상벌賞罰을 공정하게 하고 호령을 한 결 같이 하여 그것이 모두 한 곳에서 나가고 있는지를 살피라고 했다. 이 한 단락이 상소에서 김전이 하고자 하는 말이다. 과감하게 결단하여 통솔의 체통을 바로잡고, 조정의 명이 모두 임금에게서 나가 제대로 시행되고 있는지 살피라는 것이다. 이후 김전은 자신이 학술은 공허하고 지모는 노둔하고 얕아서 성명한 정치에 보탬이 없고 부박한 풍속을 진정하지 못하는데, 요즘은 병으로 인해 직위를 비운 지 오래이니 자신의 직위를 갈아 어진 사람이 등용되는 길을 열어주라고 했다. 마지막 단락에서 사직을 청해 자신이 지위에 연연하지 않는다는 것을 밝혀 상소 내용의 진정성을 더한 것이다.

이 상소에 대해 중종은 긴 답을 하였는데, 우선 사직을 청하는 김전의 상소에 대해서 "여러 조정을 걸쳐 덕망 높은 사람으로 정승의 지위에 있으며 내가 미치지 못한 것을 돕고 있는데, 어찌 작은 병이 있다고 해서 수상을 가벼이 교체할 수 있겠는가? 윤허하지 않는다."라고 했다. 이어 상소의 시무책에 대해서는 "두 번, 세 번 읽고서 탄미歎美를 이기지 못해, 특히 잘 베껴두게 해서 자리 곁에 두고 항시 보려고 한다."라고 해서 상소의 내용을 깊이 생각하고 있다는 것을 밝혔다. 이어 상소의 내용을 하나하나 거론하며 자신의 생각을 이야기하고 더 나아가 구체적인 시행 방법과 대안을 물었다. 1519년(중종 14)에 일어났던 기묘사화己卯士禍와 그 이후의 혼란, 또 임금에 대한 사림士林의 반발이 중종을 감싸고 있었기 때문인지는 모르지만, 김전의 시무책에 대한 중종의 반응은 시무책을 받았던 다른 어떤 임금보다 더 적극적이었다. 하지만, 이 시무책이 그대로 시행되었다고 보이지 않는다는 것은 큰 아쉬움이다.

　삼가 생각하건대, 천지의 기운이 순하고 순하지 못한 것은 항상 인심이 순하고 순하지 못한 것에 연유하는데, 인심이 순하지 못한 지 오래되었습니다. 20년 이래로 비否와 태泰가 서로 잇달아 기상이 고르지 못합니다. 병인년 이전에는 위에서 포학한 정치를 행하여 비록 위아래 백성들이 모두 불안에 떨었으나 아랫사람이 다른 말을 하지 못했었는데, 병인년 이후에는 위에서 봄볕처럼 따스한 정치를 행하여 비록 만물이 모두 은택을 받게 되었으나 못된 싹이 그 틈 사이에서 돋아나 아래에서 파당이 생겨 몇 해 안 가서 정권이 거의 엎어질 지경이었습니다. 그런데 다행히 성상의 명확한 판단에 힘입어 순식간에 바루어 소인들의 날뛰는 기세가 꺾였으나, 의거할 데를 잃은 무리들이 원망하고 비방하는데도 올바른 안목을 가진 선비가 없고 사람들은 불안한 마음을 품고 있으니, 어찌 하늘이 부여한 마음이 본래 그렇겠습니까? 다만 풍속과 습관에 젖어 어둡고 어지러운 상태가 거듭되어 깨어나지 못해서 그런 것일 뿐입니다. 이처럼 기운이 상하여 이변이 일어나는데 천지의 기운이 어떻게 순할 수 있겠습니까? 서리와 우박이 제철이 아닌 때에 내리고 가뭄과 메뚜기 떼의 재앙이 서로 잇달아 전하에게 무한한 근심을 끼쳐서 거처를 옮기고 음식을 검소하게 하는 일을 오랫동안 계속하시게 만들었습니다.

　연은전延恩殿에서는 다시 사람에게 벼락 친 재변災變이 생겨, 성상께서 황급히 가셔서 신령을 위로하고 편안히 하시되 정성에 조금도 부족함이 없었고 대소신료臣僚들은 놀란 마음으로 분주하였는데, 신은 병을 앓고 집에 있었습니다. 힘을 내어 신의 자리에 나아가려고 하나 이미 감당할 수 없고, 몸을 이끌고 대궐 아래에 가서 처벌을 기다리려고 하나 그것도 되지 않습니다. 신의 생각을 직접 말씀드리기 어려우므로 삼가 다섯 가지의 일을 조목별로 적어서 말씀을 구하시는 분부에 우러러 응하는 바입니다.

첫째는 기미幾微를 살펴야 합니다. 일어나는 모든 일은 일어나는 그 날에 비로소 일어나는 것이 아니라 반드시 일어날 조짐이 있어서 일어나게 되는 것입니다. 그 기미는 은미하지만 반드시 움직이고, 그 단서는 미세하지만 역시 나타납니다. 그렇기 때문에 형체가 드러나기 전에 그 기미를 잘 살펴서 미연에 방지한다면 힘을 적게 들이고도 성과를 쉽게 거둘 수 있습니다. 그러나 기미를 소홀히 여기고 염려하지 않다가 이미 형체가 나타났을 때 무마하려고 한다면 힘을 많이 들여도 성과를 거두기는 어렵습니다. 기미가 움직이려 하고 단서가 나타나려 할 때에 선견지명이 있는 자가 그것을 말하면 사람들은 모두 실상과 관련 없는 망령된 말이라고 하고는 살피지도 않습니다. 그러다가 화가 일어났을 때에야 비로소 노심초사하는데 그때는 이미 어떻게 해 볼 수 없는 상황입니다. 기미를 살피지 않을 수 없는 것이 이와 같습니다.

이전 풍속과 습관의 괴이함과 인심의 교묘하고 간사함이 당초 기미에서부터 잘못되어 마침내 위태롭고 어지러운 지경에 이르렀는데, 전하께서 그것을 밝게 살피어 위엄으로써 극복하였습니다. 인자한 마음으로 죄수들에게 관대한 은혜를 베풀어 괴수에게만 죄를 주고 나머지 부류들에게는 가벼운 벌을 내리어 그들에게 새 사람이 될 길을 터 주어서 개과천선하기를 기대하였으니, 성상의 인자한 마음에서 베푼 그 은혜가 그들의 뼈에 새겨졌을 것입니다. 그런데 도리어 원망을 품고 무뢰배들을 결속하여 변란의 획책을 중단하지 않아, 명색이 선비라는 자들이 흉악한 무리들과 어울리기를 달게 여깁니다. 따라서 사림士林을 더럽힐 뿐만 아니라 한 시대에 수치를 끼치므로 만세토록 더러운 습관이 무궁히 흘러갈 것이니 사람이라면 누군들 탄식하고 분통해하지 않겠습니까? 그 변란의 획책에 연루된 사람이 더욱 뼈저리게 느껴 지난날의 허물을 뉘우치고 반성하여 새로운 사람이 되기를 힘쓰면 지난날의 허물을 거의 씻을 수 있을 터인데도, 허물을 반성하고 새로운 마음을 가지려고 노력한다는 소식은 들리지 않고 도리어 원망을 품고 자기들이 옳다고 떠드는 자들이 많으니, 그 속에는 어찌 지난날의 허물을 거짓으로 꾸며 후세 사람의 이목을 속이며 악을 선이라 하고 흰 것을 검은 것이라 하는 자가 없겠습니까?

후생들은 사리에 어두워 그 변란을 획책하는 일을 흠모하여 따르는 자가 점점 많아져, 경상卿相을 헐뜯고 조정朝政을 기롱하여 옳은 것은 그르게, 그른 것은 옳게 뒤섞어 분별할 수 없게 만드니, 군자들은 허심탄회하게 들어 넘기나 소인들은 이를 갈며 분노하고 나서서 허무한 일을 선동하여 중상모략에 힘씁니다. 그래서 인심이 둘로 나뉘어 서로 외면하여 온 조정이 의심투성이여서 서로가 관망하고 경계하게 되니, 인심이 변한 것이 지난날에 비하여 무엇이 다릅니까? 이대로 계속된다면 그 화가 어찌 지난날보다 더 심하지 않겠습니까? 이것은 기미가 움직였을 뿐만 아니라 그 단서가 나타나게 될 상황에서 나타난 것이니 이제 그것을 잘 처리하지 않으면 앞으로 닥쳐오는 환난을 어떻게 제거하겠습니까? 비록 그러나 이는 법을 세워서 금할 수 없고 형벌을 동원해서 막을 수도 없는 일이니, 이런 일이 일어나게 된 근원을 캐내어 단호하게 분별해서 그들이 이미 저지른 잘못의 자취를 들어 성현의 법으로 벌을 줌으로써 옳고 그른 것을 밝게 드러내고 좋아하고 싫어하는 것을 엄격하게 보여주어 사람들이 조정의 뜻을 환하게 알도록 한다면, 그들이 비록 유혹에 빠졌다 하더라도 천성은 본래 없어지지 않는 것이니 어찌 깨닫지 않겠습니까?

옛날 성왕聖王은 은殷나라의 억세고 고집스러우며 사나운 백성을 바로잡을 때에도 오히려 임금의 명으로 깨우쳤는데 하물며 이들의 의혹을 시원히 풀어 주지 않아서 되겠습니까? 조정에는 시비가 환히 가려져서 서로 방어하기 위해 눈치 보는 일이 없고, 중외中外에는 선악이 저절로 분별되어 시기하고 걱정하는 의구심이 없어져서 거짓을 꾸민 자는 숨을 곳이 없고 속이는 말을 하는 자는 몸을 보존할 수 없게 되어야 마음을 돌려 잘못을 뉘우치고 지난날에 한 것을 반성하여 선량한 사람이 될 것입니다. 그러면 옛날의 잘못들이 어찌 병통이 되겠습니까? 그러나 나쁜 습성이 굳어져 다른 사람을 미혹하려는 자는 매우 간교하고 완악한데, 비록 법을 너그럽게 베풀어 용서해 주려 한들 그렇게 할 수 있겠습니까?

둘째는 호오好惡를 분명히 해야 합니다. 좋아하고 미워하는 것은 누구에게나 있는 것이지만, 임금이 한 번 찡그리고 한 번 웃는 것은 한 나라의 보고 느끼는 것을 일으킬 수 있는 것이고 보면, 한 번 좋아하고 한 번 미워하는 그 관계가 어찌 중요하지 않겠습니까? 일의 옳고 그름과 사람의 간사하고 올바름이 눈앞에 뒤섞여 있으니 그 선하고 올바른 것을 골라서 좋아하고 그리고 간사한 것을 골라서 미워하여, 사람들로 하여금 옳고 바른 것은 항상 조정에 활개 칠 수 있고 그리고 간사한 것은 그 사이에 낄 수 없음을 알게 하면, 간사한 것도 변화하여 올바르게 될 것이니, 감히 그른 것을 가지고 올바른 것을 침범하지 못할 것입니다. 그러나 올바른 것을 갖는 마음이 굳지 못하여 한번 흔들리게 된다면 저 올바른 체하는 자가 늘 간사한 것을 잊지 않고 있다가 남이 태만한 틈을 엿보아서 그 간사함을 심으려고 할 터이니 어찌 작은 일이겠습니까? 그릇된 일이 옳은 것 같고 간사한 사람이 올바른 것 같아서, 옳은 것과 바른 것을 처음에는 알기 어려운 점이 있으니, 진실로 나의 마음이 마치 해가 중천에 있는 것처럼 밝아서 한 끝을 보고 그 전체를 구명하고 처음을 보고 그 결과를 파악하지 못한다면 어떻게 의심 없이 속 시원히 알 수 있겠습니까? 임금은 신하를 성심으로 대하고 예로 대우해야 하며, 또 그 작은 잘못은 이해해 주고 하찮은 허물은 숨겨 주어야지, 마구 드러내어 너무 살펴서 부작용이 생기게 해서는 안 됩니다. 그러나 우물쭈물 넘겨 인심을 위로하는 것만을 위주로 한다면 어질고 어리석은 것이 분별되지 못하고 흑백이 밝혀지지 못하여, 간사한 자는 술책을 부려 중상모략 할 틈을 엿보고 올바른 자는 슬그머니 물러나게 될 것이니, 그 해害를 이루 말할 수 있겠습니까? 원컨대 전하께서는 어떤 일이 닥쳐 올 때에는 반드시 살펴 골라 굳게 지키셔서 흔들리고 그릇되는 폐단이 없어야 합니다. 또 사람을 쓰고 버리는 데도 반드시 밝게 분별하여 승진시키고 내쫓고 해서 뒤섞이고 엎어지는 잘못이 없어, 옳고 그름이 구별되고 좋아하고 미워함이 분명해지게 하여, 어진 자에게는 권장되는 것이 있고 어질지 못한 자에게는 징계하는 것이 있게 하면 매우 다행한 일이겠습니다.

셋째는 등급을 엄격히 해야 합니다. 국가가 굳게 유지될 수 있는 것은 존귀한 자와 비천한 자의 차례와 상하上下의 구분이 있기 때문입니다. 존귀하고 비천함과 상하는 어떻게 구별해야 하겠습니까? 곧 작명爵名의 등급과 의장儀章에 차이가 있어서 사람들이 그것을 보고 자연히 공경하고 두려워하는 마음을 가져 감히 거만한 행동을 할 수 없게 하면 이에 사람마다 정해진 분수가 있어 질서 정연하여 화근이 일어날 계제가 없을 것이니, 이것은 공자가 "먼저 명분을 바루어야 한다."라고 한 것입니다.

지난번에 어른을 능멸하는 잘못된 풍습이 가정에서부터 시작하고 존귀한 사람을 해치는 잘못된 습관이 점차 조정에서 일어나, 후진이 선배에게 거만을 떨고 낭관郎官이 당상관堂上官을 업신여기며 자제가 부형의 옳고 그른 것을 따지니 천륜天倫이 무너지게 되었고, 하찮은 선비가 경상卿相의 옳고 그름을 논하여 존귀하고 비천한 지위가 바뀌게 되었으며, 심지어는 서인庶人·노복奴僕의 천인에 이르기까지 사대부를 헐뜯으니 사람의 도리가 망쳐지고 예의를 지키는 태도가 무너졌습니다. 지금 비록 그것을 고쳐 바로잡았다고 하더라도 잘못된 습관이 아직도 있습니다. 선배들이 후진을 접할 때 예절로 조금 제재하면 도리어 기롱과 비방이 이르고, 당상관이 낭관을 대할 때 조금만 그들의 뜻을 거스르면 온갖 욕설이 빗발쳐서 따지고 공격하는 의논이 뒤따르게 됩니다. 그러므로 동류들을 볼 것 같으면 구차하게 친절한 체해서라도 그들의 환심 얻기를 일삼으니 어떻게 규찰하고 검속하는 것이 있겠습니까? 그래서 서로 꺼리고 두려워하는 추세는 있으나, 서로 공경하고 협동하는 미풍이 없으니 슬픕니다. 사문期文이 교제하는 데는 골육骨肉과 같은 친함이 있고 관리들이 교대하는 데는 형제와 같은 의리가 있는데도 오히려 이 지경이니, 풍속이 무너진 데 대한 탄식을 이루 말할 수 있겠습니까? 더구나 소신小臣이 대신大臣을 업신여기고 낮고 천한 사람이 높은 지위에 대항하는 일에서는 어떻겠습니까? 이런 식으로 나가면 앞으로 못할 짓이 없을 것인데 조정에서는 예사로 보고 바로잡지 않으니, 이 풍속과 습관이 점점 자라 꺼리는 것이 없어 점차로 조정을 가볍게 보아 무시하게 되어서 나라의 위세가 쇠퇴해져 갑니다. 정권이 아랫사람에게 옮기게 되는 것은 오로지 이것이 계제階梯가 되고 있으니 어찌 한심하지 않겠습니까?

삼가 원컨대 전하께서는 등급을 엄하게 하고 명분을 바로잡아 사람의 도리로 인도하는 방법을 다하고 풍교風敎와 규범으로 규찰하는 정치를 강화하시어 존귀하고 비천한 자의 차례가 분명하고 상하의 예의가 엄격하여 간격이 있도록 하고, 명분을 참람하게 범하는 일을 막고 예의를 지키는 아름다운 풍속을 이루게 한다면 어찌 다행한 일이 아니겠습니까?

넷째는 인재를 아끼는 일입니다. 하늘이 우연히 인재를 내는 것이 아니므로 한 세대에 인재를 얻기란 매우 어려운 일입니다. 또 얻기가 어려운 것이 아니라 쓰는 일이 더욱 어렵습니다. 간절하게 구하고 독실하게 좋아하지 않는다면 진실로 얻기가 어렵고 보호하고 아껴서 안전하게 하는 방법이 없다면 쓰기도 어렵습니다. 사람이 요堯·순舜이 아닌 이상 완전히 선善할 수는 없는 것입니다. 옛날의 현인賢人과 군자君子로서 당대에 공이 나타나고 후대에 이름을 떨친 자도 업적에 반드시 허물이 없지 않았습니다. 큰 줄기가 바른 자는 비록 미세한 흠이 있다고 하더라도 군자가 되기에 문제될 것이 없고, 큰 줄기가 간사한 자는 비록 조그마한 선善이 있다고 하더라도 소인됨을 면하지 못합니다. 오

상上소疏와 비批답答

287

직 윗사람은 큰 줄기가 어떠한가를 분별하여 단점은 버리고 장점을 쓰며 미세한 것은 생략하고 큰 것을 취합니다. 그렇기 때문에 사람의 재능을 제대로 발휘시킵니다. 만일 남의 잘못을 일부러 캐내어 허물을 드러내고 잘한 점을 숨긴다면 천하에 어찌 완전한 재주나 쓸 만한 사람이 있겠습니까? 재주는 높고 지혜가 뛰어나서 문文은 나라를 빛낼 만하고 무武는 외적을 막아낼 만한 자라면 비록 한 가지 행실이나 일에 잘못된 점이 있다 하여 그를 버리고 쓰지 않아서야 되겠습니까? 군자다운 행동을 하는 자는 사람들의 질시를 받기 일쑤고, 소인다운 행동을 하는 자는 사람들의 마음을 기쁘게 해줍니다. 한 가지 재능이나 있는 용렬한 자는 시비가 별로 없으면 으레 높은 자리에 앉히고, 어질고 지혜로우며 특별한 재주를 가진 자는 작은 허물이 하나 있으면 아울러 그 착한 점까지 버려버리니 이것이 어찌 사람을 쓰는 도리이겠습니까?

규문閨門 안의 숨은 사정은 남이 알기 어려운 것인데 떠도는 이야기를 잘못 듣고 그대로 믿는다면 죽을 때까지 누명을 쓰게 됩니다. 가령 헛된 소문이 나도 변명하여 밝힐 길이 없다면 원망하는 기운이 화기和氣를 손상할 것인데 어찌 민망하지 않겠습니까? 일이 모호한 상태에 있어 무엇이라고 이름 부르기 곤란하면, 논자論者는 "그 직임이 적합하지 못하다."라고 만 해버립니다. 한 가지가 적합하지 못하다고 해서 그 사람의 앞길을 망친다면 이것은 인물을 손상하고 어진 이를 잃는 커다란 해독입니다. 하물며 근거를 구명하면 그것이 죄를 얽은 자의 입에서 나와 이리저리 전해져서 이 지경에 이르게 된 경우에는 어떻겠습니까? 이 폐단은 지난번에 매우 극심하였습니다.

남을 평하는 자는 대부분이 그 사람의 숨은 허물과 사사로운 흠을 드러내고 남을 꾸짖는 일이 너무 자세하여 실정보다 지나치게 꾸미지만, 그 폐단이 임금을 충성으로 섬기는지의 여부와 직무의 근면함과 태만함의 여부, 또는 국가 안위에 관계된 것이나 제반 사무가 잘 다스려지고 안 되는 것에 관해서는 모두 가벼이 여겨 무시하고 거론하지 않으니 한갓 번거롭고 떠들썩하게 들추어 낸 상처만 보여 주는 격이요, 기강紀綱을 진작시키는 효험에는 아무 이익이 없습니다.

삼가 원컨대 전하께서는 포용하는 도량을 넓히고 훌륭한 식견을 환히 밝히시어, 인재를 아끼는 뜻에서 어느 한 사람이 헐뜯거나 칭찬한다고 해서 갑자기 등용하거나 내쫓지 마시고 반드시 그 일의 허실虛實을 살피시어 근거 없는 말로써 사람에게 허물을 덮어씌우지 마소서. 그리고 그 사람이 참으로 어질면 비록 허물이 있더라도 용서하시고, 쓸 만한 재주가 있으면 그의 부족한 점을 따지지 마시고 관직 맡기는 일을 오직 마땅하게만 하시면 어찌 버릴 인재가 있겠습니까? 간사하고 간교하게 남을 속이는 무리들은 그 재주나 기예가 재앙을 일으킬 수 있으니 잘 살펴서 분간해야 합니다.

다섯째는 기강紀綱을 진작시키는 일입니다. 나라의 백성들과 모든 정사의 번다한 일들은 반드시 기강으로 거행하고 체통으로 바로잡아 다스려야 상하가 차례를 따르고 모든 일이 이치대로 되는 것입니다. 지금은 인물의 좋고 나쁜 점과 정사의 잘되고 못되는 점에 대하여 미관말직들이 모두 간섭하여 인사 문제에 관한 권한과 정사에 관한 중대한 계획이 아랫사람의 손에서 많이 나옵니다. 따라서 이루어지기를 우러러 바라는 미풍은 없고 뒤흔들어 망쳐버리는 잘못된 습관만 있으며, 법조문을 설정하거나 호령을 공포公布하는 일이 있으면 입 가진 자는 모두 한 마디씩 하므로 아침에 공포했다 저녁에 거두어버리는 일이 있고, 관리들이 현혹되어 간사한 일이 자라나며, 명령이 한 결 같이 한 군데서 나오지 않고 여러 군데서 나오는 폐단이 있습니다.

벼슬을 주는 일에 혹 알맞게 하지 못한 점이 있었으면 속히 명령을 내려서 고치게 하는 것은 괜찮지만 때가 이미 지난 뒤에 따지고 고집하거나 벼슬이 주어진 지 이미 오랜 뒤에 빼앗는 일도 있고, 혹은 외직의 경우 이미 부임한

상上소疏와 비批답答

뒤에 관직을 빼앗는 일도 있어 만백성이 지켜보고 여러 관리들이 우러러보는 바인데도 명령의 시행이 사람들에게 믿음을 주지 못하고 국가의 체통이 따라서 무너지니 애석함을 이루 말할 수 있겠습니까? 또 고과考課가 엄정하지 못하고 상벌賞罰이 공평하지 못해 나태한 것이 습관이 되어 모든 일이 거행되지 못합니다. 이것뿐만 아닙니다. 바다의 도적떼가 침범하고 있는 이때 변방의 장수들이 해이한데도 많은 사람들이 나무라지 못하고, 조정에서는 바다의 도적떼를 걱정하여 조방장助防將을 보내고 또 군관軍官을 파견하여 그 급변을 구제하게 하는데, 파견되어 가는 자들은 급히 달려가지 않고 고향을 들르거나 성묘를 하기도 하면서 지체되는 것을 꺼리지 않고 여유 있는 모습으로 내려간다고 합니다. 풍문을 어찌 다 믿을 수 있겠습니까마는 참으로 그렇다면 기강이 무너지고 법률이 폐지되었음을 이에서 더욱 볼 수 있습니다. 이런데도 처벌하지 않는다면 어떻게 나라를 잘 다스릴 수 있겠습니까?

삼가 원컨대 전하께서는 과감하게 결단을 내려 무너지고 쓰러진 풍습을 바로잡고 대소의 구분을 밝히며 통솔하는 체통을 바로잡아 다스리고 고과考課를 엄격하게 하며 상벌賞罰을 공정하게 하고 호령을 모두 한 결 같이 하여 그것이 한 군데에서 나가고 있는가를 살피시면 매우 다행이겠습니다. 보잘 것 없는 신이 정승의 지위를 탐하고 있는데, 학술은 공허하고 지모는 노둔하고 얕아서 위로는 성명한 정치에 보탬이 없고 아래로는 부박한 풍속을 진정하지 못하고 앉아서 세월만 보내어 재앙이 아울러 일어납니다. 일신상으로도 아픈 몸을 조리하는 방법이 어긋나서 고질병이 낫지 않고 문득 다른 증세가 생기곤 하여 몇 달 동안 병을 앓고 있으므로 직위를 비우게 된 지 이미 오랍니다. 삼가 원컨대 전하께서는 신의 어리석은 말을 유념하시어 진부한 것이라고 버리지 마소서. 그리고 아울러 신의 직위를 갈아 어진 이를 등용하는 길을 여시면 아주 다행이겠습니다.

290

■ 원문原文

伏以天地之氣順不順, 常因於人氣之順不順, 人之氣不順, 久矣. 二十年來, 否泰相因, 氣象不侔. 丙寅以前, 虐政在上, 雖小大脅息, 而下之人不携貳. 丙寅以後, 春陽和煦, 雖沐浴膏澤, 而孽芽之萌, 已抵其隙, 樹黨在下, 不數載之間, 大阿幾倒持. 尙賴宸斷, 赫然一正之, 群小喜進之氣沮喪, 失據怨讟猶在, 士無中正之見, 人懷反側之憂, 豈天降之哀本然. 特囿於氣習之中, 積迷不自悟耳. 乖氣致異, 天地之氣, 安得以順哉. 霜雹失時, 旱蝗相仍, 以貽殿下乾乾夕惕之憂, 避殿減膳, 至於逾時. 延恩殿廡, 復有震人之災, 皇皇躬詣, 慰安神馭, 虔精罔缺, 小大臣僚, 奔走駭汗, 而臣抱病在家. 陳力就列, 已不能堪, 奉身待罪咫尺之下, 亦又安能. 耿耿寸懷難自籲呼, 謹條五事, 仰塞求言之教.

其一曰, 審幾微. 凡事之作, 不作於作之日, 其萌必有自. 其機雖隱, 而必動, 其緖雖微, 而亦著. 故能覩無形, 而制其未然, 則用力少, 而收功易. 忽幾不慮, 而圖之於已著, 則用力多, 而收功難. 當其幾之欲動, 緖之欲著, 先見者言之, 人以爲迂妄, 而莫之察. 及其患成, 始乃勞心焦思, 而又無可奈何, 幾微之不可不審也, 如是. 頃者, 習尙之詭異, 人心之傾邪, 初失於幾, 竟至於危亂, 殿下明以照之, 威以克之. 欽恤之仁, 尙垂寬貸, 只罪泰甚, 薄罰餘流, 開示自新, 冀其有改, 聖心懇惻, 恩逾肉骨. 而或乃懷懟包凶, 連結無賴, 謀變不止, 名冒士類, 甘心凶逆之歸. 非徒陷汚士林, 貽悉一時, 萬世之下, 流穢無窮, 稍有血氣, 孰不嘆憤. 其在坐累者, 尤當刻骨鏤心, 悔羞前愆, 磨礪洗滌, 急復新善, 庶可以雪往昔之染也. 而省咎濯心之未聞, 反多銜怨自是之語, 其間豈無塗飾往日, 譸張後來, 指惡爲善; 變白爲黑者乎. 後生詿迷, 趨慕漸衆, 仇詆卿相, 侮譏朝政, 倒是眩非, 淆混莫分, 君子蕩蕩而虛心, 小人戚戚而切骨, 駕虛扇誣, 中傷是務. 人心判貳, 相視睽睽, 滿朝虞疑, 觀望側足, 人心習尙之壞, 視前何異. 此而未已, 其爲禍又豈止於前日而已哉. 此非特幾動微萌, 其爲端緖, 已見於欲著之境, 失今不爲之所, 後將何及. 雖然, 此不可立法而禁之, 驅刑而防之, 當推考事始之原, 痛卞浸成之勢, 擧彼已過之迹, 律以聖賢之典, 明揭是非之實, 嚴示好惡之分, 使人人昭然知朝廷之意, 彼雖爲誘幻所蔽, 性本未泯, 豈無感悟之理. 古者, 聖王革殷頑民, 猶以誥諭, 況此惑誤, 寧不釋然. 朝廷之上, 是非洞然, 無形迹相持之嫌, 中外之間, 善惡自別, 無猜阻憂危之疑, 使飾情者, 無所遁, 詖辭者, 不得容, 夫然後, 能飜然自悔, 反前之爲者, 斯爲良善. 舊日之累, 豈足爲病. 若執迷梗化, 轉惑于人者, 奸頑之甚, 雖欲屈憲容貸, 得手.

其二曰, 明好惡. 好惡者, 人之所不能無, 而人主嚬笑, 足以興一國之觀感, 則一好一惡, 所關豈不重手. 事之是非, 人之邪正, 紛糅繆錯於前, 擇其善者正者而好之, 擇其非者, 邪者而惡之, 使人知是與正者, 常申於朝, 而非邪之不能間其間, 則邪者亦將化爲正, 不敢執非以干我. 然執德或不固, 一有所搖, 則彼效正者, 未嘗忘乎邪, 伺我之怠, 欲售其奸, 夫豈少哉. 事之非者, 似是人之邪者, 似正, 是與正, 初亦有所難知者, 苟非吾之心, 如日中天, 見端而究其全, 見始而要其歸, 則豈能洞然而無惑哉. 大凡, 君之於臣, 當遇之以誠接之以禮, 亦當矜其小短, 匿其細垢, 切不可發露暴揚, 以致察察之傷. 然全務塗糊, 徒以慰安人心爲意, 則賢愚不分, 黑白難明, 邪者挾術而覘中, 正者泯然而沮退, 其爲害可勝言哉. 伏願殿下當事來之際, 必須審擇而堅持, 無眩搖舛謬之弊. 當用舍之間, 亦必甄別陟黜, 無混雜顛倒之失, 使是非辨, 而好惡明, 賢者有所勤, 不肖者有所懲, 幸甚.

其三曰, 嚴等威. 凡天下國家, 維持以爲固者, 有尊卑之序, 上下之分而已. 尊卑上下, 何以別之. 於爵名之級儀章之異, 使人見之, 自然有敬畏之心, 不敢有所慢易也. 由是, 人有定分, 整爾不紊, 禍階無自而作, 此孔子所以先正名也. 頃者, 凌長之風. 自家而始, 妨貴之習, 漸扇於朝. 後進傲先輩, 郞官侮堂上, 子弟議父兄, 天倫相賊. 小儒論卿相, 貴賤易位, 以至庶隷之賤, 詆辱士大夫, 彝倫斁喪, 禮讓崩壞. 今雖革正, 弊習尙存, 先輩接後進, 稍以禮裁, 則譏誚反至, 堂上待郞官, 小忤其意, 則醜毀百般, 駁論隨至. 故如見儕類, 以苟狎收款爲事, 烏能有所規撿. 有顧忌相畏之勢, 無同寅協和之美. 嗚呼. 斯文交際, 親同骨肉, 僚屬交承, 義均兄弟, 而猶至於此, 風俗之敗, 可勝嘆哉. 況小臣之慢大臣, 卑賤之抗高位, 等而上之, 將無所不至, 朝廷恬視而不救, 此習浸長, 而無忌, 漸至於忽易朝廷, 而陵夷國勢. 政柄之下移, 職此爲階, 豈不寒心. 伏願殿下嚴廉陛之級, 正名分之等, 盡彝倫導率之方, 屬風憲糾察之政, 尊卑之分粲然有倫, 上下之禮截然有隔, 杜干名犯分之僭, 成濟濟禮讓之俗, 豈不幸甚.

其四曰, 惜人才. 天之生材不偶, 而一世之得材爲難. 非得之難, 用之尤難. 非求之深好之篤, 則固爲難得, 而不有保惜全安之道, 則又難乎用矣. 人非堯舜, 不能盡善. 古之賢人君子, 功普當世名耀後代者, 未必皆爲無過. 大綱正者, 雖有細瑕, 不害爲君子, 大綱邪者, 雖有小善, 不免爲小人, 惟上之人, 辨其大綱之如何, 棄其短, 而用其長, 略其細, 而取其大, 故能盡人之才. 若吹毛摘疵, 揭過掩善, 則天下豈有完全之才, 可用之人哉. 高才絕智, 文足以華國, 武足以扞禦者, 雖一行一事之可議, 其可棄之而不用乎. 嶢嶢者招衆疾, 汶汶者悅群心. 凡庸乏一能, 別無是非則例居高位, 賢智抱異才, 一有小愆則竝廢其善, 此豈用人之道乎. 閨門帷薄之隱, 人所難知, 而浪聞塗說遽以爲信, 累及終身. 脫有誤聞, 無路可明則寃氣傷和, 寧不惻憫. 事在暗昧, 難於名言則論之者只曰, 其任不合一不合. 廢人前程, 此最傷人物, 失賢之巨害. 況究其根, 或出於怨構之口, 風聞轉傳, 而至於斯, 此弊在頃時, 極矣. 論人者, 率喜求摭其隱咎私類, 責人太詳, 過多情深文之弊. 至於事君忠否, 奉職勤怠, 係國家安危之節, 關庶務理亂之幾者, 皆忽而不議, 祇見苛細齮齕之傷, 而無益於振紀肅綱之效, 伏願殿下, 廣包含之度, 明察照之鑑, 愛惜人材, 不以一人之毀譽, 而遽進退之, 必審其事之虛實, 不可以無形之言, 加於人. 人苟賢矣, 雖過亦恕, 才爲可用, 不責所不足, 任授惟當其宜, 豈復有可廢之人, 可廢之材耶. 如憸邪險譎之輩, 其才藝尤足以致禍, 在辨之審而已.

其五曰, 振紀綱. 一國之衆庶政之繁, 必有紀綱以擧之, 體統以整之, 上下順序, 而萬事得理. 今也, 人物臧否政事得失, 卑官小臣, 皆得以間之, 黜陟之權規畵之重, 多出於下, 無仰成之美, 有侵撓之患. 科條之立號令之出, 有喙皆得以言之, 朝出而夕反, 吏眩而奸滋, 無畫一之堅, 有多門之弊. 爵命之加, 如或失當, 命下而遄改, 猶可也, 論執或不以時, 或奪於章服旣久之後, 或遞於外除已赴之後, 瞻聽所係吏民所仰, 命施不信於人, 國體隨之以大虧, 可勝惜哉. 考課不嚴賞刑不公, 苟惰成習, 萬務不擧. 不特此也. 海寇報警, 邊將解弛, 充斥門庭, 莫敢誰何. 朝廷旰食, 遣將助防, 隨以軍官, 以救其急, 而或往他路, 歷入家鄉, 或上塚奠掃, 慢然自暇, 稽遲無忌, 風聞何可盡信. 若果如此, 紀綱之隳毀, 法律之廢弛, 尤可見也. 此而不治, 何以能國.

伏願殿下, 回乾剛之斷, 振頹靡之習, 明大小之分, 整統攝之體, 嚴考績而公賞罰, 一號令而審其出, 幸甚. 臣之無狀, 叨領燮理之地. 學術空疎, 謀猷寒淺. 上無以裨益聖治, 下無以鎭定浮俗, 坐積悠悠, 災沴竝興. 一身之微, 將理亦乖方, 前病未祛, 便生他證, 纏綿數月, 曠職已甚. 伏願殿下, 留神於瞽說, 勿以陳腐而棄之. 竝遞臣職, 以開賢路, 不勝幸甚.

사관史官을 보내어 김선에게 전교하였다.

"경은 여러 조정을 걸쳐 덕망 높은 사람으로 정승의 지위에 있으며 내가 미치지 못한 것을 돕고 있는데, 어찌 자그마한 병이 있다고 해서 수상을 가벼이 교체할 수 있겠는가? 윤허하지 않는다는 내용으로 비답批答을 지으라고 이미 시켰다. 이제 경의 상소를 보니, 근래의 폐단을 절실하게 지적하였는데 경같이 노성老成하고 충직한 사람이 아니면 어떻게 그렇게까지 할 수 있겠는가? 내가 두 번, 세 번 읽고서 탄미歎美를 이기지 못했다. 특히 잘 베껴두게 해서 자리 곁에 두고 항시 보려고 한다.

나는 본래 용렬한 자질로서 국운이 꽉 막힌 때를 만나 신하와 백성들의 추대를 받았는데, 즉위한 이후로 밤낮 없이 조심조심하면서 정성껏 정치에 주력하였으나 치적은 나타나지 않고 재앙과 변괴가 연달아 일어나니 어찌 재앙과 변괴를 일어나게 하는 원인이 없겠는가? 근래 원묘原廟에서 사람에게 벼락 친 변괴가 있었으니 나는 더욱 두려워한다. 이것은 나의 부덕한 소치인데 내 어찌 소홀히 여기는 마음을 갖겠는가? 경의 상소에 '천지의 기운이 순하고 순하지 못하는 것은 항상 인심이 순하고 순하지 못하는 데서 연유한다.'라고 하였는데 지당한 말이다. 천리와 인정은 서로 유통하므로 인심이 화순하지 못하면 천지의 기운도 따라 화순하지 못하기 마련이다. 그렇기 때문에 어그러진 기운이 그 속에 쌓여서 재앙과 변괴가 생기는 것이다. 내가 덕이 부족해서 대중을 거느리는 방법을 잃차 뜻하지 않게 소인들이 붕당을 조직하고 정권을 쥐니, 시비가 뒤섞이고 인심이 분노하여 종묘사직이 거의 위태롭게 되었는데, 지난번 두서너 대신들의 구제한 공로가 아니었더라면 어찌 조정을 다시 안정되게 할 수 있었겠는가? 기미를 살펴서 미리 예방하지 않고 어떻게 해볼 수 없게 된 상황에 이르러서 위엄으로써 제압하는 것이 어찌 상책이 되겠는가? 대체로 조정의 일이 비록 잘못될 기미가 있으나 아직 형상이 나타나지 않았을 때 그것을 지적해서 말하는 자가 있으면 도리어 과실로 여기기 때문에 일이 확대된 뒤에야 고쳐 바로 잡으니, 이것이 그 폐단이다.

경의 상소에 또 '먼저 그 기미를 보고 말하면 사람들은 그것을 오활하고 망령되다고 하며 살피지 않고 있다가 화란이 이미 이루어진 때에 이르러서야 비로소 노심초사하나 또 어떻게 해볼 도리가 없으니 기미를 살피지 않아서는 안 된다.'라고 하였는데 옛날 왕안석王安石의 간사한 계책을 사마광司馬光은 알지 못했으나 여회呂誨는 먼저 알았다. 대체로 소인의 정상에 대해서는 비록 미리 아는 자가 있더라도 그 일이 미세할 때에는 지적해서 말하기 어렵고 그 일의 형세가 극도에 달한 뒤에야 말하게 되니 이것은 고금을 통틀어 큰 폐단이다.

지난번의 폐단은 하루아침에 생긴 것이 아니라, 그 유래가 먼 것이다. 내가 보건대 을해년에 김정金淨이 상소하니, 대간은 정당한 것으로 여겨 논하고 홍문관은 도리어 반박해서 관직을 교체하였다. 이때부터 시비가 분분하고 의론이 통일되지 않아 서로 용납하지 않으므로 한 달 동안에 대여섯 차례나 번갈아가며 교대하기까지 하였는데, 대신들은 그 시비를 일찍이 분별하지 못하여 결국 혼란이 일어나게 하였으며, 연소한 무리들은 서로 추천하여 언관직言官職에 포진해서 공론을 가탁하여 자기들의 의견이 옳다고 주장하였는데, 상하가 모두 그것이 결국 혼란에 이를 줄 알았으나 감히 바르게 분별하지 못한 것은 중상모략을 당할까 염려했기 때문이다. 이로 말미암아 상하가 모두 우선 안일한 것만 탐하여 고식지계姑息之計를 쓰게 되었는데, 그 풍조가 조장되어 정축년에 이르러서는 대간이 허물이 없는데도 시종侍從이 하찮은 일을 핑계로 모두 따지고 비판하여 직을 교체시켰고, 대신 또한 그것의 옳고 그름을 가려 이치를 밝히지 않았으므로 나는 이 비판이 반드시 장래에 폐단을 끼칠 것이라고 생각하였었다. 그 뒤 대간이 된 자는 그 당黨이 반이 넘었고 그 속에는 비록 그

당이 아닌 자가 한두 명 있었으나 누가 감히 이의를 내세우겠는가?

이로부터 그 당을 따르는 자는 포용하고 따르지 않는 자는 배척하였으며, 의논이 벌떼처럼 일어나 이쪽에서 의논을 제기하면 저쪽에서 호응하여 동류同類를 후원하는 풍습이 이루어졌다. 이렇게 된 뒤로는 비록 재주와 지혜 있는 대신이 있어 마음속으로는 통분하나 누가 감히 간사한 놈들의 비위를 건들려고 했겠는가? 기묘년 겨울 사세가 위급하게 되어서야 비로소 그들을 배척하여 물리치고 죄를 주었다. 그때는 부득이해서 사림士林을 죄주게 되었지만 어찌 대체大體가 손상되지 않았겠는가? 인심의 시비가 오늘날 어찌 밝혀지지 않았겠는가마는 사필史筆을 쥔 자가 사실을 잘못 기록해서 후세에 보이는 일이 없으리라 어찌 믿겠는가? 경의 상소에서 이왕의 일을 힘껏 분석한 것은 어찌 당연한 일이 아니겠는가마는 이왕의 일은 후회해도 소용이 없으니 장래의 일은 대신이 된 자가 각기 마음을 기울여야 한다. 만일 기미를 잘 살펴서 그 시비를 미리 분별한다면 조정의 복됨을 어찌 다 말 할 수 있겠는가? 옛말에 '앞에 가는 수레가 전복되면 뒤따르는 수레가 경계한다.'라고 하였으니, 조정에 있는 사람들은 역시 살펴 생각해야 한다.

대체로 시비가 정해지면 인심이 안정될 수 있고 풍속도 변할 수 있다. 나라를 사람의 한 몸에 비유하면 임금은 원수元首, 대신은 고굉股肱, 대간은 이목耳目으로 이것이 바로 한 몸이니, 서로 화합하면 그 몸이 편안하고 서로 화합하지 않으면 그 몸이 편안치 못한 것은 필연적인 이치이다. 일을 의논할 때는 서로 가부를 판단해야 한다. 비록 대간의 일이라도 옳은 것은 옳다 하고 그른 것은 그르다 하여 시비와 가부가 객관적 타당성을 가지고 올바로 인식된 뒤에야 화합한다 할 수 있다. 천하에는 양쪽이 다 옳거나 양쪽이 다 그른 일은 없다. 지난번에 양쪽이 다 옳고 양쪽이 다 그르다는 이야기가 있었는데, 위에서는 온당치 못하다는 생각이 있었지만 언로言路에 구애를 받고, 아래서도 온당치 못하다고 여겼으나 역시 언관言官의 하는 짓에 구애받아 모두 감히 그 그른 것을 바로잡지 못하였다. 비록 관리들 가운데도 겉으로는 화목한 체하고 속으로는 그르게 생각하여 큰 재앙과 근심이 이루어지게 된 뒤에야 부득이 벼슬을 빼앗고 물리쳐서 죄를 받게 하였으니, 조정의 체모가 훼손되었을 뿐만 아니라, 죄를 얻은 자도 과연 무슨 이익이 있는가?

경의 상소에 또 '없는 일을 꾸며내서 중상을 힘쓰니, 인심의 간사하고 교묘함이 전날에 비해 무엇이 다른가? 이대로 계속되면 그 재앙과 근심이 어찌 전날보다 더하지 않겠는가?'라고 하였는데, 과연 이와 같다면 한심스러운 일이다. 그러나 조정에서 대소가 서로 화합하고 시비가 분명해지면 이런 풍습은 억지로 변하게 하지 않아도 자연스레 변할 것이다. 경의 상소에 또 '자제들이 부형들의 잘못을 평하여 천륜이 무너진다.'라고 하였는데, 이것도 지난날의 폐단이다. 부형들이 자제들을 교훈하는 것이 어찌 패망에 이르기를 바라서이겠는가? 반드시 경험이 많아서 그것을 말해 준 것이다. 그런데 연소한 자제들은 연로한 부형들의 교훈을 꺼려하여 그 교훈하는 말이 자기의 뜻에 맞지 않으면 부형의 과실을 언론에 폭로하기를 조금도 꺼리지 않으니 부형들은 결국 그 화가 두려워서 감히 말하지 못한다. 사람의 도리를 무너뜨릴 뿐 아니라 결국은 자신을 패망시키기까지 하니 이것은 누구의 허물인가?

경의 상소에 또 '규문 안의 말은 남들이 알기 어려운 것인데 낭설을 잘못 듣고 곧 믿어버리면 진상을 밝힐 길이 없다.'라고 하였는데, 이 말은 지금 시속의 폐단을 바로 지적한 것이다. 알기 어려운 궁중의 일도 오히려 근거 없는 말이 생기는데 하물며 동료 가운데 규문 안의 은미한 일을 지적함은 어떻겠는가? 인심과 풍속이 이렇게 되었으니 각박한 풍속을 온후한 풍속으로 돌아가게 하는 방법은 과연 무엇인가?

경의 상소에 또 '간악하고 음흉하며 교묘한 무리는 그 재주가 더욱 화를 이루게 한다.'라고 하였는데, 옛말에 '덕이 재주를 이긴 자는 군자라고 하고 재주가 덕을 이긴 자는 소인이라고 한다.'라고 하였으니, 사람을 쓰는 방법은 덕에 있고 재주에 있지 않다. 왕형공王荊公이 『주관周官』의 제도를 모방하여 마침내 친하의 창생을 그르쳤으니 어찌 재주가 부족해서 그랬겠는가? 경의 상소에 '분별하고 살피는 데 달려 있다.'라는 말은 매우 지당한 말이다.

경의 상소에 또 '인물의 어질고 어질지 못함과 정사의 득실이 아래에서 많이 나와, 법조문의 설립이나 호령을 아침에 공포하였다가 저녁에 도로 거두어들인다.'라고 하였는데, 이것은 오늘날의 폐습이다. 그러나 일에 고쳐야 할 만한 것이 있으면 낮은 벼슬아치라도 그것을 말할 수 있지만, 정사가 여러 사람에게서 나오는 것이 어찌 작은 일이겠는가?

변방의 장수가 해이하고 파견된 사신이 지체하는 것이 과연 경의 말과 같다면 유사有司가 마땅히 살펴야 할 일이다. '인재를 아껴 그 단점은 버리고 장점을 쓰며 세미한 것은 생략하고 큰 것은 취한다.'라는 말은 매우 지당하다. 대체로 사람을 쓰는 것은 훌륭한 공장이 나무를 쓰는 것과 같은데 내가 어찌 유념하지 않겠는가? 또한 전형銓衡을 맡은 자가 어찌 살펴 처리하지 않겠는가?"
라고 하였다.

遣史官, 傳于金詮曰:

"卿, 累朝宿德, 居燮理之地, 方輔予不逮, 豈可以微恙, 輕遞首相哉. 不允之意, 已令修製批答矣. 今觀卿疏, 正中近來之弊, 至爲警切, 非卿老成忠謹, 豈至於此哉. 予再三讀之, 不勝嘆美. 特命傳寫, 置諸左右, 擬常服膺焉. 予本以庸資, 遭國運之中否, 因臣民之推戴, 卽祚以來, 夙夜祗懼, 勵精圖治, 治效未見, 而災變疊臻, 豈無所召. 近有原廟震人之災, 予尤恐懼. 是予否德之所致也, 予心豈敢忽哉. 卿疏云天地之氣順不順, 常因人氣之順不順, 此言至當. 天人之理, 相爲流通, 人心之不順不和, 天地之氣, 未嘗不隨之. 是故, 乖戾之氣, 充積於中, 災變,由是而生也. 予以凉薄, 駕馭乖方, 不意群小樹黨, 倒持政柄, 是非混淆, 人心憤然, 宗社幾危, 向非數三大臣匡救之功, 何能再安朝廷乎. 不審幾微, 而預爲之所及, 至無可奈何, 然後威以克之, 豈足貴也. 大抵, 朝廷之事, 雖有幾微之誤, 苟不至於形著, 則言者反以爲過, 故事至滋蔓然後, 革而正之, 此其弊也.

卿疏又云先見者言之, 人以爲迂妄, 而莫之察, 及其患成, 始乃勞心焦思, 又無可奈何, 幾微不可不審也. 昔王安石之奸, 司馬光不知, 而呂誨先見. 大抵, 小人之狀, 人雖有先見者, 其事微則難以斥言, 事勢至極, 然後言之, 此古今之通患也. 頃者之弊, 非一朝一夕之故也, 其所由來漸矣. 予觀, 乙亥之年金淨等上疏臺諫持正論之, 而弘文館反駁而遞之. 自此, 是非紛亂, 議論不一, 不能相容, 旬月之間, 遞代至於五六, 而大臣不早辨其是非, 遂成膠亂. 年少之輩轉相汲引, 布列言地, 假托公論, 務爲自是. 上下雖知終至不靖, 不敢辨正者, 慮爲所中也. 由是, 上下偸安姑息, 馴至丁丑之歲, 臺諫無咎, 而侍從托以微事, 盡駁而遞之. 大臣亦不辨析, 予意, 此駁必有將來之弊. 其後爲臺諫者, 過半其黨, 其間雖有一二非其黨者, 孰敢立異. 自此, 趨附者容之, 不付者斥之, 議論蜂起, 東倡西和, 黨援已成. 然後雖有才智大臣, 心懷痛憤, 誰敢觸怒於群奸乎. 至於己卯之冬, 事勢汲汲, 始乃貶斥而罪之. 雖在所不得已致罪士林, 豈不傷於大體乎. 人心是非, 至今容有不明, 安知操史筆者, 不記謬誤, 而垂後乎.

卿疏力辨已往之事, 豈不當然. 已往之事, 雖不追悔, 將來之事, 爲大臣者宜各盡心, 若能審察幾微, 而早辨是非, 則朝廷之福, 何可勝言. 古言前車覆, 而後車戒, 在朝者亦宜省念也. 大抵是非定則人心可安, 風俗亦可變也. 夫國, 比人一身, 君者元首也, 大臣者股肱也, 臺諫者耳目也. 是之謂一體, 相和則其身安, 不相和則其身不安, 理勢然也. 議事之際, 所當相爲可否. 雖臺諫之事, 是者是之, 非者非之, 是非可否相濟然後, 可謂和矣. 天下無兩是兩非之事. 頃者有兩是兩非之論, 上有所未便, 而拘於言路, 下有所未便, 而亦拘言官所爲, 皆莫敢矯其非. 雖在僚中, 外和內非, 馴致大患然後, 不得已貶罪, 非特朝廷之體虧損也, 其所得罪者, 亦果何益哉.

卿疏又云駕虛扇誣, 中傷是務. 人心習尚之壞, 視前何異. 此而未已, 其爲禍, 又豈止如前日而已哉. 若果如是, 則可爲寒心, 然朝廷之上, 大小相和, 是非分明, 則此風不令而可變也. 卿疏又云子弟議父兄, 天倫相賊, 此亦頃者之弊也. 父兄之敎子弟, 豈欲其至於僨敗乎. 必多所歷驗, 而言之也. 年少子弟, 敢憚年老父兄叔舅之敎, 言不合己意, 則暴揚父兄叔舅之過於言論之人, 無所顧忌, 父兄叔舅, 遂畏其患, 而不敢言也. 非但敗賊彝倫, 竟底自敗, 是誰之怨乎.

卿疏又云閨門帷薄之言, 人所難知, 而浪聞塗說, 遽以爲信, 無路可明, 此言甚中時弊. 雖宮禁難知之事, 尚有無根之語, 況僚倩之中, 摘其閨門隱微之事乎. 人心風俗漸至於此, 反薄歸厚之道, 果將安在. 卿疏又云如憸邪險譎之種, 其才藝尤足以致禍. 古云德勝才者, 謂之君子, 才勝德者, 謂之小人. 用人之道在德, 不在才也. 王荊公倣周官制度, 終至誤天下蒼生, 才豈不足而然耶.

卿疏云在辨之審之. 言豈不當乎, 卿疏又云人物臧否政事得失, 多出於下. 科條之立號令之出, 朝出而夕反. 此今之弊習也. 然事有當改 則雖卑官小臣, 尚可言之. 大抵, 政出多門, 豈細故哉. 如邊將之解弛, 遣使之稽遲, 果如卿言, 有司之所當察也. 愛惜人才, 棄其短, 而用其長, 略其細, 而取其大, 豈不當哉. 大抵用人如良匠之用木, 予豈不留念乎. 秉銓衡者, 亦豈不體審處之哉.”

사직을 허락하지 않는다는 답을 김전에게 내렸는데 이러하다.

"여덟 기둥이 하늘을 받치니 고명高名한 지위가 형성되고 네 계절이 한 해를 이루니 화육化育의 공이 존재한다. 생각건대 치도治道의 융성함과 쇠퇴함은 진실로 보좌하는 신하의 어질고 어질지 못한 여부에 달려 있으니, 책임이 이처럼 큰데 나아가고 물러남을 어찌 가벼이 할 수 있겠는가? 경은 성두星斗의 정기를 타고 산천山川의 기운을 받아 선조先朝 때에 유술儒術로 등용되어 항시 시신侍臣으로 있었고, 오늘에 이르러서는 충량忠亮이 지극하여 으뜸가는 보상輔相을 삼았으니 당 태종唐太宗이 위징魏徵을 둔 것과 같고 상商나라 탕왕湯王이 이윤伊尹을 가진 것과 같다. 조금도 손색없는 인물이므로 천위天位와 천록天祿을 함께 하려 한다. 나라의 안위安危는 경에 의해서 좌우되고 나라의 혼란은 경에 의해서 안정된다. 지금 경이 아뢴 대책을 보니 참으로 시의時宜에 알맞다. 어찌 질병으로 인하여 휴직을 요청하고 몸을 보전하기 위하여 책임을 면하려고 하는가? 임금의 잘못을 바로잡는 직위는 중요한데 그 직위를 면하고 한가히 있을 수 있겠는가? 그 질병은 저절로 나을 것이니 정신을 진정하고 마음을 안정하라. 나라의 걱정을 우선 걱정해야 하니 억지로라도 밥을 들고 치료에 힘쓰라. 나 한 사람만이 염려하는 것이 아니라 백관들의 소망도 동일하다. 고굉股肱과 원수元首는 이미 한 몸이요, 정사를 잘 돕기를 바라는 나의 마음 더욱 간절하다. 나와서 직무를 행하고 번거롭게 두 번 사직하지 말라.”

下不允批答于金詮曰:

“八柱承天, 高明之位以列. 四時成歲, 亭育之功斯存. 顧兹治道之汚隆, 實係輔臣之賢否. 責任如此其大矣, 進退胡可以輕乎. 卿, 星斗委精, 山川稟氣. 在先朝而儒術以進, 常作侍臣, 逮今日而忠亮有餘, 升爲元輔, 若有唐宗之鑑, 如擬商室之衡. 思惟勿貳, 而勿疑, 欲與共位而共祿. 經綸休戚, 以卿而安危, 振撼擊撞, 賴卿而鎭定. 今觀所奏之策, 允合時措之宜. 如何一疾, 而告休, 遽欲全身, 而釋負. 補袞職重, 其可釋位, 而閑居. 勿藥喜同, 用能頤神而保性. 勉惟先國而憂急, 自宜强飯而加醫. 非但一人之眷深, 抑亦百僚之望缺. 股肱元首旣有一體之名, 麴糱和羹, 益切予心之望. 起視乃職, 毋煩再辭.”

친인척의 병폐가 막심한데
왕께서 관대하시니 신들은 실망입니다

1540년(중종 35) 경자년更子年 12월 12일
홍문관 부제학弘文館 副提學 홍섬洪暹

■ 저자 소개

홍섬洪暹 : 1504(연산군 10)~1585(선조 18). 조선 중기의 문신으로, 본관은 남양南陽이고, 자는 퇴지退之, 호는 인재忍齋이다. 홍귀해洪貴海의 증손으로, 할아버지는 홍형洪泂이고, 아버지는 영의정領議政 홍언필洪彦弼이며, 어머니는 영의정 송일宋軼의 딸이다.

조광조趙光祖의 문인으로, 1528년(중종 23) 사마시에 합격하여 생원이 되었고, 1531년 식년 문과에 병과로 급제하여, 정언正言을 지낸 뒤 1535년 이조 좌랑吏曹佐郎에 있을 때 김안로金安老의 전횡을 탄핵하다가 그 일당인 허항許沆의 무고로 흥양에 유배되어, 1537년 김안로가 사사賜死된 뒤 3년 만에 석방되었다. 그 뒤 수찬修撰 · 부제학副提學 · 경기도 관찰사 · 대사헌大司憲을 거쳐, 1552년(명종 7) 청백리淸白吏에 녹선錄選되었으며, 1558년 좌찬성左贊成으로 이조 판서吏曹判書를 겸하고, 이듬해 대제학大提學을 겸하게 되자 삼대임三大任을 겸할 수 없다고 하여 좌찬성을 사임하였다.

1560년 이량李樑의 횡포를 탄핵하다가 사직 당하였고, 1563년 판의금부사判義禁府事로 복직되어 예문관藝文館·홍문관弘文館의 대제학을 지냈다. 1567년 예조판서禮曹判書가 되었고, 이듬해 명종이 승하하고 선조가 즉위하자 원상院相으로 정치를 맡아 담당하였으며, 이어 우의정右議政에 올랐으나 남곤南袞의 죄상을 탄핵하다가 또다시 파직되었다. 1571년(선조 4) 좌의정左議政이 되어 궤장几杖을 하사받고 영의정에 승진하여 세 번이나 중임하였다. 문장에 능하고 경서에 밝았으며 검소하였다.

홍양으로 유배당하였을 때 자신의 심경을 노래한 가사 「원분가寃憤歌」가 있으며, 저서로 『인재집忍齋集』과 『인재잡록忍齋雜錄』이 있다. 남양의 안곡사安谷祠에 제향 되었고, 시호는 경헌景憲이다.

(『인재잡록忍齋雜錄』·『인재집忍齋集』·『조선왕조실록朝鮮王朝實錄』·『한국민족문화대백과사전』·『한국한자어사전韓國漢字語辭典』·『해동명신록海東名臣錄』)

■ 평설評說

이 글은 당대의 폐단을 밝혀 시정是正을 촉구한 홍문관 부제학弘文館 副提學 홍섬洪暹의 상소문이다. 홍섬은 이조 좌랑吏曹佐郎으로 있으면서 당대의 권신權臣 김안로金安老의 전횡을 탄핵하다가 그의 일당인 허항許沆의 무고로 전라도 홍양에 유배되어, 3년 뒤 김안로가 사사賜死되자 다시 관직에 나온 인물이다. 문장에 능하고 경서에 밝았으며 검소한 인물로, 청렴하고 신중한 자세로 공사公事에 힘을 써서 많은 이들에게 칭송받았으며, 효행이 독실하여 늙어서도 효를 게을리하지 않았다고 한다.

유몽인柳夢寅의 『어우야담於于野談』에 홍섬에 관한 내용이 나오는데, 대략 살펴보면 이렇다. "상국相國 홍섬이 벼슬에 나온 지 얼마 되지 않았을 때 사화士禍에 걸려 형벌을 받아 궁전에서 곤장 150대를 맞고 남쪽 변방으로 유배 갔다. 공주公州의 금강錦江에 이르자 길에 과거 시험을 보기 위해 서울로 가는 유생들이 있었는데, 홍섬이 들것에 실린 채 강가에 이르렀다는 말을 듣고 모두 모여 구경하였다. 그 가운데 남쪽에서 온 한 유생이 있었는데, 붉은 옷소매를 반쯤 걷어붙인 호탕한 사람이었다. 그가 와서 보더니 눈물을 흘리며 말했다. '나는 서울에 홍섬이라는 사람이 있으며 당대에 뛰어난 선비라고 들었는데, 무슨 죄로 이 지경에 이르렀는가? 이런 시대가 어찌 군자가 과거에 응시할 때인가?' 이렇게 말하고 마침내 말 머리를 돌려 시험에 가지 않고 되돌아갔는데, 그 이름을 물으니 임형수林亨秀였다. 아! 사람이 명예와 이익을 바라는 것은 물고기가 냄새 좋은 먹이를 탐내는 것과 같다. 낚시꾼이 미끼를 던지면 물고기들은 모두 놀라 흩어지는데, 처음에는 결연히 갔던 놈들도 끝내는 마음이 변해 되돌아와 낚시에 걸림을 벗어나지 못하는 것은 다름이 아니라 향기로운 먹이를 탐내기 때문이다. 홍섬은 마음을 바꾸지 않아 끝내 재상의 자리에 올랐고, 임형수도 마음을 바꾸지 않았으나 끝내 과거에 응시하여 참혹한 재앙을 입었으니, 명리가 사람을 속이는 것이 향기로운 미끼가 물고기를 속이는 것과 무엇이 다르겠는가.”

　이 상소는 앞에서 말한 것처럼 당시의 폐단을 밝혀 시정을 촉구한 것인데, 그 말이 상당히 거칠고 직접적이다. 정치를 잘 하는 근원이 자신에게 덕이 있느냐에 달려 있다는 말은 현재 정치의 잘못이 중종에게 있다는 것이다. 기묘사화己卯士禍로 죽음을 당한 조광조趙光祖의 문인이어서 중종에 대한 감정을 지울 수 없었던 것인지 모르겠지만, 중종에 대한 홍섬의 직접적인 비판은 거침이 없다. 홍섬이 중종에게 “왕위에 오른 이후 간언諫言을 듣기에 힘쓰고 재변을 만나서는 두려워하며 폐단은 반드시 제거하고 은택은 아래까지 미치게 하려고 하였으니, 힘쓰는 정성이 지극하지만, 여전히 풍속은 나태하고 관리들은 거리낌 없이 멋대로 하며 사람들은 사치를 숭상하여, 모든 물건의 값이 오르고 기강이 무너져 백성은 생활이 어려워 위태롭고 어지러운 나라처럼 되었습니다."라고 한 것은 중종의 노력에 큰 의미를 두고 있는 것처럼 보이지만, 이어 "가만히 생각해보면 그 이유는 성상께서 몸소 실천하는 것이 미진해서 말로 하는 교화를 백성들이 따르지 않기 때문인 듯합니다."라고 한 것은 모든 잘못의 원인이 중종에게 있다는 것이다.

홍섬이 중종에게 건의한 시무책은 몸소 근검을 실천하여 일을 폐하거나 안일을 구하지 말아야 한다는 것이다. 구체적인 실천 방안으로는 임금이 근면하고 검소한 것에 힘써서 풍속을 일으켜야 하며, 일을 보고 학문을 강론하는 것에 부지런해야 하고, 정당한 공봉供奉을 절도 있게 사용해야 하며, 혼인昏姻 제도의 사치를 막아야 한다는 것이다. 특히 왕자王子와 부마駙馬의 저택이 법으로 정한 한계를 넘어 마을까지 이어져 이궁離宮에 비길 만한 것은 큰 문제라고 했다. 그런데 더 큰 문제는 조정의 신하들이 누차 이와 같은 폐단에 대해 이야기했음에도 불구하고 중종이 언제나 관대한 낯빛을 보이면서 폐단을 통렬하게 끊지 못하여, 말을 하는 신하들이 임금이 전혀 들은 체도 않으니 간언을 하여도 받아들일 분이 아니라고 생각하고 있다는 것이다. 이것이 바로 그가 임금에게 실망한 이유라고 했다.

이어 홍섬은 한漢나라 명제明帝가 자식들에게 땅을 나누어줄 때 한 이야기와 송宋나라 태조太祖가 영강공주永康公主에게 한 이야기를 예로 들며 윗사람의 검소함이 가지는 가치와 의미에 대해 설명하고, 계속 열심히 공부하여 부지런하고 검소함을 밝히라고 하면서 위 무공衛武公과 세종世宗·성종成宗을 예로 들었다.

마지막으로 홍섬은 자신이 능력도 없으면서 간관諫官의 직책을 맡고 있기 때문에, 임금의 부족한 점을 보좌하기 위해 차마 침묵할 수 없어 이와 같은 상소를 올리니, 학문하는 공을 날로 새롭게 하여 먼저 부지런함과 검소함으로 백성을 교화하고 고질적인 폐단의 근원을 힘써 제거하여 성스러운 다스림에 방해가 되는 것을 끊어버리라고 했다. 직책을 근거로 하고 싶은 말을 다한 모양새다.

이 상소에 대해 중종은 달리 할 말이 없었다. 요즈음의 병폐를 바로 지적하였다고 하고, 근래 자신이 정치에 적극적이지 못한 이유를 신하들의 고과 성적을 매기느라 일이 너무 많아서였다고 변명했다. 궁색하지만 달리 할 말이 없었던 것 같다. 중종은 "일을 보고 학문을 강론하는 것이 점점 처음과 같지 않다."라고 한 것에 대해서는 절실하다고 했으나, "왕자의 저택과 혼인하는 집안이 사치를 일삼는 폐단"에 대해서는 보다 적극적으로 자신의 마음은 조금도 이와 같지 않지만 옛 제도를 그대로 따르다 보니 잘못된 습관이 아직도 남아 있는데, 모두 자신이 몸소 실천하지 않았기 때문이라고 했다. 이 문제는 실질적인 것이고, 자신만 결단하면 바로 바꿀 수 있는 것인데, 스스로 하지 않은 것이라고 보인다. 성종이 이 상소에 대해 "상소의 말들이 매우 절실하다. 내가 깊이 생각하겠다."라고 했지만, 그 생각을 실천한 모습은 보이지 않는다.

■ 역문譯文

정치하는 방법은 단서가 여러 가지이지만 정치를 잘 하게 되는 근원은 먼데서 찾을 필요가 없습니다. 덕이 자신에게서 이루어지면 교화가 나라 안에 드러나는 것이니, 이것은 지키는 것은 간략하지만 효과는 넓고, 생각은 간단하지만 공은 무성한 것입니다. 삼대三代의 성왕聖王은 몸소 근검함을 실천하여 감히 일을 폐하고 안일을 구하지 않아 당시를 큰 도가 이루어진 시대로 승화시켜 백성들을 잘 살게 하였으니, 이것은 이미 드러난 분명한 증거입니다.

보통 인정人情으로 말한다면, 백관百官을 두고 모든 일을 맡겼기 때문에 걱정하거나 부지런하지 않아도 되고, 모든 백성들이 한 사람을 받드니 절약하거나 검소하지 않아도 된다고 여길 것입니다. 그러나 하루 이틀 사이에도 여러 가지 일들이 수없이 생기니 듣고 보는 것을 게을리 할 수 없습니다. 천지가 만들어 내는 물건에는 일정한 수의 한계가 있으므로 지나치게 사용해서는 안 됩니다. 그렇기 때문에 "결코 안일하지 말라."라고 한 것은 주공周公이 성왕成王에게 한 말이며 "당신의 검소한 덕을 삼가라."라고 한 것은 이윤伊尹이 태갑太甲을 경계한 말입니다. 이윤과 주공 같은 신하도 깨우치고 이끌어 준 내용이 이와 같을 뿐이니, 임금의 덕에 어찌 근면하고 검소한 것보다 더 큰 것이 있겠습니까?

엎드려 보건대 전하殿下께서는 왕위에 오르신 이후로 간언諫言을 듣기에 힘쓰고 재변을 만나서는 두려워하며 폐단은 반드시 제거하고 은택은 아래까지 미치게 하려고 하였으니, 힘쓰는 정성이 지극하지 않은 것이 아닙니다. 그런데도 풍속은 나태하고 관리들은 거리낌 없이 멋대로 하며 사람들은 사치를 숭상하여, 모든 물건의 값이 오르고 기강이 무너져 백성은 생활이 어려워 위태롭고 어지러운 나라처럼 되었습니다. 가만히 생각해보면 그 이유는 성상께서 몸소 실천하는 것이 미진해서 말로 하는 교화를 백성들이 따르지 않기 때문인 듯합니다.

아침에 정사政事를 듣고 낮에 계책을 묻는 것도 한 가지 부지런함이지만, 일을 보고 학문을 강론하는 것이 점점 처음과 같지 않습니다. 지금은 태평한 시대여서 아무 할 일이 없는 듯 하지만 다시 어지러워질 수 있다는 경계를 어찌 잠시라도 소홀히 할 수 있겠습니까? 아랫사람들의 투박하고 사치함을 바로잡을 책임이 유사有司에게 있지만 좀스럽게 세세한 법령에만 억매이고 있습니다. 법이라고 하는 것도 굳게 믿을 수가 없게 되어 사람에 따라서 가볍게 적용되기도 하고 무겁게 적용되기도 합니다. 나라의 일을 모두 살펴보시는 밝음이 번잡하고 자잘한 데에 잘못되기도 하고 구차한 데로 흐르기도 하니 이것은 부지런한 것이 되지 못합니다.

　정당한 공봉(供奉)을 절도 있게 사용하는 것이 바로 검소함입니다. 쓸데없는 낭비가 많아 정상적인 공물만으로는 넉넉지 못하기 때문에 수입은 대부분 세금을 앞당겨 받아들이는 것에 의존하고, 지출은 세출표를 맞추지 않습니다. 심지어는 유사(有司)가 마련해 낼 수 없어 시장의 물건을 강압적으로 구해와 급하게 모자라는 것을 보충하고 있으니 국고가 모두 고갈될 지경에 이르러 농민과 상인이 함께 곤란을 받습니다.

　지나친 혼인(婚姻) 제도로 사치가 날로 심해져서 혼인하는 집안끼리 서로 더 잘하려고 힘씁니다. 포목을 가지고 물건을 바꾸기 위해 역관(譯官)에게 부탁해서 중국에 가서 사가지고 공공연히 싣고 오기를 관청에서 공무역하는 것과 다름없이 합니다. 그리고 각 주군(州郡)에 편지를 띄워 토색질을 일삼는데 운송하는 물건의 번잡함이 나라에 공물을 바치는 짐바리와도 같습니다. 왕자(王子)와 부마(駙馬)의 저택은 법으로 정한 한계를 넘어 마을에까지 이어져 이궁(離宮)에 비길 만합니다. 요즈음 검소함을 해치는 일들이 한두 가지가 아니지마는 이러한 것들은 더욱 심합니다.

　시종과 대간, 조정의 신하들이 소차(疏箚)에서 밝히고 경연(經筵)에서 진술한 것이 이 몇 가지 때문이니 성덕(聖德)에 큰 누가 됩니다. 그런데도 전하께서는 언제나 관대한 낯빛을 보이면서 폐단을 통렬하게 끊지 못하셨습니다. 그래서 진언(進言)하는 사람들이 임금이 전혀 들은 체도 않으니 간언을 하여도 받아들일 분이 아니라고 하는 정도에 이르렀습니다. 이것이 바로 신들이 전하에게 실망한 이유입니다.

　옛날 한(漢)나라 명제(明帝)가 친히 모든 자식들의 봉역(封域)을 정하되 초(楚) 땅의 회양(淮陽)을 반으로 자르게 하면서 "나의 자식에게 어떻게 선제(先帝)의 자식과 같이 줄 수 있겠는가."라고 하였다고 합니다. 큰 천하를 가지고 사랑하는 한 자식에게 땅을 봉해줄 때 당연히 아낄 것이 없을 것이지만, 감히 선제의 자식과 같이 하지 않았습니다. 지금은 왕자의 저택이 선왕 때의 두 배 내지 다섯 배나 됩니다. 송宋나라 태조太祖는 영강공주永康公主가 입은 수놓은 비취색 저고리를 보고, "네가 이 옷을 입으면 사람들이 반드시 모방할 것이다."라고 하였습니다. 천자의 딸이 비취색 저고리 입는 것은 지나치거나 사치스러운 것이 아닌 듯 한데도 아랫사람들이 본받을 것을 두려워하였는데, 지금의 사치스러운 혼인 예식을 어찌 비취색 저고리 하나에 견줄 뿐이겠습니까.

부지런함이 지극해지지 못하고 검소함이 밝아지지 않는 것이, 어찌 전하의 성학聖學에 미진한 점이 있어서 그런 것이 아니겠습니까? 학자學者는 성리性理를 정밀하게 연구해서 자신의 몸에게 깊이 터득하고 사태의 변화를 많이 기억해서 정사에 발휘하는 것이니, 이것이 바로 임금 덕의 근본이며 다스리는 도道의 강령입니다. 전하께서는 학문이 이미 높고 밝으시니 진실로 강론에 의지할 필요가 없는 듯하지만, 옛날 배움을 좋아하는 임금은 자신의 학문이 이미 완성되었다고 하여 잠시도 강론을 중단하지 않았습니다. 만약 계속 빛나게 하는 공부를 오래도록 게을리 하지 않으면 부지런하고 검소함은 힘쓰지 않아도 잘할 수 있을 것입니다.

옛날 위 무공衛武公은 95세에도 잠箴을 지어 나라 사람들을 경계시키고 마침내 「억抑」이라는 시를 지어 자신을 경계하였으니, 뜻을 독실히 하고 실천에 힘써 늙을수록 더욱더 돈독하였습니다. 임금이 배움을 좋아하여 위 무공으로 법을 삼는다면 좋을 것입니다. 조종祖宗 가운데 세종世宗과 성종成宗은 모두 학문에 힘써 게을리 하지 않았습니다. 어느 날 경연에서 "경서에 구두점이나 찍어 읽는 것은 배움에 유익함이 없으니 반드시 마음에 대한 공부가 있어야 도움이 있다."라고 하였습니다. 당시 날씨가 매우 더웠는데도 하루 세 번의 경연에 나아가시므로 재상이 쉬기를 청하니 "나는 촌음寸陰을 아낀다. 어떻게 쉴 수 있겠는가?"라고 하셨습니다. 착실한 공부와 도를 추구하는 정성은 옛날에도 찾아볼 수 없었고 겨우 한두 분 있었을 뿐입니다. 조종께서 남기신 좋은 계책을 전하께서는 지키셔야 합니다.

신들은 모두 능력도 없으면서 생각을 말씀드리는 직책을 맡고 있습니다. 엎드려 보건대 요즈음 하늘이 꾸짖고 나무라는 뜻을 보여 재변이 거듭 일어나고 있습니다. 그리하여 땅의 도道가 펴치 못한 탓에 음陰이 몹시 왕성하여 겨울이 봄처럼 따뜻하니, 이는 양陽이 절도를 잃은 것입니다. 비록 이것이 어떤 일에 대한 응보인지 분명히 지적할 수는 없지만, 임금의 부족한 점을 보좌하는 직책에 있으면서 차마 침묵을 지킬 수 없어 감히 전하의 들으심을 더럽힙니다.

엎드려 바라건대 전하께서는 학문하는 공을 날로 새롭게 하여 먼저 부지런함과 검소함으로 백성을 교화하고 고질적인 폐단의 근원을 힘써 제거하여 성스러운 다스림에 방해가 되는 것을 끊어 없애신다면, 무한한 다행이겠습니다.

爲治之道, 其端不一, 而出治之源, 不在遠求. 德造於身, 而化形於國, 則操約而效廣, 慮簡而功茂. 三代聖王, 躬行勤儉, 不敢荒寧, 而時升大猷, 民底允殖, 此已然之明驗也. 以常情言之, 設百官而任庶事, 雖不憂勤可也. 有萬姓而奉一人, 雖不節儉可也. 然一日二日, 其幾且萬, 則聽覽不可息, 天地所生, 止有此數, 則用度不可侈. 是以, 所其無逸, 周公之告成王也. 愼乃儉德, 伊尹之戒大甲也. 以伊周之臣, 其所以啓迪不過如此, 則人君之德, 豈有大於勤儉哉.

伏見殿下, 臨御以來, 勤於聽諫, 遇災而懼, 弊欲必祛, 澤欲下究, 勵精之誠, 非不至矣, 而俗狃惰慢, 諸司縱弛, 人尚奢習, 百物翔貴, 紀綱陵夷, 民生困悴, 有同危亂之邦. 竊恐聖上, 躬體之未盡, 而言敎之不從也. 朝以聽政, 晝以訪問, 亦一勤也, 而視事講治, 寔不如初. 時方居泰, 似無可爲, 而覆隍之戒, 豈容少忽. 下之偸靡, 紏在有司, 而叢脞於法令之細. 其所謂法者, 又不能堅信, 而因人輕重, 摠攬之明, 或失於煩猥, 或流於苟且. 是未得其所以勤也. 惟正之供, 用其有節, 是乃儉也, 而浮費旣煩, 常貢未裕, 其入多資於引徵, 其出非照於橫看, 甚至有自不能支辦, 未免抑貿市儲, 補其急缺, 以致帑藏皆竭, 農賈竝困. 婚制之過, 侈靡日甚, 連姻之家, 唯務相勝, 抱布援換, 請差譯官, 行販中原, 公然馱載, 無異官貿. 飛簡州郡, 徵索無厭, 輸運之煩, 有如國貢. 王子駙馬, 第宅踰制, 連亘里閭, 侔擬離宮. 方今傷儉之事, 固非一端, 而此其尤者也. 侍從臺諫, 朝廷宰執, 形於疏箚, 陳於經幄者, 無不以此數者, 爲聖德之大累, 殿下每示優容, 而未能痛斷其弊, 至使進言之人, 皆以爲天聽邈然. 非諫之可入, 此臣等所以爲殿下缺望者也.

昔明帝親定諸子封域, 裁令半楚淮陽曰, 我子豈與先帝子等, 以天下之大, 封一愛子, 宜無所惜, 而不敢齒先帝諸子. 今之王子第宅, 倍蓰於先王之時. 宋太祖見永康公主衣繡翠襦而曰, 汝服此, 衆相倣. 以天子之女, 服一翠襦, 似非過侈, 而猶恐群下之相倣. 今者婚禮之侈, 豈侍膺一翠襦哉. 夫勤之所以未至, 儉之所以不昭, 豈非殿下聖學之功, 有所未盡而然耶. 蓋學者, 精硏性理, 體認於己, 多識事變, 而發揮於政, 乃君德之本, 治道之綱也. 殿下學已高明, 固若無賴於講論矣, 然在昔好學之君, 不以吾學已成, 而少有間斷. 如使緝熙之功, 悠久不倦, 則所謂勤與儉, 不待勉而能矣. 昔衛武公, 行年九十有五, 而猶箴儆于國, 遂作抑戒之詩以自儆. 其篤志力行, 老而愈篤. 人主好學, 能以衛武爲法, 則善矣. 其在祖宗, 世宗 · 成宗, 皆力學不倦, 嘗於經筵曰, 經書句讀, 無益於學. 必有心上功夫, 乃有益矣. 時方酷熱, 三御經筵, 宰相有請停者, 乃曰予惜寸陰, 安可停也. 其着實之功, 向道之誠, 求之於古, 絶無而僅有. 貽謀之善, 殿下之所當守也.

臣等俱以無狀, 忝在論思, 伏見近來, 上天示譴, 災異荐至, 地道不寧, 陰旣大盛, 而冬暖如春, 陽又失節. 雖不可的指爲某事之應, 聖躬之關, 職所當補, 不忍含默, 敢塵睿聰. 伏願殿下, 日新學問之功, 先以勤儉化下, 務祛痼弊之源, 以絶聖治之累, 不勝幸甚.

답하였다.

"지금 상소를 보니 요즈음의 병폐를 바로 지적하였다. 근래 재변이 거듭 일어나기 때문에 내가 대신들을 이끌어 만나 지금의 폐단을 널리 물으려 했었으나 마침 신하들의 고과 성적을 매기느라 직무가 몹시 많아 실천하지 못하였다. 상소 중에, '일을 보고 학문을 강론하는 것이 점점 처음과 같지 않다.'라고 한 것은 경계하는 것이 더욱 절실하다. 또 왕자의 저택과 혼인하는 집안이 사치를 일삼는 폐단도 공론公論을 통해 알고 있었다. 내 마음은 조금도 이와 같지 않지만 옛 제도를 그대로 따르다 보니 잘못된 습관이 아직도 남아 있는데, 모두 내가 몸소 실천하지 않았기 때문이다. 위 무공은 90세가 넘어서도 스스로 경계하며 힘써 행하였고, 조종祖宗께서는 '학문은 자신의 마음을 닦는 공부가 유익하다.'라고 하셨으니, 이 말들이 매우 절실하다. 내가 깊이 생각하겠다."

라고 하였다.

答曰:

"今觀上疏 正中時病. 近來災變疊見, 予欲延訪大臣, 廣詢時弊, 而適以殿最, 職務必多, 故未果爲之耳. 疏中有曰, 視事講治, 寖不如初, 尤切於進戒. 且王子第宅及婚姻之家, 務爲奢侈之弊, 予嘗因公論而知之. 予心少無如此, 而因循舊制, 弊習尚存, 皆是予未盡躬行之所致也. 衛武公行年九十餘, 而自儆力行, 祖宗有曰, 學問有益於心上工夫. 此言激切, 予當體念焉."

26 ≫ 조광조趙光祖의 풀리지 못한
지하의 원통함을 풀어주소서

1544년(중종 39) 갑진년甲辰年 4월 7일
홍문관 부제학弘文館副提學 송세형宋世珩

314

■ **저자 소개**

송세형宋世珩 : ?~1553년(명종 8). 조선 중기의 문신으로 본관은 여산礪山이고 자는 헌숙憲叔이며 호는 반곡盤谷이다. 송계성宋繼性의 증손으로, 할아버지는 송복리宋復利이고, 아버지는 군수 송연손宋演孫이며, 어머니는 김보첨金甫添의 딸이고 형은 교리校理인 송세림宋世琳이다.

1524년(중종 19) 생원시에 합격하였고, 이어 성균관에서 수업하면서 진사시에 합격하였다. 1528년 진사로서 사행무역使行貿易의 폐단 등 당시의 폐단을 상소하여 거의 모두 받아들이도록 하였다. 1532년 별시 문과에 병과로 급제하여 승정원 주서承政院注書로 발탁되었으나, 김안로金安老 일당에게 배척되어 관직에 크게 진출하지 못하였다.

중종이 왕에 즉위하기 전에 그의 아버지 송연손이 중종의 사부師傅였던 관계로 어려서 중종과 같이 지낼 때가 많았는데, 중종이 왕위에 오른 뒤 송세형을 잊지 않고 자주 불러 안부를 묻자 김안로 일당은 그들의 간사한 행동이 중종에게 알려질 것을 염려하여 송세형을 모함하고 배척하였다. 1537년 김안로 일당이 몰려난 뒤에 비로소 중용되어 삼사三司의 요직을 두루 역임하였고, 1542년 홍문관 응교弘文館應敎에 올랐다. 이때 이황李滉과 함께 조광조趙光祖의 억울한 죄를 풀어주기를 청했으나 실현되지 못하였다.

이후 홍문관 부제학弘文館副提學을 거쳐, 인종이 즉위하자 승정원承政院으로 자리를 옮겨 부승지副承旨를 역임하였고, 명종이 즉위하여 소윤 일파가 득세하면서 을사사화乙巳士禍를 일으키자, 이에 가담하여 추성위사 보익공신推誠衛社保翼功臣에 책록되고 좌승지左承旨로 승진하였다. 이어서 예조 참판禮曹參判으로 승진하고 호산군壺山君에 봉해졌다.

1551년 호조 판서戶曹判書를 역임하여 국가의 재정을 절약하였으며, 그 해에 이조 판서吏曹判書로 당시 문정왕후文定王后와 연결되어 불교 세력의 강화를 꾀하고 있던 보우普雨의 불법을 여러 차례 상소하고 탄핵하며 그를 주살할 것을 청했으나, 받아들여지지 않았다. 이후 이조판서를 연임하던 중 병사하였다. 문장에 능하면서 행정 능력도 있었는데, 특히 재정에 밝아 당대의 폐단 개혁에 힘썼다.

『조선왕조실록』 명종 8년 윤3월 11일, 송세형이 죽은 뒤 사관들이 기록한 송세형에 대한 평가는 다음과 같다.

이조 판서 송세형宋世珩이 죽으니 임금이 저녁에 신하들과 글을 강론하던 석강夕講을 정지하라고 명하고 이어 "국가의 중신重臣이 뜻밖에 죽었으니 어찌 이처럼 경악스러운 일이 있겠는가. 별치부別致賻(조선 시대 정·종正從 3품 이하의 시종侍從이나 대시臺侍가 상사喪事를 당하였을 때 임금이 따로 돈이나 물건을 하사하던 일)와 장례의 예법에 대한 전례前例를 자세히 살펴 아뢰라."라고 하였다.

사신은 논한다. 송세형은 세속을 따라서 권세에 붙기를 잘하여 권세 있는 간신에게 아첨을 떨고 섬기며, 궁 안의 하인에게 빌붙기까지 하였으니 천한 사람이다. 그가 익명서를 바쳐 큰 옥사를 일으킨 것이 괴이할 것 없다.

(『조선명신록朝鮮名臣錄』·『조선왕조실록朝鮮王朝實錄』·『한국민족문화대백과사전』·『한국한자어사전韓國漢字語辭典』)

■ **평설**評說

이 글은 유교로서 정치와 교화의 근본을 삼아야 한다는, 지치주의至治主義에 입각한 왕도정치의 실현을 역설하다가 훈구대신들의 탄핵을 받아 유배된 뒤 기묘년 12월 사사된 정암靜庵 조광조趙光祖의 신원伸寃을 청한 홍문관 부제학弘文館副提學 송세형宋世珩의 상소문이다. 조광조는 유학의 이상정치를 구현하기 위해 사문斯文의 흥기를 자신의 임무로 자부했고, 이를 실현하기 위해서는 우선 임금의 마음을 바로잡아야 한다고 생각하였다. 그는 신진사류들과 함께 훈구세력의 타도와 구제도의 개혁 및 그에 따른 새로운 질서의 수립을 추구하였다. 그러나 조광조의 도학정치와 과격한 언행은 중종에게 염증과 정치적 위기감을 불러왔고, 마침내 중종은 훈구대신들의 탄핵을 받아들여 조광조를 비롯한 당대의 신진사류들을 내치는 정치적 행동을 하였다.

결국 신진사류들이 기성세력인 훈구파를 축출하고 새로운 정치질서를 이루려던 계획은 실패하였다. 이들의 실패 원인은 그들 대부분이 젊고 정치적 경륜이 짧은데다가 개혁을 너무 급진적이고 과격하게 이루려다가 노련한 훈구세력의 반발을 샀기 때문인데, 이이李珥는 『석담일기石潭日記』에서 조광조를 비롯한 신진사류들의 실패에 대해 다음과 같이 말하였다. "옛사람들은 반드시 학문이 이루어진 뒤에 이론을 실천했는데, 이 이론을 실천하는 요점은 왕의 그릇된 정책을 시정하는 데 있었다. 그런데 그는 어질고 밝은 자질과 나라 다스릴 재주를 타고났음에도 불구하고 학문이 채 이루어지기 전에 정치 일선에 나가, 위로는 왕의 잘못을 시정하지 못하고 아래로는 구세력의 비방도 막지 못하고 말았다. 그가 도학을 실천하고자 왕에게 왕도의 철학을 이행하도록 간청하기는 했지만, 그를 비방하는 입이 너무 많아 비방의 입이 한 번 열리자 결국 몸이 죽고 나라를 어지럽게 했으니 후세 사람들에게 그의 행적이 경계가 되었다."

이 상소에서 송세형도 조광조에 대해 "역량과 학문이 극진하게 성취되지 못했었기에, 비록 선을 좋아하는 마음이 있기는 하였지만 생소生疎하여 현실에 불합한 병폐가 없지는 않았다."라고 했으며, "역량을 헤아려서 행할 수 없었기에 일을 시행하면 더러 시의時宜에 어그러짐을 불러오게 되었던 것"이라고 했다. 조광조의 행위가 모두 옳은 것은 아니었다는 말이다.

하지만 그와 같은 잘못이 있음에도 불구하고 "그들의 마음가짐을 따져본다면 단지 전하의 불세출의 알아주심을 믿고서 의심 없이 해나간 것"이었고, 그렇기 때문에 "전하께서 평소에 그들의 과격함이 싫으셨다면 억제하였어야 할 것이요, 그들의 요란함이 싫으셨다면 진정鎭定시켰어야 할 것인데, 가차假借하고 우대優待하여 일찍이 억제하고 진정시키는 일을 하지 않았으니" 이들이 "차근차근 해나가야 하는 방법이 있다는 것과 한 세대를 두고 기다려야 한다는 것을 헤아리지 않고서, 분발하고 격려激勵되어 얼마되지 않는 시간에 곧 태평성대를 이루려고 한" 행동은 이들만의 잘못이 아니라고 하였다.

기묘사화로 인한 조광조의 사사 이후, 선비들의 기운이 땅에 떨어져 마침내 비위를 맞추고 아첨하는 것을 자신을 보호하는 상책上策으로 삼고, 강직하게 말하고 행동하는 것을 처세處世의 큰 기휘忌諱로 삼으며, 부형父兄들은 훈계만 하고, 벗 사이에는 규계規戒가 없어졌으며, 꾸며서 부드럽게 말하는 사람이 한 시대의 제일가는 인물이 되었다고 하여, 상소를 통해 송세형은 당대의 선비들의 풍습을 강하게 비판하였다.

명분과 절개가 귀중한 것이고 염치廉恥가 숭상해야 하는 것임을 알지 못하니 간신이 나라의 위엄과 권세를 몰래 농간하게 되어도 누구 하나 임금을 위해 말하려고 하지 않을 것이라는 부분에 있어서는 이 상소가 목숨을 내건 극간極諫이라는 생각을 하게 한다. 여기에 더해 "그 사람들에게 본래부터 딴 마음이 없었음을 알면서도 한 쪽의 말을 치우치게 들어주는 과오가 있어서 더러는 확 풀리지 못하셨기 때문에 이 사람들의 죄도 역시 용서해 주어야 한다는 것을 알지 못하는 것"이라는 대목에서는 조광조에 대한 중종의 처우가 개인적인 감정에 의한 것이었음을 직접적으로 거론한 것이다. 아무리 송세형이 홍문관 부제학이라는 간관의 지위에 있다고 하더라도 이와 같은 말을 하기는 쉽지 않은 것이다.

이 상소에 대해 중종은 송세렴을 책망하는 어떤 언급도 하지 않았다. 다만, 신하를 바르게 사랑하고 아껴 그 목숨을 보존하게 하지 못하고 미처 바로잡을 수 없는 지경에 이른 뒤 그 죄를 다스렸으니 자신의 잘못이고 애석한 마음이 있지만, 그 때의 사정을 돌이켜보면 제지한다고 해도 고칠 수 없는 일이었고, 죄를 다스린 것도 여러 사람들의 뜻에 따른 부득이한 것이었다고만 했다. 신하의 과격하고 급박한 상소에 대해 조목조목 자신의 견해를 밝힌 것이다.

그러나 이와 같은 중종의 언급이 자신의 잘못을 인정한 것이라거나 과오를 시정하겠다는 뜻은 아니었다고 보인다. "조광조의 일은 내가 시말을 모두 알고 있다."라고 하고, 또 "이는 비록 그 사람들이 범한 일은 아니지만 당초에 발단을 열어놓은 사람들에게 어찌 그 잘못이 없겠는가."라고 하여 조광조를 비롯한 기묘제현己卯諸賢들의 잘못과 그들에 대한 자신의 처우가 타당한 것임을 명확히 했기 때문이다.

송세렴의 상소에도 불구하고 중종은 자신의 뜻을 꺾을 생각이 없었다. 그렇지만 중종은 자신의 잘못을 직접 거론하여 논란한 이와 같은 상소를 대하고서도 상소를 올린 신하를 나무라거나 격노하는 모습을 보이지 않았다. 그 내심이 어떠했는지는 확인하기 어렵지만, 최소한 상소에 대한 비답은 변명으로 일관되었을지라도 지극히 이성적이고 논리적이었다. 언로言路의 가치와 간관諫官 역할에 대한 이해 때문이었는지 아니면 임금이 되기까지 익힌 학습의 내용 때문이었는지는 모르지만, 이와 같은 비답을 지금과 비교해 보면, 언로의 자유는 이 당시가 더 열려있었던 것이 아닌가 하는 생각을 지우기 어렵다.

■ **역문**譯文

국가가 융성하고 쇠퇴하는 것은 선비들의 기운이 높으냐 낮으냐에 달려 있고, 선비들 기운의 높낮이는 임금이 좋아하고 싫어하는 것에 달려 있습니다. 그렇기 때문에 한漢나라 고조高祖가 유학자들을 멸시하여 꾸짖으며 선비들의 갓에 오줌을 누는 짓을 하자 선비들의 기풍이 시들게 되었고, 장우張禹 · 공광孔光 같은 무리가 근근이 제 몸만을 지키려 하자 천하가 역적 왕망王莽의 손에 들어갔었습니다. 광무光武가 독실하게 절개와 의리를 숭상하자 선비들의 기운이 새롭게 되어, 충성과 정직함을 깨끗하게 닦는 선비들이 잇따라 일어났습니다. 비록 조조曹操처럼 간사하고 교활한 사람도 오히려 명분과 의리를 두려워하여 죽을 때까지 감히 신하의 자리를 버리지 못했으니 선비 기운의 높낮이가 어찌 세상의 교화敎化에 관계되지 않을 것이며, 보고 느껴 떨쳐 일어나게 되는 기틀이 어찌 임금이 좋아하고 싫어하는 것을 벗어날 수 있겠습니까.

전하께서 왕위에 오르신 이래로 부지런히 애쓰며 다스림을 찾아 날마다 여가가 없이 하시며, 바르게 잡아주고 덮어 도와주어서 선비들의 기운을 떨쳐 일으키셨으니, 선蓄을 좋아하는 정성이 지극하다고 할 수 있습니다. 그러나 요즈음의 폐단을 살펴보면 사대부士大夫들 사이에서는 그릇이나 도량이 나약하여 정직하고 굳센 풍습을 볼 수 없고, 조정안에서는 행동과 습관이 연약하여 밝고 환하며 즐겁고 편안한 기운이 없습니다. 그 형세가 위아래가 모두 움츠러들고 만사가 확립되지 않아 뿔뿔이 흩어져버리고야 말 것 같으니, 이것이 어찌 다스려진 세상의 일이고 국가의 복이겠습니까.

성상께서 문왕文王처럼 인재를 키우려고 하는 좋은 뜻이 있으신 데도, 도리어 명분과 가르침이 씻은 듯 없어지고 기운과 절개가 떨쳐지지 못하는 현상이 나날이 심해지는 것은 도대체 무슨 이유이겠습니까? 이것이 어찌 전하께서 비록 선을 좋아하는 성의가 있지만, 좋아하고 싫어하는 사이에서 어느 것 하나를 치우치게 들어주는 과오가 있어서 그런 것이 아니겠습니까?

대체로 제왕帝王들은 인재를 성취시키고 배양하는 것에 지극하여 하지 않는 것이 없고, 아끼고 보존하는 것도 자기 자신을 아끼는 것처럼 할 뿐만이 아니어서, 감히 이치에 맞지 않는 일로 좌절시키지 않았으며, 한 사람이라도 굳세고 정직하며 바르고 곧아 의리를 좋아하는 신하가 있으면, 그의 장점은 취하고 그가 미치지 못하는 것은 바로 잡아주어서 소인小人들이 이간질 할 수 없게 했습니다. 그렇기 때문에 믿고 맡긴 것이 막중하여, 참으로 간사한 싹들을 눌러 복종시켰고 은연중에 재앙의 근본을 없앴습니다.

지난날 [기묘년의 일을 가리킨다.] 전하께서 날로 새로워지는 덕을 가지고 나라의 운세를 다시 일으키실 때, 밤낮으로 다스림을 계획하여 목마른 사람이 물을 찾듯이 어진 사람을 구하여, 10여 년 동안 처음부터 끝까지 이런 마음을 가지셨습니다. 그래서 한 두 신하들이 [조광조趙光祖와 김정金淨 등을 가리킨다.] 일생의 좋은 기회를 만났기에 스스로 경세제민經世濟民을 자신의 소임으로 여겨 말씀을 드리고, 나라의 일을 처리할 때 으레 옛 사람을 사모하였던 것입니다. 그러나 역량과 학문이 극진하게 성취되지 못했었기 때문에, 비록 선을 좋아하는 마음이 있기는 하였지만 생소生疏하여 현실에 합하지 못한 병폐가 없지는 않았습니다.

전하께서는 하루아침에 이들을 얻으시자 성의를 보이고 신임하여 말마다 들어주고 계책마다 따라주어, 과격하여 시행하기 어려운 일이라고 하더라도 일찍이 따져보고 헤아려 중도를 취하지 않으셨으며, 몇 해 사이에 계급을 뛰어넘어 현달顯達한 반열班列에 두고서 오래된 신하들의 의논을 모조리 배제하고 의심 없이 그들을 신임하셨습니다. 그 한두 신하들은 나이 젊고 과감하고 예리한 기운을 가졌으나 일을 겪은 것이 많지 않고 환란에 대한 생각을 깊이 해보지도 않은데다가, 또 그 자신들의 재질이나 덕이 그런 중대한 소임을 미처 감당하지 못할 것을 알아차리지 못하고서, 곧 알아줌만을 감격스럽게 여겨 보답하려고 생각했으나, 역량을 헤아려서 행할 수 없었기 때문에, 일을 시행하면 더러 당시의 사정에 어그러지는 경우도 있게 되었던 것입니다.

그러므로 여러 사람들이 마음속으로 싫어하여 괴롭게 여기고 자꾸 훼방하여 의혹을 만들어 성상의 은총이 그만 갑자기 바뀌어 죄책이 거듭 가해지고 지난날 융숭하게 총애하던 것을 조금도 돌아보거나 애석하게 여기지 않게 되셨던 것입니다. 그들이 중한 책임을 받고 있으면서 요란스럽고 촉박한 폐단을 만든 것은 비록 죄가 있다고 할 수 있지만 그들의 마음가짐을 따져본다면 다만 전하의 불세출의 알아주심을 믿고서 의심 없이 해간 것일 뿐입니다.

전하께서 평소에 그들의 과격함이 싫으셨다면 억제하였어야 할 것이고, 그들의 요란함이 싫으셨다면 진정시켰어야 할 것인데, 사정을 보아주고 우대하여 일찍이 억제하고 진정시키는 일을 하지 않으시다가 좌절시키신 것은 참혹했습니다. 그 한두 신하들은 신진新進으로 일을 겪어보지 않은 사람들인데 갑자기 주상主上의 은총을 입게 되니, 차근차근 해나가야 하는 방법이 있다는 것과 반드시 한 세대를 두고 기다려야 하는 일이 있다는 것을 헤아리지 못하고서, 분발하고 기운을 북돋우어 힘써 얼마 되지 않는 시간에 곧 태평성대를 이루려고 하였습니다. 그리하여 조정안에서 한 가지 일이라도 사리에 맞지 않는 것이 있으면 바로잡기를 그만두지 않아 반드시 조그만 잘못도 청명淸明한 전하의 교화 앞에 용납되지 못하도록 하려고 하여 일이 지나치게 과격하게 되어 갑작스럽고 점진적이지 못하였기 때문에 조정안에서 기쁘게 여기지 않는 사람들이 차츰 많아졌던 것입니다.

이 당시에 문필文筆의 조그만 재주를 가지고 종장宗匠의 자리에 있던 사람이 [남곤南袞을 가리킨다.] 처음에는 추천推薦하는 체하여 사림士林들에게 생색을 내며 명예를 얻는 꾀를 부렸지만, 그의 달콤한 말과 아양 떠는 작태가 사림들의 맑은 논의에 용납되지 못하여 일을 논할 때에 무수히 압도당하게 되었습니다. 그러자 노성老成을 자부하는 마음에 신진新進들에게 기롱과 멸시를 당하는 부끄러움을 견디지 못하여 시기하고 해害하려는 생각이 심해지게 되었습니다. 따라서 무고하게 모함하려는 술책이 더욱 교묘해져 어두운 밤 사람이 없는 틈을 타 대신大臣들의 집을 돌아다니며 기회를 엿보아 간사한 음모를 이루려고 하다가 실패하자, 다시 소인들과 종적을 감추고 모의하여 참소하는 말을 조작하고, 신하로서는 차마 할 수 없는 말을 하여 성청聖聽을 현혹시킴으로써 [당초에 조광조가 거세게 떨쳐 일어나 밝음을 세우고 낡은 제도를 새롭게 고쳐 즉각 한 시대의 풍속을 바꾸고자 하여, 하는 일마다 옛사람들이 한 것을 사모했다. 남곤이 간사한 마음을 품고서 관망하며 되도록이면 머뭇거리려고 하다가, 의논이 받아들여

지지 않아 업신여김을 받는 것이 부끄러워지자 제거할 음모를 꾸몄다. 이때에 정광필鄭光弼이 노성老成한 대신으로서 후중厚重하게 스스로를 견지하여 나이 젊은 사람들과 같이 일하기를 달갑게 여기지 않았는데, 남곤이 그의 행동에 다른 것이 있는 것을 엿보고서 남몰래 연합하여 모의하였다. 그래서 천인賤人의 의복으로 가장하고 깊은 밤을 틈타 찾아가 만나보고 가만히 그의 음모를 말했으나 정광필이 응하지 않았었다. 물러나와 심정沈貞을 만나보고 모의하자, 심정이 "상의 뜻을 알지 못하고서는 거사擧事할 수 없다."라고 했었다. 이때에 홍경주洪景舟의 딸 홍씨가 중종의 후궁으로 있으면서 상에게 총애를 받는데, 남곤이 심정과 함께 홍경주와 깊이 결탁하고 홍씨를 후로 삼아 상의 뜻을 엿보다가 참소讒訴하는 말을 조작하기를 "목자장군검木子將軍劍 주초대부필走肖大夫筆"이라고 했었는데, '목자木子'는 '이李'이고, '주초走肖'는 '조趙'이다. 이것은 대체로 태조太祖가 나라를 얻을 때의 참어讖語이니, 남곤 등이 이에 의하여 말을 만든 것이다. 이 유언비어가 상께 들어갔는데, 또 조광조 등이 잘못을 따져 아뢰어 정국공신靖國功臣 중에 외람되게 끼인 사람들을 쫓아 벼슬과 품계를 빼앗았으며, 또 환관宦官에게 처첩妻妾을 두지 못하도록 하려고 하였기 때문에 내부와 외부가 서로 결탁하게 되고 성상의 총애도 이미 변했었다. 남곤 등이 이를 알아차리고서 홍경주 등과 함께 밤에 신무문神武門을 열고 대궐에 외처대어 임금을 만나 뵙기를 청하여 변고를 알리기를, "조광조 등이 공사公事를 핑계로 사사로이 욕심을 채우기 위해 법을 어지럽히고 동류들과 결탁하여 종사宗社를 위태롭게 하려고 한다."고 했다. 상이 크게 놀라 조광조 등을 모조리 불러들여 대궐 뜰에서 때려죽이려고 했었는데, 정광필이 머리를 조아리며 극력 간언한 것에 힘입어 정지되고, 조광조 이하를 차등을 두어 귀양 보내거나 죽였다. 자세한 것은 기묘년 11월 15일 이후의 『정원일기政院日記』에 실려 있다.] 사사로운 원한을 앙갚음했습니다. 그들이 거짓말로 옭아매고 해친 자취는 성상께서도 환하게 알고 계신 바입니다.

사림들의 화禍가 한번 일어나자 죄를 꾸며 얽어 넣는 옥사獄事가 한꺼번에 일어나게 되어 [처음에는 김정金淨·기준奇遵을 사사賜死하지 않았는데, 뒤에 명을 어겼다고

상上소疏와 비批답答

무고誣告하여 옥사를 꾸며 내어 마침내 사사하였다.] 일망타진一網打盡이란 말이 송宋나라 조정에만 있지 않게 되고, 무오戊午[김일손金馹孫 등의 사화史禍를 가리킨다.]·갑자甲子의 화禍와 함께 똑같이 되어버리고 말았습니다. 아아, 무오·갑자의 화는 어둡고 어지러운 조정에서 있었던 일이라 몹시 괴이하게 여길 것이 없지만, 일찍이 당당하고 성스러우며 밝은 조정에서 그와 같은 참혹한 화가 있을 줄 상상이나 했겠습니까?

그들의 계책이 한번 행해져 한때의 권력이 모두 그들의 손에 돌아간 뒤로부터는 지난날 전하께서 헤아려서 세웠던 좋은 법과 아름다운 정책을 [현량과賢良科와 『소학』 가르치는 법 및 향약鄕約 등의 일이다.] 일체 도로 없애버렸습니다. 그 한두 신하들이 비록 더러 죄가 있기는 하였습니다마는, 그러나 그들이 시행했던 일들은 곧 선왕先王들의 남긴 뜻에 근본한 것이고 전하께서도 시행하고자 하시던 것이었는데 이제 도리어 이를 죄로 삼았으니, 헐뜯어 죄를 꾸민 자들의 거짓을 또한 알 수 있습니다.

심지어는 그 사람들이 염치廉恥를 숭상한 것을 미워했는데 염치를 숭상한 것을 죄줄 수가 없었으므로 거짓으로 이름을 구했다고 배척하였고, 그들이 기개와 절의가 있었던 것을 미워했는데 기개와 절의가 있는 것은 곧 국가에 이로운 것이지 그들의 한 몸에 이로운 것이 아니므로 일 만들기를 좋아했다고 죄주었고, 그 사람들이 학문을 좋아한 것을 미워했는데 학문은 폐지할 수 없는 것이므로 정도正道에 어긋나는 곡학曲學이라고 배척했습니다. 『소학』과 『근사록近思錄』은 곧 학문하는 데에 긴요하고도 절실한 책인데 그 사람들이 숭상했던 것이니 화란禍亂의 발판이라고 지목하였으므로 사람들이 감히 들여다보지도 못하고 감히 집에다 간수하지도 못하였으며, 부형父兄들이 일찍이 자제들을 가르치고 훈계訓戒할 때에도 한 사람이라도 이 책의 글을 언급할까 걱정했습니다. 어진 인재를 추천하는 법도 『영갑令甲』에 실려 있는데 그 사람들이 일찍이 시행하던 것이기 때문에 폐지하고 거행하지 않으며, 스승과 제자 사이의 가르침도 이전 시대부터 전해 오는 것이지만 그 사람들이 일찍이 하던 것이기 때문에 전수傳授하지 못하게 했고, 하나라도 말이 바르고 행동이 정직한 사람이 있으면 떼 지어 배척하고 사람들이 멸시하여 반드시 몸을 둘 데가 없게 하였으니, 도학道學을 위학僞學이라고 규정하여 금지시킨 것에 가깝게 되지 않은 것이 거의 없었습니다.

이렇게 한 뒤로부터 위에서는 아래에 대해 한갓 자리나 채우는 사람이나 취하고, 아래에서는 위에 대해 구차하게 부귀富貴만 사모하고 여타의 일은 돌아보지 않게 되었습니다. 비록 사업에 뜻을 둔 사람이 있다고 하더라도 또 지나치게 경계하고 두려워하여 여기저기를 따져보느라 생각하고 있는 바를 펴지 못했습니다. 평상시에 시키는 대로 고분고분 순종만 하고 지내다가 갑자기 안전과 위태로움의 기틀을 잠깐 사이에 결단해야 할 일이 생기게 되면 도리어 어리둥절하여 서로 돌아보기만 하고 어찌할 줄 모르고, 전하께서 해 가시는 일에서 시행하고 있는 것도 믿음을 받게 되는 것이 없었습니다. 대신들은 눈앞에서 이미 그렇게 되어 가는 것을 익히 보았기 때문에, 스스로를 의심받을 수 있는 중대한 지위라고 여겨 제 마음대로 결정하고 행동한다는 소리를 싫어하고 또 일을 담당하다가 해를 입는 것을 염려하게 되어, 우물쭈물 구차한 짓을 하여 되도록 흔적이 남는 것을 피하려고 했었는데, 이런 어리석고 둔한 풍습이 사람들의 이목耳目에 물들게 되었습니다.

혹시 한 몸의 이해를 헤아리지 않고 벼슬에 나아가 직무를 충실히 수행하는 것이 자기 직분에 당연한 일이 된다는 것을 아는 사람이 있으면 [김안국金安國과 이언적李彦迪 등을 가리킨다.] 비록 재상宰相이나 대각臺閣의 반열에 있는 사람이라고 하더라도 사람들이 모두 표적으로 삼아 손가락질하여 비웃었고, 심지어는 공공연히 멋대로 욕하고 헐뜯어 기필코 저지하고 억제한 다음에야 만족하게 여겼습니다. [봉상시 정奉常寺正 이몽필李夢弼이 일찍이 언관言官이 되어 경연經筵에서 아뢰기를 "당연히 현량과賢良科를 복구해야 한다."고 했었는데, 당시 의논이 이 주장을 꺾게 만들어 여러 차례 외방外方 고을에만 있게 했었다. 이를 가리킨 것이다.] 그러므로 비위를 맞추고 아첨하는 것을 자신을 보호하는 상책上策으로 삼고, 강직하게 말하고 행동하는 것을 세상을 살아가는 데 있어 가장 크게 꺼리고 피해야 할 일로 삼으며, 부형父兄들은 진함陳咸과 같은 훈계만 하고 붕우朋友 사이에는 이응李膺과 같이 바르게 경계하는 일이 없었으며, 꾸며서 부드러운 말을 하는 사람이 한 시대의 제일가는 인물이 되었습니다. 스승에 대해서도 겸손하고 온순한 행동을 하는 것을 드러나게 금하게 되고, [한때에 태학太學의 기재 유생奇齋儒生이 나이대로 앉으려고 했었는데, 지사知事 성세창成世昌이 크게 노하여 제지했었고, 또한 경연經筵에서 아뢰었다.] 분포紛袍의 생도生徒들은 의리지학義理之學을 듣기 싫어하게 되었습니다. [송인수宋麟壽가 대사성大司成으로 있을 때에 스승으로서 제생諸生에게 "유자儒者들은 이익과 녹봉만 마음에 두어서는 안 되고 의리지학을 탐구해야 한다."라고 했었는데, 생원生員 송구宋駒와 이순효李純孝가 나와서 입술을 삐쭉하며 말하기를 "녹봉을 받을 수 있으면 그만이지 의리지학을 해서 무엇 하는가?"라고 했다.] 그래서 다시는 명분과 절개가 귀중히 여겨야 하는 것이고 염치廉恥가 숭상해야 하는 것임을 알지 못한 채 쇠퇴한 지 20년의 오랜 세월이 흘러 오늘날에는 아주 결단 나버렸습니다. 구차하고 보잘 것 없는 풍습이 한 결 같이 이에 이르렀으니, 혹시라도 나라를 그르칠 간신이 나라의 위엄과 권세를 몰래 농간하더라도 누가 전하를 위해 말하려고 하겠습니까? 지난번의 일이 [김안로金安老 등이 권세를 독차지하여 저들 멋대로 한 일을 가리킨다.] 또한 귀감 삼을 만합니다.

삼가 살피건대 전하께서 근년近年 이래로 허물이나 잘못을 깨끗이 씻어주기를 생존한 사람이나 죽은 사람이나 차이가 없게 하셨으니, [정유년에 김안로를 벤 뒤 기묘년의 사람들을 모두 조정으로 소환하되 이미 죽은 사람에게는 관직을 추가로 주었다. 심정沈貞·이항李沆 및 당黨으로 연루되었던 사람에게도 모두 관직을 복구해 주었으며 생존한 사람들은 모두 조정으로 소환했었다. 유독 조광조·김정·기준에게만 관직을 복구해 주지 않았었다.] 좋아하고 미워하는 것의 공정함이 사람들의 마음이나 눈을 흡족하게 하였는데, 기묘년 사람들에게 베푼 그처럼 큰 은덕도 유독 한두 사람에게는 미치지 못하였으니 어찌 성스러운 조정의 애석한 일이 아니겠습니까. 만일 그때의 사정을 논하기로 한다면 요란하고 촉박하게 했었으니 비록 죄가 없을 수는 없으나, 역시 추종하는 사람들이 더러 적임자가 아니어서 자신에게 간절한 학문은 힘쓰지 않고 한갓 괴이하고 과격한 버릇을 숭상하였던 것입니다. 그 중에 조광조와 같은 사람은 평소 언어와 행실에 흠이 없었고 죽음에 임해서도 마음과 뜻이 변하지 않아서 불의不義는 비록 억지로 따르게 하여도 하지 않았으니, 지금까지 지하에서도 원통함을 씻지 못하고 있습니다.

은혜가 베풀어지는 것이 이미 죽어서 썩은 뼈에 무슨 상관이 있겠습니까마는, 삼가 생각하건대 지금 이후로는 나라의 일을 세우고 밝히는 사람들이 조광조로 경계를 삼아 감히 힘을 다하지 않게 될까 싶습니다. 그 당시의 사람들 중에 드러나게 죄받을 짓을 한 사람은 말할 것이 없지만, [김식金湜이 망명亡命했다가 죄받은 것을 가리킨다.] 그 사이에는 더러 꾸며낸 애매한 상황에 놓여 있어 지하에서 원통함이 전혀 없지 않습니다. 전하께서는 존귀尊貴하시어 신인神人의 주인이시면서도 풀리지 못한 지하의 원통과 날로 나빠지는 인심人心을 보고만 계십니다. 어찌하여 씻어주고 격려해 줄 방도를 생각하지 않으십니까?

전하께서 선善을 좋아하는 마음은 더 논할 것이 없지만, 그 사람들에게 본래부터 딴 마음이 없었음을 알면서도 한쪽의 말을 치우치게 들어주는 과오가 있어서 더러는 확 풀리지 못하셨기 때문에 이 사람들의 죄도 역시 용서해 주어야 한다는 것을 알지 못하시는 것입니다. 신들이 삼가 염려하는 것은, 이때에 좋아하고 미워하는 것을 공정하게 하시는 모습을 통쾌하게 보여주려고 하지 않으신다면 선비의 기운을 다시는 떨치게 할 수 없고 풍속을 다시는 바로잡을 수 없어, 앞으로 나라의 일을 해갈 수 없게 될까 하는 것입니다. 삼가 전하께서는 신들의 말을 잘 살펴보시고 오늘날 이런 폐해를 가져오게 된 것을 따져 보소서. 그리하여 분개하고 반성하시어, 한편으로는 옳음과 그름을 분명하게 밝혀내고, 한편으로는 이미 추락한 인심을 만회하기를 도모하신다면, 국가에 이보다 다행함이 없겠습니다.

國家之興替, 係於士氣之汚隆, 士氣之汚隆, 由於人主之好惡. 故漢高慢罵溲溺, 而士習委靡, 張禹孔光之徒, 僅保身首, 而天下移入於賊莽之手. 光武敦尙節義, 而士氣一新, 淸修忠謹之士, 踵擧竝起. 雖以曹操之奸猾, 猶知畏名義, 而終身不敢去臣位, 則士氣之汚隆, 豈不有關於世敎, 而觀感興起之機, 豈外於人主之好惡哉. 殿下臨御以來, 孜孜求治, 日不暇給, 匡直輔翼, 振作士氣, 其於好善之誠, 可謂至矣. 而竊觀近歲之弊, 士夫之間, 器宇厭厭, 不見正直剛大之習, 朝廷之上, 習熟軟美, 無有光明樂易之氣. 其勢將至上下頹靡, 萬事不立, 泮渙離散而後已, 是豈治世之事, 國家之福哉. 聖上旣有文王作人之美意, 而反至於名敎掃地, 氣節不振, 日甚一日者, 抑何故歟. 豈非殿下, 雖有好善之誠, 好惡之間, 不能無偏聽之累而然哉.

夫帝王之於人材, 成就培養者, 無所不極, 其至愛惜保全之者, 不啻若自愛其身, 不敢以非理摧折之, 一有剛方好義之臣, 則取其所長, 而救其所不及, 不使小人得以間之. 故倚任之重, 眞足以鎭服奸萌, 潛消禍本矣. 頃者, [指己卯年事] 殿下以日新之德, 撫運中興, 夙夜圖治, 求賢如渴, 十餘年間終始此心, 而一二臣僚 [指趙光祖金淨等] 生逢盛際, 自以經濟爲己任, 發言處事, 動慕古人, 而器業未盡成就, 雖有好善之心, 未免生疎齟齬之病. 殿下一朝得之, 推誠相信, 言聽計從, 過激難行之事, 未嘗裁度就中, 而不數年之間, 超致顯列, 盡排舊臣之議, 而任之不疑. 彼一二臣者, 以年少果銳之氣, 更事不多, 慮患不深. 且不知身之才之德之未可以當此重任, 方且感激知遇, 思所報效, 不能量力而行, 以致設施之或拂於時宜. 故群情厭苦, 積毁成疑, 聖眷忽轉, 罪責荐加, 以前日寵待之隆, 不少顧惜. 彼受人重任, 而有紛擾迫促之弊者, 雖曰有罪, 原其設心, 只恃殿下不世之遇, 而行之不疑耳.

殿下於平日, 惡其過激, 則裁抑之可也, 惡其紛擾, 則鎭定之可也, 而假借優待, 不曾有裁抑鎭定之事, 而所以摧折之者慘矣. 彼一二臣者, 以新進不更事之人, 驟蒙主上眷遇, 不挨漸磨之有道, 必世之有期, 奮發激勵, 乃欲以期月之間, 立致太平. 凡朝廷之上, 一事不盡合理, 繩糾不已, 必欲使毫髮之疵, 不容於淸明之化, 事歸矯激, 卒遽無漸, 朝廷之上, 不悅者滋多, 而當時之籍文墨諛才, 致身於宗匠之地者 [指南袞] 初若薦推, 市恩於士林, 以售沽名之計, 而及其甘言媚態, 不爲淸議所容, 論事之際, 多被壓倒. 以老成自負之心, 不耐新進譏侮之恥, 忌狠之念旣甚. 擠陷之術益巧, 乘昏夜無人之隙, 狙伺大臣之門, 冀逐其邪謀而不中, 則又與陰類, 藏踪合謀, 假托讖語, 至加以臣子不忍道之言, 熒惑聖聽. [初光祖慨然欲建明更張, 立變一時之俗, 動慕古人之事. 南袞懷奸觀望, 務欲媸娸, 論議矛盾, 恥其輕侮, 陰謀排除. 時鄭光弼以老成大臣, 厚重自持, 不樂與年少同事, 袞窺其有形迹之異, 陰欲連謀, 乃假爲賤人衣服, 乘夜深往見, 潛告其謀, 光弼不應. 乃退見沈貞而謀之, 貞曰不知上意, 不可擧事. 時洪景舟之女洪氏, 方以嬪御, 得寵於上, 袞與貞, 深結景舟, 約洪氏爲援, 潛伺上意, 乃作讖語曰, 木子將軍劍, 走肖大夫筆. 木子者, 李也, 走肖者, 趙也. 此蓋太祖得國之讖, 袞等因之, 以爲說也. 飛語上聞, 且光祖等, 論啓追奪靖國功臣之僞濫者, 又欲使宦官不得畜妻妾, 以此內外交謗, 聖意旣移, 袞等知之, 乃與景舟等, 夜開神武門, 叫閤請對, 上變告曰, 光祖等藉公行私, 變亂憲章, 締結朋比, 圖危宗社云. 上大駭, 欲盡召光祖等, 撲殺於闕庭, 賴鄭光弼叩頭極諫, 乃止, 誅竄光祖以下有差. 詳見己卯年十一月十五日以後日記] 以酬其私怨. 其誣罔賊害之迹, 聖上所洞照也.

士林之禍一起, 羅織之獄俱作, [金淨奇遵, 初不賜死, 後誣以亡命, 簍斐成獄, 遂賜死] 一網打盡之言, 不獨在於宋朝, 而與戊午 [金馹孫等史禍甲子之禍, 竝爲一途. 嗚呼! 戊午甲子之禍, 在昏亂之朝, 無足深怪, 而曾謂堂堂聖明之朝, 有如此慘酷之禍哉. 自其計一行, 一時之權, 盡歸其手, 然後乃取前日殿下所商確建立之良法美政, [賢良科小學之法, 及鄕約等事] 一切反之. 彼一二臣者, 雖或有罪, 而然所行者, 乃本先王之遺意, 而殿下之所欲行者, 今反以是爲罪, 讒者之情僞, 亦可知矣. 甚者, 嫉其人之尙廉恥, 而廉恥不足以爲罪, 則以釣名斥之, 嫉其人之有氣節, 而氣節乃國家之利, 而非其身之利也, 則以喜事罪之, 嫉其人之好學問, 而學問不可廢也, 則以曲學排之. 小學近思錄, 乃學問要切之書, 而以其人之所尙, 指爲禍亂之階, 人不敢窺, 家不敢藏, 父兄子弟之所嘗敎戒者, 恐一人言之, 或涉於是書也. 至如薦賢之法, 載在令甲, 而以其人之所嘗行也, 廢而不擧, 師弟訓誨, 傳自前代, 以其人之所嘗爲也, 使不得傳授, 一有言方行直之人, 群排而衆侮之, 必使無所容措其身, 其不近於僞學之禁者, 蓋無幾矣.

自此之後, 上之於下, 徒取充位, 下之於上, 苟慕富貴, 不顧其他. 雖有志事業者, 亦且懲羹而吹齏, 左右顧忌, 莫能展布其懷. 當平居之時, 唯唯諾諾, 卒若有安危之幾, 決於須臾之頃者, 則顧乃錯愕相顧, 而莫能誰何, 殿下之所以施於事爲者, 亦無所取信. 故爲大臣者, 習見目前已然之故, 自以地嫌位重, 旣惡專擅之名, 又慮當事之害, 依違苟且, 務避形迹, 偸靡之習, 染人耳目. 間有不計一身之利害, 唯知當官職任, 爲分內事者, 則 [指金安國·李彦迪等] 雖在宰相臺閣之列, 人共標的而指笑之, 甚者, 公肆詆毁, 必使沮抑, 然後爲快. [奉常寺正李夢弼, 嘗爲言官, 於經筵啓以爲, 當復賢良科, 時論詘之, 累歷外邑, 蓋指此也] 故以依阿模稜, 爲保身之上策, 危言危行, 爲處世之大忌, 父兄有陳咸之戒, 朋友無李膺之規, 修飾軟語者, 爲一代第一人物. 至於函丈之間, 顯禁遜弟之行, [一時太學寄齋之儒, 欲爲年齒之坐, 知事成世昌大怒止之, 亦於經筵啓之] 粉袍之徒, 厭聞義理之學. [宋麟壽之爲大司成也, 常於函丈, 告諸子曰, 儒者不可但以利祿爲心, 當究義理之學云. 生員宋駒李純孝, 出而反脣語曰, 但能干祿, 而何用理學爲].]
不復知名節之可貴, 廉恥之可尚, 陵夷二十年之久, 今日之毁敗極矣. 偸靡之習, 一至於此, 則設有誤國之奸, 竊弄威權, 誰肯爲殿下言之哉. 頃者之事, [金安老等專權自恣事] 亦可鑑矣.

伏見殿下, 近年以來, 滌瑕蕩垢, 存沒無間, [丁酉歲, 誅金安老後, 己卯之人, 皆召還朝, 已死者追給爵牒. 至於沈貞李沆及坐黨之人, 悉復爵牒, 生存者, 皆召還朝. 獨趙光祖金淨遭不復爵.] 好惡之公, 可以洽人心目, 而至於己卯之人, 霶霈之恩, 獨不及於一二, 豈不爲聖朝惜哉. 若論其時之事, 則紛擾迫促, 雖不得無罪, 然亦從之者, 或非其人, 不務切己之學, 徒尙詭激之習, 而其間如趙光祖者, 平居而言行無玷, 臨死而心志不變, 其於不義, 雖迫之而不爲, 至今未得伸寃於地下. 恩典之施, 何關於已死之朽骨, 竊恐自今以後, 建明國事者, 以光祖爲戒, 而莫敢盡力. 一時之人, 顯被罪犯者則已矣, [指金淨亡命而受罪] 其間或有羅織齮齕之狀, 不盡無寃於冥冥. 殿下貴爲神人之主, 而坐視幽寃之未解, 人心之日偸, 何不思所以滌蕩而激勵之乎.

殿下好善之心, 曾無所可議, 旣知此人之心, 本自無他, 而偏聽之累, 或未能頓釋, 故不知此人之罪, 亦在可恕. 臣等竊恐當此之時, 不肯快示好惡之公, 則士氣不復可振, 風俗不復可救, 而將無以爲國矣. 伏願殿下熟察臣等之言, 以究今日致此之弊, 而慨然反省, 一以昭晰已往之是非, 一以圖回已墮之人心, 則國家幸甚.

上疏와 批答

331

답하였다.

"이 상소를 보건대, 대체로 '임금이 절의節義를 숭상하고 선비들의 기운을 진작振作시킨다면 비록 간웅奸雄이 있다고 하더라도 틈을 엿보지 못할 것이며, 신하된 사람의 절의는 하루도 없어서는 안 되는 것'이라는 이 말은 당연하다. 그리고 '전하께서 그들의 과격함을 싫어하셨다면 억제했어야 하고 그들의 요란함을 싫어하셨다면 역시 진정시켰어야 했다.'는 이 말도 당연하다.

임금이 신하를 사랑하고 아끼는 도리를 이처럼 하여 처음과 마지막을 보존할 수 있게 한다면 어찌 아름다운 일이 아니겠는가. 이와 같이 하지 못하여 미처 바로잡을 수 없는 지경으로 서서히 몰아갔다가 사람들의 마음이 분하고 노여워지게 된 다음에야 죄를 다스렸으니, 비록 내가 잘못한 것이기는 하지만 그때의 사정을 살펴보면 당초에는 애석한 마음이 없지도 않았다.

당시의 대신들이 어찌 모두 그른 사람들이었겠는가. 노성老成한 신하들이 바로 잡으려고 했던들 그 사람들이 어찌 들으려고 하였겠는가. 비록 내가 제지하였던들 어찌 고칠 수 있었겠는가. 그 뒤에야 죄를 다스린 것은 내가 여러 사람들의 뜻에 따라 부득이 그렇게 했던 것이다.

조광조의 일은 내가 처음과 끝을 모두 알고 있다. 처음에는 비록 과연 취할 만한 일이 있기도 했지만 뒤에는 오래된 신하들을 배척하고 옛 법을 바꾸고 어지럽혔으며, 가장 공정해야 할 과거科擧에 있어서는 스스로 사람을 추천하여 천거과薦擧科라고 하였고, 이후에 조정의 공론이 그것이 잘못되었다고 하여 폐지하기를 청하면, 자기 뜻대로 안 된다는 것 때문에 반란反亂을 꾀하는 자가 있기까지 했었다. [이는 안처겸安處謙이 처음에 현량과賢良科에 참여했었다가 나중에 반역을 도모한 것 때문에 처형된 것을 가리킨다.] 이는 비록 그 사람들이 범한 일은 아니지만 처음에 발단을 열어놓은 사람들에게 어찌 그 잘못이 없겠는가.

요즈음 조정에서는 권력 있는 신하에게 붙은 지엽枝葉적인 사람들에게도 죽은 뒤에 관직을 좇아 빼앗고서 [장순손張順孫·황사우黃士佑·민수천閔壽千·이임李任이 모두 김안로金安老에게 붙은 죄로 죽은 뒤에 관직을 좇아 빼앗았다.] 아직도 도로 내주지 않은 사람이 있는데, 하물며 그 이전의 사람이겠는가? 내 생각에는 경솔하게 의논할 수 없을 듯하다. 요사이 선비들의 풍습이 아름답지 못한 것과 염치를 숭상하지 않는 것은 상하가 늘 우려하고 있는 일이다."

答曰:

"觀此上疏, 大抵人君崇尚節義, 振作士氣, 則雖有奸雄, 不得窺其間矣. 人臣之節義, 所不可一日而無, 此言當然. 其曰殿下惡其過激, 則裁抑之可也, 惡其紛擾, 則鎭定之亦可也, 此言亦當. 人君愛臣之道如此, 而終始保全, 豈不美哉. 不能如此, 而馴致於無及可救, 因人心憤激, 然後治罪, 雖予之所失, 觀彼時之事, 初雖不無愛惜之心. 當時大臣, 豈盡非人乎. 老成之臣, 雖欲救之, 彼人豈肯聽從乎. 予雖止之, 豈其能改乎. 厥後治罪者, 予從衆意, 不得已而然也. 趙光祖事, 予皆知首尾, 初雖果有可取之事, 後則排耆舊之臣, 變亂舊章, 至於科擧大公也, 而自相薦人, 名之曰薦擧科, 後朝論非之, 請罷之, 則因其憤憤, 至有反亂者. [此指安處謙初參賢良科, 後以圖爲不軌, 誅] 此雖非其人之所犯, 開端於初者, 豈無其失乎. 近者朝廷, 如權臣枝葉附會者, 死後追奪職牒, [張順孫黃士佑閔壽千李任, 皆以和附金安老之罪, 追奪官爵於旣死之後] 尚有不還給者, 況已往者乎. 予意似不可輕議也. 近來士習之不美, 不尚廉恥之事, 上下每憂之."

333

현명한 신하 조광조의 죽음이
어찌 왕께서 관계없다 할 수 있겠습니까?

1544년(중종 39) 갑진년甲辰年 5월 29일
성균관 생원成均館 生員 신백령辛百齡 · 한지원韓智源

■ 저자 소개

신백령辛百齡 : 생몰년 미상. 『의과방목醫科榜目』의 기록에 따르면, 선조宣祖 39년 (1606) 병오년丙午年 증광시增廣試 2등二等 1위를 한 인물이 신춘남辛春男인데, 신춘남에 관한 기록을 살펴보면 부친이 전의감 판관典醫監判官을 지낸 신희수辛希壽이고, 조부가 소격서 참봉昭格署參奉을 지낸 신소격辛昭格이며, 증조부가 참봉參奉을 지낸 신백령辛百齡, 처부가 혜민서 주부惠民署主簿를 지낸 김전金磚이라고 되어 있다. 이로 보아 신백령은 성균관 생원을 거쳐 참봉을 지낸 인물로 이후 별다른 벼슬을 하지는 못한 인물이 아닌가 생각된다. 『회답겸쇄환사 동사원역록回答兼刷還使同槎員役錄』을 보면 그의 증손 신춘남은 1607년(선조 40) 여우길呂祐吉을 상사로 하여 일본에 파견된 회답 겸 쇄환사에서 치종교수治腫敎授 박인기朴仁基와 함께 의관醫官 2원 중 한 사람이었던 혜민직장惠民直長이었다고 보인다.

(『의과방목醫科榜目』·『조선왕조실록朝鮮王朝實錄』·『회답겸쇄환사 동사원역록回答兼刷還使同槎員役錄』)

한지원韓智源 : 1514년(중종 9)~1562년(명종 17). 조선 중기의 문신으로, 본관은 청주淸州이고, 자는 사달士達, 호는 청련靑蓮이다. 한계희韓繼禧의 증손으로, 조부는 한사신韓士信이고, 아버지는 도정都正 한석韓碩이며, 어머니는 윤지준尹之峻의 딸이다. 윤박尹璞의 딸과 혼인하여, 한술韓述, 한회韓懷 등의 아들을 두었다

1537년 진사시에 합격하였으며, 1544년(중종 39) 성균관 유생으로서 신백령辛百齡 등과 함께 조광조趙光祖의 신원을 요청하는 상소를 올렸고, 같은 해 별시 문과에 병과로 급제하여 검열檢閱 · 정자正字 · 홍문관 수찬弘文館修撰, 공조 좌랑工曹佐郎 등을 지냈다. 1545년 이기李芑, 정순붕鄭順朋 등이 을사사화乙巳士禍를 일으키자 안명세安名世가 이 사건의 전말을 기록한 「시정기時政記」를 썼었는데, 1548년 이기 등이 자신들의 행위를 정당화하기 위해 『무정보감武定寶鑑』을 찬집하려 할 때, 한지원이 안명세가 쓴 시정기의 내용을 이기와 정순붕에게 밀고하여, 안명세 및 시정기와 관련된 여러 사람들이 처형당하는 사건이 발생하였다.

1548년(명종 3) 이조 좌랑吏曹佐郎으로 춘추관 기주관春秋館記注官을 겸임하여 『중종실록』의 편찬에 참여하였다. 이후 지평持平 · 교리校理 · 정랑正郎 · 사간원 헌납司諫院獻納 등을 역임하였으며, 1552년 1월 21일 인천도호부仁川都護府 도호부사都護府使에 부임하였다가 같은 해 12월 24일 모친상을 당하게 되면서 임지를 떠났다. 1553년 사가독서賜暇讀書를 할 당시 윤원형尹元衡 등 권신에 아부하여 탐학을 일삼았다는 탄핵을 받고 삭탈관직 되었다가 1555년 복관되었다. 1557년 성천부사가 된 뒤, 박천군수 등의 외직을 역임하였다. 문장에 뛰어나 당대의 문학사文學士로 일컬어졌으며, 저서로 『삼체집三體集』이 있는데, 한지원과 그의 아들인 한술 · 한회가 쓴 시문을 모아 편집한 것이다.

(『국조인물고國朝人物考』 · 『삼체집三體集』 · 『조선왕조실록朝鮮王朝實錄』 · 『한국민족문화대백과사전』 · 『한국한자어사전韓國漢字語辭典』)

이 글은 기묘사화己卯士禍로 사사賜死당한 조광조趙光祖의 신원을 청한 성균관 유생들의 상소이다. 상소의 주체는 성균관 유생이고, 상소의 대표자 [소두疏頭]는 신백령辛百齡과 한지원韓智源이었던 듯한데, 한지원보다는 신백령이 상소 작성에 더욱 큰 역할을 한 것으로 보인다. 상소의 소두 중 한 사람이었던 한지원에 대해서는 생애의 개략적인 모습을 확인할 수 있지만, 신백령에 대해서는 현재 확인할 수 있는 자료를 그다지 찾을 수 없다.『조선왕조실록』을 살펴보면 신백령은 성균관 유생으로 중종 때 6건, 명종 때 3건의 상소를 올렸다는 것을 알수 있지만, 더 이상 그에 대해 파악할 수 있는 것이 없다. 현재 확인할 수 있는 『조선왕조실록』속 신백령의 상소 내용으로 볼 때 그의 성격이 관직 진출을 가로막은 결정적인 원인이 아닐까 생각되기도 한다.

이 상소는 중종의 잘못을 직접 거론하여 중종이 행동을 바꾸어야 한다고 주장한 것이라는 점에서 상소 중 가장 위험한 항소抗疏의 일종이라고 할 수 있다. 이 상소를 읽고 나면 이와 같은 상소가 지금 세상에서도 자유롭게 나올 수 있을까 하는 생각에서부터 만약 나온다면 그 사람은 어떻게 될까, 또 이런 상소를 올릴 수 있는 세상이라면 나라는 얼마나 달라질 수 있을까 하는 생각까지 다양한 생각이 머리를 스쳐가게 된다. 이 상소에서 중종은 한漢나라의 경제景帝나 문제文帝, 영제靈帝 · 환제桓帝와 비교되었고, 당 태종과 한나라 영제보다 못한 인물로 묘사되었으며, 조광조는 소망지蕭望之 · 이고李固 · 두교杜喬 · 가의賈誼에 비교되었다.

이 상소의 주된 내용은 조광조의 죽음에 중종의 책임이 상당하기 때문에 조광조의 원한을 풀어주고 관직을 추증해 주어야 한다는 것이다. 조광조와 중종의 관계는 한나라 선제와 소망지, 환제와 이고 · 두교, 경제와 조조보다 나은 것이었는데, 어진 신하 하나를 보호하지 못하여 충성스럽고 선량한 신하에게 해독害毒을 가해 죽은 뒤에도 용서하지 않는 것은 말이 되지 않는 다는 것이다.

이와 같은 일이 일어나게 된 이유에 대해 상소에서는 "중종이 덕을 굳게 지키지 않고, 옳은 일을 끝까지 하지 못하며, 어진 사람을 임명할 때에도 한 결같지 않아서 그 정성을 다하지 못하는 경우가 있었기 때문이니, 중종이 조광조를 죄준 것이 비록 본심은 아니었겠지만, 임금 마음의 깊고 얕은 부분을 간사한 사람들이 엿보게 한 행위를 면하지 못했으니, 중종도 책임을 벗어날 수 없다."라고 했다. 여기에 더하여 "중종이 조광조가 '과격했다'라고 하여 죄주고 '시끄럽게 고쳤다'라고 하여 죄주고 '조정을 요란하게 했다'라고 하여 죄주고 '원로들을 배척했다'라고 하여 죄주고 '마침내는 반란叛亂을 초래할 것이다'라고 하여 죄 주었는데, 조광조는 실지로 이런 죄가 있었던 것이 아니라 권세 있는 간신의 무리가 그런 죄를 만들어 억지로 끌어다 붙였던 것"이니, 조광조가 "임금에게 충성하고 나라에 헌신하려 한 마음을 끝내 믿어 주지 않고 밝혀 주지 않는다면, 조광조가 중종을 저버린 것이 아니라 중종이 조광조를 저버리는 것"이라고도 했다.

가의賈誼를 장사長沙에 버려둔 것은 한 문제漢文帝가 어쩔 수 없어 부득이하게 한 일이었지만, 후세에서는 임금의 은혜와 덕이 부족했다고 여기는데, 중종이 조광조를 죽이고, 죽은 뒤에도 오히려 용서하지 않는 것을 이것에 비교해 본다면 더 지나친 것이라고 했다. 중종이 그 당시에 자신의 잘못을 깨닫지 못했었더라도 뒷날에는 반드시 깨닫게 되었을 것이니, 당연히 조광조를 풀어 주어야 할 것인데도 지금까지도 죄를 주고 있어 신하들의 의혹이 더욱 심해진다는 것이다. 이런 일이 일어난 까닭에는 중종의 잘못이 전혀 없을 수 없는데도 그와 같은 잘못을 중종이 알지 못하고 있다는 것이다. 그러나 요·순 같은 사람이 아니라면 누구나 허물이 있으니 잘못했다가도 고칠 수 있다면 그보다 더 큰 선善이 없다고 했다. 이 말은 잘못을 고친다면 성종도 요·순, 공자, 성탕成

湯, 태갑太甲의 경지에 나아갈 수 있다는 것이다.

지금 세상의 여러 가지 재앙과 상서가 모두 임금의 정신과 마음의 움직임에 연유하는 것이니, 임금이 좋아하고 싫어하는 것을 분명하게 하지 않고 사邪와 정正을 분별하지 않는다면, 인심人心과 천리天理가 펼쳐지지 못하고 답답하여, 시간이 지날수록 온 나라의 공론이 더욱 격동하게 된다. 따라서 나라를 편안하게 하고 상서롭게 하기 위해서는 성정誠正의 공부를 더하고 정일精一의 학문을 극진하게 하며, 치우치는 사사로운 마음을 끊어버리고 밝은 마음의 본체本體를 확충하여, 대중의 심정에 따르기를 힘쓰고 천리에 맞게 일을 해 나가야 한다. 만약 그렇게 된다면 천지에 사邪와 정正이 제대로 드러나게 되고 맑은 성감聖鑑 앞에 좋아하고 싫어하는 것이 숨김없이 드러나, 사람을 알아볼 수 있는 도리가 극진해지게 될 것이라고 했다.

이 상소는 조광조에 관한 일을 중국의 고사와 비교하여 중종에게 조광조의 신원과 복직을 청하면서 여기에 더해 임금의 행동과 사고가 바르지 않으면 결코 훌륭한 나라를 만들 수 없기 때문에 무엇보다 임금이 스스로를 다잡기 위해 노력해야 한다고 극언한 글이다. 이 상소에 대해 성종은 "조광조가 어떻게 잘못이 없다고 할 수 있겠는가. 경솔하게 고칠 수 없다는 뜻을 이미 전에 상소를 울린 사람에게 답했으니 너희들이 반드시 들었을 것이므로, 지금 하나하나 들어 답하지 않는다."라고 하였다. 자신의 결정을 번복할 생각이 없다는 것을 분명하게 밝힌 것이다.

중종의 입장에서 조광조에게 우호적이며 그를 추종하는 사림 세력들은 여전히 거북하고 불편한 존재들이었을 지도 모르고, 조광조의 신원이 신하 앞에서 그 스스로 자신이 잘못했음을 고백하는 것 같이 느껴졌을 지도 모른다. 그 때문에 조광조의 신원과 추존, 복직을 요구하는 사림과 신하들의 상소를 들어주지 않았다고도 생각되는데, 이와 같은 중종의 태도는 사태를 진정시키거나 완화시키기보다 오히려 더 큰 문제로 만들게 된다. 상소에 나온 것처럼 잘못을 고친다면 누구나 요·순이 될 수 있지만, 그렇지 않고 잘못을 감추려 하거나 덮으려 한다면 잘못은 점점 커지게 된다. 특히 중종 같이 자신의 지위로 잘못을 덮고자 한다면 더 말할 것 없다.

조광조의 신원 문제는 중종 재위기간 내내 그를 괴롭히는 문제가 되었다. 끝내 고집을 부려 중종은 자신의 의지를 관철했지만, 이 문제는 이후 중종에 대한 평가를 부정적으로 만드는 중요한 요인이 되었다. 조광조의 신원 문제는 중종 이후로도 계속되어 선조 초 조광조가 신원되어 영의정에 추증되고 문묘에 배향될 때까지 쉬지 않고 계속되었다. 결국 중종의 뜻이 꺾인 것이다. 신원 이후 조광조는 그의 학문과 인격을 흠모하는 후학들에 의해 사당이 세워지고, 서원도 설립되었다. 1570년 능주에 죽수서원竹樹書院, 1576년 희천에 양현사兩賢祠가 세워져 봉안되었으며, 1605년(선조 38)에는 그의 묘소 아래에 있는 심곡서원深谷書院에 봉안되는 등 전국에 많은 향사가 세워졌다.

■ **역문**譯文

하늘의 이치는 밝고 밝아 일찍이 없어진 적이 없고, 백성의 마음은 꽉 막혀 있어서 불평이 있으면 터져 나오는 것입니다. 격려하든 억제하든 선善과 악惡이 저절로 구별되어, 말하고 글을 쓰는 사이에 『춘추春秋』의 의리가 엄격하니, 공론公論이 터져 나오는 것을 어찌 속일 수 있겠습니까. 사람은 죽고 일은 지나가버려 세월이 이미 오래되었지만, 오히려 이제 와서 그의 원통함을 하소연하려고 하는데, 가슴 아프고 절실한 마음이 오래되면 될수록 더욱더 깊어지는 것은 반드시 그러할 만한 까닭이 있는 것입니다.

선을 좋아하고 악을 싫어하는 것은 진실한 천성의 하나로 사람이면 누구나 본래 가지고 있는 것입니다. 군자가 소인의 모함을 받는 것을 보고, 그 불행함을 애처롭게 여기지 않을 수 없는 것은 대체로 그가 눈으로 보고 귀로 들은 것이 있어서 반드시 그의 마음이 동요되기 때문입니다. 그러므로 홍공弘恭 · 석현石顯이 모함하여 소망지蕭望之가 자살한 일을 두고 이전의 학자들이 당시의 임금을 비판하였고, 양기梁冀가 옥사獄事를 조작하여 이고李固 · 두교杜喬가 나란히 죽음을 당한 일을 두고 후대 사람들이 그 시대를 가슴 아파 했던 것입니다. 그러나 효원孝元은 유약하여 겁이 많았고, 환제桓帝는 어둡고 나약했기 때문에, 소망지나 두교 · 이고는 그 당시에만 화禍를 당하고 말았습니다.

오늘날에는 또 이보다 더 심한 일이 있습니다. [기묘년 사람들의 일을 가리킨다.] 임금께서 밝으시고 신하들이 어질기 때문에 모든 일이 조금 편안해져서, 임금과 신하가 뜻이 잘 맞는 천년에 한 번이나 있을 때이니, 이런 때에는 비록 군자의 행동을 끊어버리는 모함하는 말이 있다 하더라도 그 모함하는 말을 믿게 여기고 버려야 할 것입니다. 그런데 도리어 믿고 들어주어서 충성스럽고 선량한 신하들에게 해독害毒을 가해 죽은 뒤에도 용서하지 않으니, 악惡을 징계하고 선을 권장하는 도리에 있어서 어떻습니까? 이미 지나간 일은 이야기해 보아야 어쩔 수 없는 것이지만 앞으로의 일은 그래도 고칠 수 있으니, 주고 빼앗는 것을 분명하게 보여서 옳고 그름을 확정하여, 지금 세상에서도 분명하게 구분되고 후세에도 의심이 없게 해야 할 것입니다.

가만히 생각해 보면, 전하께서는 어질고 너그러우시며 굳세고 밝으신 자질로 끊임없이 날마다 새로워지려는 노력을 겸하셔서, 정직한 사람을 들어 쓰시고 바르지 못한 사람을 버려두시며 남의 장점을 따르고 자신의 단점을 버리시기를 40년 동안 하시는 중, 하신 일에 잘못된 것이 없어서, 나라를 다시 일으키신 위업이 옛날보다 빛나니 대체로 이 또한 지극히 아름다운 일입니다. 그러나 돌이켜보면 한 가지 일의 잘못으로 인해서 [기묘년 사람이 복직되지 않은 일을 가리킨다.] 그 사이에 허물이 없다고 할 수 없으니, 이전 시대에는 없었던 전하의 다스림이 모든 것이 다 훌륭한 것은 아니었던 지경으로 돌아가게 되어, 신들은 몹시 의심스럽습니다.

한漢나라 경제景帝는 형벌을 좋아한 임금이고, 조조鼂錯도 순수한 신하는 아니었으니, 진실로 모함하여 이간질하는 말이 들어가기만 하면 억울하게 죽는 것이 이상하지 않는데도, 이야기하는 사람들이 임금과 신하 사이의 의리가 결여된 것이라고 하기도 했었습니다. 그런데 전하와 같은 성스러우심으로도 오히려 어진 신하 하나를 보호하지 못해서야 되겠습니까. [조광조를 가리킨다.] 죄 없는 선비를 죽이는 것은 이미 융성한 시대의 일이 아닙니다. 10년이 지나면 사람의 일이 반드시 변하는데, 오랜 시간이 지나 오늘날에 이르러서도 일찍이 죄 없는 사람을 죽인 것을 후회하지 않으시니, 전하의 마음 쓰심이 너무도 잔인하고 지켜야 할 것을 잃은 것이라 하겠습니다. 아아, 유림儒林의 화가 한 결같이 이 지경에 이르러야 하겠습니까? 옛날에도 우리 조정처럼 심했던 적이 없었는데, 기묘년에 이르러서는 더욱 참혹하였습니다. 어찌 전하의 시대에 다시 무오년·갑자년과 같은 재앙이 일어나 난세亂世와 똑같은 일이라고 말하게 될 줄 알았겠습니까.

전하께서 인재를 가르치고 만들려고 하시는 마음은 세종·성종께서 인재를 북돋우고 기르시던 것에 부끄러울 것이 없으시지만 선비들의 기운이 땅을 쓴 듯이 다 없어지게 된 것은, 진실로 전하께서 기묘년 당시의 일에 대해서 분명하게 깨닫지 못하고 계시기 때문입니다. 그 중에서도 무고한 죄에 빠졌지만 끝내 드러내 밝히지 못한 두서너 신하가 있는데, [조광조·김정金淨·기준奇遵이 복직되지 못한 일을 가리킨다.] 신들이 감히 가장 뛰어난 신하 한 사람의 이름을 거론한다면 조광조가 바로 그 사람입니다.

조광조는 한평생 뜻과 행실에 숭상하는 것이 있었고 학업이 크게 이루어졌었는데, 신들은 진실로 그가 점차 발전해 온 연원淵源이 있음을 알고 있습니다. 우리나라에 군자가 없었다면 그가 무엇을 본받아 그렇게 되었겠습니까. 유학의 도가 동방으로 온 지 오래되었으니 반드시 전해진 것이 있었습니다. 대체로 조광조는 김굉필金宏弼에게서 전수 받고, [김굉필은 연산조의 사람으로 벼슬은 좌랑에 이르렀는데 살해되었다. 김종직金宗直을 스승으로 섬겨 성리학에 정밀하였고 또 실천하는 공부가 많았다. 중종 때의 기묘년에 일찍이 정몽주鄭夢周와 함께 문묘文廟에 배향하려고 했었는데, 대신大臣 정광필鄭光弼이 '비록 실천하여 자신을 닦은 실상이 있기는 하지만, 유학에 보탬이 된 공로가 없다.'라고 하여 실행하지 못했다.] 김굉필은 김종직에게서 전수 받고, 김종직은 고려조의 신하 길재吉再에게서 전수 받고, 길재는 정몽주에게서 전수 받았습니다. 염계濂溪의 주돈이周敦頤, 낙양洛陽의 정호程顥·정이程頤의 흐름을 거슬러 보고 수수洙水·사수泗水에서 강학했던 공자 학문의 근원을 탐구해 보고서, 조용히 안연顏淵·민자건閔子騫이 배우던 것과 이윤伊尹이 뜻하던 것을 스스로 자기 자신이 하겠다고 한 사람이니 어떻습니까? 진실로 정몽주 이후에 이 한 사람뿐입니다. 재질은 본래 왕의 보좌이고 도道는 충분히 남의 스승이 될 수 있으니, 비록 나머지 자잘한 찌꺼기만 가지고도 오히려 당唐·우虞 시대와 같은 다스림을 만들어 낼 수 있었는데, 하물며 전하처럼 지극히 성스러우신 분을 직접 만나서, 반드시 임금을 요·순과 같은 임금으로, 백성들을 요·순 시대의 백성으로 만드는 것을 자신의 임무로 삼아 마음과 힘을 다해 나간 경우는 어떻겠습니까?

　장성해서는 반드시 배운 것을 실천하여야 하고, 현달顯達해서는 천하와 선행을 같이해야 합니다. 성현의 글을 읽을 때에 배워야 할 것이 무엇이겠습니까? 제왕들의 시대가 비록 멀리 있지만 좋은 법들은 여전히 남아있으니 진실로 자신이 힘쓴다면 지금 세상도 옛날과 같을 수 있습니다. 대체로 이런 생각을 가지고 짧은 시간 안에 성주成周 백 년 동안의 교화를 크게 일으켜 보려고 했으니, 지금 시대를 애달프게 여기고 옛날을 사모한 것과 나라를 근심하고 임금을 근심한 평소의 마음은 진실로 아름다웠습니다. 그런데 어찌하여 공을 채 반도 이루기 전에 쌓인 훼방이 여기저기서 마구 생겨나, 죄도 없고 잘못도 없이 이처럼 처참한 변란變亂이 생겨 끝내 전하께서 어진 신하를 죽였다는 말을 면할 수 없게 하였습니까? 얼음과 숯은 같은 그릇에 담을 수 없고 사악함과 정도正道는 그 도道를 함께 할 수 없으니, 도가 같지 않으면 같이 계획하지 않는 것은 이치와 형세가 본래 그런 것입니다. 그렇다면 그런 변란이 생긴 것은 진실로 전하께서 일찍 구별해 보지 못했기 때문입니다. 닭을 기르면서 일찍이 고양이를 없애버리지 않은 것은 그 주인의 잘못이 아니겠습니까? 신들은 먼저 그 당시에 재앙을 만든 사악한 무리들을 토벌하고 임금의 마음을 바로잡을 말을 가지고 차차 전하께 올리도록 해야 하지 않을까 생각합니다.

누가 화禍의 단서端緖를 일으켜 지금의 병폐를 만들었습니까? 『춘추春秋』에서 죄악의 우두머리를 죽인 법으로 따져본다면, 남곤南袞과 심정沈貞은 죄악의 괴수들이라 할 수 있습니다. 이 두 사람은 본래 만족할 줄 모르는 소인으로 벼슬을 잃을 것만 근심하는 비루한 자들로서, 맑은 논의에서 용납되지 못하였고, 항상 꺼리고 피하는 마음을 품어 원한을 뼈에 쌓으며 기필코 변란을 일으키려고 한 것이 이미 하루아침이나 하루저녁이 아니었습니다. 그러나 다만 그럴 틈이 없어서, 인연을 찾고 빌붙을 것을 찾아 궁중宮中에 길을 터서, [홍경주共景舟의 딸 홍빈共嬪을 통하여 길을 튼 것을 말한다.] 전하께서 어진 사대부를 접하는 마음이 조금 태만해진 것을 알고서, 근거 없는 말을 교묘하게 꾸미고 감히 도리에 어긋나는 참언讒言까지 빌려 귀로는 들을 수 있을망정 입으로는 말할 수 없는 말을 하는 정도까지 이르러 점점 젖어드는 모함이 그 사이에서 행해지도록 했던 것입니다. 그런 뒤에는 또 억눌려 있는 두어 재상[홍경주와 성운成雲]을 부추겨 함께 계획해서 한밤중에 허름한 옷을 입고 북문北門의 자물쇠를 열고 들어가, 도적들이 몰래 도둑질하는 짓거리를 하고 여우나 살쾡이가 간사하게 유혹하는

343

작태를 행하여, 임금의 이목을 두려워 떨게 하고 선비들을 함정으로 밀어 넣어서 그들의 사사로운 원한을 갚았던 것입니다. 대략이 이와 같으니, 나머지는 다 거론하기 어렵습니다.

아아, 씹던 것을 뱉고 감던 머리를 움켜쥐고 나온 것은 주공周公이 어찌 우리들을 속이려고 한 것이겠습니까. 겸손하고 공손하게 선비들에게 자신을 낮춘 체 한 것은 반드시 왕망王莽만 그러했던 것이 아닙니다. 중유仲由와 염구冉求는 그저 숫자만 채우는 신하였는데도, 공자는 오히려 "의리가 아닌 일은 따르지 않을 것이다."라고 했으니, 일찍이 조광조가 의리가 아닌 짓을 했었습니까? 저 푸른 하늘이 굽어보고 있고 밝은 해가 환하게 비추고 있습니다. 그는 단지 임금이 있는 것만 알았지 다른 사악한 마음은 없었습니다.

옛날에 이렇게 말하지 않았습니까. "신하를 알아보는 것은 임금만한 이가 없다."라고 했으니 전하의 성스러운 밝으심으로는 나라를 해치는 도적 같은 신하들이 모함하여 그물질한 정황을 알았어야 할 것인데도 전하께서 그들의 모함하는 말을 굳게 믿어 올바른 사람들을 잘못 죽이고, 모함하는 말에 걸린 사람들을 귀양 보내기도 하여, 선비라고 이름이 난 사람들은 하나라도 모두 같은 무리로 몰아붙여, 일찍이 뒷날 국가의 명맥은 염두에도 두지 않고 일망타진하였으므로 주전충朱全忠이 조정의 선비 30여 명을 백마역白馬驛에 모았다가 하루 저녁에 모두 죽여 황하에 던져버린 것과 같은 참혹한 한탄이 있게 되었습니다. 이렇게 된 까닭이 무엇이겠습니까. 진실로 전하께서 덕을 굳게 지키지 않고 옳은 일을 끝까지 하지 못하며, 어진 사람을 임명할 때에도 한결같지 않아서 그 정성을 다하지 못하는 경우가 있었기 때문입니다. 전하께서 만약 조광조를 의심하지 않으셔서, 지난날처럼 한 결 같이 그의 말을 듣고 계책을 따라 주셨다면 비록 백 명의 심정과 남곤이 있다고 한들 이간질할 수 있었겠습니까. 전하께서 조광조를 죄준 것이 비록 본심은 아니었겠지만, 임금 마음의 깊고 얕은 부분을 간사한 사람들이 엿보게 한 것을 면하지 못했으니, 전하께서 책임을 벗어날 수 없는 것입니다.

그 사람이 죽고 나자, 권세 있는 간신들이 나라의 일을 멋대로 하게 되어, 따라서 그 사람들에게 죄를 주고 다시 그 사람들의 죄를 성토하였습니다. 이에 그 사람들이 만들어 놓은 법에 대해 죄줄 때에는 "일 벌이기 좋아하여 만든 것이다."라고 하여 마치 신법新法을 그르게 여기듯이 하고, 그 사람들의 학문을 죄줄 때에는 "곡학이다."라고 하여 위학僞學을 금하듯이 하며, 그 사람들이 한 일을 헐뜯어 일체를 권세 있는 간신들이 몰아가는 쪽으로 돌려버리므로 세속이 따라가지 않을 수 없었습니다.

이렇게 된 뒤로부터는 전하의 국사가 날로 더욱 잘못되어 다잡아하는 일 없이 세월을 보내다가 지금에 와서는 서로 화려함만 숭상하고 기개와 절개는 쓸쓸해졌으며, 염치를 지키는 도리는 없어지고 다투어 겨루는 것이 풍습이 되었습니다. 의리에 관한 말은 학문하는 사람들이 앞세워야 하는 것인데도 생도生徒들이 오히려 듣기를 싫어하기도 하고, 어른에게 겸손하고 온순한 행동은 인륜人倫에 관계가 있는 일인데도 사우師友들이 드러나게 금지하기도 합니다. 의관衣冠을 갖춘 선비들도 오히려 이러한데, 하물며 항간의 무지한 백성들이겠습니까. 자식이 아비를 죽이고 종이 상전을 죽이며, 이서吏胥가 관장官長을 도모하고 처첩妻妾이 지아비를 모해하는 짓을 하여, 교화와 풍속의 폐해가 한 결 같이 이 지경에 이르러, 국가의 형세가 마치 낡은 배 안에 앉아 있는 것과 같게 되었으니 어찌 한심스럽지 않겠습니까. 그 연유를 따진다면 또 조광조가 죽고 『소학小學』의 교육이 다시 세상에 밝아지지 않은 것에서 연유한 것인 듯합니다. 앞을 보고 뒤를 돌아보아 오늘날 조광조가 하던 일을 가지고 헤아려본다면, 전하께서는 어느 것이 나았다고 여겨지십니까? 저 권세 있는 간신의 무리들이 사리가 아닌 맞지도 않은 말을 가지고 조광조를 참소하고 전하를 속인 행적을, 비록 그 당시에는 깨닫지 못하셨을지라도 뒷날에는 반드시 깨닫게 되시어, 오히려 전하께서 조광조를 풀어 주시어야 할 것인데, 지금까지도 죄주고 계시니 신들의 의혹이 더욱 심해집니다. 전하께서 "과격했다."라고 하여 죄주고, "시끄럽게 고쳤다."라고 하여 죄주고, "조정을 요란하게 했다."라고 하여 죄주고, "원로들을 배척했다."라고 하여 죄주고, "마침내는 반란叛亂을 초래할 것이다."라고 하여 죄주셨는데, 조광조가 실지로 이런 죄가 있었던 것이 아니라 사실은 모두가 권세 있는 간신의 무리가 그런 죄를 만들어 붙였던 것입니다. 죄를 덮어씌우려는 마음만 있으면 어찌 트집 잡을 말이 없겠습니까.

만일에 성인들의 중용中庸의 도리를 가지고 조광조에게 구비하기를 꾸짖기로 한다면, 더러는 중도에 맞게 하지 못한 실수를 면하지 못할 것 같지만 당시 그의 본심을 헤아려보면 조금도 사특한 생각 없이, 오직 전하께서 선善을 좋아하시는 성심誠心만 믿고서, 밝고 훌륭한 사업을 하여 전하께서 알아주시는 것에 보답하고자 했던 것입니다. 임금과 신하가 서로 마음이 맞는 연분緣分이 이러했는데도, 도리어 임금에게 충성하고 나라에 헌신하려 한 그의 마음을 끝내 믿어 주지 않는 쪽으로 돌려버리고 밝혀 주지 못한다면, 조광조가 전하를 저버린 것이 아니라 전하께서 조광조를 저버리는 것입니다. 화려하고 고운 무늬로 아름다운 비단을 만들 듯이 모호한 것으로 도리어 죄로 꾸며 뒤집어씌워, 총명하신 우리 주상이 기필코 아첨하는 무리에게 마음을 뺏기게 하였으니, 남을 참소하는 그들로서는 또한 완벽하게 해놓았던 것입니다마는, 오히려 나쁜 사람에게 재앙을 내리는 천도天道는 조금도 틀림이 없기 때문에 심정沈貞과 이항李沆이 이미 형벌을 받아 죽임을 당한 것입니다. 이는 비록 딴 일 때문이기는 하지만 또한 충분히 지난날 죄 지은 것을 반증反證할 수 있는 일이니, 죄인을 잡게 되었다고 할 수 있습니다. 만일 전하께서 이미 그들의 죄악을 분명하게 아셨다면 진실로 임금으로서 하늘을 본받는 도를 행하여, 충성스럽고 선량한 신하를 모함하여 죽인 죄를 가하고, 남곤南袞의 무리에게도 뒤따라 죄를 주었어야 할 것이니, 그렇게 되었다면 이미 뼈가 되어 버린 간신들도 반드시 지하에서나마 죄가 돌아갈 데가 있다는 것을 알게 될 것인데, 전하께서는 그렇게 하지 못하고 오히려 죄를 조광조에게 돌리십니까.

신들은 일찍이 "송宋나라 조정은 3백 년 동안에 조사朝士 하나도 죽이지 않았다."라는 말을 되뇌고 있습니다. 이는 사책史策 속에 있는 훌륭하고도 아름다운 일이기에 신들의 어리석은 마음으로 송나라 조정만 이런 명성名聲을 받게 되는 것을 바라지 않습니다. 그러나 죽은 사람은 그만이라 다시 살아나게 할 수 없는 것이기에, 단지 전하께서 하늘같은 위엄을 조금 거두시고 특별히 성상의 은혜를 내려, 온 나라 사람의 이목耳目이 새로워지고 후세에 시비가 정해지도록 하게 하려는 것입니다.

가의賈誼를 장사長沙에 내버려지게 한 것은 성주聖主가 없어서 그렇게 된 것이 아니니, 이 또한 어찌 한 문제漢文帝의 부득이한 일이 아니었겠습니까. 그런데 후세에 가의를 조문하고 위로하는 사람이 문제를 도道가 있던 임금으로 여기면서도 은덕恩德은 오히려 박했다고 여겼던 것은 문제가 가의를 만났으면서도 그의 재주를 다 써주지 못했기 때문입니다. 전하께서 조광조를 죽이고, 죽은 뒤에도 오히려 용서하지 않는 것을 이것에 비교한다면 이미 지나친 것이 아니겠습니까. 그리고 후세의 군자 중에 조광조를 조문하고 위로하는 사람이 없으리라고 어찌 알겠습니까. 당 태종唐太宗은 비록 위징魏徵에게 의심을 가져, 그가 죽은 뒤에는 시기하는 비방을 할 수 있게 하기도 했었습니다. 그러나 뒷날 요동을 정벌했다가 후회하면서 위징의 공로를 새긴 돌을 다시 일으켜 세웠습니다. 당 태종도 그러했는데, 하물며 당 태종만 못한 분에 있어서이겠습니까. 영제靈帝는 한漢나라의 용렬한 임금이었지만은 오히려 여강呂强·황보숭皇甫崇의 말을 써, 당파로 인한 천하의 폐해를 해소했었습니다. 전하께서 한나라의 영제

만도 못하실 수 있겠습니까? 송宋나라 신하 소식蘇軾의 시詩에 "옛 사람을 애도하고 옛 억사에 눈물 흘리노라."라고 했습니다. 전하께서 일찍이 온갖 정무政務의 여가에 앞 시대의 역사를 보시다가 간신이 임금을 속이고 선량한 신하를 모함한 것을 보게 되었을 때에도 오히려 반드시 책을 덮어버리고 차마 보지 못하셨을 것인데, 하물며 친히 전하의 세상에서 보시게 된 것이겠습니까.

전하께서 당초에는 조광조에게 한 가지도 후대하지 않는 일이 없으시다가 나중에 가서는 지나치게 박한 대우를 하고 말았는데, 당초에 후대한 것도 전하이고 나중에 박대한 것도 역시 전하입니다. 전하께서는 어디까지나 전하이면서도 마음은 더러 변함이 없지 않으셨으니, 그렇다면 전하께서 조광조를 죽이지 않을 수 없게 한 자는 비록 권세 있는 간신들이었지만, 끝내 조광조가 권세 있는 간신들의 모함과 참소에 빠지게 되도록 한 것은 전하가 아니겠습니까? 믿기만 하다가 의심 받게 되고 곧게만 하다가 죽임을 당하였으니, 그의 죽음은 애석하기만 하고 그의 정상情狀은 용서할 만한데, 이 사람을 위해 애통해 하지 않고 누구를 위해 애통하겠습니까. 만약 후세 사람들에게 악惡을 행하게 하려는 것이라면 이것은 안 될 것이지만, 만약 후세 사람들에게 선을 행하게 하려는 것이라면, 조광조는 본래 악을 행하지 않은 사람이니, 신들은 삼가 후세의 군자들이 조광조로 경계를 삼아 선을 행하는 일이 태만해질까 싶습니다. 선을 행하는 것이 태만해져 바른 기운이 펼쳐지지 않으면 모든 사특한 것이 꼬리를 물게 되어 나라가 위태롭게 되는 법입니다. 귀감으로 삼을 만한 것이 멀리 있지 않으니 저 삼흉三兇들이 [김안로金安老·채무택蔡無擇·허항許沆] 있습니다. 혹시 만에 하나라도 성감聖鑑을 여시고서 황천黃泉에서 조광조의 억울한 마음을 살피시는 것이 어떻겠습니까? 지금이라도 거세게 일으켜 권면하고 징개하는 특별한 은혜를 보이신다면 저승에 있는 충혼忠魂만 알고서 감격하게 되는 것이 아니라 한 시대 선비들의 기운이 격려되고 권면될 것이며, 백세百世 이후까지 공론이 귀착하는 곳이 있게 될 것입니다.

대체로 천하에는 둘 다 옳은 일도 없고 또 둘 다 그른 일도 없는 법입니다. 전하께서 권세 있는 간신들이 권세 있는 간신인 것을 아셨다면 어찌하여 권세 있는 간신이 아닌 사람을 옳게 여기지 않으십니까? 조광조를 논한 것이 당시에 벌써 다른 말이 없었다면 후세에 어찌 다른 의논이 있겠습니까? 온 나라 신민(臣民)이 누가 옳다고 여기지 않겠습니까? 그런데 옳다고 여기는 사람을 옳지 않게 여기는 것은 유독 전하입니다. 그러니 신들은 삼가 전하께서 옳지 않게 여기는 그것을 의아해하고 있습니다. 전하께서 진실로 조광조를 죄인이라 여기고 그의 마음을 알지 못하시는 것입니까. 아니면 더러 알기는 하지만 의심스러워 과감하게 결단하지 못하시는 것입니까? 전하께서는 왕위(王位)에 계신 날이 오래이므로 권세 있는 간신들이 일을 꾸며 사림의 변고가 잇달아 일어나는 것을 보셨기 때문에, 지난날의 일을 경계로 삼아 우선 그대로 전정시키려고 그러시는 것입니까? 의심이란 일을 해치는 것이고 결단이란 지혜의 으뜸이니, 전하께서도 신속하게 결단하소서.

지금 대신들은 알고 있으면서도 말을 하지 않고 대간·시종은 말을 하면서도 다하지 않고 있으니, 어찌 신하의 의리에 드러나게 간하지 않아야 하고 간할 때에는 교만함이 없어야 하기 때문에, 감히 꺼리고 피하는 일에 저촉되는 말을 하여 임금의 뇌정벽력(雷霆霹靂)을 만나지 않으려고 하는 것이 아니겠습니까. 말이 없게 되는 것이나 비록 더러 말을 하기는 하지만 말을 다하지 못하게 되는 것은, 또 전하께서 조광조 죄 주기를 이처럼 심하게 하고 있기 때문입니다. 만일 전하께서 끝내 한 쪽 말만 듣는 잘못을 고집하여 사(邪)와 정(正)이 분별되지 않도록 하신다면, 사림(士林)은 어떻게 되고 조종(祖宗)은 어떻게 되며 사직(社稷)은 어떻게 되겠습니까? 어진 사람과 현명한 사람을 신임하지 않고도 나라가 공허하게 되지 않는 경우는 없는 법입니다. 임금의 거동은 반드시 써놓게 되는데 훌륭한 사관이 반드시 바른대로 쓴다면 천하와 훗날의 역사책에서 전하의 이지심은 알지 못하고 소인만 가까이 하고 현명한 신하는 멀리했다고 알게 될 것이니, 백대 후에 이것을 본다면 전하를 어떠한 임금이라고 하겠습니까? 동방東方의 한 지역이 앞으로 만고萬古토록 긴 밤중처럼 어둡게 될 것입니다.

　썩은 뼈는 이미 흙이 되었을 것이고, 저승과 이승은 영원히 막혀 버렸습니다. 신들이 구구하게 이처럼 하는 것이 어찌 사심이 있어 그러는 것이겠습니까. 신들이 일찍이 『예경禮經』을 읽어보니 "선을 좋아하기는 '치의緇衣'처럼 하고 악을 미워하기는 '항백巷伯'처럼 하라."라고 했는데, 해석한 사람이 말하기를 "누구나 좋아하고 미워하는 것이 없을 수 없는 것이지만 좋아하고 미워하는 것이 올바른 사람은 대체로 적은 법이니, '치의'는 좋아하기를 올바르게 하고 '항백'은 미워하기를 올바르게 한 것이다."라고 했습니다.

　신들이 반드시 이를 가지고 말하는 것은, 전하께서도 "그 교만한 사람을 보고 이 수고한 사람을 가엾이 여기듯이"하시어, 오늘날의 좋아하는 것과 미워하는 것을 올바르게 하시기를 바라서입니다. 권세 있는 간신들이 선량한 신하들을 상하게 하고 해친 죄악은 너무나 큰 것입니다. 소급해서 벌주고 관직을 뺏어야 한다는 뜻을 일찍이 이상에서와 같이 이야기했기 때문에 많은 말을 할 것이 없습니다만, 조광조의 죄가 없다는 것을 가지고 전하를 위해 반복해서 해명解明하는 것은, 대체로 악惡을 싫어하는 것은 짧게 하고 선善을 선善하게 여기는 것은 길게 하는 뜻입니다. 진실로 그의 선을 착하게 여기신다면, 포록褒錄해야 하고 정려旌閭해야 할 것이요, 단지 벼슬만 추증追贈하여 그의 영혼을 위로나 하고 말아서는 안 될 일인데, 전하께서는 아직도 깨닫지 못하고 계시고 또 따라서 변명만 하고 계십니까? 상商나라는 다른 시대였는데도 오히려 무왕武王이 상용商容을 식려式閭해 주고 비간比干을 봉묘封墓해줌으로 해서 만백성이 기쁜 마음으로 복종하게 되었으니, 충신을 드러내고 어진 이를 존숭하는 것은 백성들의 심복을 얻게 되는 길인 것입니다. 전하께서 이미 도道가 아닌 것으로 조광조를 죽이시고도 오히려 뉘우치지 않으려고 하시니, 무왕과 비교한다면 누가 임금으로 부끄러운 마음이 있겠습니까?

또 신들이 앞에서 말한 정몽주는 곧 고려 말년의 충신입니다. 우리로 본다면, 당시의 난신亂臣이요 선왕先王들의 큰 원망덩어리라고 할 수 있는데, 세종世宗께서 그의 후손들을 등용하여 그의 충절을 장려하고 또 고금 충신들의 대열에 끼워 놓으셨습니다. 이것이 어찌 정몽주에게는 후히 하고 선조들에게는 박하게 한 것이겠습니까. 충절을 드러내고 선비들의 기운을 진작시키려면 진실로 그렇게 하지 않을 수 없는 법이니, 전하 때에 와서는 따라서 문묘에 배향하도록 하셨습니다. 그렇다면 전하께서 조광조를 용서하지 않으시는 일을 세종께 질정하기로 한다면, 전하께서는 반드시 전하의 가법家法을 저버린 것이 없지 않는 일이요, 조종을 본받는 마음이 또 지난날보다 조금 게을러지신 것입니다. 조광조의 죽음이 진실로 비간比干이나 정몽주와 다르기는 하지만, 그의 평소 기개와 절개는 이들과 서로 위아래를 겨룰 만하니, 신들이 주周나라 무왕武王이나 우리 세종께서 포정襃旌하시는 법을 전하께서도 하시기를 바라는 것이 또 그럴 만한 것이 아니겠습니까? 신들도 어찌 은혜를 베푸는 것이 사실은 이미 죽은 사람에게는 상관이 없는 것임을 알지 못하겠습니까마는, 감히 수다스럽게 말을 하는 것은, 대체로 이렇게 하지 않으면 공론을 붙잡아 세우고 선비들의 기풍을 고무시켜 옳은 것을 옳게 여기고 그른 것은 그르게 여기기를 올바르게 할 수 없기 때문입니다.

중천中天에 뜬 태양은 지극히 공정하여 사사로움이 없는 법인데, 오직 이 한 가지 일은 성명聖明에 누가 되겠기에, 신들이 삼가 전하를 위해 몹시 애석하게 여깁니다. 이런 일이 일어난 까닭을 따져보면 진실로 전하의 잘못이 전혀 없을 수 없는데, 오히려 알지 못하고 계십니까? 요·순 같은 사람이 아니고서는 누가 허물이 없겠습니까. 잘못했다가도 고칠 수 있다면 그보다 더 큰 선善이 없는 법입니다. "허물 고치기를 꺼리지 말라."라는 것은 공자가 한 말이요, 허물을 고치기에 인색하지 않았던 것은 성탕成湯의 일입니다. 태갑太甲은 스스로 몸을 다스려 마침내 덕을 잘 닦아 가게 되었고, 성왕成王은 깨닫고 나서는 글을 쥐고 울었습니다. 후대로 내려와 위 무공衛武公에 이르러서는 나이 96세에 「억抑」 시를 지어 경계했기 때문에 마침내 예성睿聖이 되었고, 거백옥遽伯玉은 나이 50세에 49세까지의 잘못을 알았기 때문에 마침내 군자가 되었습니다.

뉘우침은 길吉해질 시초인 것이고, 본래로 되돌아오는 것은 현인들이 할 일인 것이니, 반드시 용맹스럽게 자기를 갱신하고 신속하게 개과천선을 해야 하는 것입니다. 삼가 바라건대 전하께서 개연慨然히 살펴보고 번연翻然히 깨달으시어, 처음의 마음을 다시 찾으시고 지난 일을 깊이 자책하시면서 사악하고 바른 것을 가려내고 옳고 그른 것을 밝혀내어, 좋아하고 싫어하는 것을 잘 살펴서 취하고 버리기를 맞게 해 가신다면, 공론이 시행되고 인심이 안정되어 선비들의 풍습이 자연히 바로잡아지지 않을 수 없고 온 나라의 풍속이 자연히 아름다워지지 않을 수 없을 것입니다. 당시에 굽혔던 것이 펴지게 되어 만세토록 바로잡아지게 되면, 지하에 있는 조광조의 다행이 될 것입니다. 조광조만 다행한 것이 아니라 사림도 다행하게 되고, 사림만 다행한 것이 아니라 조종祖宗들께서도 다행하게 되고, 조종들만 다행한 것이 아니라 국가도 다행하게 될 것입니다. 국가가 다행하게 된다면 전하의 몸은 다행하지 않은 것이 없게 될 것입니다.

신들이 조광조의 일에 있어서 이미 그의 본심을 모두 드러내어 말했으니, 김정金淨·기준奇遵의 일에 있어서도 말하지 않을 수 없습니다. 비록 김정과 기준의 사람됨이 조광조에게 미치지 못한다고는 하지만, 그들이 뜻한 것이나 행동한 것이 대체로 똑같았습니다. 군신 사이의 대의大義를 진실로 이미 익숙하게 강명講明해 왔었기에, 반드시 망명亡命이라는 의리가 아닌 명분에 자신을 빠트리는 짓은 하지 않았을 것인데, 당시의 그 고을 원들이 교묘한 말로 몰래 권세 있는 간신들을 도와 [김정이 금산錦山으로 귀양 갔었는데 그의 어미가 보은報恩에 있으므로 김정이 근친覲親하러 가려고 하자, 군수 정응鄭熊이 처음에는 허락해 놓고, 이미 간 뒤에 망명亡命했다고 무고誣告하여 사형을 받게 되었다. 기준은 아산牙山으로 귀양 가 있다가 한 번은 술이 취하여 어머니를 사모하는 지극한 정을 견디지 못하여 말을 타고 절반쯤 가다가 돌아왔는데, 현감縣監 배철중裵哲中이 역시 망명했다고 무고하여 사형을 받게 되었다.] 이 때문에 권세 있는 간신들이 그대로 죄를 구성하게 되었었으니, 어찌 지하에서 원통한 마음을 품고 있지 않겠습니까? 죽고 사는 것이 결정되는 상황에서도 차마 서로 놓아 버리지 못하는 것이 모자간의 지극한 인정인데, 이를 어찌 빼앗아 버릴 수 있겠습니까? 유독 전하께서는 충성과 효도는 똑같은 것이라는 말을 들어보지 못하셨습니까? 신들이 지위도 없고 책임도 없는 몸으로 계책을 아뢰고 일을 말하여 분수에 넘치는 짓을 했기 때문에 죄를 면할 수 없다는 것을 잘 압니다. 그러나 마침 전하께서 구언求言하시는 때를 만난데다 마음속의 간절한 충정衝情을 그만둘 수 없어서, 감히 평소에 초야에서 듣던 공론을 이제 한 마디 말하여 성상께서 깨우치시는 자료가 되게 하려고 거리낌 없이 다 말씀드리느라 말이 지루하게 된 것도 알아차리지 못했습니다.

대체로 하늘이 내리는 재앙이나 상서는 모두 임금의 정신과 마음의 운용運用에 연유하는 것이어서, 길吉하게 되거나 흉하게 되는 반응이 그림자가 나타나고 메아리가 울리는 것과 같습니다. 비록 적실하게 아무 재앙은 아무 정사의 잘못 때문이고 아무 변은 아무 일을 잘못해서라고 지적할 수 없기는 하지만, 삼가 나름대로 신들의 근심이나 지나친 생각으로 미루어본다면, 혹 전하께서 좋아하고 싫어하는 것을 분명하게 하지 않고 사악하고 바른 것을 분별하지 않으시기 때문에, 인심人心과 천리天理가 펼쳐지지 못하고 답답하여, 온 나라의 공론이 오래될수록 더욱 격동하게 되었기 때문인 것 같습니다.

　신들이 당면한 지금의 인사人事를 보건대 이것보다 시급한 것은 없습니다. 전하께서 만일 신들의 말을 턱없고 외람한 것이라 여기지 않으시고 다소라도 들어주려고 하신다면 그 요점은 다만 전하께서 생각을 어떻게 하시느냐에 달려있습니다. 진실로 성정誠正의 공부를 더해 가고 정일精一의 학문을 극진하게 하며, 한 쪽으로 치우치는 사심私心을 끊어버리고 밝은 마음의 본체本體를 확충하시고서, 대중의 심정에 따르기를 힘쓰고 천리에 맞게 일을 해 가신다면, 밝은 천지 사이에 사악하고 바른 것이 제대로 드러나게 되고 맑은 성감聖鑑 앞에 좋아하고 싫어하는 것이 숨김없이 드러나, 사람을 알아볼 수 있는 도리가 이에 이르러서는 극진해지게 될 것입니다. 삼가 바라건대 전하께서는 깊이 유념하여 이것을 가볍게 여기지 마소서. 그렇게 하시지 않는다면, 신들이 어찌 감히 한갓 국학國學에 있으며 헛되이 막대한 봉록을 받으면서 명교名敎 속에서 죄를 얻을 수 있겠습니까.

天理昭昭, 未嘗泯滅, 人心鬱鬱, 不平則鳴. 揚焉激焉, 清濁自別, 口之筆之, 春秋有嚴, 公論所發, 焉可誣也. 人亡事去, 歲月旣遠, 而尙欲追訟其寃, 傷切懇到, 久而愈甚, 其必有所以矣. 夫好其善, 惡其惡, 一段眞性, 人所固有也. 見君子枉陷於小人, 而無不哀其不幸者, 蓋爲其耳目所接, 其心必動焉矣. 故弘恭石顯之有譖, 而蕭望之自殺, 則先儒刺其君, 梁冀之構獄, 而李固杜喬駢首就戮, 則後人傷其時. 然而孝元柔懦, 桓帝暗弱, 望之喬固, 亦被禍於當年而止耳.

今又有甚焉者. [指己卯人事] 主明臣良, 庶事稍康, 風雲慶會, 千載一時, 於是焉, 雖或有殄行之讒說, 固當聖而去之. 方且信而聽之, 反加荼毒於忠良之臣, 死且不赦, 則其於懲惡勸善之道, 何如耶. 已往不可諫, 來者猶可追, 所當明示與奪, 以定是非, 使之有辨於今日, 而無疑於後世也. 恭惟殿下, 有仁厚剛明之資, 兼日新不已之功, 擧直錯枉, 從人舍己, 四十年中, 動無過擧, 中興之業, 視古有光, 則蓋亦盡美矣. 而顧有一事之失, [指己卯未復職之事] 不能無累於其間, 使殿下無前之治, 將歸於未盡善之域焉, 臣等竊惑之.

漢景, 刑名之主, 鼂錯, 亦非純乎臣者也, 苟有讒間, 於是乎入則, 則無怪於不得其死, 而論者或以爲君臣之義缺. 以殿下之聖, 而猶不保其一賢臣乎. [指趙光祖] 無罪而殺士, 已非盛世事也. 過十年, 人事必變, 而至于今日之久, 曾不能有所悔於殺無罪, 則殿下之心, 可謂太於忍而失所執矣. 嗟乎. 儒林之禍, 一至於此極耶. 古未有極於我朝者, 而至于己卯爲尤酷. 安知其殿下之世, 還有戊午甲子之禍, 而與亂同事云乎. 殿下敎育作成之心, 可以無愧於世宗成宗培養之道, 而士氣至於掃地蕩盡者, 實由殿下未快悟於己卯之時事也. 其間陷於非辜, 而終未之白焉者, 有若二三臣焉, [指趙光祖金淨奇遵未復職事] 而臣等敢以一介臣, 爲最優而名言之, 則趙光祖其人也.

光祖平生, 志行之所尙, 學業之大成, 臣等固知其有淵源之漸矣. 國無君子, 斯焉取斯. 吾道久東, 亦必有傳. 蓋光祖得之於金宏弼, [宏弼, 燕山朝人. 官至佐郞, 被殺. 師事金宗直, 精於性理之學, 且多踐履之功. 今上己卯, 嘗欲與鄭夢周配享文廟, 大臣鄭光弼以爲, 雖有踐履自修之實, 無羽翼斯文之功, 未果] 宏弼得之於金宗直, 宗直得之於前朝臣吉再, 吉再得之於鄭夢周. 其泝濂洛, 窮源洙泗, 竊以顏閔之所學, 伊尹之所志, 自許其身者, 爲如何哉. 而實夢周後一人而已.

才本爲王佐, 道足爲人師, 雖糠秕緒餘, 猶足以陶鑄唐·虞之治矣, 而況親逢殿下之至聖, 必以堯舜其君民爲己任, 盡心力而求之也耶.

壯必有行, 達可兼善. 讀聖賢書, 所學何事. 帝王雖遠, 良法猶存, 我苟勉之, 今猶古矣. 率是計也, 欲以期月之間, 大興成周百年之化, 其傷今慕古憂國憂君之素心, 誠可嘉也. 奈何成功未半, 積毀橫生, 無罪無辜, 亂如此憮, 竟使殿下不免有殺賢臣之名乎. 冰炭不同器, 邪正不同道, 道不同, 不相爲謀, 理勢之所固然, 則是變之作, 實由殿下辨之不早辨也. 養雞而不曾誅貓, 非其主人之過歟. 臣等請先討其當年釀禍之邪黨, 而以格君心之說, 次及殿下, 可乎.

誰生厲階, 至今爲梗. 以春秋誅首惡之法律之, 則南袞沈貞, 其所謂罪之魁者也. 二人本以無厭之小人, 患失之鄙夫, 不爲淸議所容, 常懷忌憚, 積怨於骨, 期欲作亂者, 已非一朝夕矣. 而第無其隙, 因緣攀附, 通路宮掖 [謂因洪景舟之女洪嬪而通路事] 知殿下有少急於接賢士大夫之心, 而巧構無根之言, 敢假不經之讖, 至加以耳可得聞, 口不可道之說, 使浸潤之譖, 得行於其間. 然後又嗾其被屈數宰相 [洪景舟成雲] 而合謀之, 中夜微服, 北門倎鑰, 行盜賊陰竊之事, 逞狐狸邪媚之態, 恐動天聽, 擠陷士類, 以酬其私怨. 大概如此, 餘難悉擧. 嗚呼. 吐哺握髮, 周公豈欺我哉. 謙恭下士, 未必王莽爲然也. 仲由冉求之具臣, 夫子猶以爲不從不義, 曾謂光祖爲之乎. 彼蒼俯臨, 白日耿耿. 只知有君, 無他邪心.

古不云乎, 知臣莫如君. 則以殿下之聖明, 有可以知賊臣誣罔之情狀, 而殿下崇信讒言, 枉殺正人, 辭所連及, 或可竄黜. 使士有一名者, 悉陷於黨籍, 曾不念後日邦家之命脈, 而致有一網打盡, 黃河不流之慘恨. 此其故何也. 良以殿下執德不固, 爲義不終, 任賢之際, 不得不貳, 而或有所未盡其誠也. 殿下若不以光祖爲疑, 而言聽計從, 一如前日, 則雖百貞袞, 可得而間哉. 殿下之罪光祖, 雖非本心, 而使其人君一心之淺深, 不免爲奸邪之所窺, 則殿下有不得辭其責者矣. 人之云亡, 權奸擅國, 因罪其人, 更聲其罪. 罪其法, 則以爲喜事, 有如新法之非, 罪其學, 則以爲曲學, 有如僞學之禁. 乃敢誣其所爲, 一切反之, 權奸所導, 而流俗不得不從之.

自是厥後, 殿下之國事, 日益非矣, 悠悠泛泛, 式至于今, 儳廥相尚, 氣節蕭索. 廉恥道喪, 奔競成風. 至於義理之說, 則學問所先, 而生徒尚或厭聞之, 遜弟之行, 彛倫所關, 而師友尚或顯禁之. 衣冠士類之尚爾, 況閭巷無知之氓乎. 子而戕父, 奴而殺主, 吏骭而圖其官, 妻妾而謀其夫, 敎化風俗之弊, 一至於此, 而國家之勢, 如坐於弊船之中, 寧不寒心. 究厥所由, 則恐亦未必不由於光祖之死, 而小學之教, 不復明於世也. 瞻前而顧後, 以光祖之事, 揆之於今日, 則殿下以爲孰勝. 彼權奸之徒, 以非理不中之說, 譖光祖而罔殿下之迹, 雖不能有悟於當年, 而想必已悟於後日, 則殿下猶可以釋光祖, 而至今罪之, 臣等之惑滋甚焉. 殿下以矯激爲罪, 紛更爲罪, 搖亂朝廷爲罪, 排斥耆舊爲罪, 以其有終致叛亂者爲罪, 非光祖實有此罪, 實皆權奸之黨, 有以目其罪而附會之也. 欲加之罪, 其無辭乎.

如以聖人中庸之道, 責備於光祖, 則似未免或有過中之失, 而求其當時之本心, 則無一毫邪思, 只信殿下好善之誠, 而欲以明良之事業, 報知遇於殿下也. 其君臣相得之分, 有如此者, 而反使忠君徇國之心, 終歸於不諒之域而未白焉, 則非光祖負殿下, 殿下負光祖也. 萋斐終成貝錦, 黶黷還爲羅織, 使我明主, 必入于左腹, 彼譖人者, 亦已太甚. 尙賴天道禍淫, 無毫髮爽, 沈貞李沆, 旣已伏辜. 此雖由他事, 亦足以證反於前日, 可謂罪人斯得. 殿下若已明知其惡, 則固當行人君法天之道, 加陷害忠良之罪, 與南袞數輩而追誅之, 則旣骨之奸諛, 亦未必無知於地下而罪有所歸矣. 殿下旣不能然, 而猶以其罪, 歸之於光祖耶.

臣等嘗誦宋朝三百年, 未嘗殺一朝士, 此史策中盛美. 臣等愚心, 不願使宋朝, 獨受此名. 而然而死者已矣, 不可復生, 只欲使殿下少霽天威, 特垂聖慈, 以新一國之耳目, 而定後世之是非也. 屈賈誼於長沙, 非無聖主, 亦豈文帝之不得已也. 而後世弔之者, 猶以文帝爲有道, 恩猶薄者, 爲其以文帝而遇賈生, 用之不盡其才耳. 其以殿下戮光祖, 死猶不釋者而比之, 則不旣太甚哉. 而安知後世之君子, 不有弔光祖者乎. 唐太宗, 雖其致疑於魏徵, 旣沒之後, 使猜讒得行. 然而有他日征遼之悔, 旌勳片石, 蹶而復立. 太宗且然, 而況不爲太宗者乎. 靈帝, 漢之庸主也, 猶能用呂强皇甫嵩之說, 而解天下之黨錮. 可以殿下, 不如漢靈乎. 宋臣蘇軾有詩曰, 弔古泣古史, 殿下嘗於萬機之暇, 目擊前史, 見有奸臣之欺罔人主, 誣陷良善者, 則猶必掩卷而不忍, 況親於殿下之世見之乎.

殿下之於光祖, 當其初, 則待之未始不厚, 而及其終, 則待之失於太薄. 始之厚之者, 殿下也, 終之薄之者, 亦殿下也, 則殿下自殿下, 而其心或不能無變. 然則使殿下不得不殺光祖者, 雖是權奸, 而使光祖必至於陷權奸之謀譖者, 非殿下耶. 信而見疑, 貞而爲戮, 其死可惜, 其情可怨, 非夫人之爲慟而誰爲. 如使後人爲惡, 則惡不可爲, 如使後人爲善, 則光祖本不爲惡, 臣等, 竊恐後之君子, 以光祖爲戒, 而爲善者怠矣. 爲善者怠, 而正氣

不張, 則衆邪接迹, 邦其杌隉. 厥鑑不遠, 在彼三兇. [金安老蔡無擇許沆] 倘能開聖鑑於萬一,
察此心之幽抑, 可乎, 不可乎. 今可以示激揚勸懲之典, 則不惟九原之忠魂, 有所知感,
抑亦一時之士氣, 有所激勸, 而百世之下, 公論終有所歸宿矣.

大抵天下無兩是, 亦無兩非. 殿下旣知權奸之爲權奸, 則何不以不爲權奸者而可之. 論
光祖者, 當時旣無異辭, 後世寧有他論. 一國臣民, 孰不曰可, 而不可其可者, 獨殿下耳.
然臣等竊以殿下之不可爲疑焉. 殿下誠以光祖爲罪, 而不知其心耶. 抑或知之, 而疑未果
決耶. 無乃殿下在位日久, 目覩權奸用事, 士林之變, 相繼而出, 有所懲創於前, 姑且欲
以鎭靜而然耶. 疑者事之賊, 決者智之君, 願殿下速決之. 今者大臣知而不言, 臺諫侍從
言而不盡, 則豈不以人臣義不顯諫, 諫而無矯, 故不敢徒觸忌諱, 以當雷霆也耶. 使之無
言, 與雖或有言而不得盡其言者, 亦未必不由於殿下之罪光祖斯甚也. 若殿下終執偏聽
之失, 而使邪正無辨, 則奈於士林何, 奈於祖宗何, 奈於社稷何. 不信仁賢, 而國不空虛
者, 未之有也. 君擧必書, 使有良史, 必以直書, 則天下後書, 不知殿下之聖, 而惟親小人
遠賢臣是聞. 百代之下, 謂殿下何如主也. 而東方一域, 將至於萬古如長夜也. 朽骨旣土,
幽明永隔. 臣等區區, 是豈有私而然耶. 臣等嘗讀禮經曰, 好善如緇衣, 惡惡如巷伯, 釋
之者曰, 人莫不有好惡, 好惡得其正者蓋寡, 緇衣好得其正, 巷伯惡得其正.

臣等必以此爲言者, 冀使殿下視彼驕人, 矜此勞人, 以正今日之好惡耳. 所謂權奸賊良
臣之罪惡, 已極貫盈矣. 其追加誅削之意, 曾論如左, 無足多言, 而惟以光祖之無罪, 爲
殿下反覆解之者, 蓋亦惡惡短, 善善長之義也. 苟以其善善之, 則褒錄之可也, 旌閭之可
也, 不當但以追錫爵命, 慰悅其魂而止耳, 而殿下尙未之悟, 又從而爲辭耶. 商猶異代也,
而式閭商容, 封墓比干, 武王有能行之, 而致萬姓之悅服, 則其顯忠尙賢之道, 有以得民
之心服也. 殿下旣自以非道殺光祖, 而猶敢不悔, 則其視武王, 孰爲懋德. 且臣等前所云
鄭夢周, 乃麗季之忠臣. 以私觀之, 可謂當時之亂臣, 後王之大懟也, 而世宗錄用其後,
以奬其節, 而又列於古今忠臣之後. 斯豈厚夢周而薄先祖哉. 表忠節, 振士氣, 誠不得不
爾, 而至于殿下, 因使之配享文廟. 然則以殿下不貸光祖之事, 而質諸世宗, 則殿下未必
無負於殿下之家法, 而法祖宗之心, 又少懈於前日也. 光祖之死, 固異於比干夢周, 其平
生氣節, 有足以相上下, 則臣等欲以周武王我世宗褒旌之典, 有望於殿下, 不亦似哉. 臣
等亦豈不知恩典之施, 固亦無關於已死之人, 而敢喋喋者, 蓋不如是, 無以扶植公論, 鼓
舞士風, 而使是是非非, 得其正也. 大陽中天, 至公無私, 而惟此一事, 足累聖明, 臣等竊

爲殿下多惜之. 原其致此之由, 則殿下固未必無過, 而尙不知之手. 人非堯舜, 孰能無過. 過而能改, 善莫大焉. 過勿憚改, 夫子所言, 改過不吝, 成湯所行. 太甲自艾, 而克終允德, 成王旣悟, 而執書以泣. 推而至於衞武公, 年數九十五, 而有抑戒之作, 故卒爲睿聖, 蘧伯玉, 行年五十, 而知四十九年之非, 故終成君子人. 蓋悔者, 吉之先, 復者, 賢人之事, 自新須勇, 遷善當速. 伏願殿下慨然省, 翻然悟, 反求初心, 深咎旣往, 辨邪正, 明是非, 克審好惡, 以中取舍, 則公論行而人心定, 士習自不得不正, 國俗自不得不美. 伸屈當年, 取正萬世, 地下光祖, 庶亦多幸. 非獨光祖有幸, 士林有幸也, 非獨士林有幸, 祖宗有幸也, 非獨祖宗有幸, 國家有幸也. 國家有幸, 則殿下之身, 宜無所不幸矣.

臣等於光祖事, 已盡表白其本心, 而至於金淨奇遵之事, 亦不能無辭. 淨遵爲人, 雖云不及於光祖, 而其所志所行, 則蓋亦同也. 君臣大義, 固已講之熟矣, 必不以亡命非義之名, 自陷其身, 而當時邑宰, 有以巧說, 陰助於權奸, [淨謫錦山, 其母在報恩, 淨欲往覲, 郡守鄭熊初許之, 旣去, 誣以亡命, 以至於死. 遵謫居牙山, 嘗乘醉, 不勝戀母之情, 乘馬馳半程而還, 縣監袁哲中, 亦誣以亡命, 以至於死] 權奸仍得以構成其罪, 則豈不抱寃於冥冥之中手. 臨決死生, 不忍相捨, 母子至情, 安可奪哉. 而殿下獨不聞忠孝一般之說手. 臣等無位無責, 乃謀乃言, 極知僭越, 無所逃罪. 然而適當殿下求言之秋, 情切於中, 不能已已, 敢以平居草野之公論, 爲今日一言悟主之資, 而盡言不諱, 故不覺言之支離也.

夫天之降災祥, 皆原於人主精神心術之運, 而迪吉逆凶之應, 猶影響焉. 雖不敢指的某災爲某政之失, 某變爲某事之謬, 而竊以臣等之私憂過計推之, 亦恐或由於殿下之好惡不明, 邪正無辨, 而人心天理鬱不得伸, 一國公論久而愈激之所致也. 臣等見當今之人事, 未有急於此者矣. 殿下如不以臣等之言爲狂僭而少恕之, 則其要只在殿下一念之如何耳. 苟能加誠正之功, 盡精一之學, 絶偏係之私, 充本體之明, 務循輿情, 動合天理, 則日月之下, 邪正莫遁, 淸鑑之中, 姸蚩無隱, 而知人之道, 至是盡矣. 伏願殿下念之念之, 無輕於此. 不然, 臣等豈敢徒處國學, 虛受大烹之養, 而得罪於名教中哉.

■ 비답批答과 전교傳敎

답하였다.

"조광조의 일은 전에도 말을 하는 사람이 많았다. 다만 조광조를 어찌 잘못이 없다고 할 수 있겠는가. 경솔하게 고칠 수 없다는 뜻을 이미 전에 상소를 올린 사람에게 답했으니 너희들이 반드시 들었을 것이므로, 지금 하나하나 들어 답하지 않는다. 조광조의 일도 오히려 그러한데 하물며 김정과 기준의 일은 말할 것이 있겠는가."[상소가 임금에게 올려진지 얼마 되지 않아 바로 답이 내려왔으므로, 혹 살피지 않았는지 의심되었다.]

答曰：

"趙光祖事, 前亦有言者多矣. 但光祖豈可謂無其失乎. 不可輕易改之之意, 已答於前日言者, 爾等必聞之, 故今不枚擧以答也. 光祖尚然, 而況金淨·奇遵, 何足言乎." [疏入, 未久卽下, 或疑其不省也]

사신史臣의 평評

사신은 논한다. 성균관 생원 신백령 등이 조광조는 죄가 없다는 뜻으로 상소하였는데, 조정의 의논도 그와 같았기 때문에 사림들의 뜻 역시 그와 같았던 것이니, 조광조가 사악한 마음이 없었음을 알 수 있는 것이고, 또 시운이 돌아왔음을 점칠 수 있다.

史臣曰：

"成均生員辛百齡等, 以趙光祖無罪之意上疏, 朝廷之議如此, 故士林之志亦如此, 光祖之無邪可知, 而時運之來往, 亦可占也."

또 논한다.

김안로를 벌하여 죽인 뒤부터 기묘년에 배척당한 사람들이 모두 거두어 쓰였고, 그때의 선정善政을 조금 강구講求하여 시행하려 하므로, 후진 선비들이 제 법 본받는 것이 있어서 개연慨然히 착한 일을 하는 사람이 많아졌는데도, 조광 조 등이 그때의 영수領袖로서 아직까지 복직되지 못하였다. 온 조정이 사실을 들어 논하였지만 들어주지 않았고, 태학생太學生들도 글을 올려 호소하며 여러 날을 대궐 문 앞에 엎드려 간청했지만 끝내 윤허를 받지 못했다. 이때 상의 의 혹이 풀리지 않았고, 대신들도 좋아하지 않는 사람이 많았기 때문에 사람들은 모두 상소를 들어주지 않을까 걱정하였다.

又曰:

"自誅金安老後, 己卯退斥之士, 盡收見用, 而其時善政, 稍欲講行, 後進之 士, 頗有慕効, 慨然爲善者多, 而光祖等以其領袖, 尙未復職. 擧朝論列, 不聽, 大學生等, 又上書訟之, 累日伏閤, 竟未蒙允. 是時上惑未解, 而大臣多有不悅 者, 士林皆懼其不從也."

28 》 왕께서 사사로이 사람을 들이고
내치시니 하늘의 재앙이 없겠습니까

1544년(중종 39) 갑진년甲辰年 5월 29일
마전 군수麻田郡守 박세무朴世茂

■ 저자 소개

박세무朴世茂 : 1487(성종 18)~1564(명종 19). 조선 중기의 문신으로, 본관은 함양咸陽이고 자는 경번景蕃이며 호는 소요당逍遙堂이다. 할아버지는 박신동朴信童이고, 아버지는 성균생원 박중검朴仲儉이며, 어머니는 부사 이관식李寬植의 딸이다.

1516년(중종 11) 사마시에 합격하였고, 1531년 식년문과에 병과로 급제하였으며, 승문원承文院에 들어가 헌납獻納을 거쳐 사관史官이 되어 직필直筆로 당시의 세도가인 김안로金安老의 미움을 사서 1539년 중추부 경력中樞府經歷을 지내고 마전군수로 좌천되었다가 관직에서 물러났다. 1544년 전적典籍·참교參校로 복직되었고, 이듬해 사복시 정司僕寺正이 되었다가 안변부사로 나갔으며 그 뒤 내자시 정內資寺正·내섬시 정內贍寺正·군자감 정軍資監正을 역임하였다. 편저에『동몽선습童蒙先習』이 있다.

(『국조인물고國朝人物考』·『조선왕조실록朝鮮王朝實錄』·『한국민족문화대백과사전』·『한국한자어사전韓國漢字語辭典』)

이 글은 인사人事의 잘못과 조광조趙光祖의 신원伸寃을 청하는 마전 군수麻田郡守 박세무朴世茂의 상소이다. 연산군을 몰아내는 조선 최초의 반정反正다운 반정을 통해 왕위에 오른 중종은 반정을 일으킨 공신 세력에 밀려 즉위 초반 실질적인 권력을 지니지 못했다. 연산군 때의 여러 가지 폐정弊政을 개혁하기 위해 홍문관을 강화하고, 문신의 월과月課·춘추과시春秋課試·사가독서賜暇讀書·전경專經 등을 통해 공신들을 누르려고 노력하였으나, 성공하지 못했다. 중종이 권력을 장악하게 된 것은 중종 10년 신진 사류인 조광조趙光祖를 등용해 사림정치士林政治를 시작하면서였다. 그러나 지치주의적至治主義的 이상정치理想政治를 추구하는 사림 세력의 과격하고 지나친 개혁정치는 공신 세력의 반발을 불러왔고, 중종도 지나친 도학적 언행에 염증을 느끼게 되어 사림 세력을 숙청하는 기묘사화가 일어났다. 하지만, 이로 인해 공신 세력이 재집권하게 되자 중종은 외척 세력을 등용하여 정국을 장악하려고 했다. 윤원로尹元老 형제를 비롯한 외척 세력의 등장은 공신 세력을 막는 데 상당한 기여를 하였지만, 권력은 외척의 손으로 넘어갈 수밖에 없었다. 이 상소는 중종의 재위 마지막 해, 나라의 권력이 외척의 손에 넘어가 있을 때 나온 것이다.

이 상소에서 박세무가 강조한 것은 두 가지이다. 첫째는 사사로운 마음이 없어야 한다는 것이다. 임금은 하늘과 땅의 도를 몸소 터득하여 온갖 일을 처리하니, 단 하나의 사사로운 마음도 없으면 중화中和로 길러주는 공이 쌓이고 널리 펴져, 어그러진 재앙의 기운이 사라지고 세상을 잘 다스려지게 만들 수 있으며 국운을 오래오래 태평하게 할 수 있지만, 조금이라도 사사로운 것이 있으면 가뭄과 같은 재앙을 불러들여 지극한 다스림에 허물이 된다고 했다. 따라서 요즈음의 재앙은 반드시 중종의 정교政敎와 명령命令에 잘못이 있어서 그런 것이라고 보아야 하는데, 세상 사람들은 궁중에 청탁이 널리 퍼져있어서

상上소疏와 비批답答

그렇다고 여긴다는 것이다. 특히 즉위 초반에는 부녀의 말이 정치를 해치는 것이라는 점을 잘 알고 있었는데, 지금은 스스로 부녀의 말을 듣고 사람을 들어 쓰고 내치니, 이것은 관직과 옥사를 팔아먹는 짓이라고 했다. 더욱이 "침실 안의 어두운 곳에서라도 혹시 조금이라도 사사로운 뜻을 두셨다면"이라고 한 것으로 보아 이 내용은 외척 세력의 전횡專橫에 대한 강도 높은 비판이라고 볼 수 있다.

둘째는 조광조의 신원에 관한 것이다. 중종으로서는 지겹다고도 할 수 있는 것이지만, 당시 사림士林으로서는 이보다 더 중요한 것이 없었다. 박세무는 현재 백성에게 부과된 번다하고 과중한 부역과 세금, 생물生物 진상의 폐단에서부터 채소나 과일의 종류에 이르기까지 수 많은 문제들이 있어 하늘의 재앙을 불러오기에 충분하지만, 더 큰 문제는 황천黃泉에서도 원통한 마음을 품고 죽어서도 눈을 감지 못하는 사람들을 신원해 주는 것이라고 했다. 특히 조광조는 평생 조금도 간사한 생각이 없었는데, 죽어 황천에서 깊은 원한을 품은 채 관직을 올려준다는 명도 원한을 풀어준다는 명도 받지 못했으니, 그 원망과 한탄이 하늘과 땅의 온화한 기운을 상하게 할 수 있을 것이라는 것이다.

박세무의 상소에 대해 중종은 그 말이 좋지만, 사람의 임용에 대한 비판은 받아들이기 어렵다고 했다. "사람의 임용은 추천한 것에 따라 선발하고, 사람의 처벌은 죄의 경중에 따라 결정했다."라고 한 것으로 보아 자신의 행동에 어떤 문제가 있었다고 생각하지 않는 듯하다. 다만 "내게 이런 허물이 있는 것을 사람들은 알고 있는데, 유독 나만 알지 못한 것인가? 다시 더욱 마음에 두어 닦아가고 살핀다면 재앙에 응답하는 도리에 합당할 것이다."라고 하여 상당히 유보적인 답을 하였다. 마지막으로 "이 상소는 고치기 어려운 폐단에 대해 이야기하지 않았으므로 해당 관청이 별도로 답할 일이 없다."라고 했는데, 이와 같은 내용으로 보아 중종이 상소의 내용에 대해 그다지 탐탁하게 여기지 않았으며 이 상소를 크게 마음에 두지 않았다는 생각이 든다. 상소에 대해 사신史臣은 "그의 간절한 말을 아름답게 여기지 않는 사람이 없지만, 기준奇遵을 명을 어긴 사람으로 여긴 것은 한스럽다. 하지만 상심하고 격분하여 한 말이다."라고 하여 박세무의 상소를 대체적으로 좋게 보아 인정하였다.

상上 소疏 와 비批 답答

365

■ **역문**譯文

신은 듣건대, "하늘은 사사로이 덮어주는 일이 없고 땅은 사사로이 실어주는 일이 없어, 비와 이슬로 길러주는 것도 사사로운 은혜로 하는 것이 아니고 서리와 눈으로 죽이는 것도 사사로운 원한으로 하는 것이 아니며, 해와 달도 사사로이 비춰주는 일이 없고 추위와 더위도 사사로이 치우치는 일이 없다."라고 하였습니다. 그렇기 때문에 높고 밝으며 넓고 두터우며 바르고 크며 환하게 밝아 영원토록 쉬지 않는 것이 하늘과 땅의 도道입니다. 임금은 하늘과 땅의 도를 몸소 터득하여 온갖 일의 정무政務를 처리하는데, 단 하나의 사사로운 마음도 없기 때문에 중화中和로 길러주는 공이 많이 쌓이고 널리 펴져, 어그러진 재앙의 기운이 영영 사라지고 나타나지 않아, 이 세상을 잘 다스려지게 만들 수 있고 국운을 오래오래 태평하게 할 수 있는 것입니다. 진실로 혹 이와 반대로 그 사이에 조금이라도 사사로운 것이 있으면 하늘이나 땅과 같을 수 없으니, 하늘이나 땅과 같을 수 없으면 가뭄과 같은 재앙을 불러들여 지극한 다스림에 허물이 됩니다.

요즈음의 가뭄을 신이 감히 어떤 일의 잘못 때문이라고 지적할 수도 없지만, 또 마침 그렇게 될 운명이라고 핑계를 댈 수도 없습니다. 어찌 아래에서 인사人事가 잘못되어 위에서 반응하는 하늘의 재앙이 이처럼 혹독할 수 있습니까. 신은 정교政敎와 명령命令 사이에 반드시 전하께서 잘못하신 일이 있어 그렇게 된 듯합니다.

멀리 있는 신이 무슨 듣고 본 것이 있겠습니까마는, 삼가 세상 사람들의 말을 들어보건대 전하께서 즉위하신 처음에는 정신을 가다듬고 다스리기를 도모하여 지극한 다스림을 이루셨는데, 세월이 오래되면서 점차 처음만 같지 못하다고 합니다. 궁중이 엄숙하지 못하여 청탁이 널리 퍼져 진출을 노리는 사람들과 구금되어 있는 무리들이 연줄을 대어 드나들며 마침내 자신들의 욕심을 채우니 궁 안이 모두 그러한데, 외부 사람들이 자기들끼리 서로 하는 말이 "아무개는 아무 궁인宮人과 친인척 사이라 조만간 반드시 벼슬을 얻게 될 것이고, 아무개는 아무 궁인과 몰래 결탁한 사이라 결국에는 반드시 죄를 면하게 될 것이다."라고 한다고 합니다. 외부 사람들의 말도 때로는 터무니없지 않으니, 과연 이 사람들의 말대로라면 이는 진실로 관작을 팔아먹고 옥사를 팔아먹는 짓입니다. 한漢나라나 당唐나라 때 중간 수준정도 되는 임금도 하지 않은 일인데 전하께서 하셔서야 되겠습니까.

지난날 전하께서 일찍이 동궁을 경계하시기를 "부녀婦女의 말을 들어주지 말아야 한다."라고 하셨습니다. [세자의 나이 어렸을 때에 상이 손수 '원자 계심잠元子戒心箴'을 지어 주었었는데, 그 서문序文이나 잠箴에, "부녀의 말을 듣지 말라."라는 말을 했었다.] 신의 생각하기에, 전하께서 부녀의 말이 정사를 해치는 단서임을 깊이 살피셨기에 이런 말을 하여 동궁을 훈계한 것이라 생각했는데, 이제는 또 어찌하여 스스로 어두운 위치에 있는 것을 달갑게 여기며 정치를 해치는 일을 하려고 하십니까. 전하의 생각에 특히 아무개는 아무 궁인의 족속이니 이 하나쯤 벼슬을 준다 하더라도 어찌 의리에 해가 될 것이 있으며, 아무개는 아무 궁인의 친족이니 이 하나쯤 죄를 면하게 해 준다고 하더라도 어찌 정치에 해가 될 것이 있겠는가 하여 전혀 살피지 않고 그저 그들이 청한 대로 따르시는 것입니다. 허다한 궁인들이 다투어 서로 본받아 모두들 "나 한 사람의 청탁쯤이야"라고 한다면 궁인이 청하는 것은 한 가지이지만, 전하께서 들어주시는 것은 한 가지만이 아닙니다. 처음에는 한 두 사람이 청하다가 서너 사람에 이르게 되고, 마침내 무려 10여 인에 이르게 된다면, 관직을 팔아먹는다는 비판과 옥사를 팔아먹는다는 비방을 면할 수 없게 될 것입니다.

전하께서는 경사經史를 널리 보셨으니 옛날 제왕들의 마음을 환히 아실 것이고, 시종하는 관원이나 가까이 있는 신하 중에도 어찌 전하의 앞에서 이런 말을 아뢴 사람이 한 명도 없었겠습니까마는, 전하께서 오히려 막연하게 들으시고 마음에 두지 않으신 것입니다. 전하를 어질게 대하고 아끼는 하늘이 어찌 재해를 내려서 전하에게 경계하지 않을 수 있겠습니까. 침실 안의 어두운 곳에서라도 혹시 조금이라도 사사로운 뜻을 두셨다면, 무슨 해로울 것이 있고 무슨 방해될 것이 있느냐고 여기지 마시고, 의리의 귀결점을 분명히 살피셔서 통렬하게 자책하여 반드시 고친다면, 하늘의 꾸지람을 면할 수 있고 사람들의 원한을 풀어줄 수 있으며, 재해를 상서로운 일로 변화시키고 흉년을 되돌려 풍년으로 만들 수 있을 것입니다.

신이 경기京畿 고을에 부임한 지 이제 6년이 되었기에 민간의 실정을 두루 안 지가 오래입니다. 듣고 본 것을 가지고 말해보자면 번다하고 과중한 부역과 세금, 생물生物 진상의 폐단에서부터 채소나 과일의 종류에 이르기까지 이루 말할 수 없는 것이 있으니 충분히 하늘의 재앙을 불러올 만합니다. 그러나 세세한 일들이라 진실로 전하의 들으심을 번거롭게 할 것이 못되지만, 저 황천黃泉에서도 원통한 마음을 품고 죽어서도 눈을 감지 못하는 사람들의 경우에는 [기묘년 사람들의 일을 가리킨다.] 그 사정을 말씀드리지 않을 수 없습니다. 전하께서 이미 기묘년 사람들을 죄가 없다고 여기셔서 생존한 사람은 모두 거두어 임용하여 청현직淸顯職을 역임하였습니다. 사망한 사람 중 김식金湜 · 기준奇遵 같은 이는 자신들이 명을 어기는 죄를 지었으니 [김식은 처음에 귀양을 갔다가 재차 가두게 되었을 때에 명을 어겨 거창현居昌縣에 이르러 스스로 목을 매어 죽었다.] 무슨 바랄 것이 있겠습니까마는, 조광조의 경우에는 평생 조금도 간사한 생각이 없었는데, 죽어 황천에서 깊은 원한을 품은 채 관직을 올려준다는 명도 원한을 풀어준다는 명도 받지 못하고 있으니, 또 원망과 한탄이 일어나 하늘과 땅의 온화한 기운을 상하게 할 수 있을 것입니다.

전하께서는 한가하신 여가에 멀리 있는 신하의 말이지만 깊이 생각해 보시고, 누구에게 벼슬을 주거나 사형을 내리거나 상을 주거나 벌을 주는 일과 모든 명령을 한 결 같이 지극히 공정하여 사사로움이 없게 하여 하늘과 땅의 도道를 본받도록 하소서. 그렇게 하시고 나서도 열흘이 지나도록 비가 내리지 않는다면, 신은 망령된 말을 한 죄를 달게 받겠습니다. 이번 말씀을 구하시는 때가 되어 임금을 사랑하고 국가를 근심하는 정성이 마음속에 거세게 일어나 입을 다물고 있을 수 없어 분수에 넘치는 망령된 말을 하였습니다. 삼가 죽음을 무릅쓰고 말씀드립니다.

臣聞天無私覆, 地無私載, 雨露之所養無私恩, 霜雪之所殺無私怨, 日月無私照, 寒暑無私偏. 故高明博厚, 正大光明, 悠久不息者, 天地之道也. 人君體天地之道, 御萬機之政, 一無私心, 故中和位育之功, 多積而博發, 乖戾災害之氣, 永絶而不作, 措斯世於至治, 致國步於久安. 苟或反是, 而一有所私於其間, 則與天地不相似, 與天地不相似, 則足以召旱乾之災, 爲至治之累矣. 今之旱災, 臣不敢指其某事之失, 而亦不可諉之適然之數也. 豈有人事不失於下, 而天災之應於上者, 如是其酷邪. 臣恐政敎命令之間, 殿下必有所失而然也. 疏遠之臣, 有何聞見, 竊聞之道路, 殿下卽位之初, 勵精圖治, 以臻至治, 歲月旣久, 漸不如初. 宮闈不嚴, 干請興行, 媒進之士因嬖之徒, 因緣出入, 終遂己欲者, 滔滔皆是, 而外人私相語曰, 某也連族某宮人, 近必得仕, 某也潛結某宮人, 終必免罪, 外人之言, 往往或不虛矣. 果若人言, 此實賣爵鬻獄之事. 漢唐中主所不爲, 而殿下爲之乎. 前日殿下嘗戒東宮曰, 勿聽婦言,〔世子年少時, 上手製元子戒心箴以賜, 其序其箴, 皆以勿聽婦言爲言〕臣意以爲, 殿下深燭婦言害政之端, 而爲此言, 以敎東宮, 今亦豈欲甘自處於暗昧之地, 而爲害政之事乎. 殿下之意, 特以某也某宮人之族, 一得仕, 有何害於義. 某也某宮人之親, 一免罪, 亦何妨於政. 專不之察, 徒徇其請. 許多宮人, 爭慕效之, 咸曰我一人之請, 則宮人之請一, 而殿下之聽非一. 始於一二人之請, 馴至三四人, 終至於無慮十數人, 則賣爵之譏鬻獄之誚, 有不得免焉. 殿下博覽經史, 洞觀前古帝王之心, 而耳目之官, 帷幄之臣, 亦豈無一陳此言於殿下之前, 而殿下聽之, 猶邈然不經於心. 仁愛殿下之天心, 豈不出災害以警殿下哉. 衽席之間, 幽暗之中, 容有一毫私意, 勿謂何害何妨, 明審義理之歸, 痛自刻責, 必改乃已, 則天譴可免, 人怨可伸, 災害可轉爲祥瑞, 凶歉可變爲豐稔矣.

臣來守畿甸, 于今六年, 備知民情久矣. 以耳目之所及言之, 賦役之煩, 科歛之重, 生物進上之繁, 以至菜果之類, 有不可勝言者矣, 亦足以召天災矣. 然事涉細瑣, 固不足以煩殿下之聽. 若夫抱冤泉壤, 死不暝目〔指己卯人事〕者, 則不可不陳其情. 殿下旣以己卯之人爲無罪, 生存者盡收而用之, 歷敭淸顯. 死亡者, 則如金湜奇遵, 身負亡命之罪, [湜當初竄謫, 及再收時, 亡命至居昌縣, 自縊而死] 有何所望. 至如趙光祖, 其生也無一毫邪思, 其死有重泉深冤, 未蒙追贈泄冤之命, 亦足以起怨咨傷和氣矣. 殿下淸讌之暇, 深思遠臣之言, 爵人殺人賞人罰人, 凡爲命令, 一以至公無私, 以體天地之道. 而十日不雨, 臣甘受妄言之誅. 今當求言之時, 愛君憂國之誠, 激發於內, 不能容默, 忘言之過越, 謹昧死以聞.

■ 비답批答과 전교傳敎

답하였다.

"이 상소를 보건대 격언格言에서 나온 말이라 지극히 아름답다. 다만 사람의 임용은 추천한 것에 따라 선발하고, 사람의 처벌은 죄의 경중에 따라 결정했다. 이야기한 말대로 과연 내가 그랬는지는 모르겠다. 그러나 헛된 것이든 실상이든 간에 반드시 들은 말이 있기에 그렇게 했을 것이다. 내게 이런 허물이 있는 것을 사람들은 알고 있는데, 유독 나만 알지 못한 것인가? 다시 더욱 마음에 두어 닦아가고 살핀다면 재앙에 응답하는 도리에 합당할 것이다. 이 상소는 고치기 어려운 폐단에 대해 이야기하지 않았으므로 해당 관청이 별도로 답할 일이 없으니 승정원에 두는 것이 좋겠다."

答曰:

"觀此上疏, 發於格言, 至爲嘉矣. 但用人, 則隨其擬望而落點; 罰人, 則從其輕重而論斷. 所陳之言, 予未知果然與否也. 然虛實間, 必有所聞而然也. 予有此怨, 而人則知之, 予獨不知乎. 更加留念而修省, 則其於應災之道, 當矣. 此疏不陳弊瘼, 該司別無回啓之事, 可置政院也."

사신史臣의 평評

사신은 논한다. 박세무는 신묘년 문과文科에 급제하여 오랫동안 사관史官의 일을 맡아 보았다. 이 고을의 수령으로 나가서는 백성을 사랑하는 마음이 매우 지극했는데, 또 이런 상소를 올렸기에 그의 간절한 말을 아름답게 여기지 않는 사람이 없었다. 다만 기준을 명을 어긴 사람으로 여긴 것은 한스럽지 않을 수 없다. 그러나 어찌 또 상심하고 격분하여 한 말이 아니겠는가. 일찍이 『동몽선습童蒙先習』 한 권을 저술하였는데 간행되어 세상에 전한다.

史臣曰:

"世茂, 辛卯登文科, 久掌史事. 及出守是郡, 愛民甚至, 又上是疏 人無不嘉其懇切. 但以奇遵爲亡命人, 不能無恨. 然亦豈傷激之言耶. 常著童蒙先習一卷, 刊行于世."

상上疏소와 비批답答

371

29

의심나면 맡기질 말고, 맡기면 의심하지 말라고 했습니다

1545년(인종 1) 을사년乙巳年 6월 15일
상호군上護軍 이현보李賢輔

■ **저자 소개**

이현보李賢輔 : 1467(세조 13)∼1555(명종 10). 조선 중기의 문신으로, 본관은 영천永川이고, 자는 비중棐仲이며, 호는 농암聾巖·설빈옹雪鬢翁이다. 시호는 효절孝節이다. 예안 출신으로 참찬參贊 이흠李欽의 아들이다. 1498년(연산군 4) 식년 문과에 급제한 뒤 32세에 벼슬길에 올라 예문관 검열藝文館檢閱·춘추관 기사관春秋館記事官·예문관 봉교藝文館奉教 등을 거쳐, 1504년 38세 때 사간원 정언司諫院正言이 되었으나 서연관書筵官의 비행을 논하였다가 안동에 유배되었다.

그 뒤 1506년 중종반정中宗反正으로 지평持平에 복직되어 밀양부사·안동부사·충주목사를 지냈고, 1523년(중종 18)에는 성주목사로 선정을 베풀어 표리表裏를 하사받았으며, 병조참지兵曹參知·동부승지同副承旨·부제학副提學 등을 거쳐 대구부 윤·경주부 윤·경상도 관찰사·형조 참판刑曹參判·호조 참판戶曹參判을 지냈다. 1542년 76세 때 호조 참판, 이듬해 상호군上護軍이 되고 자헌대부資憲大夫에 올랐다. 이 해 지중추부사知中樞府事에 제수되었으나 병을 핑계로 벼슬을 그만두고 고향에 돌아와 만년을 강호에 묻혀 시를 지으며 한거하였다. 1554년 중추부지사中樞府知事가 되었다. 홍귀달共貴達의 문인이며, 후배인 이황李滉·황준량黃俊良 등과 친하였다.

조선시대에 자연을 노래한 대표적인 문인으로 국문학사상 강호시조의 작가로 중요한 자리를 차지하고 있다. 저서로는『농암집』이 있으며, 작품으로는 전하던「어부가漁父歌」를 장가 9장, 단가 5장으로 고쳐 지은 것이『청구영언靑丘永言』에 전하며「효빈가效嚬歌」·「농암가聾巖歌」·「생일가生日歌」 등의 시조작품 8수가 전하고 있다. 1612년(광해군 4) 향현사鄕賢祠에 제향 되었다가 1700년(숙종 26) 예안의 분강서원汾江書院에 제향 되었다.

『조선왕조실록』 명종 10년 6월 28일, 이현보가 죽은 뒤 사관들이 기록한 이현보에 대한 평가는 다음과 같다.

지중추부사 이현보李賢輔가 죽었다. 이현보는 영천永川 사람이다. 약관弱冠에 글 읽기를 시작했는데 글을 지으면 사람들의 추앙을 받았다. 연산조에 급제하여 사관史官이 되었는데, 사관은 임금의 언어와 동작을 기록하기 때문에 엎드려 멀리 있으면 불편하다는 것을 이유로 들어 조금 가까이 있게 해 주기를 청하였다. 연산은 마음에 거슬렸지만 그대로 윤허했었는데 얼마 지나지 않아 어떤 일에 대해 말하다가 뜻을 거슬러 귀양 갔다. 중종조에 여러 관직을 거쳐 사간이 되었고 그 뒤에는 여러 차례 어버이 봉양을 위해 외직外職으로 나갔는데 가는 곳마다 명성과 공적이 있었고, 호조 참판戶曹參判으로 있다가 은퇴하여 고향에서 지냈다.

중종조와 인종조에서 그가 조용히 은퇴한 것을 아름답게 여겨 품계를 올려 불렀지만 모두 나오지 않았다. 명종조에서도 명을 내려 불렀지만 또 극력 사양하고 이어 상소하여 일에 대해 논했는데 당시의 폐단을 아주 잘 맞추었다. 성품이 효성스럽고 우애가 있었으며 담박하고 욕심이 없어 시골에 있을 때에는 일찍이 사사로운 일로 관가에 청탁하는 일이 없었으며 유유자적하게 살았다. 근래에는 만년의 지조가 완전하였던 사람으로 이현보를 으뜸으로 친다.

(『농암집農巖集』·『조선왕조실록朝鮮王朝實錄』·『한국민족문화대백과사전』·『한국한자어사전韓國漢字語辭典』·『해동명신록海東名臣錄』)

■ **평설**評說

이 상소는 신하를 얻는 방법에 대해 밝힌 상호군 이현보의 상소이다. 이미 79세의 노구老軀로 관직에 나오도록 부르는 임금의 명에 대해 사직을 청하며 답한 상소라는 점에서 노신老臣의 경험과 충정이 어려 있는 글이라고 할 수 있다.

이 상소에서 이현보는 인종의 즉위로 정사政事가 날로 새로워져, 만백성이 목을 늘이고 눈을 씻고 기뻐서 바라보고 있으니 옛날 관리로 임명되어 배종陪從한 은사恩賜가 있는 자신 역시 전폐殿陛 아래에 나아가 친히 경광耿光을 바라보고 유신惟新의 정치를 경하하고 싶지만, 79세의 나이로 정신과 기력이 날로 쇠약해져 숨이 끊어지려 하니 임금에게 나아가기 어렵고, 또 서반西班의 직함이 중요한 것이 아니라 하더라도 외방에 있으면서 일 없이 직함을 가지는 것은 옳지 않으니 빨리 벼슬을 갈아 주기를 바란다고 했다. 이 부분만 읽으면 쇠약한 노구를 견디기 어려운 노신의 사직 상소라고 할 수 있다.

하지만 이현보는 이어서 백발의 늙은 신하로 성세聖世에 버려진 물건이 되었지만, 한 치의 작은 정성을 임금에게 바치려니 인종에게 "충만하고 이룩된 것을 믿지 말고 어렵고 큰 것을 염려하여 선왕께서 이미 다하기도 하고 아직 다하지 못하기도 한 정치를 오늘날 잘 계술繼述하는 공功을 더하여, 부지런히 힘쓰고 게을리 하지 말아서 광명光明을 거듭하는 치적治績을 이루라."고 하였다.

이를 위한 방법으로 이현보는 "정치의 요령은 사람을 얻는 것에 달려 있고,

사람을 얻는 근본은 군주의 한 마음에 달려 있으며, 임금이 마음을 쓰는 것은 밝음과 믿음에 달려 있으니, 신하를 임용하는 처음에 밝게 분별하고 임용한 뒤에는 믿고 맡기며 정성으로 대우하고 오로지 맡기라."고 하였다. 귀천을 막론하고 신하를 잘 등용하여 조정에 늘어서서 여러 직위에서 그 포부를 펴게 한다면, 요堯·순舜의 정치를 이루는 것이 무엇이 어렵겠느냐는 것이다.

이현보는 이어서 선왕들도 어진 이를 좋아하고 선비를 좋아하였으나, 밝음과 믿음이 지극하지 못하여 어진 사람과 간사한 사람이 뒤섞이고 임용이 한결같지 않아서 후회가 없을 수 없었으니, 옛사람의 말과 같이 의심하면 맡기지 말고 맡기면 의심하지 말 것이며, 신하를 어렵게 여기고 선발을 신중히 하라고 하였으니, 이와 같은 이야기는 신하 선발의 중요한 기준으로 이현보의 경험과 충정을 담고 있는 것이라고 할 수 있다.

이 상소에 대해 인종은 "노쇠한 나이에 충성이 오히려 매우 간절하니, 내가 매우 아름답게 여긴다. 특별히 자헌대부資憲大夫로 가자加資하여 칭찬하는 뜻을 보이고 또 병이 낫는 대로 곧 올라오게 하라."고 하여, 노신이 경험과 충정을 버릴 수 없다는 뜻을 밝혔다.

375

■ **역문**譯文

임금과 신하 사이에는 처음부터 끝까지 두 마음이 없어야 하므로, 은혜와 의리의 보답은 다해야 할 것이며, 혹 선왕 때에 다하지 못하였다면 후사後嗣 때에 힘을 다할 수도 있을 것입니다. 신은 대행 선왕大行先王 때에 여러 해 동안 벼슬하여 지위가 재상의 반열에 이르렀는데, 나이가 벼슬을 그만두고 물러날 때를 지나고 몸에 병도 들었으므로 글을 올려 퇴직을 청하였으나, 윤허를 받지 못하였습니다. 말미를 받아 조리하느라 시골에 오래 머물러 있는 동안에 여러 번 은사恩私를 받고도 가서 사례하지 못하였으므로, 늘 지극히 송구한 마음을 품어 왔습니다. 옥체玉體가 편안하지 못하시다는 말을 갑자기 들었는데 곧 승하하셨다는 소식을 듣게 되니, 이전의 은혜에 보답하려고 하여도 다시는 방법이 없게 되었습니다. 산릉山陵의 장례 때에만은 반드시 기어가서라도 인산因山 곁에 한 번 곡하여 이 몸의 슬피 사모하는 심정을 조금은 쏟아 보려 하였으나, 여전히 쇠약하고 병이 있어서 이 또한 실행하지 못하였습니다. 답답한 마음을 호소할 데가 없으므로, 마지못하여 상중喪中에 계신데도 무릅쓰고 아뢰니, 스스로 분수를 넘는 줄 알고 죄를 뉘우침이 또 깊습니다.

이제 전하께서 보위寶位에 오르시자 모든 정사政事가 날로 새로워지므로, 사방의 만백성이 누구나 다 목을 늘이고 눈을 씻고 기뻐서 바라보며 찬탄하는데, 더구나 신은 옛날 관리에 임명되었던 자인 데이겠습니까. 도와서 바르게 이끈 보탬은 없었으나 모시고 따라다닌 은사恩賜는 있었으니, 어찌 한번 대궐의 섬돌 아래에 나아가 친히 환한 빛을 바라보고서 새로운 정치를 경하하려 하지 않겠습니까.

생각해 보건대 미천한 신의 나이가 이제 일흔 아홉이 되었으므로 정신과 기력이 날로 쇠약해져서 숨이 곧 끊어지려 하여 생명이 조석朝夕 사이에 어찌될지 보장할 수 없으니, 산을 넘고 물을 건너 먼 길을 가기는 진실로 어렵거니와, 또 서반西班(무반武班)의 직책이 긴요하지는 않더라도 외방에 있으면서 헛되이 직함을 가지는 것은 마음에 불편합니다. 바라옵건대, 빨리 벼슬을 갈아 주시어 신이 언덕과 골짜기에서 마음 편히 남은 삶을 보전하게 하소서. 그러면, 이제부터 죽기까지의 세월은 다 성상의 은혜가 될 것입니다. 이것을 지극히 바라 마지않습니다. 다만 생각하건대, 백발의 늙은 신하가 시골집에 앓아누웠으므로 다시는 조정에 나아가 품은 희망을 펼 수 없어 이미 성세聖世에서 버려진 물건이 되었으나, 그래도 한 치의 작은 정성이 생활하는 사이에 싹터 저도 모르게 임금에게 바치려는 어리석은 생각이 듭니다.

『서경書經』에 "아들이 태어나면 모든 것이 배우기 시작하는 어릴 때에 달렸다."라고 하였습니다. 이제 전하께서 대통大統을 이어 임금으로 모든 정사를 처리하시는데, 하늘이 전하에게 슬기를 주는 것과 길흉吉凶을 주는 것이 바로 오늘에 달려 있으니, 힘쓰지 않으실 수 있겠습니까. 선유先儒가 말하기를 "창업創業은 쉬우나 수성守城은 어렵다."라고 하였고, 『주서周書』에도 "내 몸에 큰일을 끼치고 어려움을 주었다."라고 하였으니, 전하께서는 행여 충만하고 이룩된 것을 믿지 말고 어렵고 큰 것을 염려하여 선왕께서 이미 다하기도 하고 아직 다하지 못하기도 한 정치를 오늘날에 잘 이어 펼치는 공功을 더하여, 부지런히 힘쓰고 게을리 하지 말아서 광명光明을 거듭하는 치적治績을 이루소서. 그러면 치화治化의 아름다움이 어찌 전열前烈보다 빛나지 않겠습니까.

그러나 이것은 그 실마리일 뿐입니다. 정치의 요령은 사람을 얻는 데에 달려 있고 사람을 얻는 근본은 군주의 한 마음에 달려 있으며, 임금이 마음을 쓰는 것은 또 밝음과 믿음에 달려 있을 뿐입니다. 임용하는 처음에 밝게 분별하고 임용한 뒤에는 믿고 맡기며 정성으로 대우하고 오로지 맡기소서. 귀천을 막론하고 잘 등용하여 조정에 늘어서서 여러 직위에서 그 포부를 펴게 한다면, 요堯·순舜의 정치를 이루기에 무엇이 어렵겠습니까.

선왕께서도 이것이 급한 일이라는 것을 모르지 않으셨으므로 어진 이를 좋아하고 선비를 좋아하신 것은 옛 성왕聖王과 다를 것이 없었으나, 혹 밝음과 믿음이 지극하지 못하기도 하였으므로 어진 사람과 간사한 사람이 서로 뒤섞이고 임용이 끝내 한결같지 않아서 마침내 후회가 없을 수 없었는데, 이것은 전하께서 듣고 보신 바입니다. 이 때문에 옛사람이 그 군주에게 경계할 때는 반드시 "의심하면 맡기지 말고 맡기면 의심하지 말라."라고 하고, 또 "어렵게 여기고 신중히 하라."라고 하였으니, 신도 이 몇 마디 말을 전하의 첫 정치를 위해 바칩니다. 어리석은 말을 채택하고 유용한 데에 사용하여 만분의 일이라도 전하의 정치에 조금 보대게 하여 주신다면, 이 몸이 하늘의 해를 받들어 전하를 뵙지 못하더라도 은혜를 받는 것이 진실로 많을 것이니, 만 번 죽어도 유감이 없겠습니다.

君臣之間, 終始不貳, 恩義之報, 在所當盡, 如或未盡於先朝, 猶可效力於後嗣. 臣於大行先王之朝, 立仕多年, 位隮宰班, 年過致仕, 病又纏身, 上章乞退, 未蒙允兪. 受由調治, 久滯于鄕, 屢被恩私, 亦未往謝, 常懷悚懼之至. 忽聞玉體愆和, 旋有諱音, 欲報前恩, 更無其所. 惟於山陵會葬時, 期將匍匐一哭於因山之側, 少洩此生哀慕之情, 而喪病如前, 亦未遂焉. 悶鬱之懷, 無處控訴, 不得已冒達于亮陰在疚之中, 自知僭越, 悔罪方深. 今殿下初登寶位, 庶政日新, 凡四方萬民, 莫不延頸拭目, 欣覩咨嗟, 況臣, 舊日承乏僚屬. 雖無輔導之益, 亦有陪從之恩, 豈不欲一進殿陛之下, 親望耿光, 以賀惟新之治.

顧臣犬馬之齒, 今至七十有九, 精神氣力, 日就凋耗, 奄奄之生, 朝夕難保, 跋涉間關, 固所難矣, 且西班之衛, 雖未緊要, 在外虛帶, 心所未安. 伏望亟遞其職, 俾臣安心丘壑, 以保殘生, 則自今至死之年, 皆聖上之賜. 不勝至願. 第念白髮老臣, 病伏田廬, 更無趨朝展布所蘊之望, 已作聖世之棄物, 尙有一寸微誠, 忽萌于食芹負暄之餘, 不覺獻御之爲癡. 書曰若生子, 罔不在厥初生, 今殿下纘承大統, 新摠萬幾, 命哲命吉凶, 正在今日, 可不勉哉. 先儒有言曰, 創業爲易, 守成爲難, 周書亦曰, 遺大投艱于朕身, 殿下幸勿以盈成爲恃, 而艱大爲念, 因先王已盡未盡之政, 加今日善繼善述之功, 孜孜毋怠, 以臻重熙之績, 則治化之美, 豈不光於前烈乎. 雖然此特其緒餘耳. 爲治之要, 在乎得人, 得人之本, 則在乎人主之一心, 君心之用, 亦在乎明與信而已. 明以辨之於始任之初, 信以委之於旣任之後, 待之誠而任之專. 明揚布列, 展其所抱於庶位, 則何難乎致其堯舜之治也.

先王亦非不知以此爲急, 好賢樂士, 無異古之聖王, 而或致明信之未至, 不能無賢邪之相混, 任用之不終, 終不得無悔焉, 此殿下耳目之所及也. 是以古人之陳戒其君也, 必曰疑則勿任, 任則勿疑, 又曰其難其愼, 臣亦以此數語, 爲殿下初政獻焉. 儻採瞽說, 施於有用, 俾能少補於萬分之一, 則身雖不能奉對天日受賜實多, 萬死無憾.

379

전교하기를,

"이 상소의 내용을 보면 노쇠한 나이에 충성이 오히려 몹시 간절하니, 내가 매우 아름답게 여긴다. 특별히 자헌대부資憲大夫로 품계를 올려 칭찬하는 뜻을 보이고 또 병이 낫는 대로 곧 올라오게 하라. 이 뜻을 이조吏曹에 말하라."

하였다.

傳曰:

"觀此疏辭, 則衰年忠誠, 猶切懇到, 予甚嘉之. 其特加資憲, 以示襃美之意, 且使差病卽上來. 此意言于吏曹."

30

왕께서 어리시니 다스림과
배움의 시초가 바로 지금에 있습니다

1547년(명종 2) 정미년丁未年 1월 25일
부제학副提學 주세붕周世鵬

■ 저자 소개

주세붕周世鵬 : 1495(연산군 1)~1554(명종 9). 조선 중기의 문신이자 학자로 본관은 상주尙州이며, 자는 경유景游이고, 호는 신재愼齋·남고南皐·무릉도인武陵道人·손옹巽翁 등이다. 고려 말에 고조가 경상도 합천에 우거했으나, 아버지 대에 칠원漆原으로 옮겨와 칠원에서 출생했다고 하는데, 일설에는 합천에서 출생했다고도 한다.

1522년(중종 17) 생원시에 합격하고, 같은 해 별시 문과에 을과로 급제하여 승문원 권지부정자承文院權知副正字로 관직을 시작하였다. 그 뒤 승문원 정자承文院正字로 사가독서에 뽑히고, 홍문관弘文館의 정자正字·수찬修撰을 역임하였다. 공조 좌랑工曹佐郎·병조 좌랑兵曹佐郎·강원도 도사를 거쳐 사간원 헌납司諫院獻納을 지냈으며, 1537년 김안로金安老의 전권을 피하기 위해 어머니의 봉양을 이유로 외직을 청하여 곤양군수昆陽郡守로 나갔다. 이듬해 검시관檢屍官으로 남형濫刑을 한 상관을 비호했다는 죄목으로 파직되었고, 어머니의 사망으로 여묘廬墓 3년을 지냈는데, 상제喪祭의 예는 모두 『가례家禮』를 따랐다.

1541년 풍기 군수가 되어 풍기 지방의 교화를 위해 향교를 이전하고, 사림 및 그들의 자제를 위한 교육기관으로 1543년 백운동서원白雲洞書院(소수서원紹修書院)을 건립했는데, 우리나라 서원의 시초가 되었다. 1545년(명종 즉위년) 내직으로 들어와 성균관 사성成均館司成에 임명되었고, 홍문관弘文館의 응교應敎·전한典翰·직제학直提學·도승지都承旨를 역임했으며, 1548년 호조 참판戶曹參判이 되었다. 1549년 황해도 관찰사가 되어 백운동서원의 예와 같이 해주에 수양서원首陽書院을 건립했으며, 이후 대사성大司成·동지중추부사同知中樞府事를 역임하다가 병으로 사직을 요청하여 동지성균관사同知成均館事로 교체되었다. 죽은 뒤 소원에 따라 고향인 칠원의 선영에 안장되었다. 후사가 없어 형의 아들인 주박周博을 양자로 삼았다.

내직으로는 대체로 학문기관에서 관직 생활을 하였고, 지방관으로 나가서는 교학 진흥에 힘썼다. 도학에 힘쓸 것을 주장하고 불교의 폐단을 지적했으며, 기묘사화己卯士禍 이후 폐지되었던 여씨향약呂氏鄕約을 다시 시행할 것을 건의하기도 하였다. 풍기에서 유교 윤리에 입각한 교화에 힘쓰고, 당시 피폐되어 향촌민의 교육기능을 담당하지 못하던 향교를 관아 근처로 이건, 복구하였다. 향교 대신 풍기의 사림 및 그들의 자제들을 위한 교육기관으로 주자의 백록동서원白鹿洞書院을 모방한 백운동서원을 건립하여, 서원을 통해 사림을 교육하고 서원을 사림의 중심기구로 삼아 향촌의 풍속을 교화하려고 하였다. 1550년에 풍기군수였던 이황李滉의 청원으로 백운동서원이 소수紹修라는 사액을 받아 조선 최초의 사액서원이 되었으며, 이에 따라 백운동서원은 점차 풍기 사림의 중심 기구로 변모해나갔다. 이후 이를 모방한 서원들이 각지에서 건립되었다.

청백리에 뽑히었고, 「도동곡道東曲」·「육현가六賢歌」·「엄연곡儼然曲」·「태평곡太平曲」 등의 장가長歌와 「군자가君子歌」 등의 단가短歌 8수가 전하며, 예조 판서禮曹判

書에 추증되었고 칠원의 덕연서원德淵書院에 주향되었으며, 백운동서원에도 배향되었다. 저서로 『죽계지竹溪誌』·『해동명신언행록海東名臣言行錄』·『진헌심도進獻心圖』·『심도이훈心圖彝訓』 등이 있다. 문집으로 아들 주박이 편집했다가 전란으로 없어져 1859년(철종 10) 후손들이 다시 편집한 『무릉잡고武陵雜稿』가 있다.

『조선왕조실록』 명종 9년 7월 2일, 주세붕이 죽은 뒤 사관들이 기록한 주세붕에 대한 평가는 다음과 같다.

동지중추부사 주세붕周世鵬이 죽었다. 주세붕은 영남 사람이다. 마음가짐이 너그럽고 온화하며 학문과 덕업德業을 닦고 어진 이와 선한 일을 좋아하며 자기 자신을 부족하게 여겼고, 선현先賢들의 격언이나 좋은 글을 보게 되면 반드시 창이나 벽에 붙여놓고 끊임없이 외웠다. 장사葬事와 제사祭祀도 늘 『주문공가례朱文公家禮』를 법칙으로 삼았고, 선영先塋이 나지막한 산의 기슭에 있어 후세에 논밭이 될까 걱정하여 묘역墓域의 둘레에 기와와 돌을 모아 묻어 놓느라 갖은 고생을 다하였으니, 그 효성이 순실하고 지극했다.

여러 고을의 수령이 되었고 한 도의 관찰사가 되었었는데, 백성들을 고무하고 격려시킬 것을 생각하여 교화를 존숭했고 예禮의 격식에 매달리지 않았다. 백성들을 효도와 공경, 농업과 잠업으로 권면하고 홀아비·홀어미·고아·과부들까지도 살아갈 수 있게 해주려고 했다. 인륜을 노래로 부르게 하고 학교를 세우기도 했는데, 풍기군豊基郡에서 안유安裕의 옛터를 발견하여 서원書院을 세워 제사지내고, 안보安輔·안축安軸을 배향配享하고 가사歌辭를 지어 바쳤으며 선비들을 맞아들여 그 안에서 글을 읽게 하였는데, 그들을 봉양하는 경비를 모두 규모 있게 하였다. 또 해주海州에다 서원을 세워 최충崔冲을 제사지냈는데, 제도는 풍기의 서원과 다름이 없었다.[해주는 최충의 고향이다.] 벼슬은 참판에 이르렀는데 가난한 선비와 같은 마음을 가져 맑은 기상과 굳은 절개가 변한 적이 없었다.

그러나 허자許磁·남곤南袞의 추천을 받아 홍문관의 정자에 임명되었는데, 남곤이 몰락하자 주세붕도 당대의 일을 논한 것 때문에 파직되었다. 을사년의 화가 일어난 뒤 주세붕은 사람들을 대하면 번번이 세상에 대해 분개하는 말을 하였고, 권세 있는 간신들을 대해서는 굽신거리면서 두려워하였으며, 이기李芑·윤원형尹元衡의 집을 드나들며 여러 벼슬을 거쳐 부제학이 되었다. 인종仁宗의 담제禫祭(초상初喪으로부터 27개월 뒤, 즉 대상大祥을 치른 그 다음 다음 달 하순下旬의 정일丁日이나 해일亥日에 지내는 제사祭祀. 아버지가 생존해 있는 어머니 상이나 아내 상의 경우에는 초상初喪 후 15개월 만에 지낸다) 뒤에 자전慈殿이 따로 연은전延恩殿에 부제祔祭(졸곡卒哭 다음 날, 신주神主를 조상祖上의 신주 곁에 모실 때 지내는 제사祭祀) 하도록 하자 옥당이 글을 올려 논했었는데, 이때 진복창陳復昌이 응교로 있으면서 그 상소를 지었다. 주세붕이 그것을 두세 차례 자세히 읽은 뒤 눈을 둥그렇게 뜨고 '이 글이 만대萬代에 전해지더라도 어떻게 가볍게 여길 사람이 있겠는가.'라고 하였다. 이전에 이행李荇의 행장行狀을 지으면서는 극도로 칭찬하여, 충성은 유향劉向에 비하고 지조는 공융孔融에 비하며 용맹은 제갈량諸葛亮에게 비하기까지 했으므로 식견 있는 사람들이 천하게 여겼었다. 이때에 죽었는데 상이 듣고 매우 애도하며 관원을 보내 제사를 지내게 하고, 또 길에서 널을 호송護送하여 집으로 돌아가게 하였다.

(『무릉잡고武陵雜稿』·『조선왕조실록朝鮮王朝實錄』·『한국민족문화대백과사전』·『한국한자어사전韓國漢字語辭典』·『해동잡록海東雜錄』)

■ 평설評說

이 글은 53세로 홍문관 부제학에 있었던 주세붕이 14살의 명종에게 다스림의 근본은 학문에 있음을 밝혀 학문에 힘쓰기를 권면한 상소이다. 명종은 1534년 태어나 1567년까지 34년을 살았는데, 1545년 12세가 되던 해에 왕위에 올라 23년 간 재위하였다. 중종의 둘째 적자嫡子이자 인종의 아우로, 어린 나이에 즉위하여 어머니인 문정왕후가 수렴청정을 하였는데, 너무 어린 나이에 왕위에 올라 정치는 모두 그의 어머니 문정왕후의 뜻에 따라 움직였다. 이런 상황에서 주세붕은 명종에게 정치는 학문에서 나오는 것이니 정치를 잘 하기 위해서는 먼저 학문에 힘을 쏟아야 한다고 하였다.

이 상소에서 주세붕은 옛날 은 나라의 왕 태갑太甲이 처음 즉위했을 때 그의 신하 이윤伊尹이 "모든 것이 처음에 달려 있다."라고 하였으니, 초기에 조심조심 기반을 만들지 않으면 아무리 지혜가 있어도 그 후반을 잘할 수가 없는데, 이런 것은 다스림의 도만 그런 것이 아니라고 했다. 주세붕은 학문의 근본 역시 처음에 달려 있기 때문에 옛날에는 사람을 가르칠 때 반드시 어린 나이, 곧 생각이 아직 흐트러지지 않고 욕심이 싹트지 않은 때에 했다고 했다. 만약 이때를 놓치지 않고 가르치면 버릇과 지혜가 자라나면서 마음과 함께 변화하기 때문에 자신도 모르게 성현의 영역에 들어가지만, 만약 개인적인 생각과 좋아하고 싫어하는 마음이 안에서 생기고 여러 사람들의 말재주가 밖에서 녹인 뒤 배우게 되면, 마음을 집중하지 못하여 끝내 드러내어 밝히는 것이 없을 것이라는 것이다.

주세붕은 명종이 새로 보위에 올랐고 나이도 아직 어려 다스림의 처음과 배움의 시초가 다 지금에 있으니 명종이 이때를 놓치지 않고 힘쓴다면 요堯·순舜의 학문과 당唐·우虞의 다스림을 오늘날에 재현할 수 있을 것이라고 했다. 또 다스림과 학문 중에서 학문이 먼저 되어야 하는 것이니, 요·순의 학문이 있은 뒤라야 당·우의 다스림이 있기 마련이므로, 다스림의 근본을 구하는 것은 올바른 배움의 길을 얻는 데에 달려 있다고 했다. 이와 함께 학문을 위해서는『소학小學』과『대학大學』을 참조하여야 하는데, 명종은 이미 차례를 따라 글을 읽고 강구講究하여 그 뜻을 통했기 때문에 스승을 구할 필요 없이 마음에 본받고 몸으로 실천하여 그 학문의 효과를 거둘 뿐이라고 했다.

　주세붕은 『소학』의 '경敬'과 『대학大學』의 '절목節目'에 주의하여야 하는데, 그 중 '명덕明德'이란 '신민新民'의 첫 일이요, '신민'은 '명덕'의 마지막 일이니, '명덕'이 아니면 '신민'의 기본이 될 것이 없으며 '신민'이 아니면 '명덕'의 공을 거둘 수 없다고 했다. 따라서 '명덕'으로써 근본을 삼아야 하는데, '명덕'을 하는 방법은 '격물格物 · 치지致知 · 성의誠意 · 정심正心 · 수신修身'이라는 것이다. 또, 사람이 배운다는 것은 마음[心]과 이치[理]일 뿐이니, 마음이 비록 한 몸을 주관하지만 그 체體의 허령虛靈함은 족히 천하의 이치를 주관하며, 이치가 비록 만물에 산재하여 있지만 그 쓰임의 미묘함은 실로 사람의 마음을 벗어나지 않으니, 마음과 이치는 서로 관통하여 간격이 없으므로 물物이 이미 바로잡혀지면 지知는 저절로 이르게 된다는 것이다.

　이와 함께 주세붕은 명종에게 힘쓰는 방법으로는 주자가 말한 '일의 드러난 것을 살피고 생각의 은미한 곳을 살피며 문자文字 가운데서 찾아보고 강론할 때에 찾아본다.'라고 한 말보다 더 좋은 방법은 없으니, 사물에 응접應接할 때 그 일의 결과를 상고하고 한가롭게 홀로 있을 때에 생각의 은미한 곳을 살피며, 전에 강講한 글을 더 익혀서 강론講論할 때 그것을 구하라고 하였다.

　마지막으로 주세붕은 명종에게 하늘이 내려준 자질이 빼어나게 아름답고 총명한 덕이 이미 도道에 가까운데, 복잡한 정사政事는 모두 어머니께서 총괄하고 계시니, 이런 때 전하께서 오로지 학문에 온 마음을 쏟으신다면 명덕明德과 신민新民의 효과를 볼 날을 확실히 기대할 수 있을 것이라고 하였다.

　이 상소에 대해 명종은 "학문을 권면하는 방법이 지극히 간절하다. 내 비록 불민하나 항상 유념하겠다."라고 하여 스스로 학문에 힘쓰겠다고 다짐하였다. 53세의 신하가 올린 권학의 상소에 대해 14살의 임금이 이렇게 답한 것이 임금의 뜻이었을지 아니면 신하의 위력에 눌린 임금의 옹색한 답변이었을

지는 모르겠지만, 어떤 것이었든 임금에게 학문을 권면하는 상소를 올리고 그 상소에 대해 부지런히 힘쓰겠다고 답하는 비답을 내리던 시대, 나이 어린 임금이 부지런히 학문하는 것이 신하와 백성의 기대에 부응하는 것이 될 수 있었던 시대가 바로 조선시대였다.

■ **역문**譯文

신들은 삼가 아룁니다. 하늘이 큰 재앙을 내려 두 성왕聖王께서 잇달아 승하하시어 나라가 경황이 없어 어찌할 바를 알지 못하다가, 전하께서 등극하신 이래로 영명하고 의젓하신 모습을 보여 날로 존경의 대상이 되며 학문을 부지런히 하신 것이 강론講論할 때에 나타나자 모두가 기뻐 뛰면서 조금이라도 더 살아 태평한 세월을 다시 보기를 바라고 있는데, 전하께서는 무엇으로써 이러한 인심의 기대에 부응하시겠습니까?

옛날 은 나라의 왕 태갑太甲이 처음 즉위했을 때에 그의 신하 이윤伊尹이 말하기를 "왕께서는 그 덕을 이으셨으니 모든 것이 처음에 달려 있습니다."라고 하였습니다. 대체로 임금이 다스림의 기반을 세우려고 한다면 즉위한 초기에 달려 있습니다. 만약 초기에 조심하여 기반을 만들지 않는다면 아무리 지혜가 있는 이라도 그 후반에 잘할 수 없습니다. 천하의 일을 보건대 처음이 있고 끝이 없는 예는 많지만 처음이 없이 끝이 있는 것은 아직까지 본 적이 없습니다.

다스림의 도만 그러한 것이 아닙니다. 학문의 근본 역시 처음에 달려 있기 때문에 옛날에는 반드시 어린 나이, 곧 생각이 아직 흐트러지지 않고 욕심이 싹트지 않은 때에 사람을 가르쳤습니다. 이때를 놓치지 않고 가르치면 자라면서 버릇과 지혜가 마음과 함께 변화하는 까닭에 자신도 모르게 성현의 영역에 들어가기 마련입니다. 만약 미리 가르치지 않고 개인적인 생각과 좋아하고 싫어하는 마음이 안에서 생기고 사람들의 말재주가 밖에서 녹인 뒤에 그제야 배우게 한다면, 마음을 집중하지 못하여 날아가는 기러기를 쏘아 잡을 생각이 마음속에 없지 않아서 끝내 드러내어 밝히는 것이 없을 것입니다. 이 때문에 『예기禮記』에 이르기를 "드러난 뒤에 금지하면 굳게 막혀 어찌할 수가 않고, 때가 지난 뒤에 배우면 고생만 할 뿐 성공하기 어렵다."라고 하였습니다.

전하께서는 새로 보위에 오르셨고 나이 아직 어리시니 다스림의 처음과 배움의 시초가 다 지금에 있습니다. 전하께서 이때를 놓치지 않고 힘을 쓰신다면 요堯·순舜의 학문과 당唐·우虞의 다스림을 오늘날에 재현하실 수 있을 것입니다. 만약 그럭저럭 세월만 보내시면서 이때를 놓치고 힘쓰지 않는다면 뒷날의 다스림과 어지러움의 기미가 여기서 결정될 것이니 두려운 일이 아니겠습니까. 그러나 요·순의 학문이 있은 뒤라야 당·우의 다스림이 있기 마련이므로, 그 다스림의 근본을 구하는 것은 올바른 배움의 길을 얻는 데에 달려 있는 것입니다. 언젠가 옛사람이 쓴 배움의 차례를 본 적이 있습니다. 어릴 때에는 『소학小學』을 익혀서 흐트러진 마음을 거두어들이고, 그 덕성을 길러서 『대학大學』의 기본을 삼고, 자란 뒤에는 『대학』에 나아가 사리事理를 살피고 실천에 옮겨서 『소학小學』의 공功을 거두는 것입니다. 그러므로 배움의 크고 작음은 그 나이의 많고 적음에 따라 익히는 내용이 다르지만, 그 체體와 용用은 서로 처음이 되고 끝이 되는 것이니, 이 둘 중에 하나만 빠뜨려도 배움이 될 수 없는 것입니다.

전하께서는 이미 차례를 따라 글을 읽고 강구講究하여 그 뜻을 통하셨으므로, 학문이 높은 스승이나 선비라 하여도 거기에 더 더할 것이 없으니, 지금은 마음으로 본받고 몸으로 실천하여 그 효과를 거둘 뿐이요, 분분한 강설講說에 다시 마음 쓸 필요가 없습니다. 그러나 전하의 학문이 이미 성숙하였지만 만에 하나라도 혹 미진한 데가 있을까 염려하는 것은 신의 지극한 정情이며, 나의 학문이 이미 이룩되었지만 만에 하나라도 미진한 곳이 있지나 않을까 하고 우려하는 것은 성인聖人의 지극한 덕德입니다. 더욱이 『소학』이란 책은 그 안에 천언만행千言萬行이 갖추어 실려 있지만 그 귀결점은 존심存心과 함양涵養의 공부에 불과할 뿐이고 보면 '경敬'이란 한 자만으로도 충분합니다. 그런데 『대학大學』이란 책은 규모가 크고 절목節目이 자세하며 근본과 말단이 서로 의지하고 처음과 끝이 서로 기대어 내 몸을 수양하고 남을 다스리는 도리가 전부 여기에 있으므로 자세하게 강론하고 정밀하게 살피지 않고서는 그 요령을 알기 어렵고 그 정밀함을 다하기 어렵습니다.

'명덕明德'이란 '신민新民'의 첫 일이요, '신민'은 '명덕'의 마지막 일이니, '명덕'이 아니면 '신민'의 기본이 될 것이 없으며 '신민'이 아니면 '명덕'의 공을 거둘 수 없습니다. 세상의 임금들이 신민을 일삼지 않는 사람이 없으면서도 신민을 하는 도道가 명덕의 근본이 됨을 알지 못하는 까닭에 신민을 할 즈음에 법률과 상벌만으로도 충분히 다스릴 수 있다고 생각하니, 이것이 어찌 신민을 하는 도를 안다고 할 수 있겠습니까. 전하께서 신민을 하는 위치에 계시니 신민을 하는 일을 행하시되 법률이나 상벌 따위의 말단적인 것에 구애되지 않고 명덕으로써 근본을 삼으신다면 아마도 배운 것을 저버리는 일이 없게 될 뿐만 아니라 억만년토록 끝이 없을 조선朝鮮의 터전이 이로 인하여 더욱 공고해질 것입니다. 명덕을 하는 방법은 '격물格物·치지致知·성의誠意·정심正心·수신修身'이 바로 그것입니다. 이 가운데 또 힘써서 해야 할 차례를 따진다면, 먼저 마음이 밝혀갈 곳을 안 다음에 힘써 행하여 지극하게 되기를 구해야 하므로 '격물·치지'의 방법은 처음 마음을 쓰는 데에 있는 것이며, 내 마음의 지知를 이루는 방법은 또 물物에 나아가 그 이치를 궁구하는 데에 있는 것입니다.

대체로 사람이 배운다는 것은 마음[心]과 이치[理]일 뿐입니다. 마음이 비록 한 몸을 주관하지만 그 체體의 허령虛靈함은 천하의 이치를 주관하기에 충분하며,

이치가 비록 만물에 산재하여 있지만 그 쓰임의 미묘함은 실로 사람의 마음을 벗어나지 않습니다. 마음과 이치는 서로 관통하여 간격이 없으므로, 물物이 바로잡히면 지知는 저절로 이르게 됩니다. 이것이 바로 『대학』의 첫 가르침이며, 『논어論語』의 "글로써 나를 넓힌다"와 『맹자孟子』의 "널리 배우고 자세히 이치를 살핀다", 그리고 『중용中庸』의 학문사변學問思辨과 함께 모두 도에 들어가는 문이 되는 것입니다. 도에 들어가고자 하는데 그 문을 알지 못한다면 끝내 어떻게 들어갈 수 있겠습니까? 세상의 견문 넓은 사람들이 공연히 밖을 좇아 많이 아는 것을 자랑하는 데만 힘쓰고 참된 이치가 일관되어 있는 곳을 찾지 않기 때문에 아는 것이 많으면 많을수록 마음은 더욱 막히고, 배움을 더욱 부지런하게 하면 할수록 정신은 더욱 떨어집니다. 어찌 도를 보는 데 무익無益할 뿐이겠습니까. 그러므로 만약 힘쓰는 방법을 찾는다면, 주자가 "드러난 일을 살피고 은미한 생각을 살피며 문자文字 가운데서 찾아보고 강론할 때에 찾아본다."라고 한 말보다 더 좋은 방법은 없는 것입니다. 배우는 자가 이 방법대로 힘쓴다면 거의 어긋나지 않을 것입니다.

원하건대 전하께서는 사물을 응하고 접할 때 그 일의 결과를 상고하고 한가롭게 홀로 있을 때에 은미한 생각을 살피며, 전에 강講한 글을 더 익혀서 강론論論할 즈음에 그것을 구하소서. 신심身心과 성정性情, 인륜人倫과 일용日用은 물론, 천지天地 · 귀신鬼神 · 조수鳥獸 · 초목草木의 변화에 이르기까지 아무리 먼 것도 찾지 못하는 것이 없고 아무리 숨은 것도 찾지 못하는 것이 없어서 탈연관통脫然貫通함에 이른다면, 천지 만물에 대해서 의리의 지극히 정미한 곳을 알며, 우리의 마음 또한 그 전체全體와 대용大用을 궁구하여 다하지 않음이 없을 것입니다. 이렇게 된 뒤라야 뜻이 성실할 수 있고, 마음이 바르게 될 수 있으며, 몸이 닦여질 수 있습니다. 제가齊家 · 치국治國 · 평천하平天下도 이와 같이 한다면 어려움이 없을 것입니다. 팔조목八條目의 가르침은 마치 계단을 차례차례 오르는 것과 같아서 차례를 어지럽힐 수 없으며, 그 하나하나의 공효功效 또한 빠뜨릴 수 없습니다. 다만 그 본원本源을 따져보면 격물·치지라는 실마리에서 나왔으므로 혼자 정성스럽게 여기에 뜻을 두고 감히 지리한 말씀을 드리는 것입니다.

전하께서는 하늘이 내려준 자질이 빼어나게 아름다우시고 총명한 덕이 이미 도道에 가까우시며 복잡한 정사政事는 모두 어머니께서 총괄하고 계시니, 이런 때 전하께서 오로지 학문에 온 마음을 쏟으신다면 확실히 명덕明德과 신민新民의 효과를 볼 날을 기대할 수 있을 것입니다. 신들이 경연經筵에서 상을 모시면서 전하의 학문을 보건대 날마다 고명高明해지고 끊임없이 도道에 가까워지는 것을 보고 전하의 학문에 만의 하나라도 보탬이 될 만한 말을 하지 않을 수 없기에 『대학』의 강講을 마친 이 때 격물·치지의 설에 대하여 아뢰고 남은 말을 주워 모아, 살피기를 좋아하시는 전하의 정성에 대비하오니 바라건대 전하께서는 유념하소서.

상소上疏와 비답批答

臣等伏以天降鞠凶, 二聖繼陟, 擧國遑遑, 罔知攸措, 及殿下臨御以來, 見其有英明剛
毅之姿, 日章乎瞻望之中, 文理密勿之學, 月就乎講論之際, 則莫不歡欣踊躍, 願更須臾
無死, 庶幾復見太平之日月, 不知殿下, 將何以慰答人心之顒望乎. 昔殷王太甲新卽位,
其臣伊尹告之曰, 今王嗣厥德, 罔不在初, 蓋人君欲建致治之基, 在於卽位之初. 苟不能
謹之於初, 以爲之基本, 則雖有智者, 無以善其後矣. 嘗觀天下之事, 有其初而無其終者
蓋多矣, 未有無其初而有其終者也. 不特爲治之道則然也. 至於爲學之本, 亦罔不在初,
故古者教人, 必於幼穉之時, 思慮未有所分, 嗜欲未有所萌. 及此時而學焉, 則習與智長,
化與心成, 而不自覺其馴致於聖賢之域矣. 若或教之不豫, 及乎意慮好惡生乎內, 衆口辯
言鑠於外, 然後始欲從事於學, 則鴻鵠將至, 思援弓繳而射之者, 未必不存於一心, 而終
不能有所發明矣. 故記曰, 發而後禁, 則扞格而不勝, 時過而後學, 則勤苦而難成也.

殿下新登寶位, 年在幼冲, 爲治之初, 爲學之始, 皆在此時. 殿下及此時而用其力焉,
則堯舜之學, 唐虞之治, 庶可復見於今日矣. 若或悠悠泛泛, 以度時月, 不能及時而致力
焉, 則他日治亂之幾, 於是乎判矣, 可不懼乎. 然有堯舜之學, 然後有唐虞之治, 故求其
爲治之本, 則又在於爲學之得其道也. 嘗觀古人爲學之序, 方其幼也, 習之於小學, 牧其
放心, 養其德性, 而爲大學之基本, 及其長也, 進之於大學, 察其事理, 措諸事業, 而牧小
學之成功. 故學之大小, 雖有少長所習之異宜, 而其體用之相爲終始者, 不可闕一而爲學
也. 殿下旣已循序而讀其書, 講究而通其義, 雖以老師宿儒, 無以加焉, 則在今但當體之
於心, 牧其躬踐之效而已, 不須更進其講說之紛紜也. 然聖學已至, 而慮或萬一之未盡明
者, 臣子之至情也, 吾學已至, 而慮或萬一之未盡知者. 聖人之至德也. 況小學之書, 雖
有千言萬行之備載, 而要其歸則不過存心涵養之功而已, 則敬之一字, 足以盡之矣. 至於
大學之書, 則規模之大, 節目之詳, 本末相資, 終始相須, 而修己治人之道, 全在於此, 非
熟講而精察, 難以領其要歸, 而盡其精密矣.

明德者, 新民之始事, 新民者, 明德之終事, 非明德, 無以爲新民之基本, 非新民, 無以

牧明德之成功. 世之人君, 莫不以新民爲事, 而不知新民之道其本在於明德, 故其於新民之際, 徒以法律刑賞, 爲足以可治, 是豈知新民之道者哉. 殿下, 居新民之位, 行新民之事, 不屑屑於法律刑賞之末, 而務以明德爲之本, 則庶幾無負於所學, 而我朝鮮億萬年無疆之基, 將自此而益鞏矣. 若其明德之方, 則格物致知誠意正心修身者, 乃其道也. 而於是數者, 又求其用力先後之序, 則必先明諸心知所往, 然後力行而求至焉, 故格致之方在, 初用功之地, 而欲致吾心之知, 又在於卽物而窮其理.

蓋人之所以爲學, 心與理而已. 心雖主乎一身, 而其體之虛靈, 足以管乎天下之理, 理雖散在萬物, 而其用之微妙, 實不外乎人之一心. 心之與理, 相爲貫通而無間, 故物旣格則知自至矣. 此乃所以居大學之始敎, 而與論語所謂博我以文, 孟子所謂博學詳說, 中庸所謂學問思辨者, 同爲入道之門也. 欲入乎道而不得其門, 則終安能有所入乎. 世之博物洽聞者, 徒以循外而誇多爲務, 不求實理一貫之所在, 故識愈多而心愈窒, 學愈勤而精愈繁, 豈但無益於見道乎. 是故, 求其用力之方, 則朱子所謂或考之事爲之著, 或察之念慮之微, 或求之文字之中, 或索之講論之際者, 無以加矣. 學者循是而用力焉, 則庶乎其不差矣.

伏願殿下, 當應事棲物之際, 而考之於事爲之著, 當閒君獨處之時, 而察之於念慮之微, 溫繹前講之書, 而求之於講論之際. 使於身心性情之德, 人倫日用之常, 以至天地鬼神鳥獸草木之變, 無遠不尋, 無隱不求, 及其脫然貫通焉, 則其於天地之物, 皆有以知其義理精微之所極, 而吾心之德, 亦極其全體大用, 無不盡矣, 如此然後, 意可得以誠矣. 心可得以正矣, 身可得以修矣. 至於家之齊國之治天下之平, 則擧此而措之無難焉. 八條之敎, 如階級之陛序, 固不可亂, 而功亦不可闕也. 但推其本源之地, 則皆出於格致之緒餘, 故眷眷獨致意於斯, 而敢進其支離之說焉. 殿下天姿醇美, 聰明之德, 已近於道, 而萬幾之繁, 則方總于慈殿, 於此之時, 苟能專心致志於學問之功, 則明德新民之效, 庶可指日而見矣. 臣等職侍經帷, 伏見聖學, 日就高明, 進道無已, 不可無一言以補聖學之萬一, 故今當大學講畢之後, 敢以格致之說, 拾其已陳之餘論, 以備好察之誠, 伏願殿下, 留神焉.

답하기를,

"이제 상소의 뜻을 보니 학문을 권면하는 방법이 지극히 간절히다. 내 비록
불민하나 항상 유념하겠다."

하였다.

答曰:

"今觀疏意, 勸學之方, 至切. 予雖不敏, 常加留心焉."

1555년(명종 10) 을묘년乙卯年 11월 19일
단성현감丹城縣監 조식曺植

■ 저자 소개

　조식曺植 : 1501(연산군 7)~1572(선조 5). 조선 중기의 학자로, 본관은 창녕昌寧
이다. 자는 건중楗中, 호는 남명南冥으로, 생원 조안습曺安習의 증손이며, 아버지
는 승문원 판교承文院判校 조언형曺彦亨이고, 어머니는 인주仁州이씨로 삼가현 지역
의 유력한 사족이던 충순위忠順衛 이국李菊의 딸이다. 시호는 문정文貞이다.

　1501년 경상도 삼가현의 토골兎洞에서 태어나 4~7세 사이에 아버지를 따라
서울로 왔으며, 이후 아버지의 벼슬살이를 좇아서 의흥義興 · 단천端川에 가기
도 했으나 20대 중반까지 주로 서울에 거주하였다. 서울의 처음 거주지는 연
화방으로 추정되는데 여기서 이웃에 살던 이윤경李潤慶 · 이준경李浚慶형제와 절
친하게 지냈으며, 이로 미루어 황효헌黃孝獻 · 이연경李延慶에게서 배웠을 가능성
이 있다. 18세 때 북악산 밑의 장의동으로 이사하여 성운成運과 평생을 같이하
는 교우관계를 맺었고, 부근의 청풍계淸風溪에 숨어살던 성수침成守琛 형제를 종
유하였다.

처가의 도움으로 경제적 안정을 갖게 되어 산해정山海亭을 짓고 독서에 힘썼으며 특히 31세 때 이준경과 송인수宋麟壽로부터 선물 받은『심경』과『대학』을 읽고 성리학에 침잠하면서 학문적 기반을 확립하였고, 37세 때 어머니의 권유로 과거에 응시했다가 낙방하자 어머니를 설득하여 과거를 포기한 뒤 처사로서 삶을 영위하며 본격적인 학문연구와 덕성함양에 전념하였다.

1538년(중종 33) 헌릉참봉獻陵參奉에 제수되었으나 나가지 않았고, 45세가 되던 1545년(명종 1)의 을사사화乙巳士禍로 이림李霖·송인수·성우成遇·곽순郭珣 등 가까운 지인들이 화를 입게 되자 세상을 탄식하고 더욱 숨을 뜻을 굳혔으며, 이후 고향인 토골에 계복당鷄伏堂·뇌룡사雷龍舍를 짓고 문인들과 함께 도학을 강론하였다.

1554년 55세로 단성현감에 임명되었으나 "자전慈殿께서 생각이 깊다하나 궁중의 한 과부요, 전하는 어린 나이로 선왕의 한 아들일 뿐이니, 천백 가지의 재앙을 어찌 다 감당하며 억 만 갈래 민심을 어찌하여 수습하렵니까?"하는 유명한 단성현감 사직소를 올려 척신정치의 폐단과 비리를 통절히 비판하면서 임금이 크게 분발하여 명신明新의 경지에 이르러야 한다고 하였다. 이 상소에서 임금의 어머니인 문정대비文定大妃를 과부라고 한 것 때문에 죄를 입을 뻔했으나 대신과 언관의 구원으로 무사했으며, 당대 사림의 훈척공격에 모범을 보인 것이라 하여 조야에 명성을 크게 드러내게 되고 후세까지 길이 칭송되었다.

이 시기를 전후하여 정인홍鄭仁弘·하응도河應圖·하항河沆·박제현朴齊賢 등 후일 그 문하의 대표적인 인물들이 수업받기 시작하였다. 1566년(명종 21) 유일遺逸로 상서원 판관尙瑞院判官의 벼슬을 받자, 66세의 나이로 상경하여 사은숙배한 후 임금을 면대하고 물음에 응했는데, 명종의 성의와 대신의 경륜이 부족함을 알고 곧 사직하고 하향하였다. 선조 즉위 이후 여러 차례 부름을 받았고, 1569년(선조 2)에는 정4품인 종친부 전첨宗親府典籤의 벼슬까지 내려졌으나 늙고 병들었음을 구실로 끝내 응하지 않으면서 당시의 폐단 열 가지를 논하는 소를 올렸는데, 68세 때인 1568년에 올린 「무진봉사戊辰封事」에서는 유명한 '서리망국론胥吏亡國論'을 펴 정치에 대한 자신의 견해를 피력했다.

72세로 운명하였는데, 사후 바로 대사간大司諫에 추증되었고, 1615년(광해군 7) 영의정領議政으로 증직되었으며, 진주의 덕천서원德川書院 · 김해의 신산서원新山書院 · 삼가의 용암서원龍巖書院 등에 제향되었다. 저서로는 1604년(선조 37)에 처음 간행된 『남명집』과 『남명학기유편南冥學記類編』 · 『신명사도神明舍圖』 · 『파한잡기破閑雜記』가 있으며, 문학작품으로 「남명가」 · 「권선지로가勸善指路歌」가 전한다.

『조선왕조실록』 선조 5년 2월 8일, 조식이 죽은 뒤 사관들이 기록한 조식에 대한 평가는 다음과 같다.

처사處士 조식曺植이 죽었다. 조식의 자字는 건중楗仲이니 승문원 판교承文院判校 조언형曺彦亨의 아들이다. 어려서부터 용모가 단정하고 어른처럼 정중하였으며, 장성하여서는 통달하지 않은 책이 없었고 특히 『좌전左傳』과 유종원柳宗元의 글을 좋아하였으며, 저술著述은 기발하고 고상한 것을 좋아하고 형식에 구애되지 않았다. 국학國學에서 책문策問할 때에 유사有司에게 올린 글이 여러 번 높은 성적으로 뽑혀 명성이 사림士林들 사이에 크게 알려졌다. 하루는 글을 읽다가 원元나라의 학자 노재魯齋 허형許衡의 "이윤伊尹이 뜻했던 것을 뜻으로 삼으며 안연顔淵이 배웠던 것을 배운다."라는 말을 보고 비로소 자기가 전에 배운 것이 잘못되었음을 깨달아 성현의 학문에 뜻을 두고 과감하게 실천하여 다시는 세속의 학문에 동요되지 않았다. '경의敬義' 두 자를 벽 위에 크게 써 붙여놓고는 "우리 집에 이 두 자가 있으니, 하늘의 해와 달이 만고萬古를 밝혀 변하지 않는 것과 같다. 성현의 천만 가지 말이 돌아갈 곳을 요약하면 이 두 자를 벗어나지 않는다."라고 하였다.

일찍이 문인들에게 "학문을 하는 것은 어버이를 섬기고 형을 공경하는 예

禮에서 벗어나지 않으니 만일 여기에 힘쓰지 않고 갑자기 성리性理의 오묘함을 궁리하려고 한다면 이는 인사人事에서 천리天理를 구하는 것이 아니어서 결국 마음에는 아무런 실질적인 소득이 없을 것이니 깊이 경계하여야 한다."라고 하였다. 천성이 효도와 우애에 돈독하여 부모의 상喪을 당해서는 상복을 벗지 않고 여막을 떠나지 않으면서 아우 조환曺桓과 숙식을 같이하여 따로 거처하지 않았다. 지식이 고명하고 진퇴進退의 도리에 밝아 세도世道가 쇠퇴하여 현자賢者의 행로行路가 기구해지자 도를 만회해 보려는 뜻을 두었으나 끝내 때를 못 만났음을 알고 산야山野로 돌아갈 생각을 품었다. 만년에는 두류산頭流山; 지리산) 아래에 터전을 닦고 집을 지어 산천재山天齋라고 하고 여생을 보냈다.

중종조中宗朝에 천거되어 헌릉참봉獻陵參奉에 임명되었으나 나가지 않았고, 명종조明宗朝에 유일(遺逸; 조선시대 초야에 숨어 살고 있는 선비를 찾아 임용하는 인재 등용책)로 천거되어 여러 번 6품관에 올랐으나 모두 나가지 않았다. 다시 상서원 판관尙瑞院判官으로 불러들여 대전大殿에서 상을 대하였는데, 상이 치란治亂의 도와 학문하는 방법을 물으니, "군신간은 정의情義가 미더운 뒤에야 잘 다스릴 수 있고, 임금의 학문은 반드시 스스로 깨달아야 하는 것이니 남의 말만 들으면 무익합니다."라고 하고 고향으로 돌아갔다. 지금 임금이 왕위를 잇게 되자 교서敎書로 불렀으나 늙고 병들었다고 사양하였고, 계속하여 부르는 명이 내리자 상소를 올려 사양하면서 '구급救急'이라는 두 글자를 올려 자기의 몸을 대신할 것을 청하고, 이어 당시의 폐단 열 가지를 낱낱이 열거하였다. 그 뒤 또 교지를 내려 불렀으나 사양하고 봉사封事를 올렸으며, 다시 종친부 전첨宗親府典籤을 제수하였으나 끝내 나가지 않았다. 신미년에 흉년이 크게 들어 상이 곡식을 하사하자 사례하고 상소를 올렸는데 언사가 매우 간절하였다. 임신년에 병이 심하자 상이 전의를 보내어 치료하도록 하였으나 도착하기도 전에 죽으니 향년 72세였다.

부음이 알려지자 상은 크게 슬퍼하여 신하를 보내 조문하고 곡식을 내려 부의하였으며, 사간원 대사간司諫院大司諫을 증직贈職하였다. 친구들과 제자 수백 명이 사방에서 찾아와 조상하고 사문斯文을 위하여 애통해 하였다.

조식은 도량이 맑고 높았으며, 두 눈에서는 빛이 나 바라보면 세속 사람이 아니라는 것을 알 수 있었다. 말은 재기才氣가 번뜩여 우레와 바람이 일어나듯 하여 다른 사람에게 자기도 모르게 이익과 욕심에 가득한 마음을 버리도록 하였다. 평상시에는 종일토록 단정히 앉아 게으른 용모를 하지 않았는데 나이가 칠십이 넘도록 언제나 한결같았다. 배우는 자들이 남명南溟 선생이라고 불렀으며 문집 3권을 세상에 남겼다.

『선조수정실록』의 같은 날 기록에서는 이것 보다 간략하게 다음과 같이 기록되어 있다.

처사處士 조식曹植이 죽었다. 조식의 자는 건중楗仲이며 그 선대는 창녕인昌寧人으로 삼가현三嘉縣에서 자랐다. 어렸을 때에 호방하고 용감하여 자잘한 예법에 구애받지 않아 스스로 그 재주를 과시하는가 하면 문장은 기이하고 옛 것을 지향했는데, 내심에 과거 급제나 공명功名은 손쉽게 이룰 것으로 여겼다. 그러던 중 일찍이 친구와 『성리대전性理大全』을 읽다가 원元나라의 학자 노재魯齋 허형許衡이 말한 "이윤伊尹이 뜻한 것을 뜻으로 삼고, 안자顏子가 배운 것을 배우며, 세상에 나가면 공을 세우고 들어앉으면 절조를 지킨다."라는 대목에 이르러, 장부는 이와 같이 해야 한다고 하고 크게 마음을 가다듬고서 실학에 뜻을 독실히 하였으며 아울러 과거科擧 공부를 폐기하였다.

이전에 서울에 갔다가 성수침成守琛을 방문했었는데 그가 백악산白岳山 밑에 집을 짓고 세상사와 인연을 끊은 것을 보고는 마침내 그와 벗이 되었으며, 고향으로 돌아와 벼슬하지 않고 지리산智異山 아래에서 살았다. 취하고 버리는 것을 함부로 하지 않아 남을 인정해 주는 일이 적었으며 항상 조용한 방에 단정히 앉아 칼로 턱을 고이는가 하면 허리춤에 방울을 차고 스스로 행동을 조심하여 밤에도 정신을 흐트러뜨린 적이 없었다. 한가로이 지낸 세월이 오래되자 사욕과 잡념이 깨끗이 사라져 천 길 높이 우뚝 선 기상이 있었고, 꼿꼿한 절개로 악을 미워하여 선량하지 않은 마을 사람들을 엄격하게 멀리했기 때문에, 마을 사람들이 감히 접근하지 못했으며 오직 학도들만 따랐는데 모두 마음으로 복종하였다.

명종조에 이항李恒과 함께 임금의 부름을 받고 궁에 들어가 뵈었을 때, 임금이 다스림의 도道를 물으니 조식은 매우 소략하게 대답하였는데, 물러나 이항과 술을 마시고 취하여 농담하기를, "너는 아주 뛰어난 도적이고 나는 다음가는 도적이니 우리들 도적이 남의 집 담장을 뚫는 유가 아니겠는가."라고 하였다. 그리고 그 길로 하직하고 고향으로 돌아가자 청백한 이름이 더 한층 소문이 났다.

지금 임금이 조정에서 여러 번 벼슬을 임명하였으나 나가지 않았다. 이때에 병이 나자 상이 의원을 보내 병을 치료하게 하였는데 의원이 도착하기 전에 죽었다. 나이는 72세였다. 조정 대신이 시호를 내려 칭찬하고 장려하는 뜻을 보일 것을 청하니, 상이 전례가 없다는 이유로 허락하지 않는 대신, 대사헌大司憲을 증직하고 부의 물품을 하사하여 장사지내게 하였다.

조식의 학문은 마음으로 도를 깨닫는 것을 중시하고 치용致用과 실천을 앞세웠다. 시비를 강론하거나 변론하는 것을 좋아하지 않아 학도를 위하여 경서를 풀이해 준 것이 없고, 다만 자신에게서 돌이켜 구하여 스스로 터득하게 하였다. 그 정신과 기풍이 사람을 격려하고 움직이는 점이 있기 때문에 그를 따라 배우는 자들이 공부가 열리는 일이 많았다. 『참동계參同契』를 꽤나 즐겨 보면서, 좋은 곳이 매우 많아 학문을 하는 데 도움이 있다고 했고, 또 석씨釋氏의 최고 경지는 우리 유가와 일반이라고도 하였다. 일찍이 '경의敬義'라는 두 글자를 벽에 써 두고 배우는 자들에게 보였는데, 임종시에 문인에게 말하기를, "이 두 글자는 일월처럼 폐할 수 없다."라고 하였다. 조식의 저서는 없고 약간의 시문 詩文만 세상에 나돌 뿐인데, 학자들이 남명선생南冥先生이라고 불렀다.

(『국조인물지國朝人物志』·『남명집南冥集』·『조선왕조실록朝鮮王朝實錄』·『한국민족문화대백과사전』·『한국한자어사전韓國漢字語辭典』)

■ **평설**評說

이 글은 1555년(명종 10) 11월 19일 단성 현감丹城縣監으로 임명된 조식曺植이 벼슬을 받은 그날 나가지 않고 사직을 청하며 올린 상소문이다. 상소의 내용과 언사言辭가 과감하여 당시부터 지금까지 사람들의 입에 회자膾炙되고 있는 유명한 상소문으로 을묘년乙卯年에 올렸다고 하여 을묘사직소乙卯辭職疏, 단성 현감을 사직하며 올렸다고 단성소丹城疏라고도 한다. 이 상소에서 조식은 당시 정치제도나 왕을 불가침의 존재로 규정하던 군신간의 절대적인 관계에서 누구도 감히 상상 할 수도 없었던 말을 왕에게 올려, 왕과 대비를 진노하게 하고, 조정의 대신들을 놀라게 했다.

조식의 사직소 역시 크게 세 부분으로 나눌 수 있다. 첫 번째는 서론으로 관직에 나가지 않겠다는 뜻을 밝힌 것이고, 두 번째는 관직에 나길 수 없는 이유를 설명한 것이며, 세 번째는 결론으로 자신의 뜻을 받아달라는 청원이다. 첫 번째 부분에서 조식은 변변치 못한 사람이어서 관직을 받을 수 없는데 계속해서 벼슬을 내리니 궁으로 찾아가 임금의 은혜에 감사해야 하지만, 목수가 나무를 고르는 것과 같은 임금의 인재 등용에 목수가 할 일과 나무가 할 일이 따로 있기 때문에 궁으로 찾아가지 않는다고 했다. 즉 임금의 인재 등용은 임금의 책임 때문이고, 자신이 관직에 나가지 않는 것도 이 때문이니 감히 임금을 찾아가 은혜를 사사롭게 여기지 않는 다는 것이다. 시작부터 범상치 않다.

두 번째 단락에서 조식은 자신이 관직에 나가지 않는 두 가지가 이유에 대해 밝혔다. 예순에 가까운 나이에 학식은 성글고 어두우며, 문장과 행실이 부족해서 큰일을 할 만한 온전한 인재가 아니라는 것이 근본 이유였다. 그래서 조식은 임금에게 되물었다. "전하께서는 과연 신을 어떠한 사람이라고 생각하십니까? 도(道)를 지니고 있다고 생각하십니까? 문장에 능하다고 생각하십니까? 문장에 능한 사람이 반드시 도를 지니는 것은 아니며, 도를 지닌 사람이 반드시 저와 같지 않다는 것을 전하께서만 알지 못한 것일 뿐 아니라 재상 또한 알지 못했던 것입니다. 그 사람을 알지 못하면서 임용하여 훗날 국가의 수치가 된다면, 어찌 그 죄가 보잘 것 없는 신에게만 있겠습니까? 헛된 명예를 바쳐 몸을 파느니, 차라리 알찬 곡식을 바쳐 벼슬을 사는 것이 낫지 않겠습니까? 신은 차라리 제 한 몸을 저버릴지언정 차마 전하는 저버릴 수 없습니다. 이것이 벼슬에 나가기 어려운 첫 번째 이유입니다." 이 이야기를 뒤집어 말한다면 "당신은 나를 알지도 못하면서 소문만 듣고 나를 쓰려고 하는데, 나에 대해 아는 것이 무엇인지, 무엇 때문에 나를 쓰려고 하는지 분명하게 해 달라."는 것이라고 할 수 있다.

두 번째 이유를 밝힌 부분은 이보다 더 직접적인 언사의 비판으로 시작한다. 조식은 지금과 같은 상황에서는 자신이 아무것도 할 수 없기 때문에 벼슬에 나갈 수 없다고 했는데, 그 서두에서 "전하의 나라 다스림이 이미 잘못되어 나라의 근본은 망해버렸고, 하늘의 뜻은 벌써 떠났으며, 백성들의 마음도 예전에 떠났습니다." 이렇게 말했다. 조선 시대 어느 누구의 상소를 보아도 이렇게 말하는 사람을 찾기 어렵다. 그가 이렇게 말한 이유는 낮은 관리는 아래에서 히히대면서 주색(酒色)만 즐기고, 높은 관리들은 위에서 어물어물하면서 오로지 재물만을 늘리며, 궁궐 안의 신하는 후원하는 세력을 심고, 궁궐 밖의 신하는 백성을 벗겨먹기만 하기 때문이다. 그와 같은 상황에 대해 조식은 "가죽이 다 해지면 털도 붙어있을 데가 없다"는 것을 알지 못하는 듯 하다고 했다. 이어지는 말은 더 과격하다 "자전慈殿께서는 생각이 깊으시기는 하지만 깊숙한 궁중 안의 한 과부에 지나지 않으시고, 전하께서는 어리시어 단지 고아 같은 선왕의 외로운 후계자이실 뿐"이라고 했다. 조선 시대의 상소를 모두 합해도 이 정도의 과격한 언사言辭는 찾을 수 없다. 또 그렇기 때문에 "천 가지 백 가지 하늘의 재앙과 억만 갈래 사람의 마음을 무엇으로 감당해내며 무엇으로 수습하시겠습니까?"라고 했으니 현재 임금의 능력으로는 어떤 문제도 해결할 수 없다는 것이다. 이런 때에는 주공周公이나 소공召公 같은 사람도 어떻게 하지 못할 것이니 자신이 무엇을 할 수 있겠느냐는 것이다.

이어 조식은 당대의 상황을 아울러 이야기 했다. 첫 번째는 국경에서 일이 터져 여러 대부大夫들이 제때에 밥을 먹지 못한다는 것이다. 그런데 그 이유가 평소 조정에서 재물로 사람을 임용하여, 재물은 모였지만 백성들은 흩어져 버렸기 때문이고, 임금이 옛 신하를 대우하는 의리가 주나라의 예법보다도 엄하지만, 원수와 도적을 총애하는 은덕은 송나라와 같기 때문이라고 했다. 두 번째는 아직 그 폐해가 완전히 드러나지 않았다고 했다. 조만간 더 심해질 것인데, 그 상황을 막을 수 있느냐 없느냐는 오로지 임금의 마음에 달려 있다는 것이다. 그리고 이어 조식은 임금이 일하고자 하는 것, 좋아하는 것을 알 수 없다고 했다. 임금이 좋아하는 것에 나라의 흥망興亡이 달려있으니, 만약 임금이 학문에 힘써서 덕을 밝히고 백성을 새롭게 하는 도리를 얻는다면 온갖 선이 갖추어지고 덕화德化가 나와 나라와 백성이 편안할 수 있다고 했다. 마지막으로 조식은 불교와 유교의 도리가 하늘의 이치라는 부분에서는 같은 것이니 불교를 좋아하는 임금이 그 마음을 학문으로 옮긴다면 모든 것이 잘 될 것이라고 했다. 임금에게 불교를 좋아한다고 말하는 것이 가능한 것인지 모르겠지만, 조식은 서슴없었다.

마지막 단락에서 조식은 임금에게 반드시 마음을 바로잡는 것으로 백성을 새롭게 하는 요체로 삼아, 몸을 닦는 것으로 사람을 쓰는 근본으로 삼으라고 했다. 떨리고 두려운 마음을 감당하지 못해 죽음을 무릅쓰고 글을 올린다고 했지만, 이 부분은 관례적인 표현이다.

이 상소를 보고 명종은 "상소가 간절하고 강직한 듯하지만, 자전慈殿에게 불공不恭한 말이 있어, 마치 임금과 신하의 의리를 모르는 듯 하니 매우 한심스럽고, 정원政院에서 이 상소에 대해 처벌을 청했어야 했다."라고 했다. 이어서 "임금이 아무리 어질지 못하더라도 신하가 욕설을 할 수 있으며, 곡식을 바치고 벼슬에 임명되는 것은 옛날에도 있었던 일로 백성의 생명을 소중하게 여긴 것이며, 내가 불교를 좋아한다고 했는데, 나의 학식이 밝지 못하지만 어떻게 불교를 좋아하고 숭상하겠는가."라고 했다. 그리고 명종은 즉시 단성 현감을 다른 사람으로 바꾸라고 했다. 이와 같은 명종의 답에 대해 대신들은 "그 도道의 감사監司가 접수하여 올려 보냈기 때문에 정원에서는 어쩔 수 없이 올릴 수밖에 없었다."라고 변명했다. 상소에 대한 명종의 태도에 대해 사신史臣은 "조식 같은 사람을 높여서 포상하거나 등용하지는 않고 도리어 그를 공손하지 못하고 공경스럽지 못하다고 책망하였으니, 세상의 도리가 날로 떨어지고 명분과 절개가 땅에 떨어지는 것이 당연하며, 위태롭고도 망할 조짐이 이미 나타난 것."이라고 하였고, 또 "조식의 소疏에 답하지 않았을 뿐만 아니라, 도리어 엄한 말을 내려 정원에서 처벌을 청하지 않았다고 책망하였으니, 이로부터 더욱 심하게 언로言路가 막히게 되었고, 성대한 덕에 누累가 된 것도 더욱 커졌다.", "진언進言하는 길이 막히고 어진 사람을 불러들이는 일이 폐기되었으며 나라를 다스리는 도리가 없어졌으니, 세상의 도리가 야박해진 것이 어찌 괴이한 일이겠는가."라고 하였다.

조식은 재야의 절사節士로 알려졌기 때문에 임금인 명종과 모후母后인 문정왕후를 향해 이렇게 직설적인 상소를 올렸지만 양해되었다. 백성 없이는 왕도 없다는 조식의 말은 무엇보다 직선적이고 간명하지만, 신하가 임금에게 할 수 있는 최상의 극언이라고 할 수 있다. 임금을 향해 당시로서는 상상할 수도 없었던 직언直言을 주저하지 않았던 조식은 진실로 권력에 대한 두려움이나 세속의 이익에 초탈한 사람이라고 할 수 있다.

■ **역문**譯文

선무랑宣務郞(조선시대 문산계文散階 가운데 하나로, 종6품 하계)으로 새로 단성현감丹城縣監에 임명된 신臣 조식曺植은 참으로 두려움에 떨면서 머리를 조아리며 주상전하主上殿下께 글을 올립니다. 엎드려 생각하옵건대, 선왕이신 중종폐하中宗陛下께서는 신이 변변치 못한 사람이라는 것을 모르셔서 처음으로 저를 참봉參奉에 임명하셨는데, 전하께서 왕위를 이으신 뒤 두 번이나 저를 주부主簿로 임명하시고 지금 또 현감으로 임명하시니 두렵고 떨리는 마음이 마치 언덕과 산을 짊어진 것 같습니다. 그런데도 감히 한 번이라도 궁으로 찾아가 하늘의 해와 같은 전하의 은혜에 감사드리지 않은 것은, 임금이 인재를 등용하는 것이 목수가 나무를 고르는 것과 같다고 생각해서입니다. 깊은 산 커다란 못 어느 곳에도 쓸 만한 재목을 버려두지 않아 큰 집을 완공하는 것은 훌륭한 목수가 할 일이지 나무가 스스로 참여할 수는 있는 일이 아닙니다. 전하께서 인재를 등용하시는 것은 나라를 다스릴 책임을 지니고 있기 때문이고, 신이 관직에 나가려 마음먹지 않는 것도 이 때문이니, 감히 그 큰 은혜를 사사롭게 여기지 않는 것입니다. 그러나 머뭇거리며 관직에 나아가기 어려워하는 뜻을 끝내 감히 전하의 옆에서 말씀드리지 않을 수 없습니다.

신이 관직에 나아가기 어려워하는 데에는 두 가지가 이유가 있습니다. 지금

신의 나이는 예순에 가깝지만, 학식은 성글고 어두우며, 문장은 과거시험 병과丙科에 겨우 뽑히기에도 부족하고, 행실은 아이들이 하는 물 뿌리고 비질하는 일도 감당하기에 부족합니다. 십여 년 동안 과거시험을 보아, 세 번이나 떨어진 뒤에 물러났으니, 애초부터 과거공부를 일삼지 않은 사람은 아니었습니다. 설령 사람들 중에서 저를 두고 과거를 탐탁하게 여기지 않는다고 하는 사람이 있더라도, 저는 성질 급하고 마음 좁은 평범한 백성에 지나지 않을 뿐이니, 큰일을 할 만한 온전한 인재가 아닙니다. 하물며 그 사람 됨됨이의 선하고 악함이 결코 과거 보기를 원하느냐 원하지 않느냐에 달려 있는 것이 아닌 경우에 있어서이겠습니까?

보잘 것 없는 신이 명예를 도둑질하여 담당자가 잘못 판단하도록 하였고, 담당자는 명성만 듣고서 전하께서 잘못 판단하도록 한 것입니다. 전하께서는 과연 신을 어떠한 사람이라고 생각하십니까? 도道를 지니고 있다고 생각하십니까? 문장에 능하다고 생각하십니까? 문장에 능한 사람이 반드시 도를 지니는 것은 아니며, 도를 지닌 사람이 반드시 저와 같지 않다는 것을 전하께서만 알지 못한 것일 뿐 아니라 재상 또한 알지 못했던 것입니다. 그 사람을 알지 못하면서 임용하여 훗날 국가의 수치가 된다면, 어찌 그 죄가 보잘 것 없는 신에게만 있겠습니까? 헛된 명예를 바쳐 몸을 파느니, 차라리 알찬 곡식을 바쳐 벼슬을 사는 것이 낫지 않겠습니까? 신은 차라리 제 한 몸을 저버릴지언정 차마 전하는 저버릴 수 없습니다. 이것이 벼슬에 나가기 어려운 첫 번째 이유입니다.

전하의 나라 다스림이 이미 잘못되어 나라의 근본은 망해버렸고, 하늘의 뜻은 벌써 떠났으며, 백성들의 마음도 예전에 떠났습니다. 비유하자면, 백 년 동안 벌레가 큰 나무의 속을 먹어버려 진액이 다 말라버린 데다가 회오리바람과 사나운 비가 언제 닥쳐올지 전혀 알지 못하는 상황과 같게 된지가 오래입니다. 조정에 있는 신하 가운데 충성되고 뜻 있는 신하와 아침 일찍 일어나 밤늦게까지 일하는 선비가 없는 것은 아니지만 이미 그 형세가 극에 달하여 지탱할 수 없고, 사방을 둘러보아도 손쓸 곳이 없다는 것을 알고 있습니다.

낮은 관리는 아래에서 히히대면서 주색酒色만을 즐기고, 높은 관리들은 위에서 어물어물하면서 오로지 재물만을 늘려 물고기의 배가 썩어 들어가는 것 같은데도 바로 잡으려 하지 않습니다. 게다가 또 궁궐 안의 신하는 후원하는 세력 심기를 용을 못으로 끌어들이는 듯하고, 궁궐 밖의 신하는 백성 벗겨먹기를 이리가 들판에서 날뛰듯 하여 마치 가죽이 다 해지면 털도 붙어있을 데가 없다는 것을 알지 못하는 듯합니다. 신은 이 때문에 깊이 생각하고 길이 탄식하면서 낮에 하늘을 우러러 본 것이 여러 차례이며, 한탄하고 아픈 마음을 억누르며 밤에 멍하니 천장만 쳐다본 지가 오래되었습니다.

자전慈殿(임금의 어머니로 자성慈聖이라고도 한다.)께서는 생각이 깊으시기는 하지만 깊숙한 궁중 안의 한 과부에 지나지 않으시고, 전하께서는 어리시어 단지 고아 같은 선왕의 외로운 후계자이실 뿐이니, 천 가지 백 가지 하늘의 재앙과 억만 갈래 사람의 마음을 무엇으로 감당해내며 무엇으로 수습하시겠습니까? 냇물이 마르거나 곡식같은 비가 내렸으니, 그 조짐이 무엇을 말하는 것이겠습니까? 구슬픈 음악을 듣고 흰 옷을 입으니 나라가 어지러울 형상이 이미 나타난 것입니다. 이런 때가 되어서는 비록 주공周公과 소공김公의 재주를 겸한 사람이 정승의 자리에 있다 하더라도 또한 어떻게 하지 못할 것인데, 하물며 겨우 초개草芥와 같은 보잘 것 없는 재주를 지닌 신이 무엇을 할 수 있겠습니까? 위로는 만의 하나라도 위태로움을 부지할 수 없고, 아래로는 털끝만큼도 백성을 보호할 수 없으니, 전하의 신하가 되는 것이 또한 어렵지 않겠습니까? 변변찮은 명성을 팔아 전하의 관직을 사고 그 녹을 먹으면서도 맡은 일을 하지 못하는 것 같은 것은 또 신이 원하는 일이 아닙니다. 이것이 벼슬에 나가기 어려운 두 번째 이유입니다.

또, 신이 보기에 요즘 국경에서 일이 터져 여러 대부大夫들이 제때에 밥을 먹지 못한다고 합니다. 그러나 신은 이 일을 놀랍게 여기지 않습니다. 그것은 이 일들이 일찍이 이십여 년 전에 일어났어야 할 것인데, 전하의 뛰어난 무예와 용맹에 힘입어서 지금에야 비로소 일어난 것이지, 하루 저녁에 생긴 것이 아니기 때문입니다. 평소 조정에서 재물로 사람을 임용하여, 재물은 모였지만 백성들은 흩어져 버렸습니다. 이 때문에 마침내 장군의 자리에 합당한 사람이 없고 성에는 군졸이 없어서 외적들이 마치 아무도 없는 국경에 들어오듯 했으니 이것이 어찌 괴이한 일이겠습니까? 이번에도 대마도가 왜구와 몰래 결탁하고 안내하여 만고에 끝없을 치욕스러운 짓을 하였지만, 왕의 신령한 위엄이 떨쳐지지 않아 마치 담의 한 모퉁이가 무너지듯 패하였습니다. 이것은 옛 신하를 대우하는 의리는 혹 주나라 예법보다도 엄하지만, 원수와 도적을 총애하는 은덕은 도리어 망한 송나라와 같아서가 아니겠습니까? 세종께서 남쪽 오랑캐를 정벌하시고, 성종께서 북쪽 오랑캐를 정벌하신 일을 보더라도 어떤 일이 오늘 날과 같습니까?

그러나 이와 같은 것은 피부에 생긴 병에 불과한 것이어서 가슴과 배의 통증이 되기에는 부족합니다. 가슴과 배의 통증은 결리거나 맺히고 지르거나 막혀 위아래가 통하지 않게 되는 것이니, 이것은 바로 공경대부가 목이 마르고 입술이 타들어가도록 열심히 일하지만, 수레는 달려가 버리고 사람들은 달아나는 것과 같은 것입니다. 근위병을 불러 모으고 나라의 일을 정돈하는 것은 자질구레한 형벌을 정하는 것에 있지 않고 오직 전하의 한 마음에 달려 있습니다. 한 치의 마음을 말이 땀을 흘리듯 애써서 만 마리의 소가 갈아놓은 토지의 공을 거두는 것은 그 기틀이 자신에게 있을 뿐입니다.

전하께서 일하시고자 하는 것이 무슨 일인지 모르겠습니다. 학문을 좋아하십니까? 음악과 여색을 좋아하십니까? 활쏘기와 말달리기를 좋아하십니까? 군자를 좋아하십니까? 소인을 좋아하십니까? 좋아하시는 것이 이 여러 가지 중 어디냐에 따라 나라의 흥망興亡이 달려있습니다. 진실로 어느 날 깜짝 놀라고 깨달아, 팔을 걷어붙이고 학문에 힘쓰셔서 홀연히 덕을 밝히고 백성을 새롭게 하는 도리를 얻게 되신다면, 덕을 밝히고 백성을 새롭게 하는 도리 안에서 온갖 선이 갖추어지고 온갖 덕화德化가 나오게 됩니다. 이것을 들어서 시행하면 나라를 다 잘살게 할 수 있고, 백성을 화합하게 할 수 있으며, 위태로움을 편안하게 할 수 있습니다. 그 요체를 보존한다면 비추어보아 보이지 않는 경우가 없을 것이고, 저울질은 고르지 않은 경우가 없을 것이며, 생각은 사악하지 않을 것입니다.

불교에서 말하는 진정眞定이란 것도 다만 이 마음을 보존하는데 있을 뿐이니, 위로 하늘의 이치를 통달하는데 있어서는 유교와 불교가 한 가지입니다. 다만 불교는 사람의 일에 시행하는 데에 있어서 땅을 밟을 다리가 없는 경우와 같기 때문에 우리 유가에서는 배우지 않는 것입니다. 전하께서는 이미 불교를 좋아하시니 만약 그 마음을 학문하는 데로 옮기신다면, 이것이 바로 우리 유가의 일입니다. 어찌 어렸을 때 잃어버렸던 아이가 자기 집을 찾아 부모, 형제, 친척, 친구를 만나는 것과 같은 일이 아니겠습니까?

더구나 정치를 하는 것은 사람에게 달려있으니, 사람을 쓰는 것은 자신이 하고, 자기 몸의 수양은 도道로 하는 것입니다. 전하께서 만약 사람을 쓰실 때 자신의 몸을 수양하여 하신다면 장막 안에 있는 사람 중에서 사직社稷을 지키지 않는 사람이 없을 것이니, 아무것도 모르는 보잘 것 없는 신 같은 사람을 어디에 쓰겠습니까? 만약 눈으로 본 것만으로 사람을 뽑으신다면 잠잘 때 이외에는 모두 전하를 속이고 져버리는 무리들일 것이니 또, 앞뒤가 꽉 막힌 보잘 것 없는 신 같은 자가 무슨 소용이 있겠습니까? 뒷날 전하께서 왕도王道의 지경에 이르도록 덕화德化를 베푸신다면 신도 마구간 마부의 끝자리에서나마 채찍을 잡고 마음과 힘을 다해 신하의 직분을 다할 것이니, 어찌 임금을 섬길 날이 없겠습니까?

엎드려 바라건대, 전하께서는 반드시 마음을 바로잡는 것으로 백성을 새롭게 하는 요체로 삼으시고, 몸을 닦는 것으로 사람을 쓰는 근본으로 삼으셔서, 지극한 원칙을 세우십시오. 지극한 원칙이 지극한 원칙답지 않으면 나라가 나라답지 못할 것입니다. 밝게 살피시길 엎드려 바랍니다. 신 조식은 떨리고 두려운 마음을 감당하지 못하여 죽음을 무릅쓰고 전하께 올립니다.

宣務郞新授丹城縣監臣曺植, 誠惶誠恐, 頓首頓首, 上疏于主上殿下. 伏念, 先王不知臣之無似, 始除爲參奉, 及殿下嗣服, 除爲主簿者再, 今者, 又除爲縣監, 慄慄危懼, 如負丘山. 猶不敢一就黃琮一尺良地, 以謝天日之恩者, 以爲人主之取人, 猶匠之取木. 深山大澤, 靡有遺材, 以成大廈之功, 大匠取之, 而木不自與焉. 殿不之取人者, 有土之責也, 臣不任爲慮, 用是不敢私其大恩. 而踧踖難進之意, 則終不敢不達於側席之下矣.

抑臣難進之意, 則有二焉. 今臣年近六十, 學術疏昧, 文未足以取丙科之列, 行不足以備洒掃之任. 求擧十餘年, 至於三刖而退, 初非不事科擧之人也. 就使人有不屑科目之爲者, 亦不過悻悻一段之凡民, 非大有爲之全才也. 況爲人之善惡, 決不在於求擧與不求擧也. 微臣盜名而謬執事, 執事聞名而誤殿下. 殿下果以臣爲如何人耶. 以爲有道手, 以爲能文手. 能文者, 未必有道, 有道者, 未必如臣, 非但殿下不知, 宰相亦不能知也. 不知其人而用之, 爲他日國家之恥, 則何但罪在於微臣手. 與其納虛名而賣身, 孰若納實穀而買官手. 臣寧負一身, 不忍負殿下, 此所以難進者一也.

抑殿下之國事已非, 邦本已亡, 天意已去, 人心已離. 比如大木, 百年蟲心, 膏液已枯, 茫然不知飄風暴雨何時而至者, 久矣. 在廷之人, 非無忠志之臣夙夜之士也, 已知其勢極而不可支, 四顧無下手之地. 小官嬉嬉於下, 姑酒色是樂, 大官泛泛於上, 唯貨賂是殖, 河魚腹痛, 莫肯尸之, 而且內臣樹援, 龍挐于淵, 外臣剝民, 狼恣于野, 亦不知皮盡而毛無所施也. 臣所以長想永息, 晝以仰觀天者, 數矣. 噫唏掩抑, 夜以仰看屋者, 久矣. 慈殿塞淵, 不過深宮之一寡婦, 殿下幼冲, 只是先王之一孤嗣, 天災之百千, 人心之億萬, 何以當之, 何以收之耶. 川渴雨粟, 其兆伊何. 音哀服素, 形象已著, 當此之時, 雖有才兼周召, 位居鈞軸, 亦末如之何矣, 況一微身材如草芥者手. 上不能持危於萬一, 下不能庇民於絲毫, 爲殿下之臣, 不亦難手. 若賣斗筲之名, 而賭殿下之爵, 食其食而不爲其事, 則亦非臣之所願也. 此所以難進者二也.

且臣近見邊鄙有事, 諸大夫旰食, 臣則不自爲駭者, 嘗以爲此事發在二十年之前, 而類殿下神武, 於今始發, 非出於一夕之故也. 平日, 朝廷以貨用人, 聚財而散民, 畢竟將無其人, 而城無軍卒, 賊入無人之境, 豈是怪事耶. 此亦對馬倭奴陰結向導, 作爲萬古無窮之辱, 而王靈不振, 若崩厥角, 是何待舊臣之義, 或嚴於周典, 而寵仇賊之恩, 反如於亡宋耶. 視以世宗之南征, 成廟之北伐, 則孰如今日之事乎. 然若此者, 不過爲膚革之疾, 未足爲心腹之痛也. 心腹之痛, 痞結衝塞, 上下不通, 此乃卿大夫乾喉焦唇, 而車馳人走者也. 號召勤王, 整頓國事, 非在於區區之政刑, 唯在於殿下之一心, 汗馬於方寸之間, 而收功於萬牛之地, 其機在我而已. 獨不知殿下之所從事者何事耶, 好學問乎, 好聲色乎, 好弓馬乎, 好君子乎, 好小人乎. 所好在是, 而存亡繫焉. 苟能一日惕然警悟, 奮然致力於學問之上, 忽然有得於明新之內, 則明新之內, 萬善具在, 百化由出, 擧而措之, 國可使均也, 民可使和也, 危可使安也, 約而存之, 鑑無不空, 衡無不平, 思無邪焉. 佛氏所謂眞定者, 只在存此心而已, 其爲上達天理, 則儒釋一也. 但施之於人事者, 無脚踏地, 故吾家不學之矣. 殿下旣好佛矣, 若移之學問, 則此是吾家事也, 豈非弱喪而得其家, 得見父母親戚兄弟故舊者乎.

況爲政在人, 取人以身, 修身以道, 殿下若取人以身, 則帷幄之內, 無非社稷之衛也, 容何有如昧昧之微臣乎. 若取人以目, 則衽席之外, 盡是欺負之徒也, 亦何有如硜硜之小臣乎. 他日殿下致化於王道之域, 則臣當執鞭於厮臺之末, 竭其心膂, 以盡臣職, 寧無事君之日乎. 伏願殿下, 必以正心爲新民之主, 修身爲取人之本, 而建其有極, 極不極, 則國不國矣. 伏惟睿察, 臣植, 不勝隕越屛營之至, 昧死以聞.

「乙卯辭職疏」, 疏類, 『南冥先生集』卷 二

상소가 들어가자, 정원政院에 명하기를,

"지금 조식의 상소를 보니 비록 간절하고 강직한 듯하지만, 자전慈殿에게 불공不恭한 말이 있어, 마치 임금과 신하 사이의 의리를 모르는 듯 하니 매우 한심스럽다. 정원政院에서 이와 같은 상소를 보았으면 신하의 마음에 당연히 통탄하고 분하여 처벌을 청했어야 할 것인데 편안한 마음으로 펼쳐 보고 한 마디도 처벌을 이야기하지 않았으니, 더욱 한심스럽다. 이런 사람이 임금과 신하의 명분을 안다고 하여 추천했는가? 임금이 아무리 어질지 못하더라도 신하로서 어찌 차마 욕설을 하는가? 이것이 바로 현인군자賢人君子가 임금을 사랑하고 윗사람을 공경하는 일인가? 곡식을 바치고 벼슬에 임명되는 것이 비록 아름다운 일은 아니지만 옛날에도 있었으니, 그것은 반드시 백성의 생명을 소중하게 여긴 것이다. 요즈음 고매한 명성만 숭상하는데, 백만의 백성들이 모두 구덩이를 메울 지경이 되더라도 앉아서 보기만 하고 구원하지 않아서야 되겠는가?

또, 내가 불교를 좋아한다고 하였는데, 나의 학식이 밝지 못해 비록 덕을 밝히고 백성을 새롭게 하는 공부는 하지 못했다고 하더라도, 어찌 불교를 좋아하고 숭상하는 데야 이르겠는가? 비록 그렇다고 하더라도 이와 같은 말들은 오히려 기꺼이 받아들일 수 있지만, 불공한 말이 자전에게 관계되는 것은 몹시 통탄스럽고 분하다. 임금에게 공경하지 않은 죄를 다스리고 싶으나 세상을 등지고 숨어 사는 선비라고 하기 때문에 내버려 두고 묻지 않겠다. 이조吏曹에게 명하여 속히 다른 사람으로 바꾸게 하도록 하라. 나의 부덕不德을 헤아리지 못하고 큰 현인賢人을 굽혀 작은 고을에다 두려고 하였으니, 이것은 내가 불민不敏한 잘못이다. 정원政院에서는 이를 자세히 알도록 하라."

하고, 이어서 명하기를,

"상소의 말 중에 '자전慈殿께서는 생각이 깊으시기는 하지만 깊숙한 궁중 안의 한 과부에 지나지 않으시다.'라고 하였는데, 이것이 바로 불공不恭한 말이며 '전하의 신하 되기가 또한 어렵지 않겠습니까?'라고 하였는데, 이것도 불공한 말이다. 그리고 '구슬픈 음악을 듣고 흰 옷을 입으니 나라가 어지러울 형상이 이미 나타난 것입니다.'라고 하였는데, 이것이 바로 불길한 말이다."

疏入, 傳于政院曰:

"今觀曺植之疏, 雖似切直, 有不恭之辭於慈殿, 似不識君臣之義, 至爲寒心. 政院見如此之疏, 於臣子之心, 所當痛憤請罪, 而安心披見, 無一言啓之, 尤爲寒心. 此人可謂知君臣名分而擧薦乎. 君雖不賢, 以臣子, 豈忍發辱言哉. 是乃賢人君子愛君敬上之事乎. 納粟補官, 雖非美事, 古亦有之, 必重民命也. 今者徒尙高名, 坐視百萬生靈, 盡塡溝壑, 而莫之救乎. 且以予爲好佛. 予學識不明, 縱不能爲明新之功夫, 豈至於好尙佛敎哉. 雖然, 如此等語, 猶可嘉納, 不恭之言, 涉於慈殿, 極爲痛憤. 欲治不敬君上之罪, 而名之曰逸士, 故置而不問. 其令吏曹, 速爲改差. 不量予之否德, 欲屈大賢於小縣, 是予不敏之過. 政院知悉."

仍傳曰:

"疏辭以爲, 慈殿塞淵, 不過深宮之一寡婦, 此乃不恭之言也. 爲殿下之臣, 不亦難乎, 此亦不恭之言, 音哀服素, 聲像已著, 此乃不吉之言也."

승지 백인영白仁英 · 신희복愼希復 · 윤옥尹玉 · 박영준朴永俊 · 심수경沈守慶 · 오상吳祥이 아뢰기를,

"신들이 조식의 상소를 보고 또 편치 않은 말이 있는 것을 알았지만, 그 도道의 감사監司가 이미 접수하여 올려 보냈기 때문에 정원에서는 어쩔 수 없이 올릴 수밖에 없었습니다. [승지는 임금의 목구멍과 혀에 해당하는 지위에 있으면서 임금의 명을 내고 상소를 들이고 책임을 맡았는데, 감히 책임을 감사에게 돌리고 어쩔 수 없이

상소를 올렸다고 스스로 진술하였으니, 이것이 진실로 '진실 되게 한다'는 뜻인가? 여러 사람들의 비판이 일어난 것이 당연하다.] 다만 상소를 올려 드릴 때에 편치 않은 신들의 뜻을 같이 말씀드렸어야 했는데, 신들이 망령되게 헤아려 이 사람은 시골 궁벽한 곳에 사는 사람이라 반드시 글을 지을 때에 불공不恭한 것에 관계되리란 것을 깨닫지 못하였고, 이와 같이 망령된 말은 [조식의 말을 정말 망령되다고 말할 수 있겠는가. 이것은 윗사람의 명을 그대로 따르기만 하는 죄를 면하지 못하는 것이다.] 진실로 따질 것이 못된다고 여겼기 때문에 말씀드리지 않았습니다. 지금 명을 받고 황공惶恐함을 견디지 못하여 죄를 기다립니다."

하니, 명하기를,

"죄를 기다리지 말라. 만약 감사가 그 상소를 보았을 것 같으면 편치 않다는 뜻을 당연히 사유를 갖추어 이야기 하였어야 할 것이고, 비록 이야기하지 않더라도 잘못을 바로 잡아 책망하며 물리쳤어야 옳을 것이다. 감사부터 신하의 체면과 면모를 크게 상실하였다."

承旨白仁英愼希復尹玉朴永俊沈守慶吳祥啓曰, 臣等見曺植之疏, 亦知有未安之辭, 而其道監司, 旣受而上送, 院則不得已入啓. [承旨居喉舌之地, 任出納之責, 而乃敢歸於監司, 自陳其不得已入啓云, 是固惟允之義耶. 物論之激發宜矣.] 但入啓時, 當竝達未安之意, 而臣等妄料, 此乃草野之人, 必是措辭之際, 不覺涉於不恭, 如此狂妄之言, [植之言果可謂狂妄乎. 此不免承順之罪矣.] 固不足數, 故不爲啓之. 今承傳敎, 不勝惶恐待罪.

傳曰:

"勿待罪. 監司若見之, 則未安之意, 當具由馳啓, 雖不馳啓, 斜正責退可也, 而自監司, 大失臣子之體也."

사신史臣의 평評

사신은 말한다.

조식은 세상을 등지고 숨어 사는 선비로 시골에 있었다. 비록 관직 보기를 뜬 구름 같이 여겼지만, 오히려 임금을 잊어버리지 않았다. 정성스럽게 나라를 근심하는 마음이 언사言辭에 드러났고 간절하고 강직하여 말을 피하지 않았으니, 거짓으로 명성을 얻은 자가 아니라고 말할 만하다. 어진 사람이다.

史臣曰:

"植以逸士而在畎畝, 雖視爵祿如浮雲, 而猶不忘君, 惓惓有憂國之心, 發於言辭, 切直不避, 可謂名不虛得者矣. 其賢矣哉."

사신은 말한다.

세상이 쇠퇴하고 도가 미약해져서 염치廉恥가 모두 상실되고 기절氣節이 쓸려버린 듯하니, 유일遺逸이라는 명칭을 가탁하여 공명功名을 낚는 사람들이 진실로 많은데, 어질구나. 조식이여! 몸가짐을 조심스럽고 깨끗하게 하며 초야草野에서 빛을 감추었지만, 난초와 같은 향기는 저절로 알려지고 명성은 조정에까지 이르러, 이미 참봉參奉에 임명되고 또 주부主簿에 임명된 것이 두 번 세 번에 이르렀지만 이미 모두 머리를 흔들며 거절하였다. 또 지금 이 수령의 직책은 영광이라고 할 만하고, 특별히 벼슬을 주신 은혜는 드물다고 할 만한데도, 가난한 것을 편안히 여기고 스스로 즐거워하면서 끝내 벼슬자리에 나가려고 하지 않았으니, 그 뜻을 높이 살만하다. 그렇지만 세상을 잊는데 과감하지 못하여 소疏를 올려 의義를 지키며 당시의 폐단을 남김없이 논하였는데 그 말이 간절하고 의리가 곧았으며, 시대를 상심하고 변란을 근심하여 우리 임금을 덕을 밝히고 백성을 새롭게 하는 곳으로 인도하고자 하였으며, 풍속과 교화가 왕도王道 정치의 경지에 도달되기를 바랐으니, 나라를 근심하는 그 정성이 지극하다. 아, 마침내 뜻한 것을 임금에게 아뢰었지만 은거隱居하던 곳에서 일생을 마쳤으니 그 마음은 충성스럽고 그 절개는 고상하다. 오늘날과 같은 때에 이와 같이 편안히 물러나 있는 선비가 있는데, 그를 높여 포상하거나 등용하지는 않고 도리어 그를 공손하지 못하고 공경스럽지 못하다고 책망하였다. 그러니 세상의 도리가 날로 떨어지고 명분과 절개가 땅에 떨어지는 것이 당연하며, 위태롭고도 망할 조짐이 이미 나타난 것이다.

史臣曰:

"世衰矣, 道微矣. 廉恥頓喪, 氣節掃如, 托名遺逸, 擬賭功名者, 固多其人矣, 賢哉, 植也, 持身修潔, 韜光草野, 蘭香自聞, 名達朝廷, 旣差參奉, 又除主簿者, 至再至三, 旣皆掉頭, 而且今五馬之職, 可謂榮矣, 特授之恩, 可謂稀矣, 而安貧自樂, 終不肯就 其志可尙也. 然非果於忘世, 陳疏抗義, 極論時弊, 辭懇義直, 傷時憂亂, 欲納吾君於明新之地, 冀致風化於王道之域, 其憂國之誠至矣. 嗚呼. 畢達所志於紫宸之上, 而以終天年於衡門之下, 其心則忠, 而其節則高矣. 當今之時, 有如此恬退之士, 而不之尊尙褒用, 而反責之以不恭不敬, 宜乎世道之日卑, 而名節之板蕩矣. 危亡之漸, 蓋已成矣."

417

사신은 말한다.

조식의 소疏에 답하지 않았을 뿐만 아니라, 도리어 엄한 말을 내려 정원에서 처벌할 것을 청하지 않았음을 책망하였으니, 언로言路가 막히게 된 것이 이로부터 더욱 심해졌고 성대한 덕에 누累가 된 것이 이로 말미암아 더욱 커졌다. 온 나라의 선비들이 임금이 무엇을 좋아하고 무엇을 싫어하는지를 알아서 아첨하며 윗사람의 명령을 그대로 따르기만 하게 될 것이니, 뒷날에 비록 위태롭고 망하게 될 재앙이 있더라도 누가 그것을 말하려고 하겠는가? 임금의 말은 한 번 나오면 사방에 전해지니 관계된 것이 어찌 중대하지 않겠는가. 그런데 전교가 이와 같으니 이는 바로 온 나라 사람들의 입을 막아서 감히 말을 못하도록 한 것이다. 애석하다.

史臣曰:

"曺植之疏, 非但不爲答之, 反下嚴辭, 以責政院之不請罪. 言路之塞, 自此尤甚, 而盛德之累, 由玆益大. 一國之士, 知好惡之所在, 而將爲諂諛承順之歸, 他日雖有危亡之禍, 而誰肯言之哉. 王言一出, 四方傳之, 機關豈不重且大乎. 傳敎如是, 是乃杜一國之口, 而使之莫敢言也. 惜哉."

사신은 말한다.

조식은 오늘날 유일遺逸 중에서 가장 어진 사람이다. 재주가 뛰어나고 행실이 깨끗하며, 또 학식이 있다. 초야에서 가난하게 살았으나 영리榮利를 꾀하지 않았고, 여러 차례 불렀지만 나오지 않고 그 뜻을 고상하게 지켰다. 비록 수령으로 임명되는 영광에 부임하지는 않았으나, 그래도 오히려 나라를 근심하는 마음을 가지고 곧은 말로 소疏를 올려 당시의 폐단을 바로 지적하였으니, 이 어찌 군신君臣의 의리를 모르는 사람이겠는가. "자전은 깊숙한 궁중의 한 과부이다."라고 한 말은, 조식이 만든 것이 아니고 선현先賢의 말을 인용하여 쓴 것이니, 이것이 어찌 공손하지 못한 말이겠는가. 포상하여 등용하지 않고 심하게 견책譴責하였는데, 이것은 보필하고 인도하는 사람 중에 적절한 사람이 없어 학문이 넓지 못해서 그런 것이다. 정승의 지위에 있는 자도 또 잘못을 바로잡아 그것을 해결하지 못하여 조식과 같이 현명한 사람이 등용되지 못하고 초야에 버려졌다. 진언進言하는 길이 막히고 어진 사람을 불러들이는 일이 폐기되었으며 나라를 다스리는 도리가 없어졌으니, 세상의 도리가 야박해진 것이 어찌 괴이한 일이겠는가?

史臣曰:

"植, 方今遺逸之最賢者也. 才高行潔, 又有學識. 窮居草野, 不慕榮利, 累徵不就, 高尙其志. 雖不赴五馬之榮, 而猶懷憂國之心, 抗疏直語, 正中時弊, 則是豈不識君臣之義者乎. 以慈殿爲深宮之一寡婦之語, 非植之造作, 乃用先賢之言, 而措辭, 則是豈不恭之語乎. 褒奬不擧, 而譴責甚嚴, 是由輔導之無其人, 而學問之不博而然也. 在台鼎之任者, 又不能匡救而解釋之, 有賢如植, 虛棄草澤而莫用焉, 進言之路塞矣, 招賢之事廢矣, 致治之道減矣. 世道之澆薄, 何足怪哉."

사신은 말한다.

상소의 말이 격절하고 강직한 것을 만약 감사가 잘못되었다고 바로잡고 책망하여 물리친다면, 이것은 사람들로 하여금 감히 임금의 과실을 말하지 못하게 하는 것이니, 결국에는 임금의 총명을 가리는 재앙이 있을 것이다. 신하가 임금을 섬김에 있어 그 명령을 따르지 않고 그 뜻을 따르는데, 하물며 정령政令에 반포하여 그것을 따르게 하는 데 있어서이겠는가. 신하의 체모體貌를 크게 상실했다고 책망하였으니 임금이 뜻하는 바를 누가 감히 어기겠는가. 아, 이것은 성덕盛德에 큰 허물이 될 뿐만 아니라 실로 치란治亂과 흥망興亡에 관계되는 것이니 어찌 길게 탄식하지 않을 수 있겠는가.

史臣曰:

"凡疏辭之切直者, 若監司斜正責退之, 則是使人不敢言君上之過失, 而終有壅蔽之禍矣. 大抵人臣之事君, 不從其令而從其意. 況布之於政令, 而使從之乎. 責以大失臣子之體, 則上意所在, 誰敢有違乎. 噫, 此非但爲盛德之大累, 實治亂興亡之所關, 豈不慨然長歎乎."

■ **저자 소개**

황준량黃俊良 : 1517(중종 12)~1563(명종 18). 조선 중기의 문신으로, 본관은 평해平海이고, 자는 중거仲擧, 호는 금계錦溪이다. 사온서 주부司醞署主簿 황영손黃永孫의 증손으로, 할아버지는 황효동黃孝童이고, 아버지는 황치黃觶이며, 어머니는 교수敎授 황한필黃漢弼의 딸이다.

이황李滉의 문인으로, 어려서부터 재주가 뛰어나 신동으로 불렸고, 문명文名이 자자하였다. 1537년(중종 32) 생원이 되었고, 1540년 식년 문과에 을과로 급제하였다. 그 뒤 권지성균관 학유權知成均館學諭로 임명되었고, 이어 성주훈도星州訓導로 차출되었다. 1542년 성균관 학유成均館學諭가 되었고, 이듬해 학록學錄으로 승진하였으며, 양현고 봉사養賢庫奉事를 겸하였다. 1544년 학정學正, 1547년(명종 2) 박사博士에 이어 전적典籍에 올랐다. 1548년 공조 좌랑工曹佐郎에 재직 중 상을 당해 3년간 시묘한 뒤 1550년 전적에 복직되었다.

호조 좌랑戶曹佐郎으로 전직되어 춘추관 기사관春秋館記事官을 겸했으며, 『중종실록」·『인종실록』의 편찬에 참여하였다. 그 해 다시 병조 좌랑兵曹佐郎으로 전직되었고, 불교를 배척하는 소를 올렸다. 1551년 경상도 감군어사慶尙道監軍御史로 임명되었고, 이어 지평持平에 제수되었다. 그러나 앞서 청탁을 했다가 거절당한 언관의 모함이 있자, 외직을 자청해 신녕현감으로 부임했다가 1556년 병으로 사직하였다. 이듬해 단양군수를 지냈고, 1560년 성주목사에 임명되어 4년을 재임하였다. 그러다가 1563년 봄에 병으로 사직하고 돌아오는 도중 예천에서 운명하였다.

신녕현감으로 있을 때 기민饑民을 잘 진휼賑恤해 소생하게 하였으며, 전임관前任官의 부채를 절약과 긴축으로 보충하고 부채문권負債文券은 태워버린 일이 있었다. 학교와 교육 진흥에도 힘을 기울여 문묘文廟를 수축하고 백학서원白鶴書院을 창설하는 등 많은 치적을 남겼다. 단양군수로 부임했을 때는 경내의 피폐상을 상소해 20여 종의 공물을 10년간 감하는 특은特恩을 받기도 하였다. 벽지에 있던 향교를 군내에 옮겨 세우고, 이 지방의 출신으로서 학행이 뛰어난 인물들을 문묘 서편에 따로 사우祠宇를 마련해 제사지내는 등 많은 치적을 남겼다. 성주목사로 나아가서도 영봉서원迎鳳書院의 증수, 문묘의 중수, 그리고 공곡서당孔谷書堂·녹봉정사鹿峰精舍 등의 건립을 추진하였다. 그리고 이 지방의 학자 오건吳健을 교관敎官으로 삼는 등 교육 진흥에 힘써 학자를 많이 배출하였다.

우애가 돈독했고 어려운 사람들을 돕는 데 힘을 아끼지 않았다. 또한 청빈한 생활을 하였다. 자식이 없어 아우 수량遂良의 아들로 양자를 삼았다. 풍기의 우곡서원遇谷書院, 신녕의 백학서원에 제향되었다. 저서로는『금계집錦溪集』이 있다.

(『국조인물고國朝人物考』·『금계집錦溪集』·『연려실기술燃藜室記述』·『조선왕조실록朝鮮王朝實錄』·『한국민족문화대백과사전』·『한국한자어사전韓國漢字語辭典』)

421

이 글은 명종 12년 단양 군수丹陽郡守로 부임한 황준량黃俊良이 단양 고을의 폐단을 물리치고 단양을 위기에서 건져내기 위해 임금에게 올린 상소문이다. 당시 단양은 가혹한 세금과 탐관오리의 수탈로 인해 겨우 40호의 가구만 남아있었으니, 세종대 235호와 비교하면 이 당시의 비참함을 쉽게 짐작할 수 있다.

황준량의 이 글은 크게 세 부분으로 나눌 수 있다. 첫 번째는 서론으로 상소를 쓰는 이유에 대한 설명이다. 문장이나 아는 보잘 것 없는 유자儒者가 외람되게 군수의 책임을 맡았으니 피폐해진 고을을 정상으로 회복시켜야 할 책임이 무겁지만, 어떻게 할 수 없어 글을 올린다고 했다. 단양 고을은 본래 원주原州의 조그마한 현縣 가운데 하나였는데 적을 섬멸한 공로가 있었기 때문에 특별히 지금의 칭호로 올려준 것이지만, 삼면이 산으로 막혀 있고 한쪽은 큰 강이 흐르고 있으며, 우거진 잡초와 험한 바위 사이에 있는 촌락이라고는 모두 나무껍질로 기와를 대신하고 띠 풀을 엮어 벽을 만들었으며, 농지는 본래 척박해서 홍수와 가뭄이 제일 먼저 들기 때문에 사람들이 모두 떠돌아다니며 살아, 일정한 생업을 가진 사람이 하나도 없다고 했다. 풍년이 들어도 반쯤은 콩을 먹어야 하고 흉년이 들면 도토리를 주워 모아야 연명할 수가 있는데, 이제는 극도로 피폐해져 살아갈 길이 날로 궁색해지는데다가 부역에 나아갈 수 있는 민호도 40호戶가 채 되지 않아, 산과 들의 경지 면적이 3백 결結도 못 되며, 창고의 곡식 4천 석에는 모두 피가 섞여 있지만, 그것도 미납된 조세가 반인데 받아 낼 방법이 없다는 것이다. 그래서 가난한 자는 이미 곤궁해지고 곤궁한 자는 이미 병들어 아내와 자식을 데리고 사방으로 흩어졌다고 했다.

두 번째 단락은 이와 같은 상황 때문에 황준량이 생각한 세 가지 계책으로 시작한다. 세 가지 계책은 상·중·하책으로 나누어지는데, 상책上策은 부과된 부역을 면제해 주어 그 항목을 모두 없애고 10년을 기한으로 즐겁게 살면서 일하게 하여, 백성들에게 태평스러운 삶을 누려 인의仁義의 은택에 젖어들게 하는 것이다. 그렇게 한다면, 원근에 흩어져 있던 백성들이 모두 돌아오기를 원할 것이고 거칠어진 1백 리의 땅이 다시 살기 좋은 낙토樂土로 변해서 근본이 이루어질 것이라고 했다. 중책中策은 상책을 시행할 수 없다면 군郡과 군수郡守를 없애고 강등시켜 현縣으로 만들어 아직 흩어지지 않고 남은 백성을 큰 고을에 들어가게 하여, 우선 참혹한 해를 면하게 하는 것이다. 만약 이 중책도 시행할 수가 없다면 당연히 하책下策으로 대처해야 하는데, 하책은 눈앞의 큰 것만을 겨우 뽑은 것으로 폐단의 절반도 제거할 수 없는 것이니, 바로 눈앞의 일을 우선 피해보고자 하는 시급함에서 나온 것이라고 했다. 황준량이 생각한 하책은 열 가지 항목이 있는데 그 내용은 다음과 같다.

첫째는 재목材木의 폐단에 관한 것이다. 각 관사에 공납해야 될 크고 작은 목재 중 서까래로 쓸 만한 목재가 4백 개에 이르고, 별 큰 가치 없는 목재는 거의 수만 개가 되는데, 40호에서 만개나 되는 목재를 가지고 험한 산을 넘고 깊은 골짝을 건너 운반하느라 남녀가 모두 기진맥진하고 소와 말도 따라서 죽게 되었으니 삼사의 공납을 오래도록 면제해주고 아울러 몇 년 동안 부역도 없애주며 중국 사신을 대접하는 비용을 부담시키지 말고 겸하여 잡물의 폐단도 제거해 달라고 했다.

두 번째는 종이 공납의 폐단이다. 종이를 만드는 어려움은 다른 부역보다 배나 심한데 종이를 공납하는 수가 유독 이 고을에만 많으니, 오래도록 그 공물을 줄여주고 아울러 4년간 부세를 면제해 달라고 했다.

세 번째는 산행山行의 폐단이다. 받들어 올리는 숫자에 정해진 법이 있고 사냥하는 사람도 각기 해당자가 있는데, 지금은 짐승의 사냥을 오로지 백성에게만 의존하고 있어 새 한 마리도 잡지 못하지만, 1년의 공물에 노루가 70이고 꿩이 2백이 넘으니 노루와 꿩의 숫자를 줄여달라고 했다.

상소와 비답

네 번째는 대장장이의 폐단이다. 병오년에 처음으로 2명을 정했는데 모두 걸인乞人들로 정원을 채워 놓고 후일의 폐단을 생각하지 않았으니, 정원수는 그대로 있는데 사람은 없어 책임을 민간에 지워, 살을 저며 내고 피를 말리는 참상을 차마 말할 수 없으니 대장장이의 폐단을 아주 제거하고 아울러 2년 동안 빠트린 포의 값도 면제해 달라고 했다.

다섯 번째는 악공樂工의 폐단이다. 외방 고을에서 충원된 자가 아직 재능을 익히지도 않았는데, 6개월씩 일을 시켜 다른 일보다 더 괴롭기도 하지만, 피폐한 이 고을에다 4명을 충원하여 너무 지나치니, 우선 일을 도피한 악공의 죄를 감면해주고 결정한 정원수를 없애달라고 했다.

여섯 번째는 보병步兵의 폐단이다. 본 고을의 보병이 26명이니 많은 수가 아니지만, 지금은 겨우 13명만 남아 있고, 이 13명은 대체할 자가 없어 빈 문서에 명목만 걸려 있으니 실제 정원수와 맞지 않는 보병의 수를 줄이거나 옮겨주고, 법에 명시되지 않은 포 값을 징수하지 말아달라고 했다.

일곱 번째는 기인其人의 폐단이다. 아전 50명 중에서 1명을 정하는 것이 나라의 법이고, 이 고을은 늙고 쇠약한 아전이 20명도 안 되는데 기인의 수는 1명 반이나 되어, 10여 명의 아전이 80명의 일에 충당되어야 하고 대신할 포布의 숫자가 1백 필이 넘으니, 포의 숫자를 반으로 줄여달라고 했다.

여덟 번째는 가죽의 폐단이다. 병영兵營에서 바치는 특산물로 작은 사슴과 노루가죽 공납이 있는데 이를 감당할 수 없으니, 병영에서 바치는 가죽 물품의 양을 줄이고 배정한 소와 사슴을 영원히 면제해 달라고 했다.

아홉 번째는 옮겨 정한 폐단이다. 본 고을의 조공도 견디기 어려운데 다른 고을의 부세까지도 더 옮겨 수를 정했으니, 공주公州의 사노비寺奴婢, 해미海美의 목탄木炭, 연풍延豊의 서까래 목재, 영춘永春의 봉판蜂板, 황간黃澗의 기인其人 등 다섯 항목을 그것이다. 따라서 공주로 옮겨 정한 노비를 본 고을로 돌려주고 다른 고을에서 옮겨 와 정한 공물은 해당 고을로 돌려주도록 해 달라고 했다.

열 번째는 약재藥材의 폐단이다. 약 이름도 모르는 무지한 촌백성들에게 생판으로 마련하게 하여 포목을 가지고 가서 약재를 사게 하니, 갖추기 어려운 약재를 특별히 줄여 조금이나마 은혜를 내려달라고 했다.

그런데 황준량은 이상 열 가지 폐단은 해가 가장 심한 것으로 전체로 본다면 겨우 10분의 2쯤 된다고 했다. 따라서 만약 이 10분의 2에 대해서도 어렵게 여기는 것이 있어서 다 개혁하지 못한다면 백성들의 살길을 열어줄 수 없다고 했다. 이 외에도 2석石이 넘는 꿀 공납과 1백 마리가 넘는 젓갈용 눌어訥魚의 배당도 역시 폐단이라고 하였다. 또 그 나머지 20개의 각 사各司에도 모두 공물이 있고 삭선朔膳·월령月令에 대해서도 각각 도회都會가 있어, 크고 작은 폐단이 있지만 낱낱이 거론하지 않는다고 했다. 현재 단양의 처지는 끓는 솥에다 물고기를 기르고 불타는 숲에 새를 깃들게 하는 것과 다름없다고 했다. 그래서 황준량은 자신이 10년 동안 부세를 완전히 면제해 주어 길이 고통을 잊게 해주자고 했고, 강등하여 부곡部曲으로 만들어 큰 고을의 그늘에서 보호받도록 해주자고 했으며, 둘 다 안 된다면 이야기 한 폐단만이라도 줄여주어 우선 일시적으로나마 편안하게 해주자고 했다는 것이다. 만약 이 어떤 것도 들어 줄 수 없어서 관례대로 긴급하지 않은 공물이나 감면해 주고 만다면, 이것은 살 길을 열어줄 방법이 없는 것이고, 그것 때문에 이 고을이 은혜를 입지 못한다면 이는 하늘이 버린 것이지 수령의 죄가 아니라고 했다.

마지막 단락에서 황준량은 고대에는 이와 같은 세금이 없었으니 그에 따른 백성들의 괴로움이 없었지만, 세상의 도道가 격하되자 민생의 피해가 심해졌으니 풍속을 변화시키지 않는다면 아무리 성스러운 임금과 어진 재상이라고 하더라도 어떻게 할 수가 없다는 것이다. 그래서 황준량은 어진 정사를 베풀어 백성의 고통을 보살피고, 세금을 박하게 하여 민생을 후하게 해주며, 사치를 고쳐 백성의 재물을 아끼고, 공사工事를 줄여 백성을 편안하게 하며, 무거운 세금을 감면해 주고, 세금을 체납하고 도망간 백성을 책망하여 꾸짖지 말며, 정도正道를 좀먹고 백성을 해치는 자를 통쾌히 소탕하라고 했다. 이렇게 된다면 종사宗社의 무궁한 복이 될 것이라는 것이다.

이 상소에 대해 명종은 "이제 상소 내용을 보건대 10개 조항의 폐단을 이야기하여 논한 것이 나라를 걱정하고 임금을 사랑하며 백성을 위하는 정성이 아닌 것이 없으니, 내가 가상히 여긴다."라고 하고 이어 "황준량의 상소 가운데 행할 만한 조항은 해당 관청에서 대신·영부사와 함께 의논해서 아뢰게 하라."라고 하였는데, 이 논의에 대해 사신史臣은 황준량의 계책과 10개 조항의 폐단은 곡진하고 절실하지만, 어떻게 10년 동안 이 법을 시행해 나갈 수 있겠느냐는 평가를 하였다. 그런데 이 상소가 올라간 지 열흘이 지난 명종 12년 5월 17일, 사인舍人이 삼공三公의 뜻으로 명종에게 "단양 군수 황준량의 상소에 상·중·하의 세 가지 방책이 있었는데 하책에는 그 조목이 열 가지가 있었습니다. 올려온 상소의 상책에 따라 공부貢賦와 잡역雜役을 10년을 기한으로 모두 감면해서 소생시키고 회복시키는 것이 옳습니다. 다른 쇠약한 고을도 단양을 본받아 공역貢役을 면제받으려는 곳이 많을 것이나, 단양은 백성의 호수戶數가 40에도 차지 않는다고 하니 팔도 가운데 어찌 이런 고을이 또 있겠습니까. 다른 고을은 들어주어서는 안 됩니다. 윤원형의 의논도 신들과 다르지 않으므로 동의同議하여 말씀드립니다."라고 하자 명종은 이야기한 대로 하라고 하였다. 황준량의 정성에 감동한 것이었다고 보인다.

삼가 생각건대, 천하의 일은 피폐해지기 전에 보수할 경우에는 평범한 사람도 손을 쓰기가 쉽지만 피폐해진 뒤에 일으키려고 하면 지혜로운 자도 공을 세우기가 어렵습니다. 대체로 이루어져 있는 형세를 기반으로 해서 무너진 정치를 수습하는 것은 단지 수령의 힘으로 한 가지 계책을 쓰는 사이에도 쉽게 이룰 수 있지만 텅 비어버린 쓸모없는 그릇을 가지고 이미 흩어져 버린 형세를 수습하는 경우에는 전적으로 수령에게 책임지울 것이 아니라 반드시 안심할 수 있도록 품어주는 은혜가 있어야 합니다. 그렇다면 피폐해진 것을 일으키는 어려움은 피폐해지기 전에 보수하는 수월함과는 다르기 때문에 그 조처하는 방법과 계책을 결코 수령이 전담하거나 소견이 좁고 졸렬한 자가 감당할 수 없는 것임은 분명합니다.

신은 문장이나 아는 보잘 것 없는 유자儒者로서 세상을 다스리는 재주가 없는데도 외람되이 군수의 책임을 맡았으니 피폐해진 고을을 정상으로 회복시켜야 할 책임이 무겁습니다. 그러니 어찌 정성과 사려를 다하여 조금이나마 임금의 근심을 나누어 갖는 큰 책임에 부응하려 하지 않겠습니까? 돌아 보건대 이곳과 가까운 곳에서 신이 살았기 때문에 일찍부터 피폐된 것을 익히 알고 있었습니다. 이번에 부임하여 그 참상을 목격하고 시기에 맞추어 사무를 보려고 하니 백성은 흩어진 지 오래되었고, 편안히 앉아서 모른 체하자니 온갖 일들이 모여들어 옳고 그른 것이 의심 되니 이럴 수도 저럴 수도 없는 처지입니다. 그러나 그동안 성상聖上의 신령스러움으로 천리 밖을 환히 살펴보지 않으셨다면 사리에 어리석고 미련한 신이 어찌 감히 그 사이에 한 가지 일인들 조치할 수 있었겠습니까.

신이 삼가 살피건대, 단양 고을은 본래 원주原州의 조그마한 현縣 가운데 하나였는데 적을 섬멸한 공로가 있었기 때문에 특별히 지금의 칭호로 올려준 것입니다. 삼면이 산으로 막혀 있고 한쪽은 큰 강이 흐르고 있는데, 우거진 잡초와 험한 바위 사이에 있는 촌락이라고 하는 것들은 모두 나무껍질로 기와를 대신하고 띠 풀을 엮어 벽을 만들었으며, 농지는 본래 척박해서 홍수와 가뭄이 제일 먼저 들기 때문에 사람들이 모두 떠돌아다니며 살아, 일정한 생업을 가진 사람이 하나도 없습니다. 그래서 풍년이 들어도 반쯤은 콩을 먹어야 하는 실정이고 흉년이 들면 도토리를 주워 모아야 연명할 수가 있습니다. 『여지승람輿地勝覽』에 "땅이 척박하고 물이 차가워 오곡五穀이 풍성하지 못하다."라고 한 것은 이곳의 풍토가 본래 그렇기 때문입니다. 이제는 극도로 피폐해져 살아갈 길이 날로 궁색해지는데다가 부역에 나아갈 수 있는 민호도 40호戶가 채되지 않아, 산과 들의 경지 면적이 3백 결結도 못 채우며, 창고의 곡식 4천 석에는 모두 피가 섞여 있는데, 그것도 미납된 조세가 반이지만 받아 낼 길이 없습니다. 그런데도 부역에 대한 재촉이 큰 고을보다도 중하고, 가혹하게 세금을 거두어들이는 것이 다른 고을 백성보다 몇 곱절이나 되어, 한 집이 1백 호의 부역을 부담하고 한 장정이 1백 사람의 임무를 감당하게 되어, 가난한 자는 이미 곤궁해지고 곤궁한 자는 이미 병들어 아내와 자식을 데리고 사방으로 흩어졌습니다.

아, 새도 남쪽 가지에 둥지를 틀고 여우도 예전에 살던 곳으로 머리를 돌리는 법이지만, 고향을 떠나기 싫어하는 마음은 사람이 더욱 간절합니다. 토지와 마을을 버리고서 돌아오려 하지 않는 것은 인정이 없어서 그런 것일 뿐이겠습니까? 살을 에어내고 골수를 우려내듯 참혹한 형벌을 가하여 잠시도 편안히 살 수가 없어 마침내 온 고을이 폐허가 되었으니, 일찍이 성스럽고 밝은 시대에 백성이 가혹한 정치에 이렇게 심하게 시달릴 줄을 누가 생각이나 했겠습니까. 그런데도 이렇게 비참한 상황을 만들어 놓은 자는 아 대부阿大夫처럼 솥에 삶기는 형벌을 면하였으니, 악행을 징계하는 법이 너무 허술하지 않습니까? 선한 것만으로는 정치를 할 수 없고 어진 마음만으로는 저절로 행동할 수 없으니, 반드시 비상한 방법이 있어야 다 끊어져가는 형세를 일으켜 세울 수 있습니다. 신이 망령되이 한 가지 생각을 얻어 주제넘게 세 가지 계책을 말씀 드리니, 삼가 전하께서는 살펴주십시오.

조그마한 고을이 완전히 피폐해져 모든 것이 어그러져서 전혀 어떻게 할 수가 없는데, 지금 같은 형편에 지난날의 조공을 요구한다면, 비록 공龔·소召라고 하더라도 어찌할 수가 없을 것입니다. 이제 부과된 부역을 면제해 주어 그 항목을 모두 없애고 10년을 기한으로 즐거이 살면서 일하게 하여, 백성들에게 태평스러운 삶을 누려 인의仁義의 은택에 젖어들게 한다면, 원근에 흩어져 있던 백성들이 모두 돌아오기를 원할 것은 물론이고 거칠어진 1백 리의 땅이 다시 살기 좋은 낙토樂土로 변해서 근본이 이루어질 것이니, 이것이 상책上策입니다. 의논하는 자들은 멀리 10년으로 기한을 정한 것이 매우 현실성이 없다고 하는데, 이는 근본을 아는 자의 말이 아닙니다. 옛 사람들이 백성을 쉬게 하고 길러서 생식生息시키는 데는 반드시 10년이라는 긴 시간을 기한으로 하였습니다. 월越나라 구천句踐이 국력을 양성한 것과 제갈량諸葛亮이 국력을 규합한 것과 같이 하는 것이 옳습니다. 신은 10년만 부역을 면해주면 1백 년을 보장할 수 있지만, 3년에서 5년에 그치면 구제하자마자 도로 피폐해져 원대한 계획이 되지 못할 것이라고 생각합니다.

만약 그 땅에 매겨져 있던 조공을 다 면제해 줄 수 없고 복구할 수 있는 다양한 방법이 많아서 10년으로 늦출 수 없다면, 군郡과 군수郡守를 없애고 강등시켜 현縣으로 만들어 아직 흩어지지 않고 남은 백성을 큰 고을에 들어가게 하여, 우선 참혹한 해를 면하게 하는 것이 그 차선책입니다. 피폐된 고을이라 하여 까닭 없이 폐지하는 것도 큰일이라 해서 이 두 가지 가운데 하나도 행할 수가 없다면, 당연히 하책下策으로 대처해야 할 것입니다. 그러나 이것은 백성을

429

병들게 하는 것 가운데 큰 것만을 겨우 뽑은 것으로 폐단의 절반도 제거할 수 없는 것이니, 바로 눈앞의 일을 우선 피해보고자 하는 시급함을 구제하는 것이지 피폐해진 것을 떨쳐 일으켜 장구히 유지해 나가는 정치가 아닙니다. 그 항목이 열 가지가 있는데 다음과 같습니다.

첫 번째는 재목材木의 폐단입니다. 각 관사에 공납해야 될 크고 작은 목재 중 서까래로 쓸 만한 목재가 4백 개에 이르고, 별 큰 가치 없는 목재는 거의 수만 개가 되니, 이미 감당할 수 없을 만큼 많은 수입니다. 40호에서 만개나 되는 목재를 가지고 험한 산을 넘고 깊은 골짝을 건너 운반하느라, 남녀가 모두 기진맥진하고 소와 말도 따라서 죽게 되어 온 고을의 농가에 수십 마리의 가축도 없으니, 백성의 고생이 극도에 이르렀습니다. 더구나 강을 이용하여 뗏목으로 운반하므로 쉽게 공납할 수가 없는데, 삼사三司의 공납 물가가 거의 1백 필에 이르므로 2년 동안 공납하지 못하여 오래도록 독촉을 받는 것도 괴이하게 여길 것이 없습니다. 중국 사신을 대접하는 것도 비록 늘 있는 공납이 아니기는 하지만 채붕彩棚(무늬 있는 비단이나 소나무 가지 따위로 장식한 가설막으로 행사에 사용한다.)을 만들 때 쓰는 큰 목재와 여기에 관계되는 잡물은 공납을 제거할 때에 당연히 먼저 제거해야 할 것입니다. 삼가 바라건대 삼사의 공납을 오래도록 면제해주고 아울러 몇 년 동안 부역도 없애주며 중국 사신을 대접하는 비용을 부담시키지 말고 겸하여 잡물의 폐단도 제거해 주면 백성들이 혹 이로 인해 조금 살아날 것입니다.

두 번째는 종이 공납의 폐단입니다. 종이를 만드는 어려움은 다른 부역보다 배나 심한데 종이를 공납하는 수가 유독 이 고을에만 많아 백성들이 시달리다가 버티기 어려운 지경에 이른 지가 오래입니다. 풍저창豐儲倉·장흥고長興庫의 경우는 모두 말씀드린 품목에 의해 회계會稽에 관계된 물품이기 때문에 독려하지만, 예조·교서관·관상감에서도 모두 공납하게 되어 있어 도합 2백여

권卷이나 되는데, 관부와 민간의 힘이 모두 바닥이 나서 마련해낼 길이 없으니 관청에서 더욱 고통으로 여깁니다. 나라에 바치는 공물 가운데 모자라는 것은 종이가 아닙니다. 수백 권의 종이를 아낄 것이 뭐 있겠습니까. 삼가 바라건대 오래도록 그 공물을 줄여주시고 아울러 4년간 부세를 면제하여 주신다면 백성들이 이로 인해 조금 살아날 것입니다.

세 번째는 산행山行의 폐단입니다. 받들어 올리는 숫자에 대해서는 일찍이 정해진 법이 있고 사냥하는 사람도 각기 해당자가 있는데, 지금은 짐승의 사냥을 오로지 백성에게만 의존하고 있습니다. 그물과 활을 가지고 숲속을 분주히 돌아다니지만 능숙한 사냥꾼 없이 사슴을 쫓는 격이어서 새 한 마리도 잡지 못하니, 저축해 놓은 곡식을 다 털어서 몇 곱의 값으로 사들이는데도 오히려 제 때에 맞추지 못한 죄를 피할 수 없어, 다시 죄를 면하기 위한 포布를 바쳐야 하는 벌을 받게 되니, 온 고을의 민생들이 오래 전에 이미 죽은 상태입니다. 삼가 살피건대 1년의 공물에 노루가 70이고 꿩이 2백이 넘습니다. 엎드려 바라옵건대 노루와 꿩의 숫자를 줄여 생활을 즐길 수 있게 하여 주면, 남은 백성들이 혹 이로 인해 조금이나마 살길이 열릴 것입니다.

네 번째는 대장장이의 폐단입니다. 병오년에 처음으로 2명을 정했는데 모두 걸인乞人들로 그 정원수를 채워 놓고 후일의 폐단을 생각하지 않았으니, 정원수는 그대로 있는데 사람은 없어 아울러 그 책임을 민간에 지우고 있습니다. 6개월의 번番에 대한 2명의 번가番價를 이미 몇 해 동안 빠트려 이자가 붙어나 그 값이 포布 80필에 이르러 앉아서 침탈을 당하고 있습니다. 살을 저며 내고 피를 말리는 참상을 차마 말할 수 없는 지경입니다. 삼가 대장장이의 폐단을 아주 제거하고 아울러 2년 동안 빠트린 포의 값도 면제해 주신다면, 남은 백성이 혹 이로 인해 조금이나마 살길이 열릴 것입니다.

다섯 번째는 악공樂工의 폐단입니다. 외방 고을에서 충원된 자가 아직 재능

상上
소疏
와
비批
답答

을 익히지도 않았는데, 6개월씩 일을 시켜 다른 일보다 더 괴롭습니다. 그런데 피폐한 고을에다 4명을 충원하게 하였으니 이미 지나친 일입니다. 지금은 노비奴婢들이 죽거나 옮겨가서 거의 다 없어져 악공의 수를 유지하기가 너욱 어렵습니다. 그래서 살아갈 수가 없으므로 서로 연달아 도망하는데, 징수하는 포 값은 대장장이와 같기 때문에 노비들의 생계가 더욱 위축되고 있습니다. 삼가 우선 일을 도피한 악공의 죄를 감면해주고 길이 옮겨 결정한 정원수를 없애주신다면, 남은 백성이 혹 이로 인해 조금이나마 살 길이 열릴 것입니다.

여섯 번째는 보병步兵의 폐단입니다. 본 고을의 보병이 26명이니 많은 수가 아닙니다만, 지금은 겨우 13명만 남아 있는데 그것도 보솔保率이 없는 단신이며, 이 13명은 대체할 자가 없어 빈 문서에 명목만 걸려 있을 뿐입니다. 만약 급한 일이 생겨 갑자기 군대를 동원할 일이 있으면 누가 군문軍門의 진중陣中으로 달려갈 것이며 누가 죽령竹嶺의 영토를 지키겠습니까. 더구나 보병의 일에는 으레 포布 값이 있어 현재 있는 13명은 모두 이웃과 일족의 힘을 빌리고 있는 상황이고, 그 나머지 1백 여의 포 값은 어떻게 공납할 수가 없어 민간에 나누어 배정하였는데, 한번 보병의 값을 지불하고 나면 온 고을이 탕진되어 솥이 남아 있는 집이 몇 안 됩니다. 삼가 실제 정원수와 맞지 않는 보병의 수를 줄이거나 혹은 옮겨 정하는 길을 열어놓아 머리를 떨구고 기운이 꺾인 백성들에게 법에 명시되지 않은 포 값을 징수하는 일이 없도록 해주신다면, 이 또한 살길을 열어주는 한 가지 방편이 될 것입니다.

일곱 번째는 기인其人의 폐단입니다. 아전 50명 중에서 1명을 정하는 것이 나라의 법입니다. 그런데 본 고을은 늙고 쇠약한 아전이 20명도 안 되는데 기인의 수는 1명 반이나 됩니다. 10여 명의 아전이 80명의 일에 충당되어야 하는데 대신할 포布의 숫자가 1백 필이 넘으니, 잔약한 아전들이 저축해 둔 약간의 포도 없는데 어디에서 마련해 낼 수가 있겠습니까. 재산을 다 쏟아 부어도 부족해서 이웃과 일족에게까지 피해가 미쳐 서리胥吏와 백성이 모두 곤궁에 시달리고 있습니다. 2년 동안 공역貢役을 완전히 폐지하였으므로 앉아서 다른 사람을 대신하는 피해를 당하는 실정인데, 형부刑部에 글을 보내 늘 관리를 추궁하고 따져 물어 그 폐해가 극심합니다. 삼가 반으로 줄여주어서 조금이나마 급박함을 늦추어 주신다면, 이 또한 살길을 열어주는 한 가지 방편이 될 것입니다.

여덟 번째는 가죽의 폐단입니다. 병영兵營에서 바치는 특산물로 작은 사슴과 노루가죽 공납이 있는데 이를 유신현惟新縣과 함께 배정하였고, 또 큰 사슴과 누렁소로 대신하는 값이 있는데 공물을 바친다는 명목을 핑계로 그 선택을 최고로 하여 작은 사슴은 사슴의 중간치로 하고 노루가죽은 사슴 가운데 작은 것으로 합니다. 다른 도道도 모두 그래서 이미 잘못된 습관이 되어버렸습니다. 게다가 10여 가지나 되는 잡색雜色의 세금을 모두 백성에게 배정하였기 때문에 도로 물리거나 보류하는데 대한 비용은 포함시키지 않더라도 내야 할 정목正木이 1백여 항목에 이르니, 이 또한 큰 폐단입니다. 그리고 유신현은 큰 고을이므로 반드시 우리 고을의 도움을 받을 필요가 없으니, 소와 사슴의 대가인 40필의 포를 유신현에만 배정하고 우리 읍에는 독려하거나 꾸짖지 않는 것이 진실로 또 약한 자를 부지하는 정책입니다. 삼가 바라건대 병영에서 바치는 가죽 물품의 양을 줄이고 아울러 배정한 소와 사슴을 영원히 면제해 주어서 가죽이 다하면 털도 없어진다는 폐단을 면하게 해주면, 이 또한 살길을 열어주는 한 가지 방편이 될 것입니다.

아홉 번째는 옮겨 정한 폐단입니다. 본 고을의 조공도 오히려 견디기 어려운데 다른 고을의 부세까지도 더 옮겨 수를 정했으니, 공주公州의 사노비寺奴婢, 해미海美의 목탄木炭, 연풍延豊의 서까래 목재, 영춘永春의 봉판蜂板, 황간黃澗의 기인其人 등 다섯 항목이 그것입니다. 당초 옮겨 정한 것 또한 폐단을 구제하기 위한 계책이었습니다. 이제 3백 고을에 이러한 폐단이 없는데 어찌하여 우리는 돌보아 주지 않습니까. 노비의 정원수가 빈 문서로 기재는 되어 있지만 현재 복역하는 숫자는 50도 못 되는데, 정원 외의 것이라고 명명하여 이쪽에서 빼앗아 저쪽에 주는 것은 깊이 생각하지 못한 것입니다. 지역이 3도道의 요충지에 해당되고 고을에는 1백호의 취락聚落도 없는데 사신들이 왕래하고 왜인들이 다니는 길목이라 그들을 대접하는데 드는 수요를 모두 이들에게 의지하는 것은 물론, 실어 날라야 할 짐도 모두 이들이 져 나르게 해왔습니다. 그런데 또 수십 명이 도망하여 아직 돌아와 일하지 않고 있으므로 두 번이나 해당 관청에 보고하였으나 관례에 따라 보고를 막았습니다. 이는 바로 가난한 원헌原憲의 재산을 빼앗아 계씨季氏의 부富를 보태주는 것과 같으니 얼마나 잔인한 일입니까. 공주는 인민이 많은 큰 고을인데 어찌 우리 고을에서 취해다가 채워야 될 형편이겠습니까. 삼가 바라건대 공주로 옮겨 정한 노비를 도로 본 고을로 돌려주고 다른 고을에서 옮겨 와 정한 제반 공물도 도로 해당 고을로 돌려준다면, 이 또한 살길을 열어주는 한 가지 정사가 될 것입니다.

열 번째는 약재藥材의 폐단입니다. 약 이름도 모르는 무지한 촌백성들에게 생판으로 마련하게 하여 포목을 가지고 가서 약재를 사게 하니, 하소연할 데 없는 불쌍한 백성들이 감내할 일이 아닙니다. 그 중에서도 가장 어려운 것은 웅담熊膽과 사향麝香, 백급白笈과 인삼人蔘, 복령茯苓과 지황地黃입니다. 1백 필의 포목을 가지고도 이 약재 한 가지를 준비하기가 어려운데다 인정물人情物까지 모두 포함되어 있으니 힘이 미치지 못하는 실정입니다. 그리고 아울러 배정된 우황牛黃도 백성들이 내게 되니, 이를 전적으로 제천堤川에만 맡겨서 이 백성들에게 은택을 내리는 것이 안 될 것이 뭐 있겠습니까. 삼가 바라건대 한 고을을 버리지 마시고 갖추기 어려운 약재를 특별히 줄여 조금이나마 은혜를 내려주셔서 태평성대를 함께 누리게 해 주신다면, 모든 병폐가 저절로 없어져 하늘과 땅에 화기가 감돌 것이니, 이 또한 살길을 열어주는 한 가지 방법이 될 것입니다.

이상 열 가지 폐단은 해가 가장 심한 것으로 전체의 숫자로 계산하여 본다면 겨우 10분의 2쯤 됩니다. 흩어진 백성을 되돌아오게 하려면 당연히 모든 일을 감해 주어야 하지만, 이 10분의 2에 대해 하나라도 어렵게 여기는 것이 있어서 다 개혁하지 못한다면 살길을 열어주는 계책은 어긋나고 말 것입니다. 이 계책을 취한다고 꼭 나라에 이로운 것은 아니지만, 덜어주면 백성에게 덕이 될 수 있는 것은 임금들이 하려고 하는 일이니, 이 열 가지 폐단에 대해 어렵게 여길 것이 무엇이겠습니까.

그리고 꿀 공납이 2석石이 넘는데, 백성은 적고 땅은 거칠어 그 수를 채울 수가 없습니다. 젓갈용으로 쓸 눌어訥魚의 배당도 1백 마리가 넘는데 물이 맑아서 큰 것이 없으므로 먼 지역에 가서 사가지고 오니 역시 폐단이라고 하겠습니다. 제원諸員 1명이 이에 종사한 지가 이미 오래인데, 꾸어오는 일의 괴로움이 대장장이의 폐단과 다를 것이 없고, 한 해의 공물을 위해 한 사람을 배정하여 그것으로 먹고 살게 했으나, 일을 도망하는 폐단이 악공樂工과 같습니다. 그 나머지 20개의 각 사各司에도 모두 공물이 있고 삭선朔膳·월령月令에 대해서도 각각 도회都會가 있는데, 크고 작은 폐단이 없는 곳이 없습니다. 그러나 감히 낱낱이 거론하여 전하의 들으심을 더럽히지 않겠습니다. 채택해서 취사하시기만을 바랍니다.

아, 영동嶺東의 조그만 고을이 기운이 이미 떨어진 지경에 이르러 한 가지 사역과 한 가지 부세도 오히려 갖추기 어려운 형편인데, 이포里布와 지정地征까지 끝없이 독촉하고 책망하여 까다로운 법령과 번거로운 조항으로 요구하기를 그치지 않습니다. 그리하여 사역을 도망한 자의 일족과 묵은 밭의 이웃에게 책임을 분담시켜 부세를 징수하여 기필코 그 수를 채우려 하니, 10무畝의 농사로 어떻게 배를 채우고 몸을 감쌀 수가 있겠습니까. 이는 끓는 솥에다 물고기를 기르고 불타는 숲에 새를 깃들게 하는 것과 다름없으니, 아무리 자애로운 부모라도 자식을 보호하기 어려운데 임금이 어떻게 백성을 둘 수 있겠습니까. 폐기된 지가 이미 오래인데 이제야 알았으니, 그 동안의 시름과 고통으로 인한 원망을 어진 사람이라면 당연히 생각하여 안타깝게 여겨야 할 것입니다.

신이 10년 동안 완전히 면제해 주어 길이 고통을 잊게 해주자고 하는 것은 이 때문이며, 강등하여 부곡部曲으로 만들어 큰 고을의 그늘에 보호받도록 해 주자는 것도 이 때문이며, 두 가지 다 할 수 없으면 말씀드린 폐단만이라도 줄여주어 우선 일시적으로나마 편안하게 해주자는 것도 이 때문입니다. 삼가 바라건대 전하의 뜻으로 결단하고 대신에게도 상의해서 백성들을 편안하고 온전하게 하는 방법을 다 이루고 백성에게 살길을 열어주고자 하는 소망을 이루어 주고 또 감사監司와 병사兵使에게도 뜻을 내려서 납입하지 못한 세금을 감면해 주어 매만져 보호하는 계책을 다 극진하게 하면, 그지없이 다행스런 일일 것입니다.

만약 지위도 낮고 말도 경망하여 하나하나 다 들어 줄 수 없다고 하여 지난해처럼 관례대로 긴급하지 않은 공물이나 감면해 주고 만다면, 비록 감면해 주었다는 말은 있어도 실상은 다시 살 길을 열어줄 방법이 없는 것입니다. 조정에서 그런 실정을 통찰하였는데도 본 고을이 은혜를 입지 못한다면, 이는 하늘이 버린 것이지 수령의 죄가 아닙니다. 아, 서민들이 즐겁게 살지 못한다면 임금이 함께 공업을 이룰 수가 없다고 하였습니다. 한 고을이 이와 같다면 한 나라도 이를 미루어 알 수가 있습니다. 지금 집도 없이 떠도는 백성으로 궁벽한 골짝에서 원망에 차서 울부짖는 자가 얼마인지 알 수가 없습니다. 사람들의 원망이 골수에 사무쳤는데도 꽉 막혀 위로 통할 수가 없으니 하늘의 감시를 소홀히 하면 반드시 그 잘못에 대한 책임을 지게 될 자가 있기 마련입니다.

지금 국가의 형세가 모두 흙더미와 같아서 허물어지려 하는데, 개미구멍을 막지 않았다가 미리 방비하지 않은 이것이 말할 수 없는 화란이 될 줄 어찌 알겠습니까. 아, 띠 풀로 지붕을 덮고 궁궐을 낮게 했던 옛날에 어찌 재목으로 인한 폐해가 있었을 것이며, 토기土器에 명아주 국을 끓여 먹던 때에 어찌 짐승을 사냥하는 괴로움이 있었겠습니까. 후기后夔가 전악典樂이 되자 신인神人이 화락하였으니 악공에게 무슨 괴로움이 있었겠습니까. 공수工倕가 공인들을 보살펴 기술을 맡아 간하던 때는 대장장이들이 할 일이 없었을 것입니다. 대나무에 글을 쓰고 정사가 간소하였으니 종이 만드는 폐단이 없었을 것이고, 문교文敎를 펴서 악한 이를 감화시켰으니 어찌 군사의 일이 많았겠습니까. 온갖 풀을 맛본 것은 기백岐伯에서 비롯되어 사람들에게 가르쳤으니, 그 당시에는 캐어서 바치는 괴로움이 없었을 것입니다. 구주九州의 큰 나라인데도 양주梁州에만 베와 가죽을 바치게 했으니 공물 제도가 이미 간소한데 어찌 가죽을 사서 바치는 원망이 있었겠습니까. 때에 맞추어 산림山林의 나무를 베어 재목이 쓰고도 남았으니 어찌 아전들이 숯과 재목을 걱정할 필요가 있었겠으며, 해가 뜨면 나가 일하고 해가 지면 들어와 쉬며 이사를 해도 그 고을을 벗어나지 않았으니, 어찌 백성들이 떠돌아다닐까 걱정할 것이 있었겠습니까. 이래서 태평성대의 정치는 백성을 부려도 기쁘게 해주고 이롭게 해주면서도 누가 해준 것인지 알지 못하게 했습니다.

세도世道가 변하여 한번 격하되자 민생의 피해가 더욱 심해져 색목色目이 수도 없이 많아서 어느 것을 따라야 할지 알 수가 없고, 정교와 명령은 범과 같이 사나워서 견뎌낼 수가 없습니다. 중택中澤의 기러기가 슬피 울고, 대동大東의 저축杼柚이 비어 있으며, 곡퇴谷薙의 부腜와 장초萇楚의 탄식이 이미 마을에 가득 찼고, 하늘의 재앙과 사물의 변괴가 잇달아 나타나고 있습니다. 정치가 잘못되어 백성이 떠돌아다니기 때문에 나라를 다스릴 수가 없게 될 것이니 임금 된 사람이 그 폐단이 발생한 근원을 몰라서야 되겠습니까? 팔짱을 끼고 눈을 감고 앉아서 계책을 세우지 않을 수 있겠습니까? 지금대로 하여 풍속을 변화시키지 않는다면 아무리 성스러운 임금과 어진 재상이라고 하더라도 어떻게 할 수가 있겠습니까? 몸은 요순시대를 만났지만 눈은 말세의 정치를 보게 되니 이것이 신이 하늘을 우러르며 가슴 아프게 탄식하고 통곡하는 이유입니다.

삼가 바라건대 전하께서는 한 고을을 보아 여러 곳을 미루어 살피시고 한 사물을 들어 만물을 통찰하소서. 임금 노릇하기가 쉽지 않고 백성을 보호하기가 어렵다는 것을 조심스레 생각해서 어진 정사를 베풀어 백성의 고통을 보살피며, 세금을 박하게 하여 민생을 후하게 해주고 사치를 고쳐 백성의 재물을 아끼며, 공사工事를 줄여 백성을 편안하게 하고 무거운 세금을 감면해 주며, 세금을 체납하고 도망간 백성을 책망하여 꾸짖지 말고 정도正道를 좀먹고 백성을 해치는 자를 통쾌히 소탕하라는 뜻을 내리시며, 이로움을 일으키고 해로움을 제거하는 계책을 극진히 강구하여, 국가의 운명을 편안하게 해서 와해瓦解되는 걱정이 없게 하고 나라의 근본을 공고하게 해서 반석같이 튼튼하게 한다면, 어찌 한 고을과 한 나라의 경사일 뿐이겠습니까. 실로 만세토록 이어갈 종사宗社의 무궁한 복인 것입니다.

신이 지극히 어리석고 미천한 몸으로 아둔한 소견을 두서없이 함부로 말씀드렸으니 그 죄가 만 번 죽어 마땅합니다. 그러나 임금을 사랑하고 나라를 걱정하는 정성은 소원하다고 해서 다른 것이 아니니, 한 고을의 폐단을 말씀드림에 다른 여러 지역도 미루어 아시기 바랍니다. 삼가 전하께서는 신의 어리석음을 가엾게 여기시어 참람됨을 용서하여 주십시오. 신은 지극한 두려움을 견디지 못하겠습니다. 삼가 상소를 받들어 올립니다.

臣伏以天下之事, 因其未弊而補之, 則庸夫易爲力, 至於已弊而起之, 則智者難爲功. 蓋席阜成之勢, 而修頹墮之政, 只煩守令之力, 而不過一規畵之間, 若其擁盧棄之器, 而收散亡之勢, 則非專守土之責, 而必待於恩典之懷綏也. 然則起弊之難, 非補弊之易, 而其措處方略, 決非守宰之所顓, 迂拙之所堪也審矣. 臣章句之腐儒, 經世無才, 濫叨郡寄, 責重蘇殘, 豈不欲殫精竭慮, 少副分憂之重乎. 顧以地連臣居, 曾熟其弊, 今此上任, 目擊懷慘. 欲投期應務, 則民散久矣; 欲安坐謝事, 則百役所萃. 可否狐疑, 進退狼狽. 向非聖上之靈, 明見千里之外, 則守株愚臣, 安敢措一手於其間乎.

臣謹按, 丹陽爲郡, 本原州之一小縣也. 殲賊有功, 特陞今號, 三面阻嶺, 一帶長江, 荒茅亂石之間, 名爲村店者, 皆剝樹代瓦, 編茨爲壁, 而田本嶢确, 水旱所先, 人皆漂寓, 一無恒産, 年登而半菽不厭, 遇歉則拾橡爲命. 輿地所謂土瘠水寒, 五穀不登者, 其風土然也. 今則凋弊已極, 生事日窄, 而供役疲氓, 戶不盈四十, 山野耕籍, 結不滿三百, 倉穀四千, 皆雜稊稗, 而逋負居半, 責償無憑. 催科索賦, 或重於大府, 誅求征稅, 倍蓰於他氓. 一家而支百戶之役, 單丁而當百夫之任, 貧者已困, 困者已病, 携持婦子, 散之四方. 噫! 巢南有禽, 首丘有獸, 懷土重遷, 最靈爲甚, 而蕩棄田里, 不知悔還者, 獨非人情乎. 剝膚推髓, 刑慘鞭撻, 少無片時之寧居, 卒致一邑之爲墟, 曾謂聖明之下, 民困虐政, 若是其甚乎. 然致此板蕩者, 得追烹阿之誅, 則懲惡之典, 不已踈乎. 徒善, 不足以爲政, 仁心, 不能以自行. 必有非常之典, 可振垂絶之勢. 臣妄效一得, 濫陳三策, 伏惟聖覽焉.

夫十室之邑, 一敗塗地, 無一不弊, 而無一可爲, 據今之勢, 責古之貢, 雖有雙召, 斷知其無能爲也. 今若除賦復役, 一掃名目, 期以十年, 樂生興事, 而俾之優游於耕鑿之安, 浸漬乎仁義之澤, 則遠邇流氓, 皆願受廛, 桑麻百里, 變爲樂土, 而根本成矣. 此策之上也. 議者以遠期十年爲迂, 此非知本者也. 古人休養生息之方, 必遲以十年之久, 若越句踐之生聚, 諸葛亮之糾合可也. 臣謂得復十歲, 則可保百年, 止三五年, 則旋救旋弊, 而非經遠之得計也. 若謂任土之貢, 不可盡去, 調度之廣, 未寬十年, 則亦當革郡汰守, 降爲附縣, 使未散餘氓, 得齒於大邑之間, 而姑免乎慘毒之害, 抑其次也. 若謂弊邑, 無罪廢置, 亦大於斯, 二者不得其一, 則當出於下策乎. 然此則僅撮病民之大者, 而未袪一半之弊, 是乃救目前姑息之急, 而非起廢持久之政也.

其目有十. 其一曰, 材木之弊. 小大之材, 所納異司, 材椽至於四百, 散木幾於數萬, 已不勝其多矣. 以四十之戶, 而運巨萬之木, 越險跨壑, 塡阬墜谷, 男女力竭, 牛馬隨斃, 而闔境之家, 無數十之畜, 則生民之困極矣. 況塞江流筏, 不能徒納, 而三司之賈, 幾至百匹, 則二年未貢, 長被督責, 亦無足怪矣. 天使之供, 雖非恒貢, 而結棚大木, 凡干雜物, 支待之除, 宜在所先也. 伏願久蠲三司之貢, 幷除數年之賦, 勿定華使之費, 兼去雜物之弊, 則民生或於是而少蘇矣.

其二曰, 紙貢之弊. 造紙之難, 倍於他役, 貢紙之數, 獨優於此, 編戶之民, 病於難支久矣. 如豊諸·長興之納, 則皆用啓目, 責以會稽之品, 若禮曹校書館觀象監, 皆有所貢, 倂爲二百餘卷, 而公私俱竭, 取辦無地, 官益困矣. 一國之貢, 所乏者非紙也, 數百之紙宜何所惜也. 伏願久蠲其貢, 而竝除四年之賦, 則民生或於是而少蘇矣.

其三曰, 山行之弊. 封進之數, 曾有定式, 捕獵之夫, 各有其人, 今則弋獵飛走, 專倚乎民. 負網操弧, 馳騖林莽, 而卽鹿無虞, 不獲一禽, 則傾甁石之儲, 而收數倍之價, 猶未免後時之罪, 而復有贖布之罰, 一方民生, 久已死矣. 謹按一年之貢, 獐用七十, 雉過二百. 伏願量減獐雉之數, 使遂樂利之安, 則餘氓或於是而少蘇矣.

其四曰, 冶匠之弊. 丙午年中, 初定二名, 皆以丐乞之徒, 苟充其額, 而不省厥終之弊, 額存人亡, 幷責民間, 而六朔之番, 二名之價, 已闕數年, 則貸息之在, 至於八十, 而坐受侵索. 其剜肉剝血之慘, 有不忍者矣. 伏願永除冶匠之弊, 幷除二年之闕, 則餘氓或於是而少蘇矣.

其五曰, 樂工之弊. 充選外官者, 未必習藝, 而驅使六朔, 苦於他役. 殘郡之貢, 至於四名, 則亦已濫矣. 今則奴婢之死徒略盡, 而樂工之枝梧尤難. 不能存活, 相繼而亡, 則微債之數, 均於冶匠, 而奴婢之生, 益蹙矣. 伏願姑減逋役之工, 而永除移定之數, 則餘氓或於是而少蘇矣.

其六曰, 步兵之弊. 弊郡之兵, 至於二十六名, 則亦非多也, 今則僅存十三, 而單無保

率. 其十三則無一可代, 只掛空籍. 脫有警急之虞, 猝被整旅之擧, 則誰赴轅門之蛇鳥,
誰守竹嶺之關防乎. 況步兵之役, 例有價布, 而時存十三, 皆藉隣族之力, 其餘百餘之布,
無從准納, 而散定民間, 一經兵價, 闔境蕩悉, 家餘鼎鐺者, 亦無幾矣. 伏願量減虛額之
兵, 或開移定之路, 使垂首喪氣之民, 得免律外橫布之征, 則亦蘇復之一條也.

其七曰, 其人之弊. 有吏五十, 乃定一名, 國之法也, 而郡則老贏之吏, 不滿二十, 其人
之數一名有半, 則以十餘之吏, 供八十之役, 而代布之數, 過於百匹, 則貿貿殘吏, 無尺
布之儲者, 將倚辦於何地耶. 傾貲不盈, 侵及隣族, 而吏胥居民, 俱以困矣. 全廢二年之
貢, 而坐受代立之侵, 移文刑部, 每推官吏, 而害滋甚矣. 伏願量減一半, 少紓其急, 則亦
蘇復之一事也.

其八曰, 皮物之弊. 兵營方物, 有小鹿獐皮之納, 而竝定惟新, 又有大鹿黃牛之價, 托
名上供, 十分其選, 而小鹿則以鹿之中者, 獐皮則以鹿之小者. 他道皆然, 已爲弊習, 而
雜色十餘, 皆定民間, 正木之出, 至於百餘, 而點退留難之費, 不與焉, 斯亦弊之巨者也.
且惟新一邑之大, 不必待弊邑之助, 則牛鹿之價四十之布, 專定於惟新, 勿責於敝邑, 諒
亦扶弱之政也. 伏願量減兵營之皮物, 永除竝定之牛鹿, 使免皮盡毛無之弊, 則亦蘇復之
一策也.

其九曰, 移定之弊. 本郡之貢, 尚不能堪, 他邑之賦, 又以移加, 如公州之寺奴婢也, 海
美之木炭也, 延豊之材椽也, 永春之蜂板也, 黃澗之其人, 五也. 當初移定, 亦爲救弊之
謀也, 今則三百之邑, 無此之弊, 遑恤我後乎. 奴婢之額, 雖載空簿, 而時役之數, 不能半
百, 則名爲數外, 而奪此與彼者, 其亦未之思乎. 地當三道之衝, 官無百戶之聚, 使賓之
旁午, 倭夷之織路, 供饋之需, 皆倚此輩, 卜物塡委, 皆令負戴, 而又失數十, 尚未還役,
再報該曹, 依例防啓, 此猶奪原憲之貧, 而增季氏之富, 何其忍也. 以公州人民之夥, 豈
須取是郡而足哉. 伏願奴婢之移公州者, 旋給本郡, 諸貢之移他官者, 卽還舊處, 則亦蘇
復之一政也.

其十曰, 藥材之弊. 蠢蠢村氓, 不辨藥名, 而俾出童殺, 抱布以貿, 則哀我惸獨, 非所
任矣. 其最難者, 熊膽麝香也, 白芨人蔘也, 茯苓地黃也. 百匹之布, 未盡其材, 一草之貢,
皆有人情, 則力有所未及, 固也. 且竝定牛黃, 亦出民間, 則專委堤川, 惠此下民, 何不

可之有. 伏願勿有棄捐之地, 特減難備之材, 使蒙一分之惠, 共躋仁壽之域, 則勿藥有喜, 召和穹壤, 而蘇復之一端也.

凡此十弊, 特其爲害之甚者, 而計以元數, 則僅十分之二也. 欲圖懷來之策, 宜蠲凡百之役, 而於十之二者, 一有阻難, 不能盡革, 則欲蘇之計, 亦已左矣. 取之未必利國, 而損之足以裕民者, 人主之所欲爲也, 則顧何有於十弊哉. 若夫清蜜之貢, 過於二石, 而民小地荒, 未盈於厥數, 訥魚之醢, 過於百尾, 而水清無大, 轉貿於遠地, 則亦云弊矣. 諸員一名, 業去已久, 而役債之苦, 無異於冶匠, 歲貢一人, 定以備食, 而亡役之弊, 有同於樂工. 其餘二十各司, 皆有所貢, 朔膳月令, 各有都會, 大小之弊, 無處無之, 然不敢毛擧, 以凟聖聰. 唯冀採擇而取舍之耳.

嗚呼. 嶺底黑痣之區, 氣息已奄, 一役一賦, 尚恐難備, 而里布地征, 督出無窮, 苛令煩條, 侵索未已. 躲役之族, 荒田之隣, 分債出稅, 必取盈焉, 則十畝之耕, 何望其實腹而裹身乎. 是猶養魚於沸鼎, 栖鳥於焚林, 雖慈父而不能保子, 君安得而有其民乎. 廢棄已久, 而今始知之, 則其間愁痛之怨, 仁人之所宜想念而惻然者也. 臣之欲全復十年, 而永付相忘之域者, 此也, 欲降爲部曲, 而得庇巨邑之蔭者, 此也, 不得於二, 則又蠲所陳之弊, 而姑爲苟安之計者, 此也. 伏願斷自聖衷, 謀及大臣, 克盡安全之方, 得遂蘇息之望, 而又降旨于監司兵使, 減去稽負之物, 兩盡調護之策, 尤勝萬幸. 若謂地賤言輕, 不可一聽從而例減不緊之物, 將復如前年之爲, 則雖有蠲除之名, 而實無蘇復之路. 朝廷洞知其實, 而敝邑猶不蒙恤, 則是亦天之所廢, 非守宰之罪也. 嗚呼. 匹夫匹婦, 不獲自盡, 民主罔與成厥功, 則一郡如此, 一國可知. 今之靡室流氓叫怨於窮谷之中者, 不知其幾何人也. 衆怨入骨, 鬱未上通, 游衍天監, 必有任其咎者矣.

方今國家之勢, 皆有土崩之形, 而毀自此始. 蟻穴之不救, 安知稽天之未防. 嗚呼. 茅茨卑宮之日, 安有材木之害, 土蕢黎羹之時, 寧有獵獸之苦. 后夔典樂, 而神人以和, 則樂工有何勞也, 公俥若工, 而執藝以諫, 則冶匠無所事也. 殺靑事簡, 未有紙楮之弊, 敦文格頑, 何事兵革之多. 百草之嘗, 肇於岐伯, 而敎人伊始, 必無採貢之苦, 九州之大, 梁惟織皮, 則制貢已簡, 何有貿皮之怨. 斧斤時入, 而材不勝用, 則吏何虐於炭木, 出作入息, 而徒不出鄕, 則民何慮乎流亡. 此熙皞之治, 說以使民, 利之不庸, 而莫知其爲者也. 世道之變一降, 生民之害益甚, 色目如蝟, 莫知適從, 政令如虎, 不能堪命. 中澤之鴻雁哀鳴, 大東之杼軸其空, 谷鞫之賦, 甚楚之嘆, 已盈於田里, 而天災物怪, 疊出層現, 政散民流, 將無以爲國, 則爲人上者, 可不知其弊之所自乎. 其將拱手蔽目, 而莫爲之計乎. 由今之道, 無變今之俗, 雖聖君良相, 亦將如之何哉. 身際唐虞之朝, 目見叔季之政, 此臣所以仰天隕心, 歔欷而痛哭者也.

伏願殿下, 視一方而推諸路, 擧一物而通萬類, 愼爲君之不易, 念保民之惟艱, 施仁政以恤民隱, 薄賦斂以厚民生, 革侈汰以節民貨, 省興作以安民居, 量鬻手租賦之重, 已責於逋負之氓, 痛掃蠹正賊民之敎, 盡講興利除害之策, 使國步安而無瓦解之患, 邦本固而有盤石之泰, 則豈徒一邑一國之慶. 實萬世宗主無疆之休也. 臣至愚極陋, 冒陳狂瞽, 罪當萬死, 然愛君憂國之誠, 不以踈遠而有間, 陳一郡之弊, 望三隅之反. 惟殿下, 憐其愚戇而恕其僭濫. 臣不勝隕越之至, 謹奉疏以聞.

■ **비답**批答**과 전교**傳敎

답하기를,

"이제 상소 내용을 보건대 10개 조항의 폐단을 이야기하여 논한 것이 나라를 걱정하고 임금을 사랑하며 백성을 위하는 정성이 아닌 것이 없으니, 내가 가상히 여긴다."

하였다.

答曰:

"今觀疏辭, 十條陳弊之論, 無非憂國愛君爲民之誠, 予用嘉焉."

명하였다.

"황준량의 상소 가운데 행할 만한 조항은 해당 관청에서 대신 · 영부사와 함께 의논해서 아뢰게 하라."

傳曰:

"黃俊良疏內可行之條件, 令該曹大臣領府事處, 同議以啓."

사신史臣의 평評

사신은 논한다.

황준량의 상 · 중 · 하 세 계책과 10개 조항의 폐단은 곡진하고 절실하다고 할 만하다. 백성들의 곤궁한 상황과 수령들의 각박한 정상을 상소 한 장에 극진히 이야기하였으니, 조금이라도 어진 마음을 가진 자라면 그 글을 다 읽기도 전에 목이 멜 것이다. 한 고을의 폐단을 가지고 3백 60고을을 미루어 보면 그렇지 않은 곳이 없을 것이니, 아, 민생의 목숨이 거의 다하게 된 셈이다. 단양 고을이 처음에는 폐기된 고을이 아니었는데 여러 차례 탐관오리의 손을 거치는 동안 백성의 고혈을 다 빨아 먹었기 때문에 열 집에 아홉은 비게 되어 영원히 폐허가 되었으니, 이는 조정이 수령을 가려 보내지 않아 공적인 의리가 없어지고 사사로운 욕심이 성했기 때문인 것이다. 그러나 비록 황준량이 10년 동안 면제하여 살 길을 열어주려 하고 조정에서도 허락한다 하더라도 어찌 10년의 오랜 기간 동안 이 법을 시행해 나갈 수 있겠는가.

史臣曰:

"黃俊良上中下之策, 十條之弊, 可謂曲盡剴切矣. 赤子困頓之狀, 守令剝割之情, 極陳於一疏之內, 少有仁人之心者, 讀不終篇, 咽已塞矣. 以一邑之弊, 而推之三百六十州之中, 則無處不然, 嗚呼, 生民之命, 其殆盡矣. 丹陽爲郡, 初非廢棄之地, 而屢經老賊之手, 浚盡赤子之血, 十室九空, 永爲丘墟. 此則朝廷不擇守令, 公滅私勝之致也. 俊良雖欲十年蘇復, 而朝廷亦許之, 豈能行法於十年之久哉."

33 » 여우나 쥐 같은 무리가 도적질을 하니 망할 나라라도 이런 적은 없었습니다

1568년(선조 1) 무진년戊辰年 5월 26일
조식曹植

■ **저자 소개**

이 책의 제31편 신이 사직소를 올리는 두 가지 이유가 있습니다(1555년(명종 10) 을묘년乙卯年 11월 19일 단성현감丹城縣監 조식曹植) 참고

■ **평설評說**

이 글은 조식曹植이 1568년(선조 1) 무진년戊辰年 5월 26일 새로운 정치를 열어보려는 선조로부터 부름을 받았지만, 벼슬에 나가지 않고 쓴 1,600여 자에 달하는 긴 상소문이다. 무진년에 썼다고 해서 '무진봉사戊辰封事'라고도 하는데, 을묘년에 단성 현감을 사직하면서 쓴 '을묘사직소'와 함께 조선시대 최고의 직언直言으로 언급되고 있다. 이 상소에서 조식은 서리들이 나라를 망친다고 했는데, 이 이야기는 이후 서리망국론胥吏亡國論이라는 하나의 주장이 되어 후대까지 상당한 영향을 미쳤다.

당시 68세였던 조식은 이 상소에서 예로부터 권신이 나라를 마음대로 하기도 했고, 외척이 나라를 마음대로 하기도 했으며, 부녀자와 환관이 나라를 마음대로 했던 일이 있기도 하지만 지금처럼 서리胥吏가 나랏일을 마음대로 했던 적은 없었다고 했는데, 이것은 당대 성행했던 지방 아전들이 저지르는 공납貢納의 폐해를 지적한 것이다. 조선시대의 관리 선발은 시와 문장 능력의 시험으로 이루어졌기 때문에 과거에 급제하여 벼슬하는 관리들은 행정 실무를 전혀 몰랐고, 사흘이 멀다 할 정도로 인사이동이 심해서, 관리들은 일을 파악할 수 없었다. 따라서 모든 행정 업무가 자연스럽게 서리들의 손아귀에서 이루어 질 수밖에 없었다. 나라에서는 필요한 지방 특산물과 수공업 제품을 농민을 대신해서 공인貢人에게 맡겨 바치게 하는 공납제貢納制를 실시하여, 공인들이 아전들과 짜고서 공납을 가혹하게 거들어 들이면서 백성들에게 엄청난 부담을 주었다. 이 상소에서 조식은 서리들의 악폐惡弊를 제거하여 나라를 구하고 민생民生을 편안하게 하는 데 온 힘을 기울이라고 선조에게 말했다.

조금 더 자세하게 살펴보면 조식의 이 상소는 모두 세 부분으로 이루어져 있는데 첫 번째 부분은 서론으로 상소를 올리는 이유에 대한 설명이다. 이 첫 번째 부분에서 조식은 늙고 쇠약해서 생긴 병이 점점 더하여 음식 맛을 잃고 병석을 떠나지 못하기 때문에 부르는 명命이 거듭 내려오는데도 응하지 못하고, 임금을 향하는 마음은 간절하지만 은혜를 갚을 수 없을 것 같아 글을 올린다고 간단하게 서술하였다.

두 번째 단락은 본론으로 조식이 자신의 생각을 밝힌 부분이다. 인과관계를 이루고 있는 두 부분으로 나누어지는데, 점층적인 수법을 사용하여 현재의 문제를 강조하였다. 앞부분은 선조에게 학문을 권하는 내용이다. 다스리는 도는 다른 데서 구할 것이 아니라 임금이 선善을 밝히는 것[明善]과 자기의 몸을 정성스레 닦는 것[誠身]에 있을 뿐이니, '명선'은 이치를 궁구하는 것이고 '성신'은 몸을 닦는 것인데, 이치를 궁구하는 바탕이 되는 것은 학문을 하는 것이고, 가장 큰 공부에는 반드시 '경敬'을 위주로 하는 것이라고 했다. 또 지금은 임금의 신령함이 거행되지 않아 명령이 나가면 반대에 부딪히고 기강이 서지 않으니, 일세의 뛰어난 보좌관을 얻어서 위아래가 한마음으로 정치를 해 나가야 한다고 했다. 결국 몸을 닦는 것은 다스림을 내는 근본이고 어진 이를 쓰는 것은 다스리는 근본이며, 몸을 닦는 것은 사람을 얻는 근본이라는 것이다.

뒷부분은 마땅한 사람을 쓰지 않으면 군자가 초야에 묻히고 소인이 나라를 마음대로 하게 된다는 것으로 시작된다. 이 부분에서 조식은 예로부터 권력을 쥔 신하가 나라를 마음대로 한 경우나 외척으로 나라를 마음대로 한 경우, 또 부인이나 환관으로 나라를 마음대로 한 경우는 있었지만 서리胥吏가 나라를 마음대로 했다는 말은 들어보지 못했는데, 지금은 서리가 나라를 좌우하고 있으니 어떻게 할 수 없다고 했다. 특히 서리의 폐단에 대해서는 군민軍民의 서정과 나라의 기무가 다 도필리刀筆吏의 손에서 나와 아무리 작은 일이라도 대가를 주지 않으면 행해지지 않으니, 안으로는 재물을 모으고 밖으로는 백성을 흩어지게 하여 열에 하나도 남지 않았으며, 각기 주州와 현縣을 나누어 제 것으로 삼고 소유권을 주장하는 문서를 만들어 자손에게 전하기까지 하고, 공물을 바치는 사람에게 본래 값의 백배가 아니면 받지도 않는다고 구체적으로 설명하였다. 나라꼴은 말이 아니고 도적이 도성에 가득한데 법관法官이나 형조 판서, 관원이 어떻게 하지 못하는 것은 이들이 임금의 측근에 자리 잡고 있어서 다스릴 수가 없기 때문이라고 했다. 결국 임금의 잘못이니 임금이 결단해야 한다는 것이다.

세 번째 단락은 결론이다. 조식은 깊은 산속에 궁벽하게 살아 임금과 군신君臣의 교분이 없지만, 이 나라의 곡식을 먹어 온 백성이고 세 조정의 징사徵士여서 사직하는 날 이 이야기를 할 수밖에 없었다고 했다. 그러나 그는 지난번 자신이 올린 위급을 구원하는 상소를 선조가 다급한 것이라고 생각하신다는 말을 듣지 못했다고 했으니 이번 상소 역시 그다지 임금에게는 탐탁지 않을 것이라고 했다. 하지만, 이 일은 지난 일보다 더 다급하니 받아들이기를 바라며, 만약 선조가 이 상소를 받아준다면 자신은 천리 밖에 있더라도 임금의 앞에 있는 것과 같다고 했다. 그리고 오늘 이 상소를 임금이 얼마나 밝게 보았는지에 따라 앞으로 치도治道의 성공과 실패를 점칠 수 있다고 했다.

이 상소에서 조식은 위급을 구한다는 말을 하면서 촌각寸刻을 다투어 서리의 악습과 폐단을 뿌리 뽑아야 한다고 했다. 그런데 68세 노신의 충정에서 우러나온 상소에 대한 선조의 반응은 너무나 단순했다. "지난날의 상소를 내가 항상 자리에 두고 살펴보는데 이 격언을 보니 더욱 재주와 덕이 높은 것을 알겠다. 내가 비록 민첩하지 못하나 당연히 유념할 것이니 그대는 그리 알라." 전혀 긴장하거나 급하게 여기지 않는 상투적이고 관습적인 선조의 답으로 보아 조식이 지적한 적폐積弊가 이후 조선 사회의 중요한 문제가 되어 그대로 이어질 것임을 쉽게 짐작할 수 있다.

■ **역문**譯文

경상도 진주晉州의 거민 조식은 황공한 마음으로 머리를 조아리며 주상 전하께 상소합니다. 삼가 생각건대, 소신은 늙고 쇠약해서 생긴 병이 점점 더하여 음식 맛을 잃고 병석을 떠나지 못하니, 신을 부르는 명命이 거듭 내려오는데도 형편 때문에 응하지 못하고, 임금을 향하는 마음은 간절하나 길만 바라볼 뿐 나아가기가 어렵습니다. 죽을 날이 멀지 않아 성은을 갚을 수 없겠기에 감히 진심을 다하여 주상 전하께 올립니다.

삼가 보건대, 주상은 가장 뛰어난 지혜의 자질을 타고 나셨고 치세를 이룩하고자 하는 마음이 있으시니, 이것은 진실로 백성과 사직의 복입니다. 다스리는 도는 다른 데서 구할 것이 아니라 임금이 선善을 밝히는 것[明善]과 자기의 몸을 정성스레 닦는 것[誠身]에 있을 뿐이니, '명선'이라고 하는 것은 이치를 궁구하는 것이며 '성신'은 몸을 닦는 것을 말합니다. 성분性分 속에는 온갖 이치가 다 갖추어져 있으니 인仁·의義·예禮·지智가 바로 그 체體이며, 온갖 선善이 다 여기에서 나옵니다. 마음이란 이치가 모인 곳의 주인이며 몸이란 마음을 담아 둔 그릇입니다. 이치를 궁구하는 것은 앞으로 활용하려는 것이고 몸을 닦는 것은 앞으로 도를 행하려는 것입니다. 이치를 궁구하는 바탕이 되는 것은 글을 읽어 의리를 밝히고, 사물을 접하고 응하여 마땅한지의 여부를 구하는 것이며, 몸을 닦는 요체가 되는 것은 예가 아니면 보지도, 듣지도, 말하지도, 움직이지도 않는 것이 그것입니다. 안으로 본심을 보존하여 홀로 있을 때를 삼가는 것은 천덕天德이고, 밖을 살펴서 그 행실을 힘쓰는 것은 왕도王道입니다.

이치를 궁구하고 몸을 닦으며 본심을 보존하고 밖을 살피는 가장 큰 공부에는 반드시 '경敬'을 위주로 하여야 하는데, '공경'이라는 것은 정돈되고 엄숙하며 어리석고 어둡지 않아 항상 깨어 있으면서 한 마음을 근본으로 하여 만사에 대응하는 것이니, 안을 곧게 하여 밖을 바르게 하는 것으로 공자가 말한 "경으로 몸을 닦는다."라는 것이 이것입니다. 그러므로 경을 위주로 하지 않으면 이 마음을 보존할 수 없고, 마음을 보존하지 않으면 천하의 이치를 궁구할 수 없고, 이치를 궁구하지 않으면 사물의 변화를 다스릴 수 없습니다. 군자의 도는 필부필부匹夫匹婦의 간단한 생활에서부터 시작하여 가정과 나라와 천하에까지 미치는 것이니, 선악을 분별하여 몸이 정성스럽게 되도록 하는 것에 달렸을 뿐입니다. 아래로 사람의 일을 배우고 위로 하늘의 이치를 통달하는 것이 또 배워 나가는 차례이니, 사람의 일을 버리고 하늘의 이치를 이야기하는 것은 바로 입으로만 하는 이치이며, 자기를 반성하지 않고 듣고 아는 것만 많은 것은 귀로만 하는 학문입니다. 강론만 잘하면 된다고 말하지 말아야 하니 거기에는 절대로 수신의 이치가 없기 때문입니다. 전하가 과연 경으로 몸을 닦아 하늘의 덕을 통달하고 왕도를 시행하여 반드시 지극한 선에 이른 다음에 그치시면 명선明善과 성신誠身이 아울러 진보되고 성취되어 물아物我가 함께 극진해져 다스림과 가르침에 베풀어지는 것이 마치 바람이 움직이고 구름이 몰아치듯 할 것이며, 아랫사람들 중에는 반드시 보다 더 잘 행할 자가 있을 것입니다.

다만 왕자王者의 학문은 일반 선비와는 다르니 그 동정이 구경九經에 더욱 중하기 때문입니다. 『역易』이라는 책은 때에 따른다는 뜻이 가장 큰데, 지금을 두고 말하면 임금의 신령함이 거행되지 않고 정치는 관용을 베푸는 일이 많아 명령이 나가면 반대에 부딪히고 기강이 서지 않은 지가 여러 대가 되었습니다. 헤아릴 수 없는 위력으로 떨치지 않으면 흩어진 죽 같은 형세를 모을 수 없고, 장맛비로 흠뻑 적시지 않으면 큰 가뭄에 메마른 풀을 살릴 수 없으니, 일세의 뛰어난 보좌관을 얻어서 위아래가 한마음으로 삼가고 협력하기를 같은 배를 탄 사람처럼 한 뒤에야 무너져 흩어지고 가뭄에 목마른 형세를 구제할 수 있을 것입니다. 그러나 사람을 얻는 것은 손으로 하는 것이 아니라 몸으로 하는 것이니, 몸을 닦지 못하면 자기의 판단이 없어 선악을 알지 못하니, 등용하여 쓰고 내쳐 버리는 것이 모두 잘못되게 되는 것입니다. 사람들이 내게 쓰이려고 하지 않는데 누구와 함께 다스리는 도를 이루겠습니까. 옛날 남의 나라를 잘 보는 자는 그 나라 국세國勢의 강약을 보지 않고 등용된 사람의 선악을 보았으니, 여기에서 천하의 일은 아무리 극도의 어지러움과 극도의 태평 정치일지라도 다 사람이 만드는 것이지 다른 것으로 말미암은 것이 아님을 알 수 있습니다. 그렇다면 몸을 닦는다는 것은 다스림을 내는 근본이고 어진 이를 쓴다는 것은 다스리는 근본이며, 몸을 닦는 것은 또 사람을 얻는 근본입니다. 성현의 천만마디 말이 어찌 몸을 닦고 사람을 쓰는 것을 벗어나겠습니까. 마땅한 사람을 쓰지 않으면 군자가 초야에 묻히고 소인이 나라를 마음대로 하게 됩니다.

예로부터 권력을 쥔 신하로 나라를 마음대로 했던 자도 있었으며, 외척으로 나라를 마음대로 했던 자도 있었으며, 부인이나 환관으로 나라를 마음대로 했던 자도 있었지만, 지금 시대처럼 서리胥吏가 나라를 마음대로 했다는 것은 들어보지 못했습니다. 정권이 대부에게 있어도 안 될 것인데 더구나 서리에게 있단 말입니까. 당당한 천승千乘의 나라로서 조종祖宗 2백 년의 왕업을 힘입어 공경대부가 전후로 많이 배출되었는데, 이제 서로 이끌어 정사를 하인들에게 돌아가게 할 수 있겠습니까. 이것은 가볍게 흘려버릴 이야기가 아닙니다. 군민軍民의 서정과 나라의 기무가 다 도필리刀筆吏의 손에서 나와 아무리 작은 일이라도 대가를 주지 않으면 행해지지 않으니, 안으로는 재물을 모으고 밖으로는 백성을 흩어지게 하여 열에 하나도 남지 않았습니다. 심지어는 각기 주州와 현縣을 나누어 제 것으로 삼고 소유권을 주장하는 문서를 만들어 자손에게 전하기까지 합니다.

토산물을 바치는 일을 일체 물리쳐 한 물건도 상납하지 못하기 때문에, 공물을 바치는 사람이 온 친척들의 것을 모으고 가업을 팔아 넘겨 관청에는 내지 않고 사삿집에다 내는데, 본래 값의 백배가 아니면 받지도 않습니다. 나중에는 계속할 수가 없어서 빚을 지고 도망하는 자가 줄을 이으니, 어찌 조종祖宗의 주현州縣에 거주하는 백성의 공납이 간사한 관리들이 나누어 갖는 것이 되리라고 생각이나 했겠으며, 어찌 전하가 온 나라의 부富를 누리면서도 종놈이 방납防納한 물자에 의지하리라 생각이나 하였겠습니까. 왕망王莽과 동탁董卓의 간사한 계책이라도 이런 적은 없었으며 망할 나라의 세상이라도 이런 적은 없었습니다. 이러고서도 만족하지 않고 국고의 물건까지 다 훔쳐내니, 저축된 것이 아무 것도 없어 나라꼴이 말이 아니고 도적이 도성에 가득합니다. 나라는 한갓 텅 빈 그릇처럼 앙상하게 서 있으니 온 조정 사람이 마음을 가다듬어 토벌해야 할 것이고, 힘이 모자라면 사방 사람들을 불러서라도 분주히 임금을 돕기 위해 잠시의 경황도 없어야 할 것입니다.

지금 사람들이 모여 도적질을 하는 일이 있으면 장수를 명하여 잡아 죽이는 것이 하루도 걸리지 않는데, 보잘 것 없는 하급 관리가 도적질을 하고 나머지 모든 관리는 한 무리가 되어 나라의 심장을 차지하고 국맥을 해치니, 이는 천지의 신령에게 제사할 희생 제물을 훔쳐가는 것보다 더한 죄인데 법관法官은 감히 문책도 못하고 형조 판서도 꾸짖지를 못하며, 혹시 일개 관원이 조금 규찰하려고 하면 문책하고 파직하는 권한이 그 손아귀에 있어 뭇 관리들은 속수무책으로 겨우 제사상의 남은 음식만 먹고 예예 하며 물러가는 정도일 뿐만이 아니니, 이것이 어찌 믿을 데가 없으면서도 이처럼 기탄없이 마구 날뛰고 방자하게 구는 것이겠습니까. 초楚나라 왕이 "도적이 총애를 받으면 물리칠 수 없다."라고 말한 것이 이것입니다.

저마다 여러 갈래로 빠져나갈 길을 두고 자신을 보호해 줄 방패를 갖추어 몰래 독을 품고 갖가지 일을 꾸미는데도 사람이 다스릴 수 없고 법이 당할 수가 없으니, 이는 이들이 임금의 측근에 자리 잡고 있어 이미 다스릴 수가 없기 때문입니다. 그러니 전하께서는 "여러 갈래로 길을 만든 자는 과연 누구이며, 그들의 방패가 된 자에게 어찌 벌이 없겠느냐."라고 하시고, 크게 노하셔서 한 번 대권을 휘둘러 재상과 직접 의논하여 그 까닭을 궁구하여 임금의 뜻으로 결단하시되, 순임금이 사흉四凶을 물리치듯, 공자孔子가 소정묘少正卯를 죽이듯이 한다면 악을 미워하는 도리를 다하게 되어 민심이 크게 두려워하고 복종할 것입니다.

만약 언관言官이 고집스레 논박하여 부득이하게 된 다음에 구차스럽게 따른다면 선악의 소재와 시비의 분간을 알지 못하여 임금된 도리를 잃을 것이니, 어찌 임금이 도를 잃고 백성을 다스릴 수 있겠습니까. 그러므로 나의 밝은 덕이 밝혀지면 마음이 거울처럼 환하여 안 비치는 물건이 없고, 덕의 위력이 미치는 곳에는 초목도 다 쓰러지는데, 하물며 사람이겠습니까. 많은 신하가 두려워 다리가 떨리고 분주하게 왕명을 받들기 바쁠 터인데 어찌 한 치인들 간사한 계책을 품겠습니까.

정사를 어지럽힌 대부大夫에게도 오히려 일정한 형벌이 있어 저 윤원형尹元衡의 세도도 조정이 바로잡았는데, 하물며 이따위 여우나 쥐 같은 놈들의 목을 베는 것에 무슨 어려움이 있겠습니까. 우레와 소낙비가 한번 내리면 천지가 풀린다는 것이니, 이것을 두고 위에서 몸을 닦으면 아래에서 나라가 다스려진다고 하는 것입니다. 조정에 늘어선 자들이 누구인들 뛰어난 보좌가 아니며 누구인들 근신하는 어진이가 아니겠습니까마는, 간신들이 자기를 헐뜯으면 스스로 물러나고 간사한 관리가 나라를 좀먹는 것은 용납하며, 자신만 도모하고 나라는 도모하지 않아 명철한 사람치고 어리석지 않은 사람이 없어 근심스러운 상황에 처해 있으면서도 아랑곳하지 않으니, 이는 사람의 생각이 미치지 않아서인지, 아니면 사람이 하늘이 명한 것을 이기지 못하여 그런 것인지 모르겠습니다.

신은 깊은 산속에 궁벽하게 살면서 굽어 살피고 우러러 보다가 탄식하고 슬퍼하며 눈물을 흘린 것이 여러 번입니다. 신은 전하와 군신君臣의 교분이 조금도 없는데 임금의 은혜에 무슨 고마움이 있어 탄식하며 눈물 흘리기를 그치지 못한단 말입니까. 교분은 얕은데 말은 깊이 하였으니 참으로 죄송스럽습니다. 다만 생각하건대, 몸이 이 나라의 곡식을 먹어 온 지 여러 세대인 묵은 백성이고 게다가 세 조정의 징사徵士가 되어 그래도 나라를 걱정하는 시골 아낙에 스스로 비유할 수 있으니, 임금이 부르신 날에 한 마디 없을 수 있겠습니까.

신이 지난날 아뢴 위급을 구원하는 일은 아직도 전하께서 매우 다급하게 생각하신다는 말을 듣지 못하였습니다. 늙은 선비가 자기의 바람을 드러내는 말이라고 하여 충분히 생각을 움직이지 아니하셨는데, 하물며 이번에 말씀드린 임금의 덕은 옛사람이 이미 말한 묵은 것에 지나지 않는 데이겠습니까. 그러나 앞길을 밟아 가지 않고는 다시 갈 만한 길이 없습니다. 임금이 덕을 밝히지 않고서 다스려지기를 구하는 것은 배 없이 바다를 건너는 것과 같아서 빠져 죽게 될 뿐입니다. 이 일은 먼저 아뢴 것보다 더욱더 다급합니다. 전하께서 신의 말을 버리지 않고 너그럽게 받아 주신다면 신은 천리 밖에 있을지라도 전하의 앞에 있는 것과 같습니다. 하필 늙은 얼굴을 대면하신 후에야 신을 쓰는 것이라고 하겠습니까. 또 듣건대, 임금을 섬길 자는 헤아려 본 뒤에 들어간다고 하니, 정말 전하는 어떠한 군주이신지 모르겠습니다. 신의 말을 좋아하지 않고 신을 보려고만 하신다면 섭공葉公이 용을 좋아하는 경우가 될까 두렵습니다. 오늘 전하께서 얼마나 밝게 보셨는지에 따라 앞으로의 치도治道의 성공과 실패를 점칠 수 있을 것이니, 상께서는 살피소서. 삼가 상소합니다.

慶尙道晉州居民曺植, 誠惶誠恐, 拜手稽首, 上疏于主上殿下. 伏念微臣衰病轉加, 口不思食, 身不離席, 召命申疊, 侯駕猶後, 葵心向日, 望道難進. 固知死亡無日, 無以報聖恩, 敢竭心腹, 以進冕旒. 伏見主上稟上智之資, 有願治之心, 此固民社之福也. 爲治之道, 不在他求, 要在人主明善誠身而已. 所謂明善者, 窮理之謂也, 誠身者, 修身之謂也. 性分之內, 萬理備具, 仁義禮智, 乃其體也, 萬善皆從此出. 心者, 是理所會之主也, 身者, 是心所盛之器也. 窮其理, 將以致用也, 修其身, 將以行道也. 其所以爲窮理之地, 則讀書講明義理, 應事求其當否, 其所以爲修身之要, 則非禮勿視聽言動. 存心於內, 而謹其獨者, 天德也, 省察於外, 而力其行者, 王道也. 其所以爲窮修存省之極功, 則必以敬爲主, 所謂敬者, 整齊嚴肅, 惺惺不昧, 主一心而應萬事, 所以直內而方外, 孔子所謂修己以敬, 是也. 故非主敬, 無以存此心, 非存心, 無以窮天下之理, 非窮理, 無以制事物之變. 不過造端乎夫婦, 以及於家國天下, 只在明善惡之分, 歸之於身誠而已. 由下學人事, 上達天理, 又其進學之序也, 捨人事而談天理, 乃口上之理也, 不反諸己而多聞識, 乃耳底之學也. 休說天花亂落, 萬無修身之理也. 殿下果能修己以敬, 達天德行王道, 必至於至善而後止, 則明誠竝進, 物我兼盡, 施之於政敎者, 如風動而雲驅, 下必有甚焉者矣.

獨王者之學, 或異於儒者, 以其行處尤重於九經也. 易之爲書, 隨時之義最大, 由今言之, 王靈不擧, 政多恩賞, 令出惟反, 紀綱不立者, 數世矣. 非振之以不測之威, 無以聚百散靡粥之勢, 非潤之以大霖之雨, 無以澤七年枯旱之草, 必得命世之佐, 上下同寅協恭, 如同舟之人, 然後稍可以濟頹靡燋渴之勢矣. 然取人者, 不以手而以身, 身不修則無在己之衡鑑, 不知善惡, 而用舍皆失之. 人且不爲我用, 誰與共成治道哉. 古之善覘人國者, 不觀其國勢之强弱, 觀其用人之善惡, 是知天下之事, 雖極亂極治, 皆人所做, 不由乎他也. 然則修身者, 出治之本, 用賢者, 爲治之本. 而修身又爲取人之本也. 千言萬語, 豈有出此修己用人之外者乎. 用非其人, 則君子在野, 小人專國. 自古權臣專國者, 或有之, 戚里專國者, 或有之, 婦寺專國者, 或有之, 未聞有胥吏專國如今之時者也. 政在大夫, 猶不可, 況在胥吏乎. 堂堂千乘之國, 籍祖宗二百年之業, 公卿大夫濟濟先後, 相率而歸政於儓隷手. 此不可聞於牛耳也. 軍民庶政, 邦國機務, 皆由刀筆之手, 絲粟以上非回俸不行, 財聚於內, 而民散於外, 什不存一. 至於各分州縣, 作爲己物, 以成文券, 許傳其子孫. 方土所獻, 一切沮却,無一物上納, 齎持土貢者, 合其九族, 轉賣家業, 不於官司而納諸私室, 非百倍則不受. 後無以繼之, 逋亡相屬, 豈意祖宗州縣, 臣民貢獻, 奄爲鼪鼠所分之有乎. 豈意殿下享大有之富, 而反資於僕隷防納之物乎. 雖莽卓之奸, 未嘗有此也, 雖亡國之世, 亦未嘗有此也. 此而不厭, 加以偸盡帑藏之物, 靡有尋尺斗升之儲, 國非其國, 盜賊滿車下矣. 國家徒擁虛器, 杇然骨立, 滿朝之人, 所當沐浴共討, 力或不足, 則號召四方, 奔走勤王而不遑寢食者也.

今人之相聚者, 有草竊則命將誅捕, 不俟終日, 小吏爲盜, 百司爲群, 入據心胸, 賊盡國脈, 則不啻攘竊神祇之犧牷牲, 法官莫敢問, 司寇莫之詰, 或有一介司員, 稍欲科案, 則讜罷在其掌握, 衆官束手, 僅喫餼廩, 唯唯而退, 斯豈無所恃, 而跳梁橫恣若是其無忌耶. 楚王所謂盜有寵不可得去者, 此也. 各存狡免之三窟, 以備川蚌之介甲, 潛懷釰蠆毒, 蔓斐百端, 人不能治, 法不能加, 作爲城社之鼠, 已不能燻灌. 抑爲三窟者, 果何人耶. 作爲介甲者, 其孰罰乎. 殿下赫然斯怒, 一振乾綱, 面稽宰執, 以究其故, 斷自宸衷, 如大舜之去四凶, 孔子之誅少正卯, 則能盡惡惡之極, 而大畏民志矣. 若言官論執不已, 迫於不得已而後, 黽勉苟從, 則不知善惡之所在, 是非之所分, 失其爲君之道矣, 焉有君失其道而能治人者乎. 故我之明德既明, 則如鑑在此, 物無不照, 德威所加, 草木皆靡, 況於人乎. 群下股慄兢惕, 奔走承命之不暇, 庸有一寸容奸之計乎. 亂政大夫, 猶有常刑, 夫以尹元衡之勢, 而朝廷克正之, 況此狐狸鼠雛, 腰領未足以膏齊斧乎. 雷雨一發, 天地作解, 此之謂身修於上而國治於下者也. 布列王國者, 誰非命世之佐, 誰非夙夜之賢耶. 奸臣軋已則去之, 奸吏蠹國則容之, 謀身而不謀國, 靡哲不愚, 以樂居憂, 斯豈人謀之不競乎. 若有天之所命, 人不能勝天而然耶.

臣索居深山, 俯察仰觀, 噓唏掩抑, 繼之以淚者, 數矣. 臣之於殿下, 無一寸君臣之分, 何所感於君恩, 齎咨涕洟, 自不能已耶. 交淺言深, 實有罪焉. 獨計身爲食土之毛, 尚爲累世之舊民, 添作三朝之徵士, 猶可自比於周楚, 可無一言於宣召之日乎. 臣之前日所陳救急之事, 尚未聞天意急急如救焚極溺. 應以爲老儒賣直之說也, 未足以動念也. 況此開陳君德者, 不過古人已陳之塗轍. 然不由塗轍, 則更無可適之路矣. 不明君德而求制治, 猶無舟而渡海, 祗自淪喪而已. 其機益急於前所陳者, 萬萬矣. 殿下若不棄臣言, 休休焉有容焉, 則臣雖在千里之外, 猶在机筵之下矣. 何必面對老醜而後曰用臣乎. 抑又聞事君者, 量而後入, 實未知殿下爲何如主也. 若不好臣言, 徒欲見臣而已, 則恐爲葉公之龍也. 請以今日睿鑑之明暗, 卜爲來日治道之成敗. 伏惟上察. 謹疏.

「戊辰封事」疏類 『南冥先生集』卷 二

답하기를,

"지난날의 상소를 내가 항상 자리에 두고 살펴보는데 이 격언을 보니 더욱 재주와 덕이 높은 것을 알겠다. 내가 비록 민첩하지 못하나 당연히 유념할 것이니 그대는 그리 알라."

하였다.

答曰:

"頃日所志, 予常置諸座右, 觀省之際, 觀此格言, 益知才德之高矣. 予雖不敏, 亦當留念. 爾其知悉."

34 》 나라와 백성을
살리는 다섯 가지 비책

1574년(선조 7) 갑술년甲戌年 1월 1일
우부승지右副承旨 이이李珥

■ 저자 소개

이이李珥 : 1536(중종 31)~1584(선조 17). 조선 중기의 학자이자 정치가로, 본관은 덕수德水이고, 자는 숙헌叔獻, 호는 율곡栗谷·석담石潭·우재愚齋이다. 강릉 출생으로, 아버지는 증 좌찬성贈左贊成 이원수李元秀이며, 어머니는 사임당 신씨師任堂申氏이다. 아명을 현룡見龍이라고 했는데, 어머니가 그를 낳던 날 흑룡이 바다에서 집으로 날아 들어와 서리는 꿈을 꾸었다고 하여 붙인 이름이다. 8세 때에 파주 율곡리에 있는 화석정花石亭에 올라 시를 지을 정도로 문학적 재능이 뛰어 났다. 시호는 문성文成이다.

1548년(명종 3) 13세 때 진사시에 합격하였고, 16세 때에 어머니가 돌아가자, 파주 두문리 자운산에 장례하고 3년간 시묘侍墓하였으며, 그 후 금강산에 들어가 불교를 공부하고 다음해 20세에 하산해 다시 유학에 전심하였다. 22세에 성주목사 노경린盧慶麟의 딸과 혼인하였고, 23세 봄에 예안禮安의 도산陶山으로 이황李滉을 방문했으며, 그 해 겨울의 별시에서「천도책天道策」을 지어 장원하였다. 그는 아홉 차례의 과거에 모두 장원해 '구도장원공九度壯元公'이라고 불렀다. 26세 되던 해에 아버지가 돌아가셨다.

29세에 호조 좌랑戶曹佐郎을 시작으로 예조 좌랑禮曹佐郎 · 이조 좌랑吏曹佐郎 등을 역임했고, 33세(1568)에 천추사千秋使의 서장관書狀官으로 명나라에 다녀왔으며, 부교리副校理로 춘추기사관春秋記事官을 겸임해 『명종실록』의 편찬에 참여했다. 이 해에 성혼과 '지선여중至善與中' 및 '안자격치성정지설顔子格致誠正之說' 등 주자학의 근본 문제들을 논하였으며, 34세에 임금에게 「동호문답東湖問答」을 지어 올렸다. 39세(1574)에 우부승지右副承旨에 임명되었고, 이때 재해로 인해 「만언봉사萬言封事」를 올렸다.

40세 때 주자학의 핵심을 간추린 『성학집요聖學輯要』를 편찬했으며, 42세에는 아동교육서인 『격몽요결擊蒙要訣』을, 45세에는 기자의 행적을 정리한 『기자실기箕子實記』를 편찬했다. 47세 때 이조 판서吏曹判書에 임명되었고, 어명으로 「인심도심설人心道心說」을 지어 올렸으며, 이 해에 「김시습전金時習傳」을 썼고, 『학교모범學校模範』을 지었으며, 48세에 「시무육조時務六條」를 올려 외적의 침입을 대비해 십만 양병을 주장하였다. 49세에 서울 대사동大寺洞에서 운명하여, 파주 자운산 선영에 안장되었다. 문묘에 종향되었으며, 파주의 자운서원紫雲書院, 강릉의 송담서원松潭書院, 풍덕의 구암서원龜巖書院, 황주의 백록동서원白鹿洞書院 등 20여개의 서원에 배향되었다.

1569년(선조 2)에 이이는 「동호문답」을 지어 올렸는데, 1565년부터 1592년(선조 26)까지 약 30년간은 국정을 쇄신해 민생과 국력을 회복할 수 있는 좋은 기회였다. 이이는 이 16세기 후반의 조선사회를 '중쇠기中衰期'로 판단해 일대 경장更張이 요구되는 시대라 보았다. 그는 시의時宜라는 것은 "때에 따라 변통變通해서 법을 만들어 백성을 구하는 것"이라고 하였다. 이런 의식을 지니고 있었기 때문에 이이는 성리학 이론을 전개할 때도 항상 시세時勢를 알아서 옳게 처리해야 한다는 '실공實功'과 '실효實效'를 강조하였다. 따라서 이이는 항상 위에서부터 바루어 기강을 바로잡고 실효를 거두며, 시의에 맞도록 잘못된 법을 개혁해야 한다고 주장하였으며, 사화士禍로 입은 선비들의 원한을 풀어주고, 위훈偽勳을 삭탈하여 정의를 밝히고, 붕당의 폐해를 씻어서 화합할 것 등 구체적 사항을 주장하였는데, 그렇게 함으로써 나라의 기틀을 튼튼히 하고 나라의 맥脈을 바로잡을 수 있다고 본 것이다.

이이는 성현聖賢의 도는 '시의時宜'와 '실공實功'을 떠나서는 없으므로 현실을 파악하고 처리할 수 있는 능력이 있어야 한다고 보았다. 그렇기 때문에 그는 요堯·순舜·공孔·맹孟이 있더라도 당대의 폐단을 고치지 않으면 어떻게 해 볼 도리가 없다고 하였다. 이렇게 이이는 진리란 현실의 문제와 직결되어 있고, 그것을 떠나서 별도로 구하는 것이 아니라고 보았다. 여기서 이理와 기氣를 불리不離의 관계에서 파악하는 이이 성리설의 특징을 보게 된다.

이이는 동서분당東西分黨의 조정을 위해서 힘썼고, 기호학파畿湖學派를 형성해서 이황李滉의 이기이원론理氣二元論에 대해 기발이승氣發理乘을 근본으로 이통기국설理通氣局說을 주장했다. 십만 양병十萬養兵과 서얼허통庶孼許通 및 대동법大同法과 사창社倉의 실시 등 국정의 개혁에 힘썼으며, 해동공자海東孔子라고 불렸다.

『조선왕조실록』 선조 17년 1월 16일, 이이가 죽은 뒤 사관들이 기록한 이이에 대한 평가는 "이조 판서 이이李珥가 죽었다."는 단 한 줄의 기록 밖에 없다. 이는 당대 이이에 대한 평가와 처우가 온당하지 못했기 때문이라고 생각된다. 그로부터 약 2개월 뒤인 선조 17년 3월 4일 조강朝講에서 영상領相 박순朴淳이 이이를 추숭追崇해 주어야 한다고 하자 선조는 대신들이 의논하여 시행하라고 했지만, 그 이틀 뒤 대신들이 박순의 이야기와 같이 이이를 추숭하도록 청하자 선조가 "이이에 대해서는 내가 그의 사람 됨됨이를 속속들이 다 알고 있으니 아래에서 덧붙여 이야기할 필요 없는 것이다. 관직이 찬성贊成에 이르러 그 품계가 이미 높았으니 추증追贈이 무슨 관계가 있겠는가. 다만 그의 처자가 파주坡

상上소疏와 비批답答

州로 갔다가 또 해주海州로 향했다고 하니 그 일로一路의 관원에게 호송하게 하고, 장사를 지낼 때 제반 일을 돌보아줄 것을 그 도道에 유시하라."라고 하였는데, 이 기록으로 보아 선조는 이이를 그다지 인정하지 않았던 것이라고 보인다.

(『율곡전서栗谷全書』·『조선왕조실록朝鮮王朝實錄』·『한국민족문화대백과사전』·『한국한자어사전韓國漢字語辭典』·『해동명신록海東名臣錄』)

■ 평설評說

이 글은 여러 가지 자연 이변異變으로 인해 신하들에게 글을 구한다는 선조의 명에 따라 당시 우부승지右副承旨로 있던 이이李珥가 올린 상소이다. 문집 속에 「만언봉사萬言封事」라는 제목으로 수록되어 있어, 이 책에서는 문집 속의 상소를 저본으로 번역하였다. 갑술년에 썼다는 뜻에서 「갑술만언봉사甲戌萬言封事」라고도 하고, 만 자字라는 뜻에서 「만언소萬言疏」라고도 하는데, 실제는 12,000자가 조금 넘는다. 상소 제목의 '봉사封事'는 신하가 임금에게 상소를 올릴 때 내용이 누설되지 않도록 밀봉해서 올린 상소를 말한다. 조선시대 신하들이 올린 만언소, 또는 만언봉사가 여러 편 있지만, 그 가운데 가장 유명한 것이 이 글로 흔히 만언봉사라고 하면 이이의 이 상소를 지칭할 정도로 유명하다.

워낙 긴 글이어서 여기서 자세하게 살피기는 어렵지만, 내용은 크게 두 부분으로 나눌 수 있는데 첫 번째 부분은 임금이 신하들에게 직언을 구하는 심정과 취지를 서술한 것이고, 두 번째 부분은 당시의 폐단弊端을 지적하며 개혁안을 제시한 부분이다. 이 부분은 다시 당시 정치의 문제점 7항과 대안을 제시한 9항으로 나누어지는데, 이이는 각 항목에 대해 실제 상황을 열거하며 서술하였다. 이이가 지적한 당시의 문제점은 을사·기묘사화 이후 관리官吏 기강의 해이, 서리胥吏의 부패, 인재의 침체, 각종 제도와 형정刑政의 타락 등이었다.

조금 자세히 살펴보면 이이의 만언봉사는 세금과 군제에 관한 각종 법제를 개혁하여, 실용적이고도 실제적인 효과를 거둘 수 있도록 하자는 것이었다. 상소의 시작에서 이이는 때에 맞추어 법法을 바꾸는 것이 영원불멸의 도道라는 정자程子의 말을 인용하면서, 국가를 세운 지 200년이 지났으니 조종朝宗의 법法이라도 상황에 맞추어 개혁해야 한다고 했다. 이이는 기묘사화와 을사사화 이후의 나쁜 습성과 법을 개혁하지 않으면, 당대 정치가 실질적인 공功을 얻을 수 없다고 하였다. 또, 당대 정치 중에서 상하上下의 신뢰, 관리들의 책임 소재와 책임감, 경연經筵의 운영, 인재의 등용, 재해의 대책, 백성의 복리 증진, 인심의 교화에서 실實이 없다고 비판하였다. 이와 같은 진단 아래 수신修身의 방법으로 임금 뜻의 분발·학문의 증진·공평한 도량의 넓힘·어진 선비를 가까이 함 4개의 항목을 들었고, 안민安民의 방법으로 정성으로 신하의 충정을 얻음·공안貢案의 개혁·사치풍조 개혁·노비 선상제도選上制度의 개선·군정軍政 개혁 등의 5개 항목을 들어 현상과 개선책을 함께 밝혔는데, 옛 제도를 개량하여 새로운 법규를 만든다는 정신으로 일관하였다.

이이는 만언봉사의 서두에서 "정치에서는 때를 아는 것이 중요하고, 일에서는 실질적인 것에 힘쓰는 것이 긴요하니, 정치를 하면서 때를 알지 못하고 일을 하면서 실질적인 공에 힘쓰지 않는다면, 비록 성현이 만난다고 하더라도 다스림의 효과를 거둘 수 없을 것이다."라고 하여 법안의 현실성과 실용성을 강조하였다. 그는 "시의時宜라는 것은 때에 따라 변통變通하여 법을 만들어 백성을 구하는 것"이라고 하였으며, "우리 태조가 창업했고, 세종이 수성守成해서 『경제육전經濟六典』을 제정하였다. 세조가 그 일을 계승해서 『경국대전』을 제정했으니, 이것은 모두 '시의時宜에 따라 제도를 개혁한因時而制宜' 것이요, 조종祖宗의 법도를 변란變亂한 것이 아니었다."라고 하였다. 그러므로 시대의 변천에 따른 법의 개정은 당연한 일이라고 보았던 것이다.

이어 이이는 시의時宜를 모르고 실공實功이 없기 때문에 걱정되는 일이 일곱 가지가 있다고 했는데, 첫째는 위와 아래가 서로 믿는 실상이 없는 것이고, 둘째는 신하들이 일을 책임지려는 실상이 없는 것이고, 셋째는 경연經筵에서 성취되는 실상이 없는 것이고, 넷째는 현명한 사람을 초치招致하여 거두어 쓰는 실상이 없는 것이고, 다섯째는 재변을 당하여도 하늘의 뜻에 대응하는 실상이 없는 것이고, 여섯째는 여러 가지 정책에 백성을 구제하는 실상이 없는 것이고, 일곱째는 인심이 선善을 지향하는 실상이 없는 것이라고 했다.

이 일곱 가지 걱정이 당시의 가장 깊은 고질로써 기강이 무너지고 민생이 곤경에 빠진 것은 오로지 이것들 때문이라는 것이다. 이 일곱 가지 걱정을 없애 버리지 않으면 비록 임금이 위에서 수고롭고 청론淸論이 아래에서 성행한다고 하더라도, 나라를 보전하고 백성을 편안하게 하는 성과가 없을 것이기 때문에 시급히 없애야 한다고 했다. 나라가 망할 지경이지만 명철한 임금이라면 부흥시킬 수가 있는데, 지금 조정은 그래도 안정을 유지하고 있고 권세를 쥔 간신들이 자취를 감추었으며, 사경四境이 아직까지 완전하여 외란外亂이 일어나지 않고 있으니, 지금이라면 그래도 어떤 조치를 취할 수 있다는 것이다.

이어 이이는 몸을 닦고 백성을 편안하게 할 요체를 진술하였는데, 몸을 닦는 요강으로, 첫째는 임금의 뜻을 분발하여 삼대三代의 흥성했던 시대로 되돌려 놓기를 기약하는 것이고, 둘째는 성학聖學에 힘써 성의誠意와 정심正心의 공효功效를 다하는 것이고, 셋째는 편벽된 사심을 버리고 지극히 공평한 도량을 넓히는 것이고, 넷째는 어진 선비를 친근히 하여 깨우쳐 주고 보필해 주는 이익이 되도록 하는 것이었으며, 백성을 편안히 하는 요강으로, 첫째는 성심을 열어 신하들의 충정을 얻는 것이고, 둘째는 공안貢案을 개혁하여 지나치게 거두어들이는 폐해를 없애는 것이고, 셋째는 절약과 검소함을 숭상하여 사치 풍조를 개혁하는 것이고, 넷째는 선상選上의 제도를 바꾸어 공천公賤의 고통을 덜어

주는 것이고, 다섯째는 군정軍政을 개혁하여 안팎의 방비를 굳건히 하는 것이었다. 이상과 같이 이이는 당대의 각종 폐단에 대한 자료를 광범위하게 조사하고 그 문제점과 구체적인 대응 방안을 상소문 속에 제시하였다.

이이는 장문의 상소 마지막에 "전하께서 신의 계책을 쓰신다면 그 진행을 유능한 사람에게 맡겨 정성껏 그 일을 시행하게 하고 확신을 갖고 지켜 나가게 하소서. 그리하여 보수적인 세속의 견해로 인하여 바뀌게 하지 말고, 올바른 것을 그르다 하며 남을 모함하는 말로 인하여 흔들리는 일이 없도록 해야 합니다. 그렇게 하여 3년이 지나도록 나랏일이 여전히 부진하고 백성이 편안해지지 않으며 군대가 정예병이 되지 않는다면, 신을 기망欺罔의 죄로 다스려 요망한 말을 하는 자의 경계가 되도록 하소서."라고 하며 상소를 마쳤다. 이이가 이렇게까지 비장한 각오를 밝혔던 것은, 그 스스로 자신이 제시한 개혁 방안이 당시의 정치 현실에서 받아들여지기 어려운 급진적인 것이었음을 잘 알고 있었기 때문일 것이다. 세제稅制나 군제軍制 개혁의 필요성은 당시 누구나 공감하고 있는 것이었지만, 권신들의 방해에 의해 쉽게 실행되기 어려웠던 것이다. 그러나 이 상소의 내용은 당시 사회에 대한 전반적인 진단과 처방이라는 점에서 후대에도 큰 영향을 미쳤다.

이 상소에 대해 선조는 "상소의 사연을 살펴보니 요·순 시대를 만들겠다는 뜻을 볼 수 있었다. 논의가 참으로 훌륭하여 아무리 옛 사람이라도 그 이상 더 할 수 없을 것이다. 이와 같은 신하가 있는데 나라가 다스려지지 않을까 어찌 걱정하겠는가. 그 충성이 매우 가상하니 감히 기록해 두고 경계로 삼지 않겠는가. 다만 일이 개혁에 관계된 것이 많아 갑자기 전부 고칠 수는 없다."고 했다. 상소를 베껴서 옆에 두고 보겠다는 말이지만, 상소의 내용을 실천할 의지는 없어 보인다. 선조대에 일어난 수많은 조선의 혼란 원인이 어디에 있는지 다시 생각하게 한다.

왕은 이렇게 말하노라.

"하늘이라는 것은 이理와 기氣뿐이다. 이理는 아주 작은 틈도 없으나 기氣는 유통流通하는 길이 있어서, 사람이 하는 일에 얻고 잃는 것이 있으면 재앙과 상서祥瑞가 각각 그 종류를 따라서 상응相應하는 법이다. 그러므로 국가가 흥하려고 하면 반드시 상서로운 일이 있어서 그것을 깨우쳐 주고, 국가가 망하려고 하면 반드시 요사스러운 일이 있어서 그것을 말해 주는데, 아래로 정치를 잘못하면 위에서 꾸지람을 내리게 되는 것이다. 선善에는 복福을 내리고 악惡에는 화禍를 내리는 것이 천도天道의 원칙인데, 임금을 인애仁愛하고 국가를 편안하게 하는 데서 나오는 것이니, 하늘이 돌보아 주시는 뜻이 또한 지극하다 할 것이다. 하늘의 밝은 명命을 받아 임금이 된 자라면, 어찌 공경하고 두려워하는 마음으로 부지런히 몸을 닦아 하늘의 어질고 어여삐 여기는 마음에 보답하지 않을 수 있겠는가.

나는 덕이 적고 우둔하여 대도大道에 밝지 못하다. 임금이 되기 전에 왕족으로 숨어 살면서 한평생을 그렇게 마치려 하였으나 불행히도 외람되게 선왕의 유탁遺託을 받고 신민臣民의 추대에 못 이겨 임금의 자리에 올랐다. 원래 부귀富貴한 사람의 근심이 빈천貧賤한 사람의 편안함만 못하고, 말세末世를 다스리는 어려움이 바다를 건너뛰는 것처럼 쉽지 않다는 것을 알고 있었으나, 비록 이 자리를 사양하려 하여도 어찌 될 수 있었겠는가. 불민한 자질로 어렵고 큰 기업基業을 지키게 되니, 짊어진 짐도 이미 무거운데 시행하는 일도 모두 어그러졌다. 그래서 나는 하늘과 백성에게 죄를 짓게 될지도 모르겠다 싶어, 떨리고 두려운 마음으로 깊은 못가에 선 듯하고 얇은 얼음을 밟는 듯하며 근심하고 애써 온 7년 동안 감히 안락한 생활은 생각지도 못했으나, 한 치의 효과도 나타내지 못하고 여러 괴변이 잇달아 일어나고 있다. 요사스런 별은 1년이 지나도록 없어지지 않고 태백성太白星은 대낮에도 반짝이며, 때 아닌 우레가 일어나고 지진地震이 일어난 것도 한두 번이 아니다. 이는 덕을 힘쓰지 않은 탓이니 어찌 마음에 부끄러움이 없겠는가. 송구스러운 마음이 더욱 깊어 세상이 뒤집히고 엎어지는 재액이나 면하게 되기를 바랐는데, 하늘이 노여워해 더욱 꾸짖어 변괴가 더욱 심하게 나타났다. 지난달에는 서울에서 흰 무지개가 해를 꿰뚫어 요기妖氣가 태양에까지 접근하게 되었다. 태양은 모든 양기의 근원이고 임금의 상징인데, 이제 사기邪氣의 침범을 당하였으니, 마음이 놀랍고도 아파 용납될 길이 없을 것 같다. 어찌 사람이 하는 일에 잘못이 없는데 하늘의 견책이 있을 리가 있겠는가.

옛날에 태무太戊가 덕을 닦으니 요사스런 뽕나무가 저절로 없어졌고, 경공景公이 착한 말을 하니 형혹성熒惑星이 물러갔다고 한다. 널리 사람들의 바른 의논을 받아들이면 이러한 재앙을 돌려 상서로운 일로 만들 수 있을 듯하다. 생각건대 임금의 마음은 다스림을 내는 근원根源인데 마음이 바르지 않기 때문인가? 강학講學은 앎에 이르게 하는 본무本務인데 배움이 진취되지 않기 때문인가? 조정朝廷은 나라의 모범인데 실제는 없으면서 공연히 떠들며 일을 좋아하는 풍조가 있기 때문인가? 민생民生은 국가의 근본인데 민생이 곤궁하고 불안하게 지내는 참상이 있기 때문인가? 어진 자와 간사한 자가 섞여 벼슬자리에 나왔는데도 간혹 알지 못하는 바가 있기 때문인가? 정권을 제 마음대로 휘두르는 강포한 자가 있어서 간혹 윗사람을 업신여기는 일이 있기 때문인가? 언로言路가 열리지 않아서 눈과 귀가 아직도 가려진 데가 있기 때문인가? 초야草野에 숨은 이가 있어 뛰어나고 훌륭한 이들이 아직 등용되지 않기 때문인가? 백관百官이 놀고 있어서 모든 일이 그릇되고 있기 때문인가? 옥사獄事가 지체되어 백성의 원망이 많기 때문인가? 사치와 참람한 일이 아직도 성한데 어떻게 고칠 것이며, 인심은 날로 악화되는데 어떻게 교화할 것이며, 도적이 도처에서 일어나는데 어떻게 막을 것이며, 군정軍政이 엄하지 못한데 어떻게 닦을 것인가? 이 몇 가지가 모두 재앙을 초래한 것이니, 어떻게 하면 백성이 부유하고 성하게 되며, 정치와 교화가 모두 잘되어 조종祖宗의 융성했던 다스림을 회복하고 요堯·순舜의 성대했던 때를 뒤따라, 그 공로가 역사책에 기록되어 후세의 모범이 되게 할 수 있을지 모르겠다.

아, 하늘의 형상을 우러러보고 사람이 하는 일을 굽어 살펴보니 훌륭한 임금이 되지 못하고 끝내 위태로움과 혼란을 면하지 못할 것이 분명하다. 이리하여 의견을 구하는 뜻을 여러 번 내렸으나 소장疏章을 올렸다는 말이 들리지 않으니, 어찌 나의 언사言辭에 거짓이 있고 좋은 의견을 구하고자 하는 성의가 많지 않아 주저하고 두려워하며 의심하는 바가 있어서 그렇게 된 것이 아니겠는가. 그러므로 내 손수 쓴 교서敎書를 내려 의견 듣기를 바라는 것이 목마른 때에 물을 바라듯이 하고 있으니, 대소大小 신료들은 위로는 조정 대관들로부터 아래로는 초야草野의 선비에 이르기까지 정성을 다하여 있는대로 다 말하고 숨기지 말라. 말이 비록 맞지 않더라도 또한 죄를 주지 않을 것이다. 아, 그대들 정부政府에서는 나의 지극한 마음을 체득하여 중외에 포고하고 모두 알아들을 수 있도록 하라."

하였다.

신은 삼가 아룁니다. 정사는 시의時宜를 아는 것이 귀하고 일은 실제 공功에 힘쓰는 것이 중요하니, 정사를 하면서 시의를 모르고 일을 당하여 실제 공에 힘쓰지 않으면, 비록 성군聖君과 현신賢臣이 서로 만난다고 하더라도 치적治績이 이루어지지 않을 것입니다. 삼가 생각하건대, 전하께서는 총명하고 영특하시며 선비를 좋아하고 백성을 사랑하시어, 안으로는 음악과 주색酒色을 즐기는 일이 없고 밖으로는 말달리고 사냥을 좋아하는 일이 없으시니, 옛날의 군주들이 자신의 마음과 덕을 해치던 것들에 대해서는 전하께서 좋아하지 않는다고 하겠습니다. 이와는 반대로 노성老成한 신하를 믿어 의지하고 인망人望이 있는 자를 뽑아 쓰며, 뛰어나고 어진 이를 특별히 불러 등용하여 벼슬길이 차츰 밝아지며, 곧은 말을 너그럽게 용납하여 공론이 잘 시행되어, 조야朝野가 부푼 가슴을 안고 훌륭한 다스림을 기대하고 있으니, 기강이 엄숙해지고 민생이 생업을 즐겨야 마땅할 것입니다. 그런데도 기강으로 말하자면 사정私情을 따르고 공도를 무시하는 것이 예전과 같고, 호령이 행해지지 않는 것이 예전과 같으며, 백관이 직무를 태만히 하는 것이 예전과 같고, 민생으로 말하자면 집에 항산恒産이 없는 것이 예전과 다름없고, 안주할 곳을 잃고 떠돌아다니는 것이 예전과 다름없으며, 궤도를 벗어나 사악한 짓을 하는 것이 예전과 다름없습니다.

신은 일찍이 이를 개탄하고 삼가 그 까닭을 깊이 찾아내어 한 번 전하께 진달하려고 하였는데, 기회를 얻지 못하였습니다. 그런데 엊그제 삼가 전하께서 천재天災로 인하여 대신에게 말씀하신 가르침을 보니, 전하께서도 크게 의아해하시고 깊이 탄식하시어 이 재변을 구제할 계책을 들어보기를 원하였습니다. 이는 참으로 지사志士가 할 말을 다할 수 있는 기회인데, 애석하게도 대신은 지나치게 황공하고 불안해 한 나머지 할 말을 다하지 못하였습니다.

재이災異가 일어나는 것은 하늘의 뜻이 심원하여 참으로 예측하기 어려우나, 역시 임금을 인애仁愛하는 것에 불과할 뿐입니다. 역사를 두루 살펴보건대, 옛날 명철하고 의로운 군주가 큰 사업을 이룰 수 있는데도 정사政事가 혹시 닦여지지 않으면 하늘은 반드시 견책을 보여 깨우쳐 격동시켰으며, 하늘과 관계를 끊은 자포자기自暴自棄한 군주에게는 도리어 재이가 없었으니, 이 때문에 재이가 없는 재이야말로 천하에서 가장 큰 재이인 것입니다. 이제 전하의 명철하고 성스러우신 자질로 큰일을 할 수 있는 지위에 계시고 또 그러한 때를 만났는데도 기강이 이와 같고 민생이 또 이와 같으니, 하늘이 부여한 것에 대하여 책임을 다하지 못하신 것입니다. 따라서 지금 설령 경성景星이 날로 나타나고 경운慶雲이 날로 일어나더라도 전하께서는 더욱 어찌할 바를 모를 정도로 삼가고 두려워하셔야 할 것입니다. 그런데 여러 가지 재변이 거듭 나타나 무사히 지나가는 날이 없으니, 이는 곧 하늘이 전하를 극도로 인애仁愛하는 것이라고 하겠습니다. 전하께서 두려워하여 몸을 닦고 잘못을 반성하는 일을 어찌 조금이라도 게을리 할 수가 있겠습니까. 비록 그렇지만 시의를 모르고 실제 공에 힘쓰지 않으면 삼가고 두려워하는 마음이 아무리 간절하더라도 치적은 끝내 아득한 일이 될 것이니, 어떻게 민생을 보전하고 어떻게 하늘의 노여움을 그치게 할 수 있겠습니까. 신은 이제 약간 알고 있는 것을 다 토로하여 먼저 고질화된 폐단을 아뢰고 다음으로 그것을 구제할 계책을 거론하겠습니다. 삼가 바라건대, 전하께서는 심기心氣를 가라앉히셔서 잡다한 글을 싫어하시거나 뜻에 거슬린다고 노여워하지 마시고 살펴 주소서.

대체로 이른바 시의時宜라고 하는 것은 수시로 변통하여 법을 마련해서 백성을 구제하는 것을 말합니다. 정자程子가 『주역周易』에 대해 논하기를, "때를 알고 형세를 아는 것이야말로 『주역』을 배우는 큰 법이다."라고 하고, 또 말하기를, "수시로 변혁하는 것이 곧 상도常道이다." 라고 하였습니다. 대체로 법은 시대 상황에 따라 만드는 것으로서, 시대가 변하면 법도 달라지는 것입니다. 순舜임금이 요堯임금의 뒤를 이었으니 다른 것이 없어야 할 터인데, 9주州를 고쳐 12주로 만들었으며, 우禹임금이 순임금의 뒤를 이었으니 다른 것이 없어야 할 터인데, 12주를 고쳐 9주로 만들었습니다. 이것이 어찌 성인이 변혁하기를 좋아하여 그렇게 한 것이겠습니까. 시대를 따라 그렇게 한 것에 불과할 뿐입니다. 그러므로 정자가 말하기를, "요·순·우가 서로 뒤를 이었으나 그 문장과 기상은 역시 조금씩 다르다."라고 한 것입니다. 하夏나라와 상商나라 이후 그 사이에 일어난 작은 변화를 낱낱이 열거할 수는 없지만, 그 중에 큰 것만 들어 말해 보자면 다음과 같습니다.

하나라 사람은 충忠을 숭상하였으나 나중에 충에 폐단이 생겼기 때문에 질質로써 구제하였고, 질에 폐단이 생겼기 때문에 문文으로써 구제하였으며, 문에 폐단이 생겼는데 구제하지 못하게 되자, 그 뒤에 천하의 법도가 무너지고 어지러워져 강한 진秦나라로 들어갔습니다. 진나라는 포악한 정사로 시서詩書를 불태워 망하였고, 한漢나라가 일어나서는 그 폐단을 거울삼아 너그러운 덕을 숭상하고 경술經術을 존숭하였으나, 급기야 폐단이 생겨나 허문虛文을 숭상하고 실질적인 절의節義가 없어져 권세가 외척에게 돌아가고 아첨하는 풍조를 이루었습니다. 세조世祖가 일어나 절의를 높이고 숭상하니, 이에 선비들이 명분과 절의에 힘썼으나, 폐단이 생겼을 때는 예禮로써 절제할 줄을 몰라 죽음을 매우 하찮게 보는 등 굳은 절개가 되어 중도에 맞지 않았습니다. 그러자 사람들이 모두 그것을 싫어하였으나 당시에 어느 현주賢主도 나와서 구제한 일이 없기 때문에, 굳은 절개가 위魏ㆍ진晉의 광탕曠蕩함으로 변하여 허무를 숭상하고 예법이 없어졌습니다. 예법이 없어진 뒤에는 이적夷狄과 다름이 없었기 때문에 오호五胡가 중화中華를 어지럽혀 중원中原이 쑥밭이 되었습니다.

어지러움이 극도에 이르면 다스려지는 법이라 정관貞觀의 치적이 나오기는 했으나, 폐단을 구제함에 있어서 해야 할 도리를 다하지 못하였으므로 오히려 이적의 풍조가 남게 되었습니다. 그리하여 삼강三綱이 바르지 못하여 임금은 임금의 도리를 못하고 신하는 신하의 도리를 못하니, 번진藩鎭은 공물을 들이지 않고 권신權臣은 함부로 행동하는 등 나라는 여전히 쇠미하여 오대五代의 혼란기가 발생하였습니다. 송宋나라가 일어나서는 번진의 걱정을 경계하여 병권兵權을 풀어 버리고 위세를 단속하였으나, 진종眞宗 이후로 태평 시대에 젖은 나머지 기강이 점차 해이해지고 무략武略은 힘쓰지 않았으며, 인종仁宗 때에는 재정이 비록 극도로 풍족하였으나 쇠퇴한 기상이 이미 드러났으므로 당시 대현

大賢들은 모두가 변통할 계책을 세워야한다고 생각하였습니다. 곧바로 신종神宗에 이르러 변통할 기회를 만나 큰일을 할 뜻을 갖게 되었으나, 신임하였던 자는 왕안석王安石뿐이었습니다. 그러나 그는 인의仁義를 뒤로 하고 공리功利를 앞세우며 천인天人의 뜻을 어기고 혼란과 멸망을 재촉하여 도리어 변통하지 않는 것이 더 나은 것만 못하게 되었습니다. 결국 큰 재앙을 초래하여 중화가 이적으로 변하였으니, 다른 것이야 말할 필요가 있겠습니까.

상하 수천 년 동안 역대 치란의 자취는 대략 이와 같습니다. 시대에 따라 잘 구제한 경우는 삼대三代에만 보일 뿐, 삼대 이후로는 구제한 경우도 본래 적은데다 그 역시 할 도리를 다하지 못하였습니다. 대체로 시대에 따라 변경할 수 있는 것은 법제法制이며, 고금을 막론하고 변경할 수 없는 것은 왕도王道·인정仁政·삼강三綱·오상五常입니다. 그런데 후세에서는 도술道術이 밝지 못하여 변경할 수 없는 것을 고치는 때도 있고 변경할 수 있는 것을 굳게 지키는 때도 있었으니, 이것이 다스려진 날은 항상 적고 어지러운 날은 항상 많았던 이유입니다.

그리고 우리 동방으로 말하자면 기자箕子의 팔조목八條目은 문헌에 그 증거가 없고, 삼국三國은 혼란하여 정교政教가 있었다는 말이 없으며, 전조前朝 고려 500년은 온통 비바람 속에 암울하였습니다. 우리 왕조에 이르러 태조太祖께서 국운을 여시고 세종世宗이 그 제도를 계승하여 지키면서 비로소 『경제육전經濟六典』을 썼고, 성종 때에 이르러 『대전大典』을 간행하였는데, 그 뒤 수시로 법을 세워 이를 『속록續錄』이라고 이름 하였습니다. 성군聖君이 성군의 뒤를 이어 서로 다른 것이 없어야 하는데도 어느 때는 『대전』을 쓰고 나중에는 『속록』을 추가했으니, 이는 시의를 따른 것에 불과할 뿐입니다. 그 당시에는 건의하여 제도를 만들어도 사람들이 이상하게 여기지 않았고, 법이 막힘이 없이 시행되어 백성이 살아날 수 있었습니다. 그런데 연산燕山 때에 이르러 피폐하고 혼란하여 용도가 너무도 사치스러워, 조종祖宗의 공법貢法을 고쳐 날로 아래에서 덜어 위에다 보태는 것이 일이었습니다. 따라서 중종반정中宗反正 때 진정 예전대로 환원했어야 했는데, 초년의 당국자는 그저 무식한 공신들뿐이었습니다. 그 뒤 기묘 제현己卯諸賢이 조금 큰일을 해 보려고 하였으나 참소로 참화를 입어 혈육이 가루가 되었고, 그 뒤에는 기묘사화己卯士禍보다도 참혹한 을사의 화가 계속되었습니다. 이로부터 사림士林은 숨을 죽이고 눈치나 보면서 구차하게 목숨을 부지하는 것을 다행으로 여겨 감히 국사를 말하지 못하였습니다. 이에 권세를 쥔 간신의 무리가 마음 놓고 제멋대로 행동하여 자기에게 유리한 것은 구법舊法이라고 하여 준수하고 자기에게 해로운 것은 신법新法이라고 하여 혁파하였으니, 그 결과는 백성을 수탈하여 자신을 살찌우는 것에 불과했습니다. 그러니 나라의 형세가 날로 기울고 나라의 근본이 날로 손상되어 가는 일에 대해 그 누가 털끝만큼이라도 생각했겠습니까.

이제 다행히도 성명聖明의 시대를 만나 학문에 마음을 두고 민생을 생각하시어 시대에 맞춰 법을 마련하여 한 세상을 바로잡아 구제할 만하게 되었습니다. 그런데도 상께서는 한단邯鄲의 걸음을 우려하여 개혁할 생각이 적으시고, 신하들은 남에 대하여 논할 때에는 왕안석王安石 같은 환란이 생길까 염려하고, 제 몸을 아끼는 입장에서는 기묘년과 같은 패배를 겪을까 염려한 나머지 감히 개혁하자는 주장을 내놓지 못하고 있는 실정입니다.

오늘날의 정치에 대하여 한 번 말씀드릴까 합니다. 공법貢法은 연산군 때에 백성을 학대하던 법을 그대로 지키고 있고, 관리의 임용은 권세를 쥔 간신이 청탁을 앞세우던 폐습을 그대로 따르고 있습니다. 문예文藝를 앞세우고 덕행을 뒤로하여 행실이 높은 이는 끝내 작은 벼슬에 머물게 되고, 문벌을 중시하고 어진 인재를 경시하여 문벌이 빈약한 자들은 그 능력을 펴 보지도 못하고 있습니다. 승지가 어전에 들어가 아뢰지 못하기 때문에 근신近臣은 소원해지고 환관宦官과 친근하게 되며, 시종侍從이 정의廷議에 참여하지 못하기 때문에 유신儒臣은 경시되고 속론俗論이 중시되고 있습니다. 한 관직에 오래 있지 않고 청현직淸顯職을 두루 거치는 것을 영예로 여기고, 직무를 나누어 맡지 않고 조사曹司에 전담시키는 것을 능사로 삼고 있습니다. 이와 같은 폐습과 그릇된 규칙들은 낱낱이 아뢰기 어려울 정도이니, 이는 기묘사화 때 비롯된 것이 아니면 필시 을사사화 때 이루어진 것들입니다. 그러나 지금의 논자論者들은 이를 조종祖宗의 법도로 여겨 감히 개혁하자는 논의를 꺼내지 못하고 있으니, 이것이 이른바 시의時宜를 모른다는 것입니다.

대체로 성왕聖王이 만든 법이라고 하더라도 그것을 적절히 변통하는 현명한 자손이 없으면, 마침내는 반드시 폐단이 생기는 법입니다. 그러므로 주공周公은 대성인大聖人으로서 노魯나라를 다스렸지만 뒷날의 쇠퇴해질 형세를 떨치게 해 놓을 수 없었고, 태공太公은 대현인大賢人으로서 제齊나라를 다스렸지만 뒷날의 왕위를 찬탈하게 될 조짐을 막을 수 없었던 것입니다. 만약 제나라와 노나라에 현명한 자손이 나와서 조종이 남긴 뜻을 잘 따라 법에만 구애받지 않았다면 어찌 어지러운 화가 있었겠습니까. 우리나라 조종들께서도 입법立法하신 당초에는 그렇게 빈틈이 없었고, 200년이 지나오는 동안 시대도 바뀌고 일도 변화하여 폐단이 없지 않았으나, 오히려 변통을 할 수 있었습니다. 그런데 더구나 뒷날 잘못 제정된 법의 경우이겠습니까. 마땅히 서둘러 개혁하여 불에 타는 자를 구하고 물에 빠진 자를 구해 주듯 백성을 구제해야 하지 않겠습니까. 『주역』에 이르기를, "궁窮함이 극도에 이르면 변화하고 변화하면 통해진다."라고 하였습니다. 삼가 바라건대, 전하께서는 이를 유념하시어 변통할 것을 생각하소서.

이른바 '실공實功'이라는 것은 일을 하는 데에 성의가 있고 헛된 말을 하지 않는다는 뜻입니다. 자사子思가 말하기를, "성실하지 못하면 사물이 성립될 수 없다."라고 하였고, 맹자孟子가 말하기를, "지극히 성실하고서 감동시키지 못할 것은 없다."라고 하였습니다. 참으로 실공이 있다면 어찌 실효가 없겠습니까. 오늘날 치평治平의 성과를 얻지 못하고 있는 것은 실공이 없기 때문인데, 걱정되는 일이 일곱 가지가 있습니다.

위와 아래가 서로 믿는 실상이 없는 것이 첫째이고, 신하들이 일을 책임지려는 실상이 없는 것이 둘째이고, 경연經筵에서 성취되는 실상이 없는 것이 셋째이고, 현명한 사람을 초치招致하여 거두어 쓰는 실상이 없는 것이 넷째이고, 재변을 당하여도 하늘의 뜻에 대응하는 실상이 없는 것이 다섯째이고, 여러 가지 정책에 백성을 구제하는 실상이 없는 것이 여섯째이고, 인심이 선善을 지향하는 실상이 없는 것이 일곱째입니다.

'위와 아래가 서로 믿는 실상이 없다.'라는 것은 무엇을 말하는 것이겠습니까. 임금과 신하의 교제는 마치 하늘과 땅이 서로 만나는 것과 같습니다. 『주역』 「구괘姤卦」의 단사彖辭에 이르기를, "하늘과 땅이 서로 만나니 만물이 모두 빛난다."라고 하였는데, 정자程子의 전傳에 해설하기를, "하늘과 땅이 서로 만나지 못하면 만물이 생기지 못하고, 임금과 신하가 만나지 못하면 정치가 일어나지 못하고, 성인과 현인이 서로 만나지 못하면 도덕이 형통하지 못하고, 사물事物이 서로 만나지 못하면 공용功用이 이루어지지 않는다."라고 하였습니다. 그러므로 밝은 임금과 훌륭한 신하가 서로 만나 마음이 서로 통해서 부자父子와 같이 친밀하고 부신符信과 같이 마음이 맞게 되어, 골육지친骨肉之親이라 할지라도 그 사이를 이간시키지 못하고, 쇠를 녹이는 참소라도 그 사이에 용납됨이 없게 된 뒤에야 말이 시행되고 계책이 쓰여 여러 가지 업적이 이룩되는 것입니다. 삼대三代의 성왕聖王들도 모두 이 도를 따랐으니, 임금과 신하가 서로 깊이 믿지 않고서 제대로 치적을 이룩한 경우는 없습니다.

삼가 생각건대, 전하께서는 명철함은 부족함이 없으시나 지니신 덕은 넓지 못하고, 선善을 좋아하심은 대단하시나 깊은 의심을 떨쳐버리지 못하고 계십니다. 그러므로 뭇 신하들 중에서 의견을 개진하려고 노력하는 자를 주제넘다고 의심하시고, 기절氣節을 숭상하는 자를 과격하다고 의심하시며, 여러 사람들의 찬양을 받으면 당파가 있다고 의심하시고, 잘못된 자를 공격하면 모함한다고 의심하시고 계십니다. 게다가 명을 내리실 때는 말씀 속에 감정이 들어 있고 좋아하고 싫어하시는 것이 일정하지 않습니다. 심지어 며칠 전의 전교에는, "대언大言을 다투어 아뢰라. 전에 없던 일을 행하기 좋아하니 당연히 풍속이 순박해지고 정치가 올바르게 될 것이다."라고 말씀하셨는데, 이 전교가 한 번 나오자 사람들의 의혹이 더욱 늘어났습니다.

옛사람이 말하기를, "선을 말하기가 어려운 것이 아니라 선을 행하는 것이 어렵다."라고 하였고, 소옹邵雍이 말하기를, "잘 다스려진 세상에서는 덕을 숭상하고, 어지러운 세상에서는 말을 숭상한다."라고 하였습니다. 고금 천하에 어찌 대언을 다투어 아뢴다고 해서 풍속이 순박해지고 정치가 올바르게 된 일이 있었습니까. 그리고 전하께서는 대언을 옳다고 여기십니까, 그르다고 여기십니까. 만약 그것이 옳은 것이라면 그 대언이란 것은 다만 임금을 인도하여 올바른 도道를 행하게 하고 기필코 지치至治에 이르게 하려는 것에 불과할 것입니다. 따라서 전하께서는 마땅히 그 의견을 서둘러 채택하셔야 하고, 다투어 아뢴다는 말씀으로 기롱하거나 풍자해서는 안 될 것입니다. 좋은 말을 올렸더라도 그것을 채용하지 않으면 그 말이 아무리 좋아도 소용이 없습니다. 그러므로 자사子思가 신하가 되었어도 노 목공魯穆公의 영토는 크게 줄어들었고, 맹자가 경卿이 되었어도 제 선왕齊宣王의 왕업王業은 흥기되지 않았던 것입니다. 더구나 오늘날 진언하는 자는 자사나 맹자와 같은 사람들도 아니거니와 그 말을 위에서 채납했다는 사실도 들은 적이 없으니 무슨 할 말이 있겠습니까. 그러니 시사時事가 제대로 다스려지지 않는 것이 무엇이 이상하겠습니까. 만약 대언大言이 그르다면 그들이야말로 말을 지어내고 사단을 일으키는 무리일 것입니다. 따라서 전하께서는 마땅히 부화하고 경박한 것을 억누르고 돈독하고 착실한 것에 힘써 조정을 편안히 하고 인심을 진정시켜야 하지, 대언을 아름다운 일로 여겨서는 안 될 것입니다. 아, 곧은 말을 가지고 다투어 아뢰는 것을 상께서 탓한다면 사기士氣가 손상되고 부정한 길이 열리게 될 것이며, 부화하고 경박한 것을 대언이라고 찬미한다면 허위가 자라나고 실질적인 덕이 없어지게 될 것입니다. 전하께서는 반드시 이 중 어느 하나에 해당되실 것인데, 혹 전하께서 실상 깊은 뜻 없이 우연히 실언하신 것인지도 모르겠습니다. 전하께서는 신하들에 대한 깊은 신임이 부족합니다. 그러므로 신하들도 성상의 뜻이 어디에 있는지 알지 못하여, 성상의 전교가 내릴 때마다 한마디 말만 이상해도 모두 눈이 휘둥그레지고 두려워하여 항상 깊이를 헤아릴 수 없는 연못을 대하는 듯합니다.

어제 대신들이 부르심을 받았을 때에도 모두 황공해 할 뿐, 천심天心을 돌리고 세도世道를 구할 수 있는 계책을 아뢴 이는 한 명도 없었습니다. 만약 대신들이 전혀 식견이 없다면 더 이상 말할 것도 없겠으나, 만약 식견이 있다면 어찌 전하께서 여러 사람들의 의견에 귀를 기울이지 않으신다는 것을 미리 걱정하여 그러는 것이 아니겠습니까. 심지어는 한 낭관郎官을 차출하여 쇠잔한 고을 하나를 맡긴 경우에 있어서도 성상께서 백성을 걱정해서 그러신 것이지, 반드시 딴 뜻이 있어서 그런 것은 아닐 것이니, 이상한 일도 아닙니다. 그런데도 조정의 선비로서 훌륭한 명성이 있는 사람들은 모두가 스스로 불안해하는 마음을 품고 있으니, 이는 어찌 전하의 정성이 평소에 믿음을 주지 못했기 때문에 그렇게 된 것이 아니겠습니다.

옛날의 성왕聖王들은 마음을 쓰는 것이나 일을 처리하는 것이 푸른 하늘의 밝은 해처럼 공명정대하여 만물이 모두 보았으며, 어리석은 백성들까지도 임

상上疏와 비批答

금의 뜻을 밝게 알지 못하는 자가 없었습니다. 그러므로 그들을 죽인다고 해도 원망하지 않았고 그들을 이롭게 해 준다고 해도 은택으로 여기지 않았습니다. 지금은 가까이 모시는 신하들까지도 성상의 마음을 알지 못하니, 더구나 다른 사람들이야 어떻겠습니까. 지난날 중종과 조광조趙光祖의 관계는 성군聖君과 현신賢臣이 서로 만난 것이라고 말할 만하였습니다. 그런데도 음흉하고 사악한 것들이 그 사이에 끼어들어 마치 밝은 거울이 먼지와 때로 가려진 것처럼 되었으니, 낮에는 어전에서 응대를 하다가도 밤에는 천 길 골짜기로 떨어져 버린 꼴이 되고 말았습니다. 지금의 사림은 사화를 겪은 지가 오래되지 않아 두려워하는 마음이 아직 남아 있습니다. 소신이 일찍이 얕은 견문으로 말하기를, "중종께서는 진정 성군이시나 지나치게 남의 말을 그대로 받아들였기 때문에 군자의 말도 들어가기 쉬웠지만 소인의 참소도 들어가기 쉬웠다. 지금 성상께서는 그와 달라 남의 말을 반드시 자세히 살피고 소홀히 듣지 않아 군자가 아무리 안타까워해도 다 합하기 어렵지만 소인도 감히 도리에 어긋나는 것으로 속이지 못한다. 성상의 시대에는 사림의 화는 분명히 없을 것이나, 다만 백성이 궁해지고 나라가 피폐해지는데도 변통할 방책이 없어서 마침내는 흙이 무너지는 것 같은 형세가 될까 두렵다."라고 하였는데, 지금 사류 중에서 신의 말을 믿는 사람이 몇 명이나 되겠습니까. 임금과 신하가 서로 어울림에 있어 정성과 신의가 부합되지 못하면서도 제대로 치평治平을 보전했다는 말은 예로부터 오늘에 이르기까지 들어 보지 못하였습니다. 이것이 걱정되는 첫 번째 일입니다.

'신하들이 일을 책임지려는 실상이 없다.'는 것은 무엇을 말하는 것이겠습니까. 나라에서는 벼슬자리를 마련하고 직책을 나누어 각기 모두 맡은 일이 있게 하였습니다. 삼공三公은 모든 기무機務를 총괄하고 육경六卿은 여러 가지 업무를 나누어 다스리며, 시종侍從은 논사論思하는 책임이 있고 대간臺諫은 일을 살피고 듣는 임무가 있으며, 아래로 여러 관사의 작은 벼슬에 이르기까지 모두 제 각기 그 책임이 있습니다. 감사監事는 지방에 교화를 펴고, 절도사節度使는 변방을 맡아 감독하고, 수령은 감사의 걱정을 나누어 맡고, 진鎭의 장수는 국경 수비를 감독하여 또한 각기 그 직책이 없는 자가 없습니다. 그런데 오늘날 삼공은 진정 인망이 두터운 자들이기는 하나, 또한 감히 새로운 정책을 건의하여 시행하지 못한 채 부질없이 공손하고 삼가며 두려워하고 꺼리고만 있을 뿐, 나라를 잘 다스려 백성을 잘살게 함으로써 세도世道를 만회할 가망은 전혀 없습니다. 그러니 다른 사람들이야 또 무엇을 책망하겠습니까.

대관大官은 위에서 유유히 지내며 오직 앞뒤 눈치 보기에 힘쓸 뿐이고, 소관小官은 밑에서 빈둥빈둥 지내며 오직 기회를 엿보아 이익의 추구를 일삼고 있습니다. 기강에 대해서는 대간에게 전담시키고 있는데, 한둘의 간사한 조무래기들을 잡아내어 책임이나 면하는 것에 불과하고, 관리의 전형은 오로지 청탁으로 이루어져 한둘의 명사名士를 벼슬자리에 안배하여 공정하다는 구실로 삼는 것에 불과합니다. 그리하여 여러 관사의 벼슬아치들까지도 자신이 관장해야 할 일이 무엇인지 전혀 알지도 못한 채, 오직 날만 보내고 달을 채워 승진을 구할 줄만 압니다. 대소 관원 중에 어찌 공적인 일을 받들고 사적인 일을 잊는 자가 한두 명쯤이야 없겠습니까. 다만 그들의 형세가 외롭고 약하여 도움이 되지 못하고 있는 것뿐입니다.

감사는 돌아다니며 스스로 즐기면서 대접을 잘하고 못하는 것과 문서를 잘 만들고 못 만드는 것을 가지고 수령의 성적을 매기고 있으니, 그 처벌과 승진을 분명히 할 수 있는 이가 몇 사람이나 있겠습니까. 절도사는 엄한 형벌로 자신의 위세나 드러내고 약탈을 하여 자신의 이익이나 추구하면서, 백성을 어루만져 편안하게 하고 군사를 조련하는 그 두 가지 일에 다 실책을 범하고 있으니, 곤외閫外의 책임을 욕되지 않게 할 수 있는 자가 몇 사람이나 있겠습니까.

수령은 오직 백성에게서 거두어들여서 스스로만 이롭게 하고 윗사람에게 아부하여 명예를 구할 줄만 알 뿐, 백성을 아끼고 위하는 데 제대로 마음을 쓰는 사람은 손으로 꼽을 정도로 거의 드뭅니다. 진鎭의 상수는 우선 군졸의 수효를 물어 면포綿布가 얼마나 될지 계산할 뿐, 나라의 방비를 걱정하는 자는 행여 한 사람도 없습니다. 오직 서리배胥吏輩가 기회를 틈타 중요한 일의 처리를 장악하고 있으니, 백성들의 고혈은 서리배의 손에 거의 말라 버린 형편입니다. 심지어 군사를 뽑는 일이야말로 가장 중요한 일인데도 뇌물이 요로에 횡행하고 위조문서가 진짜 기록을 혼란시키고 있는 실정이며, 촌민村民들이 소를 내주려고 해도 색리色吏들은 반드시 면포를 요구하여 소를 가지고 베를 바꾸게 되니 소 값이 크게 떨어졌습니다. 이는 서울과 지방이 다 동일하여 백성들의 원성이 들끓고 있으니 하물며 다른 일들이야 어떠하겠습니까.

조식曺植이 일찍이 말하기를, "우리나라는 서리 때문에 망할 것이다."라고 하였습니다. 이 말이 비록 지나치기는 하나 또한 일리가 있으니, 이는 신하들이 일에 책임을 지지 않는 잘못에서 비롯된 것입니다. 관원이 제각기 맡은 바 직책을 다한다면 어찌 서리 때문에 나라가 망할 일이 있겠습니까. 이제 만약 책임을 진 관원이 적절한 사람이 아니어서 그를 바꾸고자 한다면, 한 때의 인물들이 이 정도에 불과하므로 현명한 인재를 갑자기 마련하기도 어려울 것이며, 형벌과 법이 엄하지 않다 하여 그것을 엄중하게 하려고 한다면, 법이 엄중해질수록 간사한 자들이 더욱 불어나게 되니 법을 엄중하게 하는 것 또한 폐단을 구제하는 방책이 아닙니다. 그렇다고 어쩔 수 없다고 해서 그대로 방치해 두면 온갖 폐단이 날로 늘어나고 여러 가지 일들이 날로 그릇되어 민생은 나날이 곤궁해지고 혼란과 쇠망이 반드시 뒤따르게 될 것입니다. 이것이 걱정되는 두 번째 일입니다.

'경연에서 성취하는 실상이 없다.'는 것은 무엇을 말하는 것이겠습니까. 옛날에는 삼공三公의 관직을 두었으니, 사師는 임금에게 교훈으로 인도하여 주었고, 부傅는 덕의德義를 가르쳐 주었으며, 보保는 신체를 잘 보전하게 해 주었습니다. 이러한 법도가 폐지된 뒤로는 사·부·보의 책임이 오로지 경연에 있게 되었습니다. 그러므로 정자程子가 말하기를, "임금의 덕의 성취는 그 책임이 경연에 있다."라고 한 것입니다. 경연을 설치한 것은 다만 글을 강독하여 장구章句의 뜻이나 놓치지 않도록 하려는 것이 아니라, 의혹을 풀어 도를 밝히고 교훈을 받아들여 덕을 진취시키고 정사를 논하여 올바른 다스림을 마련하기 위한 것입니다. 그러므로 조종조祖宗朝에서는 경연관을 예로써 대우하고 은덕으로 친근히 하여, 집안사람이나 부자간처럼 정의情誼가 서로 잘 통하도록 했던 것입니다. 그런데 지금의 시신侍臣들은 학문이 많이 부족하고 정성도 매우 적어서 입시入侍하기를 꺼려하는 자가 있는가 하면 심지어는 경연직을 기피하는 자까지도 있습니다.

비록 그러하나 어찌 정성과 깊은 생각을 품고서 성상을 가까이 모시기를 바라는 사람이 없겠습니까. 요즘에는 경연이 자주 열리지 않아 접견하는 일도 실로 드물지만, 예모禮貌가 엄숙하여 말을 자연스럽게 하지도 못합니다. 그런가 하면 말을 주고받는 일이 매우 드물어 강문講問도 자세하지 못하며 정사의 요체와 시폐에 대해서도 물어보신 적이 없습니다. 간혹 한두 명의 강관講官이 성학聖學에 힘쓸 것을 권하는 일이 있을 때에도 역시 범연히 듣고 넘기기만 할 뿐, 몸소 시험하고 실천해 보시려는 실상이 전혀 없습니다. 경연이 파한 뒤에는 대내大內가 깊어 근신들은 그리는 마음만 간절할 뿐, 전하의 좌우에는 오직 내시와 궁녀들만 있으니, 전하께서 평소에 무슨 책을 보시고 무슨 일을 하시고 무슨 말을 듣고 계시는지 알 수가 없습니다. 근신들도 실정을 알 수 없는 형편인데 더구나 밖의 신하들이야 어떠하겠습니까. 맹자는 아성亞聖이고 제齊나라 임금 역시 지극히 존경하였는데도, "하루 동안 볕을 쪼이고 열흘 동안 차게 하면 되겠는가."라고 하는 탄식을 하였습니다. 하물며 지금 근신들은 옛사람에 비하여 매우 부족한 데다 이처럼 소외당하고 있으니 어떠하겠습니까. 이것이 걱정되는 세 번째 일입니다.

'현명한 사람을 초치하여 거두어 쓰는 실상이 없다.'는 것은 무엇을 말하는 것이겠습니까. 옛날의 제왕은 지극한 정성으로 현인을 구하면서 오히려 힘이 미치지 못할까 걱정하였습니다. 그리하여 혹은 꿈속에서 감응되기도 하고 혹은 낚시질하고 있는 자를 만나기도 하였는데, 그들을 현인으로 대우하여 포상하고 장려하는 뜻을 나타냈을 뿐만 아니라, 하늘이 맡겨 주신 직위를 그들과 함께 누리고, 그들로 하여금 하늘의 녹을 먹게 하여 만백성에게 은택이 베풀어지도록 하였던 것입니다. 그러므로 그에 대하여 여론을 묻고 말을 주고받아 살피고, 일을 처리하는 것으로 시험하고 나서, 과연 그가 현명하다는 것을 알게 되면 곧 가까이하고 계책을 채용하여 그의 도를 행하게 하였으니, 이를 두고 임금이 현인을 존중하는 것이라고 말하는 것입니다.

지금 전하께서는 선비를 사랑하고 현인을 구하시는 것이 옛날의 군주에 비하여 부끄러울 것이 없으며 숨어 있는 곧은 자와 덕 있는 자를 거의 모두 찾아내셨으니, 그 성대하고 아름다운 일은 근고近古에 드문 일입니다. 그러나 천거를 의논할 때에 범범하게 아무개는 쓸 만하다고 말할 뿐이고, 상세한 행적에 대해서는 진달하는 일이 없습니다. 유사有司가 이미 적합하게 천거하지 못한 위에, 성상께서도 친히 그 사람을 보시고 그의 현부賢否를 살펴보시는 일이 없이 그저 전례에 따라 벼슬을 줄 뿐이었습니다.

몸을 닦고 행실을 돈독히 하는 것은 무엇을 구하기 위해 하는 것이 아니니, 산림山林에 있는 신하들 중에 어찌 작록爵祿을 무시하는 사람이 없겠습니까. 선비의 출처出處는 본디 한 가지만 있는 것이 아니어서 작은 벼슬이라도 낮다고 여기지 않는 사람이 있는가 하면, 재능을 품고 있으면서도 그것을 펴지 않는 사람도 있습니다. 전하께서 현인을 불러들일 때에 벼슬이나 녹만 내려 줄 뿐, 만나 보거나 살피고 시험하여 채용해서 도를 실천하게 하는 실상이 전혀 없습니다. 그러므로 오늘날 천거되어 벼슬자리에 나가는 사람들을 보면, 부모를 위하여 자신을 굽혔다는 사람도 있고, 가난 때문에 벼슬한다는 사람도 있으며, 다만 성은에 보답하기 위하여 나왔다는 사람도 있지만 한 사람도 도를 실천하기 위하여 나왔다고 하는 말은 들어 본 적이 없습니다. 현인을 구하는 것은 가장 아름다운 일인데도 결국 형식이 되고 마니, 나라를 다스리는 도가 무엇을 통하여 이루어지겠습니까. 이것이 걱정되는 네 번째 일입니다.

'재변을 당하여도 하늘의 뜻에 대응하는 실상이 없다.'는 것은 무엇을 말하는 것이겠습니까. 하늘과 임금의 관계는 마치 부모와 자식의 관계와 같습니다. 부모가 자식에 대하여 노여움이 일어나 말과 얼굴에 나타내면, 자식은 아무런 잘못이 없더라도 반드시 한층 더 공경하고 두려운 마음으로 그 뜻을 받들고 따라, 반드시 부모가 기뻐하게 된 뒤에야 안심할 수 있는 것인데, 더구나 잘못이 있는 경우이겠습니까. 이 경우에는 더욱 허물을 자책하며 애절하게 사죄하고, 마음을 고치고 행동을 바꾸어 공경과 효성을 다하여 반드시 부모가 기뻐하는 안색을 지니도록 해야 할 것이며, 두려운 마음만 품고서 문을 닫고 가만히 있기만 해서는 안 될 것입니다. 제왕으로서 천변天變을 당하였을 때에도 역시 이와 같습니다. 자신을 돌이켜 보며 스스로 반성하고 정사를 잘못한 것은 없는지 두루 살펴서 자신에게 아무런 허물이 없고 정사에 결함이 없더라도 마땅히 더욱 닦고 힘쓰며 공경해 마지않아야 할 것이고, 잘못이 없다 하여 스스로 용서해서는 절대로 안 되는데, 하물며 자신에게 허물이 있고 정사에 결함이 있는 경우야 더 말할 것이 있겠습니까. 반드시 많은 사람의 의견을 구하여 지식과 견문을 넓히고, 현인을 등용하여 부족한 점을 메우고, 백성들을 돌보아 부지런히 무마해 주고, 폐단을 개혁하여 정사가 잘 다스려지게 함으로써 반드시 지난날의 잘못을 보정補正하고 하늘의 노여움을 되돌릴 수 있도록 힘써야만 할 것이니, 허둥지둥 아무런 방책도 없이 마치 잘못을 저지른 자식이 문을 닫고 가만히 들어앉아 부모의 노여움이 저절로 가라앉기를 기다리는 것처럼 해서는 안 될 것입니다.

근년 이래로 재난이 빈번하게 일어나도 사람들이 모두 예사로 여기고 두려운 줄을 모르는데, 흰 무지개가 해를 가로지르는 변고가 극히 참담하였기 때문에 전하께서 놀라 공경하고 두려워함을 더하게 되셨으니, 이 어찌 혼란을 돌려 치평을 마련할 조짐이 바로 오늘날에 드러나고 있는 것이 아니겠습니까. 그런데 이러한 기회를 만나고서도 별도로 닦고 다스리는 조치가 없는 것은 무엇 때문입니까. 정전正殿을 피하고 감선減膳하는 것은 재난을 두려워하는 형식이고 말단이니, 덕을 쌓고 정사를 닦는 것이야말로 재난을 두려워하는 실상이며 근본입니다. 형식과 말단도 물론 폐할 수 없는 것이지만 실상과 근본이 지금 어떻게 조치되고 있습니까. 이것이 걱정되는 다섯 번째 일입니다.

'여러 가지 정책에 백성을 구제하는 실상이 없다.'는 것은 무엇을 말하는 것이겠습니까. 법령이 오래되면 폐단이 생기고 그 피해는 백성에게 돌아가는 것이니, 정책을 마련하여 폐단을 바로잡는 것이 백성을 이롭게 하는 길입니다. 성상의 전교에, "임금은 나라에 의지하고 나라는 백성에게 의지하니, 여러 가지 벼슬자리를 마련하고 여러 가지 직책을 나눈 것은 오로지 민생을 위한 것이다. 백성이 피폐해지면 나라가 앞으로 어디에 의지하겠는가."라고 하셨습니다. 신은 삼가 여러 번 거듭 읽어 보고 저도 모르게 감격의 눈물을 흘렸습니다. 위대하십니다, 임금의 말씀이여. 한결같으십니다, 임금의 마음이여. 이것이야말로 참으로 백성을 편안하게 하고 하늘의 노여움을 되돌려 놓을 일대 전기입니다. 삼대三代 이후로 임금과 신하들의 직책이 오로지 민생을 위하는 것임을 알았던 임금이 몇 분이나 있겠습니까. 착한 마음만 있고 법도가 없으면 그 마음을 펴 나가지 못하고, 법도만 있고 착한 마음이 없으면 그 법도를 실행하지 못하는 법입니다. 그러므로 전하께서 백성을 사랑하는 마음은 본디 이와 같은데도 백성을 사랑하는 정치는 아직도 제대로 펴지 못하고 있습니다. 신하들이 정책을 건의하는 것은 오직 그 말단만을 바로잡으려고 하고 근본적인 것은 헤아리지 않기 때문에, 듣기에는 아름다운 것 같으나 실행해 보면 아무 내용도 없는 것입니다.

오늘 한 가지 계획을 진언하여 명목 없는 조세租稅를 없앨 것을 요청해 보아도 여러 고을의 세금 징수는 여전하고, 다음날 한 가지 일을 건의하여 전호田戶의 부역賦役을 고르게 할 것을 요청해 보아도 세력이 강한 자들이 부역에서 빠지는 것은 지난날과 같습니다. 선상選上을 줄인 것은 공천公賤을 소생시키기 위한 것인데도 치우치게 고통을 받는 자들은 여전히 떠돌아다니고, 방납防納을 금한 것은 백성의 재물을 낭비하는 일이 없도록 하기 위한 것인데도 뇌물을 받으며 백성을 갈취하는 자들은 더 심하게 뛰고 있습니다. 탐욕을 부리는 관원을 탄핵하여 파직시키면 그 후임자가 반드시 전임자보다 나은 것도 아닌데 공연히 마중하고 전송하는 폐나 끼치게 되고, 변방의 장수를 가려 보낼 것을 청하면 인망人望이 두터운 자가 반드시 신진新進보다 나은 것도 아닌데 도리어 방자하여 어렵게 여기는 생각도 없습니다. 그 밖에 훌륭한 명이 내리고 아름다운 법이 반포된 것도 한두 번이 아니지만, 주현州縣에 그저 몇 줄의 문서만 전달할 뿐, 시골 백성들은 그것이 무슨 일인지조차 모릅니다. 그렇기 때문에 군자가 조정에 진출하고 신하가 바로 의논을 내더라도 민생과는 전혀 관계가 없게 되어, 다만 어떤 사람은 벼슬이 높고 출세하였으니 부러운 일이라고나 할 뿐, 어떤 사람이 등용된 덕분에 그 혜택이 백성에게까지 미치게 되었다는 말은 들어본 일이 없습니다.

훌륭한 말이 이와 같이 아무런 성과도 없다면, 비록 한漢나라의 주운朱雲과

급암及黯 같은 곧은 신하가 조정에 가득하고 바른말이 빗발치더라도, 백성들이 궁해지고 재물이 바닥나 사방으로 흩어져 떠돌아다니게 되는 데에 무슨 도움이 되겠습니까. 그러나 의논이 한 번 잘못되기만 하면 그 피해가 지체 없이 백성들에게 미치고 있으니, 아, 괴이하게도 이는 고금을 통하여 들어 보지 못한 일입니다. 비유하건대 이는 마치 만 칸이나 되는 큰 집을 오래도록 수리하지 않은 것과 같습니다. 크게는 들보에서부터 작게는 서까래에 이르기까지 썩지 않은 것이 없는데, 서로 떠받치며 지탱하여 근근이 하루하루를 보내고는 있지만 동쪽을 수리하려고 하면 서쪽이 기울고 남쪽을 수리하려고 하면 북쪽이 기울어 무너져 버릴 형편이라서, 여러 목수들이 둘러서서 구경만 하고 어떻게 손을 써야 할지 모르는 형편과 같습니다. 그러나 그렇다고 하여 그대로 방치하고 수리하지 않는다면 날로 더욱 썩고 기울어져 무너져 버리고 말 것이니, 오늘날의 형세가 이와 무엇이 다릅니까. 이것이 걱정되는 여섯 번째 일입니다.

'인심이 선을 지향하는 실상이 없다.'는 것은 무엇을 말하는 것이겠습니까. 교화가 밝지 못하여 백성들이 흩어진 지 오래된 결과 선한 성품을 타고났다고 하더라도 너무나 흐려지고 가려졌다는 것입니다. 성상께서 처음 등극하셨을 때는 인심이 희망에 차서 그런대로 선을 지향하려는 생각들이 많았습니다. 만약 그때에 성덕聖德이 날로 진취되고 치화治化가 날로 향상되었더라면 오늘날의 인심이 어찌 이 지경에 머물러 있겠습니까. 오직 초년初年에 대신들의 보필이 적절하지 못했기 때문에, 전하를 천근淺近한 법규로 그르치게 하고 민생을 비천한 지경으로 몰아넣었습니다. 대신들이 간혹 밝은 마음으로 공론을 제기하기도 하였으나, 청론淸論은 오히려 미약하고 저속한 견해가 고질화되어서, 선한 말을 듣거나 선한 사람을 보면 남의 체면 때문에 흠모하는 자도 있고, 겉으로는 좋아하는 체하면서 속으로 꺼리는 자도 있고, 혹은 드러내 놓고 손가락질하면서 비웃는 자도 있었는데, 진심으로 그 선한 말과 선한 사람을 좋아하는 자는 아주 드물었습니다.

그러므로 진실은 적고 허위가 성행하게 되었으니, 감옥에 갇혔다가 여러 사람들에 의하여 구제를 받은 자라도 꼭 죄가 없다고 할 수가 없고, 수령으로서 많은 사람의 칭송을 받은 자라도 꼭 공적이 있다고 할 수가 없게 되었습니다. 관천(館薦)은 본디 학행이 뛰어난 이를 구하기 위한 것인데 술자리를 베풀어 많은 선비들을 유혹하는 자도 간혹 있고, 이선(里選)은 본디 단정하고 훌륭한 사람을 구하기 위한 것인데 바른 행실을 버리고 염치에 어두운 자들도 가끔 끼어들고 있습니다. 만약 관리의 임용을 담당하는 사람까지도 사람을 제대로 따라가리지 않는다면, 청탁(淸濁)이 뒤섞이고 현우(賢愚)가 엇섞여서 그 폐단을 구제할 길이 없게 될 것입니다. 아래 백성들의 경우는 굶주림과 헐벗음이 절박하여 본심을 모두 잃어 부자 형제간이라도 오히려 길 가는 사람이나 다름없이 보고 있으니, 그 밖의 사람이야 더 말해 무엇 하겠습니까. 강상(綱常)을 제대로 유지하지 못하고 형정(刑政)을 제대로 제어하지 못하고 있으니, 지금의 길을 따르며 지금의 습성을 변화시키지 않는다면 성현이 윗자리에 있다고 하더라도 교화를 펼 여지가 없을 것입니다. 향약(鄕約)을 널리 실시하는 것이 아름다운 일이기는 하나, 어리석은 신의 생각으로는 지금의 습성을 가지고 향약을 곧 실시한다면 또한 좋은 풍속을 이룩하는 성과가 없을까 염려됩니다. 이것이 걱정되는 일곱 번째 일입니다.

대체로 이 일곱 가지 걱정은 지금 세상의 깊은 고질로써 기강이 무너지고 민생이 곤경에 빠진 것은 오로지 이것들로 말미암은 것입니다. 이 일곱 가지 걱정을 없애 버리지 않고서는 비록 성상께서 위에서 수고롭고 청론이 아래에서 성행한다고 하더라도, 역시 나라를 보전하고 백성을 편안하게 하는 성과는 없을 것입니다. 옛날부터 임금이 덕을 잃어 스스로 패망을 초래한 것은 이치상 그러하였으니, 한이 될 것이 없습니다. 그러나 오늘날은 성명께서 무슨 덕을 잃으셨기에 나라의 형세가 이와 같이 위태롭게 되었다는 말입니까. 신은 비록 병이 많고 재주가 적어 성상을 보필할 수 없음을 스스로 알고 있으나, 구구한 혈성血誠은 보통 사람에게 뒤지지 않습니다.

입궐하여 전하를 배알하면 영명한 모습이 통철하시고 슬기로운 의논이 명쾌하신데, 밖에 나와서 사방을 돌아보면 백성들은 신음하고 괴로워하며 위축이 되어 갈 곳을 모르는 형편이니, 매우 이상하여 긴 한숨을 쉬고 애타는 마음으로 눈물을 흘리지 않은 적이 없습니다. 아, 병이 위중한 지경에 이르렀다고 하더라도 신의神醫라면 그래도 고칠 수 있고 나라가 망할 지경에 이르렀다고 하더라도 명철한 임금이라면 그래도 부흥시킬 수가 있습니다. 지금의 조정은 그래도 안정을 유지하고 있고 권세를 쥔 간신들도 자취를 감추었으며, 사경四境은 아직까지 완전하여 외란外亂이 일어나지 않고 있으니, 지금이라면 그래도 어떤 조치를 취할 수 있을 것이나 조금이라도 늦춘다면 기회를 놓쳐 어찌할 수 없게 될 것입니다. 맹자가 말하기를, "국가가 한가하면 이때를 이용하여 나라의 정형政刑을 닦으라."라고 하였습니다. 삼가 바라건대, 전하께서는 이를 유념하시어 나라를 떨쳐 일으킬 방법을 생각하소서.

이제 몸을 닦고 백성을 편안하게 할 요체를 진언하여 천명天命이 영원하기를 비는 방법으로 삼고자 합니다. 몸을 닦는 데에는 그 요강이 네 가지가 있습니다. 첫째는 성상의 뜻을 분발하여 삼대三代의 흥성했던 시대로 되돌려 놓기를 기약하는 것이고, 둘째는 성학聖學에 힘써 성의誠意와 정심正心의 공효功效를 다하는 것이고, 셋째는 편벽된 사심을 버리고 지극히 공평한 도량을 넓히는 것이고, 넷째는 어진 선비를 친근히 하여 깨우쳐 주고 보필해 주는 이익이 되도록 하는 것입니다.

백성을 편안히 하는 데에는 다섯 가지 요강이 있습니다. 첫째는 성심을 열어 신하들의 충정을 얻는 것이고, 둘째는 공안貢案을 개혁하여 지나치게 거두어들이는 폐해를 없애는 것이고, 셋째는 절약과 검소함을 숭상하여 사치 풍조를 개혁하는 것이고, 넷째는 선상選上의 제도를 바꾸어 공천公賤의 고통을 덜어 주는 것이고, 다섯째는 군정軍政을 개혁하여 안팎의 방비를 굳건히 하는 것입니다.

'성상의 뜻을 분발하여 삼대의 흥성했던 시대로 되돌려 놓기를 기약한다.'는 것은 이런 뜻입니다. 옛날에 성간成覸이 제 경공齊景公에게 말하기를, "그도 장부요 나도 장부인데 내가 어찌 그를 두려워해야 합니까."라고 했는데, 여기서 '그'란 성현을 말합니다. 대체로 경공의 자질을 가지고도 분발하고 힘씀으로써 스스로 강하게 한다면 충분히 성현과 같은 사람이 될 수 있기 때문에 성간이 그렇게 말했던 것입니다. 맹자는 양 혜왕梁惠王이나 제 선왕齊宣王에게 왕도王道가 아니면 말하지 않았고 인정仁政이 아니면 권하지 않았습니다. 대체로 양 혜왕이나 제 선왕의 자질을 가지고도 참으로 왕도를 실행하고 인정을 실시하기만 한다면 역시 삼왕三王과 어깨를 나란히 할 수 있기 때문에 맹자가 그와 같이 말하였던 것입니다. 이분들이 어찌 큰소리치기나 좋아하고 실질적인 효과를 헤아리지 않은 사람들이겠습니까. 삼가 보건대, 전하께서는 자질이 매우 아름다워 인자함은 백성을 보호하기에 충분하고, 총명은 간사함을 분별하기에 충분하며, 용맹은 어떠한 결단을 내리시기에 충분합니다. 그런데 다만 성왕聖王이 되어 보겠다는 뜻이 서 있지 않고 치평을 추구하는 정성이 독실하지 않으며, 선왕先王과 같은 임금은 기약할 수 없다고 여긴 나머지, 뒤로 물러나 스스로를 과소평가하여 전혀 떨치고 분발하려는 생각이 없습니다. 전하께서 무슨 소견으로 그런 것인지 모르겠습니다.

뜻은 크나 재능이 모자라 일에 실패한다는 것은 몸을 닦는 일에는 힘쓰지 않고 실행하기 어려운 정책을 함부로 추진하며, 강약을 따져 보지 않고 대적하기 어려운 적에게 함부로 도전하는 따위를 말합니다. 만약 몸을 닦는 일에 참된 공부가 있고 백성을 편안히 하는 일에 참된 마음이 있다면, 어진 사람을 구하여 함께 다스릴 수가 있고 폐단을 개혁하여 시국을 구할 수가 있을 것이니, 이것이 어찌 뜻이 커서 일을 실패하는 경우이겠습니까. 정자程子가 일찍이 말하기를, "나라를 다스려서 국운을 영원히 하는 데에 이르고, 몸을 수양해서 장생하는 데에 이르고, 학문은 성인에 이르게 된다. 이 세 가지 일은 분명히 인간의 힘으로 조화를 이길 수가 있는 것인데, 다만 사람들이 하지 않을 뿐이다."라고 하였습니다. 이 말은 참으로 옳습니다.

　예로부터 실질적인 공력을 쌓고서도 그 실효가 나타나지 않았다는 말은 들어 보지 못했습니다. 지금 세상 사람들은 힘써 선을 행하지 않고 그저 마음과 뜻이 외물外物을 따라다닐 뿐인데, 이는 정교政教와 풍속이 그렇게 만든 것입니다. 교화가 밝지 않게 되면 사람의 욕망이 끝이 없어, 부귀에 뜻을 두고 기욕嗜慾에 뜻을 두고 환난을 피하는 데에 뜻을 두는 법입니다. 그런데 학문을 하면 도道가 시대와 서로 어긋나기 때문에 부귀에 뜻을 둔 자는 멀리 피하고, 학문을 하면 사욕을 멀리하고 욕망을 억제해야 하기 때문에 기욕에 뜻을 둔 자는 움츠려 물러서고, 학문을 하면 비방이 반드시 일어나게 되기 때문에 환난을 피하는 데에 뜻을 둔 자는 면하기를 구합니다. 이 어찌 정교와 풍속이 그렇게 되도록 만드는 것이 아니겠습니까. 그러나 전하께서는 그렇지 않으십니다. 부귀가 이미 극도에 이르렀으나 도에 뜻을 두는 것이 어찌 오래도록 부귀를 지키는 방법이 되지 않겠으며, 기욕은 반드시 담담하실 것이나 욕망이 어찌 사직을 편안히하고 나라의 명맥을 오래가게 하는 데에 있지 않겠으며, 환란이 걱정할 일이기는 하나 환란을 막는 길이 어찌 한 몸을 닦고 모든 백성을 편안히 해 주는 데 있지 않겠습니까. 전하께서는 무엇을 꺼리어 뜻을 세우지 않으십니까. 옛 말에 이르기를, "뜻이 있는 사람은 끝내 일을 성취한다."라고 하였습니다.

삼가 바라건대, 전하께서는 낡은 견해를 씻어 버리고 새로운 생각을 가지고 큰 뜻을 분발하여 지극한 다스림을 일으킬 것을 기약하소서. 이러한 뜻이 확립된 뒤에 대신들을 힘써 격려하여 그들로 하여금 백관百官을 감독하고 다스려서 마음을 고쳐먹고 생각을 바꾸어 자기 직책에 힘쓰게 한다면, 그 누가 감히 낡은 습성을 그대로 따라 일을 성실하게 하지 않는 죄를 짓겠습니까. 이와 같이 한다면 시사時事를 구제할 수가 있고 세상의 도를 회복시킬 수가 있으며 하늘의 재변도 그치게 할 수가 있을 것입니다.

'성학에 힘써 성의誠意와 정심正心의 공효功效를 다하도록 한다.'는 것은 이런 뜻입니다. 큰 뜻이 수립되었다고 하더라도 반드시 학문으로 그것을 충실하게 한 다음에야 말과 행동이 일치하고 겉과 속이 어울리게 되어 이미 세운 뜻을 어기지 않게 됩니다. 학문의 방법은 성인의 가르침 속에 들어 있는데, 그 요체는 세 가지로써, 곧 궁리窮理와 거경居敬과 역행力行일 뿐입니다. 궁리 또한 한 가지 방향만 있는 것이 아닙니다. 안으로는 내 몸속의 이치를 궁구하는 것으로서 보고 듣고 말하고 행동하는 데에 각기 그 법칙이 있고, 밖으로는 만물에 있는 이치를 궁구하는 것인데 초목금수草木禽獸에도 각기 합당한 법칙이 있습니다. 가정에 있어서는 부모에게 효도를 다하고 아내에게 모범이 되고 은혜를 두터이 하고 인륜을 올바로 하는 이치를 잘 살펴야 하며, 사람들을 대할 때에는 현명함과 어리석음, 사악함과 올바름, 순수함과 혼탁함, 정교함과 졸렬함의 구별을 잘 분별하여야 하며, 일을 처리함에는 옳고 그름, 잘되고 잘못됨, 편안함과 위태로움, 잘 다스려짐과 어지러움의 기미를 잘 살펴야 합니다. 이는 반드시 책을 읽어서 밝히고 옛일을 상고하여 증명하여야 하는데, 이것이 궁리의 요체입니다. 거경은 움직일 때나 조용히 있을 때나 모두 통용됩니다. 조용히 있을 때에는 잡념을 가지지 말고 맑고 고요한 가운데 정신이 또렷해야 하며, 움직일 때에는 일을 처리함에 있어 두세 가지로 하지 말고 오직 한 가지

上疏와 批答

에만 전념하여 조금도 잘못이 없어야 하며, 몸가짐은 반드시 정제하고 엄숙해야 하며, 마음가짐은 반드시 신중하고 두려워하여야만 합니다. 이것이 거경의 요체입니다. 역행이란 자신을 극복하여 기실의 병폐를 다스리는 데에 있습니다. 부드러운 자는 교정하여 강해지도록 하고, 나약한 자는 교정하여 꿋꿋해지도록 하고, 사나운 자는 조화함으로써 조절하고, 성급한 자는 너그러움으로써 조절하고, 욕심이 많으면 깨끗하게 하여 반드시 청정한 경지에 이르도록 하고, 사사로운 데 치우침이 많으면 바로잡아 반드시 공정해지도록 하면서 쉬지 않고 스스로 힘써 아침저녁으로 게을리 하지 않아야 합니다. 이것이 역행의 요체입니다. 궁리는 바로 격물格物, 치지致知이고, 거경과 역행은 바로 성의誠意, 정심正心, 수신修身입니다. 이 세 가지를 아울러 닦고 동시에 발전시켜 나가면 이치에 밝아져서 접촉하는 곳마다 막힘이 없게 되고, 속이 곧아져서 의로움이 밖으로 나타나게 되며, 자신을 극복하여 원초적인 성품을 회복하게 됩니다. 그리하여 성의와 정심의 공력이 그의 몸에 쌓이게 되어 윤택하고 화락한 모습이 온몸에 나타나고, 집안에 모범을 세워 형제들이 본받을 만하게 되고, 그것이 온 집 온 나라에 파급되어 교화가 행해지고 풍속이 아름답게 될 것입니다. 주자朱子가 말하기를, "문왕文王의 정심 · 성의의 공력이 몸에 쌓이고 밖에 드러나 널리 두루 미쳤기 때문에 남쪽 나라의 사람들이 문왕의 교화에 감복하였던 것이다."라고 하였습니다. 이것이 어찌 주자가 상상하고 억측해서 한 말이겠습니까. 성의와 정심의 공효가 나라에 두루 파급된다는 것을 정확히 알고 있었기 때문에 그렇게 말하였던 것입니다.

삼가 바라건대, 전하께서는 높고 멀어 행하기 어려운 것이라고 여기지 마시고, 작은 일이라 하여 소홀히 여기지 마소서. 늘 한가하게 거처하실 때도 학문을 중단하지 마셔서, 사서오경四書五經과 선현先賢들의 격언格言 및 『심경心經』, 『근사록近思錄』 같은 책을 번갈아 가며 읽으시고 그 뜻을 깊이 연구하소서. 그리하여 성현의 뜻이 아니면 감히 마음에 두지 마시고 성현의 글이 아니면 감히 보지 마소서. 『예기禮記』「옥조玉藻」 편의 구용九容을 자세히 체득하시고, 어떤 생각이 나실 때에는 그것이 천리天理인지 인욕人欲인지를 잘 살피소서. 만약에 그것이 인욕이라면 드러나기 전에 끊어 없앨 것이며, 그것이 천리라면 잘 미루어 나가 확충시키소서. 방심放心은 반드시 수습하시고, 사심도 반드시 극복하시고, 의관은 반드시 바르게 하시고, 바라보심은 반드시 높게 하시고, 기뻐하고 노여워함은 반드시 신중히 하시고, 말씀과 명령은 반드시 부드럽게 하심으로써 성의와 정심의 공효를 다하소서.

'편벽된 사심을 버리고 지극히 공평한 도량을 넓힌다.'는 것은 이런 뜻입니다. 병통을 바로잡아 다스리는 방법에 대해 대략 앞에서 아뢰었습니다만, 편벽된 사심이라는 한 가지야말로 고금을 두고 겪어온 병폐이기 때문에 분명히 말씀드리겠습니다. 만약 편벽된 사심을 털끝만큼이라도 떼어 버리지 못하면 요堯·순舜의 도에는 들어가기 어렵습니다. 지금 전하께서는 자질이 청명하시어 병통이 본디 적긴 하지만 편벽된 사심을 아직도 다 극복하지 못하고 계시니, 아마도 천지처럼 광대하지는 못하신 듯합니다. 지난번 내관內官이 수본手本을 올린 일에 대해서는 신이 밖에서 휴가 중이었기 때문에 그 상세한 내용을 알 수는 없으나, 새로 탄생하신 왕자를 중전中殿 아래에 두시겠다는 뜻이었는데, 정원政院이 그것을 고쳐 쓰게 한 것으로 들은 듯합니다. 만약 그렇다면 명칭을 혼동해서는 안 될 것이며, 글자 몇 자를 고쳐 쓰는 것은 역시 지극히 쉬운 일인데 환관宦官이 어째서 따르지 않았다는 말입니까. 그 뒤에 전교를 보니 상께서 고치지 말고 정원으로 곧장 내려 보내라고 명하신 것으로 되어 있었습니다.

신은 어리석어 사체를 모르겠습니다마는 정원이 이미 후설喉舌이라고 이름 지어진 이상 크고 작은 모든 일이 그곳을 거치지 않아서는 안 될 것입니다. 내전內殿과 외정外廷에 어찌 두 가지 체제가 있겠습니까. 만약 그것이 상의 명으로 특별히 나온 것이라면 아무리 미세한 일일지라도 그것은 곧 전교이니, 어찌 수본이라고 부르겠습니까. 그리고 그것이 일단 내관의 수본이있다면 더욱 정원을 거치지 않고 들어갈 수는 없는 일입니다. 공평한 마음으로 그 일을 살펴보신다면 그러한 이치는 저절로 밝혀질 것입니다. 정원에서야 성상의 뜻에서 특별히 나온 것인 줄 어떻게 알아 내관을 탓하지 않을 수가 있었겠습니까. 전하께서 공평한 마음을 지니지 못하시고 목소리와 얼굴빛을 매우 엄하게 하셨는데, 이는 후설의 신하를 멀리하고 환관을 친근히 하여 조신朝臣을 경멸하는 경향을 조장하신 것입니다. 성상께서 하교하시기를, "시국의 일이 그릇됨이 많은 것은 임금이 엄하지 않기 때문이다."라고 하셨습니다. 아, 형을 받은 하찮은 환관들이 감히 후설의 신하들에게 대항하고, 관계가 소원한 내노內奴가 감히 분수에 어긋나는 은총을 바라며, 귀척貴戚은 말을 타고 가다가 교서敎書를 마주쳐도 피하지 않으니, 전하의 정사는 엄하지 않다고 말할 만합니다. 전하께서는 혹시 이 때문에 자책하신 것입니까.

한 문제漢文帝 때에 태자太子가 사마문司馬門을 지나면서 수레에서 내리지 않자 공거령公車令이 이를 탄핵하는 상소를 올렸고, 등통鄧通이 총신寵臣으로서 무례無禮하자 승상丞相은 불러 목을 베려고 하였습니다. 만약 상정常情으로 논한다면 태자를 공경하지 않은 것은 바로 임금을 가벼이 여기는 것이 아니겠으며, 총신의 목을 베려고 한 것은 곧 위세와 권력을 남용하는 것이 아니겠습니까. 그런데도 문제는 임금으로서의 위엄을 잃지 않았고 세상을 잘 다스린 효과가 오늘날과 견줄 수 있는 정도가 아니었습니다. 지금 전하께서는 근신近臣보다 더 가까운 신하가 없는데도 환관으로 사사로운 신하를 삼고 계시며, 만백성보다 더 많은 백성은 없는데도 내노들로 사사로운 백성을 삼고 계십니다. 이러한 병폐를 없애지 않는다면 시사時事를 바로잡을 길이 없습니다. 신은 전하께서 엄해질수록 시사가 더욱 그르쳐질까 염려스럽습니다.

한 무제漢武帝는 관冠을 쓰지 않고 있다가 급암汲黯을 보고서는 장막 속으로 피하였고, 당 태종唐太宗은 사냥에 쓰는 매를 팔뚝 위에 올려놓고 있다가 위징魏徵을 보자 품 안에 감추었습니다. 이 두 임금은, 정치의 도는 순수하지 않았지만 정령政令이 엄하고 밝아 잘하는 자에게는 상을 주고 죄를 지은 자에게는 반드시 벌을 주었기 때문에, 귀척이나 내시들도 감히 법을 범하지 못하였으니, 역시 오늘날에 있어서는 미칠 수가 없는 임금들입니다. 그런데 임금으로서 신하를 두려워했으면서도 엄하지 않은 듯이 보인 것은 무슨 이유이겠습니까. 그것은 신하를 두려워한 것이 아니라 의를 두려워하였기 때문입니다. 공연히 엄하기만 하고 의를 두려워하지 않은 자는 실패하지 않은 경우가 없습니다. 전하께서도 스스로를 돌아볼 때 의를 두려워한다고 생각하십니까.

그리고 요즘 헌부가 다투고 있는 일에 대하여 신은 비록 그 전말을 알지 못하겠습니다만, 헌부가 사실의 확인을 자세히 하지 않은 것이 아닌가 추측됩니다. 그 이유는 전하께서 아무리 사심이 있으시더라도 절대로 불문곡직하고 한 노비奴婢를 놓고 필부와 다투지는 않으실 것이기 때문입니다. 여러 신하들의 생각이 여기에 미치지 못하고 있으니, 지혜가 밝지 못하다고 하겠습니다. 비록 그렇기는 하지만 전하께서 이미 마땅히 내사內司(왕실의 재정 관리를 맡아보는 관아)에 속해야 한다는 것을 아셨더라도 오히려 아울러 주는 것을 허락하셨더라면 더욱 성상의 도량이 넓으심을 흠모하기에 충분하였을 텐데, 여러 날 동안 고집을 굽히지 않고 계시니, 어찌 신민臣民들로서는 전하의 사사롭게 아끼는 마음이 아직 사라지지 않았다고 의심하지 않겠습니까.

임금이란 엄하지 못할까 걱정하지 말고 공정하지 못할까 걱정하여야 합니다. 공정하면 밝아지게 되는데, 밝아지고 보면 엄한 것은 자연히 그 속에서 있게 되는 것입니다. 삼가 바라건대, 전하께서는 법을 시행하심에 있어 귀척과 근신으로부터 시작하시고, 인仁을 미루어 나가 백성들에게까지 미치도록 하소서. 그리고 궁중宮中과 부중府中이 일체가 되어 환관이 임금을 가까이 모심을 믿고 조정의 신하들을 가벼이 여기지 말도록 하며, 만백성을 한 결 같이 보시어 내노內奴가 임금을 사사로이 모심을 믿고 엿보아서는 안 될 일을 엿보게 하지 마소서. 왕실의 재물을 유사에게 맡기시어 사물私物처럼 여기지 마시고, 한편에만 치우치는 생각을 마음속에서 끊으시어 공평한 도량으로 모든 것을 감싸고 널리 덮어 주도록 하소서. 이와 같이 하신다면 나라의 창고가 모두 재물인데 어찌 쓸 것이 없을까 걱정할 것이며, 온 나라 사람이 모두 신하인데 어찌 노비가 없을까 걱정하겠습니까.

'어진 선비를 친근히 하여 깨우쳐 주고 보필해 주는 이익이 되게 한다.'는 것은 이런 뜻입니다. 임금의 학문을 위해서는 올바른 선비를 친근히 하는 것보다 더 좋은 것은 없습니다. 보는 것이 모두가 바른 일이고 듣는 것이 모두가 바른 말이라면 임금이 아무리 바르게 되지 않으려고 해도 되겠습니까. 그러나 만약 올바른 사람을 친근히 하지 않고 환관이나 궁녀만 가까이한다면 보는 것이 올바른 일이 아니고 듣는 것도 올바른 말이 아닐 것이니, 임금이 아무리 바르게 되려고 하더라도 되겠습니까. 선현의 말씀에 "천지天地가 한 세상에 사람을 내놓았을 때는 그들로 한 세상의 일을 충분히 감당하게 한 것이니, 다른 시대에서 인재를 빌릴 필요가 없다."라고 하였습니다. 오늘날 현인賢人다운 현인을 보기는 어려운 일입니다. 그러나 한 세상의 인물을 철저히 선발하되 출신出身 여부를 따지지 않고 조야朝野의 인물을 구분하지 않는다면, 어찌 임금을 보필할 만한 한두 명의 인물이야 없겠습니까.

삼가 바라건대, 전하께서는 널리 물으시고 정밀하게 골라 꼭 합당한 사람을 얻도록 하소서. 그리하여 출신한 자는 옥당玉堂에 모아 다른 직책에 옮겨가지 못하게 하고, 출신하지 못한 자는 한직閑職을 주어 경연의 직명을 지니도록 하며, 당상관上官으로 오른 자도 그 직책에 따라 반드시 경연관을 겸하게 하소서. 그런 뒤 이 선발에 참여한 자는 교대로 날짜를 바꾸어 입시하여 그들로 하여금 가슴속에 품고 있는 것을 펴게 하시고, 상께서도 겸허한 마음과 온화한 얼굴로 그들의 충성스런 도움을 받아들이소서. 학문을 강론할 때는 반드시 의리를 추구해야 하고 정치를 논할 때는 반드시 실효를 추구해야 합니다. 비록 진강進講하는 날이 아니라 하더라도 꾸준히 편전便殿에서 불러서 마주하시되 오직 사관史官만 함께 들어오게 하고 의심나는 점을 질문하여 성상의 마음을 드러내 보이소서.

승지 같은 사람은 의례적으로 맡은 공사公事를 가지고 하루에 한 번씩 각기 직접 성지聖旨를 받들도록 할 것이며, 대신이나 대간의 말에 있어서는 날짜와 때를 구애하지 말고 반드시 들어와 직접 아뢰게 함으로써 조종조祖宗朝의 규범을 부활시켜야 합니다. 이와 같이 하신다면 상하 관계가 날로 밀접해져서 서로의 뜻이 간격이 없게 될 것이며, 성리性理에 관한 이론이 날로 진취하여 성학聖學이 완성됨으로써 서로 즐겁게 어울리는 것이 물과 고기의 관계처럼 되고 사악하고 더러운 것이 성상의 덕을 범하지 못할 것입니다.

이상 네 가지는 몸을 닦는 요목으로서 그 대강이 이상과 같은데, 더 상세한 사항은 전하께서 유의하여 알고 행하시는 데에 달려있을 뿐입니다.

'성심을 열어 신하들의 충정을 얻는다.'는 것은 이런 뜻입니다. 성스러운 제왕이나 명철하신 임금은 사람을 대하고 일을 처리함에 있어 한 결 같이 지성으로 합니다. 상대가 군자라는 것을 알면 곧 그를 임용할 때 딴마음을 갖지 않으며, 상대가 소인이라는 것을 알면 곧 그를 내치는데 의심을 갖지 않습니다. 의심이 나면 임용하지 않고 임용을 하면 의심하지 않으며, 허심탄회한 자세로 신하를 거느려 넓고 평탄하기만 합니다. 신하 된 사람으로 임금을 부모처럼 존경하고 계절이 돌아가는 것처럼 믿게 되어 진출시켜 등용하면 책임을 다하지 못할까 두려워하여 더욱 충성을 다하고, 물리치면 스스로 죄과가 있음을 알고 오직 자신만을 책할 것입니다. 그러므로 그들의 마음을 얻으면 끓는 물이나 불 속에라도 들어가고 시퍼런 칼날도 밟을 수 있고, 어린 유복자遺腹子를 왕위에 앉히고 선왕先王의 옷을 모시고서 조회를 하게 한다 하더라도 나라가 어지러워지지 않아 오직 임금이 계시다는 것만을 알 뿐, 그 자신이 있다는 것은 모르게 됩니다. 이것은 다름이 아니라 임금의 지성에 감복하였기 때문입니다.

후세의 임금들은 성의는 부족한 채 오직 지혜와 권력으로만 신하를 부린 나머지 벼슬에 임용할 때에는 꼭 현명한 사람이 아니라도 자기에게 영합하는 자를 취하고, 축출할 때에도 꼭 현명하지 못한 자여서가 아니라 자기의 뜻과 다른 자를 미워합니다. 비록 자기에게 영합한다 하더라도 그의 속마음은 믿을 수가 없기 때문에 그를 임용하고도 의심이 없을 수가 없고, 그를 의심하면서도 임용하지 않을 수가 없는 것입니다. 대신이 나랏일을 맡아 직책을 다하면 사람들의 마음이 반드시 그에게로 기울어질 것인데, 어찌 그가 권력을 홀로 잡고 정사를 마음대로 하는 것이 아닌가 의심하지 않을 수 있으며, 간관諫官이 어전에서 꿋꿋하게 간쟁하면 조야가 반드시 주목할 것이니, 어찌 그가 직언直言을 팔아 명예를 사려고 하는 것이 아닌가 의심하지 않을 수가 있겠습니까. 군자든 소인이든 간에 같은 무리끼리 어울리는 법이니 그 누가 붕당朋黨을 이루는지 어찌 알며, 선한 계책과 사악한 의론이 뒤섞여 나올 것인데 어느 것이 나라를 그르치는 것인가를 어찌 알겠습니까. 그리하여 사악하고 바른 것을 분별하기 어렵고 시비를 판단하기 어렵게 되어, 전례대로 행하자니 더욱 무너지고 타락할까 고민하고, 개혁을 하자니 소요가 일어날까 꺼리게 됩니다. 이렇듯 임금의 마음이 뒤흔들려 갈피를 잡지 못하고 있을 때는, 반드시 큰 간신奸臣이 나타나 틈을 엿보면서 임금의 마음을 따라 행동하다가 점차 계교를 부려 물이 스며들 듯 침투해 들어오고, 뜻을 영합하여 기쁘게 해 주며 공감을 늘

어놓아 불안정하게 함으로써 임금의 마음은 점차 그를 믿어 그의 술책 속으로 빠져들게 됩니다. 그렇게 되면 선량한 사람들이 반드시 죽음을 당하고 나라는 반드시 망하게 되니, 이 또한 다름이 아니라 바로 임금의 정성이 없기 때문에 빚어지는 결과입니다.

지금 전하께서 선을 좋아하고 선비를 사랑하는 것은 물론 정성에서 나온 것이지만, 다만 신하들이 재덕才德이 부족하여 믿고 의지할 만한 인물이 적기 때문에 일을 맡기실 뜻이 없는 듯하고, 심지어는 말씀을 하실 때에도 믿지 못하는 마음과 경멸하는 행동이 드러나는 것을 면하지 못하고 있습니다. 이는 신하들이 사실 자초한 것입니다마는 성명聖明께서도 스스로 반성하지 않으면 안 될 것입니다. 삼가 바라건대, 전하께서는 힘써 지성으로 아랫사람들을 대하여 마음에 옳다고 생각되면 말씀으로도 옳다고 하시고, 마음에 그르다고 생각되면 말씀으로도 그르다고 하소서. 들어 쓰실 때는 반드시 그 현명함에 대하여 상을 주고 물리칠 때는 반드시 그 죄과를 따져 성상의 마음의 문을 활짝 열어 신하들로 하여금 누구나 우러러보고 조그만 장애도 없게 하소서. 이렇게 하신다면 신하들도 의심하고 두려워하는 생각이 없어져서 힘써 충정을 다 바치게 될 것이니, 군자는 충성을 다하려는 소원을 지니고 소인은 간계를 부리려는 생각을 끊어 버리게 될 것입니다.

'공안貢案을 개혁하여 지나치게 거두어들이는 폐해를 없앤다.'는 것은 이런 뜻입니다. 조종조祖宗朝에서는 쓰임새를 매우 절약하여 백성들에게 거두는 것도 매우 적었는데, 연산군燕山君 중년中年에 이르러 씀씀이가 사치스러워 일상적인 공물로는 그 수요를 충당하기에 부족하여 여기에 공물을 더 책정하여 그 욕망을 충족시켰던 것입니다. 신은 지난날에 노인들로부터 그러한 사실을 듣고도 감히 믿지 못했습니다. 그런데 저번에 정원에서 호조의 공안을 가져다 보니 여러 가지 공물이 모두 홍치弘治 신유년에 더 책정한 것을 지금까지 그대로 쓰고 있었는데, 그때는 바로 연산군 때였습니다. 신은 자신도 모르는 사이에 공안을 덮고 크게 탄식하기를, "이럴 수가 있는가. 홍치 신유년이라면 지금부터 74년 전이니, 그간에 성군聖君이 왕위에 있지 않았던 것도 아니고 어진 선비가 조정에 전혀 없었던 것도 아닌데, 이런 법을 어찌하여 개혁하지 않았단 말인가."라고 하였습니다. 그 까닭을 추구해 보건대, 70년 동안은 모두 권세를 쥔 간신들이 국사를 장악한 때로서 두세 명의 군자가 간혹 조정에 있었다고는 하나 뜻을 펴 보기도 전에 뜻밖의 화禍가 꼭 뒤따랐으니, 이에 대하여 논의할 겨를이 어찌 있었겠습니까. 따라서 그 일을 오늘날에 기대하는 수밖에 없습니다. 그리고 물산物産은 수시로 변하고 백성들의 재물과 전결田結도 수시로 증감하는 것인데, 공물을 나누어 책정한 것은 바로 국초國初의 일이었고, 연산군 때에는 다만 거기에 더 늘려 책정한 것일 뿐이니, 역시 시대마다 적절히 헤아려 변통해 온 것이 아닙니다.

지금에 와서는 각 고을에서 바치는 공물이 대부분 그 지역의 산물이 아니어서 나무에 올라가 물고기를 잡고 배를 타고 물에서 짐승을 잡으려 하는 일처럼 되었으니, 다른 고을에서 사들이거나 또는 서울에 와서 사다가 바치지 않을 수가 없게 되어 백성들의 비용은 백배로 늘어나고 공용公用에는 여유가 없게 되었습니다. 게다가 민호民戶는 점점 줄어들고 전야田野는 갈수록 황폐해져서 왕년에 백 명이 바치던 분량을 작년에는 열 명에게 책임 지워 바치게 하고, 작년에 열 명이 바치던 분량을 금년에는 한 사람에게 책임 지워 바치게 하고 있으니, 이 형세로 나간다면 반드시 그 한 사람마저 없어진 뒤에야 끝장이 날 형편입니다. 오늘날 공안을 개정하자는 말이 나오기만 하면 의논하는 자들은 반드시 조종의 법은 가벼이 고쳐서는 안 되는 것이라고 핑계를 대곤 합니다. 그러나 조종의 법이라고 할지라도 백성들의 곤궁함이 이런 지경에 이르렀다면 고치지 않을 수 없는데, 더구나 연산군 때의 법이 아닙니까.

삼가 바라건대, 전하께서는 반드시 일을 파악할 만한 슬기가 있고, 장래의 일을 미루어 알 만한 심계心計가 있으며, 일을 잘 처리할 만한 재능이 있는 자를 가려 공안에 관한 일을 전담하게 하되 대신으로 하여금 그들을 통솔하게 하여 연산군 때에 더 책정한 분량을 모두 없애 조종의 옛 법을 회복도록 하소서. 그리고 각 고을의 물산物産 유무와 전결의 다소와 민호民戶의 잔성殘盛을 조사하고 상호 조절해서 한 결 같이 고르게 하고 반드시 본색本色을 각 사各司에 바치도록 하면, 방납防納은 금하지 않아도 자연히 없어지고 민생은 극심한 고통에서 벗어나게 될 것입니다. 오늘날 시급한 일로서 이보다 더 큰일은 없습니다.

'절약과 검소함을 숭상하여 사치 풍조를 개혁한다.'는 것은 이런 뜻입니다. 백성들이 곤궁해지고 재물이 고갈된 것이 오늘날에 와서 극도에 달했습니다. 따라서 공물을 감해 주지 않을 수가 없는데 만약 씀씀이를 조종의 법대로 하지 않으면, 수입에 맞추어 지출할 수 없게 되어 마치 모난 그릇에 둥근 뚜껑을 덮는 것처럼 앞뒤가 들어맞지 않을 것입니다. 게다가 사치하고 문란한 풍속이 오늘날보다 더할 수가 없습니다. 음식은 배를 채우기 위한 것이 아니라 상다리가 부러지게 차려 놓고 뽐내기 위한 것이 되었고, 옷은 몸을 가리기 위한 것이 아니라 화려함과 아름다움을 경쟁하기 위한 것이 되어, 한 상을 차리는 비용이 굶주린 자의 몇 개월 양식이 될 만하고, 옷 한 벌의 비용이 헐벗은 자 열 명의 옷을 장만할 수 있는 정도가 되었습니다. 열 사람이 농사를 짓는다고 해도 한 사람을 먹여 살리기가 어려운데 농사짓는 사람은 적고 먹는 사람은 많으며, 열 사람이 베를 짠다고 해도 한 사람의 옷을 마련하기가 어려운데 길쌈하는 사람은 적고 옷을 입는 사람은 많으니, 어찌 백성이 굶주리고 헐벗지 않을 수가 있겠습니까. 옛사람이 말하기를, "사치의 피해는 천재天災보다도 심하다."라고 하였는데, 어찌 믿지 않을 수가 있겠습니까.

만약 상께서 먼저 절약과 검소함에 힘써 이 병폐를 고치지 않는다면 아무리

형법이 엄하고 호령이 자주 내린다고 하더라도 수고스럽기만 할 뿐, 아무런 이익도 없을 것입니다. 신은 옛 늙은이의 말을 들은 적이 있는데, 그가 말하기를, "성종成宗께서 병환으로 누워 계실 때 대신이 문안드리려고 들어가 보니, 침실에서 덮고 계신 다갈색茶褐色 명주 이불이 다 해어져 가고 있는데도 바꾸지 않았다."라고 하였습니다. 그 말을 전해들은 자는 지금까지도 흠모하여 마지 않고 있습니다.

삼가 바라건대, 전하께서는 조종조의 공봉 규례供奉規例를 상고하도록 명하시어, 궁중의 용도를 일체 조종의 옛날 검약하던 제도를 따르도록 하소서. 그리하여 내외에 모범을 보여 민간의 사치스런 풍조를 고쳐서 사람들로 하여금 성대한 음식상을 차리거나 화려한 옷을 입는 것을 부끄럽게 여기게 하여 하늘이 내려 준 재물을 아끼고 백성들의 힘을 펴게 하도록 하소서.

'선상選上의 제도를 바꾸어 공천公賤의 고통을 덜어 준다.'는 것은 이런 뜻입니다. 선상의 본뜻은 면포綿布를 마련하기 위한 것이 아니었습니다. 서울 관청의 노복奴僕만 가지고는 역役을 세우기가 부족하여 밖에 있는 공천公賤들로 하여금 번갈아 가며 경역京役을 서게 하고 이를 '선상'이라고 부른 것입니다. 그런데 가난한 공천들이 양식을 싸 가지고 와서 서울에 머물러 있는 동안 당하는 고통이 많아 감당하기 어려워 비로소 면포로 부역을 대신할 수 있도록 하였던 것인데, 지금에 와서는 오직 면포를 거두어들일 뿐 한 사람도 와서 부역을 치르는 자가 없게 되었습니다. 민생은 날로 곤궁해지고 호구戶口는 날로 줄어들고 있는데 공천도 백성이거늘 어찌 그들만 온전할 수 있겠습니까. 이리저리 떠돌아다니며 생활도 제대로 하지 못하는데, 한 번 선상의 역役을 치르고 나면 집안이 망하지 않는 자가 거의 없습니다. 2년은 공물을 바치고 1년은 선상에 걸려 대체로 3년이 되면 반드시 한 번은 집안을 망치게 되니, 공천들의 고통은 극도에 이르렀다 하겠습니다.

게다가 해조該曹의 색리色吏들이 나누어 배정하는 것이 고르지 못합니다. 비록 노비의 수효가 많은 고을이라도 뇌물이 있으면 적게 배정하고 겨우 몇 가구만 있는 고을이라도 뇌물이 없으면 많이 배정하는데, 지탱할 능력이 없고 보면 그 침해가 일족一族에게 미치게 되어 일반 백성들까지도 그 괴로움을 당하게 됩니다. 일단 곤경에 빠뜨린 뒤에는 비록 공정하게 균등히 배정한다고 하더라도 구제할 수가 없을 것이니, 변통하지 않으면 후환이 끝이 없을 것입니다.

신의 어리석은 생각으로는 신역身役을 고쳐 대신 면포를 받는 것은 이미 『대전大典』의 법이 아니니, 지금이라도 선상 제도를 폐지하고 신공身貢을 받도록 하는 것이 좋겠습니다. 삼가 바라건대, 전하께서는 해당 관청에 명하여 노비 장부를 자세히 조사하여 현존하는 숫자에 의거하고 매년 바치는 노복의 공납 면포 두 필과 여비女婢의 공납 면포 한 필 반을 그 총계가 얼마인지를 계산하여, 그 중 5분의 2는 사섬시司贍寺에 비축하여 나라의 비용으로 쓰게 하고, 5분의 3은 각 사에 나누어 주어 선상의 역에 충당하게 하되, 면포가 부족할 경우에는 적절히 요량하여 역을 세우는 숫자를 줄이게 하소서. 이렇게 하신다면 공천에게는 일정한 공물이 정해져 있어 미리 준비를 할 수가 있으니, 갑자기 마련해야 하는 어려움이 없을 것이고, 공물을 거두어들이는 데에도 일정한 장부가 있어 빼고 고치고 하는 일이 없게 되어 간사한 관리의 술책이 없어질 것이며, 호령이 번거롭지 않고 백성들은 실질적인 혜택을 받게 될 것입니다.

'군정軍政을 개혁하여 안팎의 방비를 굳건히 한다.'는 것은 이런 뜻입니다. 하늘의 재변은 헤아리기 어려우니 사실 무슨 일 때문에 일어난 것인지 지적할 수가 없습니다. 그러나 옛날 역사를 가지고 증험해 보건대, 흰 무지개가 해를 꿰는 것은 대부분 전란의 상징이었습니다. 현재 군정軍政은 무너지고 사방 국경은 무방비 상태인데, 만약 급박한 일이라도 생긴다면 비록 장량張良과 진평陳平 같은 이가 지혜를 짜내고 오기吳起와 한신韓信 같은 이가 군대를 통솔한다고 하더라도 거느릴 병졸이 없는 상황에서 어떻게 홀로 싸울 수가 있겠습니까. 생각이 여기에 미치니 가슴이 떨리고 간담이 서늘해집니다. 시국의 폐단에 관해서는 이미 앞에서 아뢰었으나 군정에 대해서는 상세히 진달하지 못하였으므로, 지금 먼저 그 폐단을 아뢴 다음 대책을 세워 볼까 합니다.

우리나라 법제에는 결함이 있는 부분이 많습니다. 단지 병사兵使·수사水使·첨사僉使·만호萬戶·권관權管 등의 벼슬만 설치해 놓고 먹고살 녹봉은 주지 않아 사졸들에 의하여 해결하고 있으니, 변방의 장수들이 사졸을 침해하는 폐단이 여기에서 시작되었습니다. 국법이 날이 갈수록 해이해져 탐욕과 포악한 짓이 더욱 성해지고, 게다가 인재의 등용이 공정하지 않아 뇌물을 주고 장수가 된 자가 연달아 생겨 공공연히 "아무 진鎭의 장수는 그 값이 얼마이고, 아무 보堡의 벼슬은 그 값이 얼마이다."라고 말하게 되었습니다. 그런 무리들은 오직 군졸을 착취하여 발신發身할 줄만 알고 있으니, 다른 일이야 또 어떻게 걱정하겠습니까. 사졸들이 머물러 방비하는 것을 괴롭게 여긴 나머지 면포를 바치고 수자리를 면제받으려고 하면 반드시 기뻐하며 그것을 허락하고, 진鎭에 머물러 방비하는 자들에게는 반드시 감당하기 어려운 일들을 독촉하고, 하기 어려운 부담을 책임 지워서 마치 기름에 콩을 볶듯 하고 있습니다.

사람은 목석木石이 아니니 그 누가 자신을 아끼지 않겠습니까. 수자리를 면제받은 자들이 그의 집에 편히 누워 있는 것을 보면 모두가 부러워하며 그들도 그런 것을 본받으려고 합니다. 만약 수자리 사는 군역을 많은 사람들이 면제받아 진鎭·보堡가 비게 되면 반드시 근처에 사는 백성들을 꾀어서 부정이 있는지 캐내어 살필 때에 거짓 이름으로 대신 점호點呼를 받게 합니다. 그런데 지역을 돌면서 검열하는 관리는 그저 그 숫자만을 세어 볼 뿐이니, 그 누가 진위의 여부를 따지겠습니까. 수자리를 면제받는 것이 편하기야 하지만 면포를 마련하기도 어려운 터라 몇 번 머물러 방비하는 일에 걸리기만 하면 집안 살림이 결딴나 지탱할 수가 없어서, 도망치는 자들이 잇따라 생겨나고 있습니다. 그 다음 해에 장부의 수효대로 수자리를 독촉하면 본 고을에서는 반드시 그 일족一族으로 군역에 응하도록 하고, 그 일족이 또 도망가면 그 일족의 일족에게까지 미칩니다. 이처럼 환란이 만연되어 끝이 없는 지경이니, 장차 백성들은 한 사람도 남는 자가 없게 될 정도입니다. 그런데 저 뇌물을 주고 장수가 된 자들은 그래도 의기양양하여 짐을 바리로 싣고 집에 돌아와 그의 처첩妻妾에게 뽐내고 있으니 가난했던 자도 그로 인하여 부자가 되고, 권세가에게 뇌물을 써서 또 진급을 꾀하여 천했던 자도 그로 인하여 귀한 신분이 되고 있습니다. 오늘날 이 일을 의논하는 자들은 이런 폐단을 개혁할 생각은 하지 않고 부질없이 군졸의 수효를 채우지 못하는 것만을 걱정하고 있습니다. 어리석은 신은, 설사 군졸의 수효를 다 채운다고 하더라도 이런 폐단을 개혁하지 않는다면 변방의 장수가 얻는 면포만 더 보태 주는 데 불과하고 나라를 방비하는 일과는 관련이 없을까 염려됩니다. 이것이 첫 번째 폐단입니다.

수륙水陸의 군사들에 대하여 반드시 자기가 사는 지방에서 머물러 방비하게 하지 않고, 혹은 며칠이 걸리는 거리로 보내기도 하고 혹은 천리 밖으로 보내기도 하는데, 그 고장 풍토에 익숙지 않아 병에 걸리는 자가 많습니다. 이미 장수의 학대에 떨고 있는데다가 또 그 지방 군사들의 횡포에 곤욕을 치르는 등, 객지에서 헐벗고 굶주리고 있는데, 남쪽 군인으로서 북쪽 국경에서 수자리 사는 자들의 경우가 더욱 심합니다. 여위고 병들어 몸도 가누지 못하여 얼굴은 다 사색이 되어 있습니다. 이들이 만약 적의 기병騎兵을 만난다면 비록 도망치려 한다고 해도 도망칠 기력이 없어 앉아서 어육魚肉처럼 될 것인데, 하물며 활을 쏘며 적을 막아 내기를 바랄 수 있겠습니까. 신이 듣건대, 황해도 기병으로서 평안도에 가서 수자리를 사는 사람의 경우, 그들 한 명을 보내는 비용이 반드시 면포 3, 4십 필에 밑돌지 않는다고 합니다. 3, 4십 필은 곧 시골

505

상上소疏와 비批답答

백성 몇 집의 재산으로서 한 명이 가면 반드시 몇 집이 파산하게 되니, 어찌 궁해져서 도둑질하지 않을 수가 있겠습니까. 이것이 두 번째 폐단입니다.

6년마다 군적軍籍을 정리하는 법이 폐지되어 행해지지 않다가 계축년에 와서야 오래도록 폐지한 끝에 찾아서 모으도록 하였습니다. 그런데 명을 받든 신하가 신속히 처리하는 것을 능사로 삼아 주현州縣에서도 그런 기풍을 받들어 그저 미치지 못할까 두려워하여 서둘러 찾아 모으면서 혹시라도 빠뜨릴까만 염려했을 뿐, 그저 수효만 채워 환란을 끼치게 될 것은 생각하지 않았습니다. 그리하여 거지들까지도 모두 넣어 수효를 채우고 닭이나 개 이름까지도 장부에 수록하여 한두 해가 채 지나지 않아 태반이 빈 장부가 되어 버렸습니다. 이제 20여 년 만에 다시 군적을 정리하는 사업을 실시하게 되었는데, 군졸의 수효가 부족한 것은 계축년보다도 심하고 한정閒丁의 수효 또한 계축년보다 훨씬 적으니, 아무리 교묘하게 찾아 모은다고 하더라도 어찌 밀가루 없이 국수를 만들어 낼 수 있겠습니까. 지금 조사해 낸 자는 아이들이 아니면 거지이고 거지가 아니면 사족士族일 테니 실제 인원이 몇이나 있겠습니까. 지금 비록 군적을 만든다고 하더라도 금방 또 빈 장부가 되고 말 것입니다. 해당 관청은 이런 사실을 듣고 보지 못했을 리가 없는데 이제 또 애써 반드시 정원을 채우겠다고 말하고 있으니, 매우 사리를 헤아리지 못한 것입니다. 이것이 셋 번째 폐단입니다.

내외의 양역良役은 그 명목이 너무 많아 이루 다 헤아릴 수 없을 정도인데 그중에서도 이른바 조예皁隷·나장羅將 등 원역員役이 가장 고달프다고 하겠습니다. 이 역시 면포로 역役의 값을 치르고 있을 뿐인데, 그가 소속된 관아에서는 이미 다른 사람을 대신 시켜 놓고는 불시에 아전들을 독촉하여 역의 대가를 갚도록 하고 있습니다. 그러면 아전들은 이자를 따져서 바친 뒤에 거기에 든 기타 비용까지 통산하여 당사자에게 그 세 배를 받아 냅니다. 그러므로 한 사람이 언제나 세 사람의 역을 감당하게 되는데, 이를 감당하지 못하면 으레 일족에게 받아내고 있습니다. 이것이 네 번째 폐단입니다.

이상 네 가지 폐단을 지금 바로잡지 못한다면 몇 년 뒤에는 비록 유능한 사람이 있다고 하더라도 어떻게 할 수가 없을 것입니다. 삼가 바라건대, 전하께서는 옛 제도를 개혁하여 새로운 규정을 만드소서. 모든 병영兵營 · 수영水營 및 진鎭 · 보堡가 있는 곳에는 반드시 그 고을 장부에 계상된 것 이외의 곡식을 적절히 헤아려 변방 장수의 양식으로 충분히 주도록 하되, 그 고을의 곡식으로 부족할 경우에는 이웃 고을의 곡식도 거두어서 반드시 변방의 장수로 하여금 자신의 생활을 지탱하여 부족함이 없도록 해야 합니다. 그런 뒤에 법제를 엄하고 분명하게 하여 한 자의 베나 한 말의 쌀이라도 군졸들로부터 거두어들이지 못하게 하고, 오직 기계를 잘 정비하고 말 타기와 활쏘기 등을 익히도록 해야 할 것입니다. 그리하여 병사 · 수사 및 순찰사는 군사들을 호명하여 부재자의 유무를 검열하는 일에 그치지 말고 반드시 그들의 무기를 검열하고 말 타기 활쏘기 등 무예를 시험해 보아 훈련이 잘되어 있는지의 여부를 가지고 성적을 매기게 해야 합니다. 그리하여 만약 전처럼 재물을 거두어들이고 군졸을 놓아 보내다가 발각되면 장률贓律로 다스리게 하소서.

첨사 · 만호萬戶 · 권관權管 등의 관원은 지방의 남북이나 거리의 원근을 막론하고 모두 군직에 소속시켜 그 처자들로 하여금 녹봉을 받아 살아갈 수 있게 하여야 합니다. 처음 제수할 때는 반드시 합당한 사람을 뽑도록 하고, 일단 제수한 뒤에는 다섯 번 시험하여 다섯 번 상上을 받으면 곧 권관에서 만호로 올리고, 만호에서 첨사로 올리고, 첨사에서 동반東班 6품의 직으로 올려 제수해야 할 것입니다. 그리고 다섯 번 시험에 만일 중中을 얻은 사람은 다른 진의 같은 등급의 자리로 옮겨 주고 승진할 수 없게 하여 스스로 지난 세월을 아깝게 느껴 부지런히 힘쓰도록 해야 합니다.

머물러 방비하는 데 있어서는 반드시 그 고을의 군사들을 거느리게 하되 그

상上소疏와 비批답答

고을의 군사가 부족한 뒤에 옆 고을에 배정 하도록 해야 합니다. 머물러 방비하고 있는 곳은 제색諸色의 양역良役을 모두 폐지하고 오직 머물러 방비하는 군역만 있게 하여 먼 곳에 부역하는 수고로움이 없도록 하는 한편, 번番을 나누어 번갈아 가면서 쉬도록 하여야 합니다. 진鎭에 있을 때에는 또한 조금이라도 노력이 허비되거나 재물을 손해 보는 일이 없게 해야 하며, 진장鎭將의 사령使令에 응하는 것은 땔감을 나르거나 물을 길어오는 일만 하게 하고 기타 다른 일을 하는 것이 없게 하여, 활을 다루고 활쏘기를 익히는 일에 전념할 수 있게 하여야 합니다.

황해도의 기병騎兵을 북방에 수자리 사는 군역에 종사하도록 하는 일은 혁파하여 그렇게 하지 말도록 해야 합니다. 만약 국경의 경비가 허술해질까 걱정이 된다면 연변沿邊의 수령들에게 명을 내려 백성들에게 활쏘기를 익히게 하도록 하되 3개월에 한 번씩 시험을 실시하여 많이 적중시키는 자는 상을 후하게 주고, 두 번 일등을 차지한 자는 그 가족의 부역을 면제해 주고, 다섯 번 일등을 차지한 자는 군졸의 경우에는 군관軍官으로 특별히 보임補任시키고, 그 중에서 지식이 여러 사람을 거느릴 만 한 자가 있을 경우에는 해당 관청에 그 이름을 아뢰어 권관權管의 보직을 주어 쓸 만한지의 여부를 시험하도록 하소서. 그리고 그가 공사천公私賤일 경우에는 그 이름을 아뢰어 면천免賤을 특별히 허락하되, 사천私賤은 본 주인에게 그 대가를 충분히 주도록 하소서. 이렇게 하면 다섯 번이나 일등을 차지하는 자는 매우 드물 것이나 변경의 백성은 모두가 정병精兵으로 변할 것입니다. 그렇게 되면 혹시 적이 변경을 침입할 경우라도 사람들은 제각기 스스로를 방위하려고 할 것인데, 그 누가 힘써 싸우지 않겠습니까. 상번上番한 군사에 대해서도 유사有司가 또한 수시로 그들의 무예를 시험하여 그 중 가장 우수한 자는 아뢰어 상을 주도록 하고, 다섯 번 일등을 한 자는 그가 사는 지역의 진鎭ㆍ보堡의 군관으로 특별히 보임하여 군무軍務에 힘쓸 뜻을 지니도록 하소서.

　군적을 만드는 일은 실질적인 군인을 얻는 데 힘써야지 한정閑丁을 억지로 채우려고 해서는 안 됩니다. 15세가 채 안 된 소년에 대해서는 이름과 나이만을 별도의 장부에 기록해 두었다가 그들의 나이가 찰 때에 군적에 넣도록 해야 합니다. 날품팔이나 거지는 모두 삭제하여야 합니다. 열읍列邑의 군부軍簿는 옛 기록을 그대로 두되 다만 모자라는 수만은 기록해 두어야 합니다. 그리고 수령들에게 명을 내려 그들을 부지런히 휴양시키고 위무하게 하였다가 장정이 생기는 대로 군적에 보충시키되, 일정한 기한을 정하지 말고 기필코 채우도록 해야 합니다. 또 6년마다 한 번씩 반드시 군적을 고쳐 갑자기 고치는 데 따른 소요가 일어나지 않도록 해야 합니다. 만약 군졸이 부족하여 여러 곳의 군역에 대응할 수가 없을 경우에는 상번 군사의 수를 적절히 줄이고, 그래도 부족할 때는 방비가 허술해도 무방한 곳의 군사 수를 적절히 줄이며, 그래도 부족한 때는 남쪽 지방에서 겨울철에 머물러 방비하는 군사의 수를 적절히 줄이고, 그래도 부족할 때는 병역 대신 가포價布를 바치는 보병步兵의 수를 반으로 줄여서 머물러 방비하는 군사의 부족한 인원을 보충하게 해야 합니다. 머물러 방비하는 군사가 진장鎭將의 침해를 당하는 일이 없게 되면 보병들 역시 이리나 호랑이를 피하듯 군역을 싫어하지는 않게 될 것입니다.

　조예皁隸나 나장羅將 등 여러 원역의 경우는 각기 일정한 소속이 있을 필요가 없으니, 그러한 명목을 모두 폐지하여 보병으로 다 변경한 뒤 가포를 병조에 바치도록 하고, 병조는 각 사에서 원역을 세우는 수를 헤아려 가포를 지급한다면, 아전들은 불시에 독촉 받는 것을 면하게 되고, 민간에서는 세 배나 되는 가혹한 양의 면포를 내게 되는 일이 없을 것입니다. 군정軍政에 관한 좋은 계책으로서는 이것이 그 대략입니다. 이상 다섯 가지는 백성을 편안히 할 수 있는 요목으로서 그 대강이 이와 같은데, 그에 대한 자세한 것은 전하께서 널리 의

논하시어 계책을 세우는데 달려 있을 뿐입니다.

살펴보건대, 지금의 시사時事는 날로 그릇되어 가고 백성의 기력은 날로 소진되어 권간이 세도를 부리던 때보다 더 심한 듯합니다. 그 까닭이 무엇이겠습니까. 권세를 쥔 간신이 날뛰던 시절에는 그래도 조종들의 남기신 은택이 어느 정도 남아 있었기 때문에, 조정의 정치가 혼란하다고 하더라도 백성들의 힘은 그런대로 지탱해 나갈 수가 있었습니다. 오늘날의 경우는 조종들이 남기신 은택이 이미 다하고 권세를 쥐었던 간신이 남겨 놓은 해독이 한창 발생하고 있기 때문에, 청론清論이 비록 행해진다고 하더라도 백성들의 힘은 이미 바닥나 버린 상태입니다. 비유하자면 마치 어떤 사람이 한창 젊을 때 주색에 빠져 여러 가지로 몸을 해치는 일이 많았다 하더라도 혈기가 왕성한 때라서 몸이 상하는 것을 모르고 있다가, 만년에 이르러서야 그 해독이 틈만 있으면 불현듯 나타나 아무리 근신하며 몸을 보양해도 원기가 이미 쇠퇴하여 몸을 지탱할 수 없게 되는 것과 같습니다.

오늘날의 일이 실로 이와 같으니 앞으로 10년이 채 안 되어 화란이 반드시 일어나고야 말 것입니다. 보통 사람들도 열 칸의 집과 백 이랑의 밭을 자손에게 물려주면 자손은 오히려 그것을 잘 지켜 선조를 욕되지 않게 하려고 하는데, 하물며 지금 전하께서는 조종조 백년의 사직과 천리의 강토를 물려받으셨고 게다가 환란이 곧 닥칠 것 같은 상황에 처해 있는 경우이겠습니까. 마음으로 정성을 다하여 해결책을 구한다면 꼭 잘 된다는 보장은 없어도 적어도 아주 엉뚱한 결과가 생기지는 않는 것이며, 능력이 부족하다고 하더라도 스스로 구제할 수는 있는데, 하물며 지금 전하께서는 권세의 중추를 관장하시고 사리에 밝으시어 시대를 구제할 능력이 있는 경우이겠습니까.

소신小臣은 나라의 두터운 은총을 받아 백 번 죽는다 해도 보답하기 어려울 정도이니, 참으로 나라에 이익이 되는 일이라면 끓는 가마솥에 던져지고 도끼에 목이 잘리는 형벌을 받게 된다고 하더라도 피하지 않을 것입니다. 더구나 지금 전하께서 언로를 넓게 열어 놓고 의견을 거리낌 없이 받아들이겠다고 간절한 말로 손수 가르침을 내리셨으니, 신이 만약 말을 하지 않는다면 실로 전하를 배반하는 것이 되기에 충정에 격동되어 극진하게 다 말씀드렸습니다. 그러나 병을 앓고 난 뒤라 정신이 흐리고 손이 떨리며 글은 비속하고 중복되었는가 하면 자획도 겨우 썼기에 볼만한 것이 못됩니다. 하지만 아뢴 그 뜻이 요원한 듯해도 실은 가깝고, 계책이 오활한 듯해도 실은 절실하니, 비록 삼대三代의 제도는 아니라고 하더라도 실로 왕정王政의 근본으로서 이를 시행하면 효과가 있어 왕정을 회복할 수 있을 것입니다.

삼가 바라건대, 전하께서 자세히 보시고 익히 검토하며 신중히 궁구하고 깊이 생각하여 성상의 마음속에서 취하고 버릴 것을 결정하신 다음, 널리 조정의 신하들에게 하문하여 그 가부를 의논하게 한 뒤에 이를 받아들이거나 물리치신다면 매우 다행이겠습니다. 전하께서 신의 계책을 쓰신다면 그 진행을 유능한 사람에게 맡겨 정성껏 그 일을 시행하게 하고 확신을 갖고 지켜 나가게 하소서. 그리하여 보수적인 세속의 견해로 인하여 바뀌게 하지 말고, 올바른 것을 그르다 하며 남을 모함하는 말로 인하여 흔들리는 일이 없도록 해야 합니다. 그렇게 하여 3년이 지나도록 나랏일이 여전히 부진하고 백성이 편안해지지 않으며 군대가 정예병이 되지 않는다면, 신을 기망欺罔의 죄로 다스려 요망한 말을 하는 자의 경계가 되도록 하소서. 신은 지극히 절실하고 황공한 마음을 금할 수 없습니다.

王若曰,

"天者, 理氣而已, 理無顯微之閒, 氣有流通之道, 人事有得失, 災祥各以類應. 是故國家將興, 必有禎祥以曉之, 國家將亡, 必有妖孼以告之, 政失於下, 譴見於上. 蓋福善禍淫, 天道之常, 而莫非所以仁愛人君, 輯寧邦家, 上帝眷顧, 意亦至哉. 其有以受天明命而爲人君上者, 奈何不敬勤惕勵, 以答皇天仁愛之心乎. 予以寡昧, 鬱于大道, 潛於代邸, 若將終身, 不幸猥承先王之託, 迫於臣民之推, 固知富貴之憂, 不若貧賤之安, 末世之難治, 有如超海之不易, 雖欲辭之, 其可得乎. 以不敏之資質, 守艱大之基業, 負荷旣重, 設施皆乖. 玆予未知獲戾于上下, 慄慄危懼, 臨深履薄, 憂勤七載, 不敢逸豫, 寸效未著, 衆怪沓臻. 妖星經歲而不滅, 太白當晝而肆曜, 雷發非時, 地震不一, 由其德之不懋, 寧無心兮怵怩. 方深若隕之志, 冀免顚隮之厄, 天怒益譴, 變出尤酷, 乃於前月京城, 白虹貫日, 妖氣逼陽. 日者, 衆陽之宗, 人君之表, 乃爲邪氣所侵犯, 驚痛于心, 若無所容. 安有人事不失而天譴至者.

昔日, 太戊修德, 祥桑自滅, 景公善言, 熒惑退舍, 廣延人之讜論, 庶轉災而爲祥. 意者, 君心, 出治之源, 而心有所未正歟. 講學, 致知之務, 而學有所不進歟. 朝廷, 四方之則, 有虛僞喜事之風歟. 民生, 邦國之本, 有困窮抗捏之慘歟. 賢邪雜進, 而或有所未知歟. 政擅有地, 而或有所凌上歟. 言路未開, 而聰明猶有所壅蔽歟. 巖穴有隱, 而俊乂猶有所未登歟. 百工尸而庶事墮歟. 犴獄滯而民怨多歟. 奢僭尙熾, 何以變之, 人心日惡, 何以化之, 盜賊遍起, 何以弭之, 軍政不嚴, 何以修之. 凡此數者, 皆是召災, 不識何以則民致富庶, 政敎兼擧, 復祖宗之隆治, 追唐虞之盛際, 垂功竹帛, 爲後矜式. 噫, 仰觀天象, 俯察人事, 其不能爲令主, 而終未免危亂之歸, 昭昭焉矣. 乃者, 求言之旨屢下, 疏章之上未聞, 豈不以言辭有假, 求誠不集, 有所趑趄畏疑而然耶. 故下手敎, 冀聞如渴, 咨爾大小臣僚, 上自廊廟, 下至草野, 其竭心臂, 極言無隱. 言雖不中, 亦不加罪. 咨爾政府, 體予至懷, 布告中外, 咸使聞知."

臣伏以, 政貴知時, 事要務實, 爲政而不知時宜, 當事而不務實功, 雖聖賢相遇治, 效不成矣. 恭惟殿下聰明英毅, 好士愛民, 內無音樂酒色之娛, 外絶馳騁弋獵之好, 古之人君所以蠱心害德者, 皆非殿下之所屑也. 倚仗老成, 擢用人望, 旁招俊乂, 仕路漸清, 優容直言, 公議盛行, 朝野顒顒, 佇見至治, 宜乎紀綱振肅, 民生樂業, 而以言其紀綱, 則徇私蔑公猶昔也, 號令不行猶昔也, 百僚怠官猶昔也, 以言其民生, 則家無恒產依舊也, 流轉失所依舊也, 故辟爲惡依舊也. 臣嘗慨歎, 竊欲深究其故, 一達冕旒, 而未得其會, 昨者, 伏覩殿下因天災論大臣之敎, 則殿下亦大疑而深歎, 願聞振救之策, 此誠志士盡言之秋也. 惜乎, 大臣過於惶惑, 辭不盡意也.

夫災異之作, 天意深遠, 固難窺測, 亦不過仁愛人君而已. 歷觀古昔明王誼辟, 可以有爲, 而政或不修, 則天必示譴以警動之, 至於暴棄之君, 與天相忘, 則反無災異. 是故, 無災之災, 天下之至災也. 今以殿下之明聖, 居可爲之位, 値可爲之時, 而紀綱如是, 民生如是, 則皇天之付畀者, 未塞其責矣. 設使今者, 景星日現, 慶雲日興, 殿下之危懼, 尤無所自容矣. 衆災疊現, 日無虛度者, 乃皇天仁愛之至也. 殿下之就惕修省, 其可少緩乎. 雖然, 不知時宜, 不務實功, 則危懼雖切, 治效終邈, 民生豈可保, 天怒豈可弭乎. 臣今罄竭一得, 先陳沈痼之弊, 後及振救之策. 伏願殿下虛心易氣, 勿厭其煩文, 勿怒其觸忤, 以垂睿察焉.

夫所謂時宜者, 隨時變通, 設法救民之謂也. 程子論易曰, 知時識勢, 學易之大方也, 又曰, 隨時變易, 乃常道也. 蓋法因時制, 時變則法不同, 夫以舜繼堯, 宜無所不同, 而分九州爲十二, 以禹繼舜, 宜無所不同, 而革十二爲九州, 此豈聖人好爲變易哉, 不過因時而已. 是故, 程子曰, 堯舜禹之相繼, 其文章氣象, 亦自少異也. 降自夏商, 其閒小變, 不可枚擧, 以言其大者, 則夏人尚忠, 忠弊故救之以質, 質弊故救之以文, 文弊不救, 然後天下壞亂, 入于强秦. 秦以暴虐, 焚詩書而亡, 漢興, 鑑其弊, 尚寬德崇經術, 及其弊也, 崇虛文無實節, 權移外戚, 諛佞成風. 世祖之興, 褒崇節義, 於是士務名節, 而其弊也不知節之以禮, 視死如歸, 苦節不中, 人皆厭之, 而時無賢主出而救之. 故苦節變爲魏晉之曠蕩, 尚浮虛亡禮法, 禮法旣亡, 與夷狄無異. 故五胡亂華, 中原糜爛, 亂極當治. 故有貞觀之治, 而救弊未盡其道, 猶有夷狄之風. 三綱不正, 君不君臣不臣, 藩鎮不賓, 權臣跋扈,陵夷有五代之亂. 宋興, 懲藩鎭之患, 釋去兵權, 收攬威柄, 而眞宗以後, 狃於昇平, 紀綱漸弛, 武略不競, 仁宗雖極富庶, 而頹靡之象已著. 當時大賢, 皆思變通之策, 直至神宗, 値可變之會, 奮有爲之志, 而所信任者, 王安石也. 後仁義而先功利, 違天人而促亂亡, 反不如不變之爲愈也. 馴致大禍, 變夏爲夷, 他尙何說哉. 上下數千年間, 歷代治亂之迹, 大槪如此. 隨時善救者, 只見於三代而已, 三代以後, 救者固鮮, 而亦未盡道焉. 大抵隨時可變者, 法制也, 亘古今而不可變者, 王道也, 仁政也, 三綱也, 五常也, 後世道術不明, 不可變者, 有時而遷改, 可變者, 有時而膠守, 此所以治日常少, 亂日常多者也.

且以我東言之, 箕子八條, 文獻無徵, 鼎峙擾攘, 政敎蔑聞, 前朝五百, 風雨晦冥, 至于我朝, 太祖啓運, 世宗守成, 始用經濟六典, 至于成廟, 刊行大典. 厥後隨時立法, 名以續錄, 夫以聖承聖, 宜無所不同, 而或用經濟六典, 或用大典, 添之以續錄者, 不過因時而已. 當其時也, 建白創制, 人不爲怪, 而法行不滯, 民得蘇息. 燕山荒亂, 用度侈繁, 變祖宗貢法, 日以損下益上爲事. 中廟反正, 政當惟舊, 而初年當國者, 只是功臣之無識者而已, 厥後, 己卯諸賢, 稍欲有爲, 而讒鋒所觸, 血肉糜粉, 繼以乙巳之禍, 慘於己卯, 自是士林, 狼顧脅息, 以苟活爲幸, 不敢以國事爲言, 而惟是權姦之輩, 放心肆意, 利於己者, 以爲舊法而遵守, 妨於私者, 以爲新法而革罷, 要其所歸, 不過剝民自肥而已. 至於國勢之日蹙, 邦本之日斳, 孰有一毫動念者哉.

幸値聖明, 存心學問, 垂念民生, 可以因時設法, 匡濟一世, 而自上虞邯鄲之步, 少更張之慮, 而爲臣者, 論人則恐有安石之患, 自愛則恐有己卯之敗, 莫敢以更張爲說. 試言今日之政, 則貢案守燕山虐民之法, 銓選遵權姦請託之規, 先文藝後德行, 而行尊者, 終屈於小官, 重門閥薄賢材, 而族寒者, 不展其器能, 承旨不入稟于御內, 近臣疏而宦官親侍從不參預於廷議, 儒臣輕而俗論重, 不久一官, 以歷揚淸顯爲榮, 不分職事, 以專委曹司爲務, 弊習謬規, 難以縷陳, 而不始于己卯, 必成于乙巳, 而今之議者, 擬以祖宗之法, 不敢開更張之論, 此所謂不知時宜者也. 大抵雖聖王立法, 若無賢孫有以變通, 則終必有弊. 故周公, 大聖也, 治魯而不能振後日寖微之勢, 太公, 大賢也, 治齊而不能遏後日篡弑之萌, 若使齊魯賢孫, 善遵遺意, 不拘於法, 則寧有喪亂之禍哉. 我國祖宗立法之初, 固極周詳, 而年垂二百, 時變事易, 不無弊端, 猶可變通, 況後日謬規, 汲汲改革. 當如救焚拯溺者乎. 傳曰, 窮則變, 變則通, 伏願殿下留念, 思所以變通焉.

所謂實功者, 作事有誠, 不務空言之謂也. 子思子曰, 不誠無物, 孟子曰, 至誠未有不動者也, 苟有實功, 豈無實效哉. 今之治效靡臻, 由無實功, 而所可憂者有七, 上下無交孚之實, 一可憂也, 臣隣無任事之實, 二可憂也, 經筵無成就之實. 三可憂也, 招賢無收用之實, 四可憂也, 遇災無應天之實, 五可憂也, 群策無救民之實, 六可憂也, 人心無向善之實, 七可憂也.

上下無交孚之實者, 何謂也. 君臣交際, 猶天地之相遇也, 在易姤之象曰, 天地相遇, 品物咸章也, 程子之傳曰, 天地不相遇, 則萬物不生, 君臣不相遇, 則政治不興, 聖賢不相遇, 則道德不亨, 事物不相遇, 則功用不成. 是故, 明良相遇, 肝膽相通, 密如父子, 合如符契, 骨肉之親不能間, 鑠金之口無所容, 然後言行策用, 庶績以成, 三代聖王, 皆由是道, 未有君臣不相深信而能成治效者也. 竊伏惟念, 殿下明睿有餘, 而執德不弘, 好善非淺, 而多疑未祛. 是故, 群臣務建白者, 疑其過越, 尙氣節者, 疑其矯激, 得衆譽則疑其有黨, 斥罪過則疑其傾陷, 加以發號之際, 辭氣抑揚, 好惡靡定. 至於頃日之敎, 有曰大言競進, 喜行前無之事, 宜乎風淳政擧, 斯敎一出, 群惑彌增. 古人有言曰, 言善非難, 行善爲難, 邵雍曰, 治世尙德, 亂世尙言, 古今天下, 安有大言競進而能使風淳政擧者乎. 且殿下以大言爲是耶, 爲非耶. 如其是也, 則其所謂大言者, 不過引君當道, 期臻至治而已. 殿下當採用之不暇, 不當以競進爲譏諷也. 有言而不用, 則雖美而無益. 故子思爲臣, 而魯繆之削弱滋甚, 孟子爲卿, 而齊宣之王業不興, 況今進言者, 旣非思孟, 而採用之實, 蔑聞者乎, 何怪乎時事之不治哉. 如其非也, 則此乃造言生事之流也. 殿下當抑浮躁, 務敦實, 以安朝廷, 以鎭人心, 不當以大言爲美事也. 嗚呼. 以讜論尤其競進, 則士氣沮而邪逕開, 以浮躁美其大言, 則虛僞長而實德喪, 殿下必居一於此矣. 抑未知殿下實無深意而言辭偶失者乎. 殿下於群臣, 深信有所不足, 故群臣亦不知聖意之所在, 每於聖敎之下, 一言異常, 則莫不駭目怵心, 常若臨不測之淵, 昨者大臣之承召也. 只是一味惶恐而已, 無一策可以回天心救世道者, 若使大臣全無識見則已矣. 如有所見, 則豈非預憂殿下之不傾四聰也哉. 至於出一郎官, 補一殘邑, 聖心憂民, 未必有他, 亦非異事, 而朝士之有善名者, 咸懷不自安之心, 豈非殿下之誠, 未能素孚而然乎. 古之聖王, 處心行事, 如青天白日, 萬物咸覩, 至於蚩蚩下民, 亦莫不洞知上意. 故殺之而不怨, 利之而不庸, 今者, 近密之臣, 尚未曉聖心, 況他人乎. 昔者, 中廟之於趙光祖也, 可謂聖賢相遇矣, 而陰邪忽入左腹, 如明鏡蔽于塵垢, 晝而唯諾於一榻之前, 夜而墜落於千仞之壑, 今之士林, 傷弓甫已, 餘喘尚存, 小臣嘗以淺見爲說曰, 中廟固是聖主, 而過於虛受, 君子之言雖易進, 小人之讒亦易入矣. 今上則不然, 察言必詳, 傾聽不苟, 君子雖誾誾難契, 小人亦不敢罔以非道矣. 聖明之代, 必無士林之禍, 但恐民窮國蹙, 變通無策, 終有土崩之勢耳. 今之士類, 能信臣言者, 有幾人乎. 君臣交際, 誠信未孚, 而能保治平者, 自古及今未之聞也. 此其可憂者一也.

臣隣無任事之實者, 何謂也. 設官分職, 各有所司, 三公統摠機宜, 六卿分理庶務, 侍從有論思之責, 臺諫受耳目之寄, 下至庶司小官, 莫不各有其任, 監司宣化于外, 節帥領督于邊, 守令分憂, 鎮將監戍, 亦莫不各有其職. 今者, 三公固是人望所屬, 而亦不敢建白施設, 徒能恭愼畏忌而已. 殊無經濟邦國, 挽回世道之望, 他又何責焉. 大官悠悠於上, 惟瞻前顧後是務, 小官泛泛於下, 惟相時射利爲事, 紀綱專委之臺諫, 而不過摘抉一二姦細以塞責, 銓選專出於請囑, 而不過安排一二名士以託公, 以至庶司之官, 漫不知所掌何事, 惟知積日累朔以求遷, 大小之官, 豈無一二奉公忘私者哉. 只是形單勢弱, 不能有所裨益, 監司巡遊自娛, 以廚傳豐約, 文書工拙爲殿最, 能明黜陟者, 有幾人乎. 節帥嚴刑以自威, 剝割以自奉, 撫綏精鍊, 兩失其策, 能不辱閫外之寄者, 有幾人乎. 守令只知斂民以自利, 行媚以干譽, 能以字牧爲心者, 屈指甚鮮, 鎮將先問軍卒之幾何, 以計綿布之多少而已. 能以防備爲虞者, 絕無幸有, 惟是胥吏之輩, 投間抵隙, 執其機要, 生民膏血, 殆盡於胥吏之手矣. 至於籍兵, 最是大事, 而賄賂交于路, 僞券亂其眞, 村民欲饒以牛, 色吏必求綿布, 以牛易布, 牛價頓賤, 京外皆然, 衆口沸騰, 況於他事乎. 曹植嘗曰, 我國以胥吏而亡, 此言雖過, 亦有理焉, 此由群臣不任事之過也. 官各稱職, 則安有以胥吏亡國者乎. 今若以爲所任非人而欲易之, 則一時人物, 不過如此, 賢才難以猝辦, 以爲刑法不嚴而欲重之, 則法重而姦益滋, 且嚴法, 非救弊之策也. 以爲無可奈何而置之, 則百弊日增, 庶績日敗, 民生日困, 而亂亡必隨, 此其可憂者二也.

經筵無成就之實者, 何謂也. 古者, 設三公之官, 師道之教訓, 傅傅之德義, 保保其身體, 此法既廢, 師傅保之責, 專在於經筵. 故程子曰, 君德成就, 責經筵, 經筵之設, 非爲臨文講讀, 不失章句而已, 將以解惑而明道也, 將以納誨而進德也, 將以論政而制治也. 故祖宗於經筵官, 待之有禮, 親之有恩, 如家人父子, 情意洞徹焉. 今之侍臣, 學問多缺, 誠懇多乏, 或難於入侍, 至有窺避者矣. 雖然, 豈無懷誠抱蘊, 願親聖明者哉. 近者, 經筵不頻, 接見固疎, 而禮貌嚴肅, 辭氣罔舒, 酬答甚罕, 講問不詳, 政要時弊, 未嘗咨詢, 間有一二講官, 勤勉聖學, 則亦泛然俯聽而已, 殊無體驗踐履之實, 罷筵之後, 大內深邃, 瞻仰徒勤, 而殿下左右, 只有宦寺宮妾而已, 未知殿下燕居之時, 所覽者何書, 所做者何事, 所聞者何語耶. 近臣尚不能知, 況外臣乎. 孟子亞聖也, 齊王之尊敬, 亦至矣, 尚有一曝十寒之歎, 況今侍臣, 有愧古人, 而疎外若是者乎. 此其可憂者三也.

招賢無收用之實者, 何謂也. 古之帝王, 至誠求賢, 猶恐不及, 或感於夢寐, 或遇於漁釣者, 非特賢其人, 示其褒獎而已, 將與之共天位, 使之食天祿, 俾施澤於蒼生. 故詢之以輿議, 察之以接言, 試之以行事, 果知其爲賢, 則近其人而用其計, 使行其道焉, 夫是之謂王公之尊賢者也. 今殿下愛士求賢, 視古無愧, 幽貞隱德, 揚仄殆盡, 盛美之典, 近古所罕, 第以論薦之際, 泛言某人可用而已, 行迹之詳, 未嘗陳達, 有司旣失其宜矣. 自上亦不曾親見其人, 察其賢否, 但依例爵之而已. 夫修身篤行, 非以有求也, 山林之間, 豈無不屑爵祿者哉. 士之出處, 固非一端, 有不卑小官者, 有韞櫝不售者, 殿下之招賢, 只命以爵祿而已, 殊無接見察試, 擢用行道之實. 故今日以薦擧就職者, 或有爲親而屈者, 或有爲貧而仕者, 或有只爲謝恩而來者, 未嘗聞一人爲行道而出者也. 求賢最是美事, 而其歸不過虛文, 則治道何由可成, 此其可憂者四也.

遇災無應天之實者, 何謂也. 皇天之於人君, 若父母之於子也. 父母怒其子, 發諸辭色, 則子雖無過, 必倍加齊慄, 承顏順旨, 必得父母之底豫, 乃安於心, 況有過者尤當引咎哀謝, 革心改行, 起敬起孝, 必得父母愉悅之色, 可也. 不當但懷危懼, 拱手閉戶而已也. 帝王之遭天變, 亦如是焉, 反躬自省, 周察疵政, 身無愆矣, 政無闕矣, 亦當益加修勉, 欽若不已, 未嘗以無過自恕也, 況於身有愆而政有闕者乎. 必也求言以廣知見, 進賢以助不逮, 省民以勤撫摩, 革弊以興政治, 必務所以補前過廻天怒, 可也, 不當邈邈無策, 若有過之子, 拱手閉戶, 以俟父母之怒自息也. 頃年以來, 尋常有災, 人皆狃習, 不知可懼, 只緣白虹貫日之變, 極是陰慘, 故睿念驚惕, 倍加祗畏, 無乃回亂做治之幾, 闓發於今日乎. 因此機會, 別無修治之舉者, 何耶. 夫避殿減膳者, 畏災之文也, 末也. 進德修政者, 畏災之實也, 本也. 文與末, 固不可廢也, 實與本, 今何事耶, 此其可憂者五也.

群策無救民之實者, 何謂也. 法久弊生, 害歸於民, 設策矯弊, 所以利民也. 聖教有曰, 君依於國, 國依於民, 設百官分庶職, 只爲民生而已, 民旣擾蕩, 則國將何賴焉. 臣伏讀再三, 不覺感激流涕, 大哉王言, 一哉王心, 此眞安庶民回天怒之一大機也. 三代以後, 能知君臣之職, 只爲民生者, 有幾君乎. 但徒善非法不推, 徒法非善不行, 殿下愛民之心, 固是如此, 而愛民之政, 猶有未舉, 群下之獻策者, 只齊其末, 不搪其本, 故聽之若美, 行之無實. 今日進一計, 請除無名之稅, 而列邑之科斂自若, 明日建一議, 請均田戶之役, 而豪右之逋賦猶舊, 減選上, 將以蘇復公賤, 而偏受其苦者, 流離如昔, 禁防納, 將以不費民財, 而誅求其略者, 刁蹬愈甚, 勅罷貪吏, 則繼之者未必愈於前人, 徒貽迎送之弊, 請擇邊將, 則望重者未必愈於新進, 反無忌憚之念, 其他良號之下, 美令之頒, 非一非再, 而州縣只傳數行書札而已, 村民不知其爲某事也. 夫是之故, 君子之進, 議論之正, 與夫民生邈不相關, 但曰某人官高, 榮顯可羨而已, 未嘗聞某人被用其澤及民云爾, 善言之無效果如是, 則雖使朱汲滿朝, 讜論盈耳, 何補於民窮財盡, 而四境渙散者哉. 惟是議論一失, 則乃能害及生民, 無所遮滯焉, 嗚呼怪哉. 古今所未聞也. 譬如萬閒大廈, 久不修理, 大而樑棟, 小而椽桷, 莫不腐朽, 支撐牽補, 僅僅度日, 欲修其東, 則西掣而傾, 欲改其南, 則北橈而壞, 衆工環視, 無所措手, 置而不修, 則腐朽日甚, 將至顚覆, 今日之勢, 何以異此. 此其可憂者六也.

人心無向善之實者, 何謂也. 敎化不明, 民散久矣, 秉彝雖存, 晦蝕殆甚, 聖明臨御之初, 人心聳然, 頗有向善之念, 若於此時, 聖德日進, 治化日昇, 則今日之人心, 豈止於此哉. 第緣初年, 大臣輔導失宜, 誤殿下以淺近之規, 納民生於卑汚之域, 開以本明之心, 發爲公論, 而淸議尚弱, 俗見猶痼, 其聞善言見善人也, 或有爲人而歆羨者, 或有外悅而中忌者, 或有顯指而非笑者, 中心好之者絶鮮矣. 是故, 良實少而虛僞盛, 在綯絏而被衆救者, 未必無罪, 爲守令而獲衆譽者, 未必有績. 館薦, 本求學行, 而設酒饌而誘多士者或有之, 里選, 本求端良, 而棄行檢而昧廉恥者或與焉, 若使秉銓之人, 又從而不擇焉,則清濁混淆, 賢愚雜糅, 弊將難救, 乃若下民, 飢寒切身, 本心都喪, 父子兄弟, 尚如路人, 他又何說, 綱常不能維持, 刑政不能檢制. 由今之道, 無變今之習, 雖聖賢在上, 施教無地, 廣擧鄉約, 雖是美事, 臣愚竊恐以今之習, 徑行鄉約, 亦無成俗之效焉, 此其可憂者七也.

凡此七憂, 爲今世之沈痼, 紀綱之頹, 民生之困, 職此之由, 七憂未除, 則雖聖心勞瘁于上, 淸議馳騁于下, 亦無保國安民之效矣. 自古以來, 人君失德, 自取敗亡者, 理勢然也, 無足恨者. 今日, 聖明有何失德, 而國勢如此其岌岌乎. 臣雖多病才疏, 自知無補, 而區區血誠, 不後恒人, 入瞻重瞳, 英姿洞徹, 睿議明斷, 而出顧四方, 殿屎愁苦, 蹙蹙靡騁, 未嘗不深怪永嘆焦心隕涕也. 嗚呼, 病至膏肓, 神醫尚可救, 國至垂亡, 明王尚可興, 當今朝廷尚靖, 權擘屛迹, 四封尚完, 外釁不作, 及今猶可有爲也. 稍緩則後時而無及矣. 孟子曰國家閒暇, 及是時, 修其政刑, 伏願殿下留念, 思所以振起焉.

今進修己安民之要, 爲祈天永命之術, 修己爲綱者, 其目有四, 一曰奮聖志期回三代之盛, 二曰勉聖學克盡誠正之功, 三曰去偏私以恢至公之量, 四曰親賢士以資啓沃之益. 安民爲綱者, 其目有五, 一曰開誠心以得群下之情, 二曰改貢案以除暴斂之害, 三曰崇節儉以革奢侈之風. 四曰變選上以救公賤之苦, 五曰改軍政以固內外之防.

所謂奮聖志期回三代之盛者, 昔者, 成覸謂齊景公曰, 彼丈夫也, 我丈夫也, 吾何畏彼哉, 彼謂聖賢也. 夫以景公之資, 奮勵自強, 則可與聖賢同歸, 故成覸云然. 孟子於梁惠齊宣, 非王道不言, 非仁政不勸, 夫以梁惠齊宣之質, 苟能實行王道, 實施仁政, 則亦可與三王比肩, 故孟子云然, 此豈好爲大言, 不度實效者哉. 伏覩殿下資質甚美, 仁足以保民, 明足以辨姦, 武足以斷制, 而惟是作聖之志不立, 求治之誠不篤, 以先王爲不可企及, 而退託自小, 迄無振發之念, 未知殿下何所見而然歟. 夫所謂志大才疏以敗事績者, 不務修己, 妄擧難行之政, 不度強弱, 妄挑難禦之敵之謂也. 若其修己有實功, 安民有實心, 則可以求賢而共治, 可以革弊而救時, 此豈志大敗事者乎. 程子嘗曰, 爲國而至於祈天永命, 養形而至於長生, 學而至於聖人, 此三事, 分明人力可以勝造化, 自是人不爲耳, 信乎斯言, 自古未聞實用其功而不見實效者也. 今世之人, 不強於爲善者, 只是心志爲他物所移耳. 政教風俗, 有以使之也, 敎化不明, 人欲無窮, 志乎富貴, 志乎嗜欲, 志乎避患,爲學則道與時乖, 故志富貴者遠避焉, 爲學則閑邪窒慾, 故志嗜欲者退縮焉, 爲學則毀謗必興, 故志避患者求免焉, 此豈非政教風俗有以使之乎. 殿下則不然, 富貴已極, 而志道者, 豈非所以長守富貴者乎. 嗜欲必淡, 而所欲豈不在於安社稷壽國脈乎. 禍患可虞, 而防患豈不在於修一身靖萬民乎. 殿下何憚而志不立乎. 古語曰有志者事竟成, 伏願殿下濯去舊見, 以來新意, 奮發大志, 期興至治, 此志旣立, 然後勖勵大臣, 使之紏率百官, 改心易慮, 勉稱其職, 則孰敢因循舊習, 以取不恪之罪哉. 夫如是則, 時事庶可救, 世道庶可回, 天變庶可弭矣.

所謂勉聖學克盡誠正之功者, 大志雖立, 必以學問實之, 然後言行一致, 表裏相資, 無負乎志矣. 學問之術, 布在謨訓, 大要有三, 曰窮理也, 居敬也, 力行也, 如斯而已. 窮理亦非一端, 內而窮在身之理, 視聽言動, 各有其則, 外而窮在物之理, 草木鳥獸, 各有攸宜, 居家則孝親刑妻, 篤恩正倫之理, 在所當察, 接人則賢愚邪正, 醇疵巧拙之別, 在所當辨, 處事則是非得失, 安危治亂之幾, 在所當審, 必讀書以明之, 稽古以驗之, 此是窮理之要也. 居敬通乎動靜, 靜時不起雜念, 湛然虛寂, 而惺惺不昧, 動時臨事專一, 不二不三, 而無少過差, 持身必整齊嚴肅, 秉心必戒愼恐懼, 此是居敬之要也. 力行在於克己, 以治氣質之病, 柔者矯之, 以至於强, 懦者矯之, 以至於立, 厲者濟之以和, 急者濟之以寬, 多欲則澄之, 必至於清淨, 多私則正之, 必至於大公, 乾乾自勖, 日夕不懈, 此是力行之要也. 窮理, 乃格物致知也, 居敬力行, 乃誠意正心修身也, 三者俱修竝進, 則理明而觸處無礙, 內直而義形於外, 己克而復其性初, 誠意正心之功, 薀乎身而睟面盎背, 刑于家而兄弟足法, 達于國而化行俗美矣. 朱子曰文王正心誠意之功, 熏烝透徹, 融液周遍, 南國之人, 服文王之化, 此豈朱子想象揣摩而有是說哉, 的知誠正之功, 必能周遍於國故云爾, 伏願殿下勿以高遠爲難行, 勿以微細爲可忽, 常於燕居, 不輟學問, 四書五經及先賢格言, 心經近思錄等書, 循環披讀, 深究其義, 非聖賢之志, 不敢存, 非聖賢之書, 不敢觀, 玉藻九容, 仔細體認, 念頭之發, 審其天理人欲之幾, 如人欲也, 遏絕於未形, 如天理也, 善推而充廣, 放心必求, 己私必克, 衣冠必正, 瞻視必尊, 喜怒必愼, 辭令必順, 以盡誠正之功焉.

所謂去偏私以恢至公之量者, 矯治病痛之說, 略陳於前矣, 惟是偏私一事, 古今之通患, 故表而言之. 若偏私之念, 一毫未除, 則難入於堯舜之道矣. 今殿下清明在躬, 病痛固寡, 而偏私一念, 猶未克盡, 恐不能與天地同其大也. 至如頃日內官呈手本之事, 臣在外休告, 未得其詳, 似聞以新生王子, 繫於中殿之下, 政院使改書云, 若然則名稱不可混也, 改書數字, 易於反掌, 官官何爲不從乎. 後日伏覩傳敎, 則自上命勿改, 而直下于政院云, 臣愚不識事體, 但政院旣名喉舌, 則大小之事, 莫不經由, 內殿外廷, 豈有二體, 若是特出於上命, 則雖微細之事, 是乃傳敎, 何名手本, 旣是內官手本, 則不當不由政院而入也. 平心察之, 則其理自明, 政院安知特出聖意而不尤內官乎. 殿下不能平心, 大屬聲色, 是疏喉舌而親宦官, 使長輕蔑朝臣之漸也. 聖敎曰時事多誤, 君上不嚴之故也. 嗚呼. 刑餘小豎, 敢抗喉舌之臣, 遐遠內奴, 敢希非分之恩, 貴戚乘馬, 遇敎書而不避, 殿下之政, 可謂不嚴矣, 殿下其亦以此自咎耶. 漢文帝時, 太子過司馬門不下車, 而公車令得以劾奏, 鄧通以寵臣無禮, 而丞相檄召將斬, 若以常情論之, 不敬太子, 無乃輕君上耶, 欲斬寵臣, 無乃擅戚權耶, 然而文帝不失人君之威, 而治平之效, 固非今日所可比擬也. 今殿下莫親於近臣, 而乃以官官爲私臣, 莫衆於庶民, 而乃以內奴爲私民, 此病未除, 則時事無由可正, 臣恐殿下愈嚴而時事愈誤也. 漢武帝不冠, 見汲黯而避帳中, 唐太宗臂鷂, 見魏徵而匿懷中, 斯二君者, 道雖不粹, 而政令嚴明, 信賞必罰, 貴戚閹寺, 莫敢犯法, 亦今世之所不能及也. 然而以君畏臣, 有若不嚴, 何耶. 此非畏臣也, 乃畏義也, 徒嚴而不畏義, 未有不敗者也. 殿下其亦自反而思義乎. 且近日憲府所爭之事, 臣雖未知首尾, 固疑憲府契勘不詳也, 何則. 殿下雖未免有私, 必不至毋問曲直, 而與匹夫爭一臧獲也. 群臣計未及此, 可謂智不明矣. 雖然, 殿下旣知其當屬內司, 而猶許垃給, 則尤足以欽仰聖度之弘廣矣, 累日堅執, 無乃臣民疑殿下私吝未消乎. 人君不患不嚴而患不公, 公則明, 明則嚴在其中矣. 伏願殿下行法, 始於貴近, 推仁達於衆庶, 宮府一體, 而毋使宦官恃近而輕朝紳, 兆民一視, 而毋使內奴恃私而窺非望, 內帑付之有司, 不以爲私物, 偏繫之念, 絶於方寸, 公平之量, 包涵遍覆. 夫如是則府庫皆財, 何患無用, 率土皆臣, 何患無奴哉.

所謂親賢士以資啓沃之益者, 人君之學, 莫善於親近正士, 所見皆正事, 所聞皆正言, 君雖欲不正, 得乎, 若正人不親, 而惟官官宮妾是近, 則所見非正事, 所聞非正言, 君雖欲正, 得乎. 先賢之言曰, 天地生一世人, 自足了一世事, 非借才於異代 今之賢者, 固難其人. 雖然, 極一世之選, 不論出身與否, 不分在朝在野, 則豈無一二可以補袞者乎. 伏願殿下博詢精擇, 必得其人, 出身者, 萃于玉堂, 不移他職, 未出身者, 授之閒局, 帶以經筵職名, 陞堂上者, 亦隨其職, 必兼經筵之官, 參於是選者, 輪日入侍, 使之展布所蘊, 而自上虛己和顏, 受其忠益, 講學則必窮義理, 論治則必求實效, 雖非進講之日, 源源召對于便座, 只令史官俱入, 質問所疑, 宣示淵衷, 至如承旨, 則例以所掌公事, 一日一度, 各得親稟聖旨, 如大臣及臺諫之言, 則不拘時日, 必入親達, 以復祖宗之規. 夫如是則上下之契日密, 而情意無間, 性理之說日進, 而聖學將就, 交歡有同于魚水, 邪穢罔干於天日矣. 凡此四者, 修己之目也, 大概如斯, 其詳在殿下加意知行而已.

若夫所謂開誠心以得群下之情者, 聖帝明王, 待人處事, 一以至誠, 知其爲君子, 則任之勿貳, 知其爲小人, 則斥之勿疑, 疑則不任, 任則不疑, 坦懷率下, 平平蕩蕩, 爲臣者亦仰之如父母, 信之如四時, 進之則懼不克任, 而益盡其忠, 斥之則自知罪戾, 而只責其身. 故其得人心也, 可以赴湯火, 可以蹈白刃, 可以植遺腹, 朝委裘而不亂, 只知有君上而不知有其身, 無他, 至誠所感也. 後之人君, 誠意不足, 只以智力馭下, 所任未必賢, 取其合於己也, 所黜未必賢, 惡其異於我也, 雖合於己, 而其中未可信, 故任之而不能無疑, 疑之而不能不任, 大臣當國盡職, 則衆情必歸重焉, 安能不疑其專權而擅政乎. 諫官面折廷爭, 則朝野必屬目焉, 安能不疑其賣直而沽名乎. 君子小人, 以類相從, 安知其孰爲朋黨乎. 善策邪論, 雜然竝進, 安知其孰爲誤國乎. 於是, 邪正難分, 是非難辨, 因循則悶其頹墮, 改革則嫌其騷擾, 君心波蕩, 慌然不樂之際, 必有大姦潛伺伺閒隙, 隨君心有所左右, 而漸施其巧, 浸潤以入之, 逢迎以悅之, 恐動以惑之, 君心漸信, 陷于術中, 則良善必殲而邦國必喪, 此亦無他, 不誠所致也. 今殿下好善愛士, 固出於誠, 而只緣群臣才德不足, 少可倚信, 故似無委任之意, 至於發言之際, 未免有不信之心, 輕侮之辭, 群臣固所自取也, 聖明亦不可不自反也. 伏望殿下務以至誠待下, 心是則言亦稱是, 心非則言亦斥非, 進之則必實其賢, 退之則必數其過, 聖心如門洞開, 使群下咸得仰見, 無少隔礙, 夫如是則群臣亦無疑畏之念, 務盡其情, 君子有輸忠之願, 小人絕售姦之謀矣.

所謂改貢案以除暴斂之害者, 祖宗朝, 用度甚約, 取民甚廉, 燕山中年, 用度侈張, 常貢不足以供其需, 於是, 加定以充其欲, 臣於曩日, 聞諸故老, 未敢深信, 前在政院, 取戶曹貢案觀之, 則諸般貢物, 皆是弘治辛酉所加定, 而至今遵用, 考其時則乃燕山朝也. 臣不覺掩卷太息曰, 有是哉, 弘治辛酉, 於今爲七十四年, 聖君非不臨御, 賢士非不立朝, 此法何爲而不革耶, 究厥所由, 則七十年之閒, 皆有權姦當國, 二三君子, 雖或立朝, 志不及展, 奇禍必隨, 何暇議及於此哉, 其必有待於今日乎. 且物產隨時或變, 民物田結, 隨時增減, 而貢物分定, 乃在國初, 燕山朝只就而加定耳, 亦非量宜變通之也. 今則列邑所貢, 多非所產, 有如緣木求魚, 乘船捕獸, 未免轉貿他邑, 或市于京, 民費百倍, 公用不裕, 加以民戶漸縮, 田野漸荒, 往年百人之所納, 前年責辦于十人, 前年十人之所納, 今年責辦于一人, 其勢必至於一人亦盡, 然後乃已也. 今者, 語及改正貢案, 則議者必誘以祖宗之法, 不可輕改, 雖祖宗之法, 民窮至此, 不可不變, 況燕山之法乎. 伏望殿下必擇有智慮可以曉事, 有心計可以推算, 有才能可以幹辦者, 俾之專掌其事, 以大臣領之, 悉除燕山所加定, 以復祖宗之舊, 因考列邑之物產有無, 田結多少, 民戶殘盛, 推移量定, 均平如一, 必以本色, 納于各司, 則防納不禁自罷, 民生如解倒懸矣. 今日急務, 無大於此矣.

所謂崇節儉以革奢侈之風者, 民窮財盡, 今日已極, 貢物不可不減, 而若用度不法祖宗, 則不能量入爲出, 而方底圓蓋, 理所不合, 加以風俗之奢靡, 莫甚於今日, 食不爲充腹, 盈案以相誇, 衣不爲蔽體, 華美以相競, 一卓之費, 可爲飢者數月之糧, 一襲之費, 可爲寒者十人之衣, 十人耕田, 不足以食一人, 而耕者少食者多, 十人織布, 不足以衣一人, 而織者少衣者多, 奈之何民不飢且寒哉. 古人曰奢侈之害, 甚於天災, 豈不信哉. 若非自上先務節儉, 以救此患, 則刑法雖嚴, 號令雖勤, 徒勞而無益, 臣嘗記故老之言曰, 成廟寢疾, 大臣入問, 則臥內所覆茶褐紬衾, 將弊而不改矣, 聞者至今欽想不已. 伏願殿下命考祖宗朝供奉規例, 宮中用度, 一依祖宗之舊, 儉約之制, 垂範中外, 以革民閒之侈習, 使人羞陳盛饌, 羞被美服, 以惜天財, 以舒民力焉.

所謂變選上以救公賤之苦者, 選上本意, 非欲辦出綿布也. 在京典僕, 不足於立役, 故以在外公賤, 輪立京役, 名之曰選上, 貧殘公賤, 裹糧覉留, 侵苦多端, 有所不堪, 始以綿布償役, 今則只徵布而已, 無一人來役者矣. 民生日困, 戶口日耗, 公賤亦民也, 豈能獨完. 輾轉流亡, 不能生息, 而一償選上之役, 則其免敗家者鮮矣. 二年納貢, 一年選上, 大率三年, 必一敗家, 而公賤之苦極矣. 加之以該曹色吏分定不均, 雖奴婢衆多之邑, 有賂則少定, 雖僅存數口之邑, 無賂則多定, 力不能支, 則侵及一族, 齊民亦被其苦矣. 旣困之後, 雖公明均定, 亦不能救矣. 若不變通, 後患無窮, 臣愚以爲改身役而受綿布, 已非大典之法, 則今亦可廢選上而加身貢也. 伏望殿下, 命該官詳考奴婢之案, 據其現存之數, 每年奴貢納綿布二疋, 婢貢納一疋半, 都計幾何, 以其五分之二, 儲于司贍爲國用, 以其五分之三, 分給各司, 以準選上之役, 綿布不足, 則量宜減立役之數. 夫如是則公賤有定貢, 可以預備無猝辦之患, 收貢有定, 簿無所刪改, 絶姦吏之術, 號令不煩而民受實惠矣.

　所謂改軍政以固內外之防者, 天變難測, 固不可指爲某事之應, 然以古史驗之, 白虹貫日, 多是兵象, 目今軍政廢壞, 四徼無備, 脫有緩急, 雖以良平運智, 起信統制, 無兵可將, 安能獨戰. 念及於此, 心寒膽慄, 時弊旣陳於前, 而軍政則未之詳也. 今請申陳其弊, 後設其策, 可乎. 我國法制 多所欠闕, 只設兵使水使僉使萬戶權管等官, 而無廩養之具, 使之取辦於士卒, 邊將侵漁之弊, 濫觴於此矣. 法制漸弛, 貪暴轉盛, 加以銓選不公, 債帥接武, 公言曰某鎭之將, 其直若干, 某堡之官, 其價若干, 彼輩徒知割剝軍卒, 以發其身而已, 他又何慮哉. 士卒苦於留防, 願納綿布, 以免戍役者, 必悅而從之, 其留鎭者, 則必督以難堪之役, 責以難辦之需, 使煎熬於膏火之中, 人非木石, 孰不愛身, 見免戍之人偃臥其家, 莫不歆羨, 亦效其爲, 若戍役多免, 鎭堡將空, 則必誘近處居民, 使於擲姦之時, 假名代點, 巡按之官, 只閱其數而已, 孰問眞贋, 免戍雖便, 綿布難備, 故數度留防, 家已懸罄, 不能支保, 逋亡相繼, 明年按簿督戍, 則本邑必以一族應役, 一族又逃, 則侵及一族之一族, 禍患蔓延, 無有紀極, 將至於民無孑遺, 而彼所謂債帥者, 方且志滿氣得, 輜載還家, 驕其妻妾, 而貧者以富, 行賂權門, 又圖陞授, 而賤者以貴焉. 今之議者, 不思矯革此弊, 而徒以軍額未充爲憂, 臣愚以爲假使軍額悉充, 此弊未革, 則不過添邊將所得綿布而已, 於防備何與哉. 此一弊也.

　水陸之軍, 不必留防於所居之地, 或赴於數日之程, 或赴於千里之外, 至有不習水土, 多發疾病者, 旣怵於將帥之侵虐, 又困於土兵之陵暴, 羈旅寒苦, 飢飽失時, 南軍之戍北邊者尤甚, 羸瘁顚頓, 面無人色, 此等若遇虜騎, 雖欲逃避, 亦不可得, 坐受魚肉, 況可望控弦而禦敵乎. 臣聞黃海騎兵之戍平安者, 一行之費, 必不下三四十疋綿布, 夫三四十疋, 乃村民數家之產也. 一往必破數家之產, 安得不窮且逃也. 此二弊也.

六年成籍之法, 廢而不行, 癸丑年, 搜括於久廢之餘, 奉使之臣, 以嚴急幹辦爲能, 州縣承風. 猶恐不及, 只念搜括之或遺, 不計苟充之貽患, 匄乞之人, 無不備數, 鷄犬之名, 亦得載錄, 不出一二年, 太半爲虛簿矣. 于今二十餘年, 又擧大事, 軍額之闕, 甚於癸丑, 閑丁之鮮, 亦甚於癸丑, 搜括雖巧, 豈能造無豿之不托哉. 今之所刷出者, 非童稚則乞人, 非乞人則士族也, 閑丁之實者, 有幾人乎. 今雖籍軍, 不日又成空簿矣, 該曹非不聞見, 而方且研研然以必充爲說, 其不度理勢甚矣. 此三弊也.

內外良役, 名目甚衆, 不可枚數, 而其中所謂皁隸羅將諸員者, 最其苦役也, 此亦以綿布償役而已, 其所屬之司, 旣以他人代立, 而不時侵督邸吏, 使償役債, 邸吏出息以納, 而歷算所費, 徵其三倍於當身. 故一人每應三人之役, 有所不支, 例徵一族, 此四弊也.

凡此四弊, 及今不救, 數年之後, 雖有善者, 亦無如之何矣. 伏望殿下更張舊制, 創立新規. 凡兵水營及鎭堡所在處, 必以其邑簿外之穀, 量宜優給邊將之糧, 其邑之穀不足, 則收旁邑之穀, 必使邊將有以自奉, 所需無闕, 而嚴明法制, 尺布斗米, 使不得斂於軍卒, 只使精鍊器械. 敎習騎射, 兵水使及巡按之行, 不徒呼名點閱, 必閱其器械, 試其騎射, 視其訓鍊能否, 以爲殿最, 若如前斂債放卒而發覺, 則治以贓律, 僉使萬戶權管等官, 不論南北遠近, 皆付軍職, 使妻子受祿以資生, 初授之時, 必擇其人, 而旣授之後, 五考五上, 則由權管而陞萬戶, 由萬戶而陞僉使, 由僉使而授東班六品之職, 五考之內, 若居中者, 則平遷他鎭, 不得陞授, 使之自惜前程, 有所勸勉, 若其留防, 則必領其邑之卒, 其邑之卒不足, 然後乃定于旁邑, 而留防所在處, 則諸色良役皆廢, 只存留防之役, 使無遠赴之勞, 而分番迭休, 其在鎭之時, 亦無一毫費力傷財之事, 其應鎭將之使令也, 不過搬柴運水而已, 他無所與, 使得專意於操弓習射焉. 若黃海騎兵北戍之役, 則命罷勿爲, 若虞備邊之疏, 則命沿邊守令, 敎民習射, 三月一試, 矢數多者, 厚其賞給, 二度居魁者, 復其家口之役, 若五度居魁者, 軍卒則特補軍官, 擇其中有知識可堪領衆者, 啓其名于該曹, 使補權管, 以試其可用與否, 若公私賤, 則啓其名, 特許免賤, 私賤則優給其價於本主. 夫如是則五度居魁者, 其出甚罕, 而邊氓盡化爲精兵矣, 脫有邊警, 則人各自救, 孰不力戰乎. 上番之軍, 有司亦時試其武才, 其中最優者, 啓達論賞, 五度居魁, 則特補所居近

525

處鎮堡軍官, 使有鍊業之志.

至如籍兵, 務得實軍, 不爲苟充, 閑丁未滿十五歲者, 但錄其名字年歲于別簿, 使之待年入籍, 備食丐乞人, 則一切刊落, 列邑軍簿, 姑存舊額, 但錄幾名未充, 而命守令休養生息, 勞來不息, 而隨得隨補, 不限年月, 期以悉充, 且於六年, 例必改籍, 俾無倉卒騷擾之患, 若虞軍卒不足, 不能應諸處之役, 則上番之軍, 量減其數, 猶不足則防戍之處, 量減其數, 猶不足則南方冬月之留防, 量減其數, 猶不足則步兵之納價布者, 除其半以補留防之闕, 留防旣無侵暴之害, 則步兵亦不至如避豺虎矣.

若所謂皂隸羅將諸員等, 則不必各有所屬, 悉廢其名, 皆變爲步兵, 納價布于兵曹, 兵曹量各司立役之數, 以給價布, 則邸吏免不時之侵督, 民閒無三倍之暴斂矣. 軍政之善策, 此其大略也. 凡此五者, 安民之目也, 大槩如斯其詳, 在殿下博咨規畫而已.

竊觀今之時事, 日就謬誤, 生民氣力, 日就消盡, 殆甚於權姦用事之時, 其故何哉. 權姦之時, 祖宗遺澤, 尙有未盡, 故朝政雖亂, 民力尙支, 今日則祖宗遺澤已盡, 權姦遺毒方發, 故淸議雖行, 民力已竭, 譬如有人少壯之時, 縱酒荒色, 戕害多端, 而血氣方强, 未見所傷, 及其晚年, 戕害之毒, 乘衰暴發, 雖謹愼調保, 元氣已敗, 不可支持, 今日之事, 實同於此. 不出十年, 禍亂必興, 匹夫以十閒之屋, 百畝之田, 傳於子孫, 子孫猶思善守, 以無忝所生, 況今殿下受祖宗百年社稷, 千里封疆, 而禍亂將至者乎. 心誠求之, 不中不遠, 力雖不足, 猶可自救, 況今殿下摠攬權綱, 明燭事理, 力能救時者乎.

小臣受國厚恩, 百死難報, 苟利於國, 鼎鑊斧鉞, 臣亦不避, 況今殿下廓開言路, 容受不諱, 手敎之下, 詞旨懇惻, 臣若不言, 實負殿下, 衷情所激, 極言竭論, 而疾病之餘, 神惛手戰, 辭俚語複, 字畫僅成, 無足可觀. 雖然, 其意似遠而實近, 其策似迂而實切, 雖非三代之制, 實是王政之本, 行之有效, 王政可復. 伏望殿下詳觀熟閱, 舒究深思, 取捨旣定于聖衷, 然後廣咨廷臣, 議其可否而進退之, 幸甚. 殿下用臣之策, 付之能手, 行之以誠篤, 守之以堅確, 毋爲流俗守常之見所移奪, 毋爲醜正讒閒之舌所搖惑. 如是者三年, 而國不振, 民不寧, 兵不精, 則請治臣以欺罔之罪, 以爲妖言者之戒. 臣無任激切屛營之至.

「萬言封事」甲戌, 疏箚 三, 『栗谷先生全書』卷 五

상이 답하기를,

"상소의 말을 살펴보니 요·순 시대를 만들겠다는 뜻을 볼 수 있었다. 논의가 참으로 훌륭하여 아무리 옛 사람이라도 그 이상 더할 수 없을 것이다. 이와 같은 신하가 있는데 나라가 다스려지지 않을까 어찌 걱정하겠는가. 그 충성이 매우 가상하니 감히 기록해 두고 경계로 삼지 않겠는가. 다만 일이 개혁에 관계된 것이 많아 갑자기 전부 고칠 수는 없다."

하였다.

이어 이 소를 여러 대신에게 보여 의논하여 조처하게 하는 한편, 또 소를 베껴서 올리라고 명하였다. 이 당시 인심이 불안하던 차에 이이의 상소에 대한 비답을 보고서는 인심이 크게 안정되었다.

上答曰:

"省觀疏辭, 可見堯舜君民之志, 善哉, 論也. 古之人無以加焉. 有臣如此, 何憂不治. 深嘉乃忠, 敢不書紳. 第緣事多更張, 不可猝然盡變."

此疏示諸大臣議處, 且命謄疏以進. 是時人心危疑, 及見珥疏批答, 衆情大安.

527

상上소疏와 비批답答

35 ≫ 아비를 죽이고도 뇌물로 덮으려고 하니 이것은 왕법이 아닙니다

1599년(선조 32) 기해년己亥年 9월 7일
유학幼學 권필權韠

■ **저자 소개**

  권필權韠 : 1569(선조 2)~1612(광해군 4). 조선 중기의 시인으로, 본관은 안동安東이고, 자는 여장汝章, 호는 석주石洲이다. 승지承旨 권기權祺의 손자이며, 권벽權擘의 다섯째 아들이다. 정철鄭澈의 문인으로, 성격이 자유분방하고 구속받기 싫어하여 벼슬하지 않은 채 야인으로 일생을 마쳤다.

  술로 낙을 삼아, 부인이 금주를 권하자 「관금독작觀禁獨酌」이라는 시를 지었다. 젊었을 때에 강계에서 귀양살이하던 정철을 이안눌李安訥과 함께 찾아가기도 했다. 동료 문인들의 추천으로 제술관製述官이 되었고, 또 동몽교관童蒙敎官에 임명되었으나 끝내 나가지 않았으며, 강화에서 많은 유생을 가르쳤다.

  임진왜란 때에는 구용具容과 함께 강경한 주전론을 주장했다. 광해군 초에 권신 이이첨李爾瞻이 교제를 청했으나 거절했다. 유희분柳希奮 등의 방종을 임숙영任叔英이 「책문策文」에서 공격하다가 광해군의 뜻에 거슬려 삭과削科된 사실을 듣고 분함을 참지 못하여 「궁류시宮柳詩」를 지어서 풍자·비방하였다. 이에 광해군이 대노하여 시의 출처를 찾던 중, 1612년 김직재金直哉의 무옥誣獄에 연루된 조수륜趙守倫의 집을 수색하다가 연좌되어, 해남으로 귀양 가다가 동대문 밖에서 행인들이 동정하여 주는 술을 폭음하고는 이튿날 44세로 죽었다.

시재가 뛰어나 시 속에 자기성찰을 통한 울분과 갈등을 토로하였고, 잘못된 사회상을 비판·풍자하여 주목할 만한 성과를 거두었다. 인조반정 이후 사헌부 지평司憲府持平에 추증되었고, 광주光州 운암사雲巖祠에 배향되었다. 묘는 경기도 고양시 위양리에 있고, 묘갈은 송시열宋時烈이 찬하였다. 『석주집石洲集』과 한문소설 「주생전周生傳」이 전한다.

(『조선왕조실록朝鮮王朝實錄』·『한국민족문화대백과사전』·『한국한자어사전韓國漢字語辭典』)

■ 평설評說

이 글은 아버지를 시해한 불효자식 양택梁澤의 처벌을 청하는 유학幼學 권필權韠의 상소이다. 유교 사상을 국시로 하고 있는 조선에서 자식이 아버지를 시해한다는 것은 있을 수 없는 일이고 일어나서도 안 되는 일이었지만, 전혀 일어나지 않았던 것은 아니다. 세종 때 아버지를 시해한 진주晉州 사람 김화金禾, 성종 때 어머니를 시해한 박성근朴成根, 중종 때 아버지를 시해한 박군효朴君孝·노범근·조근손趙根孫·호세장扈世長·유석劉石·박한석朴漢石, 명종 때의 홍봉량共奉良, 선조 때의 최정보崔正甫 그리고 이 상소의 대상인 양택梁澤에 이르기까지 다른 나라와 비교한다면 어떨지 모르지만 적지 않은 사람들이 부모를 시해한 죄로 처벌을 받았다.

부모의 시해가 있을 수 없는 일이었기 때문에 그와 같은 죄를 지은 사람들은 일단 능지처참 당했고 그 시신은 효시梟示되었으며, 공모자가 있을 경우 이들 모두 사형을 면할 수 없었고 처자식은 적몰籍沒되어 종의 신분으로 변경에 이주해야 했으며, 살던 곳은 못을 파서 묻어버렸다. 이와 같은 강력한 처벌이 있었던 것은 효를 근본으로 하는 조선 사회의 근본을 지키기 위한 것이었다.

이 상소는 이와 같은 사회 분위기에서 일어난 아버지 시해 사건이기에 더욱 충격적인 것이다. 권필은 강상綱常의 도道가 지니는 가치와 오형五刑의 제정이 지니는 의미를 설명하면서 상소를 시작하였다. 권필은 강화부江華府의 양택이 자기 아버지를 시해했다는 것을 강화부의 사람들이 증언하였고, 구상具湘 등 16인이 연명으로 관가에 보고했으며, 부사府使 이용순李用淳과 교동 현감喬桐縣監 이억창李億昌이 전후로 검시檢屍한 결과 타살이 분명하여 양택이 자기 아버지를 시해했다는 것은 의심의 여지가 없다고 했다. 그런대도 유사有司가 의문스러운 옥사라고 하며 국법으로 처형하지 않고 있다가 시신이 썩어 문드러진 뒤에 다시 검시한다고 하고, 검시할 수 없는 상황에서 고발한 16인을 체포하여, 양택을 위해 복수하려는 것과 같은 짓을 하는 것은 유사가 양택에게 뇌물을 받은 것이라고 했다.

권필은 사건의 전개 상황을 시간 순서에 따라 설명했는데, 양택이 아버지를 시해한 것이 지난해 7월이고, 이용순이 처음 검시한 것이 그해 11월이며, 이억창이 재차 검시한 것이 금년 2월이며, 유사가 다시 검시한 것이 금년 6월이어서 사건이 발생한 뒤 1년동안 천하의 대역 죄인이 옥중에서 편안히 지낼 수 있도록 했는데도 재상은 그 잘못을 알지 못하고 대간臺諫은 그 잘못을 말하지 않아 수치스럽게 생각한다고 했다. 더욱이 양택이 뇌물을 써서 자신을 보호하기 때문에 강화부의 백성들이 두려워하며 도리어 구상 등과 같이 될까 경계하고 있다고 했다.

이 일로 인해 강화부 사람들은 윗사람이 이 사건을 조작하고 있다고 생각하고 두려워하는데, 이런 일은 스스로 새로워지고자 하는 백성들이 본심을 잃게 하는 것이니 통탄스럽다는 것이다. 따라서 권필은 임금이 혁연赫然히 노해서 국가의 형벌을 명쾌하게 보여 천하 사람에게 시역弑逆한 자는 천지 사이에 용납될 수 없다는 것을 환히 알게 해 달라고 했다. 만약 그렇지 않다면 권필은 이 나라가 문명이 없는 나라로 변하는 것을 볼 수 없기 때문에 바다 속으로 들어가 죽거나 머리를 풀어헤치고 산속에 들어가거나 북쪽 남쪽으로 오랑캐의 땅에 갈 것이라고 했다.

이 상소를 선조는 재가하여 의금부에 내려 보냈는데, 의금부에서 선조에게 양택의 사건을 처음 알린 것이 그해 6월 23일이고 8월 8일에 경차관敬差官을 보내도록 청했으며, 10월 2일부터 심문하기 시작하여 10월 11일부터는 사실을 자백하지 않는 양택을 고문하기 시작했고, 10월 14일에는 이 일을 즉시 보고하지 않은 수령과 감사, 뇌물을 받은 관찰사 유희서柳熙緖 등을 심문하여 죄를 주었다. 그런데, 이달 14일 고문을 받던 양택이 죽어 더 이상 죄를 묻거나 사실을 따질 수 없었다.

■ 역문譯文

삼가 생각건대 선왕先王이 천하를 소유하고 맨 먼저 인륜을 밝혀 교화를 세웠으니, 이는 진실로 강상綱常의 도가 천지를 바꿀 수 없는 것과 같고 일월을 없앨 수 없는 것과 같기 때문입니다. 교화가 이미 서고 이미 행해지고 있는데도 인의仁義를 해치는 자가 혹 나올까 염려하였기 때문에 오형五刑을 제정하여 위엄 있게 하였으니, 그 때문에 교화를 유지하는 것이 지극하였습니다. 그러나 후세로 내려오며 풍속이 쇠퇴하여 교화가 행해지지 않으니 비록 사지를 찢어 죽이는 참혹한 형벌이 전후로 이어져도 아비와 임금을 시해하는 자가 때때로 나타났습니다. 이런 형편인데 더구나 엄한 형벌과 무거운 법으로 위협하지 않으면 천하 국가의 일에는 차마 말할 수 없는 경우가 일어날 것입니다.

신들이 삼가 살펴보건대 강화부江華府 사람 양택梁澤이 자기 아비를 시해했다는 것을 강화부의 모든 사람들이 한 입으로 증언하였고, 구상具湘 등 16인이 연명으로 관가에 보고했으니, 한 고을의 공론이 나오는 것을 덮어 숨길 수 없습니다. 부사府使 이용순李用淳과 교동 현감喬桐縣監 이억창李億昌이 전후로 검시檢屍한 결과, 타살의 흔적은 『무원록無冤錄』을 살펴보아도 부절符節을 맞춘 듯 일치하니, 양택이 아비를 시해했다는 정상은 의심할 여지가 없습니다. 그런데도 유사有司가 의문스러운 옥사라고 핑계를 대고 국법으로 처형하지 않은 채 대수롭지 않은 일로 미루어 두고 있다가 시신이 썩어 문드러져 살펴볼 수 없는 지경에 이른 뒤에야 다시 검시한다는 명목을 내세웠습니다. 그리고 검시할 수 없는 상황에 이르러서는 도리어 구상 등 16인을 체포하여, 말이 나온 출처를 추궁하고자 하여 마치 양택을 위해 복수하려는 것과 같은 짓을 하고 있으니, 신들은 의혹스럽습니다. 지금 저 유사란 자들도 어찌 모두 아비 없는 사람이겠으며, 또 어찌 아비를 시해한 자는 하루도 용서할 수 없다는 것을 모르겠습니까. 그런데도 애매하게 사실을 엄폐하여 오늘에 이른 것은 어찌 까닭이 없겠습니까. 저 양택은 본래 재물이 넉넉한 터라 전택田宅을 죄다 팔아서 뇌물을 썼으니, 이는 온 고을 사람들이 실로 다 아는 사실이며, 단지 누구 집에 뇌물이 들어갔는지 모를 뿐입니다.

양택이 아비를 시해한 것은 지난해 7월에 있었고, 이용순이 처음 검시한 것은 그해 11월에 있었으며, 이억창이 재차 검시한 것은 금년 2월에 있었으며, 다시 검시한 것은 6월에 있었습니다. 그리하여 천하의 대역 죄인으로 하여금 옥중에서 편안히 누워서 천수를 누리도록 하고 있는데도 재상은 그 잘못을 알지 못하고 대간臺諫은 그 그릇됨을 말하지 않으니, 신들은 수치스러운 일로 생각합니다. 아! 자식이 되어서 아비를 시해하고도 오히려 뇌물을 써서 자신을 보호하며 시일을 끌어온 지가 무려 1년이나 되었으니, 다른 것이야 무슨 말을 하겠습니까.

신들이 보건대 강화부의 백성들이 처음에는 이 사건을 듣고 의분義憤이 끓어올라 대담하게 팔뚝을 걷어붙이고 나서지 않은 사람이 없었는데, 지금은 사람들이 두려워하며 도리어 구상 등과 같이 될까 경계하고 있습니다. 대저 사람들이 처음에 의분이 끓어올라 대담하게 팔뚝을 걷어붙이고 나섰던 것은 천리天理와 백성들의 윤리가 없어질 수 없기 때문이었으며, 지금 사람들이 두려워하고 있는 것은 윗사람이 이 사건을 조작하고 있다고 생각하기 때문입니다. 아아! 윗사람이 된 자가 이미 인륜을 밝히고 풍속을 바루어 사람들로 하여금 효도와 공경의 도리를 실행하게 하지 못하고 도리어 강상綱常의 막대한 변고가 서울 인근의 지역 안에서 생기게 했으며, 또 국가의 형벌을 분명히 보여 천벌을 통쾌히 내리지 못하고 도리어 스스로 새로워지고자 하는 백성들로 하여금 본심을 잃게 하니, 신들은 통탄스럽습니다. 신들은 장차 천지의 자리가 뒤바뀌고 일월의 차례가 어긋나 삼강三綱과 구법九法이 절멸絶滅하여 천하의 사람 중 부자父子가 서로 죽이지 않는 자가 드물게 될 것이라고 생각합니다. 생각이 이에 미치니 어찌 통곡하고 눈물을 흘리는 것에 그치겠습니까.

엎드려 바라건대 전하께서는 혁연赫然히 노하시어 분명한 국가의 형벌을 명쾌하게 보여 천하 사람으로 하여금 시역弑逆한 자는 천지 사이에 용납될 수 없다는 것을 환히 알게 하소서. 그렇게 하시면 천지가 막혔다가 다시 열리고 일월이 어두워졌다가 다시 밝아져 삼강이 바로잡히고 구법이 바로 서서 천하에서 부자의 윤리가 정해질 것이니, 어찌 통쾌하지 않겠으며, 어찌 성대하지 않겠습니까. 그렇지 않다면 신들은 바다 속으로 들어가 죽거나 머리를 풀어헤치고 산속에 들어가거나 북쪽 남쪽으로 오랑캐의 땅에 갈 것입니다. 어찌 예의의 이 나라가 문명이 없는 나라로 변하는 것을 좌시하며 아무런 지각없이 금수와 같은 꼴로 살 수 있겠습니까.

신들은 도성에서 태어나 일찍부터 인재로 키우는 교육을 받아 인륜의 떳떳한 도리를 대략이나마 압니다. 이 부府에 와서 살다가 이번 일을 직접 보니 의리상 잠자코 있을 수 없었으며, 지금까지 시일만 끌어온 이 사건을 이번에는 잘 판결해 줄 것으로 기대했습니다. 그런데 이제 보니 추고경차관推考敬差官 조정지趙廷芝가 자기 가솔을 데리고 와서는 양택의 처자식을 자기 집안에 드나들게 하고, 자신이 문초하고 심문한 교동喬桐 율생律生의 진술이 명백하고 적실한데도 상부에 보고하지 않았습니다. 이와 같이 한다면 아비를 시해한 흉악한 자를 끝내 주벌할 수 없을 것입니다. 신들은 구구한 울분이 치밀어 오르는 것을 이기지 못하여 삼가 목욕재계하고 아룁니다.

伏以先王之有天下, 首明人倫以立敎化, 誠以綱常之道, 如天地之不可易也, 如日月之
不可廢也. 敎旣立矣, 化旣行矣, 而猶慮夫賊仁害義者, 或出於其間, 故制爲五刑以威之,
其所以維持敎化者至矣. 世降俗衰, 敎化不行, 雖車裂體解前後相望, 而弑父弑君者往往
有之, 況無嚴刑重法以威之, 則天下國家之事, 將有不可忍言者矣. 臣等謹按, 江華府人
梁澤弑其父, 本府之民萬口如一, 具湘等十六人聯名報官, 其一鄕公論之發, 已不可掩,
而府使李用淳, 喬桐縣監李億昌, 前後所撿打傷之迹, 考之無寃錄, 如合符節, 則澤之弑
父之狀, 無可疑矣. 而有司者諉以疑獄, 不擧典刑, 置之尋常之地, 到屍肉壞爛, 無可考
驗, 然後託以改撿爲名, 至於不可撿, 則乃繫湘等十六人, 欲窮問言根所自出, 若將爲澤
復讎者, 臣等竊惑焉. 今夫有司者, 豈盡無父之人哉, 又豈不知弑父者之不可一日容也,
所以矇矓掩覆, 以至今日者, 豈無其由乎. 彼澤本饒於財, 盡賣田宅以行賄賂, 擧鄕之人
實所共知, 但未知入於誰門耳. 澤之弑父, 在於去年七月, 而用淳之初撿, 乃在於十一月,
億昌之覆撿, 在於今年二月, 其改撿也, 在於六月, 使天下之大逆, 偃臥獄中, 以待其老,
而宰相不知其失, 臺諫不言其非, 臣等竊恥焉. 嗚呼. 子焉而弑其父, 尚能以貨賂自衛,
淹延時月, 以至期年之久, 其他則又何說.

臣等竊見本府之民, 始聞此事, 莫不張膽扼腕, 今則人人惴恐, 反以湘等爲戒, 夫始之
張膽扼腕, 此天理民彝之不容泯者也, 今之惴, 恐在上者使然也. 嗚呼. 爲人上者, 旣不
能明人倫正風俗, 使人人行孝悌之道, 而乃使綱常莫大之變, 出於畿甸之間, 又不能明示
典刑, 以快天誅, 而乃使自新之民, 失其本心, 臣等竊痛焉. 臣等將見天地易位, 日月失
次, 三綱九法湮滅絶熄, 而天下之人, 父子不相殺者幾希矣. 言念及此, 豈止痛哭流涕而
已哉. 伏願殿下赫然發怒, 快示明刑, 使天下之人, 昭然知弑逆者之無所客於覆載之間,
則天地旣塞而復開, 日月旣闇而復明, 三綱正, 九法立, 而天下之爲父子者定, 豈不快哉,
豈不盛哉. 不然, 臣等或將赴海而死, 或將被髮入山, 或將此走胡南走越耳, 寧能坐視禮
義之邦化爲無文之國, 而冥然與禽獸爲群哉. 臣等生於筆轂之下, 早蒙菁莪之育, 而粗
識彝倫之典矣, 流寓本府, 親見此事, 義不容默默, 而所以遷延到此者, 庶幾有望於士師,

今伏見推考敬差官趙廷芝挈家而來, 使梁澤妻孥, 出入於門屛之間, 所推喬桐律生之招, 明白的實, 而不以上達, 若是則弑父之賊, 終無時而可誅也. 臣等不勝區區憤惋之至, 謹沐浴以聞.

「請誅賊子梁澤疏」, 文, 『石洲外集』 卷 一

■ **비답**批答**과 전교**傳敎

재가하여 의금부에 내려 보냈다.

啓下義禁府.

속히 면직을 허락하시고 현덕賢德 있는
이를 다시 선발하여 백성들을 위로하소서

1601년(선조 34) 신축년辛丑年 2월 20일
영의정領議政 이항복李恒福

■ **저자 소개**

이항복李恒福 : 1556(명종 11)~1618(광해군 10). 조선 중기의 문신으로, 본관은 경주慶州이고, 자는 자상子常, 호는 필운弼雲 · 백사白沙 · 동강東岡이다. 고려의 대학자 이제현李齊賢의 후손이며, 이성무李成茂의 증손으로, 할아버지는 이예신李禮臣이고, 아버지는 참찬參贊 이몽량李夢亮이며, 어머니는 전주 최씨全州崔氏로 결성현감 최윤崔崙의 딸이다. 시호는 문충文忠이다.

오성부원군鰲城府院君에 봉군되어 이항복이나 백사보다는 오성대감으로 널리 알려졌다. 특히 죽마고우인 한음漢陰 이덕형李德馨과의 기지와 장난에 얽힌 많은 이야기로 더욱 잘 알려진 인물이다. 9세 때 아버지를 여의고 어머니 슬하에서 자랐으며, 소년시절에는 부랑배의 우두머리로서 헛되이 세월을 보냈으나 어머니의 교훈으로 학업에 열중했다고 한다. 1571년(선조 4) 어머니를 여의고, 삼년상을 마친 뒤 성균관에 들어가 학문에 힘써 명성이 높았으며, 영의정 권철權轍의 아들인 권율權慄의 사위가 되었다.

1575년 진사 초시에 올랐고, 1580년(선조 13) 알성 문과에 병과로 급제해 승문원 부정자承文院副正字가 되었으며, 이듬해 예문관 검열藝文館檢閱이 되었을 때 이이李珥의 천거에 의해 이덕형 등과 함께 한림翰林에 올랐고, 1583년 사가독서 하였다. 그 뒤 옥당玉堂의 정자正字·저작著作·박사博士, 예문관 봉교藝文館奉敎·성균관 전적成均館典籍과 사간원司諫院의 정언正言 겸 지제교知製敎·수찬修撰·이조 좌랑吏曹佐郎 등을 역임하였으며, 1589년 예조 정랑禮曹正郎 때 발생한 역모사건에 문사낭청問事郎廳으로 친국親鞫에 참여해 선조의 두터운 신임을 받았다. 파당을 조성하는 대사간 이발李潑을 공박하다가 비난을 받고 세 차례나 사직하려 했으나 선조가 허락하지 않고 특명으로 옥당에 머물게 한 적도 있었다. 그 뒤 응교應敎·검상檢詳·사인舍人·전한典翰·직제학直提學·우승지右承旨를 거쳐 1590년 호조 참의戶曹參議가 되었으며, 정여립鄭汝立의 모반사건을 처리한 공로로 평난공신平難功臣 3등에 녹훈되었다. 이듬해 정철鄭澈의 논죄가 있자 화가 미칠 것이 두려워 정철을 찾는 사람이 없었지만, 이항복은 좌승지左承旨의 신분으로 날마다 찾아가 이야기를 나누어 정철 사건의 처리를 태만히 했다는 공격을 받고 파직되었으나 곧 복직되어 도승지都承旨에 발탁되었다.

1592년 임진왜란이 일어나자 왕비를 개성까지 무사히 호위하고, 또 왕자를 평양으로, 선조를 의주까지 호종하였다. 그 동안 이조참판吏曹參判으로 오성군鰲城君에 봉해졌고, 이어 형조 판서刑曹判書로 오위도총부 도총관五衛都摠府都摠管을 겸하였다. 곧이어 대사헌大司憲 겸 홍문관 제학弘文館提學·지경연사知經筵事·지춘추관사知春秋館事·동지성균관사同知成均館事·세자좌부 빈객世子左副賓客·병조 판서兵曹判書 겸 주사대장舟師大將·이조 판서吏曹判書 겸 홍문관 대제학弘文館大提學·예문관 대제학藝文館大提學·지의금부사知義禁府事 등을 거쳐 의정부 우참찬議政府右參贊에 승진하였다. 이덕형과 함께 명나라에 원병을 청할 것을 건의했고 윤승훈尹承勳을 호남지방에 보내 근왕병을 일으켰다. 임진왜란 당시 조선을 의심한 명나라의 사신 황응양黃應暘에게 일본이 보내온 문서를 보여주어 의혹을 풀었고, 만주 주둔군이 패전하자, 다시 중국에 대병력으로 구원해줄 것을 청하자고 건의하였다. 세자가 남쪽의 분조分朝에서 경상도와 전라도의 군무를 맡아볼 때 대사마大司馬로 세자를 보필하였다. 그는 병조판서·이조판서, 홍문관과 예문관의 대제학을 겸하는 등 여러 요직을 거치며 안으로는 국사에 힘쓰고 밖으로는 명나라 사절의 접대를 전담하였다.

1598년 우의정 겸 영경연사領經筵事·감춘추관사監春秋館事에 올랐으며, 유성룡柳成龍이 탄핵 당하자, 사의를 표명하고 병을 구실로 나오지 않았지만 도원수都元帥 겸 체찰사體察使로 임명하자, 남도 각지를 돌며 민심을 선무·수습하고 안민방해책安民防海策 16조를 지어 올렸다. 1600년 영의정 겸 영경연·홍문관·예문관·춘추관사, 세자사世子師에 임명되었고 다음해 호종1등공신扈從一等功臣에 녹훈되었으며, 1602년 삼사에서 성혼成渾을 공격하자 영의정에서 자진사퇴하였다.

북인 세력의 집권 시기에 이들에 대항하여 극렬히 반대하여 원망의 표적이 되었고 1613년(광해군 5) 물러나 별장 동강정사東岡精舍를 새로 짓고 동강노인東岡老人으로 자칭하면서 지냈다. 이후 1617년 인목대비 김씨仁穆大妃金氏의 폐위 주장에 맞서 싸우다가 1618년에 관작이 삭탈되고 함경도 북청으로 유배되어 그곳에서 세상을 떠났다. 죽은 해에 관작이 회복되고, 이 해 8월 고향 포천에 예장되었다.

죽은 뒤 포천과 북청에 사당을 세워 제향 했으며 1659년(효종 10)에는 화산서원花山書院이라는 사액賜額이 내려졌다. 1746년(영조 22)에는 승지 이종적李宗迪을 보내 영당影堂에 제사를 올리고 후손을 관직에 등용시키는 은전이 있었다. 1838년(헌종 4)에는 우의정 이지연李止淵의 요청으로 봉사손奉祀孫의 관리 등용이 결정되기도 하였다.

이정구는 그를 평하기를 "그가 관작에 있는 40년 동안, 누구 한 사람 당색

상소와 비답

에 물들지 않은 사람이 없을 정도였지만 오직 그만은 초연히 중립을 지켜 공평히 처세하였다. 그렇기 때문에 아무도 그에게서 당색을 찾아볼 수 없을 것이며, 또한 그의 문장은 이러한 기품에서 이루어졌으니 뛰어날 수밖에 없지 않겠는가!"라면서 기품과 인격을 칭송하기도 하였다. 저술로는 1622년에 간행된 『사례훈몽四禮訓蒙』 1권과 『주소계의奏疏啓議』 각 2권, 『노사영언魯史零言』 15권과 시문 등이 있으며, 「이순신충렬묘비문」을 찬하기도 하였다.

『조선왕조실록』 광해군 10년 5월 13일, 이항복이 죽은 뒤 사관들이 기록한 이항복에 대한 평가는 "전 영의정 오성 부원군 이항복李恒福이 북청北靑 유배지에서 죽었다."는 아주 간략한 한 줄의 기록 밖에 없다.

(『국조인물고國朝人物考』·『백사집白沙集』·『조선왕조실록朝鮮王朝實錄』·『지장집략誌狀輯略』·『한국민족문화대백과사전』·『한국한자어사전韓國漢字語辭典』)

540

■ 평설評說

이 글은 사직을 청하는 당시 영의정領議政 이항복李恒福의 상소이다. 이항복은 경자년에 영의정을 사직한다는 상소를 한 번 올린 이후 다음해인 신축년에 두 번의 영의정 사직 상소를 올렸는데, 이 상소는 신축년의 두 번째 사직 상소이다. 이 상소가 받아들여지지 않아 다시 벼슬에 나왔지만, 이항복은 그해 6월 두 번에 걸쳐 다시 사직 상소를 올렸다.

이 상소에서 이항복은 재능은 없고 치유하기 어려운 질병만 있어 임금의 명을 따르지 못하니 사직을 청한다고 했다. 특히 자신의 지위가 자신에게 합당한지 시험해 볼 수 있는 지위가 아니고, 자신이 사양하는 것이 관례적인 것이 아니며, 지금 시기가 보통 때가 아니기 때문에 참으로 그 자리에 적합한 사람이 아니면 나라를 욕되게 하니 빨리 자신의 사직을 허락해 달라고 했다. 성질은 거칠고 게으르며 재능은 얕고 짧은데다가 젊은 나이에 많은 일을 겪어 보지 못했고, 관직 생활 동안 나라 일에는 도움도 못되었으면서 몸이 먼저 손상되어 사람 구실을 하면서 다시 조정에 참여할 수 있는 방법이 없다는 것이다. 따라서 이항복은 평상적인 격례에 얽매이지 말고 속히 면직을 허락하고 덕德이 있는 사람을 다시 선발하라고 했다.

이 상소에 대해 선조는 "날마다 출사하기를 바라던 중 다시 사직 상소를 보고 매우 실망했다."라고 했다. 선조는 "대신의 진퇴는 나라의 성패와 안위가 달려 있는 일이고, 지금 국가의 상황은 중국에 있는 사람도 와서 구제할 지경인데, 사직을 청한다는 것이 되겠는가."라고 하면서 마지막으로 "나라 일이 잘못되면 나는 집에 있으므로 모르는 일이라고 할 수 있겠으며, 부덕한 나를 버리고 가는 것은 괜찮지만 조종祖宗의 종사를 생각하지 않아서야 되겠는가."라고 하여 이항복에 대한 신뢰와 무한한 믿음을 보여주었다.

이 시기 이항복이 지속적으로 사직을 청한 것은 그 스스로 국가를 위해 어떤 일을 할 수 없다고 생각했기 때문이라고 보인다. 이항복은 선조 31년 우의정에 올랐지만, 유성룡柳成龍이 탄핵 당하자, 사의를 표명하고 병을 구실로 나오지 않았다. 그러나 도원수都元帥 겸 체찰사體察使로 임명하자 남도 각지를 돌며 민심을 선무·수습하고 안민방해책安民防海策 16조를 지어 올렸지만, 선조 33년 영의정에 임명되자 다시 지속적으로 사직을 청했고, 선조 35년 삼사에서 성혼成渾을 공격하자 마침내 영의정에서 자진사퇴하였다.

삼가 생각하건대, 신은 만에 하나도 남만 못한 사람으로 만에 하나도 이룰 수 없는 때를 만나 감당할 만한 재능은 없고 치유하기 어려운 질병만 있으므로, 존엄尊嚴을 모독하는 일을 피하지 않고 누차 성상의 귀를 번거롭게 하였습니다. 그러나 정성이 본래 미덥지 못하고 말이 의사를 제대로 표현하지 못하여 근신近臣이 문에 이르러 지엄한 분부를 두 차례나 전해 왔습니다. 마음은 몹시 황공하고 죄는 거만한 데에 관계되니, 속히 대궐문 앞에 거적자리를 깔고 처벌을 기다려야 마땅합니다.

다만 생각하건대, 신이 놓인 지위가 신에게 합당한지를 시험해 볼 만한 지위가 아니고, 신이 사양한 실상이 관례적으로 사양하는 것에 비교할 바가 아니며, 지금 만난 시기가 보통으로 보아 넘길 때가 아닙니다. 그런데 지금의 제상은 비록 자리는 설치되어 있으나, 하는 일이라고는 다만 조정의 반열班列을 주관할 뿐이고, 일에 따라 의논을 드릴 뿐이어서, 진실로 감히 옛날의 재상과는 비교할 것이 아니기 때문에 마치 세도世道에 그리 영향을 미칠 것이 없을 듯합니다. 그러나 모든 관료들의 가장 윗자리에 처하여 당세 사람들이 우러러 보는 자리인지라 체통體統이 아직 남아 있고 칭호가 작지 않으므로, 참으로 그 자리에 적합한 사람이 아니면 나라를 욕되게 하는 경우가 많을 것입니다.

난리를 겪은 이후가 되어서는 아침저녁으로 응대應對하고 복잡한 여러 일들을 처리하여 결정하는 데에 한 가지라도 타당함을 잃게 되면 성패成敗가 당장에 판가름 나는 형편이니, 성질은 거칠고 게으르며 재능은 얕고 짧아, 젊은 나이에 많은 일을 겪어 보지 못한 신 같은 사람이 구차하게 자리를 차지하고 앉아서 나라의 일을 그르치고 물의를 불러 일으켜서는 결코 안 됩니다.

더구나 신은 10년 동안 내외직內外職을 드나들면서 계속 힘겨운 사무를 처리하느라 나라의 일에 도움도 못되었으면서, 근력이 먼저 손상되어 형체와 정신이 이미 망가지고 담병痰病은 더욱 심하니, 지금 비록 억지로 일어나 사람 구실을 하면서 다시 조정에 참여하려고 해도 그럴 방법이 없습니다.

　삼가 바라건대, 성명께서는 신의 지극한 심정을 헤아리시어 평상적인 격례에 얽매이지 마시고 속히 면직을 허락하셔서 현덕賢德이 있는 이로 다시 선발하여 여러 사람들의 바람을 위로하신다면 나라의 일이 그날로 잘 운영될 것입니다. 신이 말을 할수록 죄가 더욱 중해진다는 것을 잘 알지만 지극한 심정이 북받쳐 올라 두서없이 말을 하였습니다. 깊이 죄를 기다리는 마음을 감당하지 못하겠습니다.

伏以臣以萬不一似之人, 當萬不一濟之時, 無可堪之才, 有難醫之病, 不避瀆尊, 屢煩
天聽. 誠未素孚, 辭不達意, 近侍臨門, 嚴教至再, 心切兢惶, 罪涉偃蹇, 亟宜席藁脩門,
以待鈇鉞. 顧以所處之位, 非試可之地, 所辭之實, 非例讓之比, 所遇之時, 非循常之日.
今之相臣, 雖設其位, 其所施爲, 只是公朝押班而已, 因事獻議而已, 固不敢與古之輔相,
有所比擬矣, 似若無甚重輕於世道, 而首居百僚, 爲時瞻仰, 則體統猶存, 名號不微. 苟
非其人, 辱國多矣. 至於經亂之後, 朝夕酬酢, 庶務旁午, 一有乖宜, 成敗立至, 則決非疎
曠如臣, 短淺如臣, 年少不經事如臣者所可苟冒, 以貽僨事之患, 以招物議之來也. 況臣
出入十年, 長在劇務, 國事無補, 筋力先傷, 形神已脫, 痰病尤甚, 今雖欲强起爲人, 復點
朝班, 其道無由. 伏乞聖明諒臣至情, 勿拘常格, 亟許遞免, 改卜賢德, 以慰輿望, 庶國事
一日有所賴也. 臣極知辭益固而罪益重, 至情所激, 言不知裁, 無任竢罪之至.

「辛丑正月, 辭領相箚. [再箚]」, 箚子, 『白沙先生集』 卷 五

544

답하기를,

"날마다 출사하기를 바라던 중 다시 사직 상소를 보고 매우 실망하였다. 대
신의 진퇴는 나라의 성패와 안위가 달려 있어 태평한 때에도 섣불리 할 수 없
는데 하물며 이처럼 어려운 때이겠는가. 이제 나라의 형편이 이와 같아 중국
에 있는 사람도 오히려 와서 구제할 판인데 경은 수상으로서 이러한 때에 사
퇴하려고 하니, 불가한 일이 아닌가. 가령 경이 물러나기를 요구하여 물러나
더라도 혹시 국사가 불행해지면 나는 집에 있으므로 모르는 일이라고 감히 말

할 수 있겠는가. 부덕한 내가 왕위에 있으니 나를 버리고 가는 것은 마땅하겠으나 조종祖宗의 종사를 생각하지 않아서야 되겠는가. 마땅히 빨리 병을 조리하고 출사出仕하여 백성의 바람에 부응하고 나의 깊은 마음을 알아주기를 바라노라.”

하였다.

答曰:

“日望出仕, 復省辭章, 深用缺然. 大臣進退, 係國成敗安危, 在平日, 猶不可輕. 況艱危之際乎. 今國勢如此, 雖在上國之人, 猶當來救, 卿以首相, 欲於此時辭退, 無乃不可乎. 借使卿求退而得退, 倘國事之不幸, 其敢曰在家不知. 寡昧忝冒, 固宜棄我而去, 獨不念祖宗之宗社乎. 宜速調病出仕, 用副民望, 體予至懷.”

37 » 왕께서 신하들을 접견하지 않으신지 반년이 다되어 갑니다

1608년(광해군 즉위년) 무신년戊申年 11월 6일
홍문관 부교리弘文館 副校理 이준李埈

■ 저자 소개

이준李埈 : 1560(명종 15)~1635(인조 13). 조선 후기의 문신으로, 본관은 흥양興陽이고 자는 숙평叔平, 호는 창석蒼石이다. 이조년李兆年의 증손으로, 할아버지는 이탁李琢이고, 아버지는 이수인李守仁이며, 어머니는 신씨申氏이다. 시호는 문간文簡이다.

유성룡柳成龍의 문인으로, 1582년(선조 15) 생원시를 거쳐 1591년(선조 24) 별시 문과에 병과로 급제하여 교서관 정자校書館正字가 되었다. 임진왜란 때 정경세鄭經世와 함께 의병 몇 천 명을 모집해 고모담姑姆潭에서 외적과 싸워 패했지만, 1594년 의병을 모아 싸운 공으로 형조좌랑刑曹佐郎에 임명되었으나 사양하였다.

이듬 해 경상도 도사가 되었으며, 이 때 중국 역대 왕들의 덕행과 신하들의 정사正邪를 밝힌 『중흥귀감中興龜鑑』을 지어 왕에게 바쳤다. 1597년 지평持平이 되었으나 유성룡柳成龍과 함께 탄핵을 받고 물러났다. 같은 해 가을 소모관召募官이 되어 의병을 모집하고 군비를 정비하는 등 방어사防禦使와 협력해 일하였으며,

예조정랑禮曹正郎 · 단양군수 등을 거쳐, 수찬修撰 · 형조刑曹와 공조工曹의 정랑正郎을 지냈다. 1604년 주청사奏請使의 서장관書狀官으로 명나라에 다녀왔으며, 광해군 때 제용감 정濟用監正을 거쳐 교리校理로 재직 중 대북파의 전횡에 맞서다 벼슬을 버리고 고향으로 돌아갔다.

1623년 인조반정仁祖反正으로 정국이 바뀌자 다시 교리로 등용되었다. 인조 초년 서인 집권세력이 광해군의 아들을 죽일 때, 은혜로운 처벌을 적극적으로 주장하다가 철원부사로 밀려났다. 1624년(인조 2) 이괄李适의 난이 일어나자 군대를 모아 의승군義勝軍이라고 했으며, 그 뒤 삼사三司의 관직을 여러 차례 역임하였다. 서인 세력이 선조의 아들인 인성군 공仁城君珙을 죽이려 하자 남인으로서 반대의견을 주도하였다. 1627년 정묘호란丁卯胡亂이 일어나자 의병을 모집했고, 조도사調度使에 임명되어 곡식을 모았으나 화약이 맺어지자 수집한 1만여 섬의 군량을 관에 인계하였다. 이 공으로 첨지중추부사僉知中樞府事에 임명되었다가 1628년 승지承旨가 되었고 1634년 대사간大司諫을 거쳐 이듬 해 부제학副提學에 임명되었다.

선조대에서 인조대까지 국방과 외교를 비롯한 국정에 대해 많은 시무책時務策을 제시했으며, 정경세와 함께 유성룡의 학통을 이어받아 학계에서 중요한 위치를 차지하였고, 남인 세력을 결집하여 여론을 주도하는 중요한 역할을 하였다. 상주의 옥성서원玉城書院과 풍기의 우곡서원愚谷書院에 제향되었다. 저서로 『창석집』을 남겼으며, 『형제급난지도兄弟急難之圖』를 편찬하였다.

(『국조인물고國朝人物考』 · 『조선왕조실록朝鮮王朝實錄』 · 『창석집蒼石集』 · 『한국민족문화대백과사전』 · 『한국한자어사전韓國漢字語辭典』)

이 글은 광해군 즉위년 11월 강학講學을 열어 학문에 힘쓰기를 청하는 홍문관 부교리弘文館 副校理 이준李埈의 상소문이다. 이준은 성왕聖王의 아름다운 자질은 반드시 전후좌우에서 바른 도道로 밑받침해주고 도와주어야만 이루어진다는 말로 이 상소를 시작했다. 그는 광해군이 옛날 성왕聖王의 덕을 지니고 있어 정사를 잘 다스리기 위해 어진 이를 찾고, 백성을 구휼하기 위해 체납한 세금을 면제해 주며, 산릉山陵의 정비와 궁묘宮廟의 건설도 가혹하게 하지 않아 상하가 모두 기뻐하고 감복하지만, 지금 하늘에서는 겨울에 우레가 치고 살별이 나타나 재난으로 꾸짖고, 백성들은 기근이 들어 뿔뿔이 흩어져 어려움과 걱정되는 일들이 눈앞에 가득 차 있다고 했다.

이준은 이와 같은 상황에서 광해군이 피폐된 정사를 경장更張하여 혁신하고 치도治道를 널리 펴서 어진 옛 왕의 뜻을 뒤따라 구현해 보고자 한다면 학문을 강론하여 마음을 기를 수밖에 없다고 했다. 또, 학문을 강론하는 방법은 훌륭한 선비들을 맞아 아침저녁으로 함께 거처하며 익히는 것이 가장 좋다고 했다. 가장 원론적인 이야기이지만, 이 당시 이준에게는 이 문제가 가장 크게 다가온 것 같다. 그것은 광해군이 선조의 졸곡卒哭이 지나 해가 바뀌었는데도 학문을 강론하는 자리를 한 번도 열지 않아 임금을 오랫동안 만날 수가 없었기 때문이다. 이준은 광해군의 태도가 상 중에 몸을 해쳐 신하들을 만나기 어려워 그런 것이 아닌가 생각되지만, 신하들은 어버이처럼 임금을 모시기 때문에 직접 만나 임금의 신체를 보전하고 기거를 편안하게 해 주려고 한다고 했다. 또 사람은 조금이라도 마음이 답답하면 혈기가 꽉 막혀 온갖 병이 생기니 관람하고 유람하는 것이 조리하고 보양하는 데 도움이 되며, 방정한 신하와 학문을 강론하면 의리가 통창해지고 정신이 상쾌해져 마음은 날마다 트이고 몸은 날마다 견실해진다고 했다. 따라서 학문의 강론은 마음을 기르는 방법일 뿐만 아니라, 병을 다스리는 약제라고도 할 수 있다는 것이다.

이준은 임금이 학문을 강론하지 않으면 사사로운 마음을 가지게 되고 본령이 정도를 잃게 되어 정치가 어그러져, 어진 이와 어질지 않은 이가 뒤섞이고 상벌이 뒤바뀌며, 쉽게 마음이 바뀌고 쉽게 현혹된다고 했다. 옛날의 우禹임금 · 탕湯임금 · 문왕文王 · 무왕武王이 모두 강학에 공을 들여 다스림의 도道를 이루었고, 한漢 · 당唐 이후의 밝은 군주는 그 단서를 잘 사용하여 태평성세를 이루었다고도 했다. 그렇기 때문에 그는 왕위를 물려받은 초기에 지금같이 여러 달 동안 학문을 폐지하여, 하루에 세 번씩 신하를 접견하는 날이 언제 있을지 까마득한 것은 미래가 좋아지는 계책이 아니라고 했다.

이준은 자신이 염려하는 것은 광해군이 궁중에 오래 침체되어 있을수록 병이 회복되는 날이 더디어지고, 참소하고 교묘하게 꾸미는 자들이 시중을 드는 자들 속에 섞여 있으면서 그른 예禮로 유혹하고 불의로 인도하는 것이라고 했다. 그렇기 때문에 이준은 광해군이 강학에 뜻을 돈독히 하고 공경으로 몸을 검속하여, 강론하는 것이 몸을 보존하는 것보다 더욱 더 도움이 된다는 것을 알았으면 한다는 것이다. 그래서 시험 삼아 날짜나 시간을 한정하지 말고 예의도 차릴 것 없이 가까운 신하를 불러 경술經術을 강론하고 치도治道를 물으셨으면 한다고 했다. 그러면 반드시 자득하는 즐거움이 생겨나고 사악한 기운이 침범하지 못할 것이라는 것이다.

그런데 지금 광해군은 신하들을 만나지 않은지 반년이 다되어 가고, 강관講官의 벼슬을 지닌 자신도 임금을 만나 치도治道를 도울 방법이 없다고 했다. 그는 지금 자신은 공도 없이 재주만 지니고 있는 무당과 같으니 직책을 등한히 한 죄를 물어 자신을 내치고 다시 단정하고 어진 선비를 선발하여 특별한 효과가 있도록 하라고 했다. 그는 근자에 시무時務에 관한 일을 나열하여 차자를 올렸지만, 가장 큰 조목은 근본을 바루는 것이어서 강학하는 말을 임금에게 바친다고 했다.

상소의 마지막에서 이준은 다시 한 번 지금까지 자신이 밝힌 내용을 강조해서 마음을 바로잡아 천도天道에 어긋남이 없기를 구하고, 학문을 강론하여 마음을 수양하고, 공경을 지켜 마음을 간직하고, 군자들을 친근히 하여 이 마음을 유지하라고 했다.

학문의 가치를 역설한 이 상소에 대해 광해군은 "오랜 병으로 침울해 있던 중 약석藥石과 같은 말을 모두 읽고 가상히 여겨 탄식하였다. 마음에 새겨두겠다."라고 했다. 하지만, 광해군의 현실은 이와 같은 상소를 현실화하기에 어려운 점이 너무 많았다. 광해군은 즉위 이후 조정의 기풍을 새롭게 하기 위해 당파를 따지지 않고 인재를 고루 쓰고 임진왜란으로 파탄이 난 국가재정을 튼튼히 하며, 난중에 불타 버린 경복궁 등 궁궐을 새로 짓거나 손보아서 왕실의 위엄을 살리고, 조세를 고르게 하여 민생을 구제하려고 했으며, 성실하고 과단성 있게 정사를 처리했지만, 주위를 에워싸고 있던 대북파 신하들의 장막에 의해 판단이 흐려졌고, 인물 기용에도 파당성이 강해 반대파의 질시와 보복심을 자극하게 되었다. 결국 광해군은 대북파가 독점한 정치 상황에 불만을 품은 서인西人 세력 김류金瑬·이귀李貴·김자점金自點 등이 일으킨 인조 반정仁祖反正으로 폐위되고 광해군으로 강등되어 강화로 유배되었다가 다시 제주도에 이배되었다.

■ **역문**譯文

삼가 아룁니다. 신이 듣건대, 좋은 옥玉은 반드시 다듬어야만 이루어지고, 정밀한 금金은 반드시 연마를 거쳐야 하며, 성왕聖王의 아름다운 자질은 반드시 전후좌우에서 갈고 물들여 바른 도道로 밑받침해주고 도와주어야만 이루어진다고 했습니다. 그러므로 "신하가 바르면 그 군주가 바루어진다."라고 하였고, 또 말하기를, "군주가 덕이 있게 되는 것도 신하에 달려 있고 부덕하게 되는 것도 신하에게 달려 있다."라고 하였으며, 또 말하기를, "좌우에서 모시는 시종들이 모두 올바른 인물들로, 이들이 아침저녁으로 그 군주를 받들어주고 인도해주므로 출입하고 거동하는 일들이 신중하지 않은 것이 없다."라고 하였습니다. 그러므로 옛날에 군주를 잘 보좌하고 길러주는 자는 반드시 반걸음을 떼는 순간에도 바른 사람이 곁에서 떠나지 않도록 하고자 했습니다. 이는 군주의 덕성을 함양시키고 도심道心을 개발시켜 그것을 종묘사직과 백성들을 위한 영구한 계책으로 삼고자 해서인 것입니다. 태평시대에 국가에 변고가 없을 때도 군주의 과중한 임무는 임금의 덕에 있어 당연한 것인데, 더군다나 새로 왕위를 계승하여 오래된 폐해가 해소되지 않고 개혁의 첫 발걸음을 신중히 해야 하는 터라 나날이 급박해지는 경우는 어떻겠습니까.

삼가 생각하건대, 주상 전하께서는 총명과 지혜가 불세출의 자질을 지니셨고, 어질고 효성스러우며 겸손하시어 옛날 성왕聖王의 덕을 지니고 있습니다. 위로는 하늘이 내린 엄중한 과업을 몸소 받들어 삼가시고 아래로는 날마다 온갖 정사를 고심하여 처리하시어 왕업을 이루고 있습니다. 정사를 잘 다스리고자 하여, 아침 일찍부터 밤늦도록 정신을 가다듬으시어 맨 처음 어진 이를 찾는 전교를 내려 등용되지 못하고 숨어 있는 이를 찾으셨습니다. 그리고 또 백성을 구휼하시는 글을 내려 체납한 세금을 면제해 주시니, 하늘에서 천둥이 치듯 보고 듣는 사업이 날로 새로워지고 있습니다. 비록 산릉山陵의 정비와 궁묘宮廟의 건설에 필요한 공력이 매우 크지만 어질고 사랑하는 마음으로 한 번도 가혹한 형벌로 백성의 생명을 해치지 않고 한 번도 가혹하게 징수하여 백성의 재산을 수탈하지 않았으니, 상하가 모두 기뻐하고 인정이 감복되어 모두가 전하께서 큰일을 해보려는 뜻이 있다는 것을 알았습니다.

그러나 현재, 하늘에는 겨울에 우레가 치고 살별이 나타나 재난으로 꾸짖음을 보이고 있으며, 백성들은 기근이 들어 뿔뿔이 흩어져 어려움과 걱정되는 일들이 눈앞에 가득 차 있습니다. 이 두 가지는 모두 상서롭지 않은 징조입니다. 더군다나 조정에서는 조화로운 기운이 신실하지 않고 국내에는 심각한 우환이 잔존하여 그 안위安危의 기세가 위태로워 두려워할 만한 상황이니, 전하의 성덕으로도 현재의 상황이 이와 같습니다.

전하께서 피폐된 정사를 경장更張하여 혁신시키고 치도治道를 널리 펴서 어지신 옛 왕의 뜻을 뒤따라 구현해 보고자 하신다면, 역시 학문을 강론하여 마음을 기르는 데에 달려 있을 뿐입니다. 학문을 강론한다고 하는 것은, 별도의 방법이 있는 것이 아니라 훌륭한 선비들을 맞이해 아침저녁으로 함께 거처하면서 옛날의 바른 학문을 찾고 한마음으로 체험하여, 위태롭고 은미한 인심과 도심의 차이를 분별하고 선과 악의 귀결처를 밝혀 환하게 올바른 도로 나아가 사사로운 뜻에 의혹되지 않는 것입니다. 신은 논사論思의 직책에 수개월 있었는데, 매일 전하께서 훌륭한 성군이 되시기를 기대하는 마음에서, 학문에 소홀히 하는 실수를 하실까 걱정하고, 마음을 다스릴 때 혹 사사로운 마음이 가릴까 걱정하였으니 이것이 신이 전하께 바라는 것이었습니다.

그런데 전하께서는 상 중에 슬픔이 지나쳐 병을 만들어 졸곡卒哭이 이미 지나가 해가 바뀌었는데도 학문을 강론하는 자리를 한 번도 열지 않았으니, 궁중은 아득히 멀기만 하여 전하를 오랫동안 뵐 수가 없습니다. 들어가 모시며 자리에 앉아 강론하는 자리에서 가까이 모실 수가 없으니, 저희 신하들이 생각하기에는 어쩌면 전하께서 학문의 강론을 거상居喪하는 일보다 소홀히 여기셔서 그런 게 아닌 가 하였습니다만 상 중에 몸을 해쳐 옥체玉體가 약해진 탓에 신료들을 접견하기가 형세상 편하지 않은 점이 있을 듯합니다. 그러나 신하에 대해 군주는 자식에 대한 아비의 의리와 같습니다. 부모가 병을 앓게 되면,

반드시 자식이 종기를 몸소 긁어내고 반드시 옷을 몸소 덮어주며 반드시 약을 몸소 맛보고 반드시 음식을 몸소 먹여주어 차마 잠시라도 곁을 떠나지 못하는 것이 바로 자식의 본분입니다. 신하가 군주를 모시는 의리도 또한 그러하니, 그 신체를 보전하고 그 기거를 편안하게 합니다. 이렇게 보전하고 지키는 모든 도리는 자식이 아비를 섬기는 것과 같습니다. 지금 예법의 말엽에 구애되어 입시하여 강론하는 자리를 허락하지 않으시니 미천한 신하로서 감히 이해할 수가 없습니다.

더군다나 한 사람의 몸으로 항상 고요할 수가 없으니 조금이라도 마음이 답답하게 되면 혈기가 꽉 막혀 갖가지 병이 생기기 마련입니다. 그래서 관람하여 이목을 펼치고 유람하여 뜻을 통창하게 하기 위해서는 끝까지 다녀보는 것보다 더한 것이 없고 유유자적하게 지내는 것보다 더한 것이 없다고 했습니다. 관람하고 유람하는 것이 조리하고 보양하는 데 도움이 되는 것이 오히려 이와 같은데, 하물며 방정한 신하와 학문을 강론하면 의리가 통창해지고 정신이 상쾌해져 마음은 날마다 트이고 몸은 날마다 견실해져 정사를 논하면서도 피곤한 줄도 모르고 황홀하게 깊은 병이 나을 것이니, 그 도와주고 더해주는 것이 어찌 적겠습니까. 그렇다면 학문을 강론하는 효능이 매우 큰 것이니 마음을 기르는 방법이 될 뿐만 아니라, 병을 다스리는 약제라고 말하더라도 허튼 소리가 아닐 것입니다.

임금의 한 마음에 파고드는 것들이 여러 가지인데, 뜻은 언제나 게을러지고 중간에 끊기는 것이 걱정이며, 버릇 또한 그럭저럭 구태의연한 데에서 오류를 답습합니다. 사사로운 마음에 이미 가리면 의리를 보는 것이 분명하지 않아 맑고 밝은 지혜가 제 몸에 있지 않고 기호는 오직 사사로운 정에 맡기게 됩니다. 본령이 정도를 잃게 되면 정사를 시행하는 것도 어그러져 사람을 등용할 때에는 어진 이와 어질지 않은 이가 뒤섞이고, 정사를 시행할 때에는 상벌

상소와 비답

이 뒤바뀌며, 외물에 이끌려 쉽게 마음이 바뀌고, 이해가 분분하게 되어 쉽게 현혹됩니다. 학문을 강론하지 않음으로 해서 생겨나는 폐단이 이와 같습니다. 이 때문에 옛날의 성왕들은 모두 강학講學을 나라를 다스리는 근본으로 여겼고, 옛날의 어진 신하들도 모두 강학을 권면하는 것을 군주를 바른 길로 인도하는 요체로 여겼습니다.

옛날을 상고해보면, 우禹임금 · 탕湯임금 · 문왕文王 · 무왕武王이 군주가 되었을 때 강학하는 데 공력을 다하여 아름다운 다스림의 도道를 이루었습니다. 한漢 · 당唐 이후로 밝은 군주가 강학에 전념하지 않았지만 그래도 단서를 잘 사용하여 태평성세를 이루었습니다만, 그 나머지 혼란한 시대의 군주는 이미 보양補養하는 방도를 잃고 득의양양하게 제멋대로 하여 미혹되어 개선할 줄도 모르고 법도도 시행되지 않아 조정이 크게 무너졌습니다. 비록 잘 다스리는 데 뜻을 두더라도 다스리는 공효는 날로 멀어져, 혼란한 시대를 기약하지 않더라도 나라가 망하는 것이 계속 이어졌습니다. 『서경書經』에 이르기를, "옛날에 잘 다스린 자의 도와 똑같이 하면 흥하지 않을 수가 없고, 옛날에 어지러웠던 자의 일과 똑같이 하면 망하지 않을 수가 없다. 처음부터 끝까지 같이할 것을 신중히 하는 것은 오직 밝은 덕을 밝히는 임금만이 가능한 일이다."라고 하였습니다.

지금 전하께서는 성스런 덕과 맑고 순선한 성품을 지녔으며 학문은 고명하니 이전의 몇 가지 폐단은 걱정할 만 것이 전혀 없습니다. 그러나 성인이라도 생각하지 않으면 광인狂人이 되는 법이라 처음만 있고 끝이 없을까 걱정입니다. 당나라 태종太宗은 영명英明하다고 일컬어졌으니 학사들을 초빙하여 옛 책을 토론하여 정관貞觀 때의 정치가 태평성세를 회복하였으나, 말년에 이르러 차츰 끝을 잘 이루지 못했습니다. 그런데 하물며 지금 왕위를 물려받은 초기에 여러 달 동안 학문을 폐지하여, 하루에 세 번씩 신하를 접견하는 날이 언제 있을지 까마득하여 열흘의 추위만 늘 이르고 있으니, 처음과 같기를 신중히 하는 법도에 어긋나 훗날이 좋아지게 하는 계책을 기대할 수 있겠습니까.

신은 염려가 되니, 전하께서 깊은 궁중에 오래 침체되어 계실수록 전하의 병환이 시원스레 회복되는 날이 더욱 더디어지고 날이 갈수록 인습하는 것이 오래되었는데, 거기다 참소하고 교묘히 꾸미는 자들이 시중을 드는 자들 가운데 섞여 있으면서 그른 예禮로 유혹하고 불의로 인도하고 있습니다. 그렇게 되면 자연스레 도道와는 멀어져 어쩔 수 없이 덕을 지키는 것이 견고하지 못해, 아첨하는 사람이 쉽게 가까이 하고 어진 사람이 쉽게 소원해지며, 잘못된 정사는 많아지고 성스런 덕은 손상이 될 것이니, 그 나머지 자잘한 걱정거리는 이루 다 말할 수도 없습니다.

신의 욕심에, 전하께서는 강학에 뜻을 돈독히 하시고 공경으로 몸을 검속하시어, 몸을 보양하는 것이 너무 꽉 막힌 데로 치우쳐서는 안 된다는 것을 아시고 강론하는 것이 몸을 보존하는 것보다 더욱 더 도움이 된다는 것을 아셨으면 합니다. 그래서 시험 삼아 날씨가 따뜻할 때 때때로 측근의 신료들을 부르시되, 꼭 날짜나 시간을 한정하지 말고 번거로운 예의도 차릴 것 없이 정성스럽게 접견하고 온화한 얼굴로 대해, 경술經術을 강론하고 치도治道를 물으셨으면 합니다. 그러면 위아래가 서로 믿고 사람들마다 자기들의 마음을 다 쏟을 것이므로, 반드시 자득하는 즐거움이 생겨나 보존하는 데 사악한 기운이 침범하지 못할 것입니다. 옛 성현들을 무리로 삼고 늠름하게 신명이 그 위에 있게 되면 마음과 이치는 하나가 될 것이고 습관과 천성이 함께 이루어질 것입니다. 이로써 도를 삼는다면 자연스레 법도에 맞게 되고, 이로써 다스린다면 하고자 하는 대로 모두 잘 이루어질 것입니다. 전하의 덕이 날로 새로워져 하늘의 상서가 많이 나타나고 이변이 사라져 온화한 기운이 사방으로 퍼지게 되는 것을 보게 될 것입니다. 어찌 현재의 어려운 형편만 크게 구제될 뿐이겠습니까.

옛 성왕들이 국운이 영구히 가도록 하늘에 빌었던 것도 여기에서 벗어나지 않았습니다. 옛날 宋송나라 영종英宗은 3개월 상 중에도 경연을 열었습니다. 영종은 병통이 있는 군주이긴 하지만 상 중에 몸을 해쳤다고 해서 강학을 폐기하지 않은 것이 이와 같습니다. 철종哲宗이 초년에 무더위로 강학을 폐하자 정자程子는 간언하였습니다. 어린 군주로서 신체가 나약한데 혹독한 무더위에 시달리니 진실로 걱정할 만한데도 정자는 또 이러한 이유로는 강학을 그만두지 않았습니다. 옛날의 어진 신하가 군주를 사랑하는 정성은 후세의 신하들이 우선 임시방편만 생각하는 것과 비할 바가 안 됩니다.

지금 전하께서 신하들을 접견하지 않으신 지 반년에 다되어 기주관記注官들이 무엇을 기록했는지 적막하여 들어보지 못하였습니다. 이런 시기를 만나 만일 정자程子 같은 신하가 있다면, 반드시 깊이 걱정하고 더없이 염려해 정성을 들여서 전하의 마음을 바루어 이처럼 오랫동안 신하들을 접견하지 않게끔 하지 않았을 것입니다. 신의 벼슬이 강관講官의 명칭을 띠고 있으면서도 정성이 전하의 마음을 감동시키지 못해 전하의 용안을 뵈올 길이 없어 치도를 도울 방법이 없습니다. 아무런 공효도 없이 재주만 지니고 있으니 유명한 무당만 못하고 차지하고 있는 자리는 숙위宿衛들 사이에 뒤섞여 있는데, 이는 논사論思의 직책을 제대로 수행하지 못하고 인도하는 방법이 없었던 소치입니다. 그렇기 때문에 또 바라건대, 직책을 등한히 한 신의 죄를 물어 내치고 다시 단정하고 어진 선비를 신중히 선발하여 가까운 반열에다 발탁해 두고 특별한 효과가 있도록 책임지우소서. 이것이 또 오늘날 성상의 몸을 보양하고 치도治道의 바탕을 만드는 제일가는 일인 것입니다.

아아! 지금 하고자 하는 말이 어찌 여기에만 그치겠습니까. 고질병이 되어 고칠 수 없는 병통과 분란하여 다스리기 어려운 단서들로 인해 정사에 폐단이 없을 수 없는 것은 눈이 있으면 모두 볼 수 있습니다. 근래에 동료들이 상의

하여 시무時務에 관련된 일을 정성스레 조목조목 나열하여 차자를 올렸습니다. 신의 생각으로는 말은 요점을 밝히는 것이 중요하고 일은 임금을 바루는 것이 우선이니 큰 근본이 바루어지면 무슨 일인들 이루지 못하겠습니까. 그래서 감히 강학하는 말을 특별히 전하에게 바치는 바입니다. 『주역周易』에 이르기를, "그 근본을 올바르게 하면 만사가 다스려진다."라고 하였으니, 신의 어리석은 소견은 실로 여기에서 나온 것입니다.

삼가 바라건대, 전하께서는 더욱 더 안으로 마음을 바로잡아 천도天道에 어긋남이 없기를 구하십시오. 학문을 강론하여 마음을 수양하고 공경을 지켜 마음을 간직하고 군자들을 친근히 하여 이 마음을 유지하소서. 이렇게 하여 스스로 깨달은 뒤에 이를 정사에 반영시켜 근원과 흐름, 근본과 지엽을 차츰차츰 강구해 나가 크게 무너진 풍속을 변화시키고 옛날의 도道를 회복하소서. 개혁하는 요점은 이것을 벗어나지 않을 것입니다. 충성을 바치고자 하는 신의 순수한 일념 때문에 전하 앞에서 바로 간하는 죄를 피하지 않고 감히 입에 쓴 약과 같은 말들을 진달하였습니다. 정성스런 저의 성심을 하늘의 태양과 같은 임금께서 굽어 살펴주시어, 부디 성명께서는 살펴 받아들이소서. 절실하고 간절히 바라는 지극한 신의 심정을 가눌 수 없습니다.

伏以臣聞良玉必成於追琢, 精金必資於砥礪, 聖王美質必賴左右前後磨礱濡染, 資益正道, 然後得以成就. 故曰僕臣正, 厥后克正. 又曰后德惟臣, 不德惟臣, 又曰侍衛僕從罔非正人, 以朝夕承弼厥辟, 出入起居, 罔有不欽. 是以古之善輔養人主者, 必欲跬步不離正人, 蓋所以涵養其德性, 開發其道心, 爲宗社生靈久長之計而已. 昇平之日, 國家無事, 負荷之重, 君德當然, 況當新膺大命, 積弊未理, 更化愼始, 日急一日者乎. 恭惟主上殿下聰明睿知, 有不世出之資, 仁孝恭儉, 有古聖王之德, 仰體皇天付界之重而奉之以寅畏, 俯念一日萬機之煩而處之以兢業, 臨政圖理, 夙夜勵精, 首下求賢之教, 搜訪遺逸, 又降恤民之書, 蠲除逋欠, 乾動雷發, 觀聽一新. 雖山陵之役, 宮廟之營, 事力浩穰, 而仁愛爲心, 未嘗有一暴刑之傷民命, 一暴征之奪民財, 上下晏然, 人情悅服, 皆知殿下有大有爲之志矣.

然所遇之時, 在天則多雷星孛災眚示咎, 在人則歲饑民離艱虞溢目, 兹二者皆不祥之兆也. 而況朝廷之上, 和氣未孚, 疆域之內, 隱憂猶存, 安危之勢, 懍焉可懼, 以殿下之聖而所遇之時如此. 殿下欲更革弊政, 恢張治道, 有追述哲王之志, 則亦在乎講學以養其心而已. 所謂講學, 其道非他, 在乎詳延儒雅, 朝夕與處, 稽古正學, 一心體驗, 辨危微之際, 明善惡之歸, 曉然趨道之正, 不爲私意之惑者也. 臣職忝論思, 數月于兹, 日望一日, 期殿下爲令德之主, 爲學則惟恐有毫忽之不純, 治心則惟恐有私意之或蔽, 此臣之所望於殿下者.

而殿下於亮闇之中, 悲哀成疾, 卒哭已過, 星霜將換, 而講學之筵未嘗一開, 法宮深邃, 威顏久遠, 入侍便坐, 無法從之列, 左右親昵, 惟褻御之輩, 豈殿下之視法從, 有疎於彼乎. 特以柴毀之餘, 玉體羸弱, 引接臣僚, 勢有所非便也. 然君之於臣, 有家人父子之義. 父母有疾則瘴必親搔, 衣必親覆, 藥必親嘗, 匙箸必親授, 不忍暫時離側, 此乃人子之常分也. 臣之事君, 其義亦然, 保其身體, 通其起居, 凡其保護之道, 猶子事父. 今拘禮數之末, 不許入侍燕閑, 非微臣之所敢曉也. 況人之一身, 不宜常靜, 少有壅鬱則血凝氣滯而諸病生焉. 故曰觀覽以舒其目, 息游以暢其志, 無過於迫蹙, 無過於安佚. 夫觀覽息游而有補於將護尚如此, 況與端方之士, 講明學問, 義理浹洽, 精神脫灑, 心日以舒泰, 體日以堅實, 不知論難之爲疲, 怳然沈痾之去體, 其爲補益, 豈淺乎哉. 然則講明學問, 功用甚大, 此不惟養心之方法, 雖謂之養病之藥石, 亦不誣也. 人主一心, 攻之者衆, 志常患於怠忽, 習亦繆於荏苒. 私意旣蔽, 觀理不明, 淸明不在其躬, 嗜好惟情是任, 本領旣失, 施措亦乖, 用人則賢否混淆, 爲政則賞罰倒置, 事物交感而易移, 利害紛至而易惑, 學之不講而其弊如此. 是以古之聖王, 莫不以講學爲出治之本, 古之賢臣, 亦莫不以勉學爲引君之要.

稽之於古, 禹湯文武之爲君, 能盡講學之功, 而成致治之美者也. 漢唐以來, 明王雖不純於講學, 而能用其緖餘, 成小康之治者也. 其餘昏亂之主, 旣失補養之方, 侈然自肆, 迷不改圖, 權綱不擧, 朝廷大壞. 雖有意於求治, 而治效日邈, 雖不期於昏亂, 而亂亡相尋. 書曰與治同道, 罔不興, 與亂同事, 罔不亡. 終始愼厥與, 惟明明后. 今殿下聖德淸粹, 學問高明, 玆前數弊, 萬無可虞. 然惟聖罔念作狂, 有始或患無終. 唐之太宗, 號稱英明, 招延學士, 討論文籍, 貞觀之政. 太平可復, 而至其末年, 漸不克終. 況今嗣服之初, 曠月廢講, 三接無期, 十寒常至, 旣違愼始之規, 可觀淑後之圖.

臣恐深宮之沈鬱愈久, 玉候之快復愈遲, 日累月積, 循習旣久, 加以侍御僕從讒巧之人, 雜處其間, 誘之以非禮, 導之以不義. 自然與道相離, 未免執德不固, 諓侫易親, 賢人易疎, 秕政尙多, 盛德或損, 末稍之憂, 有不可言. 欲望殿下篤志于學, 檢身以敬, 知調攝之不可偏於湮鬱, 知講論之大有益於將息, 試於溫和之日, 時召近密之臣, 不必限其日時, 煩其禮貌, 接以誠意, 假其溫顏, 講論經術, 咨詢治道. 庶幾上下交孚, 人得盡情, 必有自得之樂, 保無非僻之干, 如與賢聖爲徒, 凜若神明在上, 心與理一, 習與性成. 以之爲道, 則自然中矩, 以之爲理, 則從欲以治, 將見聖德日新, 天休滋至, 變異潛消, 和氣旁達, 豈但弘濟時艱而已乎.

古聖王祈天求命之道, 亦不外是矣. 昔宋英宗宅恤三月而開筵, 英宗有疾之君也, 而其不以憂毀而廢學如此. 哲宗初年, 以盛暑輟學, 程子諫之, 幼冲之主玉質脆弱, 酷熱蒸薄, 誠有可虞, 而程子亦不以此而停講. 昔賢愛君之誠, 非後世姑息之比也. 今殿下之不接臣僚, 行且半年, 記注所書, 寂寥無聞. 當此之時, 有臣如程子, 則必深憂以極慮, 積誠以格心, 召對之曠, 未必至此也. 臣官以講爲名, 誠未得徹天清光之獲侍, 無絲治道之贊襄. 蔑效執藝. 不如工祝. 充位混於宿衛, 誠由論思失職, 輔導無方所致. 亦乞斥臣癏曠之罪, 愼選端良之士, 擢置通列, 以責異效, 亦今日養聖躬資治道之第一件事也.

嗚呼. 今之可言, 豈止於此. 沈痼不治之疾, 紛糾難理之緖, 無政不斁, 有目皆覩. 頃日同僚相議, 欲以時務數款條列上箚, 臣意以爲言貴撮要, 事先格王, 大本旣正, 何事不濟. 敢將講學之說, 別爲殿下獻焉. 易曰正其本, 萬事理, 臣愚所見實出於此. 伏願殿下益用心於內, 求不悖於天, 講學以養此心, 持敬以存此心, 親近君子, 以維持此心. 自得之餘, 推以爲政, 源流本末, 以漸講求, 庶得大變頹風, 挽回古道, 更化之要, 無越諸此. 臣志在納忠, 一念如丹, 不避犯顔之罪, 敢進苦口之言. 惓惓之忱, 天日照臨, 推聖明察納焉. 臣不勝祈懇激切之至.

「請召對講學, 且斥曠職之疏」, 疏 『蒼石先生續集』 卷 二

■ 비답批答과 전교傳敎

답하기를,

"오랜 병으로 침울해 있던 중 약석藥石과 같은 말을 모두 읽고 내 가상히 여겨 탄식하였다. 마땅히 마음에 새겨두겠다."

하였다.

答曰:

"久病沈頓之餘, 具悉藥石之言, 予用嘉歎. 當體念焉."